本書爲浙江省越文化傳承與創新研究中心課題（編號2010YWHN02）
本書由浙江省越文化傳承與創新研究中心資助出版

浙江省越文化傳承與創新研究中心越地文獻叢刊編委會

越地文獻叢刊

紹興戲曲全編

明雜劇卷

黄義樞 編

中華書局

圖書在版編目(CIP)數據

紹興戲曲全編. 明雜劇卷/黄義樞編. —北京:中華書局,2018.12
(越地文獻叢刊)
ISBN 978-7-101-12545-0

Ⅰ.紹… Ⅱ.黄… Ⅲ.雜劇-劇本-紹興-明代 Ⅳ.I236.55

中國版本圖書館 CIP 數據核字(2017)第 117281 號

責任編輯:李碧玉 李若彬

越地文獻叢刊
紹興戲曲全編·明雜劇卷
黄義樞 編
*
中華書局出版發行
(北京市豐臺區太平橋西里 38 號 100073)
http://www.zhbc.com.cn
E-mail:zhbc@zhbc.com.cn
北京市白帆印務有限公司印刷
*
850×1168 毫米 1/32 · 18⅜印張 · 2 插頁 · 350 千字
2018 年 12 月北京第 1 版 2018 年 12 月北京第 1 次印刷
印數:1-1500 册 定價:88.00 元

ISBN 978-7-101-12545-0

目録

前言……一
凡例……一
劉兑……一
新編金童玉女嬌紅記……二
月下老定世間配偶……五五
楊之炯……六三
天台奇遇……六三
徐渭……六七
狂鼓史漁陽三弄……六八
玉禪師翠鄉一夢……七六
雌木蘭替父從軍……八六
女狀元辭凰得鳳……九三
鄭祖法……一一三
蕉鹿夢……一一三
吕天成……一二五
齊東絶倒……一二五
王澹……一四三
櫻桃園……一四三
王驥德……一五五
男王后……一五五
陳汝元……一七五
紅蓮債……一七五
葉憲祖……一九三
灌將軍使酒罵座記……一九四
金翠寒衣記……二〇八
北邙説法……二一九
團花鳳……二三四

夭桃紈扇……二三五
碧蓮繡符……二五一
丹桂鈿合……二六八
素梅玉蟾……二八四
易水歌……二九九
渭塘夢……三一二
三義記……三二四
琴心雅調……三三三
王應遴……三四九
衍莊新調……三四九
祁麟佳……三六五
錯轉輪……三六五
湛然禪師　祁彪佳……三七九
魚兒佛……三八〇
來集之……三九五
女紅紗塗抹試官……四〇〇
禿碧紗炎涼秀士……四一三
小青娘挑燈閒看牡丹亭……四三六
冷眼　藍采和長安鬧劇……四四〇
英雄淚　阮步兵鄰廨啼紅……四四八
俠女新聲　鐵氏女花院全貞……四五三
孟稱舜……四六一
死裏逃生……四六二
泣賦眼兒媚……四七九
桃源三訪……四九二
花前一笑……五一一
鄭節度殘唐再創……五三〇
魏方炳……五四五
問霞閣山水情詞……五四六
問霞閣天涯知己詞……五六二
問霞閣花約小詞……五六九
後記……五七五

前言

紹興歷史悠久，山川秀麗，人文薈萃，在中國古代戲曲史上占有重要的地位。王國維在《録曲餘談》中曾云：「至明中葉以後，製傳奇者，以江浙人居十之七八；而江浙人中，又以江之蘇州、浙之紹興居十之七八；此皆風習使然，不足異也。」明代著名紹興籍曲家王驥德在其《曲律》中亦稱：「吾越故有詞派，古則越人《鄂君》……近則謝泰興海門之《四喜》……至吾師徐天池先生所爲《四聲猿》，而高華爽俊，穠麗奇偉，無所不有，稱詞人極則，追躅元人。今則自縉紳、青襟，以迨山人、墨客，染翰爲新聲者，不可勝紀。」並臚列了史槃、王澹、葉憲祖、吕天成、錢直之等其熟識的劇作家的幾十種劇作。據統計，明代近四十位紹興籍作家共創作了一百八十餘種劇本，現存劇本達六十一種，占現存明代戲曲文本的較大比重。大量的存世劇作有力印證了紹興在中國戲曲史上的地位。此外，晚明紹興地區衆多戲劇理論家及其曲論著作的横空出世，也彰顯了越中曲家在中國戲劇史上的引領地位，他們至少包括徐渭的《南詞叙録》、王驥德的《曲律》、祁彪佳的《曲品》《劇品》、吕天成的《曲品》等，上述曲學著作無不戛戛獨造，共同奠定了我國傳統曲學大廈的基礎。晚明紹興曲家戲曲創作的繁榮和理論的自覺具有比較鮮明的流派意識和特徵，當下學術界所謂的「越中曲派」正是根基於此。

明代紹興府（包括山陰、會稽、新昌、上虞、餘姚、諸暨、嵊縣、蕭山八縣）的雜劇創作數量衆多，從目前掌握的情况看，明代紹興戲曲家共創作雜劇約八十種，其中已佚雜劇三十九種：

序號	劇名	作者	著録
1—3	三卜真狀元 清凉扇餘 蘇臺奇遘	史槃	《遠山堂劇品》
4—7	兩旦雙鬟 棄官救友 金屋招魂 倩女離魂	王驥德	《遠山堂劇品》
8—19	巧配閻越娘 西樓夜話 死生緣 芙蓉屏 耍梅香 玳瑁梳 碧玉釵 桃花源 賀季真	葉憲祖	《遠山堂劇品》

續表

序號	劇名	作者	著録
	會香衫 龍華夢 鴛鴦寺冥勘陳玄禮		
20—26	夫人大 兒女債 耍風情 姻緣帳 纏夜帳 勝山大會 秀才送妾	吕天成	《遠山堂劇品》
27	鴛鴦錦	祁駿佳	《遠山堂劇品》
28—30	紅粉禪 救精忠 慶長生	祁彪佳	《遠山堂劇品》
31	眉頭眼角	祁豸佳	《遠山堂劇品》
32	地獄長生	湛然禅师	《遠山堂劇品》
33	桐江老	陳情表	《祁忠敏公日記・涉北程言》

續表

序號	劇名	作者	著録
34	鈍秀才	陳情表	《遠山堂劇品》
35	紅顔年少	孟稱舜	《今樂考證》
36	文長問天	董玄	《遠山堂劇品》
37	喬坐衙	張岱	《遠山堂劇品》
38	乘槎	柳白嶼	《祁忠敏公日記·涉北程言》
39	胡笳十八拍	蔣安然	《祁忠敏公日記·涉北程言》

尚存刊本或抄本的有四十一種：

序號	劇名	作者	版本
1	新編金童玉女嬌紅記	劉兑	《古本戲曲叢刊初集》本
2	月下老定世間配偶	劉兑	《雍熙樂府》本
3	天台奇遇	楊之炯	《古本戲曲叢刊初集》影印明刊本

續表

序號	劇名	作者	版本
4—7	狂鼓史漁陽三弄 玉禪師翠鄉一夢 雌木蘭替父從軍 女狀元辭凰得鳳 （四聲猿）	徐渭	《古本戲曲叢刊初集》本
8	蕉鹿夢	鄭祖法	沈泰《盛明雜劇》本
9	齊東絶倒	吕天成	沈泰《盛明雜劇》本
10	櫻桃園	王澹	沈泰《盛明雜劇》本
11	男王后	王驥德	沈泰《盛明雜劇》本
12	紅蓮債	陳汝元	沈泰《盛明雜劇》本
13	灌將軍使酒罵座記	葉憲祖	脈望館《古名家雜劇》本
14	金翠寒衣記	葉憲祖	脈望館《古名家雜劇》本
15	北邙説法	葉憲祖	沈泰《盛明雜劇》本
16	團花鳳	葉憲祖	沈泰《盛明雜劇》本

續表

序號	劇名	作者	版本
17—20	春艷·夭桃紈扇 夏艷·碧蓮繡符 秋艷·丹桂鈿合 冬艷·素梅玉蟾 (四艷記)	葉憲祖	《古本戲曲叢刊二集》本
21	易水歌	葉憲祖	《日本所藏稀見中國戲曲文獻叢刊》影印日本内閣文庫藏明萬曆刊本
22	渭塘夢	葉憲祖	《日本所藏稀見中國戲曲文獻叢刊》影印日本内閣文庫藏明萬曆刊本
23	三義記	葉憲祖	《日本所藏稀見中國戲曲文獻叢刊》影印日本内閣文庫藏明萬曆刊本
24	琴心雅調	葉憲祖	《日本所藏稀見中國戲曲文獻叢刊》影印日本内閣文庫藏明萬曆刊本
25	衍莊新調(逍遥游)	王應遴	日本國立公文書館藏明原刻本
26	錯轉輪	祁麟佳	沈泰《盛明雜劇》本
27	魚兒佛	湛然禅師 祁彪佳	沈泰《盛明雜劇》本
28—29	女紅紗塗抹試官 秃碧紗炎凉秀士 (兩紗)	來集之	明末燈語齋刻本

續表

序號	劇名	作者	版本
30	小青娘挑燈閒看牡丹亭	來集之	明末燈語齋刻本
31—33	冷眼 藍采和長安鬧劇 英雄淚 阮步兵鄰廨啼紅 俠女新聲 鐵氏女花院全貞 （秋風三疊）	來集之	清初來氏倘湖小築刻本
34	死裏逃生	孟稱舜	沈泰《盛明雜劇》本
35	泣賦眼兒媚	孟稱舜	孟稱舜《柳枝集》本
36	桃源三訪	孟稱舜	孟稱舜《柳枝集》本
37	花前一笑	孟稱舜	孟稱舜《柳枝集》本
38	鄭節度殘唐再創	孟稱舜	孟稱舜《酹江集》本
39	問霞閣山水情詞	魏方炌	魏方炌《問霞閣集》本
40	問霞閣天涯知己詞	魏方炌	魏方炌《問霞閣集》本
41	問霞閣花約小詞	魏方炌	魏方炌《問霞閣集》本

上表所列雜劇的版本，乃這些劇作的唯一存本或原刊本或最佳版本。本書以此爲底本，將現存明代紹興雜劇劇本進行整理點校，以期加强人們對「越中曲派」的認識。

凡例

一、本書所收劇目按作家的生活年代排列，作者無考者，則以劇本的刊刻年代先後排列。

二、每一作家名下，有劇目整理説明，概要介紹作者的生平及其資料版本的狀況。

三、同一劇作有不同版本者，選取曲白完整者爲底本，參校其他版本，並出校記。

四、原本的序、跋、題記及題詞等，均按原位置排列。

五、曲文不標襯字，但對於原本曲文中已標明襯字者，一仍其舊。

六、原本中的錯字、别字予以改正，並在校記中加以説明。校記置於當頁正文末。原本中的漫漶、闕損處，若能據其他版本補出，則予以補出，並出校記加以説明；若無法補出，則用「□」表示闕損的字。

七、前人刻印、抄録曲本，其曲文、科白、脚色標記多不相同，本書統一爲通行版式。

八、全書採用繁體直排，對於原刊本、抄本中存在的異體字、俗體字，一律改爲通行的繁體字。

劉兑

劉兑，字東生，紹興人，生卒年不詳，洪武至宣德年間在世，生平無考。劉兑的雜劇創作在當時頗爲有名，《太和正音譜》將其列在「國朝一十六人」的第三位，並評其詞「如海嶠雲霞。熔意鑄詞，無纖翳塵俗之氣，迥出人一頭地，可與王實甫輩並驅，藹然見於言意之表，非苟作者，宜列高選」。《續録鬼簿》亦曰：「劉東生名兑，作《月下老定世間配偶》四套，極爲駢麗，傳誦人口。」所作雜劇今存《新編金童玉女嬌紅記》二卷，每卷共四套曲，不分折，今存明宣德間金陵積德堂刊本，本書即以此校録。《月下老定世間配偶》今存四套曲，無説白。嘉靖本《雍熙樂府》、嘉靖本《詞林摘艷》均收録，《北詞廣正譜》亦收録部分曲詞。嘉靖本《詞林摘艷》仙吕卷「花信風微」、正宫卷「青靄靄柳陰濃」下均注明「《月下老》雜劇，皇明劉東生」，黄鐘卷「玉宇金風送殘暑」下注「秋景，皇明劉東生」，雙調卷「翠簾深護小房櫳」下注「《月下老問世間配偶》雜劇第四折，皇明劉東生」。而嘉靖本《雍熙樂府》所收此四套曲僅注「春景」、「夏景」、「秋景」、「冬景」。綜合兩書注文，可知此四折順序之先後。本劇以嘉靖本《雍熙樂府》爲底本，參校他本校録。

新編金童玉女嬌紅記

嬌紅記序

元清江宋梅洞嘗著《嬌紅記》一編，事俱而文深，非人莫能讀，余每恨不得如《崔張傳》獲王實甫易之以詞，使途人皆能知也。竊待於人，久未見之。越人東生劉先生待予以忘年之交，一旦過顧，示以若編，繼索爲序。展而讀之，一唱三嘆，鏗乎金石，燦乎文錦也。夙以淅者，於斯見矣，可覺言哉。於戲！是詞所能，非褐寬博也，必沉潛音律，厭飫絲竹抵其極者，唯東生孰能任歟！且夫其詞之才，朱絃翠管，不足以盡其華；聯珠駢玉，不足以似其美；月夕風宵，不足以□其清；倒峽奔流，不足以壯其勢。□若己懷，懂若己出。鉤深彰隱，宛極事態，靡靡盡於是矣。白居易有言：元微之能遣人室中事。東生良有矣。李溉之嘗題《崔張傳》曰：「安得斯人復生，相與弄琴舉酌，逝西江之水，酹長安之月，□話巫山一夜秋，風流未必下其人也。」余謂劉先生誠能盡其美矣。故叙。

時宣德乙卯七月既望日江都丘汝乘書，金陵樂安新刊積德堂刊行。

（瑶池金母上開）吾乃九光龜臺金母是也。所居崑崙之圃，浪風之苑。玉樓十二，玄臺九層。左帶瑶池，右環翠水。漢武時以七夕降承華殿，進蟠桃七顆。那時節，我曾帶着這金童玉女向凡世裏去來。今日他每思凡，如今將他〔一〕兩個降謫人世，這金童呵，看他在城都府申晋爲男；玉女呵，着他去崇慶州王理家爲女。二人相會一遭。待他業緣滿足，那其間還將他二人召回仙界，歸真證果。

（金童玉女開）（金童云）咱兩個既奉法旨，不敢有違。想俺這仙宫的快樂，有甚麽不好，當時不合思凡，今日謫降人間，也是咱兩個自做出來的。

（金童玉女合唱）

【賞花時】俺家住在瑶□□一峰，□□不爲人隔蓬山幾萬重，這的是天上蕊珠宫，怎做那陽臺春夢，出落着雨雲蹤。

【么】只爲俺一自蟠桃會上逢，兩下把靈犀暗裏通，則俺這玉女共金童，是不合凡心一動，却教俺二十年謫降在世途中。（下）

（王通判引院子上開）小官王仲賢，洛陽人氏，見任眉州通判。嫡親四口兒：渾家張氏，女孩兒嬌娘兒，孩兒善甫，使數的飛紅、湘鶉、緑英、小慧、蘭蘭。這一個是老院子。今日衙門裏回來。我兩日前聽得説俺哥哥着侄兒申純來相望，今日敢待到也。院子，你去門首看者。（院應科）

（孛老同二倈上開）老夫姓申名晋，字敏道，祖居洛陽人也。自宋時建炎年間，隨駕渡江，爲開城都府，山川秀

〔一〕「他」原作「它」，下同改。

麗，城池險固，所以挈□而居焉。頗有些小家財田産，因此人口順呼爲申長者，別無親戚，□□□王氏，亡化去了，有兩個兒子，長兒名綸，字伯剛，小的孩兒，名純，字厚卿。嫡親三口兒，以儒學爲業，有一個親眷住在崇慶州，是老夫認義的兄弟，姓王名理，字伯達，已除授了眉州通判，未曾到任。孩兒申純！（小徠做應科）你聽我說，你自小懷抱間，你叔叔時常道：「大哥，我今年將近四十，也没一個子息，你申純孩兒，可出繼與我爲嗣，庶不將這後代來寂寞了。」爲甚年長以來，他偏心兒裏惜着你，後來爲有善甫孩兒，所以侵了這一粧事，我這幾年好生疏闊，失於問候。孩兒，你代我去探望一遭。況你科舉的日子也近了，你也少不得詣門一別。孩兒收拾行裝，將帶家童，則今日便行者。（下）

（正末上開）父親的言語，不敢違了。哥哥，你在家裏侍養，恁兒弟去探望一遭，則今日拜辭了便行咱。

【仙呂・點絳唇】誦徹書□，鑄成鐵硯，心無倦。休笑十載青氈，□□□□走上黃金殿。

【混江龍】□□着皇都開選，眼見的春風得意在明年。憑着俺胸次隱一天星斗，筆鋒揮萬里雲烟。本是個跳龍門，登虎榜，青燈黃卷客，也合俺飲御酒，插宮花，金馬玉堂仙。今日個恰離了鄉中桃李，暫別了堂上椿萱。想舊日渭陽深愛，慕前人宅相多賢。錦囊琴七絃焦尾，寶鋏懸三尺龍泉。打疊起書箱行李，驅馳着駿馬吟鞭。離故邑，出平川，臨斗澗，上高源。恰來時錦官城內月似鉤，早望見峨嵋棧外山如靛，來到這眉州，是好景致也呵，列三百六十座歌樓舞榭，聚一百二十行賈肆商船。

（末云）恰早望見俺叔叔家裏了，是好個住處呵，我作一曲［摸魚兒］題着眼前風景。（念科）錦城西一區華屋，天開多少佳趣。當門緑水清十里，何況碧山無數。堪愛處有瀟灑新篁，松檜森前路。深深院宇，見簾幕低垂，絲簧迭奏，鎮日價歌舞□金□，□□□歸休。（占住）小生□昔依慕，今日匹馬行來近，試繡鞍□□□□莫去，且道十分幽意誰□許。詩朋酒侶，向此地遊嬉，尋花問柳，須是有奇遇，這裏便是俺叔叔家裏。（下馬科）書童拿着馬者。（末問院子）這裏可是王通判衙裏麽？（院云）是。（末云）你去報道申純侄兒來望。（院應入去科）（院見王通判云）外面有一個秀才，姓申，説道是老相公的侄兒。（孤云）教入來者。（院引末見孤云）孩兒你來了。（末云）父親母親特地教小侄來拜望叔叔嬸子。（拜科）

【油葫蘆】拜别了尊顔已數年，更那堪途路遠。想着俺侄兒情，時刻意懸懸。自别來享重福，列鼎身康健，近年間佑明邦大郡宦高顯。（孤云）你父母好麽？（末云）都好。爲甚麽講禮數得頻？也是咱來意專。老人家，只管里緊躬身，問候無拘倦。少呵，有兩三番，論間闊，叙寒暄。

（孤云）院子，去請夫人小姐來相見，一壁廂收拾書房，着秀才安歇。

【天下樂】請嬸子暫出中堂厮會面，兀的不到簾前，俺這裏忙拜見。則見他喜孜孜見咱相愛憐。（末云）父母特使小侄多多拜意。（卜云）你父親好麽？俺父親治箕裘，學隱論。（卜云）你母親好麽？老母呵，着萊衣，樂暮年。（卜云）你哥哥嫂嫂一家兒都好麽？都只守着潑家私，閒過遣。

（卜云）着嬌娘、善甫出來拜哥哥。（嬌娘、善甫拜了）（孤云）院子，送秀才到書房裏去者，一壁廂辦下酒，與秀才洗塵。（院應云）（送末科）（孤一行下）（旦引小慧歸繡床云）今日天色早哩〔一〕。小慧擡過繡床來者。（旦繡科）

（院子與末至書房科）（末云）來到這書房裏，是好富麗也呵！

【那吒令】抹泥金卓面，擺宣毫歙硯。近香芸架邊，插《羲經》《左傳》。就熙春閣前，列書林藝苑。

〔一〕「哩」原作「里」。下同改。

鮫綃帳，翠羽屏，獸面鼎，龍涎串，粧點得春光如三島壺天。

這答兒到好景致，我且閑玩咱。

【鵲踏枝】厭的轉牡丹菌，忽的過海棠軒。（見旦科）呀，若不是月裏姮娥，敢只是花裏神仙。莫不俺醉眼纈空花眩轉，可怎麽風魔得半晌無言。

（末云）是好女呵。

【寄生草】雲鬢嚲鬆金鳳，粉香溶褪翠鈿。曲彎彎，春山淡掃蛾眉淺。滴溜溜，秋波巧送星眸轉。紅馥馥，檀脂半點櫻唇顯。妖嬈如太液池邊解語並頭花，娉婷似昭陽宫裏學舞的雙飛燕。

【么】我搭伏在紗窗外，他沉吟在翠檻邊。忽的陣麝蘭風散滿荼蘼院。八的陣鳳鸞衾，繡斷鴛鴦線。當的早珮環聲，歸去蓬萊殿。是恁的勾引起咱朝雲暮雨楚臺情，幾時得填還了春花秋月長門怨。

（旦吁氣科）（末云）小姐，你這每長吁氣想着甚麽哩？（旦云）哥哥，你這早晚天道寒冷，來這裏做甚麽？

（末云）這兩日是有些春寒，咱這等獨自睡的好難過活。（旦不答回去科）（小慧收拾繡床）（末云）他怎麽不答應就回去了，我也回書房裏去。我想世間少有似他生得好的。

【六么序】媚臉兒如貪睡，纖腰似柳欲眠。正當他破瓜初、二八芳年。窄弓弓鞋蹴紅鴛，小可可花襯金蓮。蕩香風砑羅裙翠颭湘烟，行一步似朝雲遠赴淩波殿，但言語似曉鶯聲巧囀在花前。爲甚麽見人羞，斜蔽過芙蓉面？多管是芳情暗許，蜜意偷傳。

【么】兩下留連，半霎俄延。看了他玉雪清妍，花月嬋娟。容德兼〔一〕全，體態天然。一撚兒風流可憐，則是個女狀元。他顧後瞻前，悄語低言，早引起俺俏書生半縷兒頑涎。你道是春寒日暮花陰轉，你怎知俺守書房的長夜如年。空落下冷清清重門深瑣閒庭院。直恁的彩雲易散，明月難圓。

且到書房裏去，恰纔見熙春堂下荼蘼開了。那小姐正在那裏做繡床哩。欲待要和他說幾句話兒，不知他是甚麼意思，便回去了。來到這書房裏，好煩惱人也呵，就指着那荼蘼花做一篇［點絳唇］，寫在這窗上，等小姐來時，必然看見，待他說甚的。（念科）庭院深沉，遲遲日上荼蘼架。芳叢相亞，粧點春無價。玉體香肌，好手應難畫，還驚訝。春風蕩也，誰共遊蜂話。

【金盞兒】若是玉天仙見了俺錦囊篇，願心兒肯匹配上鸞和燕。大古里今生的歡會早，也是俺那世裏夙生緣。（末云）姻緣相會，自古有之，不但〔二〕小生一人。一個卓文君聽琴在青瑣闥，一個崔鶯鶯待月在粉牆邊。待月的週全了個張殿試，聽琴的成就了個漢文苑〔三〕。

（末云）路上來有些身子困倦，我且歇息一會。（孤一行上，擡酒卓上科）（卜云）你去書房裏請秀才，說道今日叔叔家請洗塵，教便來。（蘭蘭回話云）秀才穿衣服哩。着我先回，他便來也。

【村裏迓鼓】猛見個小丫鬟來拜，請咱到正堂上家宴。這的是大人家體面。今日個拂塵酒相邀咱

〔一〕「兼」原作「謙」。
〔二〕「但」原作「旦」。
〔三〕「苑」原作「園」。

姻眷。量小生兒女輩。都則爲親愛上，教夫人錯見。我則見擺着孔雀屏，鋪着芙蓉褥，列着玳瑁筵。指望俺在東床裏中選。

【元和令】行到堂前，畫欄風撲柳眠，瑶堦露濕花片。恰轉過粉牆東，早別是一重天。翠紗窗簾盡捲。我則見笙歌引至畫堂前，綺羅叢香霧軟。

（末見孤卜科）（孤云）你到這裏没甚麽管待，叫了幾個行院，動些樂器，飲數杯酒咱。（末謝云）感承叔叔二位，小姪是兒女輩，何勞尊意。（院本上開下，雜劇上）

【上馬嬌】笑語邊鼓樂喧，急管間繁絃。比及聽遏雲歌半掩桃花扇，先看他舞罷鷓鴣篇。

【遊四門】真乃是歌喉宛囀舞蹁躚。餘韻尚悠然，紅牙緩引驪珠串，個個一般圓。看花□玉罇前。

（孤云）我與姪兒把一杯酒咱。（末跪科）

【勝葫蘆】抵多少□戟門開見隊仙，花似錦，酒如川。瓊花露滿斟雙玉船。拚着個□紗帽側，香羅袖濕，白眼望青天。

【么】不覺的爛醉在佳人錦瑟□。可知道畢卓在甕頭眠，念小生多病多愁酒量淺，只吃得東歪西趄，前合後偃。早難道三斗始朝天。

（卜云）我也與姪兒把一盞酒者。（末云）小生酒量淺。（卜云）你平日會吃酒，今日怎麽不飲？你是個秀才，豈不知長者賜不敢辭！（末跪）

【後庭花】不道是恁孩兒違了教言。這一盞呵，老夫人行索告免。都只爲年少把科場誤，那裏是春來被酒病纏。我只管跪在根前，他全不聽咱分辯。恁看我遮不得紅上面，按不停氣上喘，睁不開眼腦涎，立不定身分軟。

（旦云）看哥哥的面色是敢醉了也？（卜云）醉了也到口者。（末飲科）

【青哥兒】感承你美意兒把尊堂相勸，那的是知心腹與人，與人方便。（卜回身把孤酒科）（旦剪燭科）（與末云）你若不是我說，你醉了也。（末云）此恩當銘肺腑。（旦云）那裏便做恩來。（末云）你的意思恰好。這恩愛地久天長將肺腑鐫。既兩下情牽，辦一點心堅。就兩姓姻婭，做百歲親眷。恁父母根前，我不敢胡言。只告着蒼天，願早得團圓。來歲中科選，得了紙皇宣。咱不接絲鞭，恁緊候歸軒。那時你受用着五花官誥，七寶香車，五花誥上把你那百一姐嬌娘的姓名填。兀的不稱了你平生願。

（末云）姪兒醉了，謝叔叔，去歇息咱。（孤云）着蘭蘭送秀才到書房裏去。（末謝了）（孤一行下）（蘭蘭送至書房）

【賺煞尾】香靄錦堂春，人醉瑤臺宴。黑漫漫望斷行雲路遠。你便是女媧氏也補不完這離恨天，破題兒害相思今夜孤眠。俺且莫熬煎。恰纔個席上樽前，他酒盞兒裏也先將咱厮顧戀。你這般嬌羞□□，□□又風流文獻。多管是五百年前，該撥定一段兒好姻緣。

（末與蘭蘭下）

（旦引小慧上云）恰纔梳洗罷，且不做針指裏。俺兩個到惜花軒閒玩一遭咱。（末冲上）昨日個叔叔家酒席上，見小姐甚有顧盼小生意思，着我放心不下。今日個書也懶看，且到花園裏耍一會去來。

【正宫·端正好】花惹的帽檐香，酒展的衫襟污。想着那錦堂歡似一枕華胥，蕩悠悠彩雲飛散無尋處。空教我望斷蓬萊路。

【滚繡毬】〔一〕懶看這八卦圖，悶對着五經疏。散心咱，意遲遲下階閒步。怎當他五更初，妬韶華風雨何如。這其間熙春堂緑漸稠，惜花軒紅未疏。（末云）呀，兀的不是小姐，他也在這花園里。（唱）肯分的與可憎娘在這答兒相遇。不由人緊没聲做意兒躊躕。則見他面魔羅的嬌頻着粉臉，恰便似花無語。眼没瞪，愁鎖着黛眉翠不舒，低首嗟吁。

（末、旦相見科）（末云）夜來謝好酒。

【倘秀才】夜來宴私宅，疑怪似夢迷到瑶池紫府。拜尊賜央及着，痛飲盡金杯緑醑。（旦云）哥哥夜來也不醉？若不是你關節得尊堂，把咱來厮覷付，到如今心恍惚、眼模糊，醉得來没個是處。

（旦云）你看兀的好花麽！（唱）

【滚繡毬】春靄靄紅雲映玉除，輕拂拂香風透綺疏。爲甚麽把繡屏圍着？怕的是不禁風露，更那堪綴金鈴在四角流酥。玉盤盛金縷杯，絳紗封白雪膚，有丹青也畫不出這般瀲紅嬌緑。可人處日光酣醉態相扶。風流如玉容翠袖群仙隊，富貴似竹馬紅衫百子圖。忍教他零落在須臾。

（末云）是好花。

〔一〕原作「袞繡裘」。

【倘秀才】這花，霓裳曲，慣聽得花奴羯鼓；清平調，又提起唐人樂府。可知道漢宮裏飛燕新粧揔不如。露花沾蝶翅，金粉上蜂鬚。可索倩東君做主。

（旦云）哥哥，你聽那的不是黃鶯兒叫？（末覷科云）真個是黃鶯兒叫。

【呆古朵】那裏波嬌簧宛囀花深處，元來是鱗金衣一點兒鶯雛。一會價弄睍睆新腔，一會價學綿蠻巧語。他啼殘了紅杏香中雨，冲散了綠柳梢頭霧。你聽波，對東風求友聲，可也似怨春深無伴侶。

（末云）小姐，我見這牡丹盛開，那黃鶯兒又叫得好。我題着牡丹做了兩首詩，指着這黃鶯兒做了一曲，與你看咱。（旦應科）（末寫科）

【叨叨令】拂花箋聯就衷情句，句中情難對東君訴，訴東君多少離愁叙，叙離愁分付與鵝溪素，你恰是省得也麼哥，也麼哥，則見他露春纖行展着底頭覷。

（末遞詩與旦接看科）（旦念科）題牡丹花絕句一首，詩曰：亂惹祥烟倚粉牆，絳羅輕捲映朝陽。芳心一點千重束，肯念憑欄人斷腸。又詩曰：嬌姿艷質不勝春，有意無言恨轉深。惆悵東君不相顧，空餘一片惜花心。（旦云）我作一篇詞，題着黃鶯兒。［喜遷鶯］園林過雨。問滿日媚景，是誰爲主。翠柳舒眉，黃鸝調舌，鎮日價恣狂歌舞。金衣公子，何事牽惹萬千愁緒？芳草地，有香車寶馬，駢闐來許。無聊行樂處，美景良辰，休把輕辜負。一種春風，幾多圖畫，聽取綿蠻簧語。久向暗巢偷眼，欲啄花心無路。短牆外，待放伊飛過，傍人低訴。（念未畢，小慧云）夫人來了。（末、旦俱驚下）（末上云）又來到這書房裏。恰纔惜花軒内與小姐相會，做了幾篇詩詞與他。恰待說些話兒，又遇夫人來了。諕得他將着我的詩走回去了。我且在這裏等一會，只怕他和將詩來與我。（唱）

【脫布衫】五七行小楷行書，兩三篇絕句詩餘。早則不隔着個東牆遞與。可怎麼也隨着彩鸞飛去。

【小梁州】正對着滿目春光似畫圖，更那堪鶯燕喧呼。我這裏倚欄不見俊嬌姝。空凝竚，抵多少花底鳳鸞孤。

【么】幾番相見空回去，女孩兒慣直恁般情疏。這些時晝漸長，恰便春將暮。鱗鴻何處？回不得一紙斷腸書。

（末云）我作篇「點絳〔一〕唇」在東窗上。關了這書房門，他不得入來看。再題一首帖在西窗上。開着房門，我出去，等他來時必然看見，知道我的意思。（寫詩了）（念科）詩曰：日影侵階睡正醒。篆烟如縷午風平。玉簫吹盡霓裳調，誰識鶯聲似鳳聲。（末云）我則半掩着書房門，出去承天寺裏耍一會來。（院本行着説仙法上，末同院本一行下）（旦上云）恰纔申哥出去了，我且到書房裏走一遭。（至書房科）（驚云）呀，他出去了，怎麼開着門哩？我試看咱。（做看科云）是出去了。（入書房科）呀，這窗上寫着甚麼？是一篇「點絳唇」（讀科）（回頭云）這一邊又是一首詩。（又讀科）（云）是做得好，這裏就有筆硯。依着他韻也和一首，我寫在窗上。（云）不中，則怕父親來看見。我寫在紙上，緘在他書房〔二〕裏。他來時看書呵，好歹見也。（寫詩了）（念科）詩曰：春愁厭夢苦難醒，天向風高漏正平。魂斷不堪收集處，落花枝上曉鶯聲。（旦云）還掩上門者。（末上云）纔到承天寺裏回來，是誰人動我這文書來？可怎麼有這張箋紙在裏面？呀，正是小姐寫下的。（念科）（末云）俺小姐不只是顏色上好。則這一首詩也强似秀才做的。

〔一〕「絳」原作「降」。下同改。

〔二〕「房」原作「朋」。

【醉太平】我道〔一〕你離魂如倩女。那更又能賦似相如。錦紋箋界破墨行疏，寫千情萬縷。字兒真，筆鋒揮掃中山兔；韻兒巖，詩篇雕琢藍田玉；意兒新，才華咳唾具宫珠。我把做護身符般看覷。

（末做藏詩科）這早晚想他也不到這裏來。我先去中堂裏等他出來燒夜香，好歹見他。（末做到堂前科）

【芙蓉花】拂墻花墜紅雨，穿簾月霏香霧。畫堂深，夜静更餘。没一個人來去。悄聲兒獨步堦除，看他那半掩的迎風户。呀，恰回頭聽徹銅壺。那裏波一陣兒花香度。

（旦燒香）（末見云）小姐，你這早晚燒香做甚麽哩？（旦云）哥哥，你不知道。這香呵，不可教斷絶了。（末云）你則不要灰了心便罷。

【伴讀書】你爇新煤襯雲母，撥餘爐添檀炷。把纖指輕彈金釵股，博山銅細裊花間霧。寸心兒怎到得成灰去，你則把火性兒調伏。（旦下堦了）

【笑和尚】我猛聽得，疎剌剌微風摇檐外竹，忒楞楞宿鳥串池邊樹。則見他，亂紛紛落花瓣隨飛絮。昏慘慘遮籠着天上月，撲騰騰驚散了水中魚。這的是你嬌滴滴閉月羞花處。

（旦云）哥哥，我每咋日酒散時，月影在那裏，今晚在這裏見，夜深了也。（末指星科）織女斜河是夜深了。月白風清，好天良夜。（旦云）蘇東坡，你敢動情也麽？（末云）如此好天良夜，你教我怎不動情！

【四邊静】佳期難遇，似這每春夜迢迢誰共宿？冷清清枕剩衾餘，兩下裏空辜負。似兀那牽牛和

〔一〕「道」原作「到」。

織女，阻隔着銀河路。

（旦近前問末云）那裏是織女星？（卜上云）孩兒，這早晚由古自未曾睡哩？（旦驚云）俺母親來了。（下）

（末云）俺嬸子好不做美呵。

【煞尾】夫人呵，你不肯壘花臺，裝繡檻，灌香泥，壅宿土。趁東風培養起璉枝樹。你不肯開翠沼，甃瑶池，栽嫩芹，種新荷，引活水温存着比目魚。魚雁銷沉音信疏，鸞鳳分飛形影孤。恰待多情同笑語，無奈親娘厮拘束。白璧雖求價可沽，緑綺難將絃再續。酒盞兒裏知恩銘肺腑，詩句兒傳情繫腸肚。煞倚東牆眼欲枯，魂斷西廂夢也無。似恁凄凉儘躭負，若得團圓成眷屬。春日尋芳駕鈿車，夏月追凉泛碧湖，秋夜觀蟾醉玉壺，冬雪藏□擁獸爐。朝爲行雲暮行雨，生則同衾死同墓。到做了對無忝和的姻緣，得了些整頓段的歡娛。恁時節，纔證了我月底星前受過的苦。（末下）

題目正名

十年别叔姪纔相會，三家親兄妹初留意。

熙春堂按樂宴芳時，惜花軒對月消春睡。

（旦引小慧抱粧盒上開）詩曰：春困不忺盤鳳髻，日長無意畫蛾眉。自從昨日與申哥相會之後，今日心緒不寧。待不粧扮來，又怕母親疑惑。且只得隨分梳粧些兒。小慧將粧盒來。（末上云）昨夜和小姐在熙春堂下，看牽牛織女星，好事斷勾到頭也，又被他父母叫將去了，我心裏好生惆悵，做下一曲「木蘭花」（念科）春宵陪宴，歌罷酒闌人正倦。危坐中堂，倏見仙娥出洞房。博山香盡，素手重添銀漏永。織女斜河，月白風清良夜何〔一〕。只爲小生緣薄分淺，辜負這等好天良夜，幾時是會得時節也。（末云）來到這暖閣前面，兀的不是小姐在那裏梳粧，我且和他厮見咱。

【黄鍾·醉花陰〔二〕】九十日春光去如攢，又一半鶯花過眼，簾幕晚風寒。曉夢闌珊，睡起梳粧懶。

【喜遷鶯】鸞鑑映嬌鬟，則見他金鳳釵頭雲半挽。壽陽宫扮，印梅花粉點兒初乾。眉間黛烟描雙翠彎。却便似雪霽後東風見遠山。他見咱倚畫欄，没揣地羞垂了玉頸，酩〔三〕子裏賣動了朱顔。

【出隊子】動人處秋波凝盼，一見俺有情人心便攢。我和你卓文君心緒，煞是愁煩。你休把漢司馬情腸，覷做等閒。覓空呵，我和你相逢難上難。

（末云）小姐，你畫眉的是燭花也那是燈花？（旦云）這的都是我攢下的燈花兒。（末云）你肯把些兒與我麼？（旦云）你要呵，自分些去。（末云）你分與我罷。又着我自下手。（旦云）我既許了你呵，争這些兒辛苦來。我分與你些。（旦做分媒科，扯生衣揩指科）（生退身云）污了我衣服。（旦云）你既然要了我的去也，怎做得乾净波？（末云）也罷，我就留做表記。

〔一〕「良夜何」原作「良呵」，據宋梅洞小説《嬌紅傳》改。
〔二〕「醉花陰」原作「醉衣珍」。
〔三〕「酩」原作「酪」。

【么】繡閣内銀釭光燦，即漸裹剪輕煤和麝蘭。索强如石華娥緑貢長安，似分的玉杵玄霜下廣寒。這的是相許俺千金只在一諾間。

（末收煤入合科）（旦梳粧了，向火科）（末云）我做一首［西江月］，説你的心事。（念科）詞曰：試問麝煤燈盡，佳人積久方成。殷勤一半付多情。油污不堪自整。妾手分來的的，郎衣拭處輕輕。爲言留取表深誠，此約又還未定。（末云）這梨花纔待開也，且折一枝兒。（旦唱）

【么】珠露温溋溋花瓣，多管是爲春陰芳信慳。你看他玉容寂寞淚空彈，翠袖娉婷香未殘。恨子恨一點兒芳心開較晚。

（末擲花在地上科）（旦拾起在手云）你怎麽丢了這花？（末云）這花欲含着淚哩，知他是爲誰來？（旦遞花與末云）你去書房裹翫賞可不好？（末接花謝旦云）我口占一詞［石州慢］道與你聽咱，（念科）詞曰：懊恨東君，催趲〔一〕去程，春意牢落。梨花粉淚溶溶。知是爲誰輕别，冲寒向暖。特地折取歸來，佳人無語徒拋擲。瞥見恰驚猜，忍使芳塵歇。收拾到明窗浄几，瓶插一枝，便添風月。因念多才，值此苦寒時節。近新消滅，料有萬斛春愁，芭蕉未展丁香結。甚日把盟山向枕邊同設。（旦云）今日天道寒冷，哥哥且坐向一會火去，（末放下花坐科）（旦附耳）（末背云）你身上衣薄，敢冷麽？（末云）我白日裹身上冷呵不打緊。則是夜間獨自難過。（旦唱）

【么】小慧，向金爐内添炭，陡恁的越羅衫怯乍寒。你道我沈腰輕，争奈客衣單。你道我潘兒瘦，羞將寶鏡看。你怎知道我腸斷春風花月顔。

〔一〕「趲」原作「攢」。

【刮地風】你怎知我覓雨尋雲魂夢間，幾度夜静更闌。月辰鉤把你佳期盼。熬不徹枕冷衾寒。你愁得來不忺粧扮，我害得來不思茶飯。便能勾見一番，遇一番。作念了千萬。是咱家緣分慳，直恁麽好事艱難。

（旦云）小慧，收拾粧盒去房裏去，（末云）我自從與你相見之後，使我朝暮思想，寢食未安。我每常見你言語動静〔一〕，不似個不動情的。如今及至我説起來，你便變了顔色，走去别〔二〕處去了。你敢是特故的這般調弄我。假若你肯不肯，回我一句實話兒。果然没心呵，我便告辭了回去也。（旦云）你好不知我心呵，不是我奚落着你，我怕你心不長久，已後着人笑話。我這幾日只爲你呵，茶不茶，飯不飯。所事兒都無心做。你怎麽知道我這樁事，你自主張，倘或有些發露呵，只是我自承認。常言道：有情不怕隔年期。你可荒做甚麽？（末云）這幾時，想的我整夜價不睡。眼見的成了證候也。

【四門子】害相思自小兒何曾慣，這證候服不得千金散、九轉丹。爲你個俏寃家，朝暮心無憚。捱不出愁悶限。咫尺中，頃刻間，要相逢似山外山。蜜約又稀，偶會又難，空只恁傳書寄簡。

（旦云）那日惜花軒回來時，我和你做的詩曾見麽？（末云）見了。

【天仙子】從那日惜花軒看牡丹，我待把你做花朵兒寄擎在掌上看。舔不着鼻凹裏沙糖，咽不下舌尖上香唾，我問你鴛鴦債何年甚日還，枉教人廢寢忘餐。到如今楚陽臺高似西華山，籃橋驛險似

〔一〕「静」原作「浄」。
〔二〕「别」原作「到」。

連雲棧，桃源洞深似鬼門關。（旦云）改日和你相約。（末云）又幾時等得到改日？如今眼下没奈何，看看吃你送了我性命也呵。（旦云）你這個不高才的秀才，只這般要緊。今夜你到熙春堂下，荼蘼架邊，等候我和你相會。（末謝科）姐姐，兀的不喜歡殺我也。（旦云）只怕有人知道。（末云）那個便知道。

【山坡羊】又不是夫人拘絆，又没甚閒調泛。只被你可憎娘奚落殺風流漢。看今番，到其間，雨雲期休再成虚幻。今夜把同心帶兒花下綰。（旦云）倘或我母親行離不的怎麽好？（末云）你又推調了也。（唱）奸！你又轉關空調侃。

（末云）小姐，我且回書房裏去，到晚相會。（旦云）你仔細，休着人見你來，（末云）我有分曉。（下）（旦下）（末上云）好了，好了，今番眼見的成就了。可怎生能勾到得晚，快向書房裏收拾去來。到書房裏了。看一看天色待晚也波，還早些兒哩。我且街上要一會來。（院本付外□下）（末上云）街上要了這一會，却早晚了也，這時候好去了。（末聽下雨科）呀，兀的不大雨下了。天公好不與人方便也呵！

【寨兒令】珊珊，驀聽的竹響琊玕。這的是不做美天公歹科泛，又不是三伏暑七年旱。没來由妒花柳，阻魚雁。

（末云）今夜敢不濟了也，

【神仗兒】便做把佳期再揀，會鸞鳳就明夜那番。眼見的苔徑猶滑，花陰未乾。一會價盆翻甕瀽，一會價珠聯玉散。到天明白茫茫水無邊岸。我則怕淹倒這座望夫山。

（末云）這雨想是不住哩，我且歇息一會兒咱。（睡科）（驚覺科）（云）恰合眼做一個夢兒，又被那雨驚覺我來了。

【尾】忽的早夢兒裏團圓又驚散。空對着冷清清燭滅香殘。兀的不乞良煞我，九曲柔腸雙淚眼。

（末下）

（末上〔一〕云）想昨夜與小姐，約在熙春堂下，又被那暴雨阻了。我作了一曲兒，（念科）［玉樓春］晚窗寂寂驚相遇。欲把芳心深意訴。低眉斂翠不勝春，嬌囀鶯聲紅半吐。忽忽已約歡娱處，可恨無情連夜雨。枕孤衾冷不成眠，挑盡燈殘天未曙。（末上云）與小姐第二日相見。争奈小生爲因家叔申伯通，除授閬州做官，欲要小生送他去。説道好事多磨，自古有之。他和我别約一個時候。當夜我和叔叔吃酒回來，到書房裏醉了睡着了。不想小姐來窗外叫我一會，我也不知道他來，他説我没信行，因此與他燃香剪髮，設下誓願。他見我明日回去，他作一首詩送行。（念科）詩曰：緑葉陰濃花漸稀，聲聲杜宇勸春歸。相如千里悠悠去，不道文君淚濕衣。（末云）我也和他一首。詩曰：密〔二〕幄重幃舞蝶稀，相〔三〕如只恐燕先歸。文君爲我堅心待，且莫輕拚金縷衣。我也不依他緑葉陰濃的説話，又做一曲［小梁州］詞念與他。（念科）詞云：惜花常是爲花愁。每日到西樓。如今何説抛離去也，關山千里，目斷三秋，慢回頭。殷勤分付東園柳，好爲管長條。只恐重城陰也，青梅如荳，辜負梁州。恨悠悠。他知道我疑他。也回了一曲［卜算子］。（念科）詞云：君去有何期？千里須迴首。休道三年緑葉陰，五載花依舊。莫

〔一〕原闕「末上」。
〔二〕「密」原作「蜜」。
〔三〕「相」原作「指」。

怨好音遲，兩下堅心守。三隻骰兒十九窩，没里須教有。又詩一首，詩曰：臨別殷勤私語長，匆匆去後早還鄉。小樓記取梅花信，目斷江山幾夕陽。（末與旦相别科）（末云）比及我回家，做些緣故，不根叔叔去，且到路上者。（末與叔行程科）（末云）今日早來到這些兒。天色晚了，前面是個店兒。且投一宿，明日早行。（院本店小二哥上開）（末做别叔回到嬌娘宅上科）（末云）小生來到叔叔家裏，早數日了。前日在回廊下見小姐，正待要和他到書房裏去。不想有兩個燕子争泥，打下來。他撇了我去看，正撞見湘娥來，吃了一驚。早是不到書房裏去，若着看見怎了？小生心中悵恨，做下一曲［擷芳詞］，（念科）詞曰：日如年，風輕扇。文園多病尋芳惓。春衫窄，庭院閒，獨步回廊。體嬌無力如花面，親曾見。千方萬計尋方便。籃橋隔，暮雲碧。燕兒墜也，又無消息。（末云）我守這書房，似恁的逐朝想念，幾時是了也呵。

【越調·鬥鵪鶉】則爲他夜月雲窗，春風繡榻。引動俺柳病花愁，心猿意馬。他體態温柔，俺文章俊雅。他顧戀咱，咱想念他。全不問身跳龍門，名標雁塔。

【紫花兒序】想着他酒席兒上憐香惜玉。詩句兒裏撥雨撩雲，鏡臺兒邊惹草拈花。諸余可愛，所事兒掙撻。因他把俺惜花心陡然没亂煞，一步兒也漾他不下，怎得人月團圓，魚水歡洽。

（旦上云）這兩日不曾見申哥。我且到書房裏望他一望。（相見科）（末云）小姐，今日到這裏，可難空回去了，好歹和你要一要兒去。（旦云）這個不高的東西，青天白日，甚麽樣子？（末云）我哄你要子，你便當真。（旦云）前日指與你的路兒，你好歹知道了。你今夜到二更時候，還打那條路兒直到俺卧房裏來。我每夜同兩個丫頭相伴。我今夜却都調開他每去。只有小慧知道，也不妨事。（末云）姐姐中也不中？（旦云）你又假乖，不强如這裏便要耍子，既然事到其間，怕甚麽，只是這等，我回去。你志心在意者，（末云）你再〔一〕坐一會兒去也罷。（旦云）只怕母親尋我。（旦下）（末上云）幾時等得到黑也，我且看一看，天色多早晚也。

【寨兒令】離畫榻，倚窗紗，小樓西壁天收暮霞。暗柳棲馬，芳草鳴蛙，人語静無嘩。怨東風老盡韶華，望朝雲遠似巫峽。想佳期心攘攘，盼歡會眼巴巴。他怕不是難摘離老人家。

【調笑令】我這裏等他，等他那俏冤家。莫不是又做了前番般花木瓜，這些時夜香燒盡黄金鴨。繡幃中寂寞煞人那，恰待要出書房，轉身將門扇兒插。趁花陰款款的行踏。

（末云）纔發擂也，呀，早一更也，我如今可打這熙春堂後，繞將過去走一遭咱。

【鬼三臺】從來道春夜值千金價，早聽得禁鼓報初更罷，怎着俺更捱得些時半霎。百忙裏敢走得路兒差，怕的是塘土上把靴蹤印下。昏慘慘輕雲籠月華，滑擦擦蒼苔凝露花。小生不能勾南省乘龍，且待學東牆騙馬。

（末做尋門科）（末云）這裏是角門兒，就這窗兒裏跳入去。（入去見旦科）（旦云）你怎生不叫我一聲？把我諕一諕。（末云）我見你魂也不在身上，那得工夫叫你？

【耍孩兒】覷一覷一會價眼花，湯一湯半壁價身乏。端想着似姮娥月宫裏纔降下，莫不是昨夜的夢兒裏那也是真假。

〔一〕「再」原作「在」。

（末云）夜深了，俺睡去麽？（攘科）

【聖藥王】髻鬌鴉，臉襯霞，覷着你似嬌滴滴玉無瑕。近翠榻，皆畫蠟，柳腰兒不肯褪〔一〕絳裙紗。終是個女兒家。

【么】把錦被兒搭，繡枕兒壓，玉腰兒香暖塞酥滑。鶯燕之雨雲罷，汗浸浸的腮斗兒揾鉛華，似一朵露濕海棠花。

【麻郎兒】你是個繡閣内香艷娃，咱雖是玉堂金馬儒家。配合就一對兒鸞孤鳳寡，打熬成幾場兒膽驚心怕。

（末看手帕科）（旦云）羞答答的看他怎麽。

【么】你道羞答答看他怎麽，（末云）你看我袖子上。（唱）呀，兀的是那漬春羅幾點兒桃花。（旦云）你剪下來，我收着，和你做個表記。（末剪科）（唱）不争我衫袖兒把裙刀剪下，也與你做表物似合歡羅帕。

【錦征袍】厮摟定暖玉嬌香的解語花，我趁他困騰騰細覷咱，越風流越俊煞。金釵兒鬢下壓，脂粉不須搽。是一個丹青描下的美人圖畫，畫兒上畫的只是假。

（旦云）你如今謷勾了我身子呵，久已後休要負了我心咱。（末云）小生不敢有忘。（旦云）你説個誓。

【黄薔薇】我爲你實丕丕燃香剪髮，你再不索絮叨叨斡刺挑搽。把海誓山盟設下，薄倖的神靈

〔一〕「褪」原作「腿」。

監察。

【慶原真】我情願百年恩愛，似錦添花。是休教一時歡會，似手搏沙。倘或有一言半語話兒差，天那，負心呵，活取了咱。海神行，須不怕俺秀才家。

（旦云）如今可不送了你性命也呵。（末云）我爲你受了多多少少熬煎，誰想有今日也呵。

【綿搭絮】我爲你忘餐廢寢，棄業抛家。神魂蕩漾，口角嗟呀。每日價無緒無情對落花，多病多愁怨歲華。兩三日水米不粘牙，險將人干害殺。

【么】不付能勾見了嬌娃，實指望你做個渾家。你心裏肯麻，回與俺句實話，咱兩個做一對兒並頭花。教小姐惹恨受驚擔怕，我其實難報答。

（旦云）已後和你相見時，言語上不要泄漏了，我口占［菩薩蠻［一］］一曲，你聽咱。（念科）夜深偷展紗窗綠，小桃枝上流鶯宿。花嫩不禁揉，春風卒未休。千金身已破，脈脈愁無那。特地囑檀郎，人前口謹防。（末云）我也和你一首［菩薩蠻］。（念科）綠窗深竚傾城色，燈花送喜愁波溢。一笑入羅幃，春心不自持。雲雨情已亂，玉體羞還顫。從此問雲英，何須上玉京。（旦云）和你做下了，我只怕人知道。（末云）也没奈何。

【拙魯速】俺如今是做下，更怕甚是發。上不過弄玉團花，點污了你痕瑕。又不傷了風化，又不壞了家法。有些争差，説起根牙，事不干他。別的都罷，只是恁母親行，母親行不是耍。

［一］「蠻」原闕。

（旦云）若我母親知道不妨。只做我一個不着。（末云）呀，又早天明了也。

【雪裏梅】早聽得畫角兒弄咿啞，宿鳥兒叫啾喳。未合眼早天明，可教我怎生撇下，俺心裏早吊撒。

（旦云）天明了，我送你出角門兒去。（旦送科）（末云）我然是回去，心兒放不下你。

【古竹馬】看了他玉容如畫，雲鬟堆鴉，眼稍斜抹。小姐，兀的不歡喜殺人那。撒金蓮苔徑滑，芳情兒眷戀，美意承答。看他，看他，遮遮掩掩，怯怯喬喬，數步兒湘裙踏雁沙，媚姿姿笑靨面生花。

【么】昨宵纔會巫娥，秋月春花。今夜敢望陽臺，海角天涯。你若是想咱，念咱，得消寄息，暗約幽期，早晚裏休教人盼望殺。小生便客旅窮途，科場不第，飄零落魄，儘自由他。

（旦云）今夜再敢來麽？（末云）我怎的不來。（旦云）你好大膽呵！（末唱）

【尾】雖然道秀才每色膽如天來大，咱兩個暗號通同説下。在意者，你休教鴛鴦幔後把小門兒拴，准備着荼蘼[一]架側低聲兒叫，放心波，我則向翡翠窗前把指尖兒打。（末、旦俱下，做別科）

（申伯禮上云）（末上云）小生與小姐夜去明來，不覺數月其間。爭耐俺父親喚我回去，道是：「槐黃在邇，怕誤了科場。」不敢違了父命，便收拾回去。那日我接了家書，怕小姐知道煩惱，且休教他知道。叔叔與我餞行，他纔知道當夜小姐到俺書房裏，問我道：「去了幾時再來？」我只説：「去三兩個月便來。」他道：「只怕不隨你的意。」他又問我：「來不得怎麽好？」我説道：「你若心堅，天長地久和你做一處，我怎麽肯負了你？」他道：「我見《崔鶯

[一]「蘼」原作「薇」。

鶯傳》上説『張君瑞的恰缺不移，不到四五年後，張生別娶了渾家，鶯鶯又改嫁了別人。已後張生設計，再要見他一見面，那鶯鶯羞了，不肯出來，罷了。』我和你這每知心，世間也少有。怎比張生？你這一去，來不來都在與你。你只説我會唱曲兒，平日我羞不肯唱，今日你去也，我與你遞一杯酒，就唱與你聽。」不曾唱得一聲，就哭起來了。他怕人聽得，撇了我就回去了。第二日辭別叔叔時，他煩惱就不出來了。小生到得家裏，經今數月，書也懶看，諸事無心，每日價只是吃些酒，醉了昏昏的睡。因小姐臨別之時，做下一曲［永遇樂］。（念科）極目秋空，塞鴻飛過，有恨誰寄。幽會未終，歸期頓阻，憶得輕抛棄。暮雨情疏，□雲信斷，惟有月明千里。想當初，嬌姿百媚，相期永效連理。東窗軒外，熙春堂畔，飽挹荼蘼香味。一曲離歌，十分別酒，閣不住汪汪淚。蛾眉蟬鬢，知他今後，好好爲誰梳洗。算此生，姻緣未斷，再須□你。（末云）我央及親的每對俺父親説。着媒婆張老娘，去叔叔家説親去了。我就修下一封書，着他背地裏與小姐。忝親申純，書奉瑩卿小娘子粧前，即辰秋氣清爽，想惟深閨容與，淑履多福，純無潤之跡，得自托於蘭蕙之傍，爲幸大矣。幽會未終，白雲在念。自抵侍下，無一夕不夢想洛浦之風烟也。諸家經史，非惟不復措意。縱一抛擲，勉强不至，所以爲懷。有親朋見憐者，於大人前致一語。天啟其衷，俾續秦晋再世之盟，未審二親雅意若何。倘不棄庸陋，則張生之於鶯鶯，烏足道者。茲因媒氏之行，喜不自勝。臨此以布露腹心，幸相與媒之訴風，以候佳音。家居無聊，偶思佳麗夜別之言，綴［永遇］一詞，並用録□，亦以見此情之拳拳耳。新霜在後，更宜善加，奉承不宣。純頓首再拜□□。又寫着［永遇樂］詞兒在書後，着□□□□□□□付能媒人到那裏，叔叔心下不欲成親，再三□□□□娘，問小姐討將一個回信來，與我拆開來看，恰是□□□□〔一〕芳」，又帶兩首詩。説道：（念科）簾影篩金，簟波浮水，緑陰庭院清幽。夜長人静，消得許多愁。

〔一〕四字或爲「一曲滿庭」。

常記當時月色，小窗外、情語綢繆。因緣淺，行雲去後，杳不見蹤由。殷勤紅葉，傳來蜜意，佳好新求。奈百端間阻，恩愛成休。應是奴家薄命，難陪伴、俊雅風流。須想念，重尋舊約，休忘杜家秋。詞後又詩二首。詩曰：雲重月難見，風狂雨不成。尺書徒寄後，傾淚若爲情。目斷勞千里，情分役寸心。藉君憐舊日，莫絶羽鱗音。（末云）暗自别之後，教我心神恍惚，睡卧不安，做成證候，父母煩惱，着人到處求神買卦，我却心裏想着，要叔叔那裏去。暗地央及算卦先生，説道我的是些邪祟，只除去遠處去躲避，方纔得好。昨日父母着□□□説了，着我去他那裏躲避去，可知好哩！正醫我心上的病。辭了父母，收拾行李，便去者。（外末上云）自家陳仲游的便是，在於城都府居住，見説俺那朋友申厚卿，去眉州望他叔叔回家，得了些證候，不曾去探望他，今日去走一遭。（行到科）這裏正是宅上，我就入去。（相見科）（外末云）自别之後，文候納福。（末云）間闊許時，不想賤體少安。（外云）切見足下精神，不及往日。想必有些不快，不知爲甚麽上得來。（末云）不爲甚麽。（外云）何故瞞我，我知道你心上的事，你只管熬煎做甚麽，似這等呵，幾時得了。（末云）如今求神買卦，上説我被些邪祟，父母着我眉州去叔叔家躲去，收拾行李了，正没個做伴的。如今得你來送我一程。（外、末云）你心裏悶，就一路去，和你同到金二姐家走一遭。（末云）也好，他幾番着人來叫，我獨自個懶去，今日和你去看他一看，到那裏只説俺特地來望你。恰不要對他説，俺去叔叔家去。（外末云）正是。（正末、外末並下）（外旦上云）妾身上廳行首金恰恰的便是，在城都府城裏住坐。一家三口，母親年老了，有個女孩兒叫做伴姐，别無甚人口，只俺娘女兩個在花門柳户裏，單靠着吹彈歌舞，迎新送舊，若説着俺行院家的門風，打緊的是虔婆利害。俺虔婆生下一副鐵石心肝，皺着柄凍凌嘴臉，把俺□做女的，不做人也似看承。自小裏怕不也虧他抬舉，教俺些指空畫空。白日裏聽候官身，黑夜裏相陪着子弟。有那一等驢頭馬臉，村沙撇强的人。有些錢鈔，俺娘便歡歡喜喜的接在家裏；一脚的没了錢呵，便尋些務頭，則是趕出去了纔罷。俺娘手裏掐着串數珠，不住口的常念着迷魂靈神咒，拄着條拐不離身，只是個敲腦子的沉槌。恨不得鴉青鈔疊做楚陽臺，只待要馬蹄金砌做條藍橋路。是這娘嫌的女愛，女愛的娘嫌。俏書生空自多情，村茶客偏生統鏝。□□我五行注定，八字安排。日前有個相識申厚卿，打聽的他恰從眉州回家，每每的着人叫他，他説道□□不好，好了便來。這幾日怕不好了也，我且到門首望他一望。(□末相見科)(外旦云)正想着，你却來到了，入來坐，孩兒看茶。(將酒科)(擡卓子科)孩兒，間壁叫張春兒，李盼兒，就帶樂器來。(孩兒叫科)(二小旦相見科)(外旦云)春兒你唱，我把酒。(外旦云)申厚卿遠路風塵，這酒呵，先從你起。(末云)我是自家里，合從陳仲游先把起。(旦云)也是。(吃酒罷，擡過卓，收了)(外旦與末坐定)(外旦云)你心裏怎麽有甚麽不快活？(末云)我心裏没甚麽事。(外旦云)我見你不言不語，必然身上有些勾當。(末云)你不知我到眉州叔叔家，這幾時回來。前日他家小姐寫書來叫，至今不得去。因此煩惱。(外旦笑云)爲這等，你敢和那小姐有一手麽？(末云)不瞞你。我在他家裏與小姐夜去明來，整整的半年，家裏父親知到，唤我，只得回來了。前日使人説親，他父母又不肯，我如今收拾去。(外旦云)你叔叔是誰人？(末云)是眉州王通判。(外旦云)那小姐唤做甚麽？(末云)叫做嬌娘。(外旦云)他生得如何？(末云)他生得桃花似面，柳葉似眉，秋波似眼，櫻桃似口，筍芽似手，鴉翎似鬢，花容月貌，玉體冰肌，便有那一千個西施，也不如他。(外旦沉吟科云)莫不小名唤做瑩卿？(末云)便是。你怎麽知道？(外旦云)那時楊都統家與他家舍人尋媳婦時，只要生的好的，教畫工將人家但有女孩兒模樣，悄悄地都畫將那影身來看。我見一個爲頭生得好的，長眉梢兒，梳着半鬟頭。我問他每，道是王通判女兒，叫做瑩卿，因此上知道是這一等人。便是天上仙女一般，你看他這般模樣，可知你看不得我哩，則不知道他脚大和小哩。你今番去，可偷他一隻鞋兒來，我看一看。(末云)我但去時，將來與你看。天明了，我去也。(外旦云)你去呵，我説的話你記着。你回時可再來走一遭。

【正宫·端正好】改不過浪遊心，還不徹風流債。怎能勾占場兒，買斷了柳陌花街。你問我佳期，此去何時再。似這每甜吃味，熱心懷。能敬客，肯疏財。相約會，共歡諧。從此去，更須來。明月滿，碧桃開。那時節再和你同解香羅帶。（末同外旦俱下）

（末上云）小生申純，自與金二姐相别，可早到眉州也，我想他説俺小姐似仙女一般，我如今正是誤入桃花源也，因而作詩一首。（念詩科）詩曰：自入仙源路已深，桃花與我是知心。紛紛浪蕊迷蜂蝶，得似高山遇賞音。（末云）這裏便是叔叔家，開着門哩。前候没個人來，我入去。（見旦科）呀，小姐怎麽出來在這裏？（相見科）（末云）入去見叔叔嬸子。（旦云）今日間壁玉寺承家，請俺父親母親都去天寧寺裏賞牡丹去了，只到晚纔回，我且和你去書房裏耍一會。（末云）是好閒行。

【中吕・粉蝶兒】春日遲遲，嫩雲烘養花天氣，秀溪亭水漾玻璃。柳垂絲，桃噴□，□茵展翠。轉東風百巧黄鸝，説不盡滿園林畫圖般景致。

【醉春風】□□過聽夜雨錦堂前，又來到盼朝雲花舍裏。是誰曾拂綽我的酒愁花病壁間詩。小姐，怕不是你。詩呵，題不破我往日情緣；花呵，感起我舊時情誓；酒呵，又引動我少年情味。

（末云）我去一年，這書房依然如舊。題首［鷓鴣天］。（念科）生館睽違已隔年。重來窗几尚依然。仙房長擁烟雲瑞，浮世空驚日月邊。濃淡筆，短長篇。舊吟新誦萬愁牽。春風與我渾相識，時遣流鶯奏管絃。（旦云）且坐一會，説些話。（坐定）（旦云）你怎麽一去許多時？（末唱）

【迎仙客】雨雲疏，成間闊。你道我，路途遠受驅馳。我和你，别不到一年來，整整想了你三百日。你道我減了精神，我爲你擔着病疾。只你是扁鵲盧醫，與我些治急症的相思劑。

（旦云）你只這椿〔一〕事上要緊，科場上不曾想。（末云）□□有心性整理他。（旦云）你也不想攀蟾折桂，一舉成名也。

【醉高歌】五經書過眼昏迷，萬言策無心課習。便折得桂枝獨步蟾宫内，怎如俺效連理在鴛鴦帳裏。

（旦云）你鴛鴦帳裏這每好。你家去呵，怎麽不取一個渾家，可又來這裏做甚麽？（末云）怪哉，我和你别離不多時，你便怎麽忘了我，説這等話，我説道家裏茶飯也吃不的，睡卧也不寧帖。因此每每着人對俺父母説了。使的張老娘來你家説親。你父母又百般的不肯。正是天不從人所願。我來這裏，你顛倒説這等話。着我好煩惱也呵。（旦謝云）我且哄你耍子，你便認真。你若這每心堅，我恰再有甚麽説話？你且坐，只怕父母來。我回房裏去也。（旦下）（末云）這早晚叔叔嬸子也未來哩，我且花園裏走一遭。（末下）（旦上）（鋪床睡科）（末上云）來到這熙春堂前，還和去年風景一般。

【紅繡鞋】荼蘼院風香雪霽，牡丹軒緑繞紅圍。這一樹碧桃從在粉牆西。梨雲春淡蕩，柳霧曉凄迷。想起俺舊遊蹤如夢裏。

（末云）這裏便是小姐卧房，半掩着門哩。我試望一望他，敢在房裏？（末入房科）不見他，怕不在床上睡哩！（揭被科）

【石榴花】日高花影上堦遲，静静悄悄掩香閨。我把這紫金鉤斜搭起繡羅幃，由兀自未起。柳困花迷，和衣兒半揾着紅綾被。玉釵愡寶髻雲堆。我待要倩流鶯唤醒花仙睡。怕將你好夢兒乍驚回。

〔一〕「椿」原作「莊」。

（末指科）

【鬥鵪鶉】則恁那斷腸魂飛去在誰行？可不道有情人來到這裏。你敢學趕王生倩女離魂，我與這會宋玉的巫娥做美。更做道春困勝勝没氣力，只這般睡怎的？（末云）付能得空便，他可又睡着了。這的正是無緣對面不相逢。不争你辜負了雨暮雲朝，可似我阻隔着天南地北。

（末想起科）那時金二姐教我偷他一隻鞋兒來看。趁他睡着，我偷一隻兒。（拾起鞋兒看）

【普天樂】半折筍芽尖，三寸銀鉤細。繡幫兒窄小，底樣兒新奇。鞦韆板上擎，翡翠盤中立。印幾朵兒金蓮在香塵内，似一對兒鴛鴦步步相隨。不是俺實心兒下得，休怨暢一時間拆散，權寧耐幾日分離。（末下）

（外旦飛紅冲上云）恰纔見申秀才在俺小姐房裏出來，到書房裏去了。敢是小姐把與他些兒甚麽東西，我且去他書房裏看一看。（入房科）（見鞋科）呀，元來是小姐一隻鞋兒在這裏。他每常常的説話上，且是做假乖。我恰拿將去問他，看他説甚麽。（外旦上就落下詞科）（末上云）回到書房裏，見門開了。呀，這鞋兒那裏去了也？

【上小樓】好教我心荒意急，那裏不東尋西覓。付能將來，肯分放下，未曾收拾。我却也魂不知。爲甚的把書房門不閉？可教俺學偷香的枉耽千計。

【幺】這裏是有一隻不疑，又没甚柳盜蹠，可怎麽大院深宅，官廳客位裏，不見東西？若有個使數每歹鑒識，直送到夫人根底。我只怕款騰出郭華情罪。

這書房裏若不見了，敢是那個將去了。我好悶呵，且作一篇小詞兒解悶呵。（念科）尖尖曲曲，緊把紅綃蹙。朵朵金蓮光奪目。襯出雙鉤紅玉。華堂春睡沈沈，拈來縮動春心。早被六丁收拾，蘆花明月難尋。（想科）莫是我放在袖子裏時，路上捽落了。（末云）我一路上往花園裏尋將去。呀，鞋兒尋不見，到有一張字紙。（拾起紙科）

看時做一篇［青玉案］，（念科）花底鶯啼紅英亂。春思重頓成愁懶。楊花夢散楚雲平，空惹起情無限。傷心漸覺成縈絆。耐愁緒寸心難管。深成無計寄天涯，幾欲問梁間燕。

【滿庭芳】哎，似這每才華秀麗，茶牋瑩潔，香墨淋漓。是誰將繡幃中一段傷春意，穿聯就萬顆珠璣。這筆劃學柳骨顏筋的字體，這詞章效閨情宫怨的詩題。他又不通個名諱，怕不似金溝御水，倩一個紅葉兒做良媒。

（末云）兀的是小姐打鸚鵡哩。（出見旦科）

【快活三】日融花霧濕，人静漏聲稀。金籠鸚鵡怕春歸，悄語在花陰内。

（末云）小姐敢覷鸚鵡，有個比喻。

【朝天子】羽林中第一，最聰明是你。解人語，知人意。黄金索短，繡絛兒垂。折倒得翠羽嬌無力。顧影孤棲，能言何濟？隴雲深掃夢稀。悶懨懨木石，泠清清月日。你這不如沙暖鴛鴦睡。

（末云）小姐，你到書房裏來，和你説話。（坐定）（旦念詩科）（末拿起詞）

【鮑老兒】這一張銀葉似花牋，是你疊下的。待要把鴛鴦簡誰憑寄？這一篇錦片似情詞，是你寫下的。既不沙，龍蛇字誰能會？包藏蜜意，裁排暗約，出落佳期。搜吟句法，封題手跡，你辨認個端的。

（旦惱科）（末云）你這每惱甚麽？

【古鮑老】悄悄蹙蹙攢着黛眉，兩點兒遠山尖横暮碧。氣氲氲的紅了面皮，恰似兩朵兒桃花初破蕊。衠一味對着人慘緑愁紅意。是誰曾惱犯着你？又没甚風情弊，我其實猜着這囫圇謎。

（末云）姐姐你真個惱了？（旦云）這詞兒是飛紅做的，你怎麽説道是我做的？你偷了鞋兒去書房裏去了，飛紅拾的來。他的詞兒可又你拿將來了。天下偶然事非那裏没？我怎麽敢惱你？你既有别人，那裏採我了？

（末云）有這等恰好的事？我見你面似個惱的，有甚麽難猜處，好歹只爲這些事。今日和你説的明白了罷。

【紅芍藥】誰是誰非誰曲誰直，没梁桶兒再休題，早子是洩漏了天機。繡鞋兒誰將去，簡帖兒是誰寫的？兩下都知根達地。我把其中就裏説破無疑。心腸相知，明放着上有神祇。

（末云）你不信我時，我和你對着天剪髮，再設個大誓願來波，（旦笑云）你真個這等？後園裏去有個明靈大王廟裏，這神道好生靈驗。我和你望着廟裏去説誓去，（旦、末指廟科）（焚香説誓科）

【剔銀燈】這神道顯神聖，聰明正直。統領五百個陰兵鬼祟，本合到殿堦前剪髮書盟誓。俺同處怕有人知。遥望施恭敬，忙頂禮。子俺口中言天聞若雷。

（同跪下合唱）

【蔓菁菜】這埝兒誰敢將心昧？只願俺穩拍拍的做夫妻。没些是非。但有個短倖薄情負心的，爺爺，只照取王魁例。

（末云）今日和你設了誓了。我占一個團圓詞與你聽。（念科）芳心一點，柔腸萬轉，有意偷憐。孜孜守着，甚日來結得惡姻緣。言是新聲，明神在上，説破從前。天還知道，不違人願，再與團圓。（旦〔一〕云）我也回你一曲[碧牡丹]謝你。（念〔二〕科）一片芳心被春拘管。重尋雲翼盟約。説與從前，不是我情薄。都緣燕逐晴絲，蜂粘花

〔一〕「旦」原作「末」。

〔二〕「念」原作「合」。

蕊，便成仇着。蜜愛堪憐，變成多寂寞。此心只有天知，終不成輕□做作。滿眼閒花媚柳，也則無情索摸。後園同步，遥告靈神，地久天長更須托。從今再與團圓，把是非斷却。（末云）回到這花園裏也没人來往，就這裏俺兩個人説些話兒。你看這答兒好去處。（旦云）怎見得好去處？

【十二月】楊柳絮，白雲滿地。杏桃花，紅雨成蹊。就這會春閒晝永，揀一坨兒花密人稀。咱兩個雲情雨意，不强似燕約鶯期。

【堯民歌】你看那，緑楊絲，低低簌下翠帲幃。落花瓣，平鋪着錦裀茵。相偎着香紅軟緑浄無泥。怕有甚濕翠行雲亂沾衣。端的比着你那房中少甚的？别是答風流地。

（旦云）這裏露地不好，和你到亭上去。（末云）那裏是好。（末、旦行科）

【耍孩兒】對着那錦重重嬌花寵柳韶光媚，富貴似桃源洞裏。這些時尋芳人散日平西，俺正是殢春情樂意忘歸。恰來到湖山側，潛身悄聽雛燕語，猛轉過畫橋邊，瞥眼驚看乳燕飛。同倚欄干立。妬艷粉蜂窺彩扇，戀濃香蝶趁羅衣。

（末云）等我四下裏望一望。没人來。（末下）（卜、外旦上）（外旦云）今日天氣好，後園牡丹開了也。夫人，咱每閑翫一遭去咱。（卜云）也好。（旦云）這裏也不好，只怕有人來往。到不如俺回家裏去。（末云）倘或家裏又有此妨礙，恰又則這每罷了。

【么】惹閒愁游絲落絮中，催别恨斜陽芳樹底，説相思流不盡金塘水。似這後園中花亭晝静無人到，煞强如繡閣裏翠被春寒有夢知。恰今日重相會，未受用齊眉舉按，又謫量執手臨岐。

（卜、外旦上，望見末、旦科）（外旦云）小姐和申秀才也在那裏。（卜喚旦了）小姐你來。（旦應科）（旦隨卜、外旦隨下）（末閃了科）（末上云）這又是飛紅道兒。爭一些兒險不做出來。

【尾】恰纔個遲共疾，只爭得俺一步間。明日那是和非，都因他一句哩。不提防這潑包婁暗使拖刀計。把俺那没倒斷的相思，從頭兒又害起。（末與旦作别赴京科）（末、旦俱下）

（孤、卜、小旦、院子一行上開）小官王仲賢。昨日在街上見賣登科記。有俺那申家兩個姪兒，都及第了。爭奈路遠，不得自去慶賀。我使將一個小厮，賫書去他家慶賀。就着他弟兄每來走一遭。今日必然到也。院子，你門前看者。（院云）知道。（下）（院本乾打手上）（院書上）（末上念詩科）詩曰：龍樓鳳閣九重城，新築沙堤宰相行。我貴我榮君莫羡，十年前是一書生。（云）小生申純。托賴着祖宗福廕，不想俺兄弟兩個一舉及第。哥哥官授綿州綿山縣主簿，小生官授祥州司户。昨日叔叔家使人捎書來賀喜，教俺來走一遭。本是俺哥哥去，他説我是長子，父母在，不遠遊。爭奈叔叔的言語，又不敢違了。我在這裏管家。兄弟你去走一遭，正就着我的意。我想起俺小姐那夜在後園中，恰待閒耍一回，着飛紅使道兒，把嬸子叫出來衝破了，教我好生□恐。回到書房，做一曲［漁家傲］，自解我的悶。（念科）情若連環終不解，無端招引傍人怪。好事多磨成又敗，應難捱，想着冷眼誰瞅采。鎮日愁眉雙斂黛，欄杆倚遍無聊賴。但願五湖風月在，且寧奈，終須還了鴛鴦債。（末云）我想這事，嬸子必然知道了。眼見得安身不穩，因此上辭了叔叔回家去，當夜小姐到書房裏説道：「你這番來住不多時，不想有這場阻礙。你如今去呵，必再來。休道有這些疑惑便不來了。恰中了飛紅那賤人計了。」行啼哭着做這一篇詞與我餞行。是［一剪梅］詞。（念科）荳蔻梢頭春意闌，風滿前山，雨滿前山。杜鵑啼血五更殘，花不禁寒，人不禁寒。離合悲歡事幾般，離有悲歡，合有悲歡。别時容易見時難，怕唱陽關，莫唱陽關。（末云）回到家裏，恰好俺叔叔在眉州任滿。全家兒往俺那裏經過。在俺家住了三日，爲人衆上不曾和小姐説得一句話，直至起程路上跟着轎子，他推開簾兒對我説道：「我和你一日也捨不得。自厮離後，不想和你一别，經今又早三年了。我爲你想得成了證候。倘或有些好歹呵，乾罷了。你那其間棄舊憐新，眠花卧柳。那裏再肯想我哩！」我道：「放着明靈大王哩，我怎麽肯做這等人？」小姐就在轎兒裏與我一付描金鸞鳳合香項牌，帶着一個珍珠同心結子。又有一首詩。（念科）詩曰：欲語征夫促去忙，臨岐分袂轉情傷。不堪千里三年别，浪説仙家日月長。（末云）我送他到接官亭，回家來心裏好放不下。賦一篇「念奴嬌」一闋。（念科）春風情性，奈少年辜負，切香名譽。記得當初繡窗私語，便傾心訴。露濕花陰，那堪月篩簾影，幾許良宵遇。亂紅飛盡，桃源從此迷路〔一〕。因念好景難留，光陰易速，算行雲何處，三峽詞源，誰爲我寫出斷腸詩句。目極歸鴻，秋娘聲價，應念司空否？甚時覓個綵鸞，同跨歸去。（末云）俺哥哥見了這詞，説我道：「兄弟似這等學問呵，正當一舉成名，何故留心於此？且和你温習舊書，到秋間赴試去。」未及鄉試中時，我一心想着那小姐，便待回來。俺哥哥説道：「揭榜在近。」把我再三留住。不想果然中選，得授詳州司户。兄弟同回，鄉里都來慶賀。我還記得他每幾首詩詞，有一首「步蟾宫」。（念科）徐卿二子文章妙。秋風來應興貿詔。雙雙折取桂枝歸，鄉閭自此增榮耀。浪桃三月春雷繞。翻身共跳龍門曉。緑衣並立綵萊衣，那更時雙親年少。又一首「臨江仙」詞：入手功名如拾芥，文章得力須知。蟾宫丹桂折高枝。姮娥愛年少，换與緣羅衣。初筮民曹姑小試，騣騣相及瓜時。雙親未老十年期。飛黄騰踏去，身到鳳凰池。（末云）今日辭了家兄，逕到俺叔叔家去。想俺秀才受黄卷青燈十年辛苦，投至得一官半職，也不小可了呵。

〔一〕「從此迷路」原作「從路迷」。

【南吕・一枝花〔一〕】儒風繼孔顔，道統談堯舜。文章達模範，禮樂入經綸。壯志超群，際遇文明運，生當忠孝門。歎閭閻競錐刀的小子區區，羨臺省厭粱肉的諸公袞袞。

【梁州】衣畫錦，恰歸到楚水巫山故里；宴瓊林，曾拜受宮花御酒新恩。消得我戰文場一掃龍蛇陣，探左史九丘八索，叙先王五典三墳。琴操古絃張白雪，劍花寒光倚青雲。論文呵，我闡河圖，陳洛範，秉台衡，澤被於民；論武呵，我法陰符，按陽道，握兵機，合變如神。不付能試鱣堂，赴千里槐花市，風日淒淒；投至得跳龍門，破萬丈桃花浪，風雲隱隱。没揣的步蟾宫，拂兩袖桂花香，風露紛紛。有莘，渭濱。他兩個隱林泉的尚有功名分。後學輩慕先進，據着我調羹手，當爲鼎鼐臣。直待要趁青春圖像征麒麟。

（末云）來到叔叔門前。伴當拿着馬者，教院子入去報。（院云）申秀才來見。（孤云）着入來。（末入見拜科）（孤云）且喜你兄弟二人皆中高科。（末云）托賴叔叔福廕，偶中一舉。（孤云）你哥哥如何不同來一遭？（末云）家中無人，只是姪兒自來。（孤云）遠路辛苦，且去書房裏歇息去。院子引秀才，前廳耳房裏權且安歇。（院引末虚下）（孤、卜、小旦一行下）（末上云）這房子裏難見正堂，好生窵遠。想起我也不爲别的。敢是那日嬸子疑惑我和小姐在後園裏的這些事了。似這每水泄不漏呵，怎生是好？

【賀新郎】這汝陽齋遥隔着畫堂春。有甚麽半點兒疑猜，便做了一時生分。眼睁睁閃得我人遠天

〔一〕曲牌「一枝花」原闕。

涯近。把我做野草閒花近鄰，看咱似清風明月閒人。小姐呵，空自恁擲菓偷憐裴少俊；夫人呵，只好教駕車私走個卓文君。

（末云）看了這新去處，教小生怎麽在此過活？口占一詞，名曰［相思會］。（念科）脈脈惜花心，無言更思憶。夜永如年，誰道籃橋咫尺。緣分淺，何似舊莫相識。試問取，柳千絲，愁怎織？菱花頻照，兩鬢爲誰雪積？幾番會面，見了又無信息。追前事，把兩淚偷滴。且看下稍，如何是得。（末云）看這等眼前景物，好傷心呵。

【瑶草令】東風細雨催花信，春色去已三分。落紅飛絮愁成陣，情牽着楊柳絲，香淺也芍藥粉，粧淡了梨花暈。

【感皇恩】静攙攙翠掩重門，泠清清酒剩芳罇。琴榻涴燕巢泥，書籤亂蟲蠹蘚，香鼎燼麝煤塵。辜負了風花雪月，阻隔似卯酉參辰。吉玎玎掂損了玉連環，厮琅琅頓開金串瑣，扢嗤嗤扯破了錦回文。

【楚江秋】一會價暗傷神，一會價黯［一］銷魂。又只索安排腸斷待黄昏。（末云）一路上辛苦。（睡科）我恰待搭伏着絞綃枕頭兒盹，怎禁他數聲啼鳥不堪聞。

（末云）睡也睡不着，我且去前廳上走一遭。

【梧桐葉】每日價愁緒縈方寸。恰便似酒病減精神。强擡身出書房，探一個平安信。小姐，知他你

［一］「黯」原作「點」。

在那裏捱孤悶。（末云）廳上没個人來。料想小姐也不到這裏來。我且悄悄地走到中堂去看可有人。呀，也没個人來。

【紅芍藥】雨晴初天氣静無塵，恰正是門掩殘春。燕歸來庭院悄無人，空自恁目斷行雲。我這裏抵牙兒自暗忖。莫不俺生逢着寡宿孤辰，我待要倩鱗鴻來往寄殷勤，又只怕似前番般説假成真。（末云）兀那門簾動處，敢有人出來。我且閃一閃。（下科）

【菩薩梁州】我只見繡簾斜分，香風微趁，金蓮疑印。呀，元來是你。（相見科）恰便似畫嵋兒唤下真真，春愁低壓柳眉顰。冷淡了粉香腮，半嚲着鴉翎鬢。欲言未語把星眸瞬。那悽慘，那淹潤，是則是昨夜個雨打梨花深閉門。爲咱來斷夢勞魂。

（旦云）自與你别後，我想着你及第了。只恨我命薄，不得和你相見厮守。感承你遠遠的又來到這裏。争奈我和飛紅那賤人做成冤讐。俺母親年老，管不得諸般事了。都在他手裏。你到這裏，我不曾敢出來和你説一句話，只爲這上頭不敢出來。（末云）我如今着我在外面安歇，心裏好生的煩惱。我待便回去，又不曾和你相見會一面，不忍便去。似這般光景呵，我便在這裏住的長久也不濟。

【玄鶴唳】這的是一般天，兩樣傷春恨，怎把俺親者番爲陌路人。他不合搬挑了一句口，你可休打滅了兩重親。想當時同攜素手，同凴香肩，同鬭翠畢，同宿鴛幃，同與綢繆，同共歡娱，兩下都心同意肯。到如今，一場更變，兩地離别，佳期有阻，親事無成。想殺我也，一夜夫妻，夫妻的這百夜恩。也是你薄緣淺分，也是我時乖命窘。（末云）我如今不如且回去如何？（旦云）你且不要回去，心休憔，再住幾時。（末云）似這般光景，我怎住得成?

【烏夜啼】即便裹俊龐兒瘦減了汪梅韻。幾時得舒心兒,燕爾新婚。咱已後入中堂又怕人談論。欲進無門,欲見無因。只今日斷腸人對斷腸人。端的是淚珠有盡愁難盡。月底情,花前恨。情隨月缺,恨似花新。

(旦云)你這般煩惱也枉了,不如到做個計策。(末云)你怎麽尋個機變便好。(旦沉吟科)我爲你呵諸般不敢與飛紅兩個争競,顛倒在他根前,做小伏低,他心裹還自不滿着意哩,已後倘或能勾他回心轉意,還得和你如舊日一般。你且回去,怕你要盤纏用,有些銀子。(與銀子科)我有一雙金釵兒與你將去用。但有衣服不好時,教人將入來我整理。你且再住一兩個月看,(末云)你有這擺布。休説道兩個月,我便儘在這裏住不妨。

【牧羊關】你便似診着脈恩醫心病,對着鑰匙開瑣門。只爲他使機關破壞俺情親。休問我個月淹留,只要他一心兒聽允。把斷絃重續上,把古鏡再磨新。但能勾按察着他閒言語,便情取成就了咱美眷姻。

(旦云)怕母親尋我,你出去,我也出去。(末云)我這眼觀旌節旗〔一〕,耳聽好消息。(末、旦下)

【尾】從今後把緑紗窗紅燭下,寫春情的鸞歌鳳曲,推敲得穩。把青玉案錦箋中,寄别恨的雁帖魚封,對勘得真。好姻緣若承准。閒是非且休論,想相逢那時分,有心待效秦晋。暗約期兩情順。那妮子做讎恨,離間咱好情分。守空齋納愁悶,謝多嬌肯存問。我只怕等閒又過了今春,却不道

〔一〕「旌節旗」原作「旌郎計」。

憔悴了何郎臉上粉。

（旦上云）妾身自從申哥到此。爲俺母親有些疑怪，着他在外庭安歇。往來不便，一向和他不曾有甚話說。這幾日我的心，只在飛紅身上。諸般事只是他說便是。一應金珠段匹首飾衣服，他要的，我便與他。我也不敢使喚他，只叫他做紅娘子。漸漸的買轉他心來了。那申哥還不知道哩。我也一向不敢出去。我幾次教小慧去叫他，他不來。及至他來，與他說話，他又不答應便出去了。好悶人呵！不想飛紅見我這等，問我道：「小姐，你每日不言不語，只是流淚。茶飯不食，面色好生憔悴。你心裏有甚事，不對我說。」再三問我，我不說。我只說道：「我和申哥的事，你都知到，我心上別無事故。」飛紅說：「這是容易的勾當。老夫人又不來管你，只在樓上看經。你要怎的都隨得你。」我只怕申生還疑着飛紅。他不肯入來，就着飛紅寄將我一首詞兒去叫他，他不肯來和，飛紅也心裏不忿他。覷他神思昏迷，不比平日。見人說外面有的是好行院家粉頭，和人家好女孩兒一般。那生年紀小，出外面胡走，也不見得。古人有一首詞，名「畫夜樂」，最說的是。（念科）西川自古繁華地。恰正芳菲景明媚。園林錦繡粧成，雜遝香車寶騎。絃管聲中，綺羅叢裏，盈盈多少佳麗。水子逞疏狂，不惜千金醉。彼此相看總留意，浮雲浪雨尤殢。選甚楚館秦樓，長是偎紅倚翠。濯錦江頭，惡風翻雨，無情落花流水。誰念鳳幃人，閒却鴛鴦被。（飛紅云）小姐有甚麽難處，我有個法兒，便知道他的做處。（旦云）前夜教小慧和蘭蘭去書房外瞧他，只見有個女子，和我一般般的在他房裏對坐着。小慧回來說，都吃一驚。我也不信他說。再要出去看，外間久關了。猛想起來，這裏有一個前任同知的媳婦兒，年少没了，常常的要出來迷人，多管是那廝。第二日再教小慧去，只説道是嬸子叫他，他入來不説話，又待要走出去。着我攔住了問他，他都不知道。只説每夜裏是我到他房裏，教他不要入來着。

我窮究到他是處。他道：「你教我莫和你説話，可又這每問我。」我道：「如今飛紅和我没些兒言語了。幾番叫你不來，不知你主何意，夜來個小慧來望你，只見有個女子，和我面兒一般，在你房裏。我又未曾出來看他，我只聽得説：「那房子裏有前任同知的媳婦兒，爲妖精，常要出來迷人。這必是他假做我的模樣，來迷惑你哩。」説得他害怕起來了，就不敢出去了。我説□他道：「你到晚夕只管還出去那房裏去，他必然又來。我着你見分時。當夜飛紅對俺母親説了，俺母親也不信。和飛紅兩個去看，那厮真個又在那裏。飛紅只怕俺母親，看得他似我的模樣，又提我起來，不敢仔細端詳他。被俺母親把他窗干打了一下，諕得那厮就不見了。自此俺母親不敢教他在外面歇，意欲搬他來書房裏安歇。只因感着那些兒邪氣，不快了幾日纔好了。近日俺父親赴京聽除回來，心裏待招他做女婿。只見飛紅來對俺説。俺兩個聽得這話，歡喜得没是處。正待成就也，不想楊都統家使得良媒來問親。爲他上司衙門，俺父親推托不開他。眼見申哥的這親事又是艱難了。昨日聽得這意思，煩惱上心。投着那舊證候，又不快活了。小慧！（應了科）你去望他一望，問他夜來的事如何，來回我話。（小慧去云）小姐根前有句話敢説麼？（旦云）你有甚麼話説？（小慧云）小姐是通判相公的親女兒，飛紅是小姐家裏使數的。我常見小姐做意兒相待他，他説的便是，他要的便與。你呵，這每伏低做小，他到氣昂昂的不理着你。小慧心裏好生的不忿他。不知小姐心裏是怎麼主意？（旦吁氣云）你小里在我根前，怎麼不知道？只爲飛紅和我兩個不投機。他要尋我的破綻。如今申哥來這裏好幾日了，我也不敢和他説句話兒。可爲甚麼單怕他，又説起俺是非來。我如今若不諸事上都依就他，怎麼保得他没言語了。我有一首詩你聽。（念科）詩曰：雨勒春寒花信遲，痴雲礙月夜光微。披雲閣雨憑誰力，花月開圓且待時。（小慧云）再有一句話敢道麼？（旦云）你再説甚麼？（慧云）小姐，你情性聰明，諸般上分曉。那時湘娥和你兩個花園裏樓上去時，湘娥不讓，先走上樓梯去了。惱得小姐一兩日價不吃飯。你是這般氣性。從老相公官滿回時，小姐每夜價把香直燒到半夜等了睡去。你平昔曾每日愛惜身子。小姐可得好。平日筵席上親眷每三五番價央及你，聽不得一聲。你胡亂不肯開口。如今不把自家身己當是，都着那飛紅折了你的志氣，墮了你的名節〔一〕。我但説着和小慧也氣起來。如今那申秀才的證候，想也不爲别的。我見他從中舉來到這裏，全不把你在心，必是有外情。小姐，你這每好模好樣，諸般都會，又好針指。俺這裏地面有的是人家好子弟，强似申秀才的。便是楊都統家舍人，又生得十分好。小姐你怎麽直迷着心，只管想他，你倘或有些高低呵，和小慧也没了指望。（旦吁氣云）你不知道世間那裏有似申哥這等和我情意，我想着他也不到得負了我的心。我今世裏務要和他在一處纔罷。你再是必休説了，則去與我問他一個信來。（小慧下）（旦云）這妮子到把我花白了一場去了。又不見來回話。等他不來，我自到書房裏看他一遭。（旦下）（末病扶上開）月圓便有陰雲閉，花發須教急雨催。（末云）小生自那日在中堂與小姐説話之後，來到書房裏則是納悶。無可消遣，作了兩首律詩，寫在窗上。這一首是睡起來的詩。（念科）詩曰：庭院深深寂不譁，午風吹夢到天涯。出牆新竹摇霜節，匝地垂楊滚雪花。覓句閒將消永日，遣情聊復酌流霞。狂風全不知人意，早向窗前報晚衙。這一首是夜坐的。詩曰：簟展湘紋浪欲生，幽人自感夢難成。倚床剩覺添風味，開户何妨待月明。疑怪蛙聲傳蜜意，難將螢火照離情。遥憐織女佳期近，時看銀河幾曲横。（末云）昨夜二更時分，恰待要睡也。聽得有人敲窗子，我出去看恰是小姐來。他説道俺父母都睡了，我特來相伴你。到天明去時，囑〔二〕付我道：「我今後每夜來，你等閒不要入堂屋裏去。倘或你撞見我時，也恐要説話，怕人疑

〔一〕此句前原衍一「二」字。
〔二〕「囑」原作「祝」。

我。」我道：「你每夜來呵，我又入去何幹？」自此之後，凡經月餘，喜得復會，做了一篇「于飛樂」。（念科）大賦多嬌。蕙蘭心性風標。憐才不減文簫。怕雲窗花館，虛度良宵。蜜意相撋就，長待燭暗烟銷。向人前藏迹，休把言語輕挑。問誰知證，惟有明月相邀。從今管取，爲雲爲雨，暮暮朝朝。（末云）忽一日飛紅將一個簡帖兒寫着一篇詞兒喚我。（念科）「眼兒媚」□腸鎮日鎖眉頭。無計可消愁。當初不慣，相撋相就，合下冤讎。今番況被兩休休。都付水東流。此情誰表，試憑紅葉，道個因由。（末云）雖然寫將這詞兒來喚我，我恰計着他那夜的話。又則怕是飛紅的見識，也不敢去。便有詩和他相見，我也不惹他。後又小慧來說嬸子叫我，我入去恰見小姐在後堂裏坐。恐怕人見，我就回身便走出來。着他趕上便攔住。問我道：「你這幾時怎麼窯變了？」我不應。他道：「你每夜伴你的是誰？」我則道他哄我。吃我回他道：「你教我見你時休和你說話，如今怎麼到說我窯變了，你從這幾時，每夜到俺那裏來。教我見你休說話，怕飛紅知道，又生出事來。」小姐回道：「自從你到這裏，我幾時曾出來，到你書房裏來？你怎麼說這言詞？」（末云）恰是誰？（旦云）莫不是那妖精，又出來迷你。怕不是那廝化變做我的模樣來迷你哩！我如今和飛紅没些言語了。前晚使人叫你不來，又教小慧和蘭蘭兩個來看你。見一個女子模樣似我一般和你對坐，便是邪祟。他道：「我如今特地的來叫你問這主事。」他道：「你若不信呵，叫飛紅來問他。」飛紅說的和小姐一般。某夜晚又來，只見小姐和飛紅把窗子也打了一下，諕得他做一陣旋風不見了。纔知道委的是那個邪祟。第二日搬我到書房裏安歇。自此小姐不時間來望我，我得脱了這妖祟，和小姐來往如舊日。因作「望江南」一曲。（念科）從前事，今日始到空。冷落巫山十二峰，朝雲暮雨意無蹤。一覺大槐宮。花月地，天意巧爲容。不比尋常三五夜，清輝香影隔簾瓏。春在畫堂中。（末云）然我身上終有邪祟氣所染，神思恍惚，因而得患。調理較可。自從叔叔赴京聽除回來，待把我招贅爲婿。使飛紅來說，歡喜得我一夜不曾睡着。我賦「內家嬌」一曲。（念科）燈花何大喜，多情事、天意想從人。念小子秀蘭房，才高柳絮，我登仕板，世忝簪紳。堪詩處、一雙兩好，彼此正青春。夙世姻緣，今生契合，昔時秦晉，重締姻親。殷勤。謝紅葉，傳來佳耗，意蜜情真。長記東園池畔，要誓神明。料得從今臨風對月，消除舊恨，慘雨愁雲。管取團圓到底，不負恩深。（末云）正待成這親事也，只見小姐來説：「楊都統家來强説親，百般推托不開，俺這樁事又敢成不得了。」説罷就大哭起來。「我如今和你厮守没多日子了。你平日要我唱，我不曾唱與你聽。我今日唱一曲［一叢花］你聽。」就得了一口氣，感動舊疾，一卧不起。今日聽得叔叔請得一個醫人來看我，敢待到也。（院本黄丸兒）（院本上）（末云）醫人去了。他不知我心上事，怎麽調治的可，我想起我這證候，是愁上得來！

【商調・集賢賓】（一）這一座小書齋，窄撇撇剛似個斗，怎裝得許多愁。愁呵，天也似無窮無盡；病呵，似影兒般相趁相逐。病和愁，乞皺定着眉尖；愁因病，忔蹬在心頭。似這每愁攘攘病昏昏儼然如害酒，病和愁折倒得我巖巖消瘦。愁添新證候，病成了舊風流。

【逍遥樂】可教我怎生禁受，早子是對景傷情，况值着西風暮秋。猛然價無語凝眸。聽呷呀雁過南樓。疏剌剌風擺庭梧，淅零零雨灑荒堦菊，則這兩三般便合成俺孱僽。雁呵，想你那平安字難憑難信；風呵，和我這短長吁相和相酬；雨呵，可似我悽凉淚無了無休。

（旦與小慧上）（與末相見科）（旦云）哥哥貴體較好些麽？（末云）我這證候怎麽得好，（旦云）這房裏面好冷静。（末云）可知冷静哩。

【金菊香】我這裏珠簾塵滿控金鉤，錦帳香銷冷繡毬。銀燭光寒摇翠牖，一弄兒景物清幽。怎做得

（一）原本僅標宫調「商調」，未標曲牌。據該句句法，該曲牌名應爲「集賢賓」。

春風醉倚暖雲兜。

（旦云）你日間也起來走一遭。（末云）白日裏可些，到晚來越凄慘過活不得。

【醋葫蘆】冷冰冰窩着被兒，呆答答靠着枕頭，單注着睡魔神和俺做冤讎。（旦云）你困倦也睡一覺。和衣兒困來時獨自宿，那一夜不到三更前後。眼梢兒待交睫，由兀自淚珠流。

（旦云）我看你這幾日十分瘦了。（末云）可知哩！似這般淹煎證候呵，可怎地不憔悴了！

【上京馬】這幾時憔悴潘安容貌不藏羞，消減得沈約腰圍衠露醜。業身軀看看害得漏斗，氣絲絲夢斷魂遊。怕的是不知心的問起這病根由。

（旦云）你愁呵，吃些兒酒也解悶。（末云）我怎麼吃得下？

【浪裏沙】怕不待高擎着鸚鵡杯，滿斟着花露酒。猛拚個對花前一醉解千愁。（旦云）你也勉强吃一盞兒。扎挣着强握得三四口，我則怕醉醒時愁還依舊。誰想這釣詩鉤，到做了釣愁鉤。

（旦云）我又問你，如今莫不又是那東西來迷你？（末云）不是。（旦云）你那時也不想他是邪祟？（末云）我心裏有些影他。（旦云）怎麽影他？

【梧葉兒】我見他倚繡幌春心怯，背銀釭粉臉羞。我猛覷着緊低頭。（旦云）他和我一般。他比你笑的聲音兒似，他更比你過從的意思兒熟。（旦云）若不是我說破你呵，你這性命早晚也罷了！（末云）可知。若不是恁識破他鬼狐由，敢送得俺卧枕着床罷手。

（旦云）這事罷了。（末云）如今楊都統家事怎麽了？我爲這事多慮。（旦云）古人言：「樂極悲生」，果然有此事。我與你剪髮立誓，死生一處。不想遭這場折挫了也。（末云）你這般說，我也則是爲這樁事，愁得我這等模樣。

【秋江送】你説起千般恨，我擔着一擔愁。誰想到從天降這一場惡事頭。（末云）楊都統家也没分曉。你做了三軍帥，萬户侯。那裏不尋個好人家俊女流。你邊廷上鎮守，兵機上慣熟，强打拆鳳凰樓，硬併上燕鶯儔。呸，這便是你汗馬上立功勛的得志秋。你怎下得把俺這美恩情一旦休。

【鳳鸞吟】事已到頭，怎生得干罷休。可憐人不自由。好姻緣配偶，望天長地久，今日個半路裏不成就。空念想，干生受，那裏是葉落歸秋。

（旦云）我有一件事和你説。昨日爲些閒事，把緑英那小丫頭打了一頓。他説我和你的勾當，都告俺父親了。今日鬧起要問我，全得飛紅與我遮蓋了。我只怕將久來不好。你怎麽做一個緣故，且回家去過些時。等寧帖了時你再來。你若去時，便休一竟的回去。又只怕俺父親見你去了又問起來。你在左近打聽一個分曉去。（末云）這是容易。我只説道我昨夜得一個夢，夢見俺父親不安，回家看一遭。我又身子不安，覓一個船兒，到半路裏便回來。在左近等你一個分曉。可回去，教你也放心。（旦云）你若回來，我不得見你。我着飛紅來和你説話。（末云）此一别又不知幾時和你相見，口占一曲「好事近」你聽者。（念科）一自識伊來，便許綰同心結。天意竟辜人願，成幾番虚設。佳期近也，想新歡遣我空愁絶。莫忘花陰深處，與西窗明月。（旦云）夜深了，我且回去。明日你行時，我難送你了，你休怪。（末云）我知道，你不必送我。（旦下）（末云）天明了。趁叔叔不曾衙裏去時，辭了罷。（下）（孤上云）夜來教醫人看申純，不知今日如何。（末上見科）（孤云）姪兒身已較好麽？（末云）賤體稍可。姪兒夜間恍惚得一夢，夢見家尊不安，心裏好生憂。今日辭了叔叔，且回家去看一遭。（孤云）姪兒，如你到家時，好生調理。（末云）小生有詩一首拜别叔叔。（末）拜辭了。就去後堂拜辭了嬸子。（孤云）這早晚好衙裏去。（下）（末與梢公摇船兒上）（末云）早辰辭了叔叔，則到半路裏，依舊回來到這裏。梢公，只在這橋邊楊柳樹上，且把這船兒纜住者。

【後庭花】把一葉虚飄飄江上舟，纜着在顫巍巍橋畔柳。柳呵，亂結就千條恨；橋呵，停分着兩地愁。我只想嬌羞，於咱情厚。他爲訴瓊筵，金鳳甌。和花牋，金縷謳。展蘭膏，纖玉手。褪弓鞋，看玉鉤。望銀河，指女牛。對靈神，設誓咒。雨雲蹤，容易收。好前程，不到頭。

（旦紅上）（旦云）昨日申哥走到半路又來了，不知船在那裏？（紅云）兀那柳陰直下一隻船兒，我去看咱。（見科，問）這船兒是誰的？（梢公云）申秀才的便是。（末、旦相見科）（末云）小姐，你怎敢自出來？（旦云）父親送太守出城去了，我來望你。（末云）這事怎地了？（旦云）還不罷哩！（紅云）俺相公待招贅你來，争奈楊都統家逼臨着來説親。待許了他家來，又知道你與小姐做下的勾當，怕外人講論，事有兩難。怎麽是好？（末云）叔叔真個知道了！

【雙雁兒】你道是老人家知道怎干休，怕風聲揚衆口。（末云）叔叔也没主張，招了則也罷。把似你招贅了呵！何人敢雜嗽？哎，你那個卓王孫殢事頭，我只怕賈充宅出盡醜。

（末云）這一口氣我怎麽忍得他？

【柳葉兒】枉氣殺偷香韓壽，明知道潑水難收。那一個莽郎君捨着與俺書生鬥。你便會旋機勾，我便是敢做敵頭，你這每强争鋒的着甚來由。

（旦哭科）（末云）小姐休哭！越着我煩惱不好。（末唱）

【掛金索】俏促促翠黛凝愁，雨道春山皺。濕浸浸珠淚匀粉，半幅鮫綃透。只俺這今日别離，相見何時又？想你那舊日的歡娱，此去誰能勾。

（末云）我和你從此别後，你自家調理你身子。不要只管煩惱，枉折倒了你！（旦云）你教我怎麽調理得是！

（末唱）

【金菊香】你閑時節强拈着犀筯進珍饈，倦來時穩蓋着鴛衾睡錦紬。我和你此别後，無人未當問候。好將息體態温柔。我怕的是你柳嬌花嫩不禁秋。

（旦執末手云）我和你這等恩愛，想今世遂不得我的心也。你爲官享禄，别娶佳配。我也指望不着你了也！（末云）小姐，你看我怎麽撇得你下！（末哭科）（云）兀的不煩惱殺我也！

【醋葫蘆】可惜俺鴛鴦會没了下梢，不是俺鳳鸞交拔了短籌。這恩情，直到那海枯石爛恁時休。（旦與褐袖科）（旦云）我不能勾和你一處了，這袖子教俺那裏發付？你將去罷，料想這等光景也不濟了。（末接過袖子下）（唱）那時節染香花剪下這衫袖口，我如今錯看做啼紅湮透。一絲絲一點點是離愁。

（旦云）我和你今日别後，再幾時和你相見？只除是夢裏尋得着你。我有篇[菩薩蠻]和你相别，表我寸心一點。（念科）郎今去也抛奴去。恨共離舟留不住。扶病到江頭，情沾兩淚流。路遠終須别，一寸腸千結。此會後難相逢，相逢只夢中。再有一首詩。詩曰：合歡帶上珍珠結，個個團圓無一缺。當時把向掌中看，豈意今爲千古别。（紅云）只怕老相公來家，俺回去。（旦、外下）（末云）小姐你去了，幾時再得和你相見一面也好。

【尾】再休提畫堂前花似錦繡，窗外月如畫。再何時鳳帷人静共綢繆。恨臨岐説不盡俺心上愁。眼見得蘭舟歸後，我只索盼斜陽烟水兩悠悠。

（外卜上云）老夫申伯禮。爲因孩兒申純，自從去年得了些證候，到處請醫人許禮願心，求籤買卦。百般的不好。這幾日轉加沉重。昨日聽得説碧雞廟前有個師婆卜神，可似見來的一般，十分説得靈驗。今日教人請去了。我在此等候。（申綸引院本師婆旦上）（碧雞神云）申純和王通判家女兒，前生本是王母娘娘位下的金童玉女。兩個爲因思凡謫下世間，該爲夫婦，本有宿緣之分。則奈業債未滿，不曾匹配。見今王通判家女兒也不快着在那裏哩！這兩個正是前生姻眷，今世若不得成其夫婦，淹留他凡世，這病且不得好哩！（院本下）（申伯禮上）老夫是個凡人。如今若不是神道説出來，那裏知道這門親事？我着人去説親來。他再三推故不肯，□□我還着張老娘去他家説這姻緣。今番他若不肯時，便是送了俺孩兒也。（申綸云）唤張老娘過來！（來了）（申伯禮云）張老娘，今日特請你來，别没話説。説俺家第二的秀才，從去年身子不快，求醫不好。今日個碧雞廟請下神來，説道：「申純和王通判家女兒前生本是王母娘娘位下的金童玉女，兩個思凡謫下世間，合爲夫婦，本是姻緣之分。則爲他宿債未滿，不曾匹配。見今王通判的女兒也不快。今世若不成其夫婦，淹留在凡間，這病且不得好哩！單爲這上頭，再煩老娘去王通判家説一遭。務要教成就了。你説道若不許這親呵，兩個孩兒性命都不好。他若准了這親事呵，就揀個好日子，着孩兒過去。你便來回我話者。若成了親，我重重相謝你。（媒婆云）老官人説了，老身便去。（外一行下）（孤引紅上云）小官王仲賢。去年聽除回來，爲見姪兒申純在家管些事務，十分停當。待要把他招做女婿，不想楊都統家遣媒來説親。他是俺上□□，一般□□不得。況兼俺女兒得些證候，醫求不可。如今申家使媒人來説，他孩兒病證危篤，百藥不效。請個師婆説出來。（云前事了），着他還來説這親事。我心裏只奈楊都統家，見逼臨着要下財禮。教我兩下裏没奈何。我昨日着人去把申家下神的言詞，明明對楊都統説：「他兩個前生分定，合做夫婦。」且喜楊都統聽准了，我則索許申家成親。教揀好日去。想着我女兒也不快哩，也只爲這親來。飛紅你去着他看一看，就因話問説與他知道。（紅云）小姐只爲緑英那日説他是非，就身上不快起來。這幾日只是煩惱流淚，百般的解釋他不得。飛紅比先見他，曾把一個珍珠結子，合香項牌，與申秀才來。我前日自穿了一個珠結合香項牌，和他做的一般般的，將去與他，只説道申秀才來。今日他道別尋了親事了。使人送來這裏還你。小姐見了，又只管啼哭。説道：「申秀才和我厮守這幾時，偏不知□□□。他知道我的煩惱，特故里來□□哩。子細把來認□□□，□□□手跡越不信了。昨日只是昏昏的睡着流淚，也不曾吃的一口湯水。今日房裏閒坐，飛紅但把這話對他説呵，他心裏便喜歡起來。管教没些兒證候了。老相公既許允了他家，揀好日子去取。一壁廂准備筵席，教女婿過門便是。（孤云）説的是。院子！（應了）你去前庭上擺布席面，我來看他教人門首伺候，看有客來，便入來報。（院云）知道。（飛紅云）我且去教小姐吃一口茶飯者。（紅下）（末引書童上）小生申純。舊年得了些證候，一卧不起。若不是俺父親請將師婆來下神呵，怎麽知道俺宿世的勾當？近日且喜得證候痊可了。俺父親又使張老娘去説，他來俺家回話道，叔叔把楊都統家親事絶以了，教好日子過門成親。争奈我詳州司户到任的日期將近。我且成就了親事，却去到任也未遲。小姐呵，爲你受了多少的艱難，纔盼得今日也呵。父母之命不敢有違，拜辭□□，只今日便行。正是：歡來不似今時，喜後那逢今日。

【雙調・新水令】〔一〕□紫絲韁挽不定玉驄驕，看一路媚春風樹梢花萼。青鸞傳錦字，烏鵲□星橋。今日個喜事相招，遥望見列戟門高，没揣地早來到。

（院子報，孤出接科）（末云）門前人排着一陣樂器接我哩！

【滴滴金】佳氣盈門，春風滿路，芳塵遮道。争看俺嬌容美丰標。錦繡重幃，驊騮後擁，紗燈前導。

（到門首下馬）（外云）秀才遠遠的來，鞍馬上生受。（末唱）我怎辭得馬上劬勞！

〔一〕宫調、曲牌名原本漫漶，依曲律補。

（孤坐定云）請小姐出來拜香案。（旦引飛紅、小慧上）（孤云）你兩個拜了天地。

【水仙子】碧梧春老鳳凰巢，翠羽香殘荳蔻梢，青樓夢斷簾空調。別離多歡會少。俺今日倒踏門索甚粧么，打迭起鴛鴦債，成合着鶯燕交，填還了俺月夜花朝。

（孤云）飛紅去請夫人出來，教和新人厮見。（紅下）（夫人、飛紅上）（與孤坐定）（末、旦拜孤與夫人科）

【折桂令】五侯門累世金□。量着咱萍梗飄零，怎當他花月妖嬈。雖道是兄妹通稱，似□□有緣相會，大□□緣分難逃。人只道張節度□□□□花誥，□□□□□□□。羔雁在今朝，合歡在今宵。儘今生鸞鳳和鳴，琴瑟新調。

（擡酒卓上）（孤云）將酒來，動樂器，飛紅把盞，着他兩個新人回房裏去，（樂引末、旦）（收酒桌科）（鋪床科）

（樂引末、旦上）

【殿前歡】畫堂高，玳筵方丈列珍庖。綺羅叢一派笙歌鬧。滿飲葡萄，香浮緑錦袍。花壓烏紗帽。沉醉也扶來到，珠簾盡捲，花燭高燒。

【雁兒落】斜踢開畫屏前銀榜栳，高搭起繡幔上珠瓔珞。按納上咱今番竊玉膽，端想着你舊日的傾城貌。

（末、旦同坐）（末云）樂器都回去。（樂下）

【得勝令】支楞楞休撥紫檀槽，叫呀呀誰聽翠鸞簫。待將你同心帶先惚放，不覺俺合歡柘忙嗻了。恁送客的無勞，伴着俺不歇息千嘿鬧。守親的休焦，管教你儘撒撒直到曉。

（末云）小姐，我和你誰想有今日也呵！

【掛玉鉤】我這看花眼從來有下落，不比那河陽縣裏窮潘岳，俺這畫眉手今番可用着。□□□□□□上痴温□。□□我得官，夫人是你做了也□□□□□□□□□□□□□□□□□□□□□剩，點起銀缸高照。

（末云）夜深了，咱歇息去來。

【對玉環】〔一〕花困春嬌，亂雲横翠翹；柳褪弓腰，暖香幃鳳綃。黄粉襯衫薄，紅鴛雙襪小。□想着往日私情，别離生怕曉。

【清江引】好姻緣這番成就了。天配俺才和貌。盟山誓海心，並枕同衾樂。願今生有情的都厮見着。

（末云）似俺這等夫婦雙美，該因前緣分定也。（旦云）只俺兩個天長地久、頭白相守，量着我粧殘貌陋，只怕没福做夫人。（末云）世上那裏□似你的。到只怕我没福哩！

【碧玉簫】玉軟香嬌，有筆也難描。雨暮雲朝，没福是難消。在地爲連理枝，在天爲比翼鳥。波浪兒掙，心腸兒俏。暢好喜也波張京兆。

（末云）可早天明了也。

〔一〕曲牌名原本漫漶，依曲律補。

【荳葉黄】子聽得撲鼕鼕畫鼓忙催，響噹噹玉漏頻敲。嗚嗚的角韻初絶，呀呀的雞聲連報。紗窗外朦朦的天欲曉。我只到春夜迢迢，看看的月轉花梢。□兀□□騰騰不知顛倒。

（□□引仙一行上）（末云）外面爲甚□□□□，出去看一看。呀，這樂器□□□□來慶賀俺親事的。着人去報老相公知道。（孤下）（一行上）（仙女董雙成云）吾乃董雙成是也。今奉太虚九光龜臺金母法旨，來到這裏。（雙成云）申純，你本是娘娘根前金童，嬌娘，你是玉女，恁兩個記的前身的勾當麽？（末、旦想科）我想起來了也。

【川撥棹】我聽你説根苗，猛思量纔記着。俺家住西筵樓閣岧嶤。山水週遭，雲路迢遥。俺那裏有松柏靈芝瑞草。常則是按鸞笙，咏碧桃。

【七弟兄】□時節醉了，跨鶴上青霄。尋真訪遠蓬萊島。天風萬里月輪高。歸來閒倚崑崙嘯。

（雙成云）你知道了也。（末、旦云）知道了。（雙成云）你兩個當初不合凡心一動，娘娘見你，責發你到人間，還的宿債滿足了，復歸仙道。如今教我來接引你哩。不可久停久住，只今便行。（末云）這等，

【梅花酒】咱兩個是做得錯。俺娘娘没個肯輕饒。□□□仙標，謫降下□□，來凡世走這遭。尋楚岫，覓藍橋。捱凄涼，受煩惱。風流病□□□□□□□。也曾信俺如今宿盡罪根消。二十年似風飄。

（末云）□□□了便行。（孤一行辭送科）

【收江南】今日個雲軒遠駕玉逍遥。羽衣輕舞雪飄飄。□□催赴紫宸朝。拜辭你去了，再誰向鳳凰臺上憶吹簫。

（雙成云）你每聽者，請同行，（雙成云）動仙樂！（隊子舞上）（末、旦拜謝）（雙成云）感謝仙長，遠來接引。

【尾聲】碧瑤笈，天馬錦，光輝輝，捧玄都五色長生誥。叢簫笙，雲和瑟韻悠悠奏。鈞天一派昇仙樂。想當初失脚在凡籠，到如今攜手上雲霄。唱道，這的是天上新歡，人間舊約，既別却宿生緣，更參透玄關竅。咱兩個歸看蟠桃，兀良正風涓涓洞天曉。（俱下）

（揭幔子）金母斷語：吾説與仙宗道祖，汝皆非親爺嫡母。申純乃降闕金童，嬌娘是瑤池玉女。爲一念感動中心，罰二紀沉淪下土。暫離脱異質靈姿，權借他凡胎濁骨。虚飄飄恩怨分明，實丕丕業緣滿足。從今別南閻□□，依舊歸浪風玄圃。

題目正名

楊安撫空使權豪妬，王通判悔把姻緣誤。
申厚卿難通叔伯婚，王嬌娘合昇神仙路。

總關目

王嬌娘願托終身配，申厚卿暗作通家婿。
判仙凡彩筆木蘭詞，誓死生錦片嬌紅記。

月下老定世間配偶

第一折

【仙吕·點絳唇】花信風微，燕泥雨霽，韶光麗。暖日遲遲，醖釀出遊春意。

【混江龍】艷陽天氣，遍園林無處不芳菲。柳條婀娜，杏錦離披；翠草和烟雛燕語，碧桃凝露彩鸞棲；芍藥粉鉛華淺試，海棠絲絳臘低垂；翠檻暖香含荳蔻，畫欄暗香噴荼蘼；小徑嵌金錢石竹，矮屏攢錦帶玫瑰。花撲撲一片錦模糊，暖融融三月春光媚。芳塵滾滚，香霧霏霏。

【油葫蘆】四十里紅香錦繡圍，風日美。香車寶馬趁晴暉，雕輪輕碾莎茵細，玉鞭亂拂楊花墜。恰轉過甃花磚萬字階，早來到步金沙九曲堤。立東風似覺非人世，却疑是乘彩鳳下瑶池。

【天下樂】十二樓臺擁翠微，高低，簾半垂。一處處啟紗窗，列銀屏錦繡幃。花香度門草亭，柳陰籠拾翠溪，有丹青難下筆。

【那吒令】蝴蝶兒對飛過葡萄架西，游蜂兒競起落薔薇徑裏，黄鶯兒亂啼在櫻桃樹底。鴛鴦戲緑水濱，鸚鵡語金籠內，一聲聲似殢嬌痴。

【鵲踏枝】錦香堆，翠紅圍，才過了元夜花朝，又早是禁烟寒食。看如此風光景致，盡遊人樂意忘歸。

【寄生草】泛曲水蘭舟漾，簇香風彩仗移。錦標收看罷鞦韆戲，翠鬟迎齊奏笙歌沸，玳筵開准備鸞凰配。夜長拚向月中歸，春深莫惜花前醉。

【么】小隊按霓裳舞，新腔歌金縷低。隨花傍柳春明媚，調絲品竹仙音沸，烹龍炮鳳珍饈備。瑶臺飛下玉天仙，蓬壺幻出風流地。

【後庭花】酒痕香手帕兒濕，花枝重鬏髻兒低。酒醉後情偏熱，花深處眼欲迷。覷吳姬風流佳麗：粉酥胸，白雪肌；黛烟描，新月眉；寶釵橫，雲鬢堆；柳腰纖，玉一圍；啟朱唇，皓齒齊；蕩湘裙，蓮步遲。

【青歌兒】呀，嬌靨笑，秋波、秋波生媚。安排着雨雲、雨雲情意。翠袖香温手共攜。畫閣蘭閨，繡枕羅幃，琴瑟相宜，鸞鳳于飛，是一對美滿好夫妻風流配。

【賺尾】賞花時，尋芳意，問甚千金一刻。縱有遊絲百尺飛，碧天邊難係春暉。到明日，綠暗紅稀，不忍聽空林叫的子規。常則是被流鶯喚起，更做到殢紅妝不睡，大古是惜花人愛月夜眠遲。

第二折

【正宮·端正好】青靄靄柳陰濃，輕拂拂荷香蕩；小紅亭、嫩綠池塘。水晶簾動波紋漾，高捲起金鉤上。

【滚繡毬】翠雲屏，青瑣窗；紫藤席，白象床；罩湘烟、碧紗鴛帳；夢初回，浴罷蘭湯。出繡房，過畫堂，羅扇輕、晚風清爽，汗珠消、玉骨生凉。松濤細煮團龍茗，花霧濃薰睡鴨香：别是個風光。

【倘秀才】蟬鬢嬋，斜簪鳳凰；粉臉淡，輕勻海棠；翠點眉心半額黄。縷金香串餅，雲錦藕絲裳，添了些晚粧。

【滚繡毬】步盈盈羅襪凉，動珊珊瓊珮響，翠陰中倚闌凝望：浸樓臺雲影天光；小壺天風月埸，萬花叢鴛鷺鄉；彩霞深，緑雲摇颺；顫巍巍羽蓋雲幢；蕊珠宫裏神仙侣；天女機頭雲錦章：景物無雙。

【倘秀才】緑槐陰低低粉牆；碧梧覆陰陰井床；葵萼傾心捧日光；萱開黄鵠嘴，榴蹙絳紗囊：正紅稠緑穰。

【賽鴻秋】露滋花，花含露，珍珠輕綴在霞綃上。絮沾苔，苔鋪絮，粉錦碎點在絨氈上。柳藏鶯，鶯穿柳，緑絲亂拂在金梭上；藻擎魚，魚翻藻，錦書雙捧在銀盤上；自鷗下碧波，雪片飛江上。竹吟風，風篩竹，玉簫聲在青鸞上。

【脱布衫】蜜房瓜旋剖甘霜。銀絲膾細縷新薑。玉碗調冰壺蔗漿。荷筒注碧香春釀。

【小梁州】玳瑁筵前白晝長，錦片似排場。鳳簫鼉鼓間笙簧；瑶箏上，翠竹雁成行。

【么篇】雪兒對舞雲娥唱，按梨園一派宫商。醉眼狂，歡情暢，餘音嘹亮，齊和採蓮腔。

【醉太平】倚雙鬟艷粧，拂兩袖天香，棹歌驚散錦鴛鴦。小嬌娃蕩槳，泛滄浪，溯流光，小小蘭舟漾。掛空蒼，破昏黄，皎皎銀蟾上。送斜陽，釀新凉，渺渺彩雲長。醉歸來未央。

【尾聲】寶猊瑞靄浮珠晃，畫燭紗籠照翠廊，鳳髻堆雲珊枕涼，更箭浮蓮玉漏長，受用足青春富貴郎，可喜煞風流窈窕娘。彩索香囊，角黍蒲觴，准備下明日端陽再歡賞。

第三折

【黄鐘·醉花陰】玉宇金風送殘暑，半霎兒輕雲細雨。秋意滿庭除，珊枕紗㡡，頓覺涼如許。

【喜遷鶯】欲試繡羅襦，喚小玉爇龍涎，薰翠縷。睡紅生玉，映菱花秋水芙蕖。粧梳，點蘭膏，匀鳳酥，百寶光涵絡臂珠。整珮琚，步雲階縹緲，對秋景歡娱。

【出隊子】緑窗朱户，弄新晴曉日初。合歡床鋪苫翠氍毹，連珠幄纓聯珠珞簌，一似蓬島仙家碧玉壺。

【么篇】園林景物，寫秋光作畫圖。芙蓉傍水錦千株，丹桂迎風香萬斛，掩映着楊柳梧桐深密處。

【么篇】紫薇香露，染霞綃，攢細粟。鳳仙開，九苞秋暖錦毛舒；玉簪綻，六出花含檀韻吐；又早見亂撒金錢籬下菊。

【么篇】淡烟濃霧，看山光乍有無。咿啞啞賓鴻出塞遠相呼；啾唧唧社燕辭巢嬌對語；滴溜溜紅葉兒隨風零亂舞。

【刮地風】一弄兒秋聲不斷續，直乃是萬籟笙竽。一年好景休虚負。漸看那柳敗荷枯。畫屏般碧雲紅樹，錦機似彩鴛白鷺。爽氣浮，日影疏，送長天落霞孤鶩。掃纖塵，静太虚，見冰輪飛出雲衢；

剔團圞碾破銀河路，放寒光照九區。

【四門子】上南樓似入清虚府，捲珠簾遥望舒。列玳筵，倒玉壺，簫聲似彩鸞雙鳳雛。丫鬟擁嬌艷姝，擺列着清歌妙舞。

【古水仙子】浥金波，泛醁醑，直吃到斗柄横斜桂影疏。畫燭高燒，玉山低趄，拚着個沉醉花前紅袖扶。問嫦娥今夜何如？願天長地久爲眷屬。這的是人間天上團圞處，盡今生歡愛永無虞。

【寨兒令】煞强如、煞强如廣寒宫一世幽居，常則是舞罷霓裳鏡鸞孤。珊枕剩，翠衾餘，空自把青春誤。

【掛金索】光爍爍燈月交輝，素魄流香霧。嬌滴滴粉黛成行，清影涵瓊樹。立停停羅襪生凉，疑是凌波步。舞飄飄羅袂乘風，恍然飛仙去。

【尾聲】不覺凉生桂花露，猶兀自醉眼模糊，共倚着玉欄十二曲。

第四折

【雙調·新水令】翠簾深護小房櫳，滴溜溜玉鉤低控。駝絨氈斗帳，龜甲錦屏風。春意融融，梅梢上暗香動。

【喬牌兒】瑣窗疏影横，倒掛緑么鳳。梨雲一片羅浮夢，夜深沉，寒漏永。

【滴滴金】瓊樹生花，玉龍脱甲，銀河剪凍，瑞雪舞回風。碧落無塵，淡月窺檐，彤雲接棟，白茫茫貝闕珠宫。

【折桂令】錦排場賞盡春工，二八仙鬟，十六歌童，花底藏鬮，樽前賭令，席上投瓊；嬌滴滴爭妍競寵，喜孜孜倚翠偎紅；走斝飛觥，换羽移宫，妙舞清謳，慢撥輕籠。

【水仙子】麝煤香靄繡芙蓉；鳳蠟光摇金蝴蝀；象床春暖花胡洞。粉胭香，珠翠叢；彩雲深，羅綺重重。寶篆龍涎細，金爐獸炭紅，暖融融和氣春風。

【雁兒落】銀筝秋雁横，玉管雛鶯弄；花明翡翠翹，酒滿玻璃甕。

【得勝令】彩袖捧金鐘，羅帕襯春葱。橙嫩經霜剖，茶香帶雪烹。歡濃，醉後情猶重。筵終，更深樂未窮。

【沽美酒】轉秋波一笑中，透靈犀兩情通。燈下端詳可意種，似嫦娥出月宫，如神女下巫峰。

【太平令】歌鬢嚲，金釵飛鳳；舞裙㨪，翠縷蟠龍；粉汗濕，鉛華嬌瑩；舌尖吐，丁香微送。看臂中、緊封、守宫，是一對雛鸞嬌鳳。

【川撥棹】喜相逢，喜相逢可喜種。柳困花慵，玉暖酥融，那一會風流受用；顫巍巍寶髻鬆，困騰騰秋水横，曲彎彎眉黛濃。

【七弟兄】醉烘、玉容、暈微紅，尤花殢玉歡情縱。都疑身在睡魂中，蕊珠宫裏遊仙夢。

【梅花酒】恰收拾雲雨蹤，没亂煞見慣司空。禁鼓銅龍，檐馬丁東。鄰雞唱，畫角終；玉蓮漏，咽銅龍；銀河爐，落金蟲；紗窗外，曉光籠。

【收江南】呀，轆轤聲在粉牆東，鴉啼金井下梧桐。春嬌滿眼未醒憁，將一段幽歡密寵，等閒驚覺惜匆匆。

【鴛鴦煞】纔歡恰入梅花咏，風光又到椒花頌。粧點新春，斷送殘冬。行樂莫相違，良辰不易逢。臘雪夜來消，春意明朝動。只幾日東風樓外青山翠如擁。

楊之烔

楊之烔，字星水，餘姚人。生平未詳。吕天成《曲品》云：「楊乃宦族清流，猶釣奇於髦士。」是楊或不得志於仕途。作有傳奇《玉杵記》，現存明萬曆刊本，雜劇《天台奇遇》、散曲《蓬瀛真境》附刻於後，收録於《古本戲曲叢刊初集》。

天台奇遇

（旦、貼擁侍妾上）

【新水令】乘鸞遥度五雲端，閲塵寰只堪長歎。石電光應有限，蜂蝶夢幾時還？回首仙航，回首仙航，是誰們肯來海岸。

（旦）曳珮瑶池侍從年，御溝紅葉到君邊。相思攜手來巫峽，雲結紗幃雨結簾。奴家名唤含真，和妹絳真，本是玉香仙子，夙世與劉晨、阮肇結有來生之願。他尚埋没塵凡，如今入山採藥。不免下降天台深處，與他會晤一回，慶昇天界，多少是好！

【步步嬌】雁蕩深藏，天台雲徑險。王子樵柯爛，閒棋一局殘。獨對巫山，不盡湘妃怨。吹簫小洞天，引鸞凰共效于飛願。

遠遠望見兩人從石橋深畔而來，不免喚一陣仙風，化作一座瓊樓候他者。（生、小生提藥籃上）

【折桂令】採松苓，偕入窮巖。穿烟渡水，絶勝桃源。憶當年擲巾奇遇，那似崔山。怕的是石橋畔龍吟絶澗，愛的是碧林間鶴飲醴泉。身境飄然，心境悠然。謾痴疑，麻姑消息誰傳？

（生）混跡風塵數十年，而今採藥學求仙。青霞遶處無人跡，疑是烟花別有天。俺自家漢隱士劉晨、阮肇便是。今乃暮春天氣，尋郊步野，不覺竟到此間。四迷津路，如之奈何？（小生）劉大哥，這桃花滿水，一杯流出，莫非有村居在內？待趲行幾步何如？（生）呀，你看山凹深際呵，

【江兒水】繡户珠簾捲，玉沙瑶草連，數聲雞犬雲中喚。素嬋娟無語倚雕欄，曲迴廊玉兔丹砧亂。（小生）劉大哥，那深山窮谷，怎麽有此華居，莫不是妖穴也麽？（生唱）兄弟，且向筠扉訊訪。（往問科）小娘子，請問這是什麽所在？（旦）告仙郎，我們是秦時避亂人家。（生向小生科，唱）你看他半晌回言，啟朱唇啼鶯語燕。

（生）小生兄弟兩人，採藥到此，不覺肚中飢餓，敢求一飯之濟，不惜千金之報。（旦）仙郎若不棄嫌，就請在荒山做個風月主人，敢言一飯乎？（生）多謝，我且問小娘子，這山無田可耕，吃的是什麽？

【雁兒落】（旦）吃的是還丹授長房，吃的是半勺青精飯。（生）這山也無桑可蠶，穿的是什麽？（旦唱）穿的是月殿紫霓裳，穿的是翎羽舞翩躚。（生）這山四無人烟，小娘子住的敢是空中樓閣麽？（旦唱）住的是白雲捧玉闕，住的是天造寥陽殿。（生）這等受用可好麽？（旦唱）受用的交梨火棗山中産，露蕋霜華別樣香。（生）聽小娘子這等説，敢是小生花裏遇神仙了。（旦唱）説什麽神仙，君名兒已掛在丹臺上。

仙郎，妾已備有筵席，請令弟同入小軒一樂何如？（生、小生）如此多謝！（生、外入禮科）（旦、貼同坐飲科）

【僥僥令】（旦、貼）桃李開春宴，笙歌徹四筵，瓊樓深處堪留戀。又何須屈指鶯花數曆年，又何須屈指鶯花數曆年。

【收江南】（生、小生）呀，早知道這般樣壺天呵，誰待要戀塵凡。到不如芝田鋤月自清閒，丹成龍虎列仙班。你如今好拚，我如今好拚，准備着策馬東歸別故園。

（生）小娘子，小生過蒙清愛，本欲即此修真，奈兒女之念，不能頓割，容小生回別故園，再到此間聚首罷。（旦）仙郎既不少留，妾有絶句一首，以表送別之意。仙郎可記了。（誦詩科）雲鎖千峰午未開，桃花隨水入天台。劉郎莫記歸時路，只許劉郎一度來。（旦、貼化清風去科，生）呀，怎的劃地一聲，這娘子們都不知那裏去了！（小生）咳，大哥，這樓臺也不見了。（生）莫不是痛殺我也呵！

【園林好】（合）盼空山征雲冉冉，樓臺隱環珮蕭然。不盡落花啼鳥，誰共醉樽前，誰共醉樽前。

（小生）大哥，既是如此，且回家去。（生、小生行云）［踏莎行先］霧失樓臺，月迷津渡，桃源望斷無尋處。可堪幽谷閉春寒，杜鵑聲裏斜陽暮。（生）呀，怎麽昔日桑田都變爲滄海了。（丑扮農夫吴歌上）緑遍山源白滿川，子規聲裏雨如烟。鄉村四月閒人少，纔了蠶桑又插田。（生）那農夫，我問你，那阮四老官如今可在家麽？（丑）呀，你這先生問的，敢是二百年前的人麽？我只聞得二百年前，有個劉晨阮肇，入山採藥，不知所終。如今那裏還有阮四官哩？（生）這等，劉晨家還有兒孫在麽？（丑）咳，你這先生好笑，如今只有第七代的孫兒了。（丑暗下科）（生）兄弟，這等是進退無門了。（小生）大哥，還往天台去修罷。倘得再遇，也未可知。（生、小生行云）［玉樓春］桃溪不作從容住，秋藕絶來無續處。當時無奈鳥聲哀，今日重尋芳草路。烟中列岫青無數，雁背斜陽紅欲暮。人如風後入江雲，情似雨餘粘地絮。（生）兄弟，你看天台風景呵！

【沽美酒】柏和松，耐歲寒；桃共李，不如前。只見夜深鐘鼓動天堂，趺坐草蒲團。餐石髓，卧嚴霜，經談處魚龍隱見，長嘯時風清月朗，漫思量神女奇緣。到如今只成空歎。呀，猛擡頭鸞來天畔。

（生）兄弟，遠遠望見雲中兩個女子冉冉而來，莫不是我們那仙姬也麽？（旦、貼上，作空中叫科）劉郎、阮郎，我奉虛皇紫詔，以汝大千功滿，合得上仙。今差丹鳳一雙在此迎接，好駕羽衣而來也。（生、外謝恩科）（生、外）仙姬，小生却多負了。（旦、貼）仙郎，夙世緣結，何足介意？請即乘鸞。

【清江引】（合）由來夙世緣非淺，枉把凡情戀。今朝海島遊，明日瑶池宴。望東洋泛仙槎，回首天台遠。

一杯流水泛胡麻，路入天台石徑斜。
紅樹枝頭聞犬吠，寒山影裏見人家。
溪邊瑶草寒朝露，天上珠簾捲暮霞。
從此仙凡風景別，閬風苑裏醉桃花。

徐渭

徐渭（一五二一——一五九三），字文清，後改字文長，號天池、青藤道士、田水月等，山陰人。他在文學藝術上的成就是多方面的，詩文、戲曲、書畫都有相當的造詣。《四聲猿》是徐渭雜劇的代表作，其中包括《狂鼓史漁陽三弄》《玉禪師翠鄉一夢》《雌木蘭替父從軍》《女狀元辭凰得鳳》四個短劇。此外，《歌代嘯》雜劇至遲在明萬曆年間著作權已經成了疑問，該劇在明清戲曲目録文獻中也未見著録。前人將此劇系于徐渭名下實依據今藏南京圖書館典藏舊精抄本署名袁宏道作的《序》：「《歌代嘯》，不知誰作。大率描景十七，詞十三，而呼照曲折，字無虚設，又一一本地風光，似欲直問王、關之鼎。説者謂出自文長。」這種認爲是徐渭創作的傳聞實不可信，孫書磊《南圖藏舊精抄本〈歌代嘯〉作者考辨》（《戲曲藝術》二〇一〇年第三期）辨之甚詳。因此本書所收徐渭雜劇未將此劇納入。

《四聲猿》現有版本較多，除崇禎澄道人本和孟稱舜《酹江集》本稍有異文外，南京圖書館藏明刊本、明萬曆龍峰徐氏本、明萬曆間印章署「天池生」本、明萬曆間錢塘鐘人傑本、萬曆間《徐文長集》附刻本、明崇禎沈景麟延閣本、沈泰《盛明雜劇》本基本相同。本書以《古本戲曲叢刊初集》所收南京圖書館藏明刊本爲底本，參考其他版本校録。

狂鼓史漁陽三弄

（外扮判官引鬼上）咱這裏算子忒明白，善惡到頭來，撒不得賴。就如那少債的，會躲也躲不得幾多時，却從來没有不還的債。咱家姓察名幽，字能平，别號火珠道人。平生以善斷持公，在第五殿閻羅天子殿下，做一個明白灑落的好判官。當日禰正平先生，與曹操老瞞對訐那一宗案卷，是咱家所掌。俺殿主向來以禰先生氣概超群，才華出衆，凡一應文字，皆屬他起草，待以上賓。昨日晚衙，殿主對咱家説，上帝舊用一夥修文郎，並皆遷次别用，今擬召劫滿應補之人，禰生亦在數中。汝可預備裝送之資，萬一來召，不得有誤時刻。我想起來，當時曹瞞召客，令禰生奏鼓爲歡，却被他横睛裸體，掉板掀槌，翻古調作《漁陽三弄》，借狂發憤，推啞粧聾，數落得他一個有地皮没躲閃，此乃豈不是踼弄乾坤、提大傀儡的一場奇觀？他如今不久要上天去了，俺待要請將他來，一併放出曹瞞，把舊日駡座的情狀，兩下裏演述一番，留在陰司中，做個千古的話靶。又見得善惡到頭，就是少債還債一般，有何不可？手下，與我請過禰先生，就一面放出曹操，並他舊使唤的一兩個人，在左壁廂伺候指揮。（鬼）領台旨。（下）（引生扮禰，浄扮曹從二人上）（曹從留左邊）（鬼）禀上爺，禰先生請到了。（相見介）（禰上座，判下陪云）先生當日借打鼓駡曹操，此乃天下大奇。下官雖從鞫問時左證得聞一二，終以未曾親睹爲歉。（判立云）又一件，而今恭喜先生爲上帝所知，有請召修文的消息，不久當行。而此事缺然，終爲一生耿耿。這一件尚是小事，陰司僚屬併那些諸鬼衆傳流激勸，更是少此一樁不可。下官斗膽，敢請先生權做舊日行逕，把曹操也扮做舊日規模，演述那舊日駡座的光景，了此夙願。先生意下如何？（禰）這個有何不可！只是一件：小生駡座之時，那曹瞞罪惡，尚未如此之多，罵將來冷淡寂寥，不甚好聽。今日要罵呵，須直搗到銅雀臺，分香賣履，方痛快人心。（判）更妙，更妙！手下，帶曹操與他的從人過來！曹操，今日要你仍舊扮做丞相，與禰先生演述舊日打鼓罵座那一樁事。你若是喬做那等小心畏懼，藏過了那狠惡的模樣，手下就與他一百鐵鞭，再從頭做起。（曹衆扮介）（禰）判翁大人，你一向謙厚，必不肯坐觀，就不成一場戲耍。當日罵座，原有賓客在座，今日就權屈大人，爲曹瞞之賓，坐以觀之，方成一個體面。（判）這也見教得是。（揖云）先生告罪，却斗膽了也。（判左曹右舉酒坐，禰以常衣進前將鼓）（曹喝云）野生！你爲鼓史，自有本等服色，怎麽不穿？快換！（校喝云）還不快換！（禰脱舊衣，裸體向曹立）（校喝云）禽獸！丞相跟前，可是你裸體赤身的所在？却不道：驢膫子朝東，馬膫子朝西。（禰）你那頽丞相膫子朝南，我的膫子朝北。（校喝云）還不換上衣服，買甚麽嘴！（禰換錦巾繡服扁縧介）

【點絳唇】俺本是避亂辭家，遨遊許下登樓罷，回首天涯。不想道屈身軀，扒出他們胯〔一〕。

【混江龍】他那裏開筵下榻，教俺操槌按板，把鼓來撾。正好俺借槌來打落，又合着鳴鼓攻他。俺這罵，一句句鋒鋩飛劍戟，俺這鼓，一聲聲霹靂捲風沙。曹操，這皮是你身兒上軀殼，這槌是你肘兒下肋巴。這釘孔兒是你心窩裏毛竅，這板杖兒是你嘴兒上撩牙！兩頭蒙總打得你潑皮穿，一時間也酧不盡你虧心大。且從頭數起，洗耳聽咱。

（鼓一通）（曹）狂生！我教你打鼓，你怎麽指東話西，將人比畜？我這裏銅槌鐵刃，好不利害，你仔細你那舌頭和那牙齒！（判）這生果是無禮！

〔一〕澄道人評本作：不想道乍相逢，就惹出頓間相罵。

【油葫蘆】(禰)第一來逼獻帝遷都，又將伏后來殺，使郄慮去拿。唉！可憐那九重天子救不得一渾家。帝道后少不得你先行，咱也只在目下。更有那兩個兒，又不是別樹上花，都總是姓劉的親骨血在宮中長大，却怎生把龍雛鳳種，做一甕鮓魚蝦？

(鼓一通)(曹)説着我那一樁事了。

【天下樂】(禰)有一個董貴人，是漢天子第二位美嬌娃。他該甚麽刑罰，你差也不差？他肚子裏又懷着兩三月小哇哇〔一〕，既殺了他的娘，又連着胞一搭，把娘兒們兩口砍做血蝦蟆。

(鼓一通)(曹)狂生，自古道風來樹動，人害虎，虎也要害人。伏后與董承等陰謀害俺，我故有此舉。終不然是俺先懷歹意害他！(判)丞相説得是。(禰)你也想着他們要害你，爲着甚麽來？你把漢天子逼遷來許昌，禁得就是這裏的鬼一般。要穿没有，要吃没有，要使用的没有，要傳三指大一塊紙條兒，鬼也没得理〔二〕他。你又先殺了董貴人，他們極〔三〕了，不謀你待幾時！你且説：就是天子無故要殺一個臣下，那臣下可好就去？當面一把手採將他媽媽過來，一刀就砍做兩段，世上可有這等事麽？(判)這又是狂生説得有理，且請一杯解嘲。

【那吒令】(禰)他若討吃麽，你與他幾塊歪剌；他若討穿麽，你與他一匹粽麻；他有時傳旨麽，教鬼

〔一〕澄道人評本作：有一個董貴人，是漢天子第二位美嬌娃。況懷着哇哇，可與你有甚冤家，又違了甚條，犯了甚法？

〔二〕「理」原作「禮」，據澂道人本改。

〔三〕「極」暖紅室本作「急」。

來與拿。是石人也動心，總痴人也害怕，羊也咬人家。

（鼓一通）（判）丞相，這却說他不過。（曹）說得他過，我倒不到這田地了。

【鵲踏枝】（禰）袁公那兩家，不留他片甲；劉琮那一答，又逼他來獻納。那孫權呵，幾遍幾乎，玄德呵，兩遍價搶他媽媽。是處兒城空戰馬，遞年來屍滿啼鴉！

（鼓一通）（曹）大人，那時節亂紛紛，非只我曹操一人如此。（判）這個，俺陰司各衙門，也都有案卷。

【寄生草】（禰）仗威風只自假，進官爵不由他。一個女孩兒竟坐中宮駕，騎中郎直做了侯王霸，銅雀臺直把那雲烟架，僭車旗直按倒朝廷胯。在當時險奪了玉皇尊，到如今還使得閻羅怕！

（鼓一通）（判低聲分付小鬼，令扮女樂鼓吹介）（判）丞相，女兒嫁做皇后，造房子大了些，這還較不妨。打鼓的且停了鼓，俺聞得丞相有好女樂，請出來勞一勞。（曹）這是往事，如今那裏討？（判）你莫管，叫就有。只要你好生縱放着使用他。（曹）領台命，分付手下，叫我那女樂出來。（二女持烏悲詞樂器上）（曹）你兩人今日却要自造一個小令，好生彈唱着，勸俺們三杯酒。（禰對曹踢地坐介）（女唱）

那裏一個大鵜鶘。呀，一個低都，呀，一個低都；變一個花豬，低打都，打低都，唱《鷓鴣》，呀，一個低都，呀，一個低都。唱得好時猶自可，呀，一個低都，呀，一個低都；不好之時低打都，打低都，喚王屠，呀，一個低都，呀，一個低都。

（曹）怎說喚王屠？（女）王屠殺豬。（進判酒）（又一女唱）

丞相做事太心欺，呀，一個蹺蹊，呀，一個蹺蹊；引惹得旁人，蹺打蹊，打蹺蹊，說是非，呀，一個蹺蹊，呀，一個蹺蹊。雪隱鷺鷥飛始見，呀，一個蹺蹊，呀，一個蹺蹊；柳藏鸚鵡，蹺打蹊，打蹺蹊，語方知，呀，一個蹺蹊，呀，一個蹺蹊。

（曹）這兩句是舊話。（女）雖是舊話，却貼題。（曹）這妮子朝外叫。（女）也是道其實，我先首免罪。（進曹酒）（一女又唱）

抹粉搽脂只一會而紅，呀，一個冬烘，呀，一個冬烘。（又一女唱）報恩結怨，烘打冬，打冬烘，落花的風，呀，一個冬烘，呀，一個冬烘。（二女合唱）萬事不由人計較，呀，一個冬烘，呀，一個冬烘；算來都是，烘打冬，打冬烘，一場空，呀，一個冬烘，呀，一個冬烘。

（二女各進酒）（判）這一曲纔妙，合着咱們天機。（曹）女樂且退，我倦了。（判笑介）（禰起立云）你倦了，我的鼓兒、罵兒可還不了。

【六么序】哄他人口似蜜，害賢良只當耍，把一個楊德祖立斷在轅門下。硶可可血謊零喇，孔先生是丹鼎靈砂，月邸金蟆，仙觀瓊花。《易》奇而法，《詩》正而葩。他兩人嫌隙，於你只有針尖大，不過是口嘮噪有甚爭差。一個爲忒聰明，參透了雞肋話，一個則是一言不洽，都雙雙命掩黄沙。

（鼓一通）（判）丞相，這一樁却去不得。（曹）俺醉了，要睡了。（打頓介）（判）手下，採將下去，與他一百鐵鞭，再從頭做起。（曹慌介云）我醒，我醒。（判）你纔省得哩。

【么】（禰）哎，我的根芽，也没大兜搭。都則爲文字兒奇拔，氣概兒豪達，拜帖兒長拿，没處兒投納。繡斧金檛，東閣西華，世不曾掛齒沾牙。唉，那孔北海没來由也！說有些緣法，送在他家。井底蝦蟆，也一言不洽，怒氣相加。早難道投機少話，因此上暗藏刀把我送與黄江夏。又逢着鸚鵡撩咱，彩毫端滿紙高聲價。競躬身持觴勸酒，俺擲筆還未了杯茶。

（鼓一通）（判）這禍從這上頭起。咳，仔細《鸚鵡賦》害事！

【青哥兒】（禰）日影移窗櫺、窗櫺一罅。賦草擲金聲、金聲一下。黄祖的心腸忒狠辣，陡起鱗甲，放出槎枒。香怕風刮，粉怪娼搽。士忌才華，女妒嬌娃。昨日菩薩，頃刻羅刹。哎！可憐俺禰衡的頭呵，似秋盡壺瓜，斷藤無計再生發，霜檐掛。

（鼓一通）（判）這賊元來這每巧弄了這生！（曹）大人，這也聽他不得。俺前日也是屈招的。（判）這般説，這生的頭，也是自家掉下來的。（曹）禰的爺，饒了罷麽！（判）還要這等虚小心，手下，鐵鞭在那裏？（曹慌作怒介）狂生，俺也有好處來。俺下令求賢，讓還三州縣，也埋没了俺。

【寄生草】（禰）你狠求賢爲自家，讓三州直甚麽！大缸中去幾粒芝麻罷。饞貓哭一會慈悲詐，饑鷹饒半截肝腸掛，凶屠放片刻豬羊假。你如今還要哄誰人，就還魂改不過精油滑。

（鼓一通）（判）痛快！痛快！大杯來一杯，先生儘着説。

【葫蘆草混】（禰）你害生靈呵！有百萬來的還添上七八；殺公卿呵！那裏查借厫倉的大斗來〔一〕斛芝麻。惡心肝生就在刀槍上掛，狠規模描不出丹青的畫，狡機關我也拈不盡倉猝裏罵。曹操，你怎生不再來牽犬上東門、閒聽唳鶴華亭壩？却出乖弄醜帶鎖披枷。

（鼓一通）（判）老瞞，就教你自家處此，也饒自家不過了。先生儘着説。

【賺煞】（禰）你造銅雀要鎖二喬，誰想道夢巫峽，羞殺靠赤壁那火燒一把。你臨死時和些歪刺們活離

〔一〕「來」，澂道人評本作「坫」。

別，又賣履分香待怎麼？虧你不害羞，初一十五教望着西陵月月的哭他。不想這些歪刺們呵！帶衣麻，就摟別家。曹操你自説麼，且休提你一世的賢達，只臨了這一樁呵，也該幾管筆題跋。咳，俺且饒你罷！争奈我《漁陽三弄》的鼓槌兒乏。

（末扮閻羅鬼使上）（判）手下，快把曹操等收監！（鬼）禀上老爹，玉帝差人召禰先生。殿主爺説刻限甚急，教老爹這裏逕自厚貲遠餞，記在殿主爺的支應簿上。爺呵會勘事忙，不得親送，教老爹多上覆先生，他日朝天，自當謝過。（判）知道了，你自去回話。（鬼應下）（判）叫掌簿的，快備第一號的金帛，與餞送果酒伺候！（内應介）（小生扮童，旦扮女，捧書節上云）漢陽江草摇春日，天帝親聞鸚鵡筆。可知昨夜玉樓成，不用隴西李長吉。咱兩人奉玉帝符命，到此召請禰衡，不免徑入宣旨。那一個是第五殿判官？（判跪介）玉帝有旨：召禰衡先生。你請他過來，待俺好宣旨。（禰同判跪，二使付書介）禰先生，上帝有旨召你，你可受了這符册自看，臨到却要拜還。就此起行，不得有違時刻。（童唱）

【耍孩兒】文章自古真無價，動天廷玉皇親迓。飛舄降鶴踏紅霞，請先生即便登遐。修葺了舊銜螭首黄金閣，准辦着新鮓鱗羔白玉叉。倒瓊漿三奏鈞天罷。校書郎，侍玉京香案，支機女，倚銀漢仙槎。

（内作細樂）（女唱）

【三煞】禰先生，你挾鴻名懶去投，賦鸚哥點不加，文光直透俺三台下。奇禽瑞獸雖嘉兆，倚馬雕龍却禍芽！禰先生，誰似你這般前凶後吉，這好花樣誰能揭？待棗兒甜口，已橄欖酸牙。

【二煞】（禰）向天門漸不遥，辭地主痛愈加，幾時再得陪清話。歎風波滿獄君爲主，已後呵，儻裘馬朝天我即家。小生有一句説話。（判）願聞。（禰）大包容饒了曹瞞罷。（判）這個可憑下官不得。（禰）我想眼前業景，盡雨後春花。

【一煞】（判）諒先生本太山，如電目一似瞎，俺此後呵，掃清齋圖一幅尊容掛。你那裏飛仙作隊遊春圃，俺這裏押鬼成群鬧晚衙，怎再得邀文駕？又一件，儻三彭誣枉，望一筆塗抹。

這裏已到陰陽交界之處，下官不敢越境再送。（禰）就請回。（判）俺殿主有薄贐，令下官奉上，伏望俯納。下官自有一個小果酒，也要仰屈三杯，表一向侍教的薄意。（禰）小生叨向天廷，要贐物何用？仰煩帶回。多多拜上殿主，攜榼該領，却不敢稽留天使。（判）這等，就此拜別了。（各磕頭共唱）

【尾】自古道勝讀十年書，與君一夕話。提醒人多因指驢説馬，方信道曼倩詼諧不是耍。（禰下）

判曰：

看了這禰正平漁陽三弄，笑得我察判官眼睛一縫。

若没有狠閻羅刑法千條，都只道曹丞相神仙八洞。（下）

［音釋］歪剌：牛角尖臭肉也，故娼家以比無用之妓。獻帝取饌，李傕以臭牛骨與之。非操也，借用耳。檾音傾。

玉禪師翠鄉一夢

第一齣

（生扮玉通上云）南天獅子倒也好隄防，倒有個没影的猢猻不好降。看取西湖能有幾多水，老僧可曾一口吸（暖本作「吃」）西江。俺家玉通和尚的是也。俺與師兄見今易世换名的月明和尚，本都是西天兩尊古佛。止因修地未證，奪舍南遊。來到臨安，見山水秀麗，就於竹林峰水月寺，選勝安禪，住（往）過有二十餘載，越覺得光景無多，證果不易。俺想起俺家法門中，這個修持，象什麽？好象如今宰官們的階級，從八九品巴到一二，不知有幾多樣的賢否升沉。又象俺們賓塔上的階梯，從一二層扒將八九，不知有幾多般的跌磕蹭蹬。假饒想多情少，止不過忽刺刺兩脚，立追上能飛能舉的紫霄宫十八位絶頂天仙。若是想少情多呵，不好了！少不得撲鏊鏊一交，跌在那無岸無邊的黑酆都十八重阿鼻地獄！那個絶頂天仙，也不是極頭地位。還要一交一跌，不知跌在甚惡塹深坑。若到阿鼻地獄，却就是没眼針尖，由你會打會撈，管取撈不出長江大海。有一輩使拳頭、喝神駡鬼，和那等盤踝膝、閉眼低眉，説頓的、説漸的，似狂蜂争二蜜，各逞兩下酸甜。帶儒的、帶道的，如跛象扯雙車，總没一邊安穩。謗達摩，單傳没字，又面壁九年，却不是死林侵盲修瞎煉，不到落葉歸根！笑惠可，一味求心，又談經萬衆，却不是生胡突鬥嘴撩牙，惹得天花亂墜？真消息香噴噴，止聽梅花；假慈悲哭啼啼，瞞過老鼠。言下大悟，纔顯得千尋海底，潑刺刺透網金鱗；話裏略粘，便不是百尺竿頭，滴溜溜騰空鐵漢。偈曰：明珠歇脚圓還欠，積賓堆山債越多。此乃趁電穿針，一毫不錯；饑玉嚼蠟，百味俱空。也希大衆回頭，莫怪老僧饒舌。咳，也終是饒舌了！俺且把這家話頭丟過，且説那本府新到一個府尹大人，姓柳，名宣教。聞得他年少多才，象似個擔當的氣魄；但恐金沙未汰，不免夾帶些泥滓。舊時俺三教中，都按籍相迎。老僧却二十年閉門不出，因此也不去隨衆庭參，也不去應名受點，似這等清閒自在，正好俺打坐安心。懶道人何在？（丑扮道人上，見介）（生）懶道人，你來這佛堂前燒了一炷香，却去把門兒頂上，待我打一個坐。有隨喜的，你説這小庵兒，是大殿分出的，没好遊樂處，要遊樂請到大殿上去，就回話者。（丑應，作燒香頂門介）（生打坐介）

（貼扮紅蓮孝服上云）胭粉腰間軟劍盤，未曾上陣早心寒。柳老爺，你熱時用得我蓮兒着，只恐霜後難教柳不殘。我紅蓮是個營妓，昨日蒙府尹老爺，因怪玉通長老不去迎參，在我身上，要設個圈套，如此如此。儻得手了（下），又教把那話兒收回回覆他，做個證驗。我想起來，玉通是個好長老，我怎麽好幹這樣犯佛菩薩的事？咳，官法如爐，也只得依着他做了。來到此間，不免敲他門着。（做打門介）（生叫道上云）懶道人，這般風雨瀟瀟的，天又將黑了，什麽人敲門？好回話，你就回話了他。（道應出問介）什麽人打門？（三問紅纔應云）你開了，我便和你説。（道打杭州人話）古怪！又是個阿媽們的聲音。（做開門介）這們大雨，天又黑了，你着一身孝來我這庵裏呵，做舍子？（紅）今日是清明，我因祭掃亡過官人的墳墓，來時轎兒歇在清波門裏。不想路遠走得我脚疼，坐得久了，淹纏得天又黑、雨又下。我一面教小的兒進去招呼轎子，眼見得城門又關了，連這小的兒也不出來了。前不着村，後不着店，幸遇你這貴庵，要借住一宵。明日我回去，備些小意思兒來謝你。（道）解的，且待我告過師父。（告介）（生）那婦人老也小？（道）上不過十七八歲，一法生得絶樣的！（生）這等却不穩便，叫他去，可又没處去。也罷，你把一床薦席，就放在左壁窗檻兒底下，叫他將就捱捱兒罷。（道鋪席介先下）（紅做坐，忽闖上問訊介）（生）快不要！快不要！快到那窗兒外去！（紅做肚疼漸甚欲死介）（生唤道上云）懶道人，快燒些薑湯與這小娘子吃，想是受寒了。（道）薑這裏没有，要便到大殿上去討。半夜三更，黑漆漆着舍要緊。（又下）（紅做疼死復活介）（生喚道不應，問云）小娘子，你這病是如今新感的，還是舊有的？（紅）是舊有的。（生）既是舊有的，那每常發的時節，却怎麼醫，纔醫得好？（紅）不瞞老師父説，舊時我病發時，百般醫也醫不好。我説出來也羞人，只是我丈夫解開那熱肚子，貼在我肚子上，一揉就揉好。（生）看起來，百藥的氣味，還不如人身上的氣味，更覺靈驗。（紅又作疼死介）（生又叫道人不應介，云）不好了！這場人命呵，怎麼了？驗屍之時，又是個婦人！官府説，你庵裏怎麼收留個婦人？我有口也難辯。道人又叫不應，也没奈何了。（背紅入内介）（生急跳出場介）（紅隨上）（生大叫云）罷了！罷了！我落在這畜生圈套裏了。

【新水令】我在竹林峰坐了二十年，慾河堤不通一線。雖然是活在世，似死了不曾然。這等樣牢堅，這等樣牢堅，被一個小螻蟻穿漏了黄河塹。（紅）師父，吃螻蟻兒鑽得漏的黄河塹，可也不見牢。師父，你何不做個鑽不漏的黄河塹？

（生）我且問你，你敢是那個營娼、慣撒奸的紅蓮麽？（紅）我便是，待怎麽？（生）你這紅蓮，敢就是緑柳使你來的麽？（紅）也就是，又怎麽？師父，你怎麽這等明白？（生）我眉毛底下，嵌着雙閃電一般的慧眼，怕不知道？（紅）慧眼慧眼，剛纔漏了幾點。

【步步嬌】（生）我想起潑紅蓮這個賊衏衏，（紅）師父，少罵些。也要認自家一半兒不是。（生）我與你何仇怨？梨花寒食天，粧做個祭掃歸來風雨投僧院。（紅）不是這等，怎麽圈套得你上？（生）又喬粧病症，急切待要赴黄泉。繞禪床，只叫行方便。（紅）師父，你由我叫，則不理我，也没法兒，誰着你真個與我行方便。

【折桂令】（生）叫道是滿丹田疼得似蛇鑽，叫與他坦腹磨臍、借暖偎寒。我那時節，爲着人命大事，我也是救苦心堅，救難心專。没方法將伊驅遣，又何曾動念姻緣？（紅）不動念，臨了那着棋兒，誰教你下？（生）不覺的走馬行船，滿帆風到底難收，爛韁繩畢竟難拴。（紅）師父，你若不乘船，要什麽帆收？你既自加鞭，却又怪馬難拴。

（生）可惜我這二十年苦功，一旦全功盡棄！

【江兒水】數點菩提水，傾將兩瓣蓮。咳，這佛菩薩也不護持了。蠢金剛不管山門扇，被潑烟花誤闖入珠宫殿，將戒袈裟鉤掛在閒釵釧。百尺竿頭難轉。一個磨磨，跌破了本來之面。（紅）你不要忒不知福，你一個葫蘆，掛搭在桃花之面。

（生恨云）紅蓮這潑賤！（紅）師父少罵些。

【得勝令】（生）你又不是女琴操參戲禪，却元來是野狐精藏機變，霎時間把竹林堂翻弄做桃花澗。紅也麽蓮，你爲誰辛苦爲誰甜？替他人虧心行按着龍泉，粉骷髏三尺劍，花葫蘆一個圈。西也麽天，五百尊阿羅漢從何方見？南也麽泉，二十年水牯牛着什麽去牽？（紅）黄也麽天，五百尊阿羅漢你自羞相見！清也麽泉，照不見釣魚鉤，你自來上我牽。

（生）當時西天那摩登伽女，是個有神通的娼婦。用一個淫咒，把阿難菩薩霎時間攝去，幾乎兒壞了他戒體。虧了那世尊如來，纔救得他回。那阿難是個菩薩，尚且如此，何况於我！

【僥僥令】摩登渾慾海，淫咒總迷天。我如今要覓如來何由見？把一個老阿難戒體殘、老阿難戒體殘。（紅）師父，我笑這摩登還没手段。若遇我紅蓮呵，由他鐵阿難也弄個殘，鐵阿難也弄個殘。

【收江南】（生）則教你戴毛衣成六畜道，變蟲蛆與百鳥餐。巧計奸心直便到日月天。俺今來這番，俺今來這番，又幾回筋斗透針關。透針關，幾時圓滿？面着壁少林北巘，停着舟普陀東岸，投着胎錦江西畔。到如今轉添業緣，説什麽涅槃寂圓。呀！則一靈兒先到柳家庭院。（紅）師父，俺如今也不添別緣，老實説磨盤兩圓。呀，俺則把這幾點兒回話柳爺衙院。

（生推紅出門介）（紅）你閉門推出窗前月，我既做梅花有主張。（下）（生）原來這場業障，從這一不參見起。可惜壞了我二十年苦功，這呵，怎麽放得他過！俺如今不免番一個筋斗，投入在柳宣教渾家胞内，做他個女兒。長成來爲娼爲歹，敗壞他門風。這也只是苦眼的光景不費了修爲大事。只是這柳的那厮輕薄，未免得據了那話兒，一定有幾句言語來問我的嘴，俺也不免預備下幾句回答。又別寫一紙帖兒，分付懶道人，如此如此打發。却端坐驅神，竟奔柳家走一遭去。（寫帖介）（讀介）自入禪門無掛礙，五十三年心自在。只因一點念頭差，犯了如來淫色戒。你使紅蓮破我戒，我欠紅蓮一宿債。我身德行被你虧，你家門風被我壞。（又寫一帖與道人介）（讀介）遺囑付懶道人，如有柳府差人到庵，可教他香爐脚底下，取帖回話。（念偈云）紅蓮弄得我似猢猻，我且向綠柳皮中躲一春。浪打浮萍無有不撞着，則恐回來認不得舊時身。（坐化介）（道人上云）我昨而子去討生薑大殿上，師父説，則纔山下趕老虎，解的不敢回來宿。不知這阿媽怎的了。呀！阿媽不見了。呀！師父又坐化了。怪也！這是啥〔一〕子緣故？我曉得了，是一個觀音指化師父去了。呀！香爐底下，又有一個帖子。（讀介）呀！元來這個阿媽，就是紅蓮那娼根！是柳老爺使來幹這樁圈套，俺師父走了爐了！這個帖兒，就是回話他塞嘴

〔一〕「啥」原作「舍」。下同改。

的。又有一個帖子，呀，是我的遺囑。（讀介）（末扮柳差人上云）領柳爺的分付，教拿這個帖兒與玉通長老，問紅蓮這一樁事的嘴，看他怎的回話。（見道人打話介）（道云）俺師父爲這樁事，性命都送了，還故子問啥嘴哩。（末）柳爺要在我身上討回話，可怎的了？（道人云）你擔帖來我看。（讀介）水月禪僧號玉通，多時不下竹林峰。可憐數點菩提水，傾入紅蓮兩瓣中。元來我道是走爐，一些不差。老牌，回話倒有，在香爐底下，你自擔將去。且住！老牌，我且問你，這件事是啥緣故？（末）有啥緣故，你們的師父忒氣傲心高，不去參見俺柳爺，故此使紅蓮那娼根來如此如此。你們師父精拳頭救火，着了手，是那的緣故。我且裱褙匠贖横披，去回話去。老道請了。（下）

（道人云）緣來果是這每，我且報知殿上大衆，把師父或是火化、或入龕造塔，悉憑他們心願。

【清江引】我在庵中打二十年餿齋飯，長偷眼，把師父看。他坐着似塑彌陀，立起就活羅漢。咳，柳老爺則怕他放不過紅蓮案。

潑紅蓮砒粧蜜賣，玉禪師汞飛爐敗。

佛菩薩尚且要報怨投胎，世間人怎免得欠錢還債。（道背生下）

[音釋]科唱處凡「生」字俱是「玉」字，蓋玉通師能耍者，即扮耍。不拘生、外、浄也。

第二齣

（外扮月明和尚，負搭連上。內盛一紗帽、一女面、一僧帽、一褊衫）百尺竿頭且慢逞强，一交跌下笑街坊。可憐一口兒西湖水，流出桃花賺阮郎。老僧且不説俺的來由，且説幾句法門大意。俺法門象什麼？象荷葉上露水珠兒，又要沾着，又要不沾着。又象荷葉下淤泥藕節，又不要齷齪，又要些齷齪。修爲略帶，就落羚羊角。掛向寶樹沙羅，雖不相粘，若到年深日久，未免有竹節幾痕。點檢粗加，又象孔雀膽攙在香醪琥珀。既然厮渾，却又揀苦成甜。不如連金杯一潑，一絲不掛，終成繞無邊的蘿葛荒藤；萬慮徒空，管堆起幾座好山河大地。俺也不曉得脱離五濁，儘丟開最上一乘。刹那屁的三生，瞎帳他娘四大！一花五葉，總犯虛脾；百媚千嬌，無非法本。攪長河，一搭裏〔一〕酥酪醍醐；論大環，跳不出瓦查尿溺。只要一棒打殺如來，料與狗吃。笑倒隻鞋，頂將出去救了貓兒。所以上我這黄虀淡飯窩出來臭刺刺的東西，也都化獅子糞，倒做了清辣香材；狗肉團魚嘔出來鏖糟糟的涓滴，便都是風磨銅，好粧成紫金佛面。纔見得鉗槌爐火，總翻騰臭腐神奇。不會得的，一程分作兩程行；會得的呵，踢殺猢猻弄殺鬼。會得的，似輪刀上陣，亦得見之；會不得的，似對鏡回頭，當面錯過。咳，鴛鴦繡出從君看，莫把金針度與人。大衆你道俺是誰？（内應）你是誰？（外云）俺就是住下那個水月寺玉通和尚的師兄，本是西天一尊古佛，今來再世，改名做月明和尚的就是。止因俺師弟玉通，我相未除，慾根尚掛，致使那柳宣教用紅蓮掇賺。他却報怨投胎，自陷做小姐爲娼，唤名柳翠，至今十有七載。俺祖師憐憫他久迷不悟，特使俺來指點回頭。咳，也好難哩！這個呵，又像一件什麽？像醫瞎子的一般。用金針撥轉瞳仁〔二〕，則怕撥不轉。撥得轉，他倒〔三〕依舊光明，又像叫獅子拔〔四〕倒太行，或者也拔得來。只是拔來時，不知費了我多少氣力。但這件事，不是言語可做得的。俺禪家自有個啞謎相參，機鋒對敵的妙法。我猛可的照見這柳翠，今日與那嫖他的徽客鳳朝陽來西湖遊耍。

〔一〕「裏」原作「哩」。
〔二〕「仁」原作「人」。
〔三〕「倒」原作「到」。
〔四〕「拔」原作「跋」。下同改。

那柳翠先來這大佛寺裏等他，我待他來時，自有個道理。（打坐介）（旦扮柳上云）一自朱門落教坊，幾年蘇小住錢塘。畫船不記陪遊數，但見桃花斷妾腸。妾身柳翠的便是。從俺爹爹喪過，宦囊蕭索，日窮一日。直弄到我一個親女兒出身爲娼，追歡賣笑。不幸之幸，近有一個相好的徽客，唤名鳳朝陽。他倒也嘲風弄月，好義輕財，靠着他纔過得個日子。今日約我到湖上看桃花，教我先到這大佛寺等他。我已到了，他怎麽還不來？（浄扮僕上）大姐，俺朝奉剛到湧金門，招財來報，大公子中風病發。俺朝奉趕回去，略看一看，霎時就來，教大姐先上湖船也好，略在寺裏等等，待朝奉同上船也好。（旦）曉得了，你去回話去。（浄應下）（旦做遊行見和尚介，云）你這長老，從那裏來？（三問三不應）（外舉手指西，又指天介）（旦）一手指西，一手指天，終不然你是西天來的，又胡説了。也罷，就依你説，你從西天來下界何幹？（外手打自頭一下，手粧三尖角作厶字，又粧四方角作口字，又粧一圈作月輪介）（旦）那三尖角兒，是個「厶」字。四方角兒，是個「口」字。若湊合來，是個「台」字。團圈兒是個「月」字，却又先打頭一下，分明是個投胎的説話。我且問你，你和尚家下界投胎，與你何干？你却捏這樣怪話。咳，是個風和尚了。（迴身唱）

【新水令】俺則爲停舟待客遶迴廊，没來由撞見個風魔和尚。我問他來歷處，他一手指天堂。又賣弄着西方，又賣弄着西方。臨了呵，粧兩個字似投胎樣。

咳，雖是個風和尚，却來的怪。我不知怎麽，又忽然動心起來，一定要仔細問他，便不遊湖也罷。那師父，你這投胎的話頭，有些蹺蹊。你好對我一説麽？（外取紗帽自戴，作柳尹怒介。復除帽放桌上，又自戴女面具，向桌跪，叩頭作問答起去介）（旦）這個套數，一法使人可疑，待我試猜一猜看。

【步步嬌】他戴烏紗背北朝南向，似官府坐黄堂上。這嘴臉便不像俺的爺，臨了那幾步趨蹌，却象得俺爺好。他迴身幾步忙，仔細端詳，真厮象俺爺模樣。臨了呵，又打發那紅粧，似領伏兵去那裏做烟花將。

師父，我看你那紗帽，與那女娘家臉子，想必是一個官兒，差這婦人去那裏做什麽勾當麽？我這猜的，可也有幾分麽？你説了罷麽。（外戴女面，走數轉作敲門勢，却倒地作肚疼自揉介。却下女面放地上，起戴僧帽，倒身女面邊，解衣作揉肚介）（旦）這個勢，可却似這個婦人肚子上有些什麽緣故，一個和尚替他去舞弄。這舞弄呵，有什麽好處？這一出可又難猜。

【折桂令】這一個光葫蘆按倒紅粧，似兩扇木櫳一付磨漿。少不得磨來漿往，自然的櫳緊糠忙。可不掙斷了猿韁，保不定龍降。火燒的倩金剛加大擔芒硝，水㦬的請餓鬼來監着厨房。

師父，我也猜不得這許多了，你明説了罷。（外急扯旦耳環，又作猜拳介）（旦）教我還猜，也罷，你再做手勢來。（外指眉心介）（旦）這又是頭了。（外摇手，又怒目指眉心介）（旦）不是頭，是惱了。（外戴女面指眉心介）（旦）惱這婦人了。（外下女面，换紗帽，又指眉心介）（旦）又惱這官兒了，却怎麽？（外指自身，又指頭介）（旦）又是惱了？（外摇手介）（旦）不是惱，還是頭。（外又用手如前三次，粧成胎字介）（旦）又是投胎了，却不通。

【江兒水】既惱烏紗客，還嫌緑鬢娘。既然惱兩個要投胎，怎麽一個胎分得在兩個人的身上？一彈兒怎分打得雙鴉傍，這一胎畢竟誰家向。況烏紗又是個男兒相，何處受一團兒撑脹。這欠債還錢，必是女裙釵消帳。

（外取净瓶中柳一枝，又將手作一胎字，雙手印撲在柳枝上介）（旦做心驚介云）呀！終不然這胎投在我身上了？我想起來，這個冤家對頭，敢我也曾造下來？

【得勝令】不合得在青樓幹這樁，免不得堆紅粉將人葬。我記得那一年掇賺了黄和尚，我自來只拆斷了這橋梁。敢有個小秃子鑽入褲襠，紙牌上雙人帳。荷包裏一泡漿。酸當不久來，瓠犀子嚼梅醬。藥方須早辦，鯉魚湯帶麝香。

（外大笑云）都不中用，費力！費力！（高聲念云）紅蓮弄我似猢猻，且向緑柳皮中躲一春。浪打浮萍無有不撞着，只怕回來認不得舊時身。呸！（大噴旦一口介）（旦大叫云）我知道了！我知道了！早知燈是火，飯熟已多時。（丢下頭髻，脱下女衣介）（外急向搭連内取僧帽褊衫與旦穿戴）（外、旦交叩頭數十介）（旦）

【園林好】謝師兄來西天一場，用金針撥瞳人一雙。止撮琉璃燈上，些兒火熟黄粱，些兒火熟黄粱。

【收江南】（旦）師兄，和你四十年好離别，（外）師弟，你一霎時做這場，（合）把奪舍投胎不當燒一寸香。（旦）師兄，俺如今要將，（外）師弟，俺如今不將。（合）把要將不將都一齊一放。（外）小臨安顯出俺黑風波浪，（旦）潑紅蓮露出俺粉糊粘糨，（合）柳家胎漏出俺血團氣象。（此下外起旦接，一人一句）（外）俺如今改腔換粧，俺如今變娼做娘。弟所爲替虎倀阱羊，兄所爲把馬韁絪麞。這滋味蔗漿拌糖，那滋味蒜秧搗薑。避炎塗趁太陽早凉，設計較如海洋斗量。再簸舂白粱米糠，莫笑他郭郎袖長。精哈哈帝皇霸强，好糊塗平良馬臧。英傑們受降納彊，吉凶事弔喪弄璋。任乖刺嗜菖吃瘡，幹功德掘塘救荒。佐朝堂三綱一匡，顯家聲金章玉璫。假神仙雲莊月窗，真配合鴛鴦鳳皇。頽行者敲鐺打梆，苦頭陀柴扛碓房。這一切萬樁百忙，都只替無常褙裝。捷機鋒刀槍鬥鋩，鈍根苗蜣螂跳牆。肚冤的假孀海棠，報冤的几霜⿰石鳥鶬。塡幾座鵲潢寶扛，幾乎做鴇桑乃堂。費盡了啞佯妙方，纔成就滚湯雪煬。兩弟兄一雙雁行，老達摩裹糧渡江。脚跟踹蘆蔣葉黄，霎時到西方故鄉。依舊嚼果筐雁王，遥望見寶幢法航。撇下了一囊賊臟，交還他放光洗腸。（合唱）呀，纔好合着掌，回話祖師方丈。

（内鳴鑼鼓怱下）

大臨安三分官樣，老玉通一絲我相。
借紅蓮露水夫妻，度柳翠月明和尚。

雌木蘭替父從軍

第一齣

（旦扮木蘭女上）妾身姓花名木蘭，祖上在西漢時，以六郡良家子，世住河北魏郡。俺父親名弧字桑之，平生好武能文，舊時也做一個有名的千夫長。娶過俺母親賈氏，生下妾身，今年纔一十七歲。雖有一個妹子木難，和小兄弟咬兒，可都不曾成人長大。昨日聞得黑山賊首豹子皮，領着十來萬人馬，造反稱王。俺大魏拓跋克汗，下郡徵兵。軍書絡繹，有十二卷來的，卷卷有俺家爺的名字。俺想起來，俺爺又老了，以下又再没一人。況且俺小時節，一了有些小氣力，又有些小聰明，就隨着俺的爺也讀過書，學過些武藝。這就是俺今日該替爺的報頭了。你且看那書上説，秦休和那緹縈兩個，一個拚着死，一個拚着入官爲奴，都只爲着父親。終不然這兩個都是包網兒、戴帽兒、不穿兩截裙襖的麽？只是一件，若要替呵，這弓馬槍刀衣鞋等項，却須索從新另做一番，也要略略的演習一二纔好。把這要替的情由，告訴他們得知。他豈不知事出無奈，一定也不苦苦留俺。叫小鬟那裏？（丑扮小鬟上）（木）小鬟，你瞞過老爺和奶奶，隨着俺到街坊上走一回者。（向内買諸物介）（引鬟持諸物上）（鬟）大姑娘，把馬拴在那裏？（木）且寄養在對門王三家。

【點絳脣】休女身拚，緹縈命判，這都是裙釵伴。立地撐天，説什麼男兒漢！

【混江龍】軍書十卷，書書卷卷把俺爺來填。他年華已老，衰病多纏。想當初搭箭追雕穿白羽，今日呵，扶藜看雁數青天。呼雞餵狗，守堡看田。調鷹手軟，打兔腰拳。提攜咱姊妹，梳掠咱丫鬟。見對鏡添粧開口笑，聽提刀厮殺把眉攢。長嗟歎，道兩口兒北邙近也，女孩兒東坦蕭然。

要演武藝，先要放掉了這雙脚，換上那雙鞋兒，纔中用哩。（換鞋作痛楚狀）

【油葫蘆】生脱下半折淩波襪一彎，好些難！幾年價纔收拾得鳳頭尖，急忙的改抹做航兒泛，怎生就湊得滿幫兒楦。回來俺還要嫁人，却怎生？這也不愁他，俺家有個漱金蓮方子，只用一味硝，煮湯一洗，比偺還小些哩！把生硝提得似雪花白，可不霎時間，漱瘍了金蓮瓣。

鞋兒倒七八也穩了，且換上這衣服者。（換衣戴一軍氈帽介）

【天下樂】穿起來怕不是從軍一長官，行間正好瞞。緊縧鉤，厮稱這細褶子繫刀環。軟喂喂襯鎖子甲，暖烘烘當夾被單，帶回來又好脱與咬兒穿。

衣鞋都換了，試演一會看。（演刀介）

【那吒令】這刀呵！這多時不拈，俺則道不便，纔提起一翻也，比舊一般。爲何的手不酸，習慣了錦梭穿。越國女尚要白猿教，俺替爺軍怎不捉青蛇鍊，繞紅裙一股霜摶。

演了刀，少不得也要演槍。（演槍介）

【鵲踏枝】打磨出苗葉鮮，栽排上綿木杆，抵多少月午梨花、丈八蛇鑽。等待得脚兒鬆，大步重那撚。直翻身戳倒黑山尖。

箭呵！這裏演不得。也則把弓來拉一拉看。俺那機關，和那綁子，比舊日如何？（拉弓介）

【寄生草】指決兒薄，鞘靶兒圓。一拳頭揞住黄蛇攛，一膠翎拔盡了烏雕扇，一肐膊挺做白猿健。長歌壯士入關來，那時方顯天山箭。

俺這騎驢跨馬，倒不生疏。可也要做個撒手登鞍的勢兒。（跨馬勢）

【么】繡裲襠坐馬衣，嵌珊瑚掉馬鞭。這行裝不是俺兵家辦。則與他兩條皮生網出麒麟汗，萬山中活捉個猢猻伴，一轡頭平踹了狐狸塹。到門庭纔顯出女多嬌，坐鞍韉誰不道英雄漢！

所事兒都已停當，却請出老爺和奶奶來，纔與他説話。（向内請父母弟妹介）（外扮爺，老扮娘，小生扮弟，貼扮妹同上，見旦驚介云）兒，今日呵！你怎的那等樣打扮？一雙脚又放大了，好怪也！好怪也！（木）娘，爺該從軍，怎麽不去？（娘）他老了，怎麽去得？（木）妹子兄弟，也就去不得了。（娘）你風了！他兩個多大的人，去得？（木）這等樣兒，都不去罷。（娘）正爲此没個法兒，你的爺極得要上吊。（木）似孩兒這等樣兒，去得去不得？（娘）兒，俺曉得你的本事，去到去得。（哭介）只是俺老兩口兒怎麽捨得你去？又一樁，便去呵，你又是個女孩兒，千鄉萬里，同行搭伴，朝食暮宿，你保得不露出那話兒麽？這成什麽勾當！（木）娘，你儘放心，還你一個閨女兒回來。（衆哭介）（扮二軍上云）這裏可是花家麽？（外）你問怎麽？（軍）俺們也是從征的。俺本官説這坊廂裏，有個花弧，教俺們來催發他，一同走路。快着些！（木）哥兒們少坐，待我略收拾些兒，就好同行。小鬟，你去帶回馬來！（木收拾器械介）（衆看介云）好馬好器械兒！你去一定成功，喝采回來。好歹信兒可要長稍一封，也免得俺老兩口兒作念。偺昝要遞你一杯酒兒，又忙劫劫的。纔叫小鬟買得幾個熱波波，你拿着路上也好嚼一嚼。有些針兒線兒，也安在你搭連裏了，也預備着，也好縫（南圖本作連）些破衣斷甲。（二軍叫云）快着些！（衆哭別先下）（木出見軍介云）大哥們，勞久待了。請就上馬趲行。（作上馬行介）（二軍私云）這花弧倒生得好個模樣兒，倒不像個長官，倒是個秫秫，明日倒好拿來應應極。

【么】（木）離家來没一箭遠，聽黄河流水濺。馬頭低遥指落蘆花雁，鐵衣單忽點上霜花片，别情濃就瘦損桃花面。一時價想起密縫衣，兩行兒淚脱真珠線。

【六么序】呀！這粉香兒猶帶在臉，那翠窩兒抹也連日不曾乾。却扭做生就的丁添，百忙裏跨馬登鞍，靴插金鞭，脚踹銅環。丢下針尖，掛上弓弦。未逢人先准備彎腰見，使不得站堂堂矬倒裙邊。不怕他鴛鴦作對求姻眷，只愁這水火熬煎。這些兒要使機關。

【么】哥兒們，説話之間，不待加鞭。過萬點青山，近五丈紅關。映一座城欄，豎幾手旗竿。破帽殘衫不甚威嚴，敢是個把守權官。兀的不你我一般，趁着青年，靠着蒼天，不憚艱難，不愛金錢，倒有個閣上淩烟。不强似謀差奪掌把聲名换，抵多少富貴由天！便做道黑山賊寇犯了彌天案，也無多些子差一念心田。

（指問介）

【賺煞】那一答是那些？咫尺間，如天半。趄坡子長蛇倒綰，敢是大帥登壇坐此間。小緹縈禮合參官，這些兒略覺心寒，久已後習弄得雄心慣。領人馬一千，掃黑山一戰。俺則教花腮上舊粉撲貂蟬。

說話之間，且喜到主帥駐劄的地方了。俺們且先尋下了安頓的所在，明日一齊見主帥者。（下）

第二齣

（外扮主帥上）下官征東元帥辛平的就是。蒙主上教我領十萬雄兵，殺黑山草賊。連戰連捷。争奈賊首豹子皮，躲住在深崖，堅壁不出。向日新到有二千好漢，俺點名試他武藝。有一個花弧，象似中用。俺如今要輦載那大炮石，攻打他深崖。那賊首免不得出戰。兩陣之間，却令那花弧攔腰出馬，管取一鼓成擒。叫花弧與衆新軍那裏？（木同衆上跪見介）（外）花弧，俺明日去攻打黑山。兩陣之後，你可放馬横衝，管取生擒賊首。俺與你奏過官裏，你的賞可也不小。違者處斬！（木）得令。（外）就此起兵前去！

【清江引】黑山小寇真見淺，躲住了成何幹？花開蝶滿枝，樹倒猢猻散。你越躲着我越尋你見。（衆）

【前腔】黑山小寇真高見，左右他輸得慣。一日不害羞，三餐吃飽飯。你越尋他他越躲着看。

（衆）禀主帥，已到賊營了。（外）叫軍中舉炮！（放炮介）（浄扮賊首三出戰）（木衝出擒介）（外）就收兵回去！

【前腔】（衆）咱們元帥真高見，算定了方纔幹。這賊假的是花開蝶滿枝，真的是樹倒猢猻散。凱歌回帶咱們都好看。

【前腔】（帥唱）衆軍士們，好消息時下還伊見，每月鈔加一貫。又不是一日不害羞，管教伊三餐吃飽飯。論成功是花弧居多半。

（到京内鳴鐘鼓，作坐朝介）（帥奏云）征東元帥臣辛平謹奏：昨蒙聖恩，命臣征討黑山巨寇，今悉已蕩平。賊首豹子皮，的係軍人花弧臨陣親擒，見解聽决。其餘有功人員，各具册書，分别功次，均望上裁。（丑扮内使捧旨上云）奉聖旨：卿勦賊功多，特封常山侯，給券世襲。花弧可授尚書郎。念其勞役多年，令馳驛還鄉，休息三月，仍聽取用，就給與冠帶，一同辛平謝恩。豹子皮就決了！其餘功次，候查施行。（木換冠帶介）（帥、木謝恩介）（受詔書）（丑下）（木）花弧感蒙主帥的提拔，叨此榮恩。只因省親心急，不得到行臺親謝，就此叩頭，容他日效犬馬之報。（帥）此是足下力量所致，於下官何預？匆忙中我也不得遣賀序別。（木）今日得君提挈起，（帥）下官也是因船順水借帆風。（帥先別下）

【前腔】（木）萬般想來都是幻，誇什麼吾成算。我殺賊把王擒，是女將男換。這功勞得將來不費星兒汗。

（二軍追上云）花大爺，你偌昝就這等樣好了。（木）二位怎麼這樣來遲？（二軍）昝兩個次候查功，如今也討得個百户，到本伍到任。望大爺攜帶。（木）可喜！正好同行。

【前腔】（二軍）想起花大哥，真希罕！拉溺也不教人見。（伴）這才是貴相哩！天生一貴人，僥倖三同伴。昝兩個呵！芝麻大小官兒，擡起眼看一看。

【前腔】（木）我花弧有什麼真希罕？希罕的還有一件。俺家緊隔壁那廟兒裏，泥塑一金剛，忽變做嫦娥面。（二軍）有這等事？（木）你不信到家時，我引你去看。（下）

（爺娘小鬟上）自從孩兒木蘭去了，一向没個消息。喜得年時，王司訓的兒子王郎說，木蘭替爺行孝，定要定下他爲妻。不想王郎又中上賢良文學那兩等科名，如今見以校書郎省親在家。木蘭又去了十來年，兩下裏都男長女大，得不是耍。却怎麼得他回來，就完了這頭親。俺老兩口兒就死也死得乾淨。（二軍同木上）（二軍）花大爺，且喜到貴宅了。俺二人就告辭家去。（木）什麼說話？請左廂坐下，過了午去。（二軍應，虚下）（木進見親介）（娘）小鬟！快叫二姑娘三哥出來，說大姑娘回了！（小鬟叫弟妹上介）（木對鏡換女粧，拜爺娘介）

【耍孩兒】孩兒去把賊兵剪，似風際殘雲一捲。活拿賊首出天關，這烏紗親遞來克汗。（娘）你這官是什麼官？（木）是尚書郎。奶奶，我緊牢拴，幾年夜雨梨花館，交還你依舊春風荳蔻函，怎肯辱爺娘面？（娘）我兒，虧殺了你！（木）非自獎真金烈火，儻好比濁水紅蓮。

（拜弟妹介）

【二煞】去時節只一丢，回時節長並肩。像如今都好替爺征戰。妹子，高堂多謝你扶雙老。兄弟，同輩應推你第一班。我離京時買不迭香和絹，送老妹，只一包兒花粉，幫賢弟，有兩匣兒松烟。

（二軍忙跑上）花大爺，你元來是個女兒！俺們與你過活十二年，都不知道一些兒。元來你路上説的金剛變嫦娥，就是這個謎子。此豈不是千古的奇事，留與四海揚名，萬人作念麼。

【三煞】（木）論男女席不沾，没奈何纔用權。巧花枝穩躲過蝴蝶戀。我替爺呵，似叔援嫂溺難辭手。我對你呵，似火烈柴乾怎不瞞？鷺鷥般雪隱飛纔見，算將來十年相伴，也當個一半姻緣。

（二軍）他們這般忙，俺們不好不達時務，且不别而行罷。（先下）（鬟報云）王姑夫來作賀！（娘）這個就是前日寄你書兒上説的這個女婿，正要請將他來，與你成親。來得恰好。（生冠帶扮王郎上，相見介）（娘）王姑夫，且慢拜。我纔子看了日子了。你兩口兒似生銅鑄賴象，也鐵大了。今日成就了親罷。快拜！快拜！（木作羞背立介）（娘）女兒，十二年的長官，還害什麼羞哩？（木回身拜介）

【四煞】甫能個小團圞，誰承望結契緣。乍相逢怎不教羞生汗。久知你文學朝中貴，自愧我干戈陣裏還。配不過東床眷。謹追隨神仙價蕭史，莫猜疑妹子像孫權。

【尾】我做女兒則十七歲，做男兒倒十二年。經過了萬千瞧，那一個解雌雄辨！方信道辨雌雄的

不靠眼。黑山尖是誰霸占，木蘭女替爺征戰。世間事多少糊塗，院本打雌雄不辨。（下）

［音釋］凡木蘭試器械、换衣鞋，須絶妙踢腿跳打，每一科打完方唱，否則混矣。行路扮一人執長鞭、搭連、弓刀，作趕脚人，每木唱一曲完即下馬入内，云俺去買什麽或明云解手，從人持鞭催，衆走如飛三四轉，共唱北小令［趕脚曲］，木去從徑路又出。瘺音鱉。指決音濟斤，濟，上聲。揝音攢，北人以把握爲揝。臉音斂，不作檢。

女狀元辭凰得鳳

第一齣

【女冠子】（旦上）一尖巾幗，自送高堂風燭，僦居空谷。明珠交與侍兒，賣了歸補茅屋。黄姑相伴宿。共幾夜孤燈，逐年饘粥。瘦消肌玉，翠袖天寒，暮倚修竹。

［江城子］依希猶記嫗和翁。珠在掌，恁憐儂。一自雙榆，零落五更風。撇下海棠誰是主？杜鵑紅○生來錯習女兒工。論才學，好攀龍。管取掛名，金榜領諸公。若問洞房花燭事，依舊在，可從容。妾身姓黄，乳名春桃，

乃黄使君之女。世居西蜀臨邛，年方十二。父母相繼而亡，既無兄弟，又不曾許聘誰家。況父親在日，居官清謹，宦橐蕭然。妾身又是女流，經營不慣，以此日就零替，與舊乳母黄姑，暫典本縣西鄉化城山中一所小房兒住下，不覺又是八年。且喜這所在澗谷幽深，林巒雅秀，森列於明窗浄几之外，默助我拈毫弄管之神。既工書畫琴棋，兼治描鸞刺繡。賣珠雖盡，補屋尚餘。計線償工，授粲粗給。但細思此事，終非遠圖，總救目前，不過劫劑。咳，倒也不是我春桃賣嘴，春桃若肯改粧一戰，管情取唾手魁名！那時節食禄千鍾，不强似甘心窮餓？此正教做以叔援嫂，因急行權。矯詔誅羌，反經合道。雖是如此説，可也要與黄姑商議停當，可行則行，可止呵也還止。（唤黄姑介）黄姑，我請你出來，對你有話説。（浄扮黄姑上）

【前腔半】老來没福，夜夜伴嫦娥獨宿。一條水牯，半肩紅葉，數聲隴笛，孩兒歸牧。

（相見介）（浄）小姐，你叫我可有什麽説話？（旦）黄姑，我這幾日，日日動念。我和你在這裏過這樣的日子，可也不是了。你曉得的，我這般才學，若肯去應舉，可管情不落空，却不唾手就有一個官兒？既有了官，就有那官的俸禄，漸漸的積趲起來，摩量着好作歸隱之計。那時節就抽頭回來，我與你兩個依舊的同住着，却另有一種好過活處，不强似如今有一頓吃一頓，没一頓捱一頓麽？你意下如何？（浄）妙妙！你若去應舉呵，是決中的。只是這女兒家的頭臉，怎麽改换得？（旦）這有什麽難！把俺老爺的舊衣鞋巾帽穿上，换了俺的裙襖髻圈兒。人看着，終不然不是個男兒，還是個女兒哩。（浄）這個倒有理。（打諢介）（旦）不要胡説了！快去收拾老爺舊衣服出來。我改粧，你也收拾打扮個大官兒起來，就叫你做黄科。我自取名做黄崇嘏，一同起身去。分付你那兒子小二哥看家裏便是。（浄）我左右靠你一世了，這老奴儕甘心做了。只是俸禄與那抓來的東西，可要和你平分？（旦）這個自然。（浄下，收拾上）（二人换粧介）（浄向内云）小二，我如今與姑娘城上看親，有幾日不回。你好生看守房子，日逐價打柴放牛。若没有米，便去問張大娘家借些吃，不要和小二漢那個短命終日去厮打。我回來時節，有了不得的果品餅定帶來哩，則怕你没口得吃。短命唉！（上路介）

【芙蓉燈】（旦）對菱花抹掉了紅，奪荷剪穿將來緑。一帆風端助人，掃落霞孤鶩。詞源直取瞿唐倒，文氣全無脂粉俗。包袱緊牢拴髻篦，待歸來、自有金花帽簇。

【前腔】（浄）我原是哺乳傭，權做長鬚役。無非是助槳幫船，靠一人之福。他舊頭巾既影得娘行過，我假度牒誰查和尚禿！包袱裏幾升脱粟，待之官、要分他俸禄。

（浄）才子佳人信有之，一身兼得古來誰。

（旦）延平別有雌雄鐵，他日成龍始得知。（下）

第二齣〔一〕

（外扮周丞相引衆上）丞相平津東閣開，私門桃李盡移栽。況蒙天語張麟鳳，肯放冥鴻不網來？某家周庠是也。原以邛南幕中留司府事，蒙蜀王主上簡拔，累官得至丞相。俺主上好學右文，今年又該校選進士，輪是某家叨知貢舉。前月已移文掛榜，約在今日取齊入試，想必也都到在這裏伺候了。皂隸，開了門，把牌去招這些秀才進來。（皂隸應介）（旦扮崇嘏，末扮賈臚，丑扮胡顔上。進見遞手本介）（外）諸生，上年這場屋中主司命題，大約遵奉前規。你每諸生條對，可也多循舊套。況本朝向來以詞賦取士，近日樂府就是詞賦之流。我如今要一洗這

〔一〕「齣」原作「齡」。

頭巾的氣習，只摘蜀中美談雅事爲題，令諸生各賦一樂府。就當面吟咏，我也當面品評。却又是我先倡起句，諸生續成我起的句。到臨了用一「柴」字，諸生接句，用一「纔」字，到臨了，却要用一「債」字。兼之江水出在蜀西岷山，其樂府牌名，就用「北江兒水」。諸生可要努力，莫負聖明求賢的盛意，與主司延訪的苦心。起來過一邊，聽唱名，就領題。（按手本唱名介）黄崇嘏，你的題是「賦得相如脱鷫鸘裘，當酒爲文君撥悶」。賈臚，你的題是「野人〔一〕送少陵櫻桃」。胡顔，你就是「賦得少陵許西鄰婦撲棗」。黄崇嘏過來，聽我首倡。

【北江兒水】鷫鸘裘帶，忙解下鷫鸘裘帶。望杏花村裏來，提向黄公一擲，除却茅柴。續將「纔」字來！

（旦）當一壺，賽〔二〕真珠醡滴纔，何事跑穿鞋？要引佳人笑口開，怕蹙損了遠山眉黛。虧殺他跟着措大，走遍天涯，還消得領雉頭裘，付酒家酬債。

（外）細玩此詞，真個丰神艷逸，神仙中語也！且這兩個難韻，尤押得妙！不信場中還有這們一個敵手哩！賈臚過來！你是「野人送櫻桃與杜少陵」。

【前腔】浣花溪外，茅舍繞浣花溪外。是詩人杜老宅，何處野人扶杖？敲響扉柴。續將「纔」字來！

（末）送櫻桃摘下纔，一籠美人腮。破胭脂幾點歪，咒不死鸚哥無賴。恰遇詩脾渴在，感故老情懷，正好飽明珠拚一嘔，了杜鵑詩債。

（外）「纔」字也押得穩！中間兩三句與那結尾呵，也似有神助。胡顔過來！你的是什麽？（丑）是「少陵許西鄰婦撲棗」。（外）你聽我念：

〔一〕「人」原作「老」。

〔二〕南圖本作「茜」。

【前腔】西鄰窮敗，恰遇着西鄰窮敗。(丑)宗師，別的起句，都是什麽「鸘鷞裘」「浣花溪」，何等的富貴花錦！偏我胡顏，恰似什麽窮敗窮敗！宗師，你的主意，分明是於我胡顏，要如保赤子了。(外)如保赤子，怎麽説？(丑)如保赤子，是雖不中，(外)一法迂遠。(丑)也不遠矣！(外)胡顏可真個是胡言！老孀荆一股釵。那更兵荒連歲，少米無柴。續將「纔」字來！(丑)「少米無柴」的讖語，可一法不好！這婦人也窮到一個絶妙之田。我胡顏的不中，可也到一個絶妙之地了！(外)快來！(丑)少米無柴。這婆兒呵，與我一般般苦是纔，不合我棗樹傍他栽。棗兒又生不乖，都掛向他家搖擺，終久擺落在他階，我人情又莫做得。(外)「得」字不押韻了。(丑)韻有什麽正經！詩韻就是命運一般。宗師説他韻好，這韻不叶的也是叶的。宗師説他韻不好，這韻是叶的也是不叶的。運在宗師，不在胡顏。所以説「文章自古無憑據，惟願朱衣暗點頭。」(外)也要合天下的公論。(丑)咳，宗師差了！若重在公論，又不消説「不願文章中天下，只願文章中試官」了。(外)咳，都象你呵！我那得這許多工夫聽你閒話？趲快些！(丑)擺落在他階，我人情又不做得，好難割愛。我明年呵！一攪果帶生摘賣，如今且忍着疼，捨肉身燈債。

(外)這胡顏詞氣便也放達，可也忒出入。可取處只是不遮掩着他的真性情，比那等心兒裏驕吝麽却口兒裏寬大的不同。他還陶融得，也取了罷。那胡顏，取便取了你。我還替你改幾句，就是舊規做程式一般，你就念我的起句來！

【前腔】(丑)西鄰窮敗，恰遇着西鄰窮敗。老孀荆一股釵。那更兵荒連歲，少米無柴。那秀才續將來！(外)況久相依不是纔。(丑)公然好似我的。(外)幸籬棗熟霜齋，我栽的即你栽，儘取長竿闊袋。(丑)忒像他的意了！都打盡了，却怎麽好？(外)打撲頻來，餔餐權代，我恨不得填漫了普天饑債！(丑)恰像公然好似我一丢兒！也照依胡顏，姑取罷。(外)這生可也忒放肆！(丑)善戲謔，不爲發擺子。

（外）怎麼説？（丑）虐。（外）這秀才胡説！你再想得《詩經》中一個「謔」字來麼？（丑）有「伊其相謔，贈之以牡丹」。（外）却怎麼讀？（丑）芍藥。（外）也虧他記得。這一場中等第，少不得黄崇嘏是第一，賈臚是第二，胡顔姑置第三。我今日就奏聞主上，諸生明日都到午門外看榜，准備遊街赴宴。崇嘏呵！管取明日欽除。可也要預備下一頂稱頭的紗帽，不得稽誤謝恩！

（外）匠斧驅牛萬首回，最難拽動棟樑材。

今朝細定黄郎格，畢竟百花梅是魁。

（先下）（吊場）（三生各叙寒温，問鄉貫客寓，約看榜赴宴介）（末、丑又共恭喜黄介）（同下）

第三齣

【喜遷鶯】（旦冠帶，外扮吏，衆上）名魁金榜，擬咫尺天顔從容日講。忽拜參軍來陪司户，付與簿書教掌。青幕藍衫易着，緑水紅蓮難倣。班鷺遠，縱舉頭見日，却袖冷爐香。

［菩薩蠻］侍臣牧吏元無二，紅蓮幕裏三年寄。水鏡一輪明，朝朝掛訟庭。督郵雖氣岸，要見何妨見。只作戲場看，折腰如軟綿。我崇嘏自叨中狀元之後，不想適遇新例：凡上第者，俱要試以民事，竟除授成都府司户參軍。這個官雖是簿書猥瑣，却倒得展我惠民束吏之才。在任不覺又是三年，也不敢素餐尸位。我這座主周公，朝廷因他多才，就以丞相兼攝府事。昨日一連發下三起成獄，已久稱冤，奏擾的百姓下來。我夜來看他緣由，委可矜疑。只是干證都死的死了，放的放了，可誰與他證明？也罷！我如今取他出來，自别有一個區處。皂隸！你去監房裏，取昨日丞相周爺發下那三起奏本的犯人出來聽問。（皂隸下帶小生、貼、末上介）（吏唱名介）黄天知、烏氏、真可肖。

(旦)你這三起犯人，都成獄久了。兩起是該帶板的，誰開你的板？(小生貼應云)昨日奏本下來，蒙丞相周爺略略的審一審，都叫打了板，送到爺這裏。(旦)黄天知，你上來！當時那毛屠出首你僞造印信的事，是怎麽緣故？你從實説上來！(小生)爺，小的就在雞鳴驛前住，見那驛丞的關防，花碌碌的好耍子。小的不合叫那會篆刻的人，照依那關防刻一個小記印兒。(旦)那刻印的人，如今在那裏？(小生)累死了。小的長去毛屠家，把這印票兒支取豬肉。後來小的與一個大財主，叫做夏葛，争地基。夏葛買出毛屠，出首小的這個印記麽，説小的僞造下印信，要圖謀驛丞自做。後來又有一個光棍，叫做昌多心。説這個小印記兒，入他罪不得。他既有這樣蹤跡，就好改做大的出首。他那夏葛會佈置，幫他的又多。小的就辯不得了。爺，是這樣的冤枉！(旦)你那印兒有多大？(小生)有半截小指兒大。(旦)那篆文純是驛遞衙門的字樣，可也還刻有你自家的名字在上面？(小生)有自家的名姓在上。(旦)你這肉帳，必有個算絶之時。這許多支肉的票兒，還是誰收了？(小生)左右是主顧家。小的與他算絶了帳，從來不問他討。(旦)皂隸！你去毛屠家，對他老婆説，説有一起强盜，供着你與他有奸。説打劫的金珠首飾，都窩藏在你家裏，爺教我們來搜你。你把大箱籠不要動他的，把那小籠兒匣兒，都與我搜將來！連那婦人，帶來見我。(皂應下介)(旦)烏氏上來，你實説！(貼)老爺，婦人那本坊北首裏有個大財主，叫做古時月，是個輕財學好的人。可與俺丈夫賈大，往來得密。又有一個姜松，也是個大財主，這可是個歹人，長來勾引婦人。婦人不合駡了他一頓。後來姜松爲頭做春社，丈夫在他家吃酒回來，到半夜之時，五竅都淌(原作儻)血。恁從救也救不得，就死了！姜松就買出鄰舍，誣捏婦人與古時月有奸，謀殺了親夫，就成了這樁大獄。(旦)可惡！這臣謀弑君，子謀弑父，妻謀殺夫，是遇赦也不赦的！你家不合與古時月往來，這情是真的了。留你這樣歹人在這裏做什麽？叫劊子手進來，把這婦人綁起來，就押出去決了！(生扮劊子手上，綁貼介)(貼哭押下介)(旦)叫打梆，叫我黄科出來！(浄上)老爺，你今而殺那個婦人，忒利害！如今叫黄科那裏使用？(旦)黄科，你與我快跑到決那婦人的所在，但聽得有人説屈，你便就悄悄問他個詳細。儻得些實話，便就傳説，俺爺教把婦人且放了，連那個替他稱冤的人，通拿來見我。快去！快去！（浄應下）（旦）那真可肖，你怎麽説？（末）爺，小的是江南人，打着鼓兒，沿街唱的。唱到這臨邛，臨邛卓家失了盜。那夥做公的，没處拿真贓實犯，聽着一個慣説謊的，叫做瞧不實，説小的不是唱的，是先前幹了歹事，假唱來躲在臨邛。只要遇着歹人，依舊幹歹事了。那夥做公的，就假粧做賊的，哄小的搭伴。幾遍價，小的不肯去。後來他因各衙門比併得慌了麽，就把小的充做個賊拿了。那各衙門又吃那大衙門比併得未完慌了，巴不得把小的充做個真賊。是這等樣兒。（旦）你倒説得有理！可惱這些做公的，只是我如今徑去拿他，他人多都走掉了。我如今見放你出去，你到黑夜裏，去到那做公的各人家門首，把石灰畫一個小圈兒爲記。我便好霎時間，多差了人認着那石灰圈兒，一齊都拿來，打他一個死！可不好？（末）小的可認不得這夥做公的家裏。（旦）胡説！他要哄你搭伴，更不邀你到他家裏吃頓兒酒飯麽？（末）邀是苦苦的邀小的，小的可也抵死的不去。（旦）這等便就拿不得人，審不出冤枉來。依舊帶去監了。（末大哭云）我早知道這麽樣，便就吃他頓飯兒也罷了。（旦）還不帶去監了！（末哭下）（旦向吏云）那裏豈有個門兒也不上，是個平素虧心，要搭伴做歹事的人麽？我纔套他説，你既不認得做公的家裏，可不好出你。他寧可就監去了。這真情不就立見了麽？（外）爺是神見！（旦）叫把這真可肖帶回來！（皂叫上介）（旦）把這真可肖打了肘！本該就放了你，你且在丹墀裏少待待兒，等那兩起來問明了，我一總放你。（末磕頭云）爺就是青天！（皂帶老旦並匣子）（浄帶貼、丑扮小厮同上）（皂云）蒙爺分付去到毛家，搜得匣子，並這婦人帶來回話。（浄）黄科纔聽老爺分付，就狠跑到法場裏，去看的無千待萬，都説屈的多。獨有這個小厮，便合着掌，口裏則念説阿彌陀佛，屈死了這人。這個業障，是我做的。黄科見他説得古怪，就一把扯他，到背静的所在，仔細哄他。他怎麽肯説？那時節綁的婦人纔押到，我就大聲叫劊子手説，爺叫把那婦人放了，叫把這小厮綁起殺了！他纔嚇呆了，纔説出個真情來。（旦）這一着虧你呵！（浄指丑云）老爺，你自家問他就知道了。（旦）你那小厮，是誰家的小斯？（丑）小的就是姜松家的小廝。（旦）姜松在家麽？（丑）在家。（旦）着兩個好皂隸，快跑去拿了姜松來！若走了，就是你兩個皂隸替死！（皂應下）（旦問丑云）你左右洩漏了，實説便免你死！（丑）小的主人一向要奸這烏氏，吃烏氏罵了一頓，又怪他倒肯與古時月好，以此便懷恨在心。（旦）他果是與古時月通姦麽？（丑）這也是屈他的。後來遇着做春社，衆客都散了。俺主人可獨留烏氏的丈夫賈大又吃酒，叫小的臨了那一大鍾酒，放上一把砒礵，與他吃了。就叫小的扶他回去，交與這烏氏。這場官司，便就是這樣起了。小的遇着爺，今日也該死了。没得説了。（旦）下去！（旦看匣笑向吏云）這黄天知票印兒，一一都在，可果然半截小指兒大麽。他的真名字，又果然刻在上頭，豈有要圖謀假驛丞做？又僞造印信，把名姓兒都不隱藏，又用到屠户家裏。黄天知，你這樣票兒，敢在別鋪子上也用他支東西麽？（小生）是阿，爺。（旦）這個一法説不通，分明是小哇子捏塑着泥冠帶，假做個什麽丞相兒麽、將軍兒麽、大家耍的勾當。把來當了真，就是不吃飯的人，可也不信呵！可憐可憐！可惜那毛屠夏葛與那昌多心都死了，造化了他！皂隸，把黄天知與烏氏的肘，都替我打了！把那毛屠的老婆摻着。（皂帶中浄扮姜松上，見介）（旦）姜松上來！（旦指丑云）你認認看這是誰。（中浄）這是小的家的小廝，叫做姜邦。爺，不消説了，小的該死了！（旦）皂隸，把姜松採下去，打一百！姜邦打五十！（打介）（旦）就釘了肘發監。（收監介）（旦）黄天知、烏氏，還討個保，候奏請，纔好發落。真可肖情輕，就好放了。（向吏云）做三角文書，明日回話周爺。你這三個人聽我説。

【紅衲襖】黄天知！那據花房的蜜蜂兒，也號做王；排假陣的靈龜兒，也呼做將。咳，這是假的呵！豈有三分來大的店票花紋樣，好扭做九品來真的衙門銅印章？況他真名氏又不隱藏，扮一個大蝦蟆套着小科蚪兒當。古來也有這樣的事，若不是逼勒封虞，也不過是剪桐葉爲圭戲一場！

【前腔】那烏氏！雖是你新樣粧，引惹出老姜；也是那古時月累及你孽障。如今人可討愛烏因屋休承望，惟失火殃魚你自當。烏氏，你虧了這姜邦。若没姜家這一小邦，就是我黄爺呵！也難主張。咳，我看世情反覆一似敲枰也，誰肯向輸棋救一將？

【前腔】那真可肖！你雖是打鼓的千門信口腔，倒是個把柁的三老遥憐長。你隨他大海掀風浪，只拿定小峨岢一葉去當。這夥做公的呵！他來圈套你入火忙，你可大門兒也不去上。你果若是從前有一點歹行虧心也，巴不得靠一座冰山又肯捨太行。

（小生、貼、末同叩頭唱）

【前腔】爺，你是個魃青天，又掛着月一堂；精渾水，巧辨出魚三樣。説什麽枯木花，重開在鐵樹上。端的是返魂香，早超生向地藏王。這陰德把什麽量，俺小的這三個螻蟻呵！要報德把什麽償？最難的是大海般世界狂瀾也，誰似爺砥柱中流把灩澦當？

（旦）皂隸，該保的保了，該放的放了！（三人同叩頭謝介，大呼云）願他萬代公侯、百年長壽、五男二女、七子團圓！（外叩頭云）吏典也從不曾見爺這樣的神明！

（旦）共笑參軍束帶忙，炎天大叫簿書狂。

當時若只供香案，只好坐看峨眉六月霜。（同下）

第四齣

【傳言玉女】（外扮周丞相上）要選乘龍，虎榜偶然得宋。若待襄王，定賽賦高唐夢。秦樓弄玉，誰好伴他騎鳳？端詳，惟有這個門生共。

老夫失偶多年，素有向平五岳之想，所以誓不再娶。止因前荆生有一男，喚名鳳羽，一女喚名鳳雛，至今未曾婚嫁，正在縈心。向年偶知貢舉，取了那黃崇嘏，薦爲榜首，如今見做司户參軍。他才學既自出群，吏事又十分這等精敏，他日必是遠到之器，可恰好又不曾定妻。我這女孩兒鳳雛，年方二十，小他三歲，且喜他倒也伶俐端方。古人重擇婿，若果擇婿不與黃郎，却與誰人？我前日發下三樁疑難的事一試他，訪得他都問過了，今日必然來回我的話。我可又要把文藝中事面試他代筆，可不把這女婿當面就選定了。（望時牌介）如今已是辰牌了，他怎麽還不來？叫辦事官！（末扮辦事官上）（外）去書房裏，取黃參軍前日申文，要拿那起做公的，説干礙禁衛衙門，須得我進過本。若寫稿成了，趁閒拿來我看。（末應下，取上呈外看介）（旦同淨上）

【前腔】日側休衙，正好松間吟弄。一紙紅帖，又傳遞摁門縫。今日馬頭向相府沙堤擁，連忙回話前朝的牒送。

下官前日蒙相府發下三樁事來，都已問明了，不免得回話。黃科！這文書有些機密的説話在裏頭，你自拿去，隨我進來。（見兩跪一揖遞文書介）前日蒙老師發下黃天知等三起事，門生都問明了，呈遞文書回覆。（外）都問明了，好耶！收上來起來。皂隸閉了門，參軍到後堂坐坐。（旦又兩跪一揖，坐介）（外看文書云）這三起事都問得絶妙！理冤摘伏麽，可也如神。老夫前日也有些疑，所以上略審審，就打了他的板。可怎麽得如賢友這般精細！綁那婦人，何等的奇！把强盜謊毛屠的妻子，可乘此就搜了他的票兒，何等的巧！那真可肖蹤影兒也都没處尋了耶！可就在他自已身上，套出一個不搭伴的真情，何等的這般敏捷！張釋之治獄，天下無冤民。後來于定國，民也自謂不冤。非子而誰？（起揖介）老夫可敬伏敬伏，就照依賢友的問麽，覆本發落就是了。（旦）

豈敢！老師引進，免責而已。（外）昨日賢友中文要拿做公的，與那瞧不實，也依賢友寫本了。叫黄老爺那人進來，脱了圓領，衙内去取個攢盤，俺們坐一坐。參軍，老夫恃愛下，可還有幾件事兒，要勞賢友一勞。（旦）不敢，謹領命。（外）我前面造了文翁與諸葛武侯的祠堂，大門外的扁，取做「蜀天雙柱」，又須一對門聯。那揚雄、王褒、司馬相如、譙周、陳子昂、李白、杜甫，杜便是流寓的人物了。這七才子也共一個祠堂，扁便就取做「七才子祠」，也着得一對門聯。前面去訪卓文君琴臺，少一個詩扁。又有一個遠債，我先世鄉中近日立木蘭的祠，諸友可又來討上樑文。（起揖介）這幾件可都要借光於賢友。手下，取筆墨過來！（旦）老師尊命，不敢不領。只是當面這等妄誕，便可真是班門弄斧了！容門生領去，做了呈稿請教。（外）你是倚馬之才，正要當場一逞。不要謙！手下研墨，先寫大字起，小厮拿大杯來，酌三杯助興。（旦寫「蜀天雙柱」介）（外細看介）

【梁州序】石銘瘞鶴，銀鉤作蠆，這兩種較量起來呵！畢竟楷書難大。子雲一字，專亭取桂蕭齋。誰似你銅深款識，鐵屈珊瑚，幾撇斜披薤。（旦寫「七才子祠」介）（外看介）指尖尤有力，壓磨崖，絶稱泥金糁緑牌。（旦）籠韋誕成，頭白門生。焉敢學王郎怪，題麟閣，還要了相公債。（外）多勞。（旦）望老師點化。（外）再要怎麼妙？小厮再進三杯！斟我的陪，有勞做二祠的門聯。（旦做介，寫介）（外看念介）「文德武功，照映錦江玉壘；鼎分刀布，低回碧草黄鸝。」（又念七才子聯介）「作者七人，星聚文中龍虎；兀然千古，雲横天半峨嵋。」（外）又好！真可與七才子争雄。

【前腔】二賢遺愛，七雄沈派，功德文章絶代。許多豪傑，憑將四句題該。越顯得梁間燕雀，碑底龜螭，都拱護神靈在。四楹金彩上，定有瑞芝開。叫小厮數一數，這兩聯多少字？（丑應云）四十個字。（外）生奪却四十顆明珠做掛壁釵。（旦）這月露形，風雲態。門生這樣的歪對句不過是小孩童、圖夜散書堂快，老師今日呵！金谷老借乞兒債。

（外）小斯，再滿斟三杯，送黄爺！好等他發興做詩，就絶句也罷。（旦做卓文君琴臺詩，外念介）「寡鵠芳心不自持，求凰舊事冷多時。琴臺一夜山花血，月上峨嵋叫子規。」（外拍手大叫云）妙不可當！賢弟，你就是撑着珍珠船一般，顆顆的都是寶。

【前腔】（外）琥珀濃未了三杯，真珠船又來一載，儼絲桐送響出墓田黄菜。看音調這般悽楚呵！真個是清明杜宇，寒食棠梨，愁殺他春山黛，一堆紅粉塊。得你這一首詩呵！恨不葬琴臺。説什麽採石江邊吊古才。（旦）老詞宗令門生代，況文君自合吟頭白，因此上難下筆，險做了賴詩債。

這遭該上樑文了。（外）這四六，一法是你的長技。（旦寫介）（外看念介）「伏以窈然閨秀，描眉月鏡之嬌；突爾戎裝，掛甲天山之險。替父心堅似鐵，秉虎豹姿，羞兒女態，從軍膽大如天。換蓂莢葉，歷十二年。移孝爲忠，出清於濁。雙兔傍地，難迷離撲朔之分；八駿驚人，在牝牡驪黄之外。英靈振古，壇廟宜新。黄金鑄雪骨冰肌，紫氣駕雲鬟霧鬢。芳魂紅幟，定依娘子之軍；碧水黄陵，何忝夫人之廟。棟樑伊始，香火長存！」（外看畢云）尤妙尤妙！

【前腔】他從軍輩本是裙釵，你上樑文細描英邁。比曹娥孝女，多一段刼營攻寨。看他年朱欄字蘚黄絹碑陰，定賞殺中郎蔡。（外）替粧這樣大門面，只好了老夫！（旦）豈不壞了老師名頭？（外）紅羅新掛處，誰不道豫章材？正好架百尺高樓把五鳳擡。（旦）門生呵！真醉矣！渾無奈。又騎着匹瘦馬向天街，驀何日了木蘭債。

（外）怎麽説這話？（旦）門生醉了。纔那上樑文，少六個「兒郎偉」，可不就是少「木蘭債」一般？（外）上樑文一字千金，那「兒郎偉」不消也罷了。（旦轉身驚介云）險些兒做出來！（對外云）門生果是大醉了，敢斗膽告辭。(外)你怎麽説這樣敗興的話？老夫也苦不俗耶！你敢是小看老夫没有潤筆之資？像如今人討白詩文的麽？我有也！我已曾分付取四匹葡萄錦、四匹燈籠錦、四枚玉管。薛濤箋，便没多了，只有五十。又收拾一大盒子青城山的雪蛆，好備你酒渴詩枯之用。也再不要你做詩了，只管放心吃酒。(旦)老師這般説，門生便醉死也不敢告辭了！(外)若真醉了，便我那小書房兒裏，有一些些大的個花園兒，我和你去散一散。小厮！叫厨下把那俗品不要來了，只討些筍菜兒來，好下酒。(旦到書房看花，稱好介)(内作琴聲，旦作聽介云)老師，那裏有人彈琴。(外)哦，這就是我的小女，叫做鳳雛。他從小兒[一]有些小聰明，讀得幾行書，也彈得幾曲琴，又下得幾着棋子。他不曉得俺們在這裏。(叫介)小厮傳進去，説有客在這書房裏。賢友，我那鳳雛，可又因刺繡什麽花樣，也漸漸的學畫得幾筆水墨花草翎毛。(旦)這等説將起來，明日就是個曹大家與謝道藴耶！(外)羞死人！正是耶，我聞得這三件是賢友的長技。(旦)只是個要子，其實不高。(外)小厮，你傳進去，叫取小姐的琴出來。就把他的畫兒，也拿一張出來與黄爺瞧一瞧。(丑取上送旦介)(旦看介云)甚妙耶！真是寫意，全没一點那閨閣之氣。(外)拿紙來，央送黄爺，畫一角兒，好拿與小姐做樣子。(旦)這個，又是班門弄斧了。(外)小厮！斟一大杯跪着。若黄爺不畫，便你不要起來。(旦)快起來！門生就畫。(旦畫，外看云)果是高！名不虚傳。送進去小姐看。拿琴過來，一法了了我的夙願。小厮拿酒過來，照前跪倒！(旦)不必，門生就彈。(做彈琴介)(外)這調也像似《鳳求凰》。(旦)正是。老師知道耶！(外)説什麽司馬相如，可惜我衙裏没一個卓文君。(旦作驚悔介云)門生果是醉了，或者打賭賽也，還勉强得幾杯。老師可容門生對這麽一局，可數着子兒，奉老師的酒何如？(外)好大話！你就算定自家不輸了？(旦)門生醉中失言，可有罪了。該罰。(外)也罷，拿棋來！可也只下一角兒。兩人不過四

[一]「兒」南圖本作「而」。

十着，圖快些。（着介）（外輪介）（旦）老師該飲五杯，門生代兩杯。（外）怪物！件件的高得突兀。

【節節高】分明是楚陽臺，九層階，一層高矣一層賽。琴天籟，畫活苔，棋吾敗。這師生名分憑君賴！算來我合在門牆外。（旦）老師怎麽這般戲謔？（外）你雲龍兩物一身兼，孟郊怎受得昌黎拜？

（旦又辭云）日側了。（外）斟酒過來送黄爺！

【前腔】你休辭日影歪，再三推，左右歸衙也了不得文書債。煮園芹薤，魚腦腮，鋪荑稗，那葡萄匹錦，只好做囊詩袋。萬分酬不盡珠璣數。（旦）老師於門生這般擡價呵！譬如錦川片石有何奇？一時間僥倖得南宮拜。

門生這番真告辭了。（外）罷，我也不淹留你了。

【尾聲】你遇着簿書閒，花月再，興高時打着馬兒來。我又試取烏鬼黄魚，了這罈虎珀醅。

（旦謝別出介）（外）叫官兒來！把纔説的潤筆那些東西，送到黄爺衙裏去。（末捧物介）（外低聲分付云）我在書房裏等回話，你就打梆進來。（末應介）（外虛下）（末送旦至門外，稟介）辦事官稟上參府老爺，曉得俺丞相今日的酒麽？（旦）這也不過是管待我詩文的意思，有什麽曉不得。（末）不是。俺丞相爺有一個小姐鳳雛，未曾許配。爺可仰慕參府是一個文學的魁星，風流的佳婿，極欲仰攀，命辦事官宛轉傳達。他説在書房裏緊等着回話，望乞就賜尊裁。（旦大笑云）可怎麽了！可怎麽了！也罷，既然説我老師等着回話，便我不免就這官廳裏，寫幾句回話麽，勞老辦替俺轉達。（末）是，謹領。（旦作下馬入廳寫介）（末喚净云）黄大官，你把這些潤筆的東西，一件件收下。我可就要進去回話哩。（净接介）（旦封詩付末介云）有勞耶。（末）不敢。（旦）我崇嘏一向的遮掩呵，似「折戟沉沙鐵半銷」。老師呵，你可該「自將磨洗認前朝」。我呵，天元不曾許我做男子，這就是「東風不與周郎便」。小姐，辜負了你，且「銅雀春深鎖二喬」。（旦、浄同下）（末打梆介）（外）他怎麼説了？（末遞書云）蒙爺分付辦事官這件事，就依着爺的説話，宛轉傳達與黄參軍。黄參軍可就在門外官廳裏，寫了這回話，叫辦事官稟上爺。（外拆書讀介云）「一辭拾翠錦江涯，貧守蓬茅但賦詩。自着藍衫爲郡掾，永抛鸞鏡畫蛾眉。立身卓爾青松操，秉志鏗然白璧姿。相府若容爲坦腹，願天速變做男兒！」（外大驚云）呀！元來他是個女身，天下有這等奇事！這一椿姻缘，就是湖陽公主一般，事不諧矣！也罷，我鳳羽孩兒，見應試科，明日該掛榜了。若是鳳羽得僥倖呵，我就强他做個媳婦，管取他推不得。我且暫打睡一覺，聽早晨傳臚的消息。（同末俱下）

第五齣

（旦上云）我昨日不想有這椿事，遮又遮不得，只得向東君漏泄了那一段梅香。則纔那周大哥，又報狀元及第。我今日既該謝酒，又該去拜賀，可把什麼嘴臉去見這老師？叫手下備馬，我要到周爺那裏去。（作上馬介）

【半叫鷓鴣】這馬兒忙，我心兒懈，只因把梅花忒漏得消息大。（皂作高喝介）（旦）皂隸，恐驚林外野人家，你馬前喝道的休得要高聲賣。

（皂）到了。（旦下馬入官廳候介）（外上）且喜孩兒鳳羽，果報了狀元。黄郎這個媳婦，不怕不是他的。

【前腔】這報的忙，我笑的懈，重重喜事來得太。孩兒與那崇嘏呵！似兩顆珠一樣泣鮫人撒千金，南市裏都撞着回回賣。

叫辦事官，你與我快請黄參軍來！（末）黄參軍來謝酒，又爲作賀，在衙門外伺候多時了。（外）怎麽不早説？快請進來。（末出，請旦進介）（外望見旦便謔云）好耶！你昨日上樑文説「欠木蘭債」，我也疑這話。元來你就是木蘭。我如今要奏過朝廷，問你個欺君的罪！（旦纔跪云）望老師包容，始終天地之德。（外）哄你！起來作揖。參軍，如今可另有一個題目要你做，你可推不得。（旦）豈敢！（外）老夫因愛你文學麼，與那爲人，故此開了這一場口。你如今既做不得女婿，可做得我的媳婦麼？況鳳羽僥倖是男狀元，你是女狀元。你是他的先輩，他是你的後輩。這個也粗粗對得過了。若要包彈，除非説我做宰相無能，父子間文學又不濟，消受你叫一聲公公丈夫不起，這便也由你了。（旦又跪云）老師這般説，叫門生措身也無地了。只是門生這一樁欺妄，如今在老師面前站，一時也羞不過。若是做了媳婦，却終身要奉侍公公，這羞可怎麼羞得了？（外）你且説，那木蘭那等事，是英雄們纔幹的，可是榮不是辱。你怎麼這没顛倒見了？我如今就要上個本，討一個人替你那參軍，天下都要聞知哩！何況我公公一人。叫寫本的！（小生扮寫本生上）（外）你就寫一個本稿，把這黄參軍的緣故，連我要娶他爲大爺的媳婦這一段話，也帶在上頭。料聖上必允。你送與李先生看過謄清，就奏上罷。我不閒，也不消拿來看了。（旦作羞態，又跪云）説不得了，門生謹領老師的尊命了。（外）這般説，你與我那女兒是姑嫂了耶！（叫丫頭介）梧葉兒，快叫小姐取過新禮服冠髻來，與嫂嫂插帶改粧。待大爺回來，就好成親。（旦又跪云）老師忒倉猝了些，另擇一個日子罷。（外）今日掛榜日子，再要怎麼？趁今日定了這樁事，省得你回去又番悔。（貼帶丫鬟捧粧物上，相見介）（旦換粧介）（衆吹打迎生上）

【前腔】（生）看掛名的忙，落名的懈，馬嘶金勒驕何太。我杏園折得狀元紅，這杏花一任他十字街頭賣。

（生見外貼）（旦背立介）（生問云）那是誰？（外）你一向在場前别館中，這件事我不好差人來報你。這個就是你的通家兄弟黄參軍。他元來是個女身，我纔是昨日要把你妹子招他爲婿。他極了，纔説出來。（生驚云）天下有這等奇事！如今又改了粧怎麼？（外）因他做不成女婿麼，我就改個題目，要配與你做個媳婦。他也推不得了。我就叫你的妹子，幫他改了粧，專待你來成親。古人説：金榜題名，洞房花燭。今日却不是天然的妙合！女兒，你就請嫂嫂過來拜親，不要害羞。（生）爹爹，忒倉猝了些！改日罷。（外）元來你兩個一對兒都是這樣假乖，快拜！叫賓相贊禮。（中浄扮賓相上，贊禮介云）女狀元和男狀元，天教相府配雙鴛。試看比翼青霄上，一樣文章錦繡翻。（生、旦交拜介）（中浄贊云）雲母屏風燭影深，長河漸落曉星沉。嫦娥應悔偷靈藥，碧海青天夜夜心。（生、旦貼交拜介）（贊云）荷葉羅裙一色裁，芙蓉向臉兩邊開。亂入池中看不見，聞歌始覺有人來。

【畫眉序】（外）我當日總文裁，孩兒與黄郎呵！不過是座主通家雁行輩。今日呵！喜鰲頭交占，與鳳侣同諧。誰承望桃李門牆，翻奉侍舅姑耆艾。（衆合）狀元罕有雌雄配，天教付女貌郎才。

【前腔】（生）參幕與吾儕，當初呵！本兄弟通家兩稱謂。誰知道假龍公尾鋭，隱蚌母珠胎。今才識下月嫦娥，還誤認上科前輩。（生、旦合）狀元何處表雌雄配，只争個紗帽金釵。

【前腔】（旦）非是我撒喬乖，只爲寒居忒蕭索。期宫袍奪錦，免門徑關柴。愧相公招跨鳳仙才，惹蕭史做乘龍佳客。（生、旦合）狀元你我既雌雄配，雙雙咏柳絮花魁。

【前腔】（貼）快婿稱爹懷，誰料參軍亦吾輩。總先生設席，奈弟子弓鞋。改新郎做嫂入厨房，遣小姑爲婆嘗羹菜。（旦、衆合唱）狀元險誤我你做雌雄配，不笑殺了蝶使蜂媒。

（中浄扮内相捧旨，並諸賜物上）俺奉蜀王爺的旨，宣賜那女狀元，和周丞相的乃郎新狀元成親。俺打着馬兒行來。這就是丞相的宅子了，不免進去宣旨。（報介）（排香案介）（中入，衆跪，宣旨介）皇帝詔曰：朕適覽卿奏，此事特奇。及問婚期，乃即今夕。朕轉聞兩宫，亦並驚喜。兹會旨合賜濯錦江水所染鴛鴦段二十四、真珠十升、鳳凰一母將九雛紫玉簪一條、八寶粧金釵二股、南粤翡翠千翎，助卿嘉舉。崇嘏原職，便敕銓除，以卿子鳳羽代之嘏可。朕嘉悦其奇，且念伊三載奏最，可封夫人，秩三品。追比古懷清事例，加號奇清君，歲給精粟百石。懿哉嘏可！文學優長，吏事精敏，久淹蓮幕，已及瓜期。選駿九方，貴略馬於牝牡；守貞十載，誰知烏之雌雄？天上佳期，人間好事。狀元雙占，爾既自致二難；參郡交除，朕特成其四美。（中歇旨，向外云）爺纔分付，叫俺傳語丞相：兩狀元代爲兩參軍，這是四美。（又宣介）故兹詔諭，宜悉朕心！謝恩。（謝介）（衆見中，中略謔旦告辭，外留中，中云）爺叫看成了親，等着回話，怎麽好稽留？（外）這等，便明日備小設薄禮謝勞罷。（中）那裏要謝！只要問你家的兩狀元討首號詩兒罷了。（笑介，中下）（丑與浄取笑諢介）

【滴溜子】（丑）難道女兒慣粧男出外，況二十年來又妙齡，正當少艾，竟保得没些兒破敗？黄大官你緊跟隨怎地瞞，必知大概。我試問那海棠，可依然紅在？

（浄喝介）走，放屁！

【鮑老催】你梅香傻賴！把嫦娥做自己般看待。他可象你這般麽？厨房中雜伴瓜和菜。梅香姐，（丑）我不叫做梅香，叫做梧葉兒。（浄）梧葉姐，你看我這老漢，你就説真是一個漢子麽？（浄扯開胸膛露奶子與丑看介）我扳開領，扯奶頭，和伊賽。那小姐呵！我從前乳哺三年大，休説道在家止許我陪他，就路途中誰許個男兒帶？

（外）那兩個這般舞手舞脚的，在那壁廂説些什麽子？（丑）禀老爺，緣來這個黄大官，也是個媽媽！纔梧葉兒因見他奶頭大，細問他，他纔説出來。（外）又添出一件古怪了！你把他的話對我説看。

【滴滴金】（丑）梧葉兒哩，摸着他老蚌殼雙珠礙，大得來果珍李上加脬奈。他胸膛不彀掛兩隻瘺丁當漿皮袋。他説那小姐呵！别無盛價，在家出路都是他包代。他是一個鴛鴦樣，占盡了奴儕。

（外）媳婦，你過來，再仔細説這個緣由。梧葉兒説得不明白。（旦）這媽媽元先呵！

【鮑老催】是個西鄰粉黛，來乳哺媳婦到初學拜。不想俺椿萱都歸蒿薤，（外）我到一向失問，尊公是誰？

(旦)先人就是黄使君,名唤做黄彦。(外)耶!元來是先輩名臣。這老者死後,你便怎麽就與那媽媽兒過活?又怎麽相隨直到如今?(旦)這媽媽也姓黄,媳婦就叫他做黄姑。與黄姑入深山似僧尼戒,十年酬却詩書債。從來相伴惟他在,肯許個蒼頭代!

(外向衆云)二十多年,伴着一個老婦人,更見他徹底的澄清,又是名臣的後裔。我一聞此語,不覺要手舞足蹈。(外、衆合向旦唱)

【雙聲子】木蘭代向邊榆寨,即這個黄令愛。(合向浄唱)牡丹矖須緑葉蓋,出這個黄姑怪。幫襯來成文章伯,似天上謫下人間界。仩織女黄姑,本銀河一帶。(合)

【尾聲】這姻緣真不歹,小可的動了龍顔喜色,誰信道繡閣金針,翻是補衮才。

(外)辭凰得鳳今如此,(貼)坦腹吹簫常事矣。

(生、旦)世間好事屬何人?(浄、丑)不在男兒在女子。(下)

[音釋]跑,上聲。籠,上聲。三老,蜀人呼舟子也。杜詩「長年三老遥憐汝」。峨峕,蜀人呼船然也。沾,平聲。索,音灑。脬,音抛。癟,音鱉。

鄭祖法

鄭祖法（一五九一——一六二六），號蘧然子，上虞人，明萬曆三十八年（一六一〇）進士。現存雜劇《蕉鹿夢》署「舜水蘧然子編」，《曲品》著録上虞車任遠作有同名傳奇，因此有人以爲「蘧然子」是車任遠别號，進而誤將收入沈泰《盛明雜劇》的《蕉鹿夢》斷爲車任遠作，誤。鄭祖法另著有《蘧然子集》。本劇僅存沈泰《盛明雜劇》本。

蕉鹿夢

［西江月］（末）混沌那曾鑿竅，巢由肯復懸瓢？凡夫認賊做兒曹，堪付一場耍笑。好貨分明逐鹿，瞞人真是藏蕉。世間何物是堅牢？得失從來顛倒。這一套是《蕉鹿夢》。且道題目：

列子寓言紙上，樵人得鹿隍中。

不是士師分剖，誰教國相折衷。

第一折

【浪淘沙】（外扮山神上）靈氣閟烟霞，灌木爲家。有時社鼓賽神鴉，也自分符隨嶽瀆，蠻貊無差。木石同居不計年，躡虚長自過巖前。須知象罔無他術，拾得玄珠赤水邊。某，山神的便是。名雖土偶人，實異木居士。但有飛塵蕙帳，誰來篝火叢祠？左右的，是白額侯、滄浪君；趨蹌的，是六雄公、玄丘尉。不比花妖水怪，元非木魅山精。適來列仙師，御風過此，問小神所掌何事。我說部署山中百獸。仙師道得好，說如今世人好財，何異獸之逐食？投骨於地，則群犬狺然；弱肉可欺，則衆强麕至。比如人因財動氣的一般，深可憐笑。教我隨方設法，以覺群迷。我如今檢較來有一鹿，合爲樵人擊死。不免就以此爲由，稍示幻化，有何不可？鬼使那有！去東林中勾取那鹿來者。（鬼使引鹿上介）（外）鹿兒呵！你只在山中，飲食由己，却不是無求於世也呵！

【北寄生草】（外）你嚼園柳跳平澤，飲寒卧淺沙。只爲有人尋取着你，便惹出後來許多話柄。從教掎角諸戎霸，從他挺尾吴唐射，從渠素毳蘇躭跨。好時節雙夾鄭公車，没來由單指秦庭馬。

（鹿跳鬼使舞介）（外）鹿兒！你今日恰是該死也。

【北醉扶歸】（外）則爲無魂化，因將疾足加，曹將軍利鏃敢争差。休走傍蘇臺下，漫説道詩歌燕嘉，索把東方詫。

（外）鬼使，你引那鹿兒，到山前樵採之處。待樵人烏有辰擊死，藏在隍中。使他心迷眼眩，尋覓不得，錯認爲夢。後被漁人魏無虞拾去，然後開發烏有辰，令其夢中省悟，再去尋討。兩相争論，以警世人貪戀財貨，尚氣角力者，皆是夢中一般。這是大仙師列御寇的主意。恁好生記者！

【北對玉環帶過清江引】可惜麏麚，難教一命賒。誰似西巴，將麑肯放些。居澤不須荂，中林却有罝。町疃爲場，准備着皮冠擭。獐邊混鹿，喬做作打倂出漁樵話。疑生盞底蛇，笑墮床頭蝶，算人生是一場閒戲耍。

第二折

【霜天曉角】（生扮漁人上）烟蓑雨艇，適盡江湖興。收拾絲綸一柄，閒躭風月雙清。

秋水無痕開短棹，蓼花香裏忘昏曉。醉眼冷看城市鬧，烟波老，閒來自唱「漁家傲」。小子魏無虞，鄭國人也。壯困儒生，貧爲漁父。念陽喬不上直鉤，料鱘鮪豈貪粒餌。所以浮休蓑笠，棲遁滄洲。這也不在話下。目今積雨初晴，新水正漲，好去垂釣一番。教娘子整治些乾糧帶去，且到晚回來。

【海棠春】（旦上）村徑逐門成，日遞茅檐影。

（見介）官人，今日天色晴和，倘去釣魚，奴家已備下乾糧在此了。（生）正欲如此。我想古人爲漁父者：任公子之巨犗，這是釣名；吕尚父之非熊，這是釣世。我雖不比古人，也自有一種趣味來。

【黃鶯兒】（生）釣譽果何情，向滄洲寄此生，浮家泛宅悠然興。東海也不經，磻溪也有爭，何如我輕舠一葉無名姓。（合）好忘形，塵勞世事，有耳與誰聽？

（旦）官人，這釣魚生意，自是世外高人所爲。比如那桐江之羊裘，玄真之忘餌，豈在區區得魚？這却與官人一般。

【前腔】（旦）濮水有同情，把綸竿爲主盟，休將獨繭圖僥倖。桐江上有聲，玄真子可憑，鷗波渺渺浮

空淨。（合前）

（生）我就此駕船出去。

爲問江湖險若何，人間無日不風波。

蘆花葦葉生涯好，世網能如一釣蓑。

第三折

【樵歌】（丑扮樵夫持斧上）夫出擔柴妻勸多，丁寧無奈擔頭何。夜來雨過蒼苔滑，莫向林巖險處過。自家姓烏名有辰，賣柴爲生。連日天雨，不曾砍得。今喜晴霽，且趁早到山邊，砟一挑來，換些酒米也好。（行介）

【劉鍬兒】丁丁斧劈生松火，斜斜徑轉斷蓬科。枯枝帶霜墮，荒蓁紫蘿。（合）扳條選柯，濕雲肩破。絶壑懸巖，休辭坎坷。（鹿跳上介）（丑）呀！那邊柴叢中颯颯的響，敢是虎來？（作望介）（鹿跳出介）（丑）好也！原來是個鹿。我且從後邊輕輕的一下，打倒了拿回去，却不强似砟柴？（做打介）

【前腔】麌麌何處中林貨，呦呦那管食苹歌。（做打倒介）白棓早先挫，那須網羅。（丑喜笑介）出其不意，被我一下就打倒了。本待就拿回去，但柴未砍完。且把些蕉葉覆了，藏在隍中，省得人看見要分。（做藏砍柴介）隍中暫窩，覆蕉真妥。這砍柴是我生意，不可因得鹿就罷了。得鹿忘蹄，於情不可。

柴已砍完。如今把鹿兒一同挑回去。（做尋介）呀！怎麽不見了？（又尋介）好怪！我分明打倒一鹿，藏在隍中蕉下。怎生連這個去處也没有了？是一片的荒草坡。呸！是了。我因起得早，用力辛苦，有些昏倦，便做出這個夢來。且挑柴去罷。（行又轉介）不信！明明是我打一下，手也有些酸疼的。難道有這樣夢？（又尋介）咳！只是没有。如今一定是夢了。且去休！（行介）

【漁歌】（生作摇船上）屬玉雙飛烟滿波，菰蒲深處掛青蓑。扁舟繫岸依林樾，釣得鱸魚是玉梭。

（丑問介）釣魚的老哥，你曾見我的鹿麽？（生）我方纔到來，不見你甚麽鹿。（丑）我起早來砍柴，夢見一個鹿，被我打死，藏在隍中，覆些蕉葉在上。已後醒來去尋，杳没蹤跡。故問你一聲。（生）痴人！是你自己做的夢，怎麽問我？（丑）若是真打得鹿，你一定不看見。緣是夢中，只怕連你也是這般做夢，故問一聲。（生）一發呆了！你自情迷逐鹿。我只意在得魚。（丑）老哥，你且把篙子打我一下看！（生）却爲何？（丑）我今日這樣昏得緊，只怕砟柴也是夢哩！（生）你這人果是昏愚的。我自有事，休胡厮纏我。（丑）我且去。只是白白的做這一個好夢，一些兒也不准，氣他不過。正是：仰面貪看鳥，回頭錯認人。（下）（生）俺且就此垂釣則個。

【江頭送别】（生）垂香餌，垂香餌，修鱗潛躲。剖半粒，剖半粒，盈車難貨。這裏並無一魚呵！且向深溪還進舸。（再釣介）又没有！自逡巡愧煞詹何。

呀！俺終日垂釣，並不得魚，怎生是好？且泊了船上崖去，拾些墮樵，回去也好。（上岸做拾柴介）這蕉葉之下，有個死鹿在此，一定是那樵人打的了。他怎的説是做夢？想他慌忙間，怕人撞着，藏在此間。一時尋不着，便心中狐突起來，認是夢了。可笑可笑！他又去遠，俺只索拿到舟中去罷。

【前腔】緣木處，緣木處，陽鱎絶夥。守株的，守株的，兔罝誰過？始信道魚罹鴻見邏，料采薇驚女非訛。

本是求魚者，翻爲得鹿人。

漁樵相問答，又見一番新。

第四折

【一江風】(旦上)映斜陽，茅屋澄溪上，落木風交響。慘叢叢野菊枯蓬，粧點出貧家況。蕭緯度流光，烟炊土銼荒，待攏魚停却沙頭槳。官人早間出去釣魚，日已西斜，還未歸來。晚餐已煮下了，且候他則個。

【前腔】(生作摇船上)過横塘，野水生微浪，鷗泛餘霞滉。淡茫茫老樹疏籬，似一帶瀟湘狀。浦口出鳴榔，喧林鳥亂翔，且緣延收却船頭網。(見介)(旦)官人，你來了，可有魚麽？(生)娘子，今日一個魚兒也没有，倒有一椿奇事！(旦)有甚奇事？(生)拿得一個鹿，見在船上。我和你擡上來。(旦)官人，鹿乃山中之獸，如何却落在你手裏？(生)你且猜一猜。

【桂枝香】(旦)奥咩非望，突鵶何想。你從來獨纜寒江，誰待去殪兕前嶂。漫沉吟自思，漫沉吟自思，可是鮑葵脱鞅，秦巴憐放？試參詳，塞上原多馬，河中别有魴。(生笑介)我釣魚之處，有一樵夫對我説，夢裏打得一鹿，問我曾見否？又沿途尋覓，深自歎息。我道是痴人説夢，了無憑據。誰想我一魚不得，上崖去拾些墮樵，偶然就蕉葉下，見一死鹿在隍中。所以拿來在此。也不知那人是夢是真。

【前腔】（生）他非熊成象，我獲麟如響。任他秦鹿存亡，那論楚弓得喪？且憑將橫來，且憑將橫來，好似功收鷸蚌，巧張罟網。細思量，腐鼠真成誤，神龜合見祥。

（旦）原來如此。怪那樵夫問你，尋鹿不得。還是你夢見樵夫打鹿？還是果有這個樵夫？只怕你也是夢裏！如今你真得這鹿，是你的夢做得准了。

【前腔】（旦）迷真作妄，幻虛成誑。憑誰忘却筌蹄，忽自眩爲夢想。你向隍中取回，你向隍中取回，豈由天降，定非鼎養。試參詳，海客鷗從泛，雕陵鵲異常。

（生）娘子不須過慮。他夢打鹿的，倒不曾得鹿。我不夢鹿的，却見有此鹿。何用知彼夢我夢哉！

【前腔】（生）空空生障，非非成想。如何逐在林中，我自知之濠上。據而今醒時，據而今醒時，但問六占不爽，一心無枉。細思量，狡穴從藏兔，多岐恐喪羊。

釣罷歸來不繫船，得魚何事又忘筌。
從他得失皆如夢，且只悠悠任目前。

第五折

【水底魚兒】（丑上）夢覺相尋，紛紛役此心。何如無夢，得失總無因。

我昨日砍柴，似夢非夢，打得一個鹿。打時節，恰像是真。尋不着，又道是夢。心中突兀，放他不下。夜來當真做一夢：藏鹿之處，是個没水的溝兒，上面有個高土堆，下邊有株大枯樹，被一個姓魏名無虞的拿去了。他家住在東村口，門前有條大溪，籬邊吊隻小漁船兒，明明白的，不信道也是夢。我且逕到東村口去尋則個。（行介）

【哭岐婆】（丑）終朝尋趁，狐疑自哂。昨宵諦審，夢魂堪訊。愴惶欲攫市中金，依稀且辨樓成蜃。

此間已是東村口了。果然有一人家，門臨溪水，籬繫漁舟。夜來已到過了，一定不差。且試叫着，魏老哥有麽？

【水底魚兒】（生應上）得鹿何心，歸來恐未真。緣知夢裏，覺後費追尋。

（見介）（丑）老兄，我昨日打這一個鹿，原是你拿得了，好好還了我罷！（生）鹿到原有。只你是夢中打的，我是醒時得的，與你無干。且説你的鹿藏在那裏？（丑）我的鹿藏在一個乾水溝裏，上面有個高土堆，下邊有株大枯樹，溝兒上又蓋些蕉葉的，是也不是？（生）你這般明白，怎麽昨日不拿了去？（丑）我昨日尋不着，所以道是做夢。昨日真去做夢，如今又尋着了。（生）既如此，你自進來拿了去。（丑）好准夢！（見鹿背云）這人是本分的，且待我詐他一詐！（回云）我有兩個鹿，怎麽只是一個了？（生）爲何有兩個？（丑）我夢中打一個，是昨日尋不着的。昨日真打這一個，是夜來夢見的。豈不是兩個鹿？（生）你這人，真是做夢！打時節是真，忘記了是夢，總是這個鹿。怎的賴我兩個？（丑）倒説我是做夢。若不是夢中打一個，我昨日不該做夢。若不是真打一個，你昨日不該拿回。定要還我兩個纔罷。（生怒介）你昨日問我時節，已認得我了，假托做夢來欺賴我。這鹿是我自打的！你自去尋那夢中打的。

【大迓鼓】（生）無端起禍因，把夢熊爲釁，封豕相侵。自古道：晝之所爲，夜之所夢。你昨日已自要賴我了。你憑將芻狗虚來窘，豈料冰狐實可嗔。我自漁人，你自樵人，有甚干涉？我自臨淵，汝還負薪。

（丑怒介）你偷了我兩個鹿，連這一個也賴了！我定要告官去。

【前腔】（丑）須當辨假真，把狙公且禁，狼子還馴。自古道：赤脚的趕鹿，着靴的吃肉。你也只是個釣魚的麽？你羊裘漫自誇魚樂，狸德從知有獸心。只有樵夫打得鹿，不信你漁翁去拿得鹿。少不得官府也是明白的。你自探淵，咱須採薪。

（丑扯生介）我和你到士師衙裏去！

對面真成夢，欺心不怕天。

世間何事大，財與命相連。

第六折

【秋蕊香】（小生扮士師，冠帶上）止水常懸衡鑒，盈庭兩造無冤。鉤距不施刑自簡，還看卧治餘閒。

下官鄭國士師是也。職親讞獄，案掌爰書。聽斷公平，不紊五刑之典；奉法明允，那飛六月之霜？但我國主，精於吏治，勤於民隱。雖瑣細之事，皆當奏讞以聞。目今無事，怕有争訟的，須與分理。左右，把放告牌出去！（浄貼介）

【普賢歌】（丑扭生上）夢中得失總何言，平地欺人那問天。紛紜且亂牽，糊塗合有冤。特向公庭憑發遣。

（各叫介）（丑）爲偷盗事的！（生）爲欺騙事的！（小生）你兩人扭結在此，還是各告一事，總爲一事？（丑）事雖一樣，情實兩般。（小生）説的不明白。左右的，與我扯開兩邊，各自拿狀子過來。（丑）小的是不識字的樵夫，容口説。（小生）你且道來。（丑）自家烏有辰，山中去採薪。夢裏遇一鹿，打倒没處尋。回家又做夢，夢見這漁人。將我鹿偷去，任討却生嗔。特來求判斷，不知是假真。（小生）據你説來，都是做夢。那漢子且過來説。（生）小人魏無虞，溪邊去捕魚。偶從山下過，鹿死覆枯株。攜歸剛信宿，烏有太痴愚。説來雖是夢，做出果非虛。見今原有鹿，與彼夢中殊。（小生）這鹿在那裏？（生）在小人家下。（小生）着一個皂隸去拿那鹿兒來！（浄下）（小生笑介）那烏有辰，我且説與你曉得。大凡夢中，都是妄境。夢寶玉，醒來不曾到手；夢酒食，醒來不曾到口。你真得一鹿，妄謂之夢。妄想做夢，反得其真。你這顛倒夢想，真可憐也！

【鎖南枝】你原非醉，却似顛，明將醒時做夢裏看。蕉下若爲畋，隍中定誰見。你怎麽夜來又夢見得鹿之主，倒是一樁怪事！真失去，妄得還。你如今又告那魏無虞呵！似攘雞，把鄰怨。

（浄拿鹿上）鹿在此了！（小生）魏無虞，這個鹿，就是那烏有辰打的。但是他做了夢境，你得在真境。你固以真得鹿，他却以夢争鹿。這真妄錯雜，却累着你來。

【前腔】真無罪，妄受愆，料伊得來也偶然。彼夢復何緣，寤因果非變。你兩下不要争。偷也非偷，騙亦非騙。憑見在，兩勿喧。烏有辰，你也虧他拿回，不要全信其夢。魏無虞呵，你似亡猿，有鄰患！

（丑）老爺，小人辛辛苦苦，做了這一場夢，打得這鹿。夜來放不過，翻翻覆覆睡不着，夢見他拿得來。不知用多少氣力在裏面，怎麽教小的不要争？（小生笑介）你那呆人，睡不着，怎麽有夢？（丑）小的原是青着眼做夢的人，不然夢中也打不得這鹿。（小生）你二人聽我判斷：把從前都不要論，只據有此鹿，各自中分一半也罷。我亦不敢做主，且奏過國主，然後發落。你們且在外邊候着。（小生行奏介）臣士師有事，奏聞我主。（内云）奏甚事？（小生）樵夫烏有辰，打得一鹿，以爲夢而失之。

【一封書】（小生）有樵人最憨，擊饑麛失便旋。漁人魏無虞偶然獲得呵，有漁郎駕船，向蕉蘇偶給鮮。以後烏有辰復夢見魏無虞得鹿，到他家中，兩相争論。朦朧景界人難剖，仿佛因由鹿可原。臣今據鹿請二分之。法無偏，事兩全，敢望君王特降宣。

（内云）二人争鹿，鹿從何來？似夢非夢，竟歸何處？今士師將復夢分人鹿乎？可與國相更議，便宜行之。（小生謝介）（末扮國相上）世事原如夢，人生太認真。何須論夢覺，覺是夢中身。（小生見介）（末）適來奏讞，國主命我再加詳審。我看來此事甚奇。夢與不夢，何必辨之？欲辨夢覺，惟黄帝孔丘。今無黄帝孔丘，孰與辨哉？中分之説，極是有理。（小生）不敢。（末）那争鹿的在那裏？（生、丑見介）（末）你二人一是漁人，一是樵人。漁樵自古同類，豈可因而忿争？且此事夢覺相尋，真妄互見，倒可以感悟人也！

【金谷園】（末）你眩，人生分明是睡仙，諢世故黟花了佛眼。蝸角虚勞争戰，何如鼻息齁鼾，今日事可參玄。

（生）小人原無訟心。只爲烏有辰不明白，所以有此争端。（丑）今日蒙老爺分剖，已如夢得醒了。（小生）也非此話。

【嘉慶子】人間事事皆虚誕，又何須錯誤纏綿，真個是幻中生幻。剖不斷那情緣，都一笑且忘言。

【川撥棹】（合）本來面，是何物，爲方便。利名兩字相煎，相煎處誰如願？可惜暮雲飛電，從他春草飄烟。問何如鹿豕，閒付漁樵作話傳。

【尾聲】從前夢覺都休辨，且領取而今當面。莫把荒唐做紙上看。

阿堵由來説有神，無明從此又生因。
爲看蕉鹿終何在，到底都如夢裏人。

吕天成

吕天成（一五八〇—一六一八），字勤之，一説名文，字天成，號郁蘭生、一作蔚蘭生、郁藍生、又號棘津、竹痴居士。餘姚人。諸生。吕本曾孫。明代戲曲理論家、作家，爲「吴江派」代表作家之一。與戲曲家沈璟、王驥德相友善。沈璟生平著作，皆付天成爲之刻版印行。著有戲曲理論《曲品》三卷，傳奇十五種，雜劇八種，小説兩種。存世雜劇僅有《齊東絶倒》一種，署「秣陵竹痴居士編」，收録於沈泰《盛明雜劇》初集。

齊東絶倒

（末上）［西江月］瞎漢總然犯法，乖兒却會藏親。齊東野語古來聞，鄒孟揣摩虞舜。女向琴床自倮，身逃濱海誰尋。分明往牒曲中真，聽取詼諧可信。

皋陶拿不着殺人的賊，商均趕不轉朝子的翁。

傲象饒不過禪位的帝，嚚母放不下逃海的農。

第一齣

（末扮皋陶上）寇賊姦宄，蠻夷猾夏。命女作士，刑用天下。某，皋陶是也。我原不啞。淮南劉安，又説我喑而爲大理。宋朝人説詩話，又説我三謨中言語，未必不是以筆代口的。可恨可恨！當今唐帝禪位，虞帝攝居。四凶既除，三苗已格。卿雲爛以呈祥，元首歌而拜手。兹當巡狩之後，正爲輯瑞之時。我比不得伯益作虞，管的是禽獸；比不得伯禹治水，管的是介鱗；比不得契敷五教，匡翼蒸民；比不得稷播百穀，栽培粒食；比不得夔典樂，龍納言，一事神，一諫帝；比不得垂共工，夷秩宗，一治工，一典禮。我職宜問罪，權重索逋。近知瞽瞍因要聽樂，殺死胄子一事。我想起來，必當伸法。須索奏過夔行者！（小生扮唐堯帝服上）十五奉作君，七十巽厥位。有鰥在下者，二女濱嬀汭。朕，唐堯是也。我薦天自代，令舜受終於文祖，只得去朝他。（末）呀！唐帝來也。四嶽、百揆、九官、十二牧及諸侯來未？（小生）諸臣將至。我當率之以朝也。（末）唐帝是舊日之君，怎也朝他？（小生）你不知「天無二日，民無二王」，怎敢不朝？（末）瞽瞍是父，怎麽也朝他？（小生）「率土之濱，莫非王臣。」怎敢不朝？（末）唐帝娶了散宜氏之女女皇，生了胤子丹朱。造了圍棋教他，他依舊是嚚的。如今怎麽倒做了虞賓？（小生）虞帝但知彈琴歌薰。第二個女兒生了商均，任他不肖，與我子一般。今他雖是虞賓，當初虞帝居我宫時，也逼得他苦！（末）虞帝極是大孝，怎麽待瞽瞍來朝？（小生）當初虞帝見了瞽瞍，「夔夔齊栗，烝烝克諧」。如今也不虧他，後世也有擁篲迎門的。（末）論起世系來，唐帝與虞帝同出黄帝後，怎麽把兩個女兒都嫁他？（小生）「事之女以觀其内」，便我女是虞帝姑婆，也不論了。况如今人儘有同姓通姦的！（末）前日虞帝因了唐帝，又偃塞胤子丹朱，不許與父相見，是何道理？（小生）我既德衰，怪他不得。况後代儘有藥死前主的。（净扮象王服上）封有庳，或曰放。謨蓋他，空指望。某有庳國君象便是。前娘生下舜一個，後娘生下我與妹顆手兩人。我妹已嫁與丹朱了。哥哥又做虞帝，封我有庳，何等快活！只不許我治事，説要常常可見，只得至此。呀！唐帝與士都在也。（見介）（末）我且問你，虞帝做都君時，瞽瞍怎麽要害他？（浄）當初因晚娘嗔怪，不用説了。後來我對瞽瞍説：爹的雙眼無睛，都是舜目重瞳併去了。多是個克爹的！（小生）你怎麽定要害他？（浄）我因見二嫂有色，要治我棲。干戈琴弤，亦可備用。牛羊倉廩，父母所無。有兄無益，故要殺他。（末）虞帝耕田得粟，怎要他塗廩？就去焚他，若没有笠兒，却不燒死！（浄）他耕於歷山，終日號泣。我母怪他，遂要我爹教他塗廩。他對二嫂説了。二嫂説道：「時其焚汝，鵲汝衣裳，鳥工往。」故他登廩，如鳥張翅，輕輕飛下，不得損傷。（末）唐帝七十載中，康衢有謡，説道：「鑿井而飲，帝力何有。」怎麽偏要虞帝浚井？（浄）是我又對爹説：「廩是從上飛下，其勢極易；井是自下躍上，其勢決難。」恨不得把九年洚水淹了他，誰知他又對二嫂説了。二嫂道：「去汝裳衣，龍工往。」後來從他井出去，想是他預先穿下一個陶穴。畢竟是曾陶於河濱，曉得些土色鬆實。（末笑）只是你進宮去，虞帝正在床琴。你好不愧也！（浄）他被袗衣，二女祼，真是死裏逃生，苦中作樂。我枉費狠心，一毫没用。見了他怎不羞人？假嘴臉怕他看破。（末）有人説你住在虞帝宮裏，正鼓琴時節，虞帝冲見了，你愕然不懌。有的麽？（浄）這是司馬遷造出來的。没有此事！（丑扮商均王服上）唐堯兩代聖君，蔭子一般不肖。天下又是他人，豈是自家不要！我乃商均便是。今日早朝，須索祇候者。（浄）商均侄兒來也！（丑作狂態介）象叔象叔，呀！唐帝與士都待多時了。（揖介）（浄）我與士談論半晌，你且來説説。（末）你二娘生的宵明燭光兩個姐姐，嫁與誰了？（丑）唐帝把二女嫁與我爹，便把帝位禪了。如今崇伯禹有功德，他娶了塗山氏。四日便孕，生了一子，名曰伯啟，甚是賢明。我家姐姐嫁不成也不打緊，若爹把位禪與他，他不禪與人了。（小生）德衰之人，纔不禪位。禹父伯鯀，被俺殛於羽山，化爲黄熊了。禹就爲帝，也没便宜。（末）閒話許久，倒有一件至緊事不曾説。瞽瞍殺人，虞帝不忍死其父，我又不忍壞其法，怎麽好？（小生）身爲天子，父當大辟，亦宜宥之。（浄）當初虞帝三十不娶。虧了唐帝，不告而娶。這樣人，兒子的妻也不管的。這大罪那管得？（丑）伯禹見罪囚，下車而泣。公公若看了這樣，也不殺了。（净）你專會打陣後鼓，如今拿來殺便了！（丑）他若殺人，必有緣由，豈可遽寘於法？必須奏過乃行。（末）正是正是！（外瞽目扮瞽瞍，帝服緩步上）家有晚妻命也命，弄得親兒大不幸，嚚母頑爹變了心，老年不改殺人性。我瞽瞍爲何説這幾句？當初娶了握登，生出舜來，甚是孝順。又被後妻淩虐他，悔之無及。幸喜他做了虞帝。那日虞帝作樂，我要去聽，是夔的胄子把門，不許我進去。且説道：「你是個瞽師樂官，來得遲了。」我説道：「誰不曉得我是天子之父！你怎麽來侮慢我？」一時間忿他不過，即摸着殺三苗叛俘的刀，一刀斫去！又打上幾拳，即時身死。衆官道：「這抵命的罪，也去不得。」我今懊恨，無計可施，今日早朝，甚是不快。也只憑他！（末）呀！瞽瞍來也。（外）無目之人失禮了。（揖介）（衆）簫韶迭奏，茅茨土堦之上。早虞帝臨朝，千官齊立也。

（生扮虞舜帝服儀從導上，雜扮官四員隨上）

【雙調・北新水令】陶漁耕稼忽徵庸，一鰥夫兩妻嬌擁。經年巡海内，夙夜亮天工。允執其中，瑞應儀庭鳳。

（小生引雜官朝介）

【南步步嬌】（小生）聖神文武臣歡頌，玄德升聞重。衣冠拜九重。庶績咸熙，四方風動。曆數在其躬，巍巍功德蠻夷貢。

（生）諸臣一壁廂立着！

【北折桂令】則常時愠解薰風。怎學得當代巢由，和那上古羲農？今日這旌善除凶，兩階干羽，六律笙鏞。無爲世北辰環拱，有時節萬國朝宗。也還思天禄難終，當不得將賢繼聖，真個是因婿承翁。

（外）我拜也！（外拜）（生作不安狀，愁眉側坐介）

【南江兒水】（外）明后維元首，良臣願股肱，都俞吁咈時相恐。文明濬哲人皆誦，温恭允塞言非諷。海晏河清歡唪。德協重華，索與唐堯伯仲。

（生）父請暫立者。（生作背唱介）

【北雁兒落帶得勝令】没來由隨班兒太足恭，没來由北面兒相瞻奉。好教人意惶惶不自容，好教人色慘慘難禁動。這回來負罪歉私衷。惡拘攣禮數隆，莫躲避冠裳衆。險些兒物議叢。朝中，怎使得迎和送。家中，記承歡，弟與兄。記承歡，弟與兄。

（生轉身坐介）（浄、丑）臣象、臣商均見。（拜介）

【南僥僥令】（浄）有庳侯國近，蒲坂帝畿宏。怕越國常來人洶洶，便親愛的真情弟子同。

（浄、丑旁立介）

【北望江南】（生）呀！雖則是親愛的真情子弟同。最難得，忍彎弓。我一生憂喜氣相通，便生男不肖任愚蒙。你休得要暴凶，休得要暴凶！長享得日輪月珥卿雲籠。

（生）衆官都退！（衆皆下）（生）臯陶何獨不退？（末跪）臣有事。

【南園林好】論大辟殺人理窮，是瞽瞍加刑任公。（生作驚狀）瞽瞍殺人了！這怎麽好？（末）奏請聖裁操縱，拿下獄怎容鬆！桁楊裏幾時空，桁楊裏幾時空。

（生）全父者我之心，執法者爾之職。且自憑你！（末）謝帝恩。（末下）（生）吾父頑性，猶然殺人。奈何奈何！

【北沽美酒帶太平令】愁無計，心自忡。愁無計，心自忡。如狼噬，老龍鍾。我有道理：竊負而逃，處於海濱。也罷了！做含出宫花春色濃。快逋逃，眼又盲；忙趨負，比蛩蛩。這天下要他何用？望海濱縹緲空濛。没爹子便生皆夢，有位兒欲留徒慟。我呵！且索去雲峰海東。長受得狐蹤鬼烽，似深山野人閒咏。

（生下）（末復上）虞帝既許我盡法，須即去拿也！

【南尾聲】原非煅煉冤成訟，把償死頑囚試劍鋒。四海須傳讞獄功。

第二齣

（外扮瞽瞍，作愁苦微服上）從前做錯，悔後應遲。我瞽瞍恨自家殺了夔的孩子，難逃國憲。但我兒極是孝的，或者有計救我。如今皋陶拿我甚急。我且躲在宫中，待我兒出來。兒不救，兩位媳婦也該救我。且跕立一會者。（旦扮娥皇，小旦扮女英，后服同上）（旦）嫡親姊妹非妻妾，齊抱衾裯不怨嗔。（小旦）昔日暫爲田舍婦，只今同作帝宫人。（旦）我乃娥皇是也。（小旦）我乃女英是也。（見介）（旦）女英，虞帝今日琴也不彈，甚是悶悶。這却爲何？（小旦）女兒聽得説瞽瞍殺人，要竊負而逃耳。（旦驚介）這怎使得！我爹爹何不留他？（小旦）他不待人知道。我與姊姊留住罷了。（旦笑介）也説得是。我只怕他若逃了，傲象便思爲帝。我和你身子都是難保。便有商均，也是没用。癸比生的女兒，也保不過虞家天下。怎麼是好？（小旦）虞帝不負，瞽瞍又走不去。若不竊負，又被人知。也用替虞帝畫個策兒。（旦）傲象原是不管事的人，朝臣又都嗔他。何不教他負了瞽瞍，或者逃到陽城箕山，誰來尋得？便拿着也只消把象抵罷。（小旦笑介）姊姊有此妙計，速請虞帝出來。（生扮虞帝便服上）

【中吕・北粉蝶兒】數年來國泰民和，孝心兒要無災無禍。忽驚人霎地風波。（外作冲出）（生見外介）（外）兒子救我，救我！（二旦虛下）（生）早已捉凶徒，張械繫把爹行鏇剁。法如爐，豈得蹉跎？心如箭，怎當折挫！

（外）原是我殺了人。如今皋陶拿我，没處好逃，悔殺自家不是。若你不做帝，我也不敢殺人。

【南泣顔回】我挺刃偶磨娑，到而今無計如何。鞭笞夏楚，堪憐白首遭魔。顛窨是我，看潸潸枯淚臨風墮。忍終教束手囹圄，急隄防劈面揪拖。

（内鳴鑼，外作驚懼，躲生身後介）（丑扮報子上）啟爺爺！皋陶嚴拿瞽瞍，至今未獲。特來奏知。（生）你且去拿。（丑）領旨。（急下）（外出介）怎麽好？（生）不必憂愁！

【北石榴花】慘然消阻淚如梭，怎生樣方便赦殊科。這拘拿飛不出巧張羅。（外）那裏躲身？（生）也索用去躲。早諕軟驚矬！可只得捱將那時日等災星過。又何惜錦繡山河！逃形遠竄，休瞧破，准備着肩幫上把爹馱。

（内云）娘娘來也。（外虛下）（二旦上）（旦）妾聞虞帝要棄天下而救瞽瞍，真個痴也！

【南駐馬聽】瓊窟花窠，翠靨香凝佩玉儺。正是家消夙恨，國釀新祥，海不揚波。空教父子至恩多，須知朝野擔當大。（旦）妾有一計，帝不如明對皋陶説，把瞽瞍赦了不論。着意非阿，速將曲宥刑難坐。

（生）勢則可行，實使不得！

【北紅繡鞋】雖則是隨着俺風兒忙倒着舵，也須防小民臣子暗譙訶，我怎肯將他僝僽反操戈？顧不得鳳樓幽夢遠，又何惜魚幅好音訛，我的孝心，苦了半世。下梢來纔結果。

（小旦）何不令象負之？

【南石榴花】海濱天際，風露鎖烟蘿。銷淚點，積心窩。空抛富貴鬢將皤。守凄凉，一對英娥。離悰自紛難定妥，挽君裾將行無那，嘆嬌女這些時好執柯。帝若一逃，天下亂矣！時岌岌，你知麽？

（生）你休饒舌也！（内鳴鑼，丑扮報子又上）奏虞帝！瞽瞍尚拿不着，多是在帝宫裏哩！（生）休胡説！

【北十二月】早知恁法司權，没青天的這枷鎖。却須念死囚悲怕，黄泉也自吟哦。這時節逆風兒悔殺放火，你可也恁的急鳴鑼。等着我爲君的去升座，便把老頭兒認罪儘憑他。

（丑）皋陶決意要拿瞽瞍，説帝不曾庇護他。

【南漁家燈】安排下勢劍銅鍘，禁受得碎剮零磨。莽心兒當日倡狂，小膽兒這番饑餓。王畿内外，都尋遍了。縱横四下拿伊過，怕宫内遮藏，不可商度。求君定奪，算瞽目何方躲着？

（生）你且再去拿者。（丑）領旨。（急下）（二旦）追拿既急，料想難逃。帝何苦定要負他？（生）你們休説，俺與爹同去也！

【北堯民歌】殿和宫痴粧就任嵯峨，妻和妾乾相識任嬌渦。也只爲老年親父受拘縛，半生孝子救生活。（二旦泣介）丢了咱們怎好？（生）恁顰也波蛾，好伏侍婆婆，休問俺此去多跌磕。

取微服來穿者！（旦取衣）（生易服介）（外上）兩次來拿，幾乎諕死！如今怎麽？（生）待舜負了去也！

（二旦）雖將瞽瞍負將去，還使商均追轉來。（下）（生）我把二十年前鋤田掘井的氣力抖擻起也！（生作負外走介）（外）多虧了你。

【南撲燈蛾】吟些快樂歌，起個明夷課。悄悄出朝門，穩穩没人翻簸。也粧呆扮跛，日中戴笠雨披蓑，挣得脱頭顱一顆。忙奔走，笑在朝天子下鑾坡。

【尾聲】夜行晝息蓬蒿卧，海雲一片笑呵呵，也只爲大孝終身没奈何。

第三齣

（丑扮商均王服上）不見爹爹兒子苦，偷去公公媳婦慌。今朝差我去追趕，不是虞君不是唐。我商均一生靠了爹爹，飲的是儀狄旨美的酒，耽的是陳虞美艷的色，用的是伯禹六府的財，使的是共工觸山的力。又有堯子丹朱，是我舅舅，又是我姑夫。咱兩個鎮日一對兒頑要。那丹朱見了虞廷作樂，百獸皆舞，却就笑倒。我説：「禽獸作怪，天子必定有些不穩。」誰知昨日我的爹爹，因公公聽樂殺人，果然逃去，諕得唐堯差了丹朱去趕。皋陶把刑具都封起，説再不敢殺瞽瞍了。那四岳説：「天下要緊，不可一日無君。」便要推伯禹做帝。還是那禹知些世務，説：「商均舜子，今已長大，該他繼位，我自逃到陽城去了。」那伯益説：「我管山澤，恐怕躲在深山大澤之中。我放起火，他定跑出來。」那稷契説：「使不得！後世有燒山燒不出來，畢竟燒死的。」那羲和只管冷笑。人問其故，他説：「天下甚大，那裏去尋？我夜看天文，帝星出位，居於牛女之間。此應在揚州東邊、越人海上。你們都且管事。只教商均去趕。」我聽了他説，心雖歡喜，但不耐走山過水。且到象叔處計較則個。（净扮象王服上）推過哥哥好做帝，偷去爹爹活晦氣。丢下嫂嫂實孤恓，看上區區好情意。（笑介）我老象從來是個傲人，到底不改。近日一樁奇事，虞帝不見了！算起來帝位定輪到我，誰敢搶得？誰人不是我管的？二位嫂嫂，也用靠我。那女英生了商均，甚是無理。與我一般，不可惹他。次妃癸比，年紀雖幼，生了女兒。我老象一生不喜那生育過的婦人。只有娥皇，雖是年紀略大些，倒也再不曾破肚。況且我哥哥，又不是好這把刀的，家伙也不十分弄壞。我老象也不是十分要處子的，將就用得。宵明燭光，兩個侄女，甚是美艷。我想起來，如今又没有同姓不許爲婚之制。自家的人，難道倒與别人受用？況且哥哥也把姑婆作妻，誰説得我！（作笑介）呵呵！這些没天理的事，且慢説。省得又像前番，指望成空。且去尋商均侄兒，問哥哥下落。呀！侄兒在此。（見丑介）（丑）候象叔多時了。（净）方纔我的言語，都聽見了麽？（丑笑）怎不聽見？只太欺心些。（净）如今的人，老實的一些没用，欺心的到處通得。（丑）也還是小心天下去得，大膽寸步難行。（净）且問你，你知道爹爹那裏去了？（丑）偷了公公，不知去向。（净笑）好了！我如今饒不過唐堯也。（丑）怎麽？（净）他有了天下，苦苦不要。讓與人，人又不要。方纔禪與我哥哥，哥哥又不是要天下的人，白白的把兩個女兒都嫁與他，他又只顧爹，丢了天下逃走。當初若禪與我，他女兒的孩子，也多養些。便是瞽瞍殺人，我不許皋陶治罪，也索罷了。如今弄得帝位久虚，天下思亂，全是唐堯老兒不是。我定要駡他！（丑）他有子九人，皆多勇力。象叔走去駡他，却用仔細！（净）堯的頭個孩子，是丹朱了。這八個叫做甚麽名字？（丑笑）我原記得的，一時間記性不濟，却又忘了。（净）也罷，我和你同去。（行介）（净）堯若出來，你可替我遮掩，只説不曾駡他。（丑笑）象叔，你既然要駡他，如何口又軟了。（净）侄兒，你還不知。我老象從來只會背後駡人的。況且堯是個大聖人，我見了他，不會開口。（丑）只得門外胡駡罷！（净）正是正是。（净對鬼門道高叫駡介）不要天下的痴老頭兒！不識好人的呆老頭兒！不顧兒子的狠老頭兒！不會放肆的苦老頭兒！（丑笑）後世又好説你是「桀犬吠堯」了。呀！堯出來了。（净驚走介）（小生扮唐堯帝服上）舜孝其父，竊負而逃。不肖商均，執法皋陶。呀！二人在此。虞帝怎麽？（净、丑諂介）正候唐帝求個策兒。（小生）如今叢脞胥敖三國作亂，帝又不在，怎麽好？你們須索去趕他。我當同百僚迎之也。（浄、丑）理會得。（同下）（末扮子州支伯，老旦扮善卷，俱隱服上）污耳聽許由，牽犢過上流。逍遥天地間，羲農爲我儔。俺乃子州支伯是也。這個就是善卷。只因虞舜要把位來讓與我兩人，我有些幽憂之病，他又要心意自得，因此上同隱深山。那北人無擇，自投清冷之淵，便過當了。我與舜有甚干連？則索擔此酒食，向清溪緑樹下，卧一回，吃一回也。（老旦）支伯，我要約王倪、齧缺、披衣、巢父四人同隱。那許由做了唐帝之師，今在箕山，不要約他了。（末）正是。呀！遠遠一個人，背着一老兒來也，看他説甚麽。（生扮舜微服負外上）

【黄鐘·北醉花陰】玉露金風曉秋冷，走不上登山涉嶺。村落遠，野謳清，昏慘慘老父眈驚。饑渴時愁成病。且悄地戳淩兢，消受得一林斜日影。

（末、老旦）咱們飲些兒酒食也。（生作聽介）

【南畫眉序】（末、老旦）散髪嘯青冥，野色霞光任支領。更林中寄跡，世外逃名。甚憑咱拍掌揶揄，又何問納頭恭敬。（飲介）謾評伐木山逾静，樂盡歲華休剩。

（生驚介）那兩個是支伯與善卷，誰知隱在此間！不免叫他一聲。（作叫介）支伯！善卷！（末驚）面貌自慚留世上，姓名久不落人間。咱們歸去也！（同下）

【北喜遷鶯】（生）只道那久埋名姓，却原來天放林扃。高也麽情！一任我叫他不應。似虚谷蛩然聞屐聲，揮手底如可憎。俺怎肯貪榮戀貴，怕死迷生。

（内納喊介）（生）呀！追兵來也。（急負外下）（副浄扮丹朱王服領隊子上）某乃丹朱是也。奉父親唐帝之命，來追請虞帝。左右們，趕上去！（追介）

【南滴溜子】(合)忙追上,忙追上,特來相請。留不住,留不住,那方相等。此去異鄉風景。雲山隔萬層,萍蹤没定。何日尋回,再朝神聖。

趕不上,回去罷。(衆下)(生急負外上)

【北出隊子】打聽得唐堯傳令,遠奔波出帝京。(外)兒子,你要回,便回去罷!(生)怎終教親父惡遭刑,敝屣般丢抛天下輕,呀!尋覓個人家天色暝。

(外)我肚子餓,討個安宿的下處。(生)待舜尋來。(生行介)此間有一農家,茅舍裹面有人麽?(小生扮農夫上)捲捲葆力后何迁,攜子戴妻我入海。自家石户之農是也。當日與舜同耕爲友,如今他爲帝,曾要把位讓我。我見他德猶未至,潛居於此。外面有誰叫?(見生介)你好像鰥夫嬀舜。(生)我正是。如今我負父至此,假我一宿。(小生背介)這様人,以天下自累的,我怎好與他説話?(轉身介)就請進去。(生負外作到農家介)(小生)粗糲冷虀,草稾布被,俱在此。你兩個自吃自睡。我去也!(生)何處去?(小生)野人羞見客,故友懶談心。(先下)(生)呀!石户農竟去了。這飯與菜兒,奉老父吃些。(生作具飯,請外吃介)(外)盲眼饑腸,多虧了孝順兒也!

【南滴滴金】殘年遠竄真僥倖,偷生天際全軀命。荒廬暝坐時驚聽。兩周旋聊支撑,農家塵甑,糠粃强餐,虀梗硬,虀梗硬,酸寒滋味愁難竟。

(内雞鳴介)(生)好行路了。(負外走唱)

【北刮地風】呀!一會兒疏星雞亂鳴,打疊起即便登程。背筋兒犯下勞傷症,尋不見石户良朋,又早見曉星低映,怎剜出瞳子醫盲。比不得歲東巡道左迎,有翠旗龍乘,只靠着半身馱兩脚撑。也只是救父心，到底圓成。

（生）路傍歇息半晌兒又走。（生放外坐，生亦坐介）（浄扮象，丑扮商均，騎馬兩人飛上）（浄）侄兒，咱們一道烟直趕到會稽地面，歷山也都尋過了。去海濱不遠，再上一程者。（丑）正是。

【南鮑老催】（浄）倥偬馳騁，天涯甚處迷烟艇。風塵望斷波千頃。越國遥占帝星，心徯幸。（丑笑）道傍的人，像是了！（浄）果然父子行相並。可令海上閒乘興，須返駕儀容盛。

（見生介）請哥哥爹爹回去！（丑）羲和説在此，果然尋着。（浄）皋陶説：只要哥哥回去，再不敢殺爹爹了！（生）咱們終身海濱，不回去了。多多爲我謝二十二人者。

【北四門子】呆不鄧禁得程途濘。你你你！甚來由認得明？我潛逃難挽回頭性，便是苦央求没正經。（浄）此處有甚麽好呢？（生）葉兒作衣，菜兒作羹，倚長松和秋濤纔睡醒。車兒快旋，人兒快行，多囑付老娘定省。

（生負外走一回，浄、丑趕一回，留住介）

【南雙聲子】（丑）朝中政，朝中政，不歸去，誰操柄？宫中媵，宫中媵，望歸去，羞臨鏡。無可慶，無可慶，位難正，位難正。纔知下落，怎生復命？

（外）你們回去罷！我不回來，他難獨去。（生）我也不管國家愁，也不管夫妻恨，一任兒曹自爲之也。去去！（浄視丑介）只得且回，又作道理。（下）（生）他們既去，料不再來。立帝封功，任他争鬧。早到東海上好快活也呵！

【北水仙子】呀呀呀！海色晴。好好好！好看那蜃氣樓臺接赤城。他他他！治水安民。我我我！力田穿井。早早早！早救出幾死人兒活半生。丢丢丢！丢開了垂拱昇平。整整整！整頓出往日行藏一老氓。罷罷罷！罷却了賡歌辛苦無乾淨。便便便！便永世脱攖寧。

（外）多虧了你。我如今却好也！（生）老親呵！

【北尾】將就了此處安身無甚警，耐心兒盡銷咱閒釣忙耕，莫説道廿載爲君的成畫餅。（同下）

第四齣

（副净扮丹朱上）我趕虞帝不回，帝位没人坐。須去對姐姐説也。（净扮象上）我老象一向不要哥哥。如今哥哥逃了，人人都要害我。我心甚是愁苦，那裏敢有盜嫂之心？只要請哥哥轉來。呀！妹丈在此。我和你同見嫂嫂去。（丑扮商均上）我商均趕爹不轉，二娘甚是心焦。唐帝又道我不中用，我且去尋丹朱消悶。呀！象叔、姑夫，在此作甚？（净）我們在此要殺你！（丑驚哭抱頭介）饒命，饒命！（净笑）不要慌，逗你耍子。要你變個活舜出來。（丑）大舜没有，小舜容易。（净）便是小的。（丑）我難道不是舜的骨氣？把我當了罷。（净）這又不是，犁牛之子騂且角。真是：堯之子不肖，舜之子亦不肖。你怎當得舜來？（丑）我只在二娘身上討爹便了。（净）絶妙！（副净）大家去要他使些計較出來。（行介）（丑）二娘有請！（旦扮娥皇，小旦扮女英同上）（旦）竹淚幾時消，秋深夢寂寥。（小旦）虞絃誰與弄，無力倚纖腰。呀！阿弟與象叔商均，都來做甚的？虞帝肯回否？（衆）正求妙計。（小旦思介）教爹爹去請。（副净）不濟，不濟！爹的兒子請過了。（旦）我有一計，只央婆婆去。那虞帝極是孝順的，況是晚娘，更加愛敬。婆婆去説：臯陶不敢殺了。他若不回，老娘氣死。他怎敢不回來？（衆）妙計妙計！快請嚚母出來。（小丑扮嚚母后服上）生出孩兒做國君，結得親家是聖人。瞎眼丈夫偏會摸，晚婚老媽愈加親。我瞽瞍晚妻嚚母是也。當初整日把舜坑害，今他做了帝，再不恨我。真是我錯怪他。今日請我作甚？（見介）（衆）虞帝逃居海濱，屢請不回。求嚚母自去一請。（小丑作怕介）我曾把廪井計較害他。如今我若自去，就在舊處作弄我。怎麼了？（二旦）婆婆不用疑心。婆婆若去，虞帝必回。公公也好再與婆婆快樂。却不是好！（小丑笑）這句話兒，倒抓着我的癢處。我就去走一回也！（同下）（生扮舜引外走上）（生）幾日來與老親海濱遵處，終日悠閒。好樂也呵！

【仙吕·北點絳唇】大海嘘濤，遠山獨眺霜天曉。自在逍遥，記不起閒煩惱。

（外）我兒，你當初由農陟帝，好不榮貴。如今因我又做農了。（生）舜雖爲帝，何嘗不念畎畝之中？

【北混江龍】空慚不肖，歷山數載自悲號。棲身田澤，混跡漁樵。三十鰥夫非抱恨，一雙弟妹正無聊。薦賢四岳，覓配多嬌。半生塵土，兩鬢霜毛。莽山川解不得俺心憂，好宫闕討不得爹行笑。夢回成幻，老去誰招。

（外）虧殺你也！這罪原是我坐下的。

【南桂枝香】災星忽照，凶魔作耗。豈知瞽目迷蒙，不意張拳狂躁。急煎煎要拿，急煎煎要拿，爲兒行孝，負咱來到。任唐堯他君臣重整三台座，我早晚初看八月潮。

（小丑扮嚚母，浄扮象，丑扮商均同上）迤邐行來，此間是海上也。（小丑見生哭介）呀！我的孝順的兒！富貴的兒！想殺我也。怎麼與老不才在此？（生）父犯極刑，兒難曲護。只得逃此，以保天年。（小丑）兒囉！我是你晚娘，不該聽我説話的。想是爹是親爹，一心要與他在此。兀的不痛殺我也！（小丑作暈倒介）（生忙介）舜回去便了。娘休動氣。（小丑）我生的象兒，不忠不孝。怎如得你？你若不回，那老不才倒好了。我却靠誰？

好處不受用，若要我同在海濱，我却怎生過得？兒呵！你還回去。（小丑哭介）（生）舜便回去。娘休啼哭。

【北油葫蘆】消不得年老娘親苦見邀，受風波，天際杳。（小丑）你只顧爹逃去，來時就不與我説聲。（生）那不曾作别敢相抛，也只爲悄身上路誰知道。兩人逃海誰猜料。（小丑）兒，回去罷。那臯陶説不殺你爹爹了。（生）雖則是士詳情不用刑，子偷爹非爲盜。咳！兒畢竟去不得了。且優遊往事都勾了，只落得山色翠、海雲遥。

（小丑背介）我只罵那老兒便了。（小丑對外介）你摸着壁兒走的。我和你嫡親兩口兒，你着好兒子丢了媳婦，負你在此。怎麽再不顧我的冷静？你只怕臯陶手裏死，不怕我手裏死麽？（外作驚懼介）也出於無奈。若是你不饒，我真個該死了！（丑）我好恨也！

【南八聲甘州】盲奴瞎老！（外驚懼介）怎麽開口便罵？（小丑）笑一枝聊寄，自比鷦鷯。（外）那日心慌，不曾與你一别，是我不是了！（小丑）我雞皮蛾黛，全不想共樂昏朝。（小丑怒介）你老不才！不省得麽？你空知殺人還自殺，誰信逃形没處逃。你好好勸兒子回去罷了。若不勸他，我也不放你一個活！老饕！勸親兒怎不回朝。

（外懼介）曉得，曉得！（對生介）我兒，如今娘來説，我與你定用回去了。便回去憑他殺罷了，且救眼下。

（生）老親不用驚懼，舜自有個道理。

【北天下樂】嗳！怎的相嗔把氣淘。求也麽饒！將爹苦咶嘈。（小丑）我只要你回去。（生）幾番兒躊躇没下梢。罷罷！我回去者。（小丑、浄、丑喜介）（生）俺只要喜相同樂兩親，罪難容替一刀。准備着故鄉心蒲坂道。

（净）我們請，再不回去，娘來就肯了。畢竟孝父母之心，是一般的。

【南解三醒】（净、丑）多則道霧迷文豹，早已是雷起潛蛟。一般爹媽無爭較。彈琴操，奏簫韶。（丑）車兒在此，請公公登車。（净）説不得農夫蹈海家緣賤，也須念聖主臨朝國本牢。（衆作行介）（净、丑）乘輿轎，乘輿轎！大家把葫蘆悶住，提起心焦。

（生）當初打這條路來，如今又從此去。

【北那吒令】這路呵！霜風遍野蕭，寒僵了一宵。烟洲迷水鳥，來回了兩遭；雲嵐鎖斷橋，攀緣了幾條。急蹌蹌前度來，遠茫茫今番懊，鬧烘烘揚旆鳴鑣。

（小生扮唐堯帝服，末扮皋陶官服，雜扮數官上）聞得虞帝回來，須索在此迎接。（見生介）特來迎駕！（生）朕生天地間，不能爲明君，不能爲孝子，却不愧死也！（末）聾瞽殘疾，原當輕宥。微臣死罪死罪！（小生）叢膾胥敖，聞帝逃去，隨即爲叛。今已格化了。

【南長拍】蕩蕩神功，蕩蕩神功，明明皇詔，更洋洋萬方熙皞。無端出逃，竊負時孝德天高。（生）我今只索以身代父罷了！（末）豈有此理！（小生）誤犯也應饒，原非是横行不道，治世無爲臣舞蹈，里巷方傳鼓腹謡。（生）禪位伯禹罷！（小生）尚早也。早難道避位禪臣寮，只怕悖天心海沸山摇。

（生）既然如此，且進宫去。（衆行介）（生）諸臣須知我前日之行。

【北寄生草】非是我辭尊位，也都因犯法曹。爲官的訊罪難虚料，爲君的御衆難私拗，爲兒的愛父難推調。因此上一心兒捨命去迢遥，怎禁得諸臣們苦死來求告。

（内云）二妃出來也！（二旦扮娥、英后服上）丢妻夫婿逃將去，怕内家翁捉轉來。（見生哭介）呀！早回也。

【南短拍】（二旦）彩彩新粧，彩彩新粧，輝輝翠繞，害殺我粉悴脂憔。比精衛石填濤，怕望帝春深悲叫。瘦盡腰圍嬌小，喜相見酹桂塗椒。

（生）諸臣且退！排個慶賀筵席者。（衆臣先下）（生）我今雖枉法，爹媽却團圓了也！

【賺煞尾】前日個恁奔波，今日個休悲悼。説起也教人悶倒。可憐那被殺亡魂没處討，惡禁持去住萍飄。今已後樂陶陶，報答他劬勞。難處官私饒這遭，任把俺曲赦來譏誚。算到底有些兒虚冒，巧形容大孝心苗。（同下）

咸丘説謊有因，桃應譬喻無謂。

偶然弄出神奇，只得略加傅會。

王澹

王澹，號澹翁，别署雪漁。會稽人。生卒年不詳。徐朔方《晚明曲家年譜》推測其生年約在嘉靖三十六年（一五五七），卒於泰昌元年（一六二〇）以後。他是徐渭的門生，終世無功名，四處漂泊。曾遊京師，「詩名噪甚，海内賢長者造請無虚日。」（沈惟炳《牆東集》序）與餘姚葉憲祖亦有交往。晚年應沈惟炳之聘，纂修《香河縣誌》。得沈氏資助，刻成詩集《牆東集》。謝肇淛、王驥德爲之作序。王驥德《曲律》説王澹「與史槃皆自能度曲登場，體調流麗，優人便之，一出而搬演幾遍國中。」有散曲集《欸乃編》，無傳本。作傳奇《雙合記》《金椀記》《紫袍記》《蘭佩記》《孝感記》，均不傳。雜劇《櫻桃園》有沈泰《盛明雜劇》本，署「會稽澹居士編」。

櫻桃園

正　目

汪學士口傳古字，魏書生病阻文場。

張女子一言夢報，歐狀元千載名揚。

第一折

【滿江紅】（生儒巾上）六尺青衫，秋水映丰神楚楚。受寒窗燈火，十年辛苦。寶劍床頭聲暗吼，霜毫夢裏花爭吐。笑鵾鵬有志，尚蹉跎風雲阻。

不彈長鋏不歌魚，萬里生涯一束書。賴得遠公能下榻，琉璃分火助三餘。小生覆姓歐陽，名彬，字仲文，廬陵人氏。標格無塵，不讓盧郎片玉；文章有價，何如司馬千金。一經叨第秋闈，屢次落名春榜。因此羞歸鄉里，暫且寄跡風塵。揚州多羅寺十分清静，甚好攻書，小生借寓此間，已經三載。黃卷埋頭，此日蓮花座上；碧紗籠字，他年貝葉堂前。正是：欲求生富貴，須下死工夫。當此良夜，不免唤出抱琴，張燈讀書，有何不可！（丑上介）書當快意讀易盡，客有可人期不來。相公唤抱琴出來，有何分付？（生）你去點燈，我好讀書。（丑）請問相公，所讀何書？（生）我五經皆通。如今讀的是《詩經》。（丑）《詩經》不讀罷！（生）却怎麽？（丑）彼狡童兮，不與我好兮！（生）胡説！（丑）相公讀書，待抱琴烹茶伺候。洗硯魚吞墨，烹茶鶴避烟。（下）

【太師引】（生）謾嗟吁，人被儒冠誤。説什麽藏珠韞玉，雖則是五車讀盡，也須問八字何如。文章自古無憑據，再休論者也之乎。冷青氈沉埋了丈夫，怎能彀一朝奮跡天衢？

神思困倦，不免向迴廊之下，散步一回，多少是好！

【前腔】（生）幾聲清梵雲堂暮，繞朱欄桂影扶疏。（旦内哭）（生驚介）猛聽得玉人悲怨，囀林梢一個鶯雛。分明是夜奔臨邛去，露珠兒濕了衣裾。（旦内又哭介）（生）小娘子，你是何方人氏？夜静更深，到此啼哭。這是書房，不當穩便，別處去罷。天河遠星橋路阻，這相逢休猜做織女黃姑。

（旦忽上吹滅燈）（生慌介）抱琴那裏？（丑上介）相公爲何這般大驚小怪？

【香柳娘】（生）見幽魂縹緲，見幽魂縹緲，燈前來去，羅襟半掩渾無語。（丑）怎麼一個模樣？（生）是紅顔幼女，是紅顔幼女，一撚俏身軀，含情淚如注。（丑）如今那裏去了？（生）漸燈昏月午，漸燈昏月午，形影模糊，不知何處。

（丑）待我叫本空師父起來，問他緣故。（末上介）平生不作虧心事，半夜敲門不吃驚。半夜三更，唤我起來，有何話説？（相見介）（生）方纔小生在此讀書。燈影之下，忽見一個女子啼哭。向前細看，吹滅燈兒，逕自去了。元來是個鬼魂！

【前腔】（末）是書生眼花，是書生眼花，烏棲庭樹，啾啾啼處多悽楚。（生）分明見一個女子模樣。（末）想空門寂寞，想空門寂寞，那有巧粧梳，尋芳到君處？（生）把我燈兒吹滅，忽然就不見了！（末）莫非是徒弟們有些苟且的事情？這些事可疑，這些事可疑，唤出僧徒，問他緣故。

（末）了緣何在？（浄上）月到上方諸品浄，心持半偈萬緣空。師父，今日黑夜饒我罷！（末）不要胡説！歐相公在此讀書。燈影下見一個婦人，你知道麼？（浄）我不曉得什麼婦人。（浄想介）是了！

【東甌令】（浄）是我頻參偈，屢念佛，水月觀音來戲吾。昨晚三更時分，我也見一個婦人，元來就是觀音菩薩來調戲。我一心看經，只不理。他道我真心出家，要度我西天去了。閒心不逐沾泥絮，早把慈航渡。師父，我便成佛去了，只是苦了那小行者。（哭介）龜頭春藥少些塗，何用造浮圖。

（末）畜生還不走！（浄下）（末）想着了，本府張刺史之女，得病而死，棺木寄厝廊下。後來去任，路遠官貧，不曾帶得回去。莫非是他出現？（生）抱琴，張燈同去看來。（末指介）上面題着：張刺史之女玉華靈柩。（生）是了，把他屍棺暴露，想是靈爽不安，故此出現。明日葬他在寺後小園櫻桃樹下，有何不可！

【前腔】（生）回廊下，旅櫬孤，三尺黄泥手自鋤。梨花寒食春無主，紅粉佳人墓。有誰燒陌紙錢無？蛺蝶滿蘼蕪。

（生）玉貌亭亭出殯宫，（末）悟來非色亦非空。

（合）今宵剩把銀釭照，猶恐相逢是夢中。

第二折

【遶池遊】（小生儒巾上）功名小小，鎮日縈懷抱，赴春闈試期已到。洛陽花好，准備着遊韁看早，怕他人攀條最高。

抱瑟齊門歎數奇，高山流水幾人知。千金若有良工在，不鑄鍾期却鑄誰？小生魏聞道，表字行父，襄陽人氏。先人魏簡，起家翰林，居官清白，不幸早喪。小生才名八斗，生來技擅雕龍；家世千鍾，去後門堪羅雀。曾叨鄉薦，未第禮闈。今乃大宋淳熙五年，例當會試。幸有故人汪藻，起官翰林學士，與先君同榜同官。惟此人古心古行，朝廷召他知貢舉事，兼程赴任，道出揚州。前者有書，約我多羅寺相見，不知有何話説？已曾備酒祖餞，不免在此伺候則個。（下）

【十二時】（外冠帶上）立馬王程杳，君命召，敢憚辛勞？山嶽名高，門牆春早，此日紛紛，朱紫盈朝。惟有翰林清要。

無媒徑路草蕭蕭，自古雲林遠市朝。公道世間惟白髮，貴人頭上不曾饒。下官汪藻，官拜翰林學士。予告在籍，蒙聖恩起官原職，知貢舉事。同年魏簡之子魏聞道，頗有時名，淪落不偶。如此才華，深爲可惜。前日有書約他到多羅寺中相見，怎不見到來？（末）和尚迎接老爺！（外）我問你，襄陽魏相公可曾到此？（末）等候多時了。（外）快請相見！（相見介）（小生）老年伯在上，容小侄一拜。緑樹秦京道，（外）青雲洛水橋。（小生）故園長在目，（外）魂去不須招。賢侄！尊翁棄世多年，一向有失通問。你把近日行藏，試説一番。（小生）老年伯聽禀，

【集賢賓】（小生）堂前白髮拋棄早，年來家計蕭條。數口饑寒難自保，埋怨殺一領青袍。把光陰誤了，何日得龍門高跳？（跪介）頻拜禱，仗天風一舉雲霄。

時藝數篇，敢求老年伯改教。（外看介）一字千金，可稱全璧！

【前腔】（外）君今偃蹇時未遭，何妨暫屈英豪。滿紙雲烟隨筆掃，終有日鳳池身到。宮花烏帽，還自把門閭重耀。年尚少，惟願着祖生鞭早。

（小生）小侄特攜杯酒，少盡餞私。（外）既損行厨，敢辭暢飲？（送酒介）

【琥珀貓兒墜】（生）花前尊酒，一醉盡今宵。回首長安去路遥，東風吹送馬蹄驕。河橋，看芳草斜陽，容易魂消。

（外）從人且各迴避着！（衆應下介）（外）老夫與尊翁有生死之交，豈忍見汝流落！以汝才地，必魁天下！但恐賢侄文思，一日短長；老夫取捨，一時失眼。可將《易義》一篇内，用三個古字，當置汝卷於前列。牢記在心，切勿相忘！（小生）多感厚情，謹聆大教。

【前腔】（外）上林有樹，應借一枝巢。怕漏泄春光似柳條，何須解贈吕虔刀。歡笑，看指日歸來，駟馬

題橋。

（小生）蕭寺暫停車，（外）前山落日餘。

（合）與君一夕話，勝讀十年書。

（旦上吊場介）塚上數竿竹，風吹常嬝嬝。下有百年人，長眠不知曉。奴家張刺史之女玉華鬼魂是也。前日蒙歐陽彬葬我寺後小園櫻桃樹下，已得瞑目九泉矣！方纔翰林學士汪藻，與同年之子魏聞道，在我墳邊，細説科場之事。教他把《易義》一篇内，用三個古字，當取他卷子爲第一。我將此事，夢中説與歐陽彬，以報葬骨之恩。銜戢知何謝，冥報以相貽。（下）

第三折

【步步嬌】（生醉，丑扶燈上）月明滿地苔陰静，犬吠朱幡影。花間户未扃。夜半歸來，短衾誰並？一線繫浮名，教人歷盡悽凉景。

今日有文酒之會，秉燭歸來，不覺夜半。我已醉了！抱琴可安排枕席，待我睡罷。（生睡，丑下介）（旦上介）

幾年紅粉委黄泥，宿草迷堆古寺西。惟有香魂吹不去，滿庭風露夜凄凄。奴家張玉華鬼魂是也。此時歐郎已睡，不免去夢中走一遭。

【沉醉東風】（旦）絳紗籠燈篝不明，翠屏圍篆烟將冷，看他鄉思杳，夢初成。柰一春愁病，惱人處睡來還醒。天河四星，銅壺二更，瘦怯怯孤身，這些時怎撐？

奴家到此，不用驚慌。

【園林好】（旦）奴不是湘江女靈，奴不是陽臺麗情，奴不是青樓薄倖。奴不是小尼僧，奴不是野狐精。妾乃本府張刺史之女，乳名玉華。年方二八，尚未適人，不幸染病身亡。

【江兒水】（旦）蟬鬢鈿初整，蛾眉畫不成。深閨未許人窺影，千金養就嬌痴性，明珠掌上元堪並。怨雨愁雲多病，藥餌無功，便做了長眠不醒。既死之後，將我棺木寄厝寺中。奈因父親去任，路遠官貧，不得帶回。撇在迴廊之下，雨打風吹，好慘人也！

【五供養】（旦）敗垣廢井，幾度春光，宿草新青。已無羹飯主，誰與掃清明？前日蒙君葬我後園櫻桃樹下，此恩此德，九地難忘。君恩九鼎，今日是蓋棺方定。香魂應有托，白骨可重生。不向東風，自嗟薄命。妾有一言，君須牢記。

【玉交枝】（旦）文場馳騁，論才華雲梯可登。怕荆山三刖空悲哽，把機關説與君聽。郎君此去科場，《易義》一篇，須用三個古字，當魁金榜。此乃天機，不可漏泄。須知夜壑有世情，管教造化無權柄。當努力看花此行，早歸來錦堂歡慶。天色漸明，不好久留。奴家就此拜辭。

【川撥棹】（旦）東方影，鳥驚飛，棲不定。話匆匆苦隔幽明，話匆匆苦隔幽明，道無情却是有情。再叮嚀，且暫停，怕邯鄲一夢醒。（下）

（生醒介）好奇怪！方纔夢中見一個女子，年方十五六歲，與前夜燈下所見，一般容貌。他説：「妾乃本府張刺史之女玉華。蒙君葬骨之恩，特來相報。此去科場，《易義》一篇，須用三個古字，當魁金榜。」臨去之時，再三囑付：「此乃天機，不可漏泄。」正是：寧可信其有，不可信其無。試期將近，不免教抱琴打點行李，赴京便了。

【尾聲】（生）明日裏把雕鞍整。這回金榜倘題名，早辦取心香，答他繾綣情。（下）

第四折

【瑞雲濃】（小生上）青春能幾？老大看看來矣。對鏡羞將二毛理。命途坎坷，嘆拾寶深山，做一場空喜。怎免得英雄短氣！

天上碧桃和露種，日邊紅杏倚雲栽。芙蓉生在秋江上，不向東風怨未開。小生魏聞道，蒙汪年伯厚恩，以《易義》一篇爲則，内用三個古字，當取我卷子爲第一。豈料天不從人，一病幾死，不得入場，白白丢了一個狀元！人生窮達，信乎有命。只是辜負了他一片高情，如何是好？今日病體稍可，不免去拜謝他一番，有何不可？

【傳言玉女】（外）紫閣葳蕤，長日無人深閉，且休言公門桃李。着意栽花，倒添得一番憔悴。冬烘頭腦，從今嘲起。

金殿當頭紫閣重，仙人掌上玉芙蓉。太平天子朝元日，五色雲車駕六龍。新科狀元歐陽彬，久稱名士，今爲榜首，可謂得人。但《易義》一篇，内用三個古字。我想起來，這個關節，惟與故人之子魏聞道，在多羅寺中一説，此外並無一人知覺。及至拆卷，又是歐陽彬名氏。後來又檢廢卷，並無其二。想是此子不曾入場，反把關節賣與别人了！待他來時，須問他詳細。（雜報，相見介）（小生白）小生命蹇，有負大人厚恩。嗣圖啣結，以報崇淵。

（外惱介）老夫與尊翁有生死之交，見汝淪落，故以關節相告。漏泄他人，是何道理？（小生）老年伯息怒！容小侄跪稟。

【啄木兒】（小生）官星暗，仕路迷，恨殺天天不做美。那時節一病將危，總千金妙藥難醫。似蛟龍失水深潭裏，冥鴻鎩羽浮雲際。到如今呵！做了老馬長途空自悲。

（外）賢侄既是有病，不得入場。這也罷了。爲何新科狀元《易義》一篇，其中也有三個古字？那時老夫只道是你的卷子，徑取爲第一。及至拆卷之時，又是歐陽彬名氏。此事却從何來？

【前腔】（外）機先露，事可疑，執手臨岐我共你。怕前頭鸚鵡傳言，恐隔牆有耳聲低。晚天古寺空門閉，飛花送酒無人地。惟許清風明月知。

（雜報介）新科歐陽狀元，參謁老爺！（外）賢侄，且請到屏後一避。老夫還有話説。（小生應下介）

【傳言玉女】（生冠帶上）宮錦裁衣，倩得天孫親製，曲江池歸來沉醉。仙仗雲韶，都一樣馬頭如沸。何人不羨，少年登第。

（相見介）（生）老師請坐，門生有一拜！

【獅子序】（生）逢掖士，一介微，感君家，拔我污泥。看無言桃李下自成蹊。若論我雕蟲小技，止不過匀粉面、畫蛾眉，倚市門效顰趨世。誰承望三條燭盡，誤點朱衣。

（外）狀元賦可聲金，姿堪比玉。方賀聖明之有士，更喜薦取之得人。（生）門生三載倦游，方苦馬卿落魄；一官登第，敢忘狗監揄揚。

【太平令】（生）貂裘敝，不得衣錦歸。笑我飄泊天涯無所倚，浮蹤做了風中絮。那其間度日真如歲。

（外）那時棲身何處？（生）琴書一榻傍禪棲，朝暮守虀鹽。門生向因下第羞歸，寄寓揚州多羅寺，已經三載。今得入試，幸賴老師提拔，僥倖一第，實徼靈寵，深愧疏庸。（外）狀元希世之才，過人之學，允宜得駿於燕臺，何待顧群於冀野？但《易義》一篇，内用三個古字，其間必有所聞，幸明以教我。（生）那時在多羅寺中讀書呵！

【賞宮花】（生）松間掩扉，早呼燈日已西。紅妝何處至？掩袂苦悲啼。忽地下堦人不見，空留明月照庭幃。

（外）依你説來，那時見了鬼了？（生）揚州張刺史之女玉華，年方二八，尚未適人。

【降黄龍】（生）須知生長深閨，病染膏肓，便成不起。後來張刺史去任之後，把他屍棺抛棄，路迢遥無計攜歸。招提，相看慘凄。可憐他異鄉怨鬼，門生葬他寺後小園櫻桃樹下，做得個脱驂留葬，把一靈安慰。既葬之後呵！

【三春柳】（生）佳人含笑黄泉裏，霎時間有夢徘徊。他説《易義》一篇，須用三個古字，必當大魁天下。此去功名信可期，啞謎兒須自知。今日忝登一第，果應其夢。登高第，也曾是昔年辛苦地，今日裏何容易！恰便似鼓瑟湘靈，賦成錢起。

（外）奇哉，有這樣事！當初老夫聞命赴京，到多羅寺中，曾與故人之子魏聞道，密語此一段關節。後因臨場暴病，不能入試。狀元卷中，也有三個古字。老夫心甚驚疑，豈知以陰德致之。叫左右！後堂快請魏相公。（小生上介）雪隱鷺絲飛始見，柳藏鸚鵡語方知。（相見介）方纔狀元所説，小侄已在屏後，盡知詳細。這是古今罕聞奇事！

【三段子】（外）官居清秘，守冰霜天知地知。死生交義，吐衷腸子知我知。一個滕王風送才堪比，一個雷轟薦福時不利。塞馬塞翁，一憂一喜。

（小生）英雄失路，已無用世之思；泉石盟心，頓起遊仙之念。拜别尊前，便當長往。（外）你三年在阜，還聽再鳴，千里追風，何妨一蹶？當修舊業，莫負初心。適間冒犯，切勿掛懷！（小生拜介）

【滴溜子】（小生）從今去，從今去，小山叢桂。收拾起，收拾起，英雄雙淚。知是榮名敝屣，百年瞬息間，滔滔逝水。回首烟霞，與世相違。（下）

（外）魏生落第羞歸，便欲離家訪道，一時悔悟，就此飄然去了。（生）達人樂在退休，傑士急於進取，廊廟江湖，人各有志。

【尾聲】（合）浮生枉使千般計，窮與達皆由命裏。試看櫻桃小傳奇。引商刻羽未須誇，填得新詞是當家。名在江湖人不識，數聲欸乃雪中槎。

王驥德

王驥德（一五六〇？—一六二三），字伯良、伯驥，號方諸生、玉陽生，別號方諸仙史、秦樓外史、鹿陽外史、玉陽仙史，會稽人。終生未仕。師事徐渭，精研詞曲。與屠隆、湯顯祖、吕天成等曲家交厚。所著《曲律》是明代最重要的曲學著作之一。所作傳奇，今存《題紅記》一種；《雙環記》有殘曲見於《群音類選》。另《傳奇彙考標目》别本著録有他的《天福記》《題曲記》《裙釵婿》《百合記》，但未見其他戲曲書録載，不知所據，亦未見傳本。所作雜劇有《男王后》《兩旦雙鬟》《棄官救友》《金屋招魂》《倩女離魂》等五種，今僅存《男王后》，有《盛明雜劇》本，署「秦樓外史編」。

男王后

正　名

臨川王不辨雌雄對，玉華主喬配裙釵婿。

穠桃婢誤做女媒人，陳子高改粧男后記。

第一折

（旦扮青衣童子上，開云）綠鬢青衫宛自驚，怕君着眼未分明。東邊日出西邊雨，道是無情又有情。自家姓陳，名子高，小字瓊花，江南人氏。向因侯景作亂，幼時隨着父親，避難京都，織賣些草屨度日，如今長成一十六歲。近聞得臨川王剪平賊黨，道路已通。欲待覓個同伴，央及他攜帶還鄉，只索走一遭去。俺家身雖男子，貌似婦人。天生成秀色堪餐，畫不就粉花欲滴。我思想起來，若不是大士座前錯化身的散花龍女，也索是玉皇殿上初出世的掌案金童。昨日有個相士，説我龍顏鳳頸，是個女人，定配君王。嗳！當初爺娘若生我做個女兒，憑着我幾分才色，説什麼「蛾眉不肯讓人」，也做得「狐媚偏能惑主」。饒他是鐵漢，也教軟癱他半邊哩！可惜錯做個男兒也呵！

【仙吕·賞花時】孔翠雌雄認未真，虛度韶華十六春。都一樣翠蛾顰。只争個鞋弓三寸，那裏肯嫵媚讓紅裙！

【么篇】繡袂香綃粧束新，一笑花前輕逗引。若借作女兒身。不用些兒胭粉，管嬌殢殺有情人。（下）

（丑、末扮卒子上）閫外干戈罷，營中鼓角催。鞭敲金鐙響，人唱凱歌回。我們是臨川王帳下的小校。俺大王爺戰勝班師，命俺軍前巡邏。遠遠望見一個行路小厮，向前拿住則個。（内鳴金鼓，丑、末追下）（旦慌上）呀，前面金鼓連天，不知什麼軍兵來了。來到此間，無門逃避，怎生是好？（丑、末追上）從君走到焰摩天，脚下騰雲須趕上。拿住了！（做縛旦科）（丑）咄！這小厮，你是何方奸細，攔我馬頭？（對末）我們將來開刀，賽個行軍利市罷。（末）兄弟，看這小廝，一貌如花，倒也不忍害他。（旦叩頭）將軍饒命！（丑）也罷！兄弟我和你且饒他性命，留在軍中，日間着他打馬草，夜間也好當那話兒，大家用用。（末）兄弟，我看這個妖物事，不是我和你受用得他着的。俺大王爺最愛南風，我們獻去做個頭功，倒有重重的賞賜哩！（丑）説得有理。大王爺駕到了，和你就送到帳前去。（旦乞哀科）將軍可憐！（丑、末押旦下）（净扮臨川王引衆上）殺氣中原黯未收，腰間腥血帶吴鉤。將軍戰馬今何在？野草閒花滿地愁。某家，臨川王陳蒨是也。近因誅滅侯景，還鎮吴興。小校傳令，就此起駕前去！（衆應介）（丑、末押旦上）啟大王爺，今日軍前拿得個未冠小廝，請大王爺令旨施行。（净）着綁去前營，斬首祭旗罷！（旦叫云）大王爺可憐。（净）這小廝倒嬌滴滴好口聲音兒！着擡頭起來我看着。（旦擡頭）（净看驚介）呀，妙哉！你看他唇紅齒白，目秀眉清，就是描畫成的一般。那家父母生得這們樣好兒女來？小校，快去了縛！不要驚他。（衆去縛科）（净）小孩子，我且問你：你是什麼人？爲何到此？從實説來。（旦）大王爺聽啟，念小的呵！

【仙吕・點絳唇】避亂京華，幾年孤寡擔驚怕。剗地思家，干冒金龍駕。

（净）哦，是避亂還鄉的了。你是那裏人氏？姓甚名誰？

【混江龍】（旦）是天台山下，桃源溪口第三家。（净）怪見是神仙出世了！（旦）與天家同姓，（净）也姓陳了，姓也姓的好。（旦）名唤瓊花。（净）又好個小名兒，果然像朵瓊花一般。（旦）閒織青蒲爲活計，時編白苧作生涯。（净）就是小人家兒女，倒也不妨。（旦）恨鵪鶉，比不得鴛鴦嫁。望大王慈悲些子，當一個蟲蟻饒咱。

（净云）小孩子，我不害你，你莫慌張。可惜驚壞了你。你且説，今年多少年紀了？

【油葫蘆】（旦）問碧玉芳年未破瓜，剛二八。你覷雙鬟的的尚繫紅紗。（净）你有什麼本事麼？（旦）我俏身軀慣把龍媒跨，軟腰肢解把烏號架。小心兒捧寶刀，款性子陪玉斝，悶來時當的個魔合羅閒戲耍。大王爺！小的不敢説，是個可喜殺小寃家。

（浄）呵呵！今日我大王爺遇着你，真是個小寃家了。我問你，家中還有什麽人？你可撇的下麽？

【天下樂】（旦）我是飄泊東風一樹花根芽。若問咱只有隔天涯，兩邊廂爹共媽。别無個姊妹親，更少個兄弟雅。但得個受恩深，便甘入馬。

（浄）小孩子，倒也有些緣法。起來跕着説。你可要富貴從的我麽？（旦叩頭介）只怕大王爺見棄，小的情願伏事大王爺終身。（浄）起來説。（旦起立）

【村裏迓鼓】我生長在蒺藜叢内，怕近不的牡丹階下。若得備些使數、供些灑掃、當些應答，少不的享些安逸、着些疼熱、饒些打駡。誰承望紅錦披、白玉横、黄金掛。（叩頭科）則饒我割下些兒那話。

（浄）可惜了！我怎麽捨得劊割你？我看你模樣兒，倒像女子。就選你入宫，和這班女侍們伏侍了我。你可肯麽？（旦）大王爺！

【元和令】你道我俏娉婷似女侍家，我情願改梳粧學内宫罷。看略施朱粉上桃花，管教人風韻煞。只雙彎一搦較争差，但繫長裙、辨那些兒真假。

（浄）説得着人！説得知趣！左右，先取一件鮮明罩甲，和我御用白玉絛環的鸞帶一條，與他穿繫着。（衆應）（旦穿甲繫絛科）（浄）小孩子，我後宫妃嬪雖多，看來倒没有你這們一個姿色。你明日若當得我意，就立你做個正宫王后。你意下如何？（旦叩頭）願大王爺千歲！古有女主，亦當有男后。只怕臣妾出身寒微，稱不得大王爺尊意。

【上馬嬌】若是比浣紗貯館娃，與九重天子做渾家。將襴衫改作羅裙嫁，咱省你十斛守宫砂。

（浄）説便如此，只是我和你，不免有同姓之嫌，怎生是好？（旦）只要大王爺做主，怕那個議論來？古時魯吴同姓，尚且爲婚。大王爺果垂異恩，臣妾做不的吴孟子麽？

【勝葫蘆】自古朱陳總一家，藕葉抱荷花，比别樹枝條贏些親襯搭。我則愁黄金殿上，珍珠簾下，嬌滴滴拜時差。

（浄）左右，與這小孩子胭脂馬一匹、珊瑚鞭一條，就扈從駕前。傳令衆將官們，一齊起駕前去！（衆應）（旦做上馬同行科）

【後庭花】（旦）看胭脂馬晃臉霞，珊瑚鞭裊鬌鴉。拂翠袖捎旗畫，掠紅綃颭劍花。我不慣紫茸甲重重披掛，恰便驚閃殺一撚小香娃。

【柳葉兒】見明晃晃戈矛齊亞，亂紛紛旌旆交加，我是個梓潼神簇擁一隊天魔下。則這泥金帕、麴塵紗，俏身子結束的堪誇。

【寄生草】慚愧個痴兒女，夤緣到帝子家。泣前魚不數龍陽詫，挾金丸一任韓嫣訝，奪鸞篦儘着秦宫駡。誰言女却作門楣，看生男倒坐中宫駕。

（衆）啟大王爺，已到吴興了。（浄）住駕！（做升殿科）（浄）衆將官，各回營治事去。（衆應下）（浄）小孩子，隨我入宫，改换女粧。今夜伏侍我睡罷。（旦叩頭）願大王爺千歲！

【賺煞】改抹着鬌兒丫，權做個宫姬迓，只怕見嬪妃羞人答答。准備着强斂雙蛾入絳紗，謾説道消受豪華。愁只愁嫩蕊嬌葩，難告消乏，拚則個咬破紅衾一幅霞。且將櫻桃淺搽，遠山輕畫，謝你個俏東皇錯粧點做海棠花下。

第二折

（丑、貼旦扮宫女上）（丑）覆雨翻雲總一般，桃花錯做杏花看。（貼）早知不入時人眼，多買胭脂畫牡丹。（丑）我們是臨川王宫中女侍穠桃、媚柳便是。俺大王爺，前日軍中帶得什麽一個妖東西回來，將他改作女粧，好生寵幸。早晨傳旨，要立他做正宫娘娘，着我們伏侍他梳粧，只得在此伺候。（笑科）媚柳姐，笑殺笑殺！我和你入宫多年，倒不能勾那件買賣到手。他纔則進門，就這們作怪。難道世間有這様一個帶柄的娘娘在這裏？（貼）穠桃姐，你不曉得。俺大王爺是個黄鱔，定要尋個泥鰍做隊哩！（丑）怪見你這個水蚌，只好替我的淡菜做隊哩！（貼）啐！不要閒説。娘娘來了！（旦女粧上）淡粧濃抹也相宜，但插山花是女兒。雪隱鷺鶿飛始見，柳藏鸚鵡語方知。俺家從入宫來，荷蒙大王爺厚恩，寵幸無比。今日有旨，要立我做正宫王后，着我先梳粧等候。看起來，世間事也自難料。譬如讀書人，只要一時間造化際遇，論什麽文字高下！如今這六宫姬侍，多少顔色美麗的，倒都不如我了。（丑、貼叩頭）穠桃媚柳叩頭！（旦）起去！看粧盒過來。（丑、貼應供粧具科）（旦臨鏡科）

【中吕·粉蝶兒】我恰向這金粉紗窗，照菱花學梳宫様，你與我畫屏前吹滅了銀釭。你看繡簾高，朱闌敞，曙光初晃。忽絪緼何處吹香，是俏東風初過刺桐花上。

（丑）娘娘，貼上這幾點翠花鈿兒。

【醉春風】（旦）翠鈿貼雙雙，（貼）娘娘，簪上這兩股釵兒。（旦）金釵簪兩兩，（丑）娘娘，戴這幾朵花兒。（旦）將嫩花頭嬌插的緑雲斜，（貼）娘娘，玉環兒吊下響了。（旦）聽吉丁當玉環兒墜響，（丑）娘娘，穿上這幾件衣服兒。

（旦）和這細裊裊錦帶霞翻，鮮楚楚繡衫月掩，長簌簌綵裙風颺。

（丑）娘娘，今日打扮，比閒常又風韻許多了。（旦）痴妮子！

【脱布衫】我俏龐兒原似娘行，難道這些時便勝閒常？只近新來略慣梳粧，比乍見時覺增些嬌樣。

（丑）看娘娘這們樣標致，什麼婦人家到得來！

【小梁州】（旦）你婦人家只是塗抹些胭脂學海棠，若不打扮便只尋常。俺則略施粉黛淡塗黄，但偷睛晃，就嬌滴滴勝紅粧。

（貼）娘娘，今日做了王后，不知古人那一個比得娘娘來？（旦）你説那一個古人比得我麽？

【么】只有漢董賢他曾將斷袖驕卿相，却也不曾正位椒房。我如今受封册在嬪妃上，這裙釵職掌，千載姓名揚。

（内傳旨科）大王爺傳旨：娘娘梳粧完了，請到長秋宫行禮者！（丑）大王爺請娘娘行禮去。（俱暫下）（淨引内官宫女上）新得佳人是六郎，笑他紅袖太郎當。大雛飛上梧桐樹，一任傍人説短長。呵呵！我臨川王是個風流古怪的物事。前日軍中帶得個美人回來，他模樣兒娉婷，性格兒伶俐，倒都不在話下。我平常性子最急，宦官宫女，略不像意，一日不知砍下幾顆頭來！只他在面前，天大的事也都吊在腦後去了。怪物怪物！今日是個好日頭，我就備册璽冠帔，立他做個正宫。左右傳旨，快請娘娘升殿！（内官傳旨）請娘娘升殿！（旦引丑、貼上）（旦叩頭）願大王爺千歲！（淨）起來，生受你！美人，你從入宫禁，承奉小心。後宫數千，無出汝右。今日册你爲后，好生在意者。（旦）臣妾荷蒙大王爺過愛，得侍衾裯，已出望外。若正位號，恐妃嬪們見妒，死不敢當！（淨）不必固辭。那個敢妒你來？宫監記者！但後宫妃嬪以下，有妒忌娘娘的，即時梟首示衆！（衆應科）（淨）

取璽綬禮服過來，就此謝恩。（旦冠帔謝恩科）

【上小樓】念臣妾萍蹤流浪，謝聖主恩波浩蕩。却將個宋玉東牆，錯猜做神女高唐，生扭做飛燕昭陽。恰正好入洞房，唤女郎。婦隨夫唱，則願得待歡娛萬年無恙！

（浄）着開宴者。（旦把盞科）

【么】嬌冉冉曳繡裳，滴溜溜捧玉觴。待我這傅粉何郎，做了個結綺張娘，謝你個行雨襄王。且對靚粧，入醉鄉。淺斟低唱，斷送他砑羅裙上。

（浄）看座來！娘娘坐着。美人，我看你弱骨輕盈，柔肌嬌膩。我夜來多有莽撞，得無創巨汝乎？（旦）臣妾之身，大王之身也。死耳亦安敢自愛？

【滿庭芳】你做蜂蝶的從來莽撞，説什麼嬌花寵柳，惜玉憐香。我雖則是重茵濕透桃花浪，也子索捨死承當。譬如梁緑珠粉身樓上，楚虞姬刎首燈旁。也要細嫋嫋舒咽項，顧不得其間痛癢，如今呵！便受些苦楚又何妨！

（浄）説得有趣，只是可惜了你。看巨觥來！我滿飲一觥。美人，我看來，不但我奈何你的你會承當，便是你奈何人的可也雄壯。吾爲大將汝副之，天下女子兵不足平也！（旦掩扇笑介）正慮粉陣饒孫吴，非臣妾鐵纏矟，王江州不免落坑塹耳！

【快活三】你坐中軍花柳場，我領前隊翠紅鄉。只粉營雙挺緑沉槍，也做得烟花將。

（浄）説得快活！我再飲一巨觥。美人，我昨夢騎馬登山，路危欲墮。賴汝推挽而升，煞是虧你。今日正位中宫，可也倚仗你不小哩！（旦）臣妾受大王爺厚恩，殺身難報。當鞠躬盡瘁，死而後已，敢不盡心！

【朝天子】敢忘大王一霎鮫綃帳，便夢隨行蟻墮高岡，也索捧紅輪上，算曳練椒房，脱簪永巷。都依舊畫葫蘆樣，我若改裝換腔，就當得兜鍪壯。

（净）呵呵，美人，依你説起來，那真的倒只尋常，不如你假的希罕了。我從在軍中，久廢吟咏。今日遇你這們絶色，可没有一首詩兒贈你麽？內侍，撤〔一〕了筵席，取御用的筆硯過來。美人，就寫在你這衣幅兒上罷。女侍們扯着。（做寫念介）「昔聞周小史，今歌明下童。玉麈手不別，羊車市若空。誰愁兩雄並，金貂應讓儂」。美人，看這首詩兒何如？你好生留着，也當一個恩典。（旦叩頭介）臣妾醜陋之軀，得大王爺過賜品題，感激無地。當珍藏笥中，與骨髮俱朽。

【四邊静】這宫衫新樣，御墨淋漓，標題數行。可喜殺字挾風霜，一片珠璣晃。抵多少鴛鴦鳳皇，亂灑在冰綃上。

（内鳴朝鼓科）（内侍）啟大王爺，鳴朝鼓了。請大王爺升殿。（净）美人，我暫到殿上早朝。衆妃嬪們朝賀了娘娘，着准備夜宴伺候者。（旦叩頭）拜送大王爺！（净）免了。（内監隨净下）（衆女侍朝賀科）願娘娘千歲！（旦）起來。我今日新正位號，諸妃嬪們，都要從我約束。違背的，取大王爺令旨施行！（衆應科）

【耍孩兒】（旦）我是個金塘小小蓮花長，羞殺唤張家六郎。如今被波神移入五雲鄉，管領您三百紅芳。譬如燕鶯並宿原相狎，蜂蝶同枝也不妨，恰好相親傍。這是牡丹雖好，也要緑葉扶將。

女侍們，大王爺分付，准備夜宴，少不得要一班歌舞的供奉。你們不要生疏了，試演習一回兒者。（衆應奏樂

〔一〕「撤」原作「徹」。

科）（貼旦）

【三煞】盈盈銀燭前，娟娟錦瑟傍，纖纖按拍低低唱。從教選妓隨雕輦，一任徵歌出洞房。今夕歌相向，是《關雎》一曲，《窈窕》三章。

（小旦舞科）

【二煞】則我這袖梢三尺霞，腰肢一撚香，似俏楊枝風裊在紅階上。這的是蹁躚舞愛前溪淥，恰稱那宛轉歌憐子夜長，管取圍鸞幌。喜殺你個迴風趙后，笑翻他個羯鼓唐皇。

【一煞】（旦）看銀河千尺垂，鵲橋一帶長，黄姑織女今宵降。蛾眉皓齒人人玉，繡榻金屏處處香。誰承望你個鶯花主帥，將我做紅粉專房。

衆女侍們，暫且退班。待大王爺回宫，伏侍夜宴，不得違誤！（衆應科）

【煞尾】（旦）准備着翠奩添晚粧，金爐燒夜香。想退朝時月到花梢上。你只聽樓角銅壺，數聲兒響。（下）

第三折

（小旦扮公主，引丑、貼上）密幄重幃百尺遮，惜花羸得瘦些些。紅顔勝人多薄命，莫怨春風當自嗟。自家臨川王妹子玉華公主是也。年方二八，尚未配人。俺哥哥昨日新立個王后，有沉魚落雁之容，閉月羞花之貎，真是天姿國色，絶世無雙！不要説哥哥做男子的愛他，便是我女孩兒家，也恨不得一盞冷水，吞他下肚子裏去哩！世上有這樣好女子也呵！

【越調·鬥鵪鶉】你看他媚靨裁花，嬌眸剪水。鬢拂雙鴉，唇含半蕊。别様風流，撩人旖旎。我也比不得伊，記不得誰。則東窗仕女圖中，那一幅戲秋千的似你？

（丑）公主愛娘娘標致麼？明日待公主招得這們一個駙馬纔好哩！（小旦）痴丫頭！他是婦人家，怎麼把個男子漢比他？

【紫花兒序】他是拾翠羽的江干神女，採松花的少室仙姝，佩鳴璫的楚岫瑤姬。你怎把外廂男子，來比他内苑嬌妃？休提！他若是紗帽籠頭着紫衣，我得個恁般夫婿，也不枉了袒腹東床，甘心兒與他舉案齊眉。

（丑）公主，真個愛着娘娘麼？若知道那話兒，還要愛着他些兒哩！（小旦）怎麼？他又不是男兒家，我愛他怎的？（丑）不是男兒家，只比公主多個紐子哩！（小旦）這丫頭風了！怎麼説？（丑）公主不知道，娘娘是個孩子家改造的哩！（小旦）胡説！是孩子家，大王爺要他怎的？（丑笑介）公主，你只見宮裏起北風，不知道外廂起南風哩！（小旦驚介）有這等事來！

【金蕉葉】他不是紅鴛錦雞，怎消得滿身金翠？果若他移根接蒂，怎不做出些藏頭露尾？

穠桃，你快請娘娘出來，待我看他個端的。（丑朝鬼門道請科）公主請娘娘哩！（内應介）娘娘來也。（旦引女侍上）金釵紗帽定何如，笑殺當年女校書。渾濁不分鰱共鯉，水清方見兩般魚。（相見科）（小旦上下瞧旦各坐科）（小旦）適纔嫂嫂在宮中，可曾做些什麼花兒麼？（旦）不曾。則看得幾行書兒。（小旦）那看書是男子漢的事，怎麼嫂嫂學他？（旦背介）可怪！怎麼姑娘只管瞧我？我又錯了回話，閃些做出破綻來了。（小旦）嫂嫂，你怎麼面上一時間便紅起來？（旦）吃了酒，臉子紅了。（小旦）要做婦人家的，還不該吃酒哩！嫂嫂，我和你到花欄外走走。（做行科）（旦）姑娘，這是什麼花？（小旦）這是牡丹花。（旦）怎麼一樹倒開着兩樣花？（小旦）這牡丹是接頭的。他根子上還是芍藥花哩！（旦）姑娘，那池上是什麽鳥兒？（小旦）是鴛鴦鳥兒。（旦）怎麽純是雌的？（小旦）這鳥兒作怪，雄的都變做雌的了。（旦）那長尾的是什麽鳥兒？（小旦）是孔雀鳥兒。嫂嫂，那孔雀雄的金翠多，雌的倒不如他好看哩！（旦）穠桃，撲了那個蝶兒！（丑、貼撲蝶科）（小旦）嫂嫂，這蝶兒是痴的，不要撲他。（旦）怎見得是痴的？（小旦）嫂嫂，若不是痴的，怎麽見了這樣好花兒，他不省得採呢？（旦背介）今日姑娘怎麽只管把説話兒打動着我，莫非我做出些手脚兒來了，却怎麽好？（小旦背介）穠桃這丫頭，説嫂嫂是個男身。他遮遮掩掩，倒也容易看他不出哩！

【調笑令】他就裏是和非，桃葉桃根總不知，怕男兒家定有些趨蹌勢，也不能勾恁般姿媚。果若是俏潘郎誤擔花月期，越教人腸斷無疑。

也罷，我有個理會。（對旦）嫂嫂，你繡鞋兒借我穿穿，看那個脚小些兒。（旦）不消穿得，我送樣子來姑娘罷。（小旦）嫂嫂，你胸前怎麽再不見些那話兒壘塊起來？（旦）我還不曾成人，没有起來哩。（小旦）嗄！嫂嫂，你瞞我怎的？

【鬼三臺】你則是裙拖地，遮掩做雙鉤細。您青春年紀，穿着領薄羅衣。難道更不見些兒蓓蕾？我則怕立香階有時風揭起，試温泉有時衫着遲。那其間做不得蓮瓣輕盈，雞頭軟膩。

嫂嫂，你不要瞞我，老實對我説罷！

【禿厮兒】你不是贈金碗的崔家雌鬼，又不是繫紅裳的鄭子妖狸。你止不過是權將菡萏當荼蘼，又何事怕春知休疑？

（旦）姑娘，説那裏話！我不是女兒身，你哥哥要我麽？（小旦）嫂嫂，你不須抵賴了。我有句好話兒對你說。

【聖藥王】你莫執迷，早見幾，恰好春風銅雀鎖雙棲。正是蜂不窺，蝶不知，何須紅葉做良媒？嫂嫂，我不好說，倒是你討便宜。

（旦）姑娘，怎麽是這樣？你哥哥知道，不像個意思。（小旦）嗳！嫂嫂，

【麻郎兒】不是我見財起意，則是你惹是招非。也顧不得哥哥妹妹，你須索要事急相隨。

（扯旦手，旦避科）（旦）姑娘，我身子不好，進去罷！（小旦攔住）嫂嫂，你那裏去？

【么】你這回莫推怕誰，在人前姑嫂追隨。背地裏夫妻匹配，管教他没些忌諱。

（旦）姑娘，我和你姑嫂家，怎麽做得這樣事來？（小旦）嫂嫂，你莫要假惺惺！便做個人情罷。

【絡絲娘】你須不是祝英臺喬粧艷質，也要學魯男子緊閉朱扉。倒不如放下慈悲，省了些假聲勢，也落得做些陰騭。

（旦怒介）姑娘，你雖不讀孔聖之書，也要達周公之禮。怎麽這般戲弄着我？（小旦）嫂嫂，你莫惱起來。

【小桃紅】你個俏文君莫怪我苦纏伊，誰教你捎帶檀郎氣。你越越生嗔越嬌媚，我則將笑顔陪，（做跪科）掩紅裙款下個花前跪。（旦做同跪，扯小旦起科）（旦）姑娘，怎麽是這樣？（小旦）嫂嫂，你真個不肯麽？我也不索傳情緑綺，也不索卧愁錦被，（取汗巾做自縊科）則教縊殺粉窗西。

（旦做奪介）姑娘，怎麽這等發極起來！待我過兩日尋思個好歹，回話姑娘罷。（小旦）嫂嫂，我苦死央及你，你只是不肯麽？我如今没奈何，則索對俺哥哥説去，你怎地來調戲我姑娘哩？

【天净沙】我從來生長深閨，不知個緑瘦紅肥。你平白地將人調戲，管花殘玉碎，大家牽扯頭皮。

（旦笑介）姑娘倒會放刁。没奈何，只得從你罷。（小旦）衆丫頭們靠後者！（衆下）（小旦攜旦手科）

【東原樂】我則道陽臺夢唤不回，誰承望鐵樹錚錚也有花開日。着我一會兒難分愁共喜，則怕羅幃底，我這豆蔻梢不禁狼籍。

（小旦）我和你也偷拜個堂，做個盟證。（同旦拜科）

【綿搭絮】主婚的是玉鏡，插定的是金鎞，保親的是紫燕，掌禮的是黄鸝。單請個海神廟爺爺做主媒，撮土爲香拜禱齊。則願得保佑俺蛾眉，悄悄的做夫妻無禍危。

嫂嫂，你本瓊島仙郎，錯做金宫艷質。如今幸親何粉，敢惜韓香。我有明珠一顆，價值萬金。從幼學得些兒翰墨丹青，就這白團扇上，畫着比翼鳥一對，題詩一首，送與嫂嫂，做個相思記念。丫頭們，看筆硯來。（丑、貼應上，供筆硯，小旦畫科）（丑看）有趣，畫的好個鳥兒！他兩個也在這裏做買賣哩！（小旦取扇寫詩念科）人道團扇如圓月，儂道圓月不長圓。願得炎州無霜色，出入歡袖百千年。（丑看）咦！寫的好字兒。（小旦）哇！丫頭多講。

【拙魯速】這夜光珠，滴溜溜水一提。生綃扇，皎團團玉一圍，和這青禽比翼，錦字雙題。這其間有些深意，則要你珍珠般愛惜，紈扇般提攜，鶼鶼般成對，明月般長隨。嫂嫂，你是必休離了懷袖裏。

（做送與旦科）（旦）姑娘，我本遊學韓童，獲侍吹簫秦女，辱投金錯，慚報瓊瑶。怎麽當得這厚情！謝了姑娘者。（做謝科）這明珠佩在身邊，朝夕如見姑娘一般。穠桃，你把這白團扇，替我好生收藏者！（做與丑扇）（丑諢科）呵呵！我則道娘娘冰清玉潔，是大王爺自家受用的，鱗也不敢擦他。如今却與公主有一手了！正是：揚子江水渾淘淘，大家用些兒罷。（戲旦科）呵呵！娘娘，我穠桃也有把扇子在這裏，送與娘娘做個表記。（小旦怒介)咄！這賤人，你是什麼人？也來無禮！叫媚柳扯下去，打這賤人！(貼應打丑科)(小旦)今後再若如此，我對大王爺説，砍下這顆頭來！(攜旦手)嫂嫂，趁哥哥不曾入宫，我和你且進繡房裏睡睡兒着。

【尾聲】趁着這花房料峭東風，閉向華清，伴你個玉環春睡。我則怕狂蝶子戀翻了咱，莽桃花賺殺了你。(俱下)

(丑、貼吊場)(丑朝鬼門道指小旦科)呸！公主，你只許州官放火，不許百姓點燈麽？你做了這樣勾當，也索放些兒鬆，待我們也湯他一湯。就這們吃起醋來。嗳呀！打得我好！我羊肉不得吃，倒惹下一身臊。你的贓證，恰落在我穠桃的手裏。媚柳姐，我明日將這白團扇，首了大王爺。教你竹筒裏煨蛇，弄得個直死哩！(貼)穠桃姐，不要這樣難爲娘娘哩！(丑)嗳！媚柳姐，左右没我和你分，大家斷送了他罷。公主，誰教你粉蝶打黄蜂！娘娘，連累你花無百日紅。(貼)正是：情到不堪回首處，一齊分付與東風。(下)

第四折

(浄引内侍上)但着紅衫莫問誰，從來情眼出西施。百年三萬六千日，日日歡娱得幾時？我臨川王自立陳美人爲后，雖説縱些歡樂，却也不廢朝參。看來他不像鄭櫻桃那樣挾恩，我不過東方朔這們玩世。這兩日因王僧辨那廝，有意見圖。方在商議軍機，不得空便。今日稍暇，不知美人在宫中如何？着女侍們過來。(内侍傳旨科)大王爺傳旨，宣女侍們哩！(内應，丑持扇上)内園桃李正芳菲，不許傍人折一枝。善惡到頭終有報，只争來早與來遲。奴婢叩頭。(浄)這兩日娘娘身子如何？(丑)這兩日娘娘好生困倦在那裏。(浄)爲什麽娘娘困倦？(丑)奴婢不敢説。(浄)咄！怎麽不説？(丑)娘娘替公主陪伴辛苦了，如今還没有起來哩！(浄怒介)咄！這賤人你什麼嘴臉，也來妒忌娘娘？說這們玷污的說話。着綁去斬首者！（丑）大王爺可憐，若道奴婢玷污娘娘，見有白團扇在這裏，做個證見。（浄）取上來！（浄看扇念詩科）這事可疑，莫不真做下來了？快宣娘娘。（丑朝鬼門道）大王爺宣娘娘哩！（内應）娘娘來也。（旦引女侍上）

【雙調·新水令】聽披香殿上急傳宣，我猛趨蹌不禁嬌倦。又不是南宮看蹴鞠，又不是西苑戲鞦韆。

（丑云）大王爺宣，娘娘快來！（旦）因甚喧闐？這禍根芽多爲白團扇。

（見科）大王爺千歲！（浄）不消行禮。美人，這兩日在宮中做些什麼子來？（旦）不曾做什麼子來。

【駐馬聽】繡榻春嫣，不慣裁縫閒鳳剪。瑣窗香蒨，偶停粧束染鸞箋。聽鶯啼只在緑楊軒，看花落不出青苔院。這些時肌力軟、困懨懨，則擁着紅羅薦。

（浄）你曾見姑娘不曾？

【沉醉東風】（旦）記那日荼蘼架邊，憶當時翡翠簾前。瞥見他如花面，恰深深再拜嫣然。就隔斷巫陽小洞天，自難問行雲近遠。

（浄）你曾和他做些什麼不曾？

【雁兒落】（旦）我匆匆拾翠鈿，他冉冉遮紈扇。何緣共逗遛，有甚相留戀？

（浄）你没些話説，怎麼消瘦許多了？

【得勝令】（旦）我爲甚損嬌妍，昨日侍開筵，曉起梳粧，早春寒，恰可憐花前。因此上消瘦了雙腮倩人前，你個惡襄王莫苦纏。

（浄出團扇介）你不曾有甚事，看這物事，是那裏來的？（旦）我不知道是那裏來的。（浄）你還要抵賴！（指

丑）他可不是個見證麼？（丑跪）原是穠桃首的，娘娘恕罪。（旦跪科）

【喬牌兒】這的是拿奸頭抵全，捉賊真贓見。這其間使不的儀秦辯，拚子個貶潮陽八千遠。

（淨）不要跪，起來！穠桃，快宣公主來。（丑朝鬼門道）大王爺宣公主，你白團扇的事發了也！（小旦上）殿上俄聞中使催，含羞欲進又徘徊。月圓便有陰雲蔽，花發須教急雨摧。今日哥哥宣我，多是穠桃這丫頭去搬説是非了也！却怎是了？没奈何，只索見哥哥去。（進見介）哥哥千歲！（淨）好妹子，做下好事來！（小旦）你妹子不曾做什麼事來。（旦）姑娘不消推得，是穠桃這丫頭，將那扇子對你哥哥説了。（跪介）大王爺，不干姑娘事，都是臣妾之罪。

【甜水令】他是翠水文鴛，丹山彩鳳，紫宫嬌燕，但見可人憐。想那待月留連，求凰邂逅，偷香繾綣，都來是宿世姻緣。

（淨）你還解説！我何等抬舉你，你做出這樣事來！（指小旦）好個公主！小小年紀，就這們大膽。既做下來了，丫頭們！每人與他汗巾一條，教他尋個自盡了罷。（小旦跪哭介）哥哥可憐！（旦跪）臣妾受大王爺厚恩，如今做下事來，待怨那個？只是伏侍大王爺多時，恐怕後邊人不能體大王心意。臣妾在九泉之下，死不放心哩！

【折桂令】俏身軀跪倒階前，則教我回首長門雨淚漣漣。待痛煞煞扭着紅襟，長挽挽奪將白練，磣可可赴了黄泉。做的個王昭君生離内殿，楊貴妃死葬荒阡。大王爺，只愁你今夜孤眠，誰在身邊？便急煎煎拆散冤家，恨悠悠斷送嬋娟。

（哭介）大王爺，臣妾死後，早晚寒暄，須索保重。再不要思想着我了。（小旦哭介）哥哥可憐！（淨做悲科，起前立。旦、小旦執手悲科）（浄背介）咳！這事怎了？我待不究，這事體重大。待害了他兩個性命，不要説可惜了妹子，只再要尋這們一個絕色，不能勾了。我有個理會。如今正要替妹子選個駙馬，就乘此機會，成合了他們，做了一對夫妻，有何不可？（進坐科）罷，起來！你兩個都該死的，只是可惜了你！我如今就成就了你們，着你配合了罷。（旦、小旦叩頭科）（旦）願大王爺千歲！（小旦）願哥哥千歲！

【月上海棠】（旦）謝你個多情青帝慈悲面，成就了私會黄姑自在緣。對一道返魂香，猶古自心驚膽戰。索把雙眉展，安穩做天台劉阮。

（浄）美人，着你們就拜了堂。今日做新郎，該還你本等打扮。只是紗帽皂靴，也只尋常了。不要改换，就是女粧罷。穠桃，你這搬是非的丫頭過來！就着你做賓相，替娘娘公主贊禮者。（丑應科）咳！我枉做冤家，倒替他們説人情了。（贊禮科）（念介）娘娘天喜照胸前，公主紅鸞到額邊。舊女婿爲新女婿，惡姻緣化好姻緣。請娘娘公主交拜！（旦、小旦拜科）（丑）春宵一刻值千金，此夜何須問淺深。着意種花花不活，無心插柳柳成陰。請娘娘公主拜大王爺！（旦、小旦拜科）（丑）秦家公主不尋常，嫁得蕭郎宫樣粧。不是一番寒徹骨，爭得梅花撲鼻香！（浄）美人，前日你是個娘娘，今日又是個駙馬了，可不是天地間希罕的事麽？

【么】（旦）我做娘娘不見金蓮現，做駙馬還將繡帔穿。只恁的假裝喬，真僞難分辨。就兩般姻眷，拚前後從人願。

（浄）今日這樣奇事，明日史官可不載在《艷異編》上，待後邊人做一個笑話兒麽？

【殿前歡】（旦）這姻緣，謾將彤管記紅箋。是史書中突出個新窯變，待到千年，剪銀燈做笑話傳。誰曾見那薄太后雲階面，都則是臨文當要，那裏好信口瞞天。

（净）我看那做劇戲的，也不過是借我和你這件事，發揮他些才情，寄寓他些嘲諷。今日座中君子，却認不得真哩！

【清江引】（合）笑江淹筆尖花一剪，散作春千片。清霜激唾壺，紅雨霏檀串。恁胭脂幾梢明月轉。

陳汝元

陳汝元，生卒年不詳，明嘉靖至萬曆間在世。字起侯，號太乙、太乙山人、燃藜仙客，書齋署「函三館」。會稽人。萬曆二十五年（一五九七）秋以鄉薦參加順天試中舉，四十年初陞陝西清澗知州，所在有聲。四十五年陞延綏城堡廳同知，後以母老乞歸。生平事跡見《康熙山陰縣志》卷二〇。所作戲曲今知有傳奇《金蓮記》《紫環記》《太霞記》，後兩種佚，今存《金蓮記》。雜劇《紅蓮債》有《盛明雜劇》本，署「古越函三館編」。

紅蓮債

正名

戒禪師偶犯如來色戒，悟和尚同走閻浮世界。
蘇學士沉迷五戒後身，印上人提醒紅蓮前債。

第一折

（小生扮五戒和尚，眇左目上）小僧俗姓金氏，法名五戒，本貫西京洛陽人也。自幼讀書，舉筆能文。長成祝髮，因雲遊浙江浄慈寺，拜訪大行禪師。不想禪師道我精通佛法，留做上色徒弟。不數年禪師圓寂。本寺僧衆，就立我做住持。又有一個師弟，俗姓王，本貫河南太原人氏，出家在本處沙陀寺，法名明悟。也是雲遊到此訪我，我就留他在寺，做個師弟。我兩人相待甚好，每日間打坐參禪，燃燈繙卷。要悟到山頭魚鱉，方爲上乘涅槃；能細參水底坌塵，乃是自家般若。試看他竿弄影、影弄竿，静悄悄無窮密諦，向那裏尋求；莫問我日就窗、窗就日，虚飄飄偌大玄詮，在何方着落？咳！只是一件，做和尚的，伴着經文，守着戒律，虚度了幾番的月夕花朝。守着寂寞，埋着風流，那曉得千尋的愛河慾海？也有絶受的，也有袪塵的，留不住萬劫皮囊。那時節回頭顧望，也盼不見極樂西天。也有茹葷的，也有飲酒的，且度過一時眉睫，雖然是轉眼成空，也未必落在阿鼻地獄。到不如拈花弄柳，討個燕侶鶯儔，管甚麽碎骨粉身，撞着牛頭馬面。呀！猛想起十六年前，曾於雪地拾得一個女子，名曰紅蓮，分付清一道人看養。如今料已長成，不免叫清一問他，便知下落。（做叫介）（浄扮清一上）僧臘堦前樹，禪心江上山。老師父稽首！（戒）十六年前交付你的紅蓮，如何下落了？（清）今已長成，打扮做個小頭陀。現在道人房裏。（戒）你悄地裏去叫他來見我。（清）曉得。（背）咳！我是個賣酒提瓶，他必然見財起意。（下）（戒）你看兩廊僧衆都睡着了。夜深人静，月朗風清，是好良天也呵！

【鬥鵪鶉】梵磬無聲，禪燈弄影。槐蔭當檐，荷香滿庭。半衲生凉，塵緣難浄。傍着屏石兒行，望着垂柳兒驚。他那裏打點着翠袖相迎，俺這裏憑倚着雕欄自等。

兀的尚未見來也，好生盼殺老僧！

【紫花兒序】〔一〕等得俺香消玉鼎，燭滅銀檠，月掛蒼屏。迴廊底下，兩部蛙聲，喚起凡情。若是松龕裏得見俺的可憎，將他來一一的詳問，則問他當日個雪裏擔心，可解得今宵的月下傳盟。

（清引旦上）老師父在房裏，我送你進去者。（紅）羞答答怎生去見他？（清）我與你吃他的，穿他的，如何不聽他使喚？兒，只是虧了你了。（戒）

【金蕉葉】猛聽得緑楊中嚦嚦鶯聲，魂斷了敲門老僧。則見他露珠兒濕透羅鞓，賣弄出千般嬌倩。

（紅）老師父稽首！（戒作看介）你看他一臉嬌容，半襟弱態。是好女子也呵！

【調笑令】俺從來罕見的是娉婷，怎當他眼角流波百媚生，禪伽一見魂難定。料應他一點兒嬌情，都付與兩朵桃花臉上傾。害殺人兒是這個卿卿！

紅蓮，你從今不要是這樣粧束。須仍舊做女人打扮。

【小桃紅】則見他袈裟半褶暗塵生，不畫雙蛾倩。一鉤羅襪傍苔行，樓頭不肯點鴉青，曉來閒却菱花鏡。穿一領緇衣皂縠，則是頭陀紅粉兩般兒，喬扮得不分明。

（清）紅蓮，老師父叫你換了衣服，不要推阻。（紅做易衣介）

【么】（戒）則見你羅衫香彈袖輕盈，血色榴裙映，朱唇半點妒猩猩，窣地增嬌俊。惹得我風流頓增，倩誰做半絲紅定，成就我無髮姻盟。

〔一〕「紫花兒序」原作「紫金兒序」。

清一，你今日且去，明日此時來領他回房。（清）小道撫育這個女子，指望招個女婿，養老送終。如今留在老師父房裏，不惟壞了老師父戒行，抑且辜了小道願望。（戒）説那裏話！

【禿厮兒】你只指望覓東床給事着老身，全不顧我惱頭陀賣弄着聰明。你百年暮景可支撑，又何須絮刮刮訴閒情？休逞！

（清背云）只得回去罷。閉門不管窗前月，一任梅花自主張。（下介）（戒）這個老道人去了。我與你到禪床上坐者。

【聖藥王】則見你蟬鬢青，羅袖輕，做不得落花流水兩無情。還要他共小僧厮覷定，蒲團兒雲雨到天明，方信道姻緣有分片時成。

（紅）師父戒律素嚴。凡情既脱，爲何説這落地獄的説話？（戒）小妮子那裏知道！

【麻郎兒】謾説我禪宗戒律素明，争奈你媚臉兒相迎。我若是不採嬌花忒淺情，怎肯把凡緣銷净！

（紅）我本嬌姿，未慣風雨。望師父可憐！（戒）我自有道理。

【么】謾驚，不曾慣經。少不得撲簌簌珠淚沾衲，滴溜溜銀瓶落井，亂紛紛殘紅飄徑。

（紅）好師父，放我回去！（做行介）（戒扯住介）冤家！你若回去了呵，好不斷送老僧也。

【絡絲娘】空撇下慘凄凄花梢月冷，愁脉脉玉山雲净。把僧伽斷送成衰病，向地底把名兒指定。

（紅）還有一件。倘或兩廊僧衆知道了，怕遺玷山門。怎生是好？（戒）不妨不妨！

【東原樂】回廊下門已扃，琉璃燈炧鐘聲静，銀漢雲横正二更。從容聽，料他行都去參禪入定。

（紅）我指望嫁個風流佳婿，不想撞着你這個光光乍。教我如何結果？（戒）你不消慮得。

【綿搭絮】你只愛着臨邛琴響，贏館簫聲，嫌棄着梵宮鐘鼓，禪室青燈。呀！誰知無是無非窗外僧，也有着摩弄温存。一片情，賽得過錦片前程。不須怨紅顔多薄命。

（紅）你出家人，有何受用處？（戒）聽我道來：

【拙魯速】對着盞暖溶溶佛前燈，傍着卷錦稜稜貝葉經。心頭别樣恩，腰頭别樣能，鎮朝昏相對親，再不敢向人前露醜聲。又何羨牽牛織女星，枕頭兒上僥倖，被窩兒裏厮挺。你便是内家人，内家人也一般盡情。

（紅）我既然從了你，你久後不要忘了今夜之情。（戒）小僧怎敢忘了！

【么】誓已鳴，盟已成。你有心，我有情。願每日裏入穿芳徑，鳥度雲屏，無忙無静，無夜無明。圖個風流嘉慶，相厮守少飄零。我也不念《楞嚴》，只念着軟款温柔七字經。

（紅）夜深了，去睡罷。（戒攜紅介）

【尾】闍黎也佔風魔性，好姻緣今宵歡訂，再莫向五娘子手兒中尋。只落得一佳人心兒裏肯。

第二折

（末扮明悟和尚上）呈巧須知百尺竿，墮身不值半文錢。廿年清苦因何事？誤殺菩提兩瓣蓮。呵呵！我未言自己緣由，先説法門大概。道本無緣，人多着想。憑你用心搜索，還蹲蟣虱襠中；饒他着力鑽研，難跳猢猻圈裏。那曉得的象心所鑄，炎天烈烈，也能喝水成冰；不曉得的當面成迷，黑夜昏昏，偏是提燈乞火。雖然要六根俱净，要净時便有不净的六根；我自知五藴皆空，知空處即是未空的五藴。惟有色關不破，黄河塹蟻便鑽穿；堪悲慾海一沉，太行山獅難撥轉！不真着脚，何妨四大三生；如略動心，即礙一花五葉。倘入在千嬌隊裏，誰到得涅而不淄；試看他百子圖中，休認爲空即是色。我明悟怎麽説這些話？只爲師兄五戒，暗淫女子紅蓮。戒犯如來，身沉惡道。穿花蛺蝶，暫奪了座右鸜哥；戲水鴛鴦，權當了佛前獅子。櫻桃口微微氣喘，頓忘寶相曇花；楊柳腰款款春濃，賽過金沙祇樹。一個男兒乍近，好似芒硝救火，難免燒身；一個女色初侵，猶如餓鬼監厨，焉能禁口。可憐他昏慘慘自投在十八重黑獄，何殊蛾撲燈中；誰念你骨都都掉下去千萬丈深潭，却是鱉扒罈裏。咳！從前做過，漏船補亦爲遲；既往莫追，破甑視之何益？咳！雖是既差一念，無由及早回頭。然而相處廿年，豈可假粧瞎眼？只得提醒他一番也呵！

【新水令】恰憐脂粉污袈裟，醜葫蘆芙蓉粘掛。朱宫藏翠黛，梵殿貯鉛華。一念争差，怎得干休罷！

師兄師兄！你半生清苦，爲着甚來？

【駐馬聽】洗盡繁華，一個蒲團消五濁；耽圖清雅，半簾花雨悟三車。孤棲魂斷夕陽斜，歸來門打黄昏下。只指望通玄超大法，却被露珠兒沉没了浮西筏。

不是我誇口説，若輪在我老僧身上，這個念頭，決然不差！

【喬牌兒】我自從幼年時便出家，捱幾個冬和夏。凄凉甘守松龕寡，冰清無别話。

咳！紅蓮這丫頭，不見時便罷，若是一見，走馬行船，如何住得？

【攪筝琶】顛不刺相見兒乍，參不透曉夢迷蝴蝶。狠金剛不管心猿，騷羅漢難拴意馬。況是個宜嗔宜喜貌如花，解不脱半尺輕紗。幽雅，這其間凡津兒難咽納，頓惹出嗟呀。

呀！説話之間，不覺又到撇骨池邊了。你看紅白蓮花，開得盛也。清一何在？（清上）法水定侵香案濕，雨花應共石床平。師父有何分付？（悟）可採白蓮一枝，插在我房中浄瓶裹。一壁廂去整杯清茶，一壁廂去請五戒師父講話。（清）曉得。（下介）（悟）不免回到房中則個。

【沉醉東風】試取他碧玉池中異葩，堪比着禪心瑩潔無差。怎似他一個潛將僧衲牽，一個偷把嫦娥畫。請他來叙寒温，有一番講話。這個時候還不來，是這樣來得遲呵！他也索料咱，多管是怕人説偷香採花。

（清上）花勝璠璵色，茶凝琥珀光。蓮花清茶在此，戒師父就來也，我去罷。（下介）（戒上）談禪過竹院，聽偈傍蓮池。（相見介）（悟）小弟請師兄來，别無話説。已烹清茗，聊賞白蓮。（戒）多謝。（悟）好説！

【喬牌兒】新烹着龍團顧渚茶，消渴吻真無價。更有那白蓮花朵供清話，看香烟飄着寶鴨。

（悟）既有文房四寶在此，我與師兄吟詩一首。（戒）將何物爲題？（悟）就咏蓮花。（戒做寫詩介）（悟背唱）

【甜水令】這花呵嫩葉偷藏，幽香暗引，嬌枝低亞，更有那密梗交加。我看他意兒沉吟，筆兒摩弄，口兒哈嗒，怕錯寫青柳胡麻。

（戒）拙作已就，請教賢弟。（悟讀介）「一枝菡萏瓣初張，相伴紅葵花正芳。似火石榴雖可愛，争如翠蓋芰荷香。」此詩甚好！（背唱）

【折桂令】你本待寫兩雙雙玉樹蒹葭，一對對連理交枝並蒂聯葩。硬吟哦水面芙蕖，暗思量洞口桃花。羅箋兒假尋寶筏，筆尖兒强談玄法。隱漏着嬌華，遮蔽了牽掛，埋没着風流，彌瞞了消乏。

（悟）師兄有詩，小弟願和一首者。（做寫詩介）（背唱）

【錦上花】陷人坑真堪驚怕，依倚的弟兄每須遞南車。我這裏啞謎微詞悄地嘲他，只怕你無限羞慚，片時怒發。

（悟）詩已完成，敢呈尊覽。（戒讀介）「春來桃杏盡舒張，萬蕊千花鬥艷芳。夏賞芰荷真可愛，紅蓮争似白蓮香」！（做擲詩在地介）（悟背唱）

【么】則見他徘徊口不言，哽咽腸還掛。我這裏有意無心，你那裏耽驚受怕。我這裏惡語傷人，你那裏真情難假。我這裏設彀藏鬮，你那裏粧聾做啞。

我看他兀坐無言，一定是解得了！

【清江引】幾時見做和尚的有渾家？就裏空占卦。幻跡寄琳宮，香夢迷巫峽，怕粉紅蓮開不出陸地花。

（戒）小僧告辭了罷。（悟）如此暫别。（戒）不向禪關耽寂寞，且投塵世恣風流。（下介）（清急上）方得蓮香嗅，旋聞《薤露歌》。不好了！戒師父一時坐化，遺下《辭世頌》在此。（悟讀介）「吾年四十七，萬法本歸一。只爲念頭差，今朝去得急。傳與悟和尚，何勞苦相逼？幻身如雷電，依舊蒼天碧。」呀！果然去了。清一，我且問你：當初紅蓮是你送到他房裏去的，你也該阻當他。如今幹出這樣事來，你也説不得無罪。

【雁兒落】他那裏一心兒愛嬌娃，你曾無半句兒箴規話。他雖是沉迷海樣深，你難逃孽障天來大。

（清）他只説要紅蓮一見。不想他有這個念頭，與小道何與？（悟）也説得是。你就去叫了紅蓮這小賤人來！（清）曉得。雙手擘開生死路，一身跳出是非門。（下介）（紅上）師弟師兄昔日好，他稱叔叔奴稱嫂。今朝兄死唤兄妻，要做陳平難自保。（相見介）（紅）悟師父，你叫我來爲着甚事？（悟）好一個閨門處子！（唱）

【得勝令】誰着你高髻向人誇？甘爲牆外花。你本是良家女，到做闍黎婦，不想去嫁蕭郎，反來隨行者。任支吾撐撻，説不得無情話。若到陰司詳察，准備着把誨姦淫的供招畫。

（紅）他色膽如天，慾心似火，怎生攔當？悟師父，當初你也該防他未然。今日事敗，反來罵我。（悟）不要多講！你自去嫁個丈夫，養清一終身便了。不得仍住寺中。（紅）當權雖是行方便，賊出何須再閉門。（下介）（悟）咳！方纔紅蓮説我不防他的未然。這句話兒，也説得是。還有一件，我師兄臨别之時，説道「不向禪關耽寂寞，且投塵世恣風流」。據此説話，他此去一定要毁佛謗僧。這番落在苦海，必難撈摸。做師弟的不能防於今生，又不能救於後世，何見廿載相與之情？呸！他便走得快，我也趕得着。不免翻一個觔斗去也！

【離亭宴帶歇拍煞】他消不得師徒鐘鼓寒燈寡，准備着夫妻露水東風嫁，埋面目的俗家。拜辭了三千貝葉經，離别了半邊餿飯鉢，鑽入了六幅羅裙胯。此去呵！毁得個西天活佛嗟，罵得個古寺諸僧怕，做個風流措大。包藏了翻天覆地才，夾帶了殢雨尤雲想，貪圖了弄月嘲風價。今生兒早則休，來世兒應難罷，我也學得個翻身調法。他去的呵！好一似隨風發箭離弦，我趕的呵！好一似駕霧行鞭快馬。（下介）

（清上）福無雙至，禍不單行。悟師父又一時圓寂了！他兩個相趕做一夥，不知我與紅蓮來世如何下落？

正是：

戒和尚一時差錯，悟禪師替他結束。

紅蓮女請出庵中，清道人終留廟角。

第三折

（生扮蘇東坡，貼扮琴操上）（蘇）下官姓蘇，名軾，字子瞻，本貫眉州人。家慈懷我時，夢一瞽目和尚走入房中。吃了一驚，遂產下下官。年紀長成，竟往東京應試，一舉成名。累官端明殿大學士。近來娶得一妾，名喚朝雲，千嬌百媚。不惟技擅描鸞，抑且才兼咏絮。（指琴介）這個妮子是妓女琴操，一向從我在此。今日公暇，意欲賞花。陽阿、激楚何在？（小旦、丑上）駐馬門前擎緑酒，舞鸞鏡裏理紅粧。（叩頭介）相公有何鈞旨？（蘇）今日我要與朝雲娘子，到後園賞花。須整備筵席者。（陽）理會得。（琴）朝雲娘子此時尚未起哩！（蘇）料得此時呵！

【點絳唇】柳岸鶯啼，蕊淵鳥起，人還睡。一撚腰枝，擁着鴛鴦被。

（琴）料得朝雲娘子起來梳頭了。（蘇）此時呵！

【混江龍】向紗窗深處，菱花笑對挽青絲。一壁廂輕調金粉，一壁廂細和烟煤。點點的露滴薔薇勻玉臉，淡淡的雲橫楊柳畫青眉。鬢邊翡翠，鴉影雙飛。釵頭玳瑁，燕尾雙棲。看濃粧尺五，簪兩朵石竹花枝。將行猶自回頭去，忙打疊半勾羅襪，忘搽抹一點胭脂。

（琴）相公與朝雲娘子，一對才子佳人，想是天生成的。（蘇）你那裏知道！

【油葫蘆】滌器相如世所稀，卓文君似未嫁時。一個學當壚初着起薄羅衣，一個吐瓊瑶八斗真才子，一個換明珠六斛稱佳麗，一個敲冰上揮灑出西京句，一個霜毫上删抹成謝家詞。一個白雪把雲裁，一個紅粉將花閉。想前生預結了這姻期。

（蘇）侍女們！快請朝雲娘子出來。（激請介）

【天下樂】（蘇）料他在雲母屏前整翠衣，送嬌聲何妨鸚鵡知，步香塵輕將蓮瓣移。門關試倩青鬟啟，徑濕全憑紅袖攜。（旦扮朝雲上云）相公萬福！（蘇）猛可裏花外逢卿魂欲死！

（雲）相公叫我出來，爲着甚的？（蘇）聽我道來。

【村裏迓鼓】俺則見牡丹兒堪摘，雕欄兒堪倚，真個是賞花時際。滿園中春風摇曳，松花堪煮，繁英堪賦，莫教孤負。早則個打點荼蘼，分付薔薇，早開些，不待薄曉風吹。朝雲呵！俺家爲此喚娘行來到此。

（雲）筵席笙簫，俱已齊備。（衆扮侍女奏樂上，叩頭介）（雲進酒介）請相公進酒。

【元和令】（蘇）日光高弄着花影兒，又則見落瓣蜂銜散香氣。真個是桃夭柳嚲曉春時，謝娘行進我一螺卮。俺拚個酒中累月，又何辭！嗟身外浮雲世事。

（蘇作摩腹介）侍女，你道我腹中是何物？（激）是一肚臭屎！（陽）是一肚文章。（蘇）不是。（琴）是一肚經濟！（蘇）也不是。（雲）相公一肚子都是不達時宜。（蘇笑介）這個纔説得是！

【上馬嬌】俺不能藏五經，俺不能明三事。滿腹中又不飽文辭，滿腹中又不埋經濟。可敢是嗤嗤的藏着不達時宜。

（雲）陽阿善歌，可歌一曲。（陽歌介）

【勝葫蘆】（坡）則聽見樂府新番别樣辭，尊前一曲魂飛。好一似嚦嚦鶯聲花外語，白雪清音，陽春雅調，誰恡進金卮。

(雲)激楚善舞,好生舞者!(激舞介)

【么】(坡)好一似楊柳盈盈半醉時,驚鴻態逐雲飛。解舞腰肢風外度,影落梁塵,裙拖血色,學舞西施。

(衆扮僧道上)太上老君敕,般若波羅蜜。道士兩頭翿,和尚兩頭出。(進見介)求老爺結個緣!(坡)我這裏沒有打發。(激)你們可要什麽物件吃?(衆)團魚、黄鱔俱吃!只有狗肉不忌。(坡)還不走!(衆)那知清淨歸玄妙,不識慈悲結善緣。(下)

【後庭花】(坡)他不曉得煉真詮、伴鶴飛,他不曉得念彌陀、騎象歸。那裏是仙風道骨千年諦,都只是佛口蛇心百事非。雖則着緇衣,埋藏着風波平地。猛可裏恣奸貪,將人轉眼欺。他那裏仙幢密密列鑾旗,法鼓鼕鼕催賊騎,更飲酒茹葷偷挾妓。算這些人難免沉阿鼻。

(衆扮道姑、尼姑上)和尚是我好,道士是我要。我道色可塞,我道道可盜。(進見介)求老爺佈施!(坡)可惡!方纔趕得僧道去,你輩又來了!(激)你們慣吃什麽物件?(衆)賣不去腰間淡菜,最愛吃腿裏泥鰍。(坡)趕出去!(衆)本待將心托明月,誰知明月照溝渠!(下介)

【青歌兒】(坡)女道人洗不盡秦樓、秦樓風味,小尼姑解不脱巫山、巫山情致。向人前眼角眉梢心事知,況禪房松舍暗遞佳期。慾火難滋,孽債羞題,則説道網恢恢能逃避。

(琴)老爺今生,富貴已極。也須再修來世。(坡)大丈夫豈可爲此!(琴)近日士大夫不講道學,便説因果。何獨老爺呢?

【寄生草】(坡)今世還消受,來生總不知。我楚陽臺聊作曇花路,並頭蓮權做菩提樹,麴暮春且代楊枝露。風流但恣來朝歡,沉身莫問津梁渡。

（坡）樵樓上幾鼓了？（衆）三鼓了。（坡）收拾去睡罷。（坡攜雲琴唱）（衆做迎送介）

【煞尾】樵樓鐘鼓催，贏館笙簫沸，逞盡了高唐滋味。只見翠被薰爐烟縷飛，燈花半蹴羅幃。玉手相攜，髻蟬鬟低，須教佳人閃在流蘇裏。則見那口脂兒染玉巵，更將這香汗兒沾羅袂。只落得怕天明怨聽五更雞。

（坡攜雲琴下介）

第四折

（外扮佛印和尚上）前身如解南和北，今世誰迷西與東。一葉浮萍歸大海，人生何處不相逢。俺與蘇子瞻，前世俱是浄慈寺僧人。他喚做五戒，我喚做明悟，如兄若弟，正過得好。只因他念頭差了，淫却紅蓮女子，被我將言點破，遂奪舍到眉州蘇氏爲子。我慮彼毁佛謗僧，隨身趕他，投胎在臨安謝道清家中。記我母親章氏分娩之時，夢一羅漢，手持一印，來家抄化。及我長成，取名端卿。自幼吃齋，一心定要出家。父母送我在本處寺中做了和尚，法名佛印。今聞得蘇子瞻官崇職顯，却是回頭日子，正好提醒他一番。只是一件：他富貴迷心，風騷成性。繡虎雕龍，圖個虚花經眼；趺獅坐象，頓忘葉落歸根。猶如抱糞塊的蜣螂，要相抛終難割捨；恰似落油缸的老鼠，便扒出也費工夫。焰焰紅爐，幾曾見燒不烊的片雪；茫茫大海，那裏有摸得着的金鍼？雖則是禪杖未扶，難登覺岸；又誰知屠刀一放，可證菩提。丢不開驢馬胞胎，當面蹉將金鏡；跳得出猢猻圈套，回頭何費鐵鞋。舟入層波，拚性命牢持柁楫；馬臨險道，着精神緊勒韁繩。倘能永脱輪迴，直扒到非想非非想；若得頓除生滅，且跳上無明無無明。不免向蘇子瞻家中走一遭也！（下介）（生扮東坡，貼扮琴操，旦扮朝雲上）（坡）西風千點鬢將華，説道休官未及瓜。薄曉半酣平樂酒，良宵長宿杜陵花。昨日歡燕，被這僧道尼姑攪擾了一番。不免分付守門的，一應僧道尼姑，不許放入則個！守門的何在？（丑扮守門上）老爺叩頭。（坡）我分付你！一應僧尼道士，不許放入！（守）領鈞旨。（佛上）迤邐行來，已近端明門首了。我笑蘇子瞻呵！

【新水令】他半生淪落困塵寰，戀功名那識得蜉蝣虛幻。參不透鶯花三月暮，丟不下鐘漏五更寒。何處留連，何處留連，自隔斷如來面。

此間已是端明府門。門上人何在？可替我通報，説有個僧人佛印求見。（門）今日蒙老爺分付，一應僧道，概不許放入。（佛）有這樣話？子瞻，子瞻！

【駐馬聽】托跡塵凡，萬里奔馳貪薄宦。沉身浮幻，一官牢落誤禪關。前生殢得雨雲甘，今生未脱紅蓮絆。覷頭陀如等閒，恨相逢未遂三生願。

門上人，你替我方便一聲，也是你功德。明日我便帶挈你上西天去！（門）人多念佛持齋，不成證果。我若傳言送語，便可升天，這是極便宜的事！如何蹉過？不免替他通報則個。（進稟介）外面有個僧人喚做佛印，求見老爺。（坡）不許相見！（門出對佛介）光光乍！老爺説，不許進見。（佛）可惱可惱！

【沉醉東風】戀紅裙鸞笙鳳絃，紆青綬鷺序鵷聯。想當初沉了慾海，到今日迷了玄岸，總是個血肉昏瞞。這月下侯門不許彈，百忙裏好教俺臨風嗟怨！

攜得四寶在此，不免題詩一首，送將進去。（做題詩介）

【雁兒落】俺這般掃門庭，不能彀邀一盼。俺只得揮翰墨，胡亂寫千篇。料應他喜孜孜，披箋問舊遊。定不是怒轟轟，指髮相輕慢。

門上人，我有小詩一首，勞你送與老爺。（門）這個使得。（做進介）稟老爺！僧人有詩呈上老爺。（坡讀詩云）「天半悠悠去路長，鶴歸華表誤遼陽。君家若問前生事，兩瓣紅蓮一段香」。這詩中言語古怪，不免着他進來相見。（門做請介）（佛）你老爺恁的便請相見？（門）道師父做得好詩。（佛笑）果然如是。

【得勝令】俺詩中片語啟禪關，料他得解悟好因緣。只爲着莽騷人揮青管，因此上惱頭陀逃白眼。向畫戟朱闌，草草情相戀。有半幅華箋，將舊紅蓮仔細參。

（相見坐下介）（佛）學士詩名滿世，今朝幸睹容顏。（坡）禪師慧法超玄，此際願聞因果。（佛）有甚麼因果可説？（坡）方纔佳作説「君家若問前生事，兩瓣紅蓮一段香」。其中必有緣故，願禪師見教。（佛）學士，這個怎麼容易説得？

【掛玉鉤】萬劫玄詮開口難，昏昏誰解波漚變？因此上兔角龜毛暗裏看，靜中好把繁華浣。若不肯洗繁華，今日空來相見。你着我細剖前緣，則除是向叢林面壁多年。

（坡揖介）願洗繁華，敬從大教。（佛）學士聽啟。昔日浙江淨慈寺有個僧人，喚做五戒。有個師弟，喚做明悟。那五戒曾於雪地中，拾得一女孩子，交付道人清一撫養，喚做紅蓮。十六年後，成人長大，顏色如花。五戒一見，淫心頓起，畢竟破了他的法戒。那明悟知覺，暗將言語打動。五戒便自知不是，圓寂去了。明悟恐他來世毀佛謗僧，也就投胎救他。清一紅蓮，也趕做一夥。（琴）如今怎生下落了？（佛）你問他怎的？清一就是你！（琴驚介）我怎麼就是清一？（佛）當初五戒慾心頓起，你不能阻當，所以罰你爲娼。（琴）前生既有清修，今世怎沉凡俗？不免祝髮爲尼便了。（换衣介）

【川撥棹】（佛）百忙裏悟前緣，抵多少秦樓沉醉晚。解脱了蟬鬢鴉鬟，鳳佩鸞環，冷清清磬靜燈寒，真個是入迷途一念返。

（雲）那紅蓮女怎生下落了？（佛）紅蓮就是你！（雲）怎生我就是紅蓮？（佛）你前世未銷慾海，今生仍落愛河。（雲）既然如此，我也度爲女道士便了。（換衣介）

【七兄弟】（佛）臉銷着銀靨，腰解着玉環，不畫了舊眉彎。只見羅裙不繫當時茜，嬝亭亭不着藕花衫。真個是洗粧不誤紅蓮瓣。

（坡）清一胎投琴操，紅蓮舍奪朝雲，既聞命矣。若夫五戒明悟，而今安在哉？（佛）呵呵！還不解得？還不解得？

【梅花酒】呀！誰待識就裏機關，這時節是日暮更闌、月缺花殘，猶說道密諦難參。昏慘慘雲遮祇樹園，亂紛紛雪隱曇花岸。呀！舊根苗實可憐。俺伴青楊無縈絆，恁抱紅蓮成歡燕；俺將詩句暗中彈，恁悟因緣夢裏還。俺向獅臺解禪談，恁老鸞坡列官聯；俺撇得下事般般，恁銷不盡火炎炎；俺尋得見渡河船，恁辦不了買山錢。却不道兩相牽！

（坡笑介）原來如此，原來如此！我也改粧入道了。（換冠服介）

【喜江南】（佛）呀！這的搜皮吸髓片時間，抵多少非臺無樹悟三竿，回頭頓解紫羅襴。覷得個菩提輪轉，曉得個浮名世上不如閒！

（雲）相公昨日未悟時，駡僧道，駡尼姑，駡女道士。今日悟得了，則見印師就是僧，相公就是道，琴操就是尼姑，賤妾就是女道士。昨日所駡，即今日所爲；今所爲，即昨日所駡。悟與不悟，相去天淵！（佛）還有一件：不悟是悟，悟是不悟。（坡）依此說來，不駡是駡，駡是不駡。（各大笑介）

【鴛鴦煞】（佛）好一似桃花雨洗輕紅泛，好一似柳線風摇濃碧蘸。參透了花謝苗枯，悟徹了梅酸藕爛。似這等蜂採龍歸回首晚，免不得車水舟山。休休，何用得空長嘆，喜今日西笑長安。羨你如雷電的孤身，依舊的蒼天淡。

印禪師來生再逼，蘇學士蒼天仍碧。

喜得我一念回頭，笑他人九年面壁。

葉憲祖

葉憲祖(一五六六—一六四一),字美度、相攸,號六桐、桐柏、槲園外史、槲園居士、紫金道人,浙江餘姚人。黄宗羲岳父。萬曆二十二年(一五九四)中舉,萬曆四十七年(一六一九)得中進士,授新會知縣,歷官大理寺評事、工部主事,因不肯趨附魏忠賢而被罷官。崇禎三年(一六三〇)起復,補南京刑部主事,出守順慶,陞辰沅備兵副使,轉四川參政,改廣西按察使。著作甚豐,詩文有《白雲初稿》《白雲續集》《青錦園集》《青錦園續集》《蜀遊草》《大易玉匙》等。戲曲有傳奇六種,今存《鸞鎞記》《金鎖記》兩種;雜劇二十四種,今存《金翠寒衣記》《北邙説法》《三義記》《夭桃紈扇》《碧蓮繡符》《丹桂鈿合》《素梅玉蟾》(以上四種合稱《四艷記》)、《團花鳳》《琴心雅調》《灌將軍使酒駡座記》《易水歌》《渭塘夢》十二種。

這十二種雜劇,《盛明雜劇》收録《北邙説法》《團花鳳》《易水寒》《夭桃紈扇》《碧蓮繡符》《丹桂鈿合》《素梅玉蟾》,陳與郊《古名家雜劇》收録《灌將軍使酒駡座記》和《金翠寒衣記》,《古本戲曲叢刊二集》收録《四艷記》(即《夭桃紈扇》《碧蓮繡符》《丹桂鈿合》《素梅玉蟾》),此外,日本内閣文庫藏有《易水歌》(《盛明雜劇》本題《易水寒》)、《渭塘夢》《三義記》《琴心雅調》明萬曆刊本,黄仕忠《日本所藏稀見中國戲曲文獻叢刊》據以影印。本書所收十二種雜劇的校録,《團花鳳》《北邙説法》以《盛明雜劇》爲底本，原署「勾餘六桐葉憲祖編」；《夭桃紈扇》《碧蓮繡符》《丹桂鈿合》《素梅玉蟾》以《古本戲曲叢刊二集》本爲底本，原署「古姚槲園外史編著」；《灌將軍使酒罵座記》《金翠寒衣記》以陳與郊《古名家雜劇》本爲底本，原署「斛園居士著」；《易水歌》《渭塘夢》《三義記》《琴心雅調》以日本内閣文庫本爲底本，原署「槲園居士著」。

灌將軍使酒罵座記

第一折

（外扮魏其侯引衆上）世態皆趨火，官階似積薪。紛紛得意者，誰念失時人？老夫魏其侯竇嬰是也。先年叨受國恩，封侯拜相，那時賓客好不盛哩！則今失了勢，家居了也。近日只顯得個田蚡，他是當今王太后的同母兄弟，官封武安侯，居丞相之職，果是威權無比。當時那些賓客一個個都丢了俺，投他門下去了。單虧了個灌仲孺與俺聲勢相依，交情不改。世間那討這等有義氣的漢子！且住，田蚡近日娶了燕王之女做了夫人。現有太后詔旨，着俺每一班兒列侯宗室，都到他家稱賀，不免相約仲孺同走一遭。迤邐行來，早是他門首也。左右的，通報者！（衆叫）灌爺家有人麽？（生扮灌夫上）少年伏劍學從軍，贏得翩翩俠氣聞。要把交情追古道，馮驩端不負田文。某，灌夫是也。門外是誰相叫，且上前相見者。（見外介）呀，原來是君侯，今日枉顧，有何見教？（外）閒居無事，特來相訪。（生）如此多謝了。君侯，如今聖主當朝，天下喜得安静。想起那時七國連兵，是好一場大亂也！

【仙吕·點絳唇】驀地喧嘩，滿天兵甲圖王霸。攪擾中華，好把生靈詫。

【混江龍】他還粧成奸詐，赤書白羽亂如麻。道是聽了讒賊，害了皇家。人擺網羅先下手，虎投陷阱始張牙。左則是共根椏，索性子踢瘡疤。朝班内便胡拏，漢天子聽人差。奸徒掉舌去乘槎，把謀臣斬首來陪話。畢竟的兵來出將，水到填沙。

（外）那時主將有周條侯，和着老夫張韓，將北地弓高宿，左右是好許多兵將也。

【油葫蘆】（生）此日六軍同駐馬，絲絲的起暮笳。那轅門疊鼓幾聲撾。則可憐俺先將軍也。（悲介）他把六七尺垂老身軀，拉三千丈半白頭顱納。痛得我染血衣，激得咱冲怒髮，那日呵單身匹馬向吴營咋。雖然身被重傷，却得殺敵而返。博得個浪稱誇。

（外）後來平了七國，你道誰的功勞來？

【天下樂】（生）那些個細柳營中，却静不譁弓也波。高力不也加，都是魏其侯招賢能戰伐。纔賡了破斧詩，恰應了康侯卦。這的是竇王孫真顯達。

（外）仲孺，往事休提，如今都不顯咱和你了。你可知道田丞相近日的事體麽？（生）俺灌夫但聽的田丞相二個字兒，不覺的心中感慨也。君侯，

【那吒令】想當日個放衙，坐諸生絳紗。三千人一答，比孟嘗不差。到如今掃榻，没人來吃茶。果然是世情兒争冷熱，人面的看高下。盡别抱琵琶。

（外）當時就是田丞相也，在俺門下奉觴上壽，禮如子婿，如今他每都只曉得田府罷了。

【鵲踏枝】但覷着姓田家，便守着做生涯。把他個月下妖氛，當做個日畔丹霞。那田蚡儘放着百般兒邋遢。衡都來虚哄哄，一味兒張誇。

（外）咳，這是時勢如此，怪他每不得，如今田丞相新娶燕王之女，做了夫人。現有太后詔旨，着俺每一班兒列侯宗室，都到他家稱賀。因此老夫來約仲孺同去走一遭。（生搖首介）這個放着灌夫，不去也罷。（外）却怎麽？

【寄生草】（生）俺是千歲古貞松葉，不是一朝新芳槿花。怎學得粧聲做啞精塗抹。怎比得伏低做小喬禁架。怎看得粧模做樣空彈壓。況俺醉醺醺底後性情粗，他惡狠狠就裏心腸辣。

（外）這些事前日俱已講和了，不必介懷。況今太后有詔，還是去的是。

【幺篇】（生）若要俺上林裏求棲樹，到不如杜陵東學種瓜。俺自到城邊教射扶桑掛，俺自向壚邊縱飲蘭陵醡，俺自去枕邊穩放槐南假。便待他傳宣不出市朝間，怎到俺休官自在山林下。

（外）仲孺不去不打緊，不合的前日和他有些嫌隙，倒説你個違背詔旨，却如何了。你只當看老夫的面皮一般，勉强去走這遭罷。左右的，快牽灌爺的馬來。（衆應介）

【賺煞】（生）俺有九個欲推辭，他十遍來央煞，道不去到惹禍芽。若去呵，人説俺白首孀荆也改嫁，却猜做倚玉蒹葭，好教人進退嗟呀。消不起枉駕相邀，面皮兒大。小的，你收拾着簡劄，准備着鞍馬，俺每做輕烟同入五侯家。（同下）

第二折

（丑扮籍福上）小官名叫籍福，一向爲人碌碌。趨承隊裏精通，鑽刺場中慣熟。做成婢膝奴顔，常趁車塵馬足；饒吾吮痔呵脬，落他飲酒食肉。我自避冷趨炎，人道雲番雨覆。昔年竇府當差，今日田門執役。叵耐灌夫無禮，前日將咱恥辱。灌夫，灌夫！你明中會躲刀鎗，只怕你暗裏難逃機梏。這是君子也曾恨小，丈夫從來有毒。（做行介）（內叫）老籍來得好早哩！（丑急向內揖云）升堂要拜老爺，入門先見大叔。俺籍福聞得今日列侯宗室，都奉旨來賀丞相爺，因此先來伺候。（內叫）丞相爺升堂了也。（丑急走傍立覘望介）（浄扮田蚡，堂候引上）身結天朝肺腑親，職操鼎鉉壓廷臣。今朝又喜承恩澤，華閣開筵瑞氣新。老夫田蚡是也，當今太后母弟，侯封武安，職居丞相。聲勢好不榮顯，賓客好不趨承。（笑介）真乃人生得意之秋。近日蒙聖恩賜配燕王之女爲夫人，又有太后詔旨，着一班兒列侯宗室都來稱賀。堂候官，好准備筵席伺候。（堂候叩頭介）齊備多時了。（丑急走過拜介）籍福恭喜老丞相，賀喜老丞相！願老丞相與新夫人福壽齊高，子孫昌盛者。（浄笑介）多謝，多謝！中大夫來得好早，却是個做客，莫落後也。（丑起做卑諂介）老丞相娶了新夫人，愈加丰采，其實難得。（浄笑介）休取笑！你看外面又有賀客到了。（副浄扮臨汝侯，末扮程不識同上）（副浄）簪纓承世澤。（末）刁斗壯軍聲。（同）東閣開筵處，酣歌賀太平。（副浄）下官臨汝侯灌賢是也。（末）下官衛尉程不識是也。（同）俺每奉詔旨往賀丞相，同行則個。（見浄介）老丞相請了。衆官未齊，未敢拜賀。（分立介）（浄）堂候官，衆位爺還有多少未到？（堂候）禀丞相爺，只有魏其侯、灌將軍未到哩！（浄）怎麽偏是他兩個來遲？（丑做諂態走近浄云）籍福因怕丞相發惱，一向不敢啟齒。魏其妄自尊大，不消説得。那灌夫古憨蹊蹺，與魏其十分交結，全不把別人當數。前日籍福領了台旨，去問魏其索田，不知干灌夫何事，發起惱來，把籍福一場辱罵，丞相體面何在？後來又在魏其家裏衝撞丞相，俺籍福也罷了，丞相一人之下，萬人之上。灌夫多大的官，屢屢要來作對？俺籍福實忿他不過，虧丞相怎麽容得？（浄）這個俺都記得！（外、生同上）（外）仲孺，迤邐行來，早是相府前了，你看好濟楚！

【南吕·一枝花】（生）則見金沙初築堤，畫戟重分仗。真個是承恩新第宅。自古道，得意化侯王，滿路輝光。遥聽得一派笙歌響，撲鼻的風飄百和香，賀喜的有紫綬金貂，可道那會客的有珠簾錦帳。

【梁州第七】田蚡呵，你穩坐着臺垣棘府，全虧着禁苑椒房，勢炎炎把公卿郎將都摇蕩。只見那車輪作隊，猛可裏冠蓋成行。那一個探頭窺望，這一個扯腿趨蹌。則除了問罷暄凉，少不得進上筐箱，田蚡，你却比不得伊尹産在空桑，伊尹産在空桑。還有個傳説築着巖墻，和那召公奭留下甘棠。没甚聰明，無多伎倆。只會尋章的摘句胡談講，出口來争誇奬。又道得緯地經天好智量，當一個方正賢良。

（與浄見介）老丞相請了。（衆立介）（外）俺衆官恭喜丞相紘續鸞膠，姻聯鳳羽，謹奉太后詔旨，齊來稱賀，容某等一拜者。（衆作拜介）（浄）多謝衆位大人雅意，堂候官，看酒與衆位爺酬謝者。（浄把盞列坐介）（外左，浄右，副浄、末左傍，生右傍，作樂介）（請酒介）

【牧羊關】（生）你座上集瓊瑶色，杯中泛琥珀光。（衆）老丞相沐浴皇恩，綢繆國戚，兀的不可喜可賀也。（生）盡賀你受君恩優寵非常，賜您個金屋紅粧，送你個雕輿百輛。光閃閃的玉樓巢翡翠，錦輝輝的金殿鎖鴛鴦〔一〕。（衆）老丞相，願你百年偕老，五世其昌。（生）都願你好夫妻長相向，又子要明年早弄璋。（浄請酒介）衆位大人請酒了。（衆鞠恭介）不敢。（丑作諂態）老丞相直恁〔二〕恭敬，可不折殺了籍福！（各

〔一〕「鴦」原作「央」。
〔二〕「恁」原作「您」。

坐飲介）（外請酒介）如今老夫回敬衆位大人，都請酒了。（衆不睬〔一〕介）（生立背語介）你看田蚡行酒，衆賓避席；魏其侯行酒，衆賓膝席。這些勢利之態，灌夫着實看不得也！

【四塊玉】見那個都鞠躬，見這個無謙讓。好似個移頭換臉做排場，兩般巧弄猴兒樣。却誰將正直扶，盡都把奸雄黨。不覺的悶昏昏入醉鄉。

（轉身作醉介）（持大杯勸浄科）老丞相，替灌夫滿飲此杯酒者。（浄作傲態）老夫吃不得這般滿杯！（生笑科）俺曉得丞相貴人，不肯吃灌夫的酒，不吃便罷。（轉身作勸副浄介）（作醉介）這等臨汝侯飲了此杯者。（副浄附末耳説話不睬〔二〕介）（生擊桌作怒介）臨汝侯，你生平毀程不識，不直一錢！今日長者爲壽，乃效兒女呫囁耳語，是何道理！（浄）灌仲孺，程、李俱東西宫衛尉，今衆辱程將軍，獨不爲李將軍地乎？（丑）這個仲孺着實不該！（生）咳！丞相，俺灌夫今日斬頭陷胸，何知程李乎？

【哭皇天】你平日裏相譏謗，却爲何耳根厢低絮衷腸。不看我彈冠先達吹霜鬢，不念我當筵好意捧霞觴。可憎您兩個都一般兒莽。俺仗着平生慷慨，半世英雄。心中怒發，膽畔嗔生。好把你個兒曹拭劍鋩。便做個陷胸何礙，刎首不妨。

丞相，你聽俺説，

【烏夜啼】從來是會推挪江心波浪，能更變天道陰陽。那小人善換的面兒龐，那有百歲個田丞相。就

〔一〕「睬」原作「采」。

〔二〕「睬」原作「采」。

是魏其侯他也曾平定封疆，職掌朝綱。和你一般兒堂前日日會冠裳，堂前日日會冠裳。到今日門前蕭索堪張網。丞相，你親見是這些人否？請自去從頭想，何須用忒驕亢。您若是今朝落寞〔一〕，他每呵明日荒唐。

（丑）怎麽漸漸説到丞相身上來？老丞相，灌夫這厮一向無狀，丞相今日放着太后詔旨，劾奏他一個駡座不敬，結果了他，却不是好！（浄點頭怒介）灌夫，今日有詔，召列侯宗室，你謾駡賓客，非惟欺侮老夫，抑且不敬明詔。手下的，請過詔書來，將灌夫拿下！（雜扮武士二人上，將生扶介）（外）灌夫酒後失言，還望老丞相恕他。（浄）這個却恕他不得。（丑）灌仲孺下個禮，丞相好道恕你。（生）咗！灌夫一生不曉得下禮田蚡！

【尾聲】你道我讙譁駡座無攔當，把違慢中宫詔旨搪。咱這招詞兒憑伊誑，俺也會搜你家的賊贓，和你來厮儻。（浄）俺有甚麽事怕你説來？（生）則你交結淮南，一樁事盡情講。

（浄）灌夫一發胡説了！手下的速推去傳舍羈候，待俺明日劾奏他。（雜推生下）（衆云）衆官告退了。（浄）請了。（衆下）（丑）老丞相，須是重重的加他一個罪名纔好。（浄）俺曉得。（同下）

第三折

（末扮汲黯、小生扮鄭莊同上）（末）持節當年問使槎。（小生）幾番驛馬遶京華。（同）今朝同侍通明殿，遥望天顔雉尾斜。（末）下官都尉汲黯是也。（小生）下官内史鄭莊是也。（同）今日駕坐東朝，單聽田竇兩家廷辨，某

〔一〕「寞」原作「莫」。

等輪該侍班，只得在此伺候。（浄上）老夫田蚡，昨日劾奏灌夫罵座不敬，及他豪横潁川等事，可怪竇嬰老兒又到聖上跟前説他許多好處，不該問罪。聖上到有幾分信他，教與俺到東朝廷辨。俺只靠着太后姐姐在上，料不怕他。（與衆請了外上）老夫竇嬰，只因灌仲孺爲俺身上，惱了田蚡，得了大罪。俺夫人又勸俺不要救他，咳，俺若不救仲孺時，那顯得平日交情，丈夫義氣？捨着這個魏其侯，拚着這命，昨日上書救辨。幸喜聖恩賜食，教俺往東朝廷辨之。呀！　田蚡，又早先到了，且上前相見則個。（與衆請了）（外）田蚡，俺和你同面聖上者。（各俯伏萬歲介）（内叫）階下何官，奏何事來？（外跪介）臣魏其侯竇嬰，爲救辨灌夫事。（浄跪介）臣丞相田蚡，爲劾奏灌夫事。（内叫）二卿所奏不同，可當面析辨者。（外）臣竇嬰保灌夫是個天下有心人。（浄）臣田蚡劾灌夫是個世間無賴賊。（外）灌夫舍生取義。便是爲人子止於孝，爲人臣止於忠，無慚聖訓。（浄）灌夫爲富不仁。所謂「潁水清，灌氏寧；潁水濁，灌氏族」有驗童謡。（外）灌夫單身赴敵，果然勇冠三軍，猶當十世宥。（浄）灌夫聚族藏奸，真個毒流萬姓，不可一朝居。（外）灌夫醉後輕狂，其過甚小，故加排陷，終是指東道西。（浄）灌夫筵前謾罵，不敬至尊。若脱網羅，何以懲一警百？（外）灌夫不諂威權，與田蚡有睚眦之隙，此乃是假公濟私。（浄）灌夫常通豪猾，與竇嬰有骨肉之驩，輒敢來黨同伐異。（外）你才輕德薄，專去除官吏，廣第宅。那顯得優游儒術，前博古而後通今。（浄）俺國泰民安，原也好狗馬，愛倡優，不比你招聚奸雄，仰視天而俯畫地。（外）田蚡，你自家一個哥哥，屈他傍坐，可知道凌轢官寮。（浄）竇嬰，你嫡親一個兒子，縱其殺人，那裏會保全朋友！（外）奏聖上，田蚡誣善不實，須當返坐其身。（浄）奏聖上，竇嬰濟惡有徵，還宜窮治其黨。（内叫）二卿争辨不已，汲黯、鄭莊却怎麽説？（末、小生同俯伏奏介）二臣愚見，還是竇嬰所奏，似爲有理。（内叫）朕都知道了，着各退朝聽旨。（衆起退介）（外）田蚡，還是俺忠厚，不提你淮南送金那一節事。（浄）這也原無佐證。（末、小生）二位大人還是浄聽處分纔是。（旦扮女官持節，内侍鼓樂引上）聖旨到！（外、浄跪聽介）（旦讀）詔曰：朕聞聖世誅兇，王道無黨，今據丞相田蚡所奏，灌夫豪横等事，罪莫大焉，監候取決。魏其侯竇嬰徇私强辨，不爲無罪，還聽再勘，定奪施行。（浄謝恩先下）（外起介）請問貴人，爲何聖意與昨日大不同了？（旦）你們外面官兒，那曉得宫中事體來？你聽俺説，

【一犯江兒水】彤雲丹闕，早奏上彤雲丹闕，聖明君無話説。待初回鳳寢下，轉龍車、起風波、生劣決。他手足自相遮，傍人怎間别。（外）這等可惜了！灌仲孺，俺還要再奏。（旦）休再傷嗟，枉費唇舌。怎當他坐椒房親姐姐。宫深路絶，到不得宫深路絶；天高聽徹，憑不得天高聽徹。我自向蕊珠叢歸去也。（下）（外、末、小生隨下）

第四折

（浄扮田蚡引衆上）自家田蚡，從那日廷辨之後，賴有太后做主，兼用籍福之計，把竇、灌二人一齊都結果了。如今滿朝文武，人人懼怕，個個奉承，豈不快活！今日朝迴無事，且迴後堂去來。（衆下）（浄）夫人那裏？（旦扮夫人，小旦、丑扮梅香同上）（旦）金枝玉葉親王女，鳳誥鸞車宰相妻。（見介）相公萬福。（浄）夫人拜揖。（小旦、丑叩頭介）紅芳、素香磕頭。（浄）起來。今日朝罷清閒。丫頭每，整治筵席，待俺與夫人吃一杯。（應介）（送酒坐介）（旦）紅芳唱一個小曲兒奉老相公的酒。（浄）這個甚好！（小旦）［掛枝兒］老相公和夫人是天生一對，一般兒生長出錦繡的堆。做鴛鴦〔一〕交頸在花間睡，恰恰的鶯穿柳，翩翩的蝶戀梅。前世裏修來，今生這樣美。前世裏修來，前世裏修來，今生這樣美。（浄笑介）這妮子唱得好，待俺吃一杯。（生扮灌夫上）（浄做見介）呀！是那個

〔一〕「鴦」原做「央」。

穿了一身紅在俺面前閃一閃？（生下）（旦）並没有。（浄）想是日光射着絳帳，幌在俺眼裏來。（丑）老相公且吃酒，待素香也唱一個曲兒。［前腔］老相公和夫人是天生兩個，只争差有幾歲年紀兒多，也虧你老人家支撑過。一個能挑戰，一個慣求和。有甚麽風情，輸來到的我。有甚麽風情，有甚麽風情，輸來到的我。（浄笑介）這妮子胡説！（生上）（浄驚介）分明有個穿紅的站在俺的面前，不好了，不好了！俺一時間頭眩眼跳，肉顫心驚，想是有鬼！（起介）（遇生驚介）有鬼，有鬼！（生下）（旦）相公何等威權！怕甚麽鬼？（浄）俺的威權須諕不得鬼。夫人，你一面教院子去請時常與俺來往的李少君來，丫頭一面扶俺進卧房去。（小旦、丑扶浄下）（旦）院子那裏？（末扮院子上）小人當面，夫人有何使令？（旦）老相公忽然染病，口稱有鬼，你速去請那個李少君來。（末）領會得。（旦下）（末行介）這裏就少君寓所，不免叫一聲。李法師，爺有請！（小生道扮李少君上）不知駐世幾千春，九十衰翁白髮新。只爲神仙多妙术，漢皇重見李夫人。小道李少君是也。門前有人相請，看是誰來。（見介）（末）小人是田丞相府中一個院子，特奉丞相之命，請法師爺過府一話。（小生）既是丞相請俺，須索走一遭。（同行介）（小生作進門介）呀，怎麽一進門來，陰氣甚盛。你府中有甚事來？（末）不瞞法師爺説，俺丞相朝回，忽然染病，口稱有鬼。特遣小人來請法師爺過府中，看是何等鬼怪，即求驅治了他。（小生）這等速備香燭符水過來。（末應介）現在。（小生左手執劍，右手擊桌介，念咒云）神威豁落，金甲黄巾，手執金鞭，紅袍罩身，緑靴風帶，雙目火睛，腰纏龍索。受命三清，出入三界，搜捕邪精。敢有拒逆，斬首來呈！急奉元陽道祖律令敕。（作燒符介）神將聽吾法旨：今有丞相田蚡忽然染病，口稱有鬼，還是何方妖怪，那個精魂，可替吾仔細查檢者。（又念咒介）天雷隱隱，龍虎交横；日月羅列，照我分明。承差官將，不得留停。吾在壇前，立時昭報。（作噀水閉眼，少頃開眼介）呀！元來不是以下之鬼，乃是一個忠義之神。曾與丞相有讐，今來索命，不可强禁，只可哀求。如今現在，你家正堂之上，快請夫人扶着丞相謝罪求饒，必有顯應。（末）小人曉得。（小生）俺自回去了也。（下）（末向内請介）

夫人，快扶老丞相上堂拜求者。（下）（生引鬼卒上立定介）（旦扶浄上，浄驚介）有鬼，有鬼！（轉向生拜介）饒俺罷，饒俺罷！（俱作未見介）（旦）賤妾不知那位神靈在此堂上，求個顯應。

【正宫・端正好】（生）怒風波，愁雲霧。（浄、旦）神靈作聲了，好怕人也。起一陣怒風波，鎖一片愁雲霧，黑洞洞障住了冥途。昨日個駕虚空飛上天閶訴，却今日纔相遇。

田蚡，你認得俺麽？（浄）田蚡愚魯，不知那位神靈，但求饒恕。（叩頭介）

【滚繡毬】您那裏不認得吾，俺問你記得也無。你説我殃民來跋扈，又道是縱酒兒歡呼。倚中宫語似符，拚王朝法似爐。打疊得别無出路，斷送俺一命須臾。你是個專權不容蕭相，那些個意氣由來排灌夫。田蚡，田蚡，你還我頭顱！

（浄）原來是灌仲孺。前日之事，都是田蚡不是了，饒恕田蚡罷？（與旦作驚怕叩頭介）（生）鬼卒替俺打這老賊。（打浄介）（旦叩頭介）灌將軍饒了我丈夫罷！

【倘秀才】（生）那魏其侯是個英雄漢，心無怯懦，見了不平事，拔刀兒肯助。你却失火殃魚一網枯。田蚡，你也是平原門下客，廷尉府中趨，怎説得吠非其主。

鬼卒再打這個老賊！（又打浄介）（浄、旦俱叩頭介）（生）田蚡，你張開俗眼，可看見灌仲孺麽？（浄、旦作看介）呀！原來灌仲孺儼然如生。田蚡自知有罪，但求饒恕。（叩頭介）（生）田蚡的老賊，你平日爲人呵，

【滚繡毬】你弄權的手段强，害人的膽氣粗。愛錢的廣通財賂，好諂的偏護奸徒。你除官的雪片多，他坐朝的日色晡。前堂裏畫羅鐘鼓，後房裏夜宿氍毹。這個虧着誰來？（浄）此乃聖上之恩。（生）也還虧你的母親，你道是九重天子加三錫，還虧你一個婆娘嫁兩夫。因此上愛屋連烏。

田蚡，你謬因肺腑之親，叨據棟樑之任。富貴已極，恩寵無加。不思盡忠報國，却去交結淮南。謀爲不軌，是何主意來？（浄）這個田蚡没有此事。（生）老賊，你還要騙誰來！

【倘秀才】你兀自向淮南邪謀逆圖，受金寶埋兵設伏。田蚡，你好痴也，那討個骨肉君臣水共魚。除了個衣冠通内苑，甲第滿皇都，還要個分茅裂土。

田蚡，自古奸雄，未有得免！

【滚繡毬】俺曾見牽犬的秦市啼，懸畫的蜀道誅。便是淮陰侯也葬身無處。偏饒過你個賣國狂且，假若是人世上法網疏。道不得陰司裏報應殊，殺人的合當刀鋸，欠債的自有文書。當日呵，悲歌壯士填溝壑，磊落王孫泣路隅。今日輪到你了。（浄叩頭介）灌仲孺饒了我罷！（生）枉自個頓首階除。

（丑上）人無千日好，花無百日紅。俺籍福爲何説此兩句，只因俺用了計策，害了灌、竇二人。丞相十分歡喜，一力擡舉俺，做了個大官。忽聞丞相感了暴疾，生死不測，這〔一〕個如何是好？不免且去問候則個。（行介）爲何門上静悄悄的？且徑入正堂裏去看。（作見生驚介）有鬼，有鬼！上面坐的到像是灌仲孺一般，丞相、夫人都來拜他。莫不是俺的眼花麽？（作咳嗽介）（生）籍福，俺正没尋你處，你來得却好！鬼卒，替俺拿倒，着實打這小人。（卒打丑介）（丑倒地叩頭介）灌仲孺！灌將軍！灌老爺！前日之事，都與籍福無干。灌老爺，你是個大人君子，怎麽與俺小人一般見識？饒了籍福，只打田蚡罷？（浄）不是你這個花臉小人時常攛掇，俺也不至於此。你還賴哩！（生）這個都也賴不去。

〔一〕「這」原作「只」。

【脱布衫】籍福，你笑嘻嘻人面妖狐，美甘甘砒染醍醐。密寂寂萋菲貝錦，鬧嚷嚷干戈樽俎。

【醉太平】却搬唆老奴，分付着金吾。把漫天大罪害無辜，教滅門絶户，把我個宗親禁煞多凄楚。封章按住無申愬，便朝堂争辨總糊塗。是伊行狠毒。

鬼卒，再打這個小人！（又打丑介）（浄、旦、丑同叩頭介）如今饒了俺們罷！

【二煞】（生）你只道破人家坑人命，把英豪顛倒如聾瞽。那知道明有非，幽有責，果報來迴似轆轤。俺忠義爲神，你奸邪爲鬼，俺冤枉當伸，你惡孽當殂。閻王殿袪邪歸正，速報司定賞刑罰，地獄裏爾輩遭屠，天堂上吾曹受福。你若今日，悔莫當初。

籍福尚有數月陽壽，還不走哩！（丑急走介）好了，好了！（下）（生）田蚡，定放你不得了。（浄作昏暈介）（旦）怎麽拜求一會？相公身子愈加昏沉，且進去罷。（扶浄下，作哭介）老丞相，不好了！（鬼卒隨下，急吊浄走上見生介）田蚡的魂已追在這裏了。（生）速送冥司。（鬼牽浄下）（生）你看幡幢飄拂，想是魏其侯來也。（外冠帶引鬼卒上）俺魏其侯竇嬰，自從喪身之後，上帝憐我仗義之人，死於非命，敕我爲神。今日灌仲孺往取田蚡之命，特來與他一會者。（作見生介）灌仲孺請了。（生）魏其侯請了。（外）肯將刎頸結深盟。（生）不料風塵喪玉京。（外）今日相逢休掩面。（生）果然生死見交情。

【雙調·新水令】俺和你結交半世鬢斕斑，做管鮑貧時相盼。有情如父子，此誼薄金蘭。人面翩翩看，不得炎與冷，聚還散。

（外）仲孺，你衝突田蚡，謾駡座客，皆因義氣所激。老夫雖在九泉，尚然知感。

【折桂令】那日個爲看花，共倚雕欄。人意差池，酒興闌珊。不覺的惱動風幡，好舒俠氣，猛拚衰顔。

只爲不提防燒眉傷眼，因此倒做了失馬連鞍。你好個相識甘心，玉石同焚。畢竟的打做一重公案。

（外）仲孺，你既爲我輕生，我亦因汝效死。遂成千古之義，何惜百年之身？今日田蚡死於仲孺之手，老夫之憤雪矣。何必深謝？

【雁兒落帶過得勝令】（生）當日個摧殘的骨已寒，今日裏堆撲的心難按。誰留得萇弘血自丹，誰道是伯有神猶幻。豖兒立，彭生訕。犬兒夢彭，王誕江干。好似伍相國英靈漫權奸，便央個漢中宫怎得魂再返。

（外）這等説起來，可見作善作惡，身後之報乃真；一死一生，目前之數皆妄。

【收江南】（生）呀！到頭來争個疾和慢，算不必用機關。且自把功名富貴等閒看，心猿意馬緊牢拴。又何須淚彈，又何須淚彈。便做偷生百歲，只是霎時間。

（外）言至於此，使人嗔心。盡什業障都空，吾等可從此入道了。

【沽美酒帶過太平令】（生）歎人生行路難，歎人生行路難。争名利，不如閒。便放着雄心也是頑，何如問大還。任逍遥蓬山閬山，到大來無災無患。跳出了人間冰炭，覓一個仙家衣飯。我呵，憑你春殘夏殘，千番百番。呀，有誰知一枰棋，斧柯消爛。

【清江引】一般兒田竇，分個朝共晚。籍福奔波慣，弄酒早亡身，害鬼空流汗。這些是和非，吉和兇，作戲看。（同下）

題目正名

田丞相虧心攬禍，李少君招神謝過。
魏其侯救友争朝，灌將軍使酒罵座。

金翠寒衣記

楔子

（生扮金定，旦扮劉翠翠上）（生）小生金定是也，淮安人氏。（指旦云）這是俺渾家劉翠翠。俺與他幼年間共一個學堂兒讀書，兩個心意相投，私自許爲夫婦。到他年長，父母替他議親，只是啼哭不允。後來問出真情，便成了這一門姻契。成親之後，將及半年，俺兩個是好和樂也。（内鳴鑼叫介）金官兒，張士誠兵馬攻打城池，人民亂竄。俺每都走了罷！（生）娘子，俺每大家逃走去。（旦）丈夫，你自逃避，奴家鞋弓襪小，左則走不脱。賊到之時，尋個自盡罷了！定不點污了身子。

【賞花時】烽火連天士女忙，鞋襪禁人道路長，逃躲莫思量。斷不做紅裙馬上，劍下一身亡。（内又鳴鑼喊介）（生、旦同急下）

第一折

（浄扮李將軍上）自家張王部下李將軍是也。前日兵過淮安，擄得一個婦人，姓劉喚做翠翠，姿容絶美。初時啼哭尋死，不肯相從。只得哄他養做義女，方肯隨行。路上人多，不曾相犯。今到湖州，是俺鎮守地方，送他入府住下。今晚要他成親，不愁他不順我。是好喜樂也！不免着梅香送酒肴衾枕到他房裏去，便對他説來。（下）

（旦上）奴家劉翠翠，金定之妻。只因張士誠攻破城池，他部下李將軍要將我擄掠，那時抵死不從。他説帶我回家，做個義女，因此隨了他來。今日到他鎮守府中，咳！不知他話是真是假，不知我夫是生是死。好生傷感也！

【仙吕·點絳唇】想俺綰角雙孩，學堂同拜。心相愛。詩句來迴，便許做乘鸞客。

【混江龍】初描眉黛，盈盈十五嫁多才。芙蓉褥隱，孔雀屏開。翡翠般，在赤霄成配偶；鴛鴦似，游緑水得和諧。室家正樂，兵火生災。男兒逃竄，婦女塵埃。只得趁將軍且向他鄉驀。兀自里吉凶未定，真假難猜。

（丑扮梅香上）俺將軍着我送酒肴衾枕到新娘子房裏去。只得去來。（做鋪設介下）（旦）呀！怎麽桌上擺着兩付臺盞，床上放着兩個枕頭，好生疑慮也！將軍，

【油葫蘆】你若是兒女看承，好放懷孤影在。是何人同舉紫霞盃，我只消半床錦被和衣蓋，又何須一雙繡枕齊肩擺。那説話定然喬，這心腸直恁歹。攪得我芳心一寸縈蔴塊。悶煞我流水賺天台。

【天下樂】我則待早墜瓊樓碎玉釵。多也波才，有日再來。儘今生留得人相待。不從時，没擋攔；若

從他，污清白。這兩樣，思量無計策。

（丑上）翠娘子，俺將軍教我先對你說，今晚日吉時良，風清月朗，要與你成了好事者。（旦）將軍曾說養我做個義女，怎說這話來？（丑）那是哄你的話兒。有你這樣美貌佳人，教他怎生放過？（旦）呀，好苦也！（丑）娘子，在這府中，有翅難飛，叫天不應，不如隨順了到好。

【那吒令】（旦）我若待走來，侯門兒似海。我若待叫來，沒人來救開。我若待罵來，（丑）他只陪個笑便了。（旦）他笑嬉嬉不倸。良家女橫擔烟月符，好人妻誤入鶯花寨。舉步徘徊。

（丑）不用遲疑，你每千里相逢，都是宿世緣法。

【鵲踏枝】（旦）莫不是繫足繩三縷排，連理樹兩行栽。因此魚水難諧，琴瑟偏乖。無端稔色，有人錯愛。這花星宿世應該。

（丑）娘子既然曉得，肯了罷休。

【寄生草】（旦）我肯字難提口，羞容却滿腮。似喬家碧玉把新詩解，章臺柳氏把長條壞，陳朝公主把菱花賣。他古自逗人幾種雨雲情，我難道欠君一段風流債。

（丑〔一〕）翠娘子，他要與你吃一盃酒，做一個合巹盃哩！（旦）我自幼不飲酒。（丑）沒奈他勸，也用略呷一口兒。

【么篇】（旦）他捧着玻璃盞，斟些琥珀醅。嘴唇兒沾着醺人快，眼睛兒睃着撩人愛。他指尖兒蕩着驚

〔一〕「丑」原作「浄」。

人奈。那些個使君莫學野鴛鴦〔一〕，却不是片時桃李春無害。

（丑）吃了酒，他便要拉你去睡了。（旦）這個我不依他。（丑）他放出殺人手段，那怕你幾件衣服脱不下來？（旦）這事怎了也！

【賺煞】我懶卸石榴裙，懊解芙蓉帶。當不過扯上陽臺。玉體輕捱，纖腰幾擺。則索把鳳枕頻捱。斷送人譙鼓三更側。你出落的自在，我禁受的没奈。則這劣風情怎下得阮郎來。

（丑上）你看將軍拿了兩枝明晃晃的花燭來也。（旦做掩面急下）（丑笑介）這回着手了。（下）

第二折

（生上）小生金定。有妻劉氏翠翠，被張士誠部下一個李將軍擄去了。俺的夫妻，從小兒恩愛，與別個不同。教俺怎生割捨？只得辭家遍訪。近日纔訪得他在湖州。不知經過多少辛苦，方得到此。又一件，那李將軍雖在此駐扎。只是他當權用事，威勢逼人。俺的心事也没處去説。如何是好！不免且在他門首探望一回，或者討得一個消息也不見得。（做探望介）（末扮院子上）哇！你這個人只管在俺門首張張望望的，要做甚歹事麽？好好説明，不然拿你見將軍去！（生揖介）咳，大叔！實不相瞞，俺是淮安人氏，兵亂之後，有一妹子聞在貴府。因此不遠千里而來，欲求一見。（末）你不要來扯謊。你説姓甚名誰，你妹子多少年紀，怎麽模樣？一些兒不對，要做賊論哩！（生）大叔聽俺説：俺姓劉名定，妹子叫做翠翠。自小兒讀書識字，能會做詩。十七歲上失散，算來二十

〔一〕「鴦」原作「央」。

四歲了。生得一個標致模樣兒。(末)這個句句都真。俺府中是有個劉翠翠，又標致，又乖巧。俺將軍十分寵愛他。你來定有好處，俺替你去通報，你且在這耳房裏等一等。(生)如此多謝了！(末下)(生做探望介)(浄引末上)自家李將軍。院子報説，門外有個漢子，口稱是翠翠的哥哥，要求見俺。問他情節，句句都真。院子，你去請他到廳上來！(末應請生介)漢子，將軍坐在廳上，請你相見。(生拜浄介)小生劉定。聞知舍妹在此府中，遠來求見，不勝惶恐。(浄)你既是翠翠的哥哥，便是俺家大舅了，快不要這等説。院子打梆，請翠娘子出來。(末向内叫介)將軍請翠娘子上廳哩！(下)(旦上)奴家翠翠，在此李將軍府中，又早是七年光景也。

【越調·鬥鵪鶉】故國雲遮，侯門路杳。一縷長牽，雙丸似跳。枉度韶華，空擔懊惱。恨幾椿，害幾遭。魂迷了倩女難離，眼盼着蕭郎不到。

我想將軍非不寵愛我翠翠，只因我心中自有人兒，丢他不下。反纏得我不自在也。

【紫花兒序】留戀的脂香粉膩，追陪個月夕花朝。應付些鳳友鸞交。鎮日裏笑攙鴛枕，幾番兒醉拭鮫綃。俺只索勉強支銷。當做個獨占君恩妬阿嬌，且自李呼張抱。會襄王前面巫山，想裴航舊日藍橋。

昨夜做了個好夢兒。今日大清早，將軍唤我上廳，敢有甚好處麽？(浄)翠娘子快些出來！

【金蕉葉】(旦)我這裏寶鏡臨粧纔了，他那裏東閣傳聲厮叫。幾曾見請陶穀華筵草草，早難道宴杜牧紅粧好好。

(浄)翠娘子快來！有你一個親人看你哩！

【調笑令】(旦)我如今没下梢，無甚别根苗。亂後從來客路遥，家邊一向親人少。那個撮空的虎口輕撩。呀！又則見舉頭靈鵲迎人噪，多應是有情郎再返鳩巢。

（浄）翠娘子，過來見了你哥哥！（生）妹子拜揖！（旦）哥哥萬福。（背云）果然是我丈夫，教我怎生近前也！

【小桃紅】我擡頭剛把故人瞧，不覺的雙淚君前落。只得揾秋波背地偷彈却，只恐怕看破了這虚囂。有誰知哥哥便是奴爲嫂。對新官舊主，好難啼笑。（背云）將軍，你略走開些也好。（唱）則怪他朝雲隔斷楚山高。

（生）妹子，俺做哥的，一向不知你的下落。近日方知在此，特來尋你一見。（旦）多謝哥哥相念！

【鬼三臺】他走盡王陽道，想他也捨不下傾城貌。看他似當初少小。雖則瘦減了沈郎腰，依然還是風流俏。這幾年不共他熏香棲翠幄，不共他揮毫題繡藁。到今日再撫危絃，羞煞我重彈别調。

（生）妹子，你一向好麽？（浄）你的令妹，俺十分寵愛他。有甚麽不好呢？

【禿厮兒】（旦）他道是朝歡暮樂，有甚麽粉額香顋。誰知道心孔裏人兒長自攪，啼痕枕畔不曾消。

（浄）翠娘子，見了哥哥，可進去者。（旦）一句話兒不曾講得，教我怎生便去來？

【聖藥王】俺每話未挑，情未調。催一聲去也忒心焦。他每不恁邀，直恁抛。怕明朝依舊做萍飄，我一步一魂摇。

（浄）翠娘子，進去罷！你哥哥且留在這裏，還好相見。

【尾聲】（旦）聽得説仙郎猶未尋歸棹，再覓個姻緣凑巧。少不得張華劍到底兒雙，相如璧取次兒繳。（下）

（浄）劉家大舅，俺看你衣衫破損，多應囊橐空虚。先把一套新衣服與你换了，還留你在這裏住幾時。但不知你有何本事？（生）小生自幼業儒，粗通文理。（浄）這個甚好！俺自幼失學。如今武功上做此官職，起書答柬，甚是費力。你既通文，又難得是俺親眷。可便在俺府中做一個門館先生，意下如何？（生）如此多謝將軍！（浄）請進書房裏去。（同下）

第三折

（丑扮書童上）自家李將軍府中一個書童的便是。將軍着俺伏侍劉先兒。那劉先兒伶俐斯文，小心和氣。不要説將軍寵用他，便是俺每一火兒人，無不歡喜。恐怕他要茶吃，看他去來。（下）（生上）小生金定，本爲尋妻到此，不想廳前一面之後，經今數月，不能再見。門禁深嚴，便要通一個意兒也没便路。怎麽是好？昨夜裏睡不着，做了一首詩。不免寫在一張紙上，拆開這件衣領縫在裏面。央書童送進俺那渾家，只説要他修治。他拆開來，必然看見。好達俺一點心事也。（丑上）劉先兒要茶吃麽？（生）茶到不要吃。如今天氣漸冷。俺有一件寒衣，央你送到俺妹子那裏去。教他替俺拆開來，加些棉絮縫治一縫治，俺好穿哩！（丑）將軍門禁好不利害，這個怕使不得。（生）這個不妨事。俺有一百個錢，送你買菓子吃。便替俺送一送去。（丑）多謝，多謝！俺替你悄悄送去罷。（生）甚好，甚好！（同下）（旦上）奴家翠翠。自與丈夫廳上一會，再求相見，並不能勾。教奴好不愁悶。經今數月，早是秋冬天道也。

【雙調・新水命】朔風剪剪下西樓，掩重幃薄寒輕透。我失行羞塞雁，浪跡似江鷗。鎮日含愁，撇不下舊鴛偶。

我想幽期密約，自古難諧。誰道我一對夫妻，反被他人隔開也？

【駐馬聽】風月難收，比目雌魚上別鉤；恩情遥受，並棲雄鳥駭横舟。占桃源不是那人劉，到章臺怎得當時柳。他將人强厮扭，鎖花枝不放春風竇。

別個相思，多是千山萬水。誰像我兩個，只在一家，不能相見也！

【喬牌兒】乍相逢則一丢，重會面不能彀。隔墻宋玉空僝僽，和我四條眉長自鬭。

這般天氣，我丈夫身上衣服敢是單薄了。

【沉醉東風】想他拈針線分開鳳儔，整衣衫敝盡貂裘。孤另另度嚴更，泠凄凄捱清晝。痛煞我銷金帳羊羔美酒，怎如得一領牛衣和君白頭。落得個心綢意繆。

（丑上）翠娘子，劉先兒這件衣服，教我送來與你，教你拆開來，替他加些絮，縫一縫拿去。（旦）我曉得。你自去，不要待將軍知道罷。（丑）曉得。（下）（旦做看衣哭介）我的丈夫阿，我和你七年間别，今日見你這件衣服，就如見你一般了。

【雁兒落】雖不能相偎着暖與寒，猛可裏想起他肥和瘦。但略是沾着些氣與息，恍一似擦着他皮和肉。

我試拆將開來。呀！原來有詩一首在裏面。（念介）好花移入玉欄干，春色無緣得再看。樂處豈知愁處苦，别時雖易見時難。何年塞上重歸馬，此夜庭中獨舞鸞。霧閣雲窗深幾許，可憐辜負月團圞。咳！連我丈夫也説一個樂字，好不知我心事也！

【得勝令】則你詩八句把人㨮，情一寸使人兜。没奈何柳絮隨風舞，不情願桃花逐水流。衾裯，誰共他歡喜成婚媾；幽囚，誰知道看花滿眼秋。

待我回詩一首。（做寫介）（念介）一自鄉關動戰烽，舊愁新恨幾重重。腸雖已斷情難斷，生不相從死亦從。長使德言藏破鏡，終教子建賦游龍。綠珠碧玉心中事，今日誰知也到儂。

【收江南】呀！我這彩筆呵，提起淚盈眸。抵多少迴文錦字寄他州，新詞紅葉出長溝。算今生已休，一靈兒相守，做個死同丘。

不免也縫在衣領之內，送去與他。（做縫介）

【鴛鴦煞】我神針把似靈芸有，柔腸斷了蕭娘否。不敢明裏傳情，只好暗裏藏鬮。珍重新詩，殷勤遠遊。似長城下孟姜衣，纊絮裏宮娥繡。你好去相投，還要你做個撮合山、月中叟。

（丑上）翠娘子，衣服縫完了麽？（旦）縫完了。你自送去。（丑應介）（下）（内叫）翠娘子，將軍來了。（旦）咳，將軍，你房中不少了人，怎麽偏到我身邊來？好不耐煩也！（下）

第四折

（生上）俺金定自從寒衣裏見了渾家的詩，他許我一死，別無可望。近聞得天朝徐元帥撫治江南，將到湖州地面。一路裏文武官吏，但有殃民壞法的，徑行誅戮。俺在此數月，那李將軍有些不公不法的事，都在俺的手裏，一一開明。就拿了這一首詩，逕到元帥馬前陳告，却不是好。（下）（外扮徐元帥引衆上）自家元帥徐達是也。聖主道是各處地方文武官吏，殃民壞法者甚多。特命俺撫治江南等處。但有這等的，徑行誅戮，緩緩奏聞！來此是湖州地面了。（生上跪介）元帥爺，小人是訴冤的。（外）你有何冤？快説上來！（生）小人金定，淮安人氏。有妻劉翠翠，被張士誠部下李將軍擄去，强占爲妾。他今雖歸附天朝，仍舊不公不法。小人一一開明，特來陳告。

（做遞狀介）（外做看介）你怎麼曉得這等備細呢？（生）小人投他門下，做個門館先生，因此曉得。（外）他强占你的妻子一節，有何憑據？（生遞詩介）見有妻子寄與小人的一首詩，是個明證。（外做看介）這個是實了。你隨在俺馬後，待俺拿下李將軍，明正其罪，討妻子還你。（生叩頭介）多謝元帥爺！（下）（浄上）俺李將軍，聞得天朝徐元帥撫治江南，將到俺每信地，須索去迎接他。（外引衆上做圍住介）（外）左右的，把李將軍拿下！（拿浄跪介）（外）你在地方不公不法，强占金定妻子爲妾，這可該麼？（浄）小將該死，再没話説。只是不該留這個假劉定在家裏。（外）左右的，把他斬首示衆！滿門良賤，盡行誅戮。只留一個劉翠翠，教來見俺！（衆應介）（推浄下）

（旦上）今日徐元帥忽地把這府中盡行誅戮，單留我一個，好不驚怕人也！

【黄鍾·醉花陰】則見劍戟交加殺聲猛，一霎裏全家絶種。兵氣黑，血痕紅。忽聽得饒了芳容。鬼門關放轉些兒縫，兀自氣忡忡。（衆叫）劉翠翠，元帥爺叫你。（旦）剗地傳呼越驚恐。

（見外拜介）（外）你就是劉翠翠麽？（旦）正是。（外）起來，你是何人妻子，因何落在這家裏？

【喜遷鶯】（旦）那日裏桃夭曾誦，俏金郎跨鳳乘龍。狂也麽蜂，硬鑽入武陵花洞。做不得飄泊浮萍任好風，强順從。生受他跟前愛寵，害煞我别後情悰。

（外）依你説起來，不願在李將軍家裏，還想着丈夫哩！只是你那丈夫也没尋處了！（旦）元帥爺，我丈夫見在這裏。

【出隊子】他自來巫山尋夢，巧粧喬認弟兄。當日個堂前邂逅眼如朦，還許他門下棲遲客姓馮。權當做主人情意重。

（外）他與你一家兒住下，曾會他幾次？與他講甚麽話？送他甚麽物件來？

【刮地風】（旦）青瑣闥牢關四五重，真個的水泄難通。那得個故人來竹影開簾動。一個兒泣盡深宮，一個兒望穿高隴。早近着泠月塞冬。他説衣又單，帶又鬆，把情詞偷送。俺可也和淚開，和淚封，一首詩寄與韓翃。

（外）丈夫與你那一首詩，你還在否？（旦）這个謹護胸前，豈敢有失？（外）拿來俺看！（旦取詩遞上）（外看介）（背語介）這兩首詩都落在俺手裏，是一重大公案。又是一樁好話本。且待俺試他一試。（轉白介）劉翠翠，你丈夫一身落魄，俺部下有的是年少將官。你揀一個嫁了罷！（旦哭介）元帥爺怎説這等話來！

【四門子】我盼雲開日色消殘凍，凑菱花賽越公。把氤氳詔旨當頭捧，想今朝魚水同。怎麽教燕兒又西，伯勞又東。似浮花，雙溪隨處湧。我想的又孤，等的又空。拚做個鴛鴦合塚。

（外）這妮子且住！你爲何不死於李將軍之手？（旦）那時强從李氏，還圖見夫一面。今再别嫁，相見無期了。（外）你一點真情，甚可憐憫！教你夫婦團圓罷。左右的，叫金定過來！（衆叫介）（生上）（外）還你妻子去！（生、旦抱哭介）（生）俺的妻，則被你想殺我也！誰知有今日來！（旦）我和你呵！

【水仙子】正相親半載中，倒有七度銀河隔彩虹。干留下點污身軀，强支着羞慚面孔。熬得個雪衣娘，放出籠。還不比老入花叢。且和你清夜吹簫向碧空，孤凰再配單飛鳳。（白）我和你拜謝了元帥！（生、旦同拜外介）多謝元帥厚恩！（旦起介）（唱）忙頓首，謝姘幪。

（外）此乃是聖主之恩也！金定，你詩裏説：别時雖易見時難。俺替你做個見時易。翠翠你詩裏説：生不相從死亦從。俺替你做個生相從。你每休忘了這件寒衣者！

【尾聲】（旦）殺盡了這些奸雄成一統，大家來祝華呼嵩。則我這一件寒衣直恁寵。

（外）夫婦團圓，天下樂事。俺與你做了慶喜筵席者！（同下）

題目正名

李將軍强諧鶯燕，徐元帥打合鸞凰。
金秀才寒衣暗寄，劉翠翠寶鏡重光。

北邙説法

正目

天神禮枯骨，餓鬼鞭死屍。
若知真面目，恩怨不須提。

（丑扮土地上）北邙山上列墳塋，萬古千秋對洛城。城中日夕歌鐘起，山上惟聞松柏聲。小聖土地是也。俺這一班同僚，或在都城衙舍，或在衝要街衢。最不濟，也在人家供桌之下，受些香火。偏俺造化低，選在這北邙山裏，墳墓多，人烟少，荒凉淡薄，其實難過。一向閻羅王殿下，輪迴道中十分壅塞，俺這山中有的是閒散鬼魂，都來鬧熱俺的衙門。近今行了疏通之法，生天的生天，生人的生人，其餘三塗惡趣，一齊打發去。俺這裏鬼也不見一個！今晚清閒無事，且到山中散步一回。（行介）呀！原來有一具枯骨、一軀死屍在此！（看介）啊！這枯骨是甄好善的，如今已做天神。死屍是駱爲非的，如今已做餓鬼。如何都暴露在此？道猶未了，天神來也！（外扮天神上）人世勤修到，天宫福報多。某新授天神是也。前生姓甄，名好善。今爲天神，甚是快樂。趁此月明之下，乘雲遊戲一回。呀！到此是北邙山了。（見丑拱手介）（浄扮餓鬼上）爲人貪逸樂，做鬼受波吒。自家新做一個餓鬼便是。前生姓駱，名爲非，今爲餓鬼，甚是苦惱。今晚月下閒走求食。呀！到此是北邙山了。你看有一位天神，與土地爺在那邊。我且站立在傍則個。（外）請問土地，這一具枯骨是何人的？（丑）尊神原來不知，這就是你前生甄好善的枯骨。（外驚介）咳，不知就是我前生枯骨！虧你一生好善，勤苦修行。我今做了天神，享許多快樂，你是我恩人了。（浄）土地爺，小鬼斗膽，請問一聲：這一軀死屍是那個的？（丑）你一發不知了！這就是你前生駱爲非的死屍。（浄惱介）啊！不知就是我前生死屍。只爲你貪求快樂，積惡爲非，連累我做了餓鬼，受許多苦惱。你是我讐人了！（外）恩人，恩人！我今禮拜你一番。（拜介）汝是前生我，我今天眼開。寶衣隨念至，玉食自然來。謝汝昔勤苦，令吾今快哉。散花時再拜，人世莫疑猜。（丑）這個該拜，該拜！

【南呂・紅衲襖】（外）虧煞你厭腥葷、把素齋。虧煞你避繁華、持佛戒，虧煞你遇閒争、肯把真誠耐。虧煞你樂檀施、甘將貧困捱。我如今寶衣穿、非剪裁。我如今玉食餐、不用買。享不盡快樂多般，是你圓成也，頓首尊前總是該。

（浄）讐人，讐人！我今攀下柳條，鞭打你一頓。（鞭介）因這臭皮囊，波波刼刼忙。只知貪快樂，不肯暫回光。白業錙銖少，黄泉歲月長。直須痛棒打，此根猝難忘！（丑）這也該打，該打！

【前腔】（浄）只爲你騁風情、寵艷粧。只爲你愛肥甘、貪美釀。只爲你要錢多、狠使欺心帳。只爲你恃身强，專圖奪勝場。我如今嘯寒林、冥劫長。我如今吐炎烟、饑債廣。受不盡苦惱多般，是你坑人也，努力鞭笞恨未忘。

（生扮空禪師上）雲公蘭若深山裏，月明松殿微風起。試問空門清浄心，蓮花不省秋潭水。老僧本空，在這北邙山寺，習静修禪。夜課初完，月色頗好，且到山中閒步一回。呀！夜深時候，公等在此何幹？（丑）土地不知禪師來到，有失迎接。（指外介）此位是天神。（指浄介）這是一個餓鬼。（生）請問：在此看了這屍骸，説些什麼？（外）啟禪師得知。這是小神前生甄好善的枯骨，虧他一生勤苦修善。我今做天神，享諸樂，因此禮拜他一番。（浄）這是小鬼前生駱爲非的死屍，因他貪求快樂，作惡多端，累我做了餓鬼，受苦難當。在此鞭打他哩！（生）啊！原來如此。二位，若依老僧看起來，拜的也不消拜，打的也不消打。（外、浄）這是何故？願求禪師指教。（生）豈不聞：宅留人去，須知何物相隨；薪盡火傳，只爲這些不斷。往來劫裏，纔换面不辨是和非；生死海中，略迴身就分人共我。誰知前生作善作惡者，即是伊家；今世受苦受樂的，原非别個。勘得破何恩何怨，一切惟心；認得真不即不離，是名曰道。你們聽我道來者：

【北仙吕·點絳唇】萬劫輪迴，多生流遞從初最。到的今日，滚滚如湯沸。

【混江龍】幾番塵世，識神一點不差移。只爲那無明起妄，宿業成迷。新面孔纔分雛共老，舊排場却認我和伊。不則你天神地鬼，好善爲非。（丑）還有那幾般來？（生）比如人道中，有榮枯貴賤，父子夫妻，與那披毛帶角，蠕動翾飛。無邊倒换，不住來回。一靈兒央及誰來替，好似耐熔銷的錫鑞，堪塑造的泥坯。

（外、浄）禪師言之有理。只我二人，因爲前生一個苦是樂因，一個樂是苦因，故此忘他不得。（生笑介）他是誰？你説苦是樂因，如今這枯骨，可還知苦麽？（外）他怎麽知道？（生）你説樂是苦因，如今這死屍，可還知樂麽？（浄）他也不知道了。（生）却又來，知苦樂的那裏去了？

【油葫蘆】苦樂原來只自知。知苦樂今是誰，就中須要辨虛實。白骷髏那曉酸辛味，臭皮囊怎解歡娱意。冷得似没焰灰，呆得似不轉石。一間宅舍空閒棄，您好把主人覓。

（外、浄）告禀禪師，他雖不知苦樂，我們一時嗔喜，也要各行其意。（生）這又説差了！我再問你，你拜那枯骨，他會答禮麽？（外）他怎麽會答禮？（生）你鞭那死屍，他會叫疼麽？（浄）儘着打，再不叫疼。（生）却又來，會答禮，會叫疼的，又那裏去了？拜枯骨不如拜自，鞭死屍不如自鞭。（外、浄）禪師妙論！我們漸知醒悟了。

【天下樂】（生）你看他一任無情委土泥，歡也波悲。知是甚的，笑伊家枉勞嗔共喜。若是拜他時，落的腦袋寒；打他時，落的手臂頽。請問你和他是也非。

（外、浄）既説拜他打他的不是，如今只認着我罷。（生笑介）誰是你的我？（外、浄）怎麽我都没有了？奇怪，奇怪！（生）對他名我，緣我生他，總是一般病痛。譬如甄好善，既做天神，難道天神外更無墮落？駱爲非既爲餓鬼，難道餓鬼後並没騰挪〔一〕？纔起執心，益增幻態。我是認不得的。（外、浄）善哉善哉！禪師一發見教。

（生）

〔一〕「騰」原作「謄」。

【那吒令】待問我姓誰，分不得趙李。待記我面皮，定不得美㜲。待查我故籍，限不得楚齊。說不得甚眷屬何官位，任造化推移。

（外、净）人我既是難分，到底作何究竟？（生）善惡無常，升沉易變。天神稍自驕矜，安知不爲餓鬼？餓鬼若知慚愧，未必不做天神。一心自轉，六道由人。（外、净）禪師垂訓及此，我輩不勝悚惶。若有妙諦，再懇宣揚。

【鵲踏枝】（生）若是論得失，任所爲；論升沉，似累棋。比如你鬼録神符，總是虚脾。大古來轉關兒在你，論不得眼下高低。

（外、净）畢竟作何修持？作何解脱？仰仗禪師開示一番。（生）修持法，無過持名；解脱門，只求生净。不分天人鬼獄，一時同證菩提。（外、净）還求禪師不棄昏愚，詳加訓誨。（生）

【寄生草】度脱無奇法，修爲有妙機。辨誠心討個波羅蜜，念彌陀仗彼慈悲力，出娑婆會得清凉意。從今苦海免沉淪，行看彼岸須臾濟。

（外、净）弟子們一聞禪師指教，頓覺心地開朗。天神不知有樂，餓鬼不知有苦，俱願從此入道了。（丑）連我土地這個草芥前程，情願棄了，大家入道去也！（同拜生介）弟子們都拜從禪師，惟願慈悲攝受。（生合掌立受介）

【賺煞】跳不出業窠團，躲不迭甜冤對。便上非想天一骨碌到底。人我纏綿没了期，只不如把我佛皈依。齊合掌念阿彌，一心在七寶蓮池，上品生身衆善隨。要圖個出世，向此時努力，再莫到閻羅殿下轉輪回。

（生先下）（衆合掌，俱念南無阿彌陀佛下）

團花鳳

正　名

老虔婆錯把姻緣送，惡少年枉却風情弄。
賢太守高懸明鏡臺，俏佳人巧合團花鳳。

楔　子

（生扮白受之上）弱冠才情思不禁，傷春何苦歎沉吟。雖然是書中有女顏如玉，怎教我辜負文君一片心。小生姓白，名受之，烏陽郡空谷里人也。數年之前，曾在後村符家讀書。偶見他家似仙小姐，才色俱絶，一向留意。後來鄰家湛婆説這小姐也十分愛慕小生，欲要嫁我。只爲他父親符明員外，嫌我貧寒不允。近聞有個富家子弟，名喚金莊，求媒問親。我的事不諧矣！只是撇那小姐不下。

【普天樂】我待强優遊，差排去得眉間皺，心坎上還相守。想佳人獨倚秦樓也，盈盈隔水凝眸，料不是傳言虚謬。他是個賢門德耀求良偶，豈懷春别樣風流。咳，説甚麽書中自有，恨書生命薄，空自悲秋！

已知無益事，還作有情痴。且自書齋納悶則個。(下)

第一折

(丑扮湛婆上)欺心圖發跡，轉眼落便宜。老身湛婆便是，販賣營生。後村符員外家，往來慣熟。好笑他家似仙小姐，一心要嫁白秀才。他父親又要許金家。小姐把一股團花鳳釵，央我送與白秀才，做個表記，約他明晚後門相等，隨他私奔。我想：白秀才寒酸氣傲，老身懶得到他家去。外甥駱喜，原是市井上一個惡少年。不如把這椿好事，作成了他。老身先落了這股釵兒，日後還要分他些金珠首飾，多少是好！且自回家去來。(下)(浄扮駱喜上)造化生前定，姻緣天上來。小子駱喜便是，專在市井上游手度日。不期天大造化，符員外家似仙小姐，要嫁白秀才，央我舅姆湛婆，和他相約私奔。難得舅姆好意，把這椿好事作成了我。一個如花似玉的小姐，霎時落在我手裏。畢竟還有許多金珠首飾，豈不一舉兩得？天色將晚，且到他家後門相等。(笑介)眼見得喜煞我也！(下)(旦扮符似仙上)佳人自古會憐才，不是春情撒不開。多少眉間共心上，一齊分付與琴臺。奴家符氏之女，小字似仙。數年之前，因見前村白秀才才貌出衆，有心要嫁他，也曾央人對我父親説知。怎奈父親嫌他貧寒不允。近日金家問親，倒有許諾之意。我想：嫁得白秀才這般丈夫，不枉了郎才女貌。金家銅臭兒郎，怎肯屈意從他？事勢兩難，不如私奔白郎，遂吾平生之願也。

【羅江怨】春闈近長成，芳心未縈。何事香羅瘦不勝，只爲宋家牆上苦關情也！女貌郎才，一對天生定。西鄰守一經，東鄰誇滿籯。笑爹行只把錢神佞。

又一件，湛婆把我那股鳳釵拿去約他，不知停當與否？怎麼這般時候，不見些消息兒？

【前腔】青鸞早寄聲，香魂轉驚。已拚多露伴宵行，還怕東君消息漏春鶯也！待月迎風，目斷梨花影。思郎病已增，羞郎怯未曾。好教人輾轉重思省。（丑捧包上）小姐，思省甚麽？「鵲橋牢駕定，織女快臨河」。白官人在門外等候多時，老身替你拿了這個包兒，開了後門出去便是。（旦）多謝你老人家費心了。（開門介）（丑）白官人快來！（浄上）小生在此。（丑）白官人過來，與小姐見禮了。（浄、旦揖介）（浄）小生有何德能，承小姐不棄，此情當銘心刻骨。（旦）奴家竊慕君子才情，不顧鶉奔之恥，望乞體諒。（浄）好説，好説！（丑）你兩個趁此月黑，速急趲行。少遲恐怕有人知覺。白官人，你來拿了這包兒。（付包介）小姐，你便和白官人去罷，老身自替你遮掩。（下）（浄）小姐請便趲行。（旦走介）。

【香柳娘】曳羅衫欲行，曳羅衫欲行，心中暗警。無媒徑草資談柄。爲檀郎繫情，爲檀郎繫情。詞賦擲金聲，丰神濯珠潁。便臨風締盟，便臨風締盟，願對三星，休教薄倖。

【前腔】（浄）向娘行謝承，向娘行謝承，鯫生何幸。蒹葭玉樹羞相映。（覰旦介）且偷閒定睛，且偷閒定睛。弱態裊娉婷，明粧足嬌靚。羨金蓮步輕，羨金蓮步輕，欲進還停，倩人扶凭。小姐小脚難行，小生相扶則個。（旦）官人慢來！

【前腔】這程途乍經，這程途乍經，再穿芳徑。生憎路滑蒼苔迸。喜雲開月升，喜雲開月升，原來這般荒野去處！豐草蔽寒垌，疏林照孤影。（見浄慌介）呀！不好了，你那漢子，原來不是白秀才！爲何騙我至此？頓令人顫驚，頓令人顫驚，錯認淵明，無端僥倖。漢子走開，放我回去！（浄攔介）小姐，只有錯來，没有錯放。又道是天假良緣，也只得將錯就錯。

【前腔】是天緣作成，是天緣作成，安排歡慶。譬如鴻投魚網，也是前生定。（旦）地方救人，救人！（浄）請娘行禁聲，請娘行禁聲。地僻少人行，天高總不應。（内喝道）（浄慌介）那邊喝道響，定有巡夜官府到來。小姐又喊叫不絶，如何是好也！待遮藏怎生，待遮藏怎生，幸有枯井在此，不免推他下去，瞞過官府。（扯旦推下介）你且做墜井銀瓶，空憐修綆。

這個包兒，若待官府搜出，不當穩便，也丢下井裏去。（伏介）（外扮公朗上，雜引）有錢沉緑水，無犬吠黄昏。下官姓公名朗，扶桑人氏。今爲烏陽郡守，巡行四野，暮夜方歸。那道傍蹲踞者何人？與我拿過來！（雜拿浄介）（浄）小人在此撒屎。（外）胡説！井上可是你撒屎的？皂隸打這廝！（雜打浄介）（外）這廝在此荒野，犯夜獨行，必有奸弊。帶在馬前，還要再問。（雜鎖浄介）（外）正是：防奸須禁夜，息盜可安民。（喝道同下）（老旦扮留媪，末扮留仁，貼旦扮留仁妻，隨上走介）

【前腔】聽村雞載鳴，聽村雞載鳴，東方破暝。留仁夫婦，我們趕早回家去來。大家促步歸鄉井。（旦叫救人介）（老旦）那裏叫救人？（末）像似在井裏叫。（老旦）快去看來！速忙救取。（末看介）井中果有一人！且喜市上買得一匹白布在此，待我放下去，撈他起來。妻子，過來一齊下手。（末、貼撈介）（老旦）恁呼號可矜，恁呼號可矜，寶塔累層層，何如救人命。（救旦上介）（老旦）呀！原來是一個女娘！問誰家女英，問誰家女英，正在芳齡，爲何投身深阱。

（旦）奴家落難之人，被人謀害。幸得婆婆救命，感恩不淺。（拜介）

【前腔】轉悲來涕零，轉悲來涕零，自傷薄命，你是我重生父母丘山並。（老旦）女娘，宅上何在？老身送你回去。（旦）奴已無家可歸，不知婆婆高姓？家住那裏？乞帶奴家回去，當個侍女看承，尊意肯否？（老旦）老身留氏。老婦久已孀居，適從莊上回家。女娘若肯枉顧，當得相陪。（旦）如此感謝不盡。（老旦）女娘，請便趲行。（旦）願身充下乘，願身充下乘，蹤跡已飄萍，羈棲類浮梗。（老旦）渡過這條窄河，就是寒家了。（末）來得湊巧，上流頭搖下船來了。（丑扮勞得月搖船上）醉撈波底月，棹破水中天。自家勞得月便是。呀，留老娘回來了，上船來，上船來！（衆下船介）（旦）喜津頭棹迎，喜津頭棹迎，苦海波平，賴有慈航接領。

（尋釵介）呀，不好了！奴家有股玉鳳釵兒，原是幼年插帶之物，方纔帶在鬢上，不料失下井中，如何是好？（末）娘子，這個不打緊。勞家長，便煩你往防村枯井中，撈取玉釵，自有酒錢相謝。（丑）曉得，曉得！（老旦）已到寒門，女娘請進。（旦）謝君提掇起，免落污泥中。（同下）（丑）井底裏一人怎去？且回去與妻子説知，約了酒友莫弄風，同去走一遭兒。（摇船下）

第二折

（副浄扮莫弄風上）平心無飯吃，作惡有天知。自家莫弄風，開個小酒店度日。船家勞得月，原與我吃酒相知，忽然約我到防村枯井中，撈取玉釵。是他下井，撈起釵兒，還有一包金珠首飾，惹動我的意兒，請他一頓石塊，登時結果！落得獨自受用。這般好心人，天也不虧負他。且去嫖他娘、賭他娘去也！（下）（末扮符明上）犬出莫掩門，臭出莫掩裩。貪看劉漢老，羞殺卓王孫。老夫符明是也。家門不幸，生下不肖之女，昨夜隨人逃失。我想他久要嫁那白秀才，必然是他誘去，不免告他去來。（下）（外雜引上）五馬朱幡漢吏尊，高懸明鏡宇軒轅。不疑爲政多平反，定國令人自不冤。下官公朗，爲因昨日放告，有符明告秀才白受之，誘女私奔一節，事跡可疑。帶上聽審！（生、末同上）（外）白受之，你名繫青衿，當效坐懷之展季；情移紅袖，竟同竊婦之巫臣！却怎麽説？

【北新水令】你是個公門桃李出牆枝，還須讀書循禮。陌頭空有約，濮上總難期。爲甚麼孤鳳求妃，弄琴心犯出了風流罪。

（生）老大人，小生素守禮法，符家失女之事，實不知情。

【南步步嬌】幾載辛勤雕蟲技，不解窺園意，閒情怎浪題。況小生與符家，既非親戚，又非比鄰。縱有兒女之情呵！室遠心遐，誰歌唐棣。念小生家下蓬舍帶荆扉，那討得重重錦帳將春閉。

（外）白生反覆鳴冤，不爲無理；符氏揣摩告事，委屬可疑。符明，汝女深閨久處，豈無崔氏之紅娘？外事通傳，必有賈門之邊媼。一一説來！

【北折桂令】試推詳一段情詞，捉五猜三，轉覺狐疑。你那女兒呵！必有個早夜追隨，鶯花佐使，風月提攜。兩下裏打合嬌痴，一朝兒做出瑕疵。是你平日慣失落維持，你可也從頭細數，我則待着意窮追。

（末）告禀老爺：小人女子房中，别無使數丫環，只有販賣湛婆，時常走動。

【南江兒水】自念蓬茅女，隨身麻苧宜，那裏有雲鬟金雀相隨侍。只有那湛婆呵！他連朝出入多親昵，幽閨笑語無疑忌，或恐就中傳遞。仰望神明寶鼎，難藏魑魅。

（外）是了，是了！速拿湛婆。（雜拿丑上）湛婆拿到！（外）湛婆，你往來南北街頭，怎得人無兩舌？出入是非門裏，定因家有三婆。替那女子送暖偎寒，移商换羽，都是你這老賤人了！

【北雁兒落帶得勝令〔一〕】我看你爛斑舌勝滑稽，我看你撲堆臉多狐媚。你待去花柳寨插旌旗，你待去風

〔一〕「得」原作「德」。

月場爲牙儈。他有女處深閨，你做送春的庾嶺梅，引鐵的龍宮石，攝魂靈九尾狸。乘機，任調弄虛和實；臨時，又騰[一]挪東與西，又騰挪東與西。

（丑）老爺，符家失女事情，老婦人實不知。（外怒介）胡説！拶起來。（雜拶丑介）（丑）爺爺，待老婦人招，招，招！原是符家女子，教我約下白秀才隨他私奔。是我不合漏泄私情，致生他變。

【南僥僥令】玄珠思佩贈，綠綺欲聯飛。是我做蝶翅蜂腰相傳示，又不合賺劉郎去較遲，賺劉郎去較遲。

（外）贈以江皋佩，恐非交甫之投；賺彼武陵春，誰得漁人之利？從實説來！（丑）符家女子，有一股玉鳳釵兒，教送與白秀才，老婦人留得在此。領他逃奔的，是我外甥駱喜。（外）可知道哩！把釵兒拿上來。（丑送釵介）（外）速拿駱喜！（雜拿淨上）駱喜拿到！（外）呀！原來就是你這奸徒！你披星犯露，只道意室中之藏；握雨攜雲，不料誘桑間之女。到此有何話説？

【北收江南】呀！這奸謀是你不須提，却原是竊花賊。占東床，頂替了俊義之；向西廂，打劫了俏鶯兒。問佳人在那些，問佳人在那些，連累他亡羊兩處泣臨岐。

（淨）老爺，符家失女，小人有甚相干？（外怒介）湛婆現已招成，你還抵賴則甚？夾起來！（雜夾淨介）（淨）爺爺！小人招了便是。那晚是湛婆教我到符家後門相等，騙出女子逃走。行至防村，却好遇見爺爺，只得埋沒過了。此情是實。

〔一〕「騰」原作「謄」。

【南園林好】俟城隅雲封月低，望丘中人生路迷，喝道使君來至。姻緣惡，兩分離。眼未飽，腹還饑。

（外）這都是了。要見女子，今在何處？（浄）那時路傍有一枯井，推下井中去了。（外）手下，快去撈取！（雜應下）（外）駱喜只圖波中捉月，怎來雪上加霜！你的罪名，越加重了。（雜撈屍上）禀老爺！撈得屍首驗過，遍體重傷，却是一個男子。（外驚介）怎麽是個男子？駱喜怎説？（浄）這個連小人也不知道。那晚原不曾動手，或者是個男子，也未可知。（外）哇！胡説！那晚失子都而見狂且，已爲可笑；今日求驪牝而得黄牡，又是大奇！若要秦公主重返鳳凰樓，除非包待制三勘蝴蝶夢。好生的亂我心曲也！

【北沽美酒帶太平令】籠中鳥，變雄雌。籠中鳥，變雄雌。轅下馬，混黄驪。怨鬼梧丘你怎知，爲甚事血淋漓。莫是我眼迷稀，没甚麽帶葉連枝。又不是尋生替死，怎生般藏鬮猜謎。自合去分頭覓對。我呵！爲你傷悲淚垂，尋思轉疑。呀！羞煞我包家待制。

手下，把這一干人犯，監候再審。（生、末、丑、浄同下）（外）巢真聽差！（小生扮巢真上）巢真叩頭，不知老爺有何使令？（外）巢真，你去認那屍首，可認得麽？（小生看介）那屍首，小人認得是船家勞得月。（外）速拿勞得月家屬！（雜拿貼上）勞得月妻子賈氏拿到。（外）你去認那屍首，是你丈夫不是？（貼認屍介）正是小婦人的丈夫！不知是何人謀害？萬望老爺做主。（外）我且問你：丈夫何日離家？曾與你有甚話説？平日裏專與何等人走動？一一説來。（貼）三日前，丈夫曾對小婦人説，笮河留老媪家，教他井裏尋甚麽玉鳳釵兒，約了他吃酒弟兄莫弄風同去。（外）這等事眼見得七八了，且把賈氏帶起。（貼下）（外看釵介）我看這釵團花雙鳳，左右回顧。井中失落的，與他必定是一對。巢真，你到莫弄風家裏，溜出那股釵兒，便拿來見我。（小生）領會得。（下）（雜隨下）（外吊場）符氏之女，或在笮河留家，也不見得。待我易服微行，以賣釵爲名，訪他一遭兒。

【清江引】我潛蹤詭跡機關秘，就裏非無意。魚服可防身，鳳侶終成配，方顯得紫雲鄉神仙吏。（下）

第三折

【金蕉葉】（旦）千愁萬愁，恨薄命姻緣不輳。漏洩了一段根由，擔閣的兩邊僝僽。

初意慕長卿，夜亡不足惜。豈期遇狂童，中道相逼迫。所幸無辱身，甘心見沉溺。雖爾假餘生，中腸懷惕息。奴家符似仙，自從留母救命，收留在此，又是四日了。咳，我倒也將就過了日子，只是父親失了奴家，畢竟又要那白秀才受累，如何是好？好教我放心不下也！（外便服上）欲覓遺香女，權爲衒玉人。到此已是笮河留家，竟自進去。（叫介）賣釵，賣釵！（旦）客官請出，我這裏不買釵。（外）好一股團花鳳釵，不要當面錯〔一〕過了。（旦驚介）既是團花鳳釵，乞借一看。（外付釵介）（旦認驚介）呀，釵兒呵！

【山坡羊】我望你意孜孜朝陽求偶，我望你影雙雙粧臺聚首。誰知你信沉沉偏能誤人，却教我眼昏昏趁着窮途走。釵也休！你是殺奴兩刃矛。無端累我、累我聲名醜。今日裏鳳去還來，蕭郎知否。（外）既是往事了，只管哭他則甚？（旦）啾啾，楚王弓，若個收。（外）畢竟這釵兒，還有一股麽？（旦）悠悠，少原簪，何處搜。

（外）娘子，這釵兒，卑人頗知來歷，聽我道來。

〔一〕「錯」原作「挫」。

【前腔】他只好碧油油雲鬟斜溜，他只好顫巍巍瓊花雙鬥。怎教他路迢迢做賓鴻寄書，因此上密層層難脱逢蒙手。休怨尤，他也曾求凰四海遊。今朝求鳳、求鳳遭機構。只要五彩依然，那高崗如舊。（旦）敢問客官，那人不得這釵，却如何下落了？（外）憂愁，爲亡猿，作楚囚。（旦）後來不知怎麼尋出這股釵兒？（外）推求，那驚鱗，上玉鉤。

（旦哭介）這等説起來，白秀才果然受累。兀的不苦人也！（外）你且不要啼哭。我是烏陽郡差來緝訪的公人，賴得太爺賢明，白秀才也不曾受虧。已拿下湛婆、駱喜一干人犯，只等尋出符家女子，便斷與白秀才爲夫婦了。（旦）不瞞長官，奴家便是符氏之女。（外）這等説，你明日拿了這釵，當堂首告，包你定有好處。（旦）如此，多謝指教。

【憶多嬌】我失故丘，懷宿讐，鎮日無言空淚流。賴有賢明千石侯。（合）幸賜良籌，幸賜良籌，覆水還能再收。

【前腔】（外）你怨未修，情未酬，都在璚釵雙鳳頭。速赴黄堂莫逗遛。（合）幸有良籌，幸有良籌，覆水從今再收。（下）

第四折

（小生扮巢真上）一身供使令，兩足任奔馳。小人巢真便是。蒙太爺差往莫弄風家裏，溜出釵兒。却好那厮上場決賭，剛剛把那股鳳釵作注，被我一把搶來，連人拿解。太爺將次升堂，只得在此伺候。（外雜引上）

【掛真兒】馳道光輝懸碧幰，四週遭肺石無冤。失鳳無憑，合釵有據，（笑介）不覺把吟髭笑撚。

(小生)巢真叩頭！昨蒙太爺差遣，莫弄風家鳳釵，被小人溜出在此。本犯拿在府前伺候。(外接釵介)好一個了事的公人也！(小生)(外)手下，帶上湛婆、駱喜聽審！(雜叫介)(淨、丑上介)

【北寄生草】(外)湛婆，你引鳩鳥平欺鵲，駱喜，你做鷗兒强配鴛。染丹綿點作夭桃片，攪黄絲搓就垂楊線，閃緑羅掩却新蕉扇。你道是移星换斗少人知，又誰知藏鸚隱鷺終須見。

湛婆造意謀財，法所不赦；駱喜誘姦害命，律有明條。帶下！(雜帶淨、丑下)(外)帶上賈氏、莫弄風聽審！

(雜叫介)(貼、副淨上)

【前腔】(外)賈氏，你爲比目剛遭獺，莫弄風，你似螳螂緊捕蟬。見青蚨改换曹劉面，使黑心拆散朱陳眷，到黄泉結下孫龐怨。你道是彎弓下石少人知，又誰知寃頭債主終須見。

賈氏夫寃得雪，發放寧家；莫弄風人命關天，監候處決。帶下！(雜帶貼、副淨下)(外)帶上符明、白受之聽審！(雜叫介)(生、末上介)

【前腔】(外)符明，你浪談虎偏驚市，白受之，你未餐羊枉受膻。待分香未得韓郎便，縱調琴難遂相如願，試囊金别有秋胡騙。你道是殃魚禍水少人知，又誰知排雲撥霧終須見。

符明誣告不實，本當反坐，姑且饒恕。我看白秀才這般才貌，也不枉了你家門楣，好好把女兒嫁他。白秀才速换衣巾相見。(生)多謝老大人作養！(下)(末)小人的女兒，還没有下落。(外)不要忙，少刻便到！(旦冲上)爺爺告狀！(外)看那女子手執玉釵，可收上來。女子發丹墀伺候！(雜應介)(旦起介)(生衣巾上)幸逃無妄罪，喜遇有公平。生員白受之稟拜謝！(外)不消拜謝，符氏過來。我公太守替你們做個主婚，兩股團花鳳釵做個媒妁，你兩人便可當堂交拜，行夫婦之禮。(生、旦拜介)

【南解三酲】（生）論落魄愧予偃蹇，解憐才感爾嬋娟。桃源有路人非阮，向東風未着鞭。（轉向外唱）幸然填合氤氲卷，從此賡歌窈窕篇。（合）都歡忭，都歡忭，羡于飛雙鳳，雲路同騫。

【前腔】（旦）待舉目好生覥腆，却羞郎害盡纏綿。落花空泛流波軟，悵春風未有緣。（轉向外唱）不須寄恨長生殿，自有催妝和合仙。（合前）

（外）這兩股鳳釵，還你夫婦去。（生、旦接介）

【尾聲】（合唱）從今打入詞人傳，是一本大雅的《龍圖公案》。把銀燭高燒續舞筵。（並下）

夭桃紈扇

開場

【種桃歌】（末上）玉洞桃花無限春，春來多少看花人。借問一枝誰更好，任家院裏獨無倫。任娘一片憐才意，石郎瞥見諧姻契。賴子空懷妒雨心，劉公巧作移花計。移取花枝郎不知，後來始解感恩私。大家飲盡杯中物，聽取歌殘扇底時。

賴三舍干擔春興，劉令公智寵紅粧。
石秀才首登龍虎，任夭桃巧合鸞皇。

第一齣　入院

（生扮石中英）

【鵲橋仙】（生上）園桃籠綺，野棠飄粉，屈指清明已近。都來還有幾分春，央不了啼鶯着緊。

［阮郎歸］南園春半踏青時，風和聞馬嘶。青梅如豆柳如眉，晝長蝴蝶飛。花露重，草烟低，人家簾幕垂。書窗閒倚日遲遲，謾看雙燕歸。小生姓石，名中英，字千之，金陵人也。年方弱冠，學負時名。一向劉令公請我在此，與他令郎相伴讀書，承他父子十分契愛。目今春色方妍，遊情頗動。只爲令公提防甚密，老父程督尤嚴，未得優閒，每成間阻。這也不在話下。拜掃在邇，請假暫歸，早已别過東家。有個同學朋友姓賴，家資富厚，性格粗狂，待我亦不爲薄，待他到來，一别而行。這等時候，怎麽還不見來？（浄扮賴三舍）

【福清歌】（浄上）芳蹊外亂紅成陣，坐書齋好生擔悶。青樓且去醉紅裙。（笑介）紅裙愛我，愛我身軀忒蠢。

（見介）（生笑介）賴兄既然蠢了，如何又愛？（浄）石兄，你不知道！蠢在身軀俏在心。（生）説得妙！（浄）石兄，你收拾書籍起，要到那裏去？（生）小弟爲拜掃在邇，請假暫歸。早已别過東家，專待老兄到來，告别即行。（浄）老兄，且慢些回去。小弟聞知南院裏有個新成人的粉頭，唤做任夭桃，十分美貌。昨已教人定下一東，今日拉兄同往一游，少展春興。（生）如此當得奉陪。（浄笑介）好個知趣的朋友。我們就此去罷。（行介）（生）呀！出得門來，你看春光早則好爛熳也！

【望吾鄉】緑染芳茵，平原草色新。飛花舞蝶相隨趁。書窗寂寞耽吟苦，誰解春將盡。（合）青袍客，還自哂，爭負了鶯花陣。

【前腔】（浄）香靄氤氳，熏風欲醉人。笙歌是處相招引。前程且付天公管，暫把韶華盡。（合）青袍客，休自哂，且混入風流陣。

來此已是任家，扣門則個。（扣介）（旦扮任夭桃、丑扮梅香隨上）

【探春令】（旦唱）門前有客厭來頻，鎮終朝厮混。可心人未得多親近，甚日了烟花運。

奴家南院任夭桃是也。這幾日城南桃花盛開，遊人不絶，費人支應，好不耐煩。昨日有個賴舍人定下一東，來此飲酒，怕也未必是可意人兒。呀！扣門的想必是他。梅香看來！（丑開門，生浄入見介）（旦）請問二位高姓？（浄）小子就是南京城裏有名財主賴三舍人。（指生介）這位是小子契交石千之。（旦）原來如此，失瞻了。（背介）那石千之是好一位可人也！（生背介）那夭桃好一個美人也！（浄）我們那裏飲酒？（丑）西軒桃花盛開，酒擺在那裏。（浄）石兄，我們看桃花去來。（看介）（浄）這桃花開得好茂盛也！大姐，你家桃兒熟了，叫小厮提着籃兒去賣，一日可有幾貫錢。（旦）好花不向街頭賣。（生）留待潘郎擲一顆。（浄）看酒來！（丑）有酒。（旦送酒介）

【羽調排歌】似雨花繁，成蹊賞頻，臨軒莫負芳辰。石兄，這花呵，河陽城裏門丰神，好映潘郎彩色新。（合）丹初染，血尚湮，嬌紅爭妒石榴裙。宜歡賞，莫怨嗔，和他人面幾回春。

【前腔】（生）扇底歌聲，腮邊酒痕，爭誇紫陌紅塵。大姐，這花呵，天台溪水泛來頻，可許仙郎一問津。（合）脂偏潤，粉半匀，依稀還似宋家鄰。鋪成錦，聚作裀，詩人休羡洛陽春。

【前腔】（浄）愛飲名留，貪花意親，花前且莫論文。石兄將花比大姐，大姐又將花比石兄。待我自家比一比。

陶朱似我足錢神，（旦）只恐不是這桃。（淨）風月場中莫認真。（合）春將暮，日漸曛，閒看花落總堪顰。如不飲，應笑人，還來洞口惜殘春。

（淨）我們還行個令兒飲幾杯。（生）如此甚好！（淨）石兄是客，請先！（生）小弟曾聞古來酒令，有拆白道字，續麻頂真，還是那一樁好？（旦）就是頂真令最好。（淨）石兄説起。（生）占先了！今日賞花，小弟就説個［賞宮花］，以後都把曲牌名頂去。（旦）奴家説個［花心動］。（淨）我説個［洞仙歌］。（旦）説差了！不是這個「動」。（淨笑介）不知大姐有兩個洞！小生當罰。（飲大鐘介）石兄另起。（生）如今要個「春」字！小弟是［絳都春］。（旦）奴家是［春從天上來］。（淨）好遠哩！我是［天下樂］。（旦）阿呀！怎麽頂了腰？（淨笑介）頂在大姐腰間，纔快活哩！罰酒罰酒。（飲介）如今又是石兄起。便宜了你！（生）如今要個「女」字。小弟是［傳言玉女］。（旦）奴家是［女冠子］。（淨）我是「紫燕穿簾」！（旦）一發説到骨牌名上去了！（淨）儘着罰就是。（飲介）（旦忽做腹痛介）不好了！奴家忽然腹中疼痛起來。一時難忍，只待要死！（淨慌介）怎麽好？我本欲在此歇宿一宵，如今休想了。石兄，我們去了罷。（生）且在此少坐，待大姐略好些去。（淨）石兄，人命干連，不是要處。我們快去罷！（生）是如此，大姐請了。明日再來看你。（旦做掩心送介）奴家一時有病，慢去了。（淨）今朝乘興過章臺，誰道無緣事不諧。（生）參天彩鳳應難傍，（旦做意兒介）脱殼金蟬請自猜。（生、淨先下）（丑扶旦介）天那！姐姐一向没有這病症。爲何陡然發作？如何是好？（旦）我看上那石秀才，俊俏可人。只怕賴舍人妨佔，不好留他。因此假説有病，支開他去。（丑）如今怎麽得那石官人轉來？（旦）他是個知情知趣的人，一定轉來。你到門外看去。（丑應介）（虛下）

【探春令】（生上）臨行一語暗撩人，做金蟬輕褪。（見介）（旦喜介）俏郎君參透奴方寸，一霎裏歡難盡。

（生）大姐病好了麽？（旦）奴家那曾有病？只爲一見郎君，便縈方寸，假説有病，支開那人。想得郎君聰俊，因此暗送機關，必然轉來也。（生）小生見了大姐席上做作，早已看破幾分。因此送他分手，特地轉來。但不知小生有何德能，多蒙大姐如此厚情！

【醉羅歌】（旦）［醉扶歸］愛你愛你多幫襯，喜煞喜煞最温存。一見教人暗消魂，巴不得相偎近。（生）［皂羅袍］書生才貌，何曾動人。佳人憐念，相逢便親。前生結下今緣分。（生、旦攜手）［排歌］（合）相攜處，入翠裀，桃源親作探花人。

（急下）

第二齣　訂盟

（浄上）俊友若攜愁奪趣，餘錢如帶定遭差。只爲鬬經念不熟，失却便宜討不來！賴三舍爲慕夭桃笑貌，特到他家飲酒，不該約了石千之同去。那妮子看上了小石。假説有病，支開了我。那小石也不該騙了我，轉到他家去，留連半月，並不走開。我怎生忿得他過！心生一計，到他家裏，説與他父親知道，捉了回來，落得大家乾浄。迤邐行來，是他門首。（叫介）石家有人麽？（外扮石太公上）

【菊花新】柴門長掩度流年，爲怯春寒曝日暄。（浄叫介）（外）若個到門前，猜不起那家姻眷。

（開門見介）（外）舍人來此尊幹？（浄）特來尋你令郎兄。（外）呀！小兒一向與舍人在劉令公家中讀書，怎麽到這裏尋他？（浄）他半月前請假回來了。（外）並不曾回。（浄背介）哦！原來此兄不老氣，留戀在他家了。（外聽介）舍人怎麽説？（浄）小子不曾説甚麽。（外）老漢親聽得「留戀」兩字了。（浄）既如此，小子只得説了。

那一日小子與令郎兄，同到南郊閒走，偶然進南院任夭桃家飲酒。小子有事先歸，想是令郎留住在那裏了。（外頓足怒介）咳！原來這畜生如此不肖！勞舍人引我到彼，捉他回來。（净）小子當得引道，只怕令郎見怪。（外）不妨事！老漢不對他説就是。（净）如此就去。（行介）（外）這畜生，我只道他呵！

【剔銀燈】春窗裏專攻筆硯，原來到花街無端遊串。半月來只把紅粧戀，眼見得被人輕賤。徒然將他望穿，激得我胸中氣填。

【前腔】（净）賢郎是人中俊彦，爲春光暫時消遣。少年人誰不愛如花面，比似你年老的餓涎空咽。休煎，從容向前，切莫把吾曹浪言。

（外）這個，老漢記得。（净）來此已是任家門首。小子告回。（别介）放下一星火，能燒萬頃山。（净下）（外）且住！我若如此進去，恐怕那畜生躲了。待我閃過一旁，看他出來，説些甚麽？（藏介）（生攜旦同上）

【菊花新】（生）天教花裏遇神仙，兩意相投幸有緣。（旦合）半月喜留連，怎遂得到頭心願。

（生）大姐我和你，［長相思］風有緣，月有緣，一霎歡娱非偶然。圖他到底圓。（旦）情也堅，意也堅。肯把琵琶過别船？難欺頭上天！（生）大姐如此留意，小生誓必娶你！（旦）郎君如有此心，奴家同你到花前盟下誓來。（生）如此甚好。（同旦拜介）

【駐馬泣】（生）［駐馬聽］偷向花前，好把情私訴老天。寒儒何幸，淑女多情，是宿世良緣。片時桃李敢輕捐，效百年松檜諧深願。老天在上，石中英誓娶夭桃！［泣顔回］儻颷生有負盟詞，使終身永受迍邅！

【前腔】（旦）同叩蒼天，莫棄寒微聽一言。自念裙釵質陋，他簪珮才高，衿帶情聯。坐中莫想再調絃，脚跟須記牢穿線。老天在上，任夭桃誓嫁石郎！做遊絲别綰枝頭，似繁花墮落風前。

(外喝介)石中英，你這畜生在此，發得好咒！拜得好堂！(生慌介)(外)你這不肖子！我也不在此打你。好好回去！(生延挨介)(外扯介)畜生好打！還不走？(旦留介)(外)大姐再尋個富貴兒郎，休戀這窮鬼！(扯生下)(旦)咳！奴家與石郎正圖永遠歡娛，誰想有這場拆散也。想他多情之人，得空還來，且自寧耐則個。

生憎離合太匆匆，拆散連枝類轉蓬。情到不堪回首處，一齊分付與東風。(下)

第三齣　捉試

(末扮劉令公上)

【醉落魄】[一](末上)歸[二]田久脱浮名鎖，有兒勤課。良朋赴試，成擔閣試期，才人何事發情魔。

老夫劉令公是也。這城中有個石秀才，與吾兒相伴讀書，好一個才子！科場在邇，催他上京應試，他却延挨不行。今早有人説，他留戀着南院一個妓女，唤做任夭桃，怕他離後，那賴舍人與彼[三]作鬧，有這許多事情。已着人去請他，待他前來，老夫自有話講。(小生扮院子隨生上)

【謁金門】情無那，只爲一絲兒纏縛。欲緩行程無計可，對人難説破。

(見介)(末)石先生試期漸逼，爲何不起行？(生)小生只爲家中有事，還須再遲幾日。(末)咳！石先生。

[一]「醉」原作「墜」，據《盛明雜劇》本改。

[二]「歸」原作「封」，據《盛明雜劇》本改。

[三]「彼」原作「被」，據《盛明雜劇》本改。

【忒忒令】客途裏條風尚和，登程去壯心休懦。學成早向皇家貨，家緣事好騰挪。怕其間，有別科，把身心絆着。

【前腔】（生）春闈試，程期尚多。屈指間略停猶可，家中有事些兒大，親年老，怎摩挲。數日間，有下落，趲程途盼着。

（末）老夫素知先生没甚家事，却爲着一樁。（生）老先生知道爲何？

【川撥棹】（末）知些個愛春風花一朵。爲夭桃惹起情魔，爲夭桃惹起情魔。怕君行還遭斧柯，這情蹤可是麽？莫縈牽，須蹬脱。

（生做羞介）

【前腔】説破我真情怎賴麽，羞臉兒難藏可奈何。望尊前且免譙訶，望尊前且免譙訶，取功名把青萍自磨，便登程敢戀他。（背介）謾踟躕，淚暗閣。

（末）石先生不必踟躕。那任夭桃事情，都在老夫身上。

【尾煞】君行好把魁名奪，那籌兒管教停妥。看你榮歸喜笑多。

（生揖介）如此，多謝不盡！小生明日便行。（末）正該如此。（别介）從來才子氣如虹，莫爲裙釵苦唧噥。（生）今日得君提掇起，免教人在污泥中。（生下）（末）且住！那石秀才雖然如此説，若不令他絶望，未必速行。只除如此如此方好。院子聽分付！（小生應介）小人有。（末）你今日就到南院任家，對他母親説：劉相公新造園亭一所，要接他女兒過來住幾時。先送他兩錠銀子，連他一家兒都搬了過來。（小生）小人理會得。（末）速去便來！（小生）嗄！（下）

第四齣　留扇

【縷縷金】(生急上)驅驕馬，上金臺。只爲紅樓女，繫心懷。喜得劉公念，肯相擔待。偷閒疾走到花街，教他好寧耐，教他好寧耐。

小生上京赴試，早間别過父親。只撇夭桃不下，讓朋友先行，一徑趕到他家，與他一别。呀！怎麽他家門都鎖上在此？(慌介)鄰舍家借問一聲：這任家那裏去了？(内應介)昨晚他一家兒都搬去了。(生)可曉得他搬到那裏去？(内)這却不知。(生)怎麽好？且住！任大姐有個結義妹子，唤做李翠蘭，一定知他下落。快去問他。(行介)翠蘭姐可在家麽？(貼旦扮李翠蘭上)開簾風動竹，疑是故人來。(見介)呀！原來是石姐夫。(生)請問任大姐搬到那裏去了？(貼)咳！説來話長。(生)請道其詳。(貼)昨日姐姐家呵！

【石榴花】夕陽時候，忽有使星來。(生)是誰家？(貼)劉姓者令公宅。(生)他來説些甚麽？(貼)移將春色過幽齋，更難容半刻遲捱。(生驚介)怎麽被劉令公接去了？那任大姐怎麽説？(貼)他憂思滿懷，看臨行粉面啼痕界。(袖中出扇付生介)那時匆匆不及寫書，只留下紈扇一面。表相思未寫鸞箋，把冰紈留付多才。

(生哭介)狠心的老殺才，害死我也！

【前腔】聽伊説罷，禁不住淚盈腮。他説相看管待君來。却無端拆散並頭釵，效沙胡劫取章臺。蕭郎謾猜，歎侯門一入深如海。敢煩姐姐，替我拜上任大姐，教他畫蛾眉善事新人，休得爲寒儒長繫春懷。

(貼)石姐夫，啼哭也枉然了。勉取功名，後會有日。(生)姐姐説得是，小生只索去了。敢借筆硯一用。(貼)

筆硯在此。（生題扇介）「欲覓花源枉自嗟，好花今已向鄰〔一〕家」。煩姐姐將此扇轉寄與任大姐。（貼收扇介）當得領命。（生）小生告别了。（貼）但教虎榜先題字。（生）自有鸞膠可續絃。（貼下）（生行介）

【縷縷金】姻緣事，已難諧。踏枝鶯不着，恨空來。且向長安道，揮鞭行邁。還看斜日掛疏槐。如何敢遲待，如何敢遲待。（急下）

第五齣　疑訊

【掛真兒】（旦上）一入昭陽門永閉，雕檐外一度花飛。舊愛輕分，新歡未續，輾轉教人縈繫。

［浣沙溪］雨過殘紅濕未飛，珠簾一帶透斜暉。遊蜂釀蜜竊香歸。金屋無人風竹亂，夜篝盡日水沉微。一春須有憶人時。夭桃自與石郎分手，終日盼他重來。誰想劉令〔二〕公把我一家兒都搬到這園亭住下，不覺兩月有餘。那劉令公一向不曾到來，未知何意。咳！劉令公不來倒不打緊，只是我那石郎路途安否若何？功名成否若何？後來可還有重會的日子？正是：雖無千丈線，萬里繫人心。（貼扮李翠蘭上）

【生查子】女伴久分飛，無限相關意。特地到園亭，傳與真消息。（見介）（旦）呀！妹子，今日甚風兒吹得你來？（貼）小妹子，只怕這府中出入不便，因此久不曾來看。姐姐，你自到這裏，劉令公必然十分寵愛。可説與妹子知道。（旦）妹子不要説起。（貼）却是爲何？

〔一〕「鄰」原作「誰」，據《盛明雜劇》本改。
〔二〕「令」原作「相」，據《盛明雜劇》本改。

【紅衲襖】（旦）自從我入侯門相見稀，一向慣守空房無厮對。我本是現交風月書生配，今做了遥受恩情貴客妻。耍風情休再提，惡姻緣難脱離。只爲舊日仙郎掛在心頭也，他欲上長安可也曾會伊。

（貼）咳，姐姐，你那石姐夫呵！（旦）他却怎麽？

【前腔】（貼）他那日跨征鞍特叩扉，聞知你入豪家愁掩袂。見了那素扇兒出幾點悽惶淚，借了管彩毫兒做兩行幽恨題。你那個老司空我也曾會席，他把你俏娘行還道及。適纔幾句閒談試恁情兒也，你就裏行藏奴儘知。

（旦）妹子，你會着劉令公，曾説我甚麽？有何主意來？（貼）姐姐試猜。

【前腔】（旦）敢道我墮風塵門户低？（貼）這等他也不來接你了。（旦）敢道我懶梳妝不見的容貌美？（貼）他也不曾見你。（旦）莫不是潑丫頭把我新人忌？（貼）也不是。（旦）莫不是老人家愁和少婦敵？（貼）也不是。（旦）莫不是算夫宫命不齊？莫不是數周堂時不利？（貼）這都不是。（旦）只是薄命紅顔犯了災星也，回首東風莫怨誰。

（貼）姐姐，你聽我説：

【前腔】他只爲俊書生色陣迷，不肯赴皇都將成業毁。把佳人移將僻地權迴避，使才郎割斷了情腸欲奮飛。省得莽無徒鬥是非，與你美相知粧面皮。待他有日榮歸送你圓成也，只看這扇上詩詞當自推。

（付扇介）（旦）原來如此。（看扇讀介）「欲覓花源枉自嗟，好花今已向鄰家。」這是我石郎手跡。（再讀介）「移花只爲閒蜂蝶，莫怪東君也愛花。」這兩句是誰寫的？（貼）前面兩句，原是石姐夫寫的，教我轉送與姐姐；後面兩句，就是劉令〔一〕公續成，教我多多拜上姐姐。佳期在邇，請勿憂疑。（旦）原來令公有如此美意！這幾時錯埋怨他了。（貼）正是！

（旦）無端盡日鎖雙眉，（貼）誰道東君意更奇。

（旦）雪隱鷺鷥飛始見，（貼）柳藏鸚鵡語方知。

第六齣　聞捷

【步蟾宫】（生上）春來瞥見梨花謝，更寂寞長安客舍。看朋儕得意競歡呼，獨我愁腸千結。緑樹秦京道，青雲洛水橋。故園長在目，魂去不須招。小生入京應試，已曾擷過卷子。明日開榜日期，這些朋友也有求神問卜的，也有會飲聽報的。惟我想念夭桃，不能排遣，只在寓所静坐，是好悶殺人也！

【梅花酒】〔二〕謾咨嗟，擺不脱愁重疊。想我意中人，剗地成胡越。欲成連理，恨殺他拆散了枝葉。名利轍，那裏有心情聽報捷。不覺神思困倦，且自打睡片時。（睡介）（旦急走上）

【香柳娘】望長安路賒，望長安路賒。雲山周折，行來不管弓鞋劣。更心喬意怯，更心喬意怯。追着恐難遮，中途怕遭劫。問才郎那些，問才郎那些。却好燈兒未滅，把簾兒輕揭。

〔一〕「令」原作「相」，據《盛明雜劇》本改。

〔二〕「酒」原作「塘」，據《盛明雜劇》本改。

（唤介）石郎甦醒！（生驚醒介）

【前腔】正矇騰睡歇，正矇騰睡歇。誰來輕拽，（見介）呀！原來却是夭桃姐。被豪家阻截，被豪家阻截。門户怎飛越，程途恁跋涉。頓教人喜悦，頓教人喜悦。身兒靠些，把話兒低説。

（旦）我爲你害得好苦也！

【前腔】自當時隔絶，自當時隔絶。終朝啼血，魂靈盡爲才郎惹。且偷開鎖鑰，且偷開鎖鑰。隨步逐高車，忙奔度深夜。把團圓計設，把團圓計設。同室共穴，永無離别。

（生）難得大姐這般錯愛也！

【前腔】笑吾曹計拙，笑吾曹計拙。空懷悲咽，今生已分成抛撇。喜今宵遠涉，喜今宵遠涉。卓氏女中傑，娘行更奇絶。這春情正熱，這春情正熱。香肌緊貼，莫辜良夜。

（摟旦睡介）（衆扮報捷人，喧呼急上介）報報報！金陵石中英相公。（生、旦驚醒介）（旦閃下）（生慌介）甚麽人喧嚷進來，把我夭桃姐趕去了？（尋介）（衆）石相公尋甚麽？小人們是報捷的。（生）啐！原來是一夢。你們且説，我中了第幾名？（衆）相公高中第一名。（生）咦！不要連這報捷也是做夢？（衆笑介）不是夢，現有《題名録》在此。（衆送介）（合唱）

【前腔】把尊名試閲，把尊名試閲。榜頭高揭，第一名御筆親題徹。你休猜夢蝶，你休猜夢蝶。錢鈔賞多些，少時問人借。（生喜笑介）謝伊家報説，謝伊家報説。

只不該，（衆）不該怎麽？（生）趕去了身邊侍妾，追他不迭。（衆笑介）這相公還想做夢哩！天明了，快赴瓊林宴去！（衆擁生急下）

第七齣　訪蘭

（貼扮李翠蘭上）天上乘槎客，相將歸故鄉。好將心腹語，傳與有情郎。翠蘭昨日到劉府中去，聞説石秀才中了狀元，欽差出京，目下將到。我姐姐將前日那紈扇教奴家帶轉，算他必到我家訪問消息，便好對他説知。小二門首伺候，看有客來。（内應介）（生便服上）

【風入松慢】欽承君命捧綸音，鄉國遥臨。爲當年情事長悲悒。微行暫脱朝簪，欲訪紅粧信息，重來翠館追尋。

下官登第之後，官居翰苑，即奉欽差，到此已是金陵地方。只爲夭桃未知下落，因此改换衣衫，悄地到李翠蘭家訪問一番。來此是他門首，不免逕入。（見介）（貼）呀！原來是石相公。恭喜了！石相公，你「望江南」登金榜，聞已步瀛洲。貴足還來遊賤地，新官不把舊情丢。迎接恕遲留。（生）咳！翠蘭姐，我身羈旅，心事在歌樓。只怕他戀却眼前歡愛好，故人情事總休休。妨鵲悢巢鳩。（貼）石相公倒不要錯怪了人！（生）教我不要錯怪那個？請道其詳。

【風入松】（貼）當時承命久浮沉，怕侯門未敢輕尋。東君厮會方知恁，特地向娘行重審。他住在空亭，茂林寂寞樹陰森。

（生）原來把他住在園亭之内。那劉老兒，可長到那裏去麽？

【前腔】（貼）從他母子住園林，並不曾半步光臨。（生）可曾有染麽？（貼摇手介）從來未識龐兒甚。怎説那抱衾攜枕？我姐姐呵，半載價孤眠到今，持節操，比南金。

（生）那劉令公，既然接了家去，又不到他那裏來。畢竟是何主意？（貼）那劉令公呵！

【前腔】他要才郎收拾惜花心，取功名早赴瓊林。移來別館權拘禁。又省得蜂眠蝶寢。待你榮歸日重諧瑟琴。（付扇介）你將這詩中意，自沉吟。

（生念詩介）「欲覓花源枉自嗟，好花今已向鄰家。移花只爲閒蜂蝶，莫怪東君也愛花。」這是劉公手跡。不知他有這般美意，一向錯怪了也。

【前腔】說來心事使人欽，枉猜他老害邪淫。愛人以德蒙垂蔭。好一似臨河忘飲。行方便包籠意深，剛說破，喜難禁。

（貼）相公，幾時去拜劉令公？（生）明日就去！（貼）奴家後日奉賀。

仙源莫道路難通，管取明朝喜氣濃。
自是桃花貪結子，錯教人恨五更風。（別下）

第八齣　諧配

（末冠帶扮劉令公，浄扮院子上）

【夜行船】（末）聞說才郎魁上榜，真不負十載寒窗。教他兒女情疏，功名膽壯，也費盡老夫思想。

施恩非責報，有美欲成人。老夫只爲石千之留戀紅裙，不肯赴試。用了個移花避蝶之計，使他奮志功名，果然中了狀元！老夫不勝之喜。昨日聞已榮歸，今日必來拜我。酒席之間，把任夭桃送還與他，也成就了老夫一段奇事。院子，昨日分付你整治酒席，可曾齊備了麽？（浄）齊備多時了。（生冠帶，貼扮院子隨上）

【前腔】(生)先輩儀刑多德望,成就我一舉名揚。底事還猜,劈頭難講,先謝了昔年培養。

(報介)(見介)(生、末交拜介)(生)[減字木蘭花]當年未遇,感得明公青眼覷。(末)捷問飛來,擊節何勝慰老懷!(生)階前僕僕,爲謝陶成如鮑叔。(末)奉賀遲遲,先辱光臨增忸怩。小厮看酒!(浄應介)(末送酒介)

【夜行船序】玉府仙郎,喜皇都得意首登龍榜。還鄉黨,馳騁十分風光。(生接)汪洋,厚德無涯,深承剪拂駑駘直上。(末合)相訪,滿捧着郁金杯,一醉莫嫌村釀。

(生做不飲介)(末)石先生爲何不飲?好道是筵前無樂不成歡。小厮們,叫家樂出來。(浄叫介)相公叫家樂們出來承應。(旦艷服,丑扮梅香隨上)

【黑麻序】(旦)華堂聞喚聲忙,(覷生介)傍簾衣偷覷,恁般官長。(末)任夭桃過來,見了學士。(見介)(旦)呀!看衣冠濟楚,却是舊時張敞。(生背介)籌量,如何出艷粧,含糊語不詳。(旦合)意彷徨,敢把初心倏變,竟成虛謊。

(末)[鷓鴣天]學士何須苦皺眉,任娘不必把頭低。老夫當日施奇計,喚做移花避蝶飛。衷曲裏,翠蘭知。筵前此話莫重提。今日這酒呵!須知不是迎風酒,權當夫妻合巹杯。小厮看酒來!(酌酒送生介)

【錦衣香】年少郎,須歡暢;窈窕娘,休悒怏。愁他路柳牆花,蜂喧蝶嚷,金釵輸與富家郎。教他停歌罷舞,着意關防。把書生氣長,待歸來,付伊收掌。打點成姻契,婦隨夫唱。重逢崔護,謝家莊上。

(生)下官不才,多蒙老先生如此留情,容拜謝。(同旦拜介)(末答拜介)

【漿水令】(生)小書生,蒙君作養。醜名兒,賴你遮藏。種桃還是老劉郎,配緑拈紅,打合成雙。(旦)恩如海,難度量。把風塵提挈雲霄上。(衆合)真奇異,真奇異,教人歎賞。好似波斯尹,波斯尹,智寵

天香。（雜上）禀相公知道，老相公差小的們花燈鼓樂，來接新夫人。（末）我這裏快整香車送去！（衆應介）

【尾聲】送仙姬歸蓬閬，那個賴不上蝦蟆莫想，教你撇古的家尊也笑一場。

女解憐才事足誇，夭桃今日果宜家。

可憐不得劉郎管，多少流波襯落花。

碧蓮繡符

開　場

【愛蓮歌】（末上）泰華峰頭幾許高，花開十丈簇霞綃。秦家有個傾城色，翻說蓮花似妾嬌。章郎入眼輸魂魄，墮下釵符剛拾得。假托傭書賓主投，臨岐欲挽無良策。恰將陳女贈書生，合巹之宵喜不勝。良朋入試欣相值，共上黄金殿上行。

仲夫人妒害佳人，秦公子契合嘉賓。

章解元傭書寄跡，陳碧蓮出閣成親。

第一齣　觀渡

（生扮章斌）

【破陣子】（生上）客路行行隨馬，熏風處處看花。景序清和逢令節，地界江都玩物華，何妨天一涯。

［南柯子］山與歌眉斂，波同翠眼流。遊人都上十三樓，不羨竹西歌吹古揚州。菰黍連昌獨，瓊彝倒玉舟。誰家水調唱歌頭，聲繞碧山飛去彩雲留。小生姓章名斌，字孔兼，越郡人也。少小年華，風流性格。去年鄉闈領解，南宫未利。歸途迢遞，隨處遲留。剛到揚州，適逢端午。聞得江邊競渡，遊人填蹭，甚有可觀。不免約了韓年兄，同去遊玩一番。章興，請韓相公出來。（末内應介）韓相公有請！（小生扮韓長卿，末扮章興隨上）

【前腔】（小生上）弱柳飄綿初灑，新蕖貼水將花。世上浮名如破甑，眼底殘春似卷沙，相攜過酒家。

（末）韓相公到了。（生見介）韓年兄，［卜（一）算子］聞説廣陵濤，喜遇端陽節。地勝天時際會奇，客路風光别。（小生）正是！章年兄：吊古競龍舟，士女紛行列。（行介）隨地行遊逐少年，拚與同歡悦。（生）到此已近江邊，我們且到酒樓上，沽飲三杯，以待龍舟何如？（小生）如此甚妙！（丑指介）這一家門面，甚是整齊。相公請進！（生）是如此。（末唤酒保介）（外扮酒保上）揚州本在天心住，好酒休將人面賒。相公請登樓。（生、小生、末登樓介）（外設酒請坐介）（暫下）

【玉芙蓉】（生）榆錢滿地撒，榴火迎人發。喜梅霖乍歇，景候亨嘉。天中令節欣相迓，地臘靈辰福轉

（一）「卜」原作「十」。

加。（合）同歡洽，倒青尊泛霞，論人生、逢場作戲總爲家。

【前腔】（小生）沉湘問水窟，吊古成佳話。任游閒士女，簇擁繁華。行看烏棹喧雷駕，共訝龍標舞浪花。（合前）

（外）你看樓下遊人越多了。（生）我們凭欄一觀。（小生）是如此。（同起看介）（丑扮秦夫人，老旦扮女伴，雜扮院子隨上）

【前腔】（丑唱）靈符伴玉珈，縫縷縈衣袴。把香車慢碾，任意行踏。豪奢已判情無掛，老大休嫌鬢有華。（內作鑼鼓喧嘩）（雜介）稟夫人，龍舟將到了。（丑）我們快些趲到江邊去！（雜應介）（合）喧聲大，想龍舟殆發，趲游鑣、向江干玩賞莫停札。（下）

（生）這許多內眷是誰家的，這般齊整？（外）是這城中秦侍中的夫人。（生）原來如此。（淨扮秦公子，末扮陪客，小旦扮寵兒隨上）

【前腔】（淨）雕蒲酒泛楂，結艾香隨馬。且追隨俠少，馳騁豪華。（笑介）你看我這揚州好婦女也！凝紅鬥緑紛如畫，花月揚州自古誇。（內照前鑼鼓介）（小旦）稟公子，龍舟將到了。（淨）我們快到江邊去！（合前）（下）

（生）這許多遊客，又是誰家的？（外）這就是秦公子。（生）哦，原來如此。（內鑼鼓唱歌介）龍舟畫鼓響鼕鼕，一片青旗一片紅。岸上女娘休着怕，懷中孩子放交鬆。（和介）（又歌）龍舟畫鼓響邦邦，一片紅旗一片黃。奪得彩標多快樂，强如中個狀元郎。（和介）（又歌）一聲畫鼓一聲鑼，龍舟來往似擲梭。奪不得彩標空費力，兩涯拍手笑呵呵。（和介）（生）龍舟漸近，我們也到江邊看看。（小生）是如此。（生送酒錢介）店家，酒錢在此，收了。

（外收介）（先下）

嬉遊舉國已如狂，到處隨他作戲場。

但遇酒家能盡醉，不知何處是他鄉。

第二齣　覷蓮

（旦扮碧蓮上）

【南引・新水令】（旦）侯家院宇深如許，遇良辰越添愁緒。春去花無主，恨當初，怎生誤犯了入宫妒。

［好事近］葉暗乳鴉啼，風定老紅猶落。蝴蝶不隨春去，入薰風池閣。休歌金縷勸金巵，世事已非昨。簾捲日長人静，任楊花飄泊。奴家陳氏，小字碧蓮，本係秦侍中之妾。自相公亡後，夫人嫉妒，苦被拘箝。今日端陽佳節，舉家遊玩。只撇奴家在此，寂寞無聊。不免且到宅後小樓，登眺一回，稍舒愁悶。（行介）

【鎖南枝】逢時令，惜影孤。金尊共誰同泛蒲。教奴懶去浴蘭湯，知難洗愁苦。妾薄命，空淚枯。且偷閒，暫紓步。

【前腔】（生上）遊將倦，醉未蘇。閒行信足慵問途。小生與韓年兄同觀競渡，人叢挨擠，失散難尋。信步行來，呀！怎麽這曲巷之中，有如此宅院？你看垂柳拂高樓，底花映朱户。（做見旦覷介）雕窗内，有美姝。再偷睛，細凝覷。

【前腔】(旦)登樓罷,縱目初。風花惱人空歎籲。教人羞佩赤靈符,情魔怎驅逐?(做見生避介)從何至,年少徒。欲遮藏,復迴顧。

(內叫介)碧蓮姐,夫人回來了。快進來罷!(旦應介)來了!對面疑瞻漢,回身却化雲。(急下)(墮符介)

(生)呀,世間有如此絕色女子,教人怎割捨那!

【前腔】誰家女,美且都。平生入目真所無。西子謾傾吴,神娥乍迷楚。(做見符介)呀!這是那美人墮下一朵繡符,且待我拾起來,藏在身邊則個。(拾介)剛遺下,釵畔符。是我有緣人,偶拾取。

那壁廂有一個小官來了,待我問他是何等人家,有這般絕色?(小旦扮寵兒上)秦氏有家奴,姓馮名子都。依倚將軍勢,調笑酒家胡。寵兒隨着公子到江邊遊玩,回到家來,早則天晚也。(生揖介)小哥,拜揖了。(小旦忙揖介)官人,小人失瞻了。(生)學生口問,試問一聲,這門內是誰家宅院?(小旦)就是小人家主秦侍中家裏。(生)失敬了。請問府上嫡親幾人?(小旦)只有老夫人、大公子。(生)再問公子情性如何?有何喜好?(小旦)官人聽稟,

【好姐姐】主人豪華丈夫,縱遊興徵歌選舞。多情愛客,傾心才俊徒。還欣慕,翩翩記室求難遇,爲問班生今有無。

(生背介)他要求書記之人,正是一機會,不免如此如此。(轉介)小哥,學生來得湊巧。(小旦)却怎麽?

【前腔】(生)念咱流落在途,習書史粗通簡牘。若蒙見委,應知計不疏。勞誇詡,明朝晋謁潭潭府,仗爾先容莫負吾。

(小旦)若得官人肯爲書記,我公子不勝之喜。明早來,小人專等。只怕是謊我。(生)決無戲言!

偶然相見那相依，明日還來莫待遲。正是得他心肯日，果然是我運通時。（别下）

第三齣　投秦

（浄扮秦公子，小旦扮寵兒隨上）

【雙勸酒】（浄）風流幾般，鮮衣穿换；千金可拚，遊閒作伴。腹中欠學怎生瞞，却輸他一介寒酸。

自家秦公子，托賴父親福蔭，家貲豪富，百事無憂。只爲生來嬌養，學問空疏，没來由當了一名秀才。但聞得提學老子到來，諕得魂不附體。這且休提。平日間文墨交遊，書簡來往，甚是費力。意欲尋個通文朋友，掌管書記，却也難得其人。寵兒，我曾分付找尋，可曾打聽得有麽？（小旦）正要禀知公子。昨晚在宅後街上，偶遇一人，像是浙江聲音，説道流落在此，情願到這府中做書記。（浄）人物如何？（小旦）二十不上年紀，甚是斯文俊雅。（浄喜介）有這等事？可喜可喜！他説幾時來？（小旦應介）他説今早來。（浄）這等説，你快到門首看去！（小旦應介）（生上）

【金瓏璁】佳人難再得，欲去難拚。先寄跡，漸諧歡。

小生自見秦家美人，因想青春易擲，絶色難逢。不如改易姓名，就用賤表，唤做孔兼，投入他府中做書記，覓個機會，好歹娶了這美人，方稱吾願。早間已打發章興，隨了韓年兄先回，叫他後年應試，到此相會。料得那時，吾事諧矣。迤邐行來，前面大門樓，想是他前門了。（小旦見介）呀，官人來了！（生）來了。（小旦）公子在廳上專候。（生入見介）小生聞知府上欲覓書記，因而自薦，乞恕輕造了。（浄）先生好説。請問先生高姓大名？仙鄉

何處？因何到此？（生）公子聽稟，

【玉胞肚】越江西畔，孔兼生年方及冠。忝儒流敢附班生，困窮途願比馮驩。望君休得棄貧酸，書記勤勞事可完。

【前腔】（浄）看你青年弱冠，羨丰姿河陽姓潘。鼎函中怎可烹雞，枳棘邊那得棲鸞。荒齋斗室暫盤桓，得近良朋心自歡。

寵兒，送孔官人到書房去。今後就是你相伴服事。（小旦）理會得。（生別介）上林如許樹，權借一枝棲。（先下）（浄）寵兒轉來。（小旦）正要送孔官人進去，公子又叫甚麽？（浄）我看這孔官人風流俊雅，你不要像蘇州人，説被他嗅了去。（小旦）公子又來取笑。（笑介）（同下）

第四齣　箝妾

【秋夜月】（丑）白髮添，長把煤烟染。恨殺陳姬多嬌艷，當初忒把恩情占。我如今變臉，好教他吃閃。

仲氏秦銜令政，曾受夫人誥命。平生好善心慈，只有一樁毛病。見了美貌生嗔，撞着濃妝厮競。相公衣錦回家，被人攛得高興。娶了四五個偏房，一個個容顔嬌倩。內中陳氏碧蓮，最是多沾恩幸。相公不幸升天，是我獨操權柄。別的打發出門，碧蓮留他落阱。也不打他罵他，只要禁他孤另。上眠床空自薰香，待梳頭不須臨鏡。逢月朗那許登樓，遇花開怎容穿徑。還須着意關防，特喚青奴聽令。（老旦扮青奴上）堂前聞喚青奴，只得連聲答應。夫人，喚青奴有何使令？（丑〔一〕）我喚你非爲别事。只爲碧蓮這妮子，我一向拘禁在後房。前日端陽節令，我們出去遊玩，聞得他又到外廂閒走。我想家中只有你原是我房中使女，配了丈夫，生下寵兒，是我心腹之人。今後專着你拘管他，休得容情縱放！（老旦）咳，夫人，看亡過相公分上，便將就他些罷？（丑）青奴，不説起相公也罷了。若説起呵，

【東甌令】與他情偏厚，寵多沾，往事重提舊有嫌。當權此日吾非忝，縱放我心頭焰。從今付你好拘箝，無事莫開簾。

（老旦）咳！夫人呵，

【前腔】承尊命，忒森嚴，陳女今來也病體懨。（丑）這也管他不得。（老旦）東君屬意他非僭，舊惡何須念。（丑）休得多言！若有縱容，罪責於汝。（老旦）憑他簇損翠眉尖，誰把罪名拈。

坐守行監莫縱遊，如今喜得遂心頭。
曾聞無毒非男子，恨小從來是女流。

（丑）青奴，小是那個不恨的。（老旦）夫人也忒恨些。（丑）胡説，隨我來。（同下）

第五齣　代試

（净扮秦公子上）

【普賢歌】（净）生來豪富有家貲，終日醺醺醉酒卮。詩書還學師，褒封靠小兒，提學來時悶個死。

〔一〕「丑」原作「净」。

秀才見提學，老鼠入牛角。我秦公子爲人只怕考，一考便跌倒。不好了！學院按臨揚州，今日已是考試日期。這椿苦事，誰來替我？（生、小旦上）

【小蓬萊】（生）每向閒中凝思，見葵榴又換芳枝。（見介）呀！高情公子，無端爲甚簇着眉兒。

（浄）孔先生，我的事，好瞞別個，瞞不得你。學院案臨，今日是考試日期。這椿苦事，没人肯替，因此憂煩。（生）這等，待學生替你。（浄）孔先生是真話麽？（生）怎麽不真！只是衙門内外，須是公子用些錢鈔，打個關節，不要阻礙方好。（浄）這些事，包管停當。還有一件，學院文公原是先父門生。我小時節，也曾會過。如今想也不認得了。萬一緊急之際，亦可略叙家門。（生）這都曉得了。（浄）既如此説，事不宜遲！寵兒，把我的衣巾替孔先生穿了。（小旦）是如此。（换衣巾介）（浄）待我换了小帽隨你去。（戴帽穿青衣介）先生請行。（生先行，浄、小旦隨行介）

【六么令】（浄）文場比試，念荒疏畏縮堪嗤。承君慨允代爲之，圖報答謝恩私，指揮百事憑君志。

【前腔】（生）恩同國士，這微勞怎敢推辭。入門只怕有瑕疵，須掩庇在些時，乘機答對吾堪恃，乘機答對吾堪恃。

（浄）衙門近了。我且暫時迴避，悄地教人打點去。（生）公子請了。（浄、小旦先下）（生立傍，外扮學院，雜扮皂隸二人，小旦扮巡風、牢子隨上）

【海棠春半】（外）身乘驄馬覩風至，掌文衡作興多士。下官文運開，乃南畿督學御史，巡歷各郡，已至揚州。今日正當考試日期，左右開門，放諸生入場。（衆應開門介）（生）衙門已開。那邊許多朋友來了，不免混將進去。（末、丑扮秀才急上）學院開門了，我們快去快去！（生混入同進見介）（外）諸生站立一傍，聽點名。（生、衆應介）（外）李亦通。（末應介）有。（外）全不濟。（丑應介）有。（外）秦子魚。（生應介）有。（小丑背介）秦家打點衙門，偏我没分。這個分明不是秦公子，待我稟爺去。（稟介）稟老爺，這秦秀才是替身。（外）拿下了！（雜拿生介）（生）老宗師，休聽細人之言。生員正是秦子魚。不要説衆目難欺，就是先父在時，老宗師也曾會過。難道不認得了？（外）汝父何人？（生）先父官爲侍中。（外背介）原來是我座師之子。先曾相會，如今也不認得了。想其中必有緣故，替他保全過去。（轉介）這秦秀才，我曾認得，原係正身。（指小丑介）這厮挾讐妄舉，打四十！（雜打介）（外）押出問罪！（押介）（小丑）是非只爲多開口，煩惱皆因强出頭。（下）（外）諸生分號坐定，静聽出題！（生、衆應介）（外）如今夏月炎暑，待我出個應時題目。（寫牌介）「夏日則飲水」。（雜傳題介）（生、衆各沉吟介）（生出介）生員秦子魚交卷。（外）誦來！

【北清江引】（生）困紅塵怎當三伏時，愛飲都相似。裴航渴未消，崔護漿難俟，酌清泉爽然凉沁齒。

（外）過一邊。（末出介）生員李亦通交卷。（外）誦來！（末）

【前腔】潑陽烏放威剛此時，渴病争如是。傾將石髓流，勝却金莖賜，許由瓢取來甘復旨。

（外）過一邊。（丑出介）生員全不濟交卷。（外）誦來！

【前腔】（丑）熱騰騰好如蒸飯時，臭汗渾身漬。渴的没奈何，且把泥漿試，只怕害脾泄撒了一褲屎。

（外）過一邊。（閲卷介）第一等第一名秦子魚。（生應介）有。（外）賞花紅！（賞介）第二等第一名李亦通。（末應介）有。（外）賞紙筆！（賞介）劣等全不濟。背起打！（打介）發落已畢，諸生出去。（各謝介）功夫平日分勤惰，等第今朝別後先。（外先下）（生、末、丑各出場介）（末、丑暗下）（浄、小旦急上回迎介）孔先生考在那一等？

（生）領批了！（浄喜介）妙哉妙哉！快回家吃酒賀喜去。

【前腔】占頭名彩紅初賞時，不覺多歡恣。卷中你作文，案上吾名字，你替我一遭兒我替你兩遍死。

（大笑介）（同下）

第六齣　還符

（老旦扮青奴上）天上人間，方便第一。老身青奴便是。夫人叫我監守碧蓮姐，不許他些兒轉動。我想起來，爲人在世，冤家少結，方便多行。昨晚我孩兒阿寵説道：孔官人先年曾在衙邊，拾得繡符一枝，却是碧蓮姐的。他在樓下遥觀，至今想念。況且未有妻室，定要娶他。叫我把這繡符送還碧蓮姐，看他意思如何。我想，這兩個正是一對好夫妻，該替他們圓成纔是。不免請他出來，試問則個。碧蓮姐，凉亭上風景甚好，出來坐坐。

【遶池遊】（旦）生憎拂鏡，鎮日傷孤影，苦摧殘自甘凄冷。水閣波光，凉亭風景，怕行遊偏添悶縈。

（見介）（老旦）碧蓮姐，你終日在房中悶坐，也不出來散心一會。你看這幾日越發瘦了。（旦）

【集賢賓】空房獨守頻顧影，最難消一種凄清。奴是檻鳳囚鸞難自騁，好風光誰待閒行。柔腸自省，任瘦損當時嬌艷。逢夏景，害不了暮春殘病。

【前腔】（老旦）憐伊寂寞我也心暗疼，夫人，夫人！没來由摧折娉婷。惜玉憐香成畫餅，到如今偏惹人憎。你且寛心待等，怕有日重諧歡慶。（旦）這也不想了。（老旦出符介）姻契整，這釵符當得一枝花定。

（旦接符看介）

【鶯啼序】這繡符呵，先年重午釵畔縈，歎失去無憑。到今朝喜得重逢，却如歸海浮萍。畢竟是何人拾取，因甚的姻盟堪訂。伊便請，與我說知行徑。

【前腔】（老旦）當時偶遇一俊英，自拾取奇擎。況親瞻玉貌如花，兩年來日夜牽情。今特地央奴送與，先討個佳緣約定。（旦）那人今在何處？（老旦）非異境，爲你特相依並。

（旦）畢竟是那個？你可說個明白。（老旦）你道是那個？就是書記孔官人。自從見你，投入俺家，在我孩兒面前，時常想念。今特送還此符，表他情意。（旦）哦！那一日也曾見來。

【琥珀貓兒墜】依稀猶記，年少一書生。他兩載淹留空繫情，（老旦）你肯嫁他麽？（旦）咳！花枝有主自難憑。低聲，枉惹閒非，好事無成。

【前腔】（老旦）其中關竅，不必費丁寧。辦個誠心專意等，須知到底事圓成。畢竟，檻鳳囚鸞，有日和鳴。

（旦）多謝你用心了。

【尾聲】（老旦）你把釵符接取爲媒證。（旦）只怕風波驀地生。（老旦）有分姻緣繫赤繩。

月下仙翁事有無，好生留取會親符。

今朝探取佳人意，免得才郎望眼枯。

第七齣　要盟

（生上）

【步步嬌】（生）自笑年來喬粧扮，把好事常凝盼。釵符暗往還，喜得多嬌許諧眉案。宛轉用機關，這番定把紅絲綰。

小生只爲樓上美人，假托傭書，在此已是兩年光景。且喜賓主相投，頗爲適意。昨日曾托寵兒之母，送還繡符，少通情意，幸得他欣然見許。我想秦公子凡事依仗於我，朝夕少我不得，我如今只説要歸，他必然苦留，那時便好道及此事。早間叫寵兒去説，怎麼還不見來？（小旦扮寵兒上）

【園林好】羡交情如芝似蘭，待分手千難萬難。（見介）我公子呵，聽説臨岐心懶，忙設計要追攀，忙設計要追攀。

（生）我實對你説，欲歸之説，亦是托詞。待你公子苦留之時，我説要回家娶妻。公子必同你商議。你就説將碧蓮姐嫁了他，或者可以留得。（小旦）這都理會得。你看我公子摇擺出來了。（净扮秦公子上）

【江兒水】古道如膠漆，交情不等閒。（見介）孔先生，爲何驀地把歸期趲，想是款待儀文多疏慢？（生）多蒙厚意，全不爲此。（净）僮奴服事相冲犯？（生）寵兒甚是小心。（净）朋友忽然胡訕？（生）也非此。（净）不爲多般，且把歸心略挽。

【玉交枝】（生）深蒙青盼，欲分離也偷將淚彈。家鄉別後無音翰，夢魂飛繞吴山。（净）怕不爲此！（生）還有一事。（净）便請見教。（生）年華漸增嗤有鰥，歸家圖做個東床坦。望垂慈姑容暫還，待重來明年

此間。（净）原來爲此。寵兒，你倒有些見識。我同你商議。（背介）

【川撥棹換頭】欲覓佳姻，須索放還。强羈留，空絜煩。算除非爲覓朱顏，算除非爲覓朱顏。待宜家他歸心自闌。試籌量，休作難。試籌量，休作難。

（小旦）公子，要替他尋個佳姻，一時間那有可意的。依寵兒見識，我府中自有，不消外廂尋訪。（净）是那一個好？

【僥僥令】（小旦）鐵鞋空踏綻，得處總非難。誰似我蓮娘多嬌態？嫁與作鴛鴦他心自安。

（净點首介）説得是，説得是！

【前腔】雙星非隔漢，暮雨近巫山。（轉對生介）你且把歸期權拖逗，自有好商量君試看。

【尾聲】（生）承君厚德姑留絆。（净）管取佳期彈指間。（合）也只爲兩載交情一别難！

（生）學生暫别了。（净）先生請便。（生）請了！（先下）（净）寵兒，説便是這等説，只怕夫人不肯。（小旦）公子苦苦央求，夫人必然依允。只一件：夫人跟前，不要把孔官人太説好了。（净）更覺有理。

且將好事説從容，料得慈親必順從。
劈開鸞鳳青絲網，打破鴛鴦碧玉籠。

第八齣　贈媾

（丑扮秦夫人上）

【梨花兒】(丑)昔日寵姬心大憨，今朝權勢都歸咱。坐守還兼行處監，嗏！休教再把風流蘸。

老身自從把碧蓮交付青奴拘管，果然終日在房中悶坐，不敢半步閒行。碧蓮，碧蓮！你要出頭的日子，今生休想！我好快樂也。(净扮秦公子上)

【前腔】要把玉釵酬盍簪，還愁張主不由俺。索向堂前説再三，嗏！消停脚步先窺探。

(見介)(丑)[一]孩兒有話儘説，探做甚麼？(净)母親原來聽得了。孩兒要問母親討一椿。母親許了，纔敢説。(丑)我的兒，左則我的就是你的，有甚麼不許你？(净揖介)多謝母親厚意。孩兒爲書記，孔先生要回家去，苦欲相留，他説要回去娶妻。(丑)哦，想是要我送他些聘財？(净)不是。(丑)想是討我的衣服釵環，與他渾家穿帶？(净)也不是。(丑)畢竟要討那一椿？(净)孩兒要替他尋一房妻小。一時没有可意的，只有我家碧蓮閒在這裏，不如嫁與他罷？(丑怒介)好胡説！這個斷然使不得！(净)母親，你不把碧蓮嫁他，少不得要去。他若去了，我凡事倚仗誰來？不如顛死在母親面前！(倒地顛介)(丑扶介)孩兒起來，還是小時這般撒癲。我且問你，那孔先生多少年紀了？(净)二十五歲了。(丑不悦介)太小些！(净)啐！錯説了，五十二歲。(丑)這等還可。他人物如何？(净)甚是標致。(丑)忒好了他也不好！(净)母親，他外貌可觀，内材不濟。(丑)咳，我兒，

【羅帳裏坐】追思汝父，偏伊寵耽。我威權獨攬，豈容末減！教他羞窺寶鏡，枉佩宜男。你無端爲彼話喃喃，反使我牽腸掛膽。

[一]「(見介)(丑)」原作「見丑介」，據《盛明雜劇》本改。

（净）咳！母親，

【前腔】從前罪過，乞娘海涵。嬌姿試探，只他入覽。留將翠袖，失彼青衫。慈親就裏試詳參，不是你孩兒輒敢。

（丑）這等説，憑你主意便了。老娘且到後房打睡去也。黄金散盡教歌舞，留與他人樂少年。（先下）（净喜介）如今好了。寵兒那裏？（小旦扮寵兒急上）堂上聞唤急，好事定然諧。公子叫寵兒做甚麽？（净）寵兒，蓮娘親事，夫人親口許下了。快去整治酒席要緊。（小旦）酒席已齊備了。（净）擺在東園水閣上賞蓮花。你一面請孔官人，一面叫你母親，服事蓮娘梳粧出來。（小旦）理會得。（先下）（净行介）離後院，過前堂。水閣上，藕花香。呀！你看池内紅蓮，開得好甚也。（生巾服，小旦隨上）

【遶紅樓】［菊花新］盼煞星河駕鵲橋，今日裏始遂心苗。（旦濃妝，老旦隨上）［齊天樂］喜事匆匆〔一〕，梳妝催早。（衆合）［緱山月］弄玉羡逢簫。

（净）寵兒，兩位新人俱到，不曾叫得掌禮的怎好？便是你胡謅幾句罷。（小旦）寵兒又不曾讀甚麽書，剛剛看得一本《西廂》爛熟，那裏做得個掌禮？（净）就在《西廂記》上摘取幾句罷。（小旦）嗄！曉得。伏以才子佳人信有之，前程似錦；新婚燕爾安排定，好事從天。孔官人，潘安般貌，子建般才，却好爲人在客；碧蓮姐，千般嫋嫋，萬般旖旎，果然行步堪憐。許配雌雄，全虧會撮合的公子；都成眷屬，那怕能拘管的夫人！兜的便親，些兒教愛。文魔秀士，怎當他傾國傾城；瀟灑書齋，准備着行雲行雨。扣兒鬆，帶兒解，越顯温香軟玉；腿相壓，臉相偎，休嫌

〔一〕「匆匆」原作「忽忽」，據《盛明雜劇》本改。

敗柳殘花！（浄）少説些！（小旦）烈火乾柴，好煞人無乾浄，枕頭上做一個並頭蓮；顛鸞倒鳳，可不害半星羞，被窩中出幾點風流汗。伏願成親之後，倒有天長地久，休忘義海恩山。來年生下孩兒，就是張解元後代，開花結果；再娶一房妻小，好似孫飛虎賊兵，剪草除根！（浄笑介）一發胡説了！（小旦）何須盡用周公禮，且向花前學拜堂。（唱拜興介）（生、旦交拜介）（浄）看酒來！（小旦應介）有。（浄送酒介）（生）

【山花子】筵開東閣姻緣好，仙姬會合藍橋。愧維鳩叨居鵲巢，交情怎報瓊瑶？（合）看波心新蓮正嬌，雙花並蒂枝慢摇，風光映人如可招。拚取沉酣，莫負良宵。

【前腔】（旦）幾年羞把蛾眉掃，何期再咏桃夭。臉波紅羞容未銷，回頭自掩生綃。（合前）

（小生扮韓長卿，末扮章興隨上）

【菊花新二句】冒暑驅馳客路遥，維揚郡暫住吴舠。

章管家，我與你迤邐行來，已是秦家門首。快進去通報！（末遥入見生叩頭介）相公原來在此飲酒。同年韓相公到了！（生）快請進來！（末出傳語介）（小生遥入、生喜迎揖介）（旦閃介）（老旦隨下介）（生）韓年兄久違了！（小生）章年兄恭喜了！（浄）孔先生既稱年兄，必曾高發。爲甚姓章？因何至此？請道其詳。（生）［西江月］吾本章斌名姓，鹿鳴徼幸居先。歸途偶爾睹嬋娟，假托傭書留戀。感得主人情重，有心配合良緣。今朝合巹對花前，更喜良朋重見。（浄）原來如此！一向失敬了。（小生）請年嫂相見。（浄）寵兒，快教你母親，服事章夫人出來。（小旦應介）（請介）（老旦上，旦隨上見介）（浄）寵兒，快看酒送韓相公。（小旦斟酒，浄送酒介）

【山花子】叨蒙契交，簡慢君休較。喜紅顔獲事英髦。待明年流波泛桃，良朋共釣春鼇。（合前）

【前腔】（小生）風情自饒，特地將奇釣。上秦樓竟許吹簫。羡東家翩翩鳳毛，多情愛客難消。（合前）

【紅繡鞋】(衆)池塘雨過香飄,香飄。餘涼透入輕綃,輕綃。看倦鳥,漸歸巢。燒銀蠟,爇蘭膏。倒金尊,醉香醪。

【前腔】(小生)杯行且俟來朝,來朝。有人心癢難撓,難撓。(衆合)送神仙,入蓬島。蘭室内,麝烟飄。香馥馥,樂陶陶。

【尾聲】天公配就才和貌,積趲下相思一夜抛。(小生歎介)章年兄,你好處還愁天易曉。

才郎失意不曾愁,還把多情好處勾。
但使書中能似〔一〕玉,何須投筆解封侯。

丹桂鈿合

開　場

【折桂歌】(末上)曾聞桂子月中來,移向秋風次第開。窈窕徐娘人世上,天香豈使久沉埋? 倦遊權子誇才俊,見後留情强親近。向母心歡遇故人,老尼就裏傳芳信。司馬文君史傳奇,於今重見綴

〔一〕「能似」原作「有如」,《盛明雜劇》本作「能似」更合律。

新詞。一段姻緣鈿合裏，千秋幾個有情痴。

向氏母錯認宗枝，妙通尼來説因依。

權學士興懷舊事，徐丹桂重配新知。

第一齣　窺艷

（生便服扮權次卿上）

【鳳皇閣】疏窗凉透，客館衣初授。一年一度會雙星，倒有天長地久。佳姻難湊，且隨意江南浪遊。

［點絳脣］高柳蟬嘶，采菱歌斷秋風起。晚雲如髻，湖上山横翠。簾捲西風，過雨凉生袂。天如水。畫樓十二，少個人同倚。下官姓權，名次卿，字文長，宣州人也。叨中探花，官居學士。宦情甚淡，遂請告以言歸；逸興難銷，奈斷絃而未續。薄遊吴郡，僑寓禪林，假稱遊學儒生，無人知我蹤跡。向在長安市中，買得紫金鈿合一扇，有蓋無底。愛其古物，常帶身傍。今當七月七日，因想金釵鈿合之事，明皇太真，私相盟誓，正在今夕。咳，「情」之一字，好纏害人也！

【金絡索】［金梧桐］歡來好處兒，别去牢相扣。會少離多，害得人僝僽。唐皇愛玉環，［東甌令］恣風流。鈿合金釵做引頭，長生殿裏私盟咒。［針線廂］天上人間怎住休？［解三酲］驚分驟，［懶畫眉］黄泉碧落，兩處總悠悠。［寄生子］况吾儕窈窕難求，宿願難酬，只落得成逓逗。呀，你看今夜月輪未滿，清影偏多，且到佛殿上閒步一回，多少是好。權忠，你在此看守，我到佛殿上閒走去。（末内應介）理會得。（生行介）忽被閒情惱，徘徊夜未眠。月中乘興去，還擬問金仙。（虚下）（旦淡妝扮丹桂，净

扮老尼同上）

【大勝樂引子】（旦）驀地西風動衰柳，這凄凉有人知否？今宵特叩禪林，（浄合）專望佛慈垂佑。

（見介）（旦）［鵲橋仙］纖雲弄巧，飛星傳恨，銀漢迢迢暗度。金風玉露一相逢，便勝却人間無數。（浄）柔情似水，佳期如夢，忍顧鵲橋歸路。（旦合）兩情若是久長時，又豈在朝朝暮暮。奴家徐氏之女，小字丹桂。少年失侶，依母同居。只爲心有舊願，今當七夕之期，特到月波庵中，拜佛祈禱。妙通老師父，相煩引到佛殿上拈香則個。（浄）當得。（引介）這是殿上，先參了三寶。（旦拜介）（浄）信女徐娘，拜禱焚香。願求法力，普照迷方。想他苦〔一〕惱，湊我成雙。一個缺了長老，一個溜了情郎。（生暗上覷介）

【大勝樂過曲】（旦）慈悲主，聽訴因由，訴因由。教奴還自醜，宿生冤債應難宥，今世裏盡生受。奴是孤辰寡宿，無緣分、空向天邊盼女牛。今生過也，只指望來生伴侶，百歲相守。

（浄）咳！徐大姐，

【解三酲】休只盼來生輻輳，還須有此世綢繆。（旦摇手介）這也休提！（浄）文君也曾緣不偶，羨求凰鳳侶同遊。（稽首介）佛慈好與相搭救，配一個相如共白頭。姻緣湊，似雙星此夜、相對河洲。

【尾聲】（旦）這話兒休輕漏，屬垣有耳怕難收。且自歸家獨倚樓。

（浄）這庵中也没有甚麼人，再請到小房獻茶。（旦）不勞了！母親在家相候，就此拜别。（浄）多慢了，待貧

〔一〕「苦」原作「若」，據《盛明雜劇》本改。

道送你幾步。（行介）（旦）〔一〕無限心中不平事，一番清話又成空。（先下）（生出介）誰家女子，這般絶色？知他新寡文君，果是宜顰西子！

【二犯朝天子】他説且自歸家獨倚樓，滿腹凄涼意，欲訴休。遥瞻玉臉殢嬌羞，謾凝眸，迴身一段輕柔。頓將人意勾。

（浄上）纔送佳人去，還歸佛院來。（見介）相公還不曾睡哩！（生）卑人見新月可愛，在此閒行。請問適纔女子，是何等人家，有此絶色？（浄）哦，相公方纔見來？（生）正是！曾見來。（浄）聽稟。［臨江仙］丹桂名兒徐氏女，生來一貌傾城。青春無伴苦伶仃，身依慈母畔，矢志守堅貞。（生）他母親姓甚麽？那裏人？（浄）若問萱親身姓向，祖家遠住燕京。（生）可有親人來往？（浄）宗枝凋謝侄初生，别來餘廿載，長此掛心旌。（生背介）這等説起來，只除如此如此方妙！（轉介）依老師父説來，正是家姑。（浄）那有這等奇事？（生）且待明日細講。（浄）相公請安置罷。（生）是如此。不施萬丈深潭計，怎得驪龍頷下珠。（分下）

第二齣　認姑

（老旦扮徐母，丑扮糕兒隨上）

【臨江梅】［臨江仙］（老旦）每到秋來增悶懣，何堪老去辛酸。還悲淑女乍離鸞。［一剪梅］（丑接）莫要眉攢，且自心寬。

〔一〕原闕「旦」，據《盛明雜劇》本補。

（見介）（老旦）老去悲兒女，秋來感歲時。人間哀苦事，都上我眉兒。老身向氏，嫁在徐門。丈夫亡過，遺下兩個兒女。孩兒重九日生，叫做糕兒，又痴又頑，不省世務。（丑諢介）且自乖巧着哩！（老旦）女兒丹桂，才貌雙全，少年失伴，在此相依。想我舊住燕京，丈夫在京營運，做下這門親。出京之時，我父母雙亡，只有大哥生下一個侄兒，年方兩歲，頗覺清秀。曾把女兒許他爲妻，將紫金鈿合各分一扇，以爲憑證。多年隔絶，遂悔姻盟。天那！我那侄兒，不知可有重會的日子也没有？正是和針吞却線，刺人腸肚繫人心。（生上，末扮權忠捧禮物隨介）

【前腔】（生）欲向深閨通意款，還愁陌路無端。安排巧計把天瞞。（末接）得母情歡，得女姻完。

（生）權忠，一路問來，那深巷小門，正是徐家了。你可進去通報，説是向大官打從京中出來的。（末）嗄！曉得。（進見介）裏面有人麼？請問一聲，這裏可姓徐麼？（老旦）正是。（末）可有個老孺人京中姓向麼？（老旦）老身正姓向。（末）我主人是向大官。打從京中出來，已在門首了。（老旦喜介）糕兒，你哥哥到了。快去迎接！（丑急走接介）（生入見介）（老旦各掩淚介）

【哭相思二句】骨肉生來成隔斷。重聚會，歡無算。

（生）姑娘在上，容侄兒拜見。（老旦）行路辛苦，快不要拜！（生揖介）領命了。（老旦）侄兒，我出京之時，汝方兩歲。不意這般長成，一表非俗，老身不勝之喜。你且把近日事情，試説一番。（生）姑娘聽稟，

【刮鼓令】嚴親賦考槃。（老旦）你父親還健麼？（生）髮蕭蕭看漸短。長只爲尊姑别久，望南雲雙淚漫。待我漸勝冠。特來此方，重伸意款。小厮，看禮物來。（末送禮介）（生）些須香絹愧寒酸。似採芹野老，也要薦春盤。

（老旦）來了就是，何用許多禮物？糕兒，且收進去。（丑接禮下）（生）請問尊姑，近日情況何如？

【前腔】（老旦）傷心事幾般。痛良人捐舍館。（生）原來姑夫不在了，遺下幾位表弟？（老旦）止留下孤兒不肖，續箕裘事已拚。（生）還有一位表妹，如今在麽？（老旦）有女似文鸞。爲紅顔命薄，留咱作伴。（生）可請相見。（老旦）他昨宵風露襲冰紈。曉妝未整，還自把眉攢。

（生）這等説，明日請見罷。（老旦）左則你在此多住幾時，兄妹之間，時常可以相見。我先送你到西堂，安下了行李。（生）尊姑請先行。（老旦引生行介）（老旦指介）這東邊小院，是你妹子卧房。（生應介）（老旦）這是西堂了。我陪你吃飯去。（生）領命。

廿載睽違信未通，忽瞻英妙喜融融。

今宵剩把銀缸照，猶恐相逢是夢中。

第三齣　粧成

【金蕉葉】（旦上）愁深怨深，惹風寒無端病侵。纏不暖香銷剩衾，靠不牢花湮獨枕。

［憶秦娥］秋風劣，床頭吹送聲凄切。聲凄切，寒空雁叫，暮林蟬咽。夢魂初斷腸千結，形孤影隻和誰説。和誰説，黄陵廟裏，鷓鴣啼血。奴家自七夕焚香，感傷情緒，兼冒風寒，染成愁病，今覺稍平。表兄從京中遠來，今日欲圖一會。只得强起梳粧。（照鏡歎介）

【綿搭絮】瘦來難任，寶鏡怕初臨。鬼病侵尋，悶對秋光冷透襟。最傷心，静夜聞砧。慵拈繡紝，懶撫瑶琴。終宵裏有夢難成，待曉起翻嫌睡思沉。

且待我梳頭則個。（做理髮歎介）

【前腔】乍離山枕，鬢亂難禁。試脱瑶簪，空琢鴛鴦護水潯。曉窗深，日色陰霒。羞垂勝錦，倦插釵金。曾記詩人有云：豈無膏沐，誰適爲容？拚一個粉褪香消，欲待爲容枉費心。

（丑内叫介）姐姐快來！母親一時害了急心疼，暈倒在地。（旦慌介）怎麼好？這門也鎖不迭了。正是：屋漏更遭連夜雨，行船正遇打頭風。（急下）

第四齣　閨探

【生查子】（生）瞥眼繫情腸，特地相親傍。暗裏覓機關，鎮日空思想。

少年多好色，吾輩獨鍾情。下官自睹徐娘，欲諧佳偶。假稱中表，徼幸相親。來此數日，他母親忽染心疼。向在京師，曾購得妙藥一丸，名曰「定神丹」，專治心疼神效。今日以子侄之禮，入堂問疾。就送這藥丸與他，有何不可？（行介）

【懶畫眉】披衣款步入茅堂，問寢殷勤似猶子行。這一丸神藥賽青囊。因他得近佳人傍，怎説欲療相思無異方。

呀！這東邊小院，就〔一〕是徐娘卧房。喜得門開在此，我且閃將進去。

【前腔】輕捱小户瞰蘭房，只見別院逶迤花逕長。此時徐娘想在房中。我霎時相見訴衷腸。將他摟定休

〔一〕「就」原作「説」。

輕放，准備如天色膽强。

呀！進到房中，原來没人在此。好一場掃興也！

【前腔】深閨寂寂掩疏窗，一段風情空自狂。你看香奩尚啟，寶鏡未收。想他纔自理新粧。殘脂剩粉金盆漾，染得羅巾撲鼻香。

房中别樣休提，只這繡帳牙床，錦衾角枕，須是徐娘睡卧之所。須索消受一番。

【前腔】羅幃輕罩縷金床，角枕斜捱繡被香。巫娥曾此夢襄王。且待我躺一躺〔一〕。（睡介）些兒蕩着消災障，（笑介）也笑春風樂一場。

久待不來，只索丢了。悄入蘭房喜復驚，只道巫山雲雨定相迎。我這一場春興，好似春潮帶雨晚來急，誰知徐娘不在，無奈他野渡無人舟自横。（歎介）（下）

第五齣　問疾

（净扮醫人上）小子别號西泉，行醫三代流傳。脈訣念他數句，藥性記得幾篇。説病何曾猜着，寫方一味歪傳。不管風寒暑濕，那知蠱癩狂顛。虚痨的，與他硝黄瀉倒；悶滿的，却將參朮來煎；害熱的，一貼乾薑附子；傷冷的，吃些黄柏黄連。老人家，説他驚風吐乳；男子漢，説他産後胎前。醫得前街上哭聲震地，醫得後巷裏叫苦連天。昨日東市頭，拿我替他唱歌送殯；今早西市頭，請我一頓硬脚粗拳。專替閻羅王發檄，却與棺材店挣錢。幾

〔一〕「躺一躺」原作「倘一倘」。

番要丟了這樁道路，爭奈没甚麽養活家緣。（内叫介）張西泉，有人請你來了。（浄）又是誰家悔氣？早來請我張仙。（内介）怎麽是張仙？（浄）送生不如送死，與他一樣威權。（丑扮糕兒急上）心慌來路遠，事急出家門。張西泉，那裏不尋你？誰想在這裏自言自語。（浄）小官，你家何人害病？（丑）家母害病，請你醫治。（浄）咦，你家可曾打點後事不曾？請我去不是作耍的。（丑）休得取笑！便請同行。（浄行介）

【駐雲飛】趲步輕挪，（丑）張西泉，你行醫幾代了？（浄）三代行醫治女科，死了醫他活，睡的教他坐。（浄作不行介）嗏，何故把人拖？莫教擔閣！（丑）没人扯你。（浄）是了。昨夜冤魂，白日來纏我。吾奉太上老君急急如律令敕，我是太上天師殺鬼多。

（丑）休得白日搗鬼！已到寒家門首，請進去。（進介）（丑）你且在此略坐一坐。（浄）曉得。（丑）姐姐，扶母親出來。（老旦扮病）（旦扶上介）母親，

【粉蝶兒二句】愁病淹纏，未審何時安妥。

（丑）母親，太醫請到了。（老旦）女兒，你且迴避着。（旦）曉得。暫别堂中母，須求海上方。（虚下）（丑）張西泉進房來！（浄看脈諢介）

【駐雲飛】請問尊婆，可是經信遲留一月過？（老旦）老人家天癸久絶了。（浄）口渴如噴火？（老旦）不渴。（浄）頭暈猶捱磨？（老旦）也不暈。（浄）嗏，手背錯相摩，怎生參破？索性説與因緣，省得胡猜個。（老旦）是害急心疼。（浄）既然是心疼，打甚麽緊？一服靈丹一笑呵。

（丑）怎麽一笑呵？（浄）吃了我的藥，笑一笑便好。（丑）不笑怎麽？（浄）不笑便用打點哭。（丑）又胡説了！快取藥去。（浄）莫道囊中無妙藥，（丑）須知肘後有奇方。（同下）（旦急上）休説藥醫不死病，還應佛度有緣

人。（見介）母親，女孩兒方纔轉到房中，床上有一顆丸藥。封袋上寫着「定神丹，專治心疼神效」，不知何人送至，拿來在此。（老旦）這一定是神仙所賜！快拿來我吃。（吃介）吃下此藥，心便不疼了。（旦拜介）謝天謝地！（老旦）待我略睡一睡。（旦）母親請安寢，女孩兒在此相伴。（老旦睡介）

【燕歸梁二句】（生上）徐母沉痾尚未瘥，勤問候復來過。

徐母害心疼，我有定神丹一丸，正要送與他，不知失落在那裏了。想多在徐娘房內，不好去尋。聞請醫人醫治，且去問候則個。（做見旦介）妹子拜揖了！（旦）哥哥萬福！（生）姑娘病體如何？（旦）覺道好些，方纔睡去。（生背介）今日見他，愈覺嬌媚可愛。

【錦纏道】謾凝眸，見佳人似瓊枝玉柯。新柳畫雙蛾，最堪憐，盈盈細剪秋波。半迴身欲行未那，待開言含笑還合。氳的粉顏酡，比那夜來時龐兒更可。嬌來直恁多，越把我情腸牢縛，幾時得桂影近嫦娥。

（旦背介）不想向家表兄這般俊雅！

【普天樂】羨嘉賓，堪入幕，似膩粉何郎抹。天生就年少才多，當不得俊眼偷睃，抽身去麼。縱無情，怎生拋得情哥。

【古輪臺】（生）自摩挲，仙源咫尺路無多，佳姻入手情偏懦。休教折挫，且弄風魔。拚劈面搶白一個。妹子，我有無限衷腸，要對伊説破，望伊休怪我輕薄。（旦背介）他漸騁嘍囉，風情事奴也知麼，只怕傍人笑恥，老母憎嫌，欲迎還躲。脚步且延俄，難憑我，温郎玉鏡事如何？

（生急走近旦介）

【尾聲】霎時相傍姻緣大，挽着花枝肯放過。（旦推介）且商量琴瑟調和。

（老旦醒介）甚麼人在這裏鬧炒？（旦急閃下）（生）是我侄兒來看姑娘。（老旦）哦，原來是你！方纔誰和你講話？（生）没有誰。（老旦）既如此，也罷了。（生）侄兒告退。（老旦）你去罷，老身還要睡睡。（生）是如此。良緣剛湊巧，好事又多磨。（下）（老旦）且住！這定神丹，只我京中有賣的。想是我侄兒帶來。如何又在女兒房内？方纔睡夢之中，分明聽得有人講話，怎説没有？事有可疑。况且當初原許嫁他，不若如今圓成此事，不枉了女貌郎才。只請妙通老尼到來，央他説合就是。（丑取藥上）良醫思割股，妙藥可回心。母親，藥取來了。（老旦）我的病已好了，藥不吃罷。且扶我到後房去。（丑）曉得。（老旦）糕兒，你明日去請妙通師父來。（丑）孩兒就去。（老旦）起病從來須妙藥，合婚必定用良媒。（同下）

第六齣　賜環

（外扮欽差官，雜扮敕印從人隨）

【秋蕊香】（外）侍奉承明朝罷，金鑾上捧出黄麻。特召詞臣歸闕下，怎免得驅馳驛馬。上命遣差，蓋不由己。下官是中書省一員舍人。欽承朝命，宣召翰林院學士權次卿還朝復任，不次擢用。這權學士原籍宣州，只得星夜馳驛前去。左右，就此起馬。（衆應介）

【六么令】叨承使楂，自古王言，不宿於家。春明門外即天涯，程期緊，路途遐。宛陵咫尺征鞍撒，宛陵咫尺征鞍撒。

（丑扮驛丞上跪接介）宛陵驛驛丞接老爺。（外）你那驛官速到學士權爺家報説，叫他快來接詔。（丑）禀老爺，權爺兩月前出外行遊，不在家裏。（外）怎麽□？你可知他去向？（丑）驛丞去打聽，説到吴郡，正在彼中月波庵作寓。（外）左右，便到吴郡去走一遭。（丑引行介）

【前腔】行遊那答，且向吴江，笑傲烟霞。扁舟争許伴魚蝦，歸金闕，佐王家。幾時得到蘇臺下，幾時得到蘇臺下。

（衆下）

第七齣　議婚

（浄扮老尼上）

【麻婆子】久闊久闊徐婆面，聞知有病纏。久闊久闊徐娘院，教他省掛牽。（丑扮糕兒上）領親命，敢遲延？疾忙去到佛堂前。（撞介）呀！撞着撞着行不遠。（浄）啐！磕破光頭没半邊。

（丑）老師父，你頭是好的。（浄）只見也不疼。（丑）老師父，我母親叫我請你講話，你來得湊巧。（浄）我正來看你令堂，快去説知。（丑）母親有請！（老旦上）

【菊花新】只因底事擾心田，欲倩良媒將話傳。（浄）呀！有病喜新痊，愁殺我幾時不見。

（見介）徐老孺人，聞知你有些貴恙，特來看你。（老旦）多謝費心，病已好了。有幾句話兒，要請老師父説知。（浄）請見教。

【漁家傲】（老旦）我只爲兒女終身苦掛牽，（浄）正是呢，一時間也難得可意的。（老旦）若提起可意人兒，也只在眼前。（浄）在眼前？只有你令侄了。（老旦）他兩個當初許定諧姻眷，悔無端更變。今日裏才子佳人，眼見得文鸞錦鴛，仗你個慈悲結善緣。

【前腔】（浄）我也道女貌郎才不偶然，既然是舊許佳姻，有金釵翠鈿。（老旦）當初曾把紫金鈿合，各分一扇，以爲憑證。（浄）當時聘物應難見。（老旦出合介）鈿合現在。要配上那一扇，就把女兒嫁了他。（浄接合介）合當方便。我本是蕭散孤星，替你做和合大仙，兩片分張一處圓。

（老旦）就煩你到西堂，與我侄兒説合此事。（浄）曉得，老孺人請便。（老旦）請了，不須多囑付，（浄）原是會中人。（老旦先下）（浄略轉介）到此已是西堂，待我咳嗽一聲。（嗽介）（生上）

【番卜算】相見未相親，轉覺情難遣。思量欲待覓良媒，没個人兒便。

（浄笑介）人兒倒有個在這裏，不知便也不便？（生笑見介）被〔一〕你聽得了。老師父，許久不會，今日何來？（浄）貧道此來，專爲相公喜事。（生）有甚麽喜事？請道其詳。

【桂枝香】（浄）荒庵東院，名門淑媛。纖纖楊柳如眉，灼灼桃花爲面。想郎君此日，想郎君此日，脚跟無線。堪爲姻眷，與你結良緣，鳳卜諧佳契，鸞膠續斷絃。

【前腔】（生）你菩提心善，多行方便。問伊南國佳人，可似東家仙眷。（低唱）儻娘行見許，儻娘行見許，遂吾心願。何勝歡忭，好難言。（浄）相公，但説何妨。（生）欲覓嬋娟貌，還同姑射仙。

（浄）你要像那一個纔喜歡？（生）不瞞老師父，得像這裏表妹方好。（浄）若論容貌，却好相像。（生）要甚麽

〔一〕「被」原作「待」，據《盛明雜劇》本改。

聘財？（浄）不消別樣禮儀。他家有半扇金合兒，配得上的就嫁他。（生）借合一觀。（浄出合介）（生看介，背介）呀，這半扇紫金鈿合，與我京中買那半扇，却好是一個。且待我問他。（轉介）老師父，他家要配這合兒，必有緣故。便請說知。

【大迓鼓】（浄）他先年家住燕，曾和中表約定姻聯。各將鈿合分一扇，如今難得再團圓。若得圓成，便是宿緣。

（生背介）我只說這半扇合兒，原是聘財就是了。（轉介）

【前腔】盟言曾在前，（向桌上取合介）篋中鈿合，寶色依然。（浄湊合介）果然是一個！（生）鳳雙鸞匹緣非淺，雌雄今已合龍泉。若見佳人，喜有萬千。

（浄）倒來哄我！就是你表妹桂娘子，難道不曾相見？（生背介）原來就是他！天從人願，樂不可言。（轉介）請問幾時成親？（浄）你兩個孤男寡女，等甚麼日子！就是今晚中秋佳節罷。（生笑介）更妙更妙！

温嶠曾輸玉鏡臺，圓成鈿合更奇哉。

百年夫婦今宵合，一段姻緣天上來。

（浄先下）（生）權忠，快到當鋪裏賃一套儒衣拜堂。（内應介）曉得了。（生）怎麼有這等奇事！樂哉樂哉！

（下）

第八齣　完合

（老旦扮徐母，丑扮糕兒隨上）

【傳言玉女】徙倚階除，還怕有緣難遇，問良媒何緣間阻。（浄扮老尼上接）佳姻説就，轉堂上回言慈母。（見介）（老旦）老師父，親事成否若何？（浄出合介）只看湊成鈿合，好姻重續。

（老旦喜介）好姻重續，使老娘不勝之喜！還在幾時畢姻？（浄）喜遇中秋佳節，就在今晚了。（老旦）糕兒，快請姐姐梳妝。外〔一〕邊整酒席伺候！（丑喜唱哩囉嗹介下）（生巾服上）

【西地錦】假侄今成真婿，翰林且改寒儒。這場姻契從天付，何勝暗裏歡愉。

（見老旦揖介）尊姑拜揖！（浄笑介）鈿合從來問有無，休將丈母認尊姑！人間多少成婚配，笑我尼姑到底孤。（老旦笑介）老師父出口成章，就煩你做個賓相。（浄）當得！賓相從來男子做，今朝權當是尼姑。不是尼姑多攬事，只因浄丑没工夫。請新人上堂！（老旦）休道本相。（丑扮糕兒，貼旦扮梅香，扶旦上）

【前腔】繡閣粧成催赴，華堂香靄金爐。佳姻曾注鴛鴦簿，神仙喜會蓬壺。

（浄照常唱禮，交拜介）（丑、貼酌酒，生、旦送介）（生）

【畫眉序】銀燭燦芙蕖，瑞鴨微噴麝烟浮。喜紅絲初綰，寶合曾輪。（浄合）何郎俊才調淩雲，謝女艷容華濯露。（合）月輪正值團圓暮，雅稱錦堂歡聚。

【前腔】（旦）粧罷柳眉舒，結束新裁翠羅襦。效雙飛文翼，連理芳株。（老旦合）慚弱女名擅金閨，願快婿身登玉署。（合前）

（外扮欽差官捧詔，衆引上）一封丹鳳詔，飛下九重天。聖旨下！（老旦、旦、浄、丑、貼俱下）（末扮權忠，替生

〔一〕「外」原作「一」，據《盛明雜劇》本改。

換冠帶接詔介)(外讀詔介)聖旨已到,跪聽宣讀。奉天承運,皇帝詔曰:輝煌盛治,端有賴於詞林;經濟弘才,不宜置之散地。翰林學士權次卿,請告已久,衆論皆推。茲特遣中書省舍人,召爾還朝復任,仍將不次擢用。詔書到日,即便起行。欽哉。謝恩!(生叩頭謝恩介)天使大人,請到館驛駐馬。下官明日洗塵。(外)王程緊急,不勞了。君召不俟駕!(生)指日便登程。(外別下)(老旦、旦、浄、丑、貼復上)(老旦)不知賢婿姓權,却是朝廷貴臣,爲何假稱舍侄,光降寒門?其中事體,就請説知。(生揖介)岳母恕罪了!

【滴溜子】禪林裏,禪林裏,夜來款步。佳人的,佳人的,暗中厮覷。因此托名親故。三生幸有緣,欣成眷屬,(老旦)畢竟鈿合何來?(生)偶爾都門,得此韞櫝。

(老旦)原來如此。(浄笑介)老孺人,姻緣分定,管甚麼是真是假,姓權姓向。招得這樣風流俊雅翰林學士做女婿,須不辱没了你的女兒。(老旦)老師父説得有理!(衆唱)

【鮑老催】畫堂錦簇,笙簫沸湧吹艷曲。神仙隊裏香馥郁。居玉京,佩銀魚,棲金屋。風流富貴天生福。郎才女貌非塵俗,且自把冰絃續。

【雙聲子】香飄粟,香飄粟,看桂影婆娑緑。月滿屋,月滿屋,漸轉上欄杆曲。歡笑足,歡笑足。更相祝,更相祝。願齊眉厮守,百歲和睦。

【尾聲】文君司馬傳芳躅,千古風流還再續。謾比淫風污簡牘。

瑶天萬里月初圓,此夜文簫駕彩鸞。
不向長安買鈿合,天涯骨肉浪悲歡。

素梅玉蟾

開場

【尋梅歌】(末上)江梅開向歲寒時,占得春光第一枝。惟有玉人相映白,楊家淑女擅芳姿。好事將成忽驚散,鳳郎背地空悲歡。外家一去不復歸,玉蟾在手凝愁看。別聘佳人却姓馮,誰知還是舊情悰。天緣不了重相會,聚散渾疑一夢中。

竇二郎驚散姻緣,金三舅別聘嬋娟。

鳳司理登科歸娶,楊素梅守志重圓。

第一齣 訂約

(生扮鳳來儀上)

【滿江紅】(生)木落庭皋,樓閣外彤雲半擁。偏則向凄凉書舍,早將寒送。眼角偷傳傾國貌,心苗曾倩多情種。問嬌娘何日赴佳期,成歡寵。

[點絳脣]新月涓涓夜,寒江静,山銜斗。起來搔首,梅影横窗瘦。好個霜天,閒却傳杯手。君知否?亂鴉啼

後，狂興濃如酒。小生姓鳳，名來儀，字梧賓。武林人也。年少能文，家貧未娶。虧殺母舅金三員外，贍我燈火之資，在此吴山左畔，賃下園亭一所。與契友竇尚文兄弟，同住讀書。近日他們暫往姑蘇，止留我在此。一月前東鄰樓上，忽有女子，凭窗而立。小生瞥然見之，驚若天人。他那裏有角門與此相通。有一侍女，名曰龍香，雅秀多情。來此亭畔採菊，小生揖而問之，方知此女姓楊，小字素梅，不特姿容艷絶，兼解詩詞。因此常以書劄相通，頗蒙酬答。昨日寫下情詞一幅，將玉蟾蜍鎮紙爲信，央浼龍香寄去，求訂佳期，未知允否。只待龍香到來，便知端的。這般時候，他也該來了。（小旦扮龍香上）

【女冠子】（小旦）雙垂金雀鬟初攏，情事裏早輸儂。才郎倩把情詞送，今宵准許佳期共。

（見介）（生）龍香姐你來了，我好盼望得苦也！（小旦）鳳官人怎麽樣盼望？怎麽樣苦？試説一番。（生）

【宜春令】桃源路，信未通。盼佳音還愁落空。自卿離側，終宵欹枕難成夢。頻側耳落葉風敲，偷着眼開簾竹動。料應良宵有約，翠圍珠擁。

（小旦）多勞你費心。只是我姐姐太彆强些。（生慌介）怎麽彆强？快請説！（小旦）

【前腔】他窺青簡，變玉容。惱丫鬟氤的氣冲！是誰輕薄？淫詞一幅將何用？（生）他在樓上，我兩個也曾眼睁睁的看來。（小旦）你説有緣法月下逢崔，他道没意味牆頭窺宋。特教風情打疊，到會家吟咏。

（生哭介）天囉！這般説，可不害殺了小生也！（小旦笑介）官人慢哭，還有好話在後。（生）既有好話，快説來！（小旦）咦，好容易大着嘴子，快説來，快説來！陪一個小心不得。（生陪笑介）咳，是我差了。（跪介）龍香姐，我的親娘！有甚麽好話，對鳳來儀説罷。（小旦扶介）你且起來。我姐姐初時不允，是我再三攛掇，已許下佳期了。（生）約在幾時？（小旦）在明年。（生哭介）若在明年，小生左則害死了也！（小旦）好個膿包的秀才！

你聽説，

【三學士】説向私情全未懂，爲伊費盡詞鋒。佳人到此纔心肯，才子生來却運通。約定夜來成愛寵，黄昏後魚水同。

（生笑介）虧殺我救命的姐姐！鳳來儀好喜也。

【前腔】謝你恩深當拜捧，積些救命陰功。隔牆欲待初更月，開户還迎少女風。莫謾濡遲宵漏永，專相候牆角東。

（小旦）官人，我去了。（生）替我多多上覆梅娘子，千萬不可負約！（小旦）這事不須囑付。官人切不可放閒人在此打攪！（生）隨他甚麽人，也要撚他去！

密約多諧月下，佳期准在星前。

但看文鸞配鳳，莫教野鴨鷩鴛。

（小旦先下）（生）日已過午，我且去睡一會兒。（笑下）

第二齣　驚歡

（旦扮楊素梅上）

【掛真兒】（旦）暮靄初收新月皎，幽閒處暗惹情苗。密約曾申，佳期已訂，謾對緑衣羞道。

［桃源憶故人］玉樓深鎖薄情種，清夜悠悠誰共？羞見枕衾鴛鳳，悶則和衣擁。無端畫角〔一〕嚴城動，驚破一番新夢。窗外月華霜重，聽徹梅花弄。奴家楊氏，小字素梅。早失椿萱，身依兄嫂。偶因刺繡樓中，窺見西園一個書生，天然俊雅，不覺動情。他也央我侍兒龍香，書詞來往。昨日忽寄情詞，欲諧歡好。奴想貞姬守節，俠女憐才，兩者俱賢，各行其志。已曾約定，今宵與他厮會。你看這天氣，又早夜了也！（小旦扮龍香上）良宵今寂寂，好事已匆匆。姐姐，我去看大官人大娘子都收拾睡了，我們早些去罷。（旦）想起來，有些害羞，意欲不去。（小旦）姐姐，你不去不打緊，只是連累龍香，謅了一個謊。後來害死了這秀才，地府中還要攀下我來！（旦）你只管自家的來世，再不管我終身。（小旦）甚麽終身？嫁了他就是。（旦）這般説，我便依你走一遭。（小旦）姐姐請行。（旦行介）

【一江風】拂雲翹，再整新妝，好離却香閨悄。（小旦合）步休遲，夜短情長，好會應須早。待我開了這角門。（開門介）柴扉掩自牢，柴扉掩自牢，輕開犬莫嘷。（指介）那邊有燈的，就是他書房了。看咫尺是祅神廟。

（生上）

【前腔】夜迢迢，月滿花間道，盼殺音塵杳。呀，角門開，鯱地人行，定是他來到。（遇介）（喜介）神仙下碧霄，神仙下碧霄，虹霓擲彩橋。快請進書房去！這書齋僥倖做巫山嶠。（小旦）送你到此，我自去了。（旦）略轉轉就來。（小旦）曉得。鳳官人放從容些，不要驚了他。（生）曉得。

〔一〕「角」原作「閣」，據《盛明雜劇》本改。

（小旦出介）好生頂上門！（生閉門介）閉門不管窗前月。（小旦）分付梅花自主張。（下）（生）我的姐姐，則被你想殺人也！

【二犯桂枝香】［桂枝香頭］朱樓雲渺，玉人天表，終朝搯損情腸，何意得諧歡好。（旦）［四時花］英標！樓頭暗窺意轉摇，芳詞密約奴自曉。托終身君莫抛。（生戲旦介）［皂羅袍］斜偎玉臉，幽香暗飄。輕鬆羅帶，春情怎饒！（旦推生介）［桂枝香尾］再把盟言設，方成鸞鳳交。

（小生扮竇尚文、丑扮竇尚武急上）

【不是路】自别同袍，屈指光陰兩月遥。停歸棹，月中乘興把門敲。（生、旦慌介）外面喧嚷，有人來了！（生推門介）我推住門，你滅了燈！（旦吹燈介）（小生敲門介）（生）敲門的是誰？（小生）小弟是竇尚文。（丑喊介）小弟是竇尚武。（小生）念吾曹，自憐久闊縈懷抱。今喜初歸，與你話寂寥。（丑）供歡笑，一尊三白同消繳。莫嫌相攪，莫嫌相攪。

【前腔】（生）别後情摇，甚欲相迎叙久要。貪眠早，夜來恕不整衣毛。（小生）鳳兄，寒舍非遥，過談甚便。兄興素豪，今夜何故落莫？（生）荷相招，高眠百尺非桀傲，欲冒風寒頗憚勞。（丑怒介）鳳兄，你當真不起來？莫怪小弟粗鹵，打進門來了！（生慌介）（低聲向旦介）不好了！打進門來，必然事露。姐姐，你且躲在床後，待我出去打發他。（旦躲介）（生）竇二兄，休焦躁，從容整頓衣冠好。啟門相叫，啟門相叫。

（見介）（生）室中無火，待我搭上這門。（扣門介）同到月明中，坐話一番。（丑）坐話甚麼？且到寒家呼盧浮白去。（生）小弟不耐煩。（丑）管你不耐煩，扯了去！（小生扯介）（生不肯行介）（丑推介）今夜一尊酒，且與共論文。（同下）（旦徐出介）喧聲漸息，想是他們都去遠了。這場喧哄，好驚殺人也！

【長拍】剗地喧呼，剗地喧呼，無端狂少，打散我一場驚攪。雲籠雨蓋，霎時間霧釋冰消。須悔女輕佻，怕到頭事露，此身難保。（窺介）且向窗櫺偷覷着，看月影上花梢，他在誰家宴飲還不到？眼見是浮絲浪絮，薄倖根苗！（小旦上）

【短拍】遠寺鐘鳴，遠寺鐘鳴，鄰家雞叫，怕宵行露冷風瀟。想那鳳官人與我姐姐呵，香暖護〔一〕鮫綃，有幾度被窩春鬧。呀，好怪！怎麼這門兒外面搭上在此？（旦聽介）外面的不是龍香麼？（小旦）正是我。（旦）快開了門進來！（小旦開門介）呀，姐姐，爲甚的歡娛起早，獨自個影寥寥？

（旦）那裏是起早，一夜裏還不曾睡。（小旦）爲何還不曾睡？那人兒到那裏去了？（旦）咳！

【尾聲】你轉身時人狂叫，（小旦）是、是甚麼人？（旦）高陽酒客强相邀，把我閃落在蕭齋魂暗飄。

（小旦）怎麼有這等事？姐姐還在此候他一候麼？（旦）還説甚麼候他，快回去罷。驀地魚舟驚比目，（小旦）霎時樵斧破連枝。（下）（生做醉態上，急走介）

【縷縷金】狂朋侶，共酕醄。幾番辭別去，不相饒。到的歸來也，東方將曉。（急走閃介）待疾忙奔去路蹊蹺，園林隔雲嶠，園林隔雲嶠。

（到介）呀，怎麼門兒開在此間？（急進叫介）姐姐，姐姐，小生回來了！怎麼不見答應？（慌介）（尋介）不好了！原來回去了。（哭介）天殺的竇二！兀的不害殺我也。天囉！這段姻緣，小生費盡了千思萬想，纔得成

〔一〕「護」原作「獲」，據《盛明雜劇》本改。

就。一場到手的買賣，平白地拆開去了。鳳來儀，鳳來儀，你好薄命人也。（頓足哭介）

【尾犯序】辜負可憐宵。痛殺書生，直恁緣薄。入手姻缘，忽驚分這遭。（指介）堪惱，打開我雲酣雨密，拆開我鸞顛鳳倒。還只怕雲英心懶，不肯赴藍橋。

再央龍香去説，或肯再來，亦未可知。困倦之極，少睡片時。天囉，鳳來儀好苦呵！（哭下）

第三齣　歸馬

（小旦扮龍香上）不如意事長八九，可與人言無二三。我龍香爲何説此兩句？只爲我姐姐與那鳳官人，佳人才子，兩意相投，龍香在中間撮合。昨夜裹往赴佳期，誰想被兩個狂徒，驚散了一場好事。你看我姐姐這般時候，睡着不起來。好悶殺人也！待他起來，攛掇今晚再去就是。（旦上）

【憶秦娥】無聊賴，昨宵忽地遭驚駭。遭驚駭，内言不出，自今須戒。

（見介）（小旦）姐姐，只怕戒不定。（旦）且看我狠性子戒起來！（小旦）姐姐，你再把昨夜相會光景，説與龍香知道。

【黄鶯兒】（旦）羞臉好難揣，乍相迎，擺不開。訴他情事因咱害。今宵到來，歡情滿懷，再申盟誓如山海。鬧哈哈！須臾拆散，終夜守空齋。

【前腔】（小旦）聞説更疑猜，（旦）猜甚麼子？（小旦）緊心情慢擺，劃那時狂興怕他難擔待。銀床乍挨，羅襟便開，些時醮着雞兒快！（旦摇頭介）真個不曾？（小旦）縱遲捱，春痕一縫，也着指尖揩。

（旦）啐！這丫頭一發胡説了。（小旦）既不曾，今晚再去罷。（旦）今晚再去，你在外邊瞧人。（小旦）這也使

得。（老旦扮馮老嫗，浄扮從人隨上）

【風馬兒二句】爲念孤甥特地來，婚姻事早和諧。

老身馮氏老母，居住錢塘門裏。楊家女兒，是我外甥。今日特來看他。（浄）到此已是楊家門首。（老旦）我們逕自進去。（進介）（旦見介）原來外婆到此。（拜介）請問外婆爲何而來？（老旦）我來非爲别事，只爲你父母雙亡，無人倚仗，年紀長成，姻緣未偶。特來接你到我家去，就在我那裏許聘〔一〕，須覺便易些。（旦背與小旦介）這般去了，怎生發付那人？（旦轉介）告外婆，容外甥女收拾衣裝，遲幾日去。（老旦）有甚麽收拾？我親到此，就去罷。（小旦）今日不宜出行。再揀個好日子去。（老旦）今日黄道大吉，我是揀了來的。小賤人也來插嘴，好打！（小旦背與旦介）姐姐，只得去了罷。（老旦先行介）甥女隨了來。（旦、小旦、末隨介）（老旦）

【簇御林】因孤女，每繫懷。美姻親，不早諧。應知女大須擔帶，在左畔也好相禁戒。（合）莫遲挨，錢塘近也，相倚共歸來。

（旦背介）

【前腔】行遍速，意轉乖。怎輕拋，可意才？回頭幾遍愁凝黛，還不了這段風流債。（合前）

行處莫遲遲，鞋弓步懶移。

情知不是伴，事急且相隨。

〔一〕「聘」原作「娉」，據《盛明雜劇》本改。

第四齣　赴試

【紅衫兒】（生上）追思那夜，未得親沾惹。驀地分拆，是我無緣也。幾番空自嗟，還指望再叙歡悦，把衷情試説。誰道他改换了枝節。怎生般割捨，怎生般割捨？小生與素梅姐，自從驚散之後，指望重整歡娱。盼望連朝，杳無音耗。早間街上人説外婆接他去了，不知他幾時歸家。好悶殺人也！（末扮院子上）忙來承主命，特請赴春闈。（見介）（生）金旺，你來做甚麽？（末）小人承老員外之命，春闈在邇，特請鳳官人上京應舉。（生）再遲幾時去罷。（末）員外已僱〔一〕下便船，在北關之外，今日即行，不可遲誤！（生背介）怎麽好？舅父之命，不可有違。只是撇那人不下。（末）官人請行罷！

【三换頭】（生）同心未結，是我姻緣薄劣。況曾親厮會，怎生撇下些？我若還少住歇，待歸來，少不得再相逢，陽臺夢叶。（行介）閃殺春闈也，待留難訴説。（合）謾自登程，只見那愁雲凝漢闕。

【前腔】（末）男兒氣奢，閒情總撇。鞭稍指也，任雲山萬疊。指日榜頭題徹，那其間應自有玉樓人，彩毬輕惹。莫把行期誤，暮烟林外遮。（合）便請登程，只見那祥雲騰漢闕。

飄飄朔氣先成雪，黯黯長途欲暮天。

正是雁飛不到處，果然人被利名牽。

〔一〕「僱」原作「顧」，據意改。

第五齣　納聘

（外扮金三員外上）

【窣地錦襠】傳家無子歎伶仃，幸有多才似舅甥。聞知馮女貌娉婷，特遣冰人繫赤繩。

小老金三員外便是。老年無子，只有外甥鳳來儀，年少多才，是我贍他讀書之費撫養，與自己孩兒一般。如今已打發他應試去了。聞知錢塘門裏馮老嫗家，有一女子，才貌雙全。欲聘與他爲妻，已曾央人説過。今日吉辰，正當過聘。寒家原有白玉蟾蜍一對，頗稱寶玩。一個與了外甥，今將這一個加在金釵寶釧之外，俗名壓釵。教人去唤媒婆，怎不見到？（丑扮媒婆，雜扮金興同上）做媒爲活計，納聘作生涯。（見介）（外）媒婆，你來了。金興，到後堂捧聘禮出來。（雜略下，即捧聘禮上）聘禮在此。（外）媒婆，煩你將此聘禮，送到錢塘門裏馮老嫗家。（丑）理會得。領命就行。（外）眼望旌捷旗。（丑）耳聽好消息。（外先下）（丑、雜捧禮行介）（丑）

【前腔】金釵寶釧價非輕，三脚蝦蟆要變精。（雜）這是白玉蟾蜍。（丑）錢塘門裏近西城，就是馮家舊有名。

待我叫一聲。老孺，金家聘禮到了！（老旦扮老嫗上）

【前腔】金翁曾此説姻盟，聞有才郎近長成。今朝納聘過門庭，頓使蓬茅喜氣生。

（見介）（丑、雜）金三員外，多多拜〔一〕上馮老孺人，特送薄聘在此，伏乞笑留。（老旦）怎下許多厚禮，收下就

〔一〕「拜」原作「頂」，據《盛明雜劇》本改。

是。(收介)(丑、雜)金員外還有説話。

【玉山頹】貧無將敬，禮輕微，聊申薄情。(老旦)好説。(丑、雜)愧兒郎未擅才華，喜淑女最多嬌艷。今成姻契，老拙何當欣幸。(合)待得攀仙杏，趲歸程，仙郎仙女會蓬瀛。

【前腔】(老旦)叨蒙佳聘，感高情，須當拜登。(丑、雜)不敢。(老旦)喜才郎洵美争誇，念弱女爲容難稱。不遺葑菲，宿世天緣曾訂。(合前)

兩家都是好門楣，結下朱陳事更宜。
欲待洞房花燭夜，但看金榜掛名時。

第六齣　嗔婚

(生冠帶上)

【七娘子】桃花色映宫袍染，醉東風君恩乍霑。密約難忘，麗情頻念，當時恨殺遭驚閃。

觀光來上國，乍着宫袍緑。憂喜復相兼，人心苦不足。下官到京應試，叨登金榜，官授福州司理，功名之事，頗覺遂心。只爲那人情事未諧，時常掛念，待我便道歸省，央媒議親，或者還有成就日子。正是：不喜得福州，喜得此耳。前日差金旺回家報喜，待他轉來，便好起程。想他不久可到也。(末扮金旺上)回家因報喜，接主爲迎親。(見介)(生)金旺，你來了，路上辛苦。(末)不敢。老員外聞知相公高中，不勝之喜。先曾聘下夫人，專待相公榮歸畢姻。(生驚介)怎麽説？替我聘下夫人了？姓甚麽？(末)錢塘門裏馮家小姐，才貌雙全。(生惱介)老員外好没要緊！慌做甚麽？(末)呀！這是老員外好意，相公何故反怪？(生)其中有個緣故，你不知道。

且去收拾行裝，明日起程。（末）嗄，理會得。（下）（生）素梅姐，如今真個與你没緣了。

【普天樂】没緣法，這情債前生欠。風流簿上把虛名點。嬌模樣對面空瞻憩，滋味到口難沾。喜得跨春風韂，打點着正娶明婚吾非忝。咳！没來由比翼先拈，把香窩厮占。負多嬌，此情生死還念。

姻事雖成心事違，新人歡喜舊人啼，

幾回就裏添惆悵，説與傍人那得知？

第七齣　合幡

【霜天曉角】（旦上）擔愁着悶，没處求音問。可奈婚期漸近，無人處，暗銷魂。

［醉太平］瑶臺露凝，疏窗月明。那堪天外鴻聲。有愁人怕聽，迢迢夜清。潸潸淚零，爲他無限傷情。問天公怎生？奴家與鳳郎，自驚分之後，久留外家。不想外婆受了金家聘定，我的姻緣絶矣！還望鳳郎，再通音耗，相見有期。昨日媒婆來説，金家那人中榜歸娶。一家人都替我歡喜。誰知我好生愁悶也！

【小桃紅】謾思往日暗傷神，只爲着憐才俊也！到夜深時向巫山，特與送行雲，許定了結良姻。誰知道霎時間被驚分。便移家眼見他難隨趁也！怎能彀再叙殷勤。從别後絶音塵，知何處是温存？

【下山虎】再諧秦晋，别綰朱陳。道是良緣分，怎由妾身？那人兒遠隔天涯，蹉跎未婚，盼望重逢心上人。傳得日邊信，金榜題名喜氣新。趲得姻期近，怎不斷魂？枉教奴想念當時且自親。

（小旦扮龍香上）

【蠻牌令】休得把眉顰，請自拭啼痕。（見介）（旦）你教我休得眉顰，怎生撇得那人呵？（小旦）聘非金氏子。（旦）是誰？（小旦）爲結外家姻。（旦）甚麼外家？（小旦）是他外甥，或者就是那人！（旦）怎見得便是他？（小旦）聘物禮有些厮認。（旦）認得甚麽？（小旦）玉蟾是一對奇珍。（旦）那有這事？如今玉蟾在那裏？（小旦）我還怕匆匆的看未真，袖將來與伊比並休渾！

（付蟾旦看哭介）

【前腔】念舊怎憐新，睹物更思人。（小旦）姐姐，你那一個玉蟾在那裏？取來比一比看。（旦向懷中取出介）玉蟾懷内揣，試與辨虚真。（小旦）呀，果然是一對。（旦）物相似也難盡信，没人去竊探根因。（小旦）竊探得是便怎麽，不是便怎麽？（旦）若是那多情種，好會親。儻非他，盡拚玉碎珠湮。（小旦）龍香倒有個處置在此。（旦）怎麽處置？（小旦）少不得迎親之日，媒婆先回話。那時扮做他的女兒，隨了他去，看得果是那人，即忙回來説知就是。（旦）如此甚好。（小旦）

【尾聲】青衣試探青鸞信，（旦）割不斷那人情分。（小旦）管取昔日劉郎重問津。

仙郎畢竟是還非，淑女心中信復疑。
若使新官爲舊主，從今折證此佳期。

第八齣　締偶

（生冠帶上）

【玉女步瑞雲】［傳言玉女］衣錦榮歸，早是暮冬天氣。［瑞雲濃］難擺脱，是姻期近矣！

顰有爲顰，笑有爲笑。笑裏還顰，姻緣不到。下官領憑赴任，便道歸家。今當臘月除夕，母舅聘下馮家女子，選定今日畢姻。只待媒婆回話，打點迎親。咳！只是我那素梅姐，丢他不下，如何是好？（丑扮媒婆上）領將馮宅語，回覆貴人知。馮老嫗親口許下今日迎親。那女兒不知爲何，只管唧噥。這也管他不得，且去回話則個。（小旦扮龍香急上）做媒的老娘，等我同去。（丑）呀，龍香姐，你爲何而來？（小旦）我要去看一看新郎君。只當是你的女兒，帶我同去。（丑）阿呀！折殺老身，同去就是。轉灣摸角，到此已是他家門首。（小旦）你先進去，我在門外張一張。（丑）是如此。（先見生介）（生）媒婆，迎親之事，如何説了？（丑）馮老孺人許定了。（小旦覷介）（低白）原來就是他！（生見介）媒婆，隨你來的是誰？（丑）是老媳婦的女兒。（生背介）門外覷的，好似龍香。媒婆在此，不好講話。（轉介）媒婆，且到後堂茶飯去。（丑應介下）（生接小旦介）呀，原來果是龍香姐。（小旦）鳳

官人得官回來，打點迎親。你好喜也！（生歎介）咳！龍香姐，下官心事，一言難盡！

【啄木兒】驚拆後，長痛悲，無奈功名遊帝里。投得至幸掇巍科，便指望再諧連理。舅翁在家先求配，無端做却馮家婿，這段姻緣心事違。

（小旦）原來官人也曾想念我姐姐。（生）你家姐姐好麽？將他別後事情，細説一番。（小旦）我姐姐呵，

【前腔】相思病，難自持，脈脈懷君憐隔水。（生）正是他到外婆家去了，没處通個音問。如今他在那裏？（小旦）以後的話都説開了。（生）爲何？（小旦）你做了馮女仙郎，他做了金宅嬌妻。（生慌介）嫁了那個金家？（小旦）説來一般都蒙昧，無心打合真奇異。你娉的馮家女子，正是我姐姐；他嫁的金家，就是你了！（出玉蟾介）你看這白玉蟾蜍先唱隨。

（生喜介）世間有此奇事！使我喜而欲狂。（小旦）姐姐教我來打探，說道不是官人，要尋自盡。如今即忙回去報他，好梳妝相待。（生）正是。快去，快去！（小旦）暫時分别去，（生）少待又相逢。（小旦急走上）（生）金旺，快催鼓樂迎親去。（雜四人持鼓樂，浄扮賓相，丑扮媒婆同上，導生行介）

【出隊子】笙歌聲沸，幾道華燈步輦隨。仙郎馬上緑荷衣，争羡風流世上稀。（合）接取仙娥，彩鳳並騎。

（旦用錦袱蓋頭，小旦扮龍香隨上）（生接近串走介）

【前腔】（旦）慵描眉翠，聞説因由梳掠遲。輕籠蜀錦把頭低，（覷介）偷揭香簾認是誰。（合前）

（浄照常唱禮、交拜介）（旦去錦袱）（小旦、丑送酒介）

【降黄龍】（生）合巹佳期，歲序將除，甲煎香沸。紅摇燭影，越恁端相，玉潤珠輝。須知天緣宿世，算今朝會合偏奇。好一似驚弦宿鳥，竟遂于飛。

【前腔】（旦）蛾眉，昔處深閨。只爲憐才，許諧幽契。姻緣未偶，那更分張海角天涯，誰知終成婚配。

（低唱）到書齋那事羞提，只虧那玉蟾有意，巧做良媒。

（老旦、浄扮婦人持燈上）金員外差我們送新人入洞房。（小旦、丑持燈同送介）（衆唱）

【衮遍】初開東閣梅，初開東閣梅，片片瓊花墜。繡閣春濃，難着輕寒意。銀燈吹滅，香閨雙閉。

（合）那時節説不了情和美。

（小旦背唱）

【前腔】輕將纖手攜，輕將纖手攜，款送秋波媚。錦帳牙床，穩捉鴛鴦對。任他人叫，難驚嬌睡。

（合前）

【尾聲】花開四季皆春意，況生在江南樂地。莫怪詞仙信口題。

從來女俠會憐才，到底姻成亦異哉。

也有驚分終不偶，獨含幽怨向琴臺。

易水歌

（末開場白）［鷓鴣天］笑煞男兒軟似綿，藏頭縮頸度流年。恩讐兩字英雄氣，吊古重翻易水篇。人没没，水濺濺，須教四坐莫凄然。憑余奪得天工巧，壯士生還作劍仙。

總詩

老田光捨身激友，智燕丹下士成名。

烈樊期金臺高義，壯荆卿易水離情。

第一折（用齊微韻）

（生便服扮荆卿上）流落天涯蹤跡渾，腰間寶劍七星文。丈夫會應有知己，世上悠悠安足論。某，荆軻是也。

本貫齊人，薄游燕國。向稱慶氏，今號荆卿。自小豪雄，頗好遊俠。讀書擊劍，常思一見其奇；縱酒呼盧，且自暫同於俗。今日無事，不免去尋那狗屠，與善擊筑的高漸離，同到市中沽飲一回，有何不可。到此已是高生門首，須索叫他一聲。高生有麽？（末便服扮高漸離上）少小幽燕客，由來輕七尺。所重在交情，豈肯中道擲！自家高漸離是也。聽得荆卿呼唤，不免上前相見。（見介）（生）高生，今日無事，俺們相約狗屠，到市中沽飲一回何如？（末）當得相陪。今日狗屠不在家，俺兩個自去罷。（生）如此請行。（行介）（末）酒保有麽？（丑扮酒保上）金臺美酒斗十千，幽州遊俠多少年。相逢意氣爲君飲，繫馬高樓垂柳邊。呀！你兩個又來買酒吃了。昨日的酒錢還少哩！（末）記帳！一總還你。且自拿酒來吃。（丑）知道了。（設酒介）（生）高生，男兒戟輌徒搔首，入市脱衣且沽酒。（末）荆卿，看你衷腸激烈，才氣飛揚。今日把你平生心事，試説一番。（生）高生聽者！

【仙吕・北點絳唇】四海塵迷，五方鼎沸。風雲會，盡要雄飛。我養就屠龍技。

（末）荆卿有此奇才，何不求個售主？

【北混江龍】（生）連城白璧，肯無端獻楚？自悲啼，且沈山瘞影，被褐藏輝。高掛着馮驩囊裏鋏，牢收了朱亥袖中鎚。江湖飄泊，市井追隨。逃名溷俗，縱酒忘機。喜來時唱幾曲短長歌，悶來時灑幾點英雄淚。憑人拍掌，任我舒眉。

（末）荆卿，你的心事，俺已略知。且和你吃酒者。

【南桂枝香】你似風胡紅焠，霜蹄碧碎。豈無識者迴車，自有明王持箠。且休嗟數奇，且休嗟數奇，待時藏器。佯狂遊世，和你醉如泥。本是鐘和磬，權爲塤與篪。

（外白鬚便服，帶劍扮田光上）原嘗春陵六國時，開心寫意君所知。堂中各有三千士，明日報恩知是誰？自家田光是也。燕太子與俺謀秦，欲求賢士。俺想非荆卿不勝此任。昨已面薦於太子，不免先去見他，特致太子之意。他定在市中飲酒，須索尋他去來。（見介）呀，荆卿又在這裏飲酒也。（生）田先生爲何而來也？

【北油葫蘆】你是個處士星辰應少微，住衡門，游泌水。甚風兒吹過杏村西，莫不是逢人貰酒還同醉。（外）也不是。（生）又不去門雞場，奪勝標；走馬街，争前隊。唤荆軻没甚閒差委。多敢是勞薦引，荷提攜。

（外）這個説得是了！燕太子令俺多致意荆卿。

【南不是路】他可咏緇衣，見説芳名好爵縻。教傳意，要求英俊救艱危。（生）畢竟爲着何事？（外）暴秦欺，正當騎虎雌雄勢，全賴君家一解圍。須投袂，青宫引領瞻車騎。再休遲滯，再休遲滯。

（生）嗳！荆軻有何德能？有勞先生過獎、太子垂念。

【北天下樂】咱不比囊中脱穎錐。虚也波脾，將人浪品題，惹得他長歌憶采薇。俺只圖向春風弄錦絃，趁韶年倒玉杯。那曉得帝王憂軍國計。

（末）荆卿，常言：女爲悦己容，士爲知己死。即當往見，幸勿多辭。

【南長拍】矯矯英姿，矯矯英姿，赳赳膂力。更翩翩不群俠氣。猿公妙術，出匣來戮盡鯨鯢。今日田先生薦你，徑路豈無媒。不索向雍門流涕。且去朱門權寄跡，欲立功名自有期。古人有言：盛衰各有時，立身苦不早。早難道輕把少年擲，鎮日酒壚中，把壯志消靡。

（外）高生所見極明，荆卿不必過遜！（生）田先生既是高賢，燕太子亦多門客。荆軻不才，豈能領此？

【北寄生草】你有拿雲手，和那縛虎威。出奇謀不數侯嬴最，展雄風可共唐雎對，論王門也不少專諸輩。把我個不文不武一身搪，笑你們知人知面雙眸背。

（外）這也都曾道過。我田光盛壯之時，頗不讓人。今已老矣！太子之客：夏扶血勇，怒而面赤；宋意脈勇，怒而面青；舞陽骨勇，怒而面白。無可用者！惟有荆卿神勇，怒不變色。荆卿，再聽我一言：

【南短拍】種種蒼毛，種種蒼毛，纍纍弱體，羞殺我老馬虺隤。那盜狗共鳴雞，都碌碌因人跛躄。國士如君無二，當一諾怎得猶夷。

太子恐驚耳目，不敢親來奉迎。懸望已久，請荆卿速過之。（生）先生有命，敢不敬從！（外背介）吾聞長者爲行，不使人疑。今太子送吾至門，戒吾泄言。疑我至此，豈是個節俠？今日傳命已畢，不如自殺，一以明吾之不泄，一以激荆卿之速行。（轉對生介）荆卿急過太子，言光已死，明不言也！（末）田先生不必如此短見！（外）我田光也是個壯士，豈愛一死？（自刎下）（生驚歎介）田先生好壯士也！

【北賺煞】痛煞白頭翁，狠煞青鋒利。一霎間升天入地，兜得我剛腸空感激。（哭介）滿衣襟血淚淋漓，過東宫先訴這因依。把馬鬣高封，立個死士碑。算偷生可恥，這高名誰比。我則待功成泉下報君知。

第二折

（用皆來韻）

（小生金冠蟒衣扮燕丹太子）（衆引上）驄馬金絡頭，錦帶佩吴鉤。失意杯酒間，白刃起相讐。自家太子燕丹是也。只因出質秦邦，受辱吕政。常懷報復，未得豪雄。前日令田光先生去請荆卿，不想他一言相激，遂至殺身，深爲可痛！這也罷了。我看荆卿，果然智勇俱備，是天賜我以報秦之會也！豈不可喜？今日金臺之上，設宴款待。已曾請下樊將軍相陪，還未見到。（末冠帶扮樊將軍上）仗劍行千里，微軀敢一言。今爲大梁客，不負信陵恩。自家樊於期是也。本爲秦將，得罪亡燕。多蒙太子受而舍之。今日又蒙相召，到金臺上陪荆卿飲宴，須索前去。（見介）（小生）侍兒們！今日筵席，更要比前齊整，一面去請荆卿赴宴。（衆應介）（生禮服扮荆卿上）俺荆軻一見太子，即尊我爲上卿，舍上舍，十分敬禮。今日又請我金臺飲宴，須索走一遭。呀！是好一座黄金臺也。

【中吕·北粉蝶兒】縹緲層臺，勢淩空列星堪摘，望崔嵬拱揖三台。兀自繞朱欄，環玉砌，碧窗香靄。（做上臺介）謾摳衣平步金階，（内作樂介）早天上管絃一派。

（見介）（生）太子，久蒙殊禮，方自愧心。更辱華筵，何勝變色！（小生）不過登臺一望，何勞鄭重！侍兒們，看酒！（送酒介）

【南石榴花】塵筵躬灑，專候客星來。聊極目，好舒懷。尊中新釀爲君開。愧尋常野藻村萊。羡登高賦裁，只憑虛攬盡烟雲概。我祖昭王，築臺求士。樂毅自魏至，鄒衍自齊至，劇辛自趙至。今荆卿之賢，在三士之上，乃燕社稷之幸也！（生）不敢。（小生）似當年恢復山河，看今朝净掃風霾。

（生）俺想世上高臺：吴有姑蘇，楚有章華，都是遊樂之所。怎比金臺求士？又難得太子賢明，克繩祖武。但荆軻不才，所謂請自隗始者耳。（小生）好説。

【北醉春風】（生）想當今無駿骨是誰收，有黄金何處買，把駑駘聲價恁高擡。則心兒裏揣揣，不比那雲夢閒情，姑蘇醉宴，章華驕態。

（末）今待樊於期，借太子之酒，奉荆卿一杯。荆卿，太子雅意如此，何忍負之！（送酒介）（生）多謝將軍盛意。（末）太子呵！

【南泣顔回】他虚左下英材，論殷勤禮意休猜。今日設宴於此，不爲無意。黄金臺上，專望你再曁毾㲪。這心兒怎乖，拚今朝滿放金尊側。荆卿，金丸射黿，玉盤盛手，此二事者，不可忘也！射玄黿特進金丸，愛春纖肯惜瓊釵。

（生）正是。（小生）些須小事，何足掛齒？（外武扮徐夫人手持劍上）十年磨一劍，霜刃未曾試。今日把示〔一〕君，誰有不平事？自家趙人徐夫人是也。畜一匕首甚利。聞得荆卿是個壯士，募求利刃，不免將去送他。（做到介）（衆問介）（外）你去對荆卿説，有一劍客相訪。（衆報介）（生見外介）素未相識，有何見教？（外）我乃趙人徐夫人，有匕首頗利。聞荆卿欲求利刃，特來相送。（生）借匕首一觀。（外付劍介）（生看介）果然好一口利刃也！請問要價幾許？（外）常言：寶劍贈與烈士。那裏要價！荆卿請了！分手脱相贈，平生一片心。（逕下）（生）此亦一奇士也。（轉介）方纔趙人徐夫人，持一匕首相贈，逕自拂衣而去。（小生、末）有此異事？（生）這口利刃，價直百金。用藥焠之，刺人立死！

【北迎仙客】你看這芙蓉刃，鸊鵜胎。吐精光，黯黯青蛇色。好比莫邪鍩，干將快。走風塵不用怨沉埋。我待立功名，却把您做個先鋒拜。

（小生）利刃自至，此乃功成之兆。俺們暢飲一回。女樂們承應着！（衆叫介）（旦、貼、丑扮女樂上）公子名無忌，佳人字莫愁。女樂們磕頭！（小生）起來奉酒。（旦、貼、丑奉酒介）（合唱）

【南古輪臺】勸多才，人生争遣酒杯捱。正逢愛客瓊筵啟，休誇珠履，謾摘華纓，賓和主燕喜情諧。

〔一〕「示」原作「似」。

試轉歌喉，共掀舞袂，翠群低影襯弓鞋。直到厭厭夜飲，燦銀燈斜映香腮。有仲由百榼，淳于八斗，平原十日，任取玉山歪。君還醒，試看人面鏡中衰。

（外扮報子上）旌旗臨井陘，烽火徹遼陽。報子磕頭。（小生）有甚軍情，這般緊急？（外）啟千歲爺，秦將王翦破趙，虜趙王遷，進兵將至燕界。（小生）曉得了！（外急下）（小生）荆卿，事已急矣！計將安出？（生）此事荆軻籌之已久。昨已畫下地圖，今又得了匕首。只少一件物事，無以爲信。（小生）畢竟甚麼物事？（生）料得太子所不忍言，容與樊將軍商之。（與末背語介）荆軻諸事俱備，只少一物，望將軍慨允。（末）不知荆卿要於期何物？無不從命！（生）欲得將軍之頭耳！秦購將軍，金千斤、邑萬家，誠得將軍之頭，以獻秦王。秦王喜而見我，我事成矣！

【北紅繡鞋】他和你今世裏寃家，前世裏債。真個的雄心如虎，狠如豺。將軍，你男兒臨死不須哀。能酬終古恨，燕國也可免剥膚災。真落得身亡了名不壞。

（末）只道要我何物？區區一頭，亦何足惜！适纔匕首借我一用。（生付劍介）（末）我樊於期爲秦政，日夜切齒腐心。今得死所矣！

【南撲燈蛾】我稜稜骨已柴，稜稜骨已柴，刺刺心如蠆。懷恨幾多年，自歎此身尷尬也。平生慷慨，微軀肯惜喪塵埃。謝東宫，周旋款待。算報讐一事，還與報恩該。

（自刎下）（小生驚哭介）樊將軍爲我而死，好不痛殺人也！（生）慷慨殺身，丈夫常事。太子不必過傷！可作木匣盛了首級，我不日入秦矣。

【北耍孩兒尾】你傷情不用啼，便捐生何足駭。常言道：勇士喪元無害。且自打疊起香木函兒，齎送我入秦客。

第三折（用尤侯韻）

（末扮高漸離抱琴上）幾年海内逢知己，今日天涯别故人。誰道人生都是客，不禁涕淚欲沾巾。俺高漸離，聞得荆卿今日入秦，遥到易水之上，送他去來。（雜扮軍士，浄、外扮賓客，小生扮燕太子同上）塞上臙脂凝夜紫，半捲紅旗臨易水。（生扮荆卿隨上）報君黄金臺上意，提攜玉龍爲君死。（見介）（生）念俺荆軻，田先生舉於市人之中，燕太子待以國士之遇。今日驅車辭易水，提刃向函關。到此風景，好慘然也！

【雙調・北新水令】則見蕭條易水變新秋，歎飄蓬〔一〕幾年奔走。寄身燕市隱，浪跡酒人遊。今日呵，忽地相兜。免不得酸辛事，把肝腸來嘔。

（小生）丹等聞得荆卿，今日入秦行事。有一杯酒爲君祖道。待俺先把盞者！（送酒介）

【南步步嬌】只爲無道强秦似豺狼吼，列國如窮獸，何堪復我讐。國勢燃眉，反噬臍難救。荆卿此行呵，談笑奮吴鉤，這番始顯迴天手。

（生）太子，俺提一匕首，入不測之秦。欲待吾客與俱，今太子遲之。請辭決矣！

【北折桂令】你數年間意氣綢繆。古人言小禮難酬，猛拚個將身借您兩快恩讐。也則爲因人迤逗，原不是故意淹遛，須索自策馬遨遊。轉眼處離燕都客舍青青，指日裏叩秦關古道悠悠。

〔一〕「蓬」原作「逢」。

（净、外）如今俺們同把盞者。（送酒介）

【南江兒水】你名滿金臺下，還將駿骨搜。平原門下誰居右。太子呵，他有讐未雪心長疚，你無恩不報言非苟，好把雄心抖擻。碌碌吾儕，專聽捷聲飛奏。

（生）俺見秦王，左手把其袖，右手揕其胸！這事不愁他不成也！

【北雁兒落帶得〔一〕勝令】俺提着烈轟轟上將函，藏着明閃閃魚腸鏃。待張開輿地圖，就裏把機關輳。那時得劫秦王，盡返諸侯之侵地，則大善矣！不可，則因而刺殺之！赤緊的宫袍攬，取次裏寶刀抽。縱不如曹沫把齊桓劫，也要學要離將慶忌揫。秦王若死，豈有國内亂而大將立功於外者乎！躊躇，那王氣黯然收。秦也麽囚，大樹倒，驚散小獮猴。

（末）荆卿，俺高漸離和你情屬投膠，誼稱刎頸。昔日酣歌燕市，曾承再顧之榮；今朝遠赴秦關，將卜來生之會。好生難割捨也！待俺也奉你一杯酒。俺擊筑，荆卿和歌，試爲變徵之聲。（送酒介）

【南僥僥令】你甘心投虎口，何日卜刀頭。謾向燕河還折柳，死别共生離，一旦休。

（生）高生，今日和你事隔燕秦，路分人鬼。聽你悲歌裂石，幾令壯志成灰。不覺淚與言零，腸隨酒斷。

【北收江南】呀，你看這無情易水呵，下西風刮面颼颼。只覺得蘆花夜冷入孤舟，只落得桑乾遠渡望并州。要重逢可自由，誰道丈夫有淚，不向别時流。

〔一〕「得」原作「德」。

（淨、外）我聽高先生與荊卿話別，衷情激切，詞氣慘淒。驪歌一曲斷人腸，坐客相看淚如雨！（小生）正是，正是！（各作哭介）（末）荊卿，豫讓報知氏之讐，先已漆身吞炭；聶政感嚴君之德，甘自決面屠腸。何至余生戀戀，爲小丈夫不決之形；臨別依依，有兒女子可憐之色。待俺再奉一杯，爲君壯行。試爲羽聲慷慨。荊卿，弗辭這杯酒者。（再送酒介）（生）死且不避，酒安足辭！

【南園林好】（末）請揾住英雄淚眸，且盡此生前酒甌。莫使神機洩漏，博清名萬古留，覷一命似蜉蝣。

（淨、外）你聽他們言詞慷慨，使人壯心勃勃，髮上指冠。（生）俺聞「萬金酬士死，一劍答君恩」。又道是：「人生留得丹心在，縱死猶聞俠骨香。」高生，荊軻領教矣！　秦舞陽等前途久候，俺須索要去也。

【北沽美酒帶太平令】謾臨風，再强謳；謾臨風，再强謳。烈心腸，肯放柔。説甚麼秋風客路愁，雙怒眼不會瞅。笑按青萍射斗牛。管取個機謀成就。且罷了殷勤杯酒，何須用十分僝僽。我呵，算人生浮漚置郵，高丘贅旒。呀，别來時不把馬頭重扭。（急下）

（衆）好壯士，好壯士！一直去了，更不回顧。

【南尾聲】他一鞭秋色長途驟，正落日蒼黄滿戍樓。（末）只剩得别淚盈盈濕敝裘。

第四折 （用江陽韻）

（丑冠帶負藥囊扮夏無且上）只憑肘後一青囊，博得朱衣鴛鷺行。當日武王聽扁鵲，肯教二豎入膏肓〔一〕。自

〔一〕「肓」原作「盲」。

家秦國御醫夏無且是也。我王升殿，俺太醫院官也該隨班侍立，只得在此伺候。（老旦冠帶扮蒙嘉上）淡月疏星繞建章，仙風吹下御爐香。侍臣鵠立通明殿，一朵紅雲捧玉皇。自家秦國右庶子蒙嘉是也。蒙王寵愛，頗有威權。昨日燕國使臣荆軻，要見我王。先送我千金禮幣，已曾替他奏過。我王大喜，今日御咸陽宮見他，只得在此伺候。（净扮秦王，雜扮内侍二人，旦、貼扮宮娥引上）蓬萊正殿壓雲鼇，紅日初生碧海濤。開着午門遥北望，柘黄新帕御床高。寡人秦王是也。賴得祖宗威力，更兼兵將豪强，漸吞列國，獨霸諸侯。可喜可喜！昨日右庶子蒙嘉説道，燕國遣使臣荆軻，特來納款獻地。這是一樁大事，不可怠慢。今日御咸陽宮，朝服設九賓，然後見他，使天下聞之，都説寡人有禮也。（坐介）（老旦、丑拜見介）（净）諸卿平身。右庶子，你替我宣那燕國使臣進來！（老旦）領旨。（起向鬼門叫介）燕國使臣有宣！（生戎裝扮荆卿，手捧盤，盛一人頭；末戎裝扮秦舞陽，手捧畫軸，捲刀在内同上）（生）某荆軻是也。（末）自家秦舞陽是也。（生）俺們奉燕國之命，來使秦國，到此早是咸陽宮也呵！

【黄鐘·北醉花陰】寶殿瓊宮禁門敞，高掛起咸陽署榜。星乍落，露將瀼。光閃閃晨日蒼凉，振鳴梢開仙仗。（内叫）外國使臣，不得帶寸兵上殿！（生）知道了。你號令凛如霜，誰待要劍迎花氣爽。

（同末拜伏介）燕國下臣荆軻、秦舞陽，願大王千歲！（净笑介）

【南畫眉序】窮土盡梯航，喜得來王與來享。有千官舞蹈，萬國冠裳。塗山上玉帛交加，函谷外車書相望。使臣，你那燕王怎麽説？（合）試將國命從容奏，休得詭辭虚誑。

（生起跪介）燕王振怖大王之威，不敢舉兵以逆軍吏。願舉國爲内臣，比於郡縣。謹斬樊於期頭，及獻督亢地圖。再拜送使臣荆軻於庭，以聞大王。惟大王命之！（净）使臣起來細説。（生起介）

【北喜遷鶯】聖主在九重天上，小臣們怎敢荒唐。那燕王呵，驚也麽惶，並不曾調兵出將，只納款稱臣奉表降，待守着天一方。先納下亡臣首領，後獻取敝邑封疆。（老旦、丑）既得罪人，復增王土。真可喜也！

【南滴溜子】逋逃的，逋逃的，終難脱網。疆場地，疆場地，盡歸指掌。這威德乾坤浩蕩。群雄指日亡。太平有象，歸化争先，當加上賞。（净）内侍們，把樊於期首級撇出宫門。荆軻，去拿那地圖與寡人看。副使先退。（衆擲頭下）（生取末畫介）（末先下）（净看畫介）這個督亢地方，那裏起，那裏止，是獻與寡人的？

【北出隊子】（生）憑這個興圖方丈，是幽燕棗栗鄉。林胡北去近邊牆，易水西來屬大邦。緊靠着呼沱連上黨。（做攤畫露刀介）（生搶刀，捉净袖介）（净慌叫介）荆軻，爲何無禮？（生叱介）哇！你恃强無道，侵虐諸侯，天使我來誅你！（老旦）俺們手無寸鐵，怎麽向前？（丑諢介）俺拿藥囊打他何如？（老旦）藥囊濟得甚事？（丑）經着俺的藥囊，十人九死！（各作慌介）（生叱衆介）你們一人動手，俺即刺殺秦王！（净摇手介）你們且都不要動手！使臣，今日中汝之計，俺也無如之何，願聽琴聲而死。（生笑介）這個依你。（旦、貼背介）我想燕人不曉秦聲，不免即在琴聲之内，暗送一個關節，我王可以脱身也。（彈琴介）

【南滴滴金】暫來錦瑟佳人傍，流水高山細評量。好將心事低低唱。袖還鬆，屏可撞，鹿盧御杖。腰間拔來堪抵向，堪抵向。鼇魚脱却走波浪。（净脱身走下）（生趕下介）（老旦、丑、衆慌介）如今我王脱了身。我們大家上前，一頓拳頭打死了荆軻，便好了也！（各走下）（净急走上）（生趕上）（老旦、丑、衆隨上混走介）（丑將藥囊打生諢介）（倒介）（生復擒净介）你待走那裏去也！

【北刮地風】呀，險些兒臨崖馬溜韁，打乖的幾個婆娘。你到焰摩天，我脚下騰雲上，拚一個熱血相幫，再休想好心輕放。合是你作孽遭殃。（作要殺浄介）（浄求饒介）使臣饒了寡人之命，寡人無不聽從！（生）俺且不殺你，可要依我幾樁事來！（浄）是那幾樁？寡人一一從命。（生）我待題幾回、數幾樁，你可要小心聽講。也要你進輿圖，拜表章，再不許弄干戈鬥勝争强。

實對你説：俺此來奉燕太子之命，要你悉返諸侯之侵地。片言不肯，即行刺殺！（浄）這個一一從命。（生）秦人多詐，也難信你！（浄）皇天在上，群臣在下，寡人請與子盟。

【南鮑老催】天威朗朗，神明鑒察難欺罔。諸侯地界甘推讓。立誓言，罷戰争，安屏障。須知口血應無恙，難教背面還無狀。不日裏，邦家喪。

（生）秦王，我看你也是個男子，料不食言。我便放了手，也不懼汝！（放浄介）（老旦、丑、謝天地介）（生）

【北四門子】請秦王莫怪荆軻莽，你你你，你百官們謾着忙。俺只圖四方按堵無勞攘，要你寫求和紙一張。（浄）這個就寫。（生）秦王，秦王！别人做羊，自家做狼，到頭來顛番弄一場。你守着這答，他守着那廂，煞强似陽翟巨商。

（浄）内侍們急忙打報與王翦、蒙驁諸將，教他即日班師！侵佔諸侯之地，一一還他。（衆）領旨！（向鬼門傳介）（内應介）（浄）右庶子！可同侍醫持節，送使臣出宫，上舍筵宴。寡人且自回宫去也！（老旦、丑）領旨！（浄内侍，旦、貼同下）（老旦、丑持節引生介）（合唱）

【南雙聲子】飛龍帳，飛龍帳，見朝罷香烟揚。蟠龍幢，蟠龍幢，奉詔旨從天降。離永巷，離永巷。

頒厚貺，頒厚貺。你榮歸易水，八方名暢。

燕使請了！到此已是宫門之外。俺們復旨去也！（生）請了！（丑）右庶子，你先去復旨。我還取一丸定心丹，奉與大王哩！（老旦笑諢同下）（小生華陽巾鶴氅，手持笙扮王子晋撞上）荆卿，荆卿！塵世之事粗畢，不要迷了本性！（生）呀！先生是何人？（小生）俺是你仙班故友王子晋也。（生）呀！荆軻省得了也。俺原是神仙，暫爲劍俠。如今依舊歸真去也！

【北水仙子】呀呀呀，這面龐。險險險，險迷了舊日行藏巧换粧。他他他，有何德何譬。我我我，爲誰疼誰癢。好好好，好笑的浪悲歡冷熱腸。也也也，也都是火性强陽。閃閃閃，閃出個袖裏青蛇八尺長。把把把，把這些邪魔斬斷歸蓬閬。與與與，與日月共翱翔。

（小生）荆卿還不曉得，燕太子宿世有恩於你，數當報效。田光、高漸離、徐夫人諸人，都是上界一班劍仙，來助你成事的。今日事成，我故特來度你。（生）却原來又是恁的。多謝你走這一遭也！（小生吹笙介）（生）

【尾聲】删抹了這段塵緣只一餉，吹笙的起動你個王郎，撮出個壯士生還莫當做謊。

渭塘夢

總　目

做小買賣的是店小二

結好因緣的是夢遊神
害乾相思的是賈姝子
撞大造化的是王仲麟

第一折　目成

（丑扮酒保上）家住横塘渭水窪，醉鄉深處做生涯。門前聽得提壺叫，竹鎖橋邊酒不賒。自家店小二便是。這裏松江渭塘地方，有個賈員外，家貲富足。我小二領得他些本錢，便賃他兩間門房，開個小酒店度日。若論我這店，住居又幽雅，鋪面又斯文，菜蔬又潔浄，服事又小心。前日有個秀才官來店吃酒，去壁上題詩一首，道是：一滴頻摇首，三杯欲斷腸。可知丞相福，不脱秀才腔。我小二只道是好話，連忙唱了他幾個喏，又讓他兩貫鈔。後面有個識字的讀與我聽，説道：「你家裏酒酸。」咳！這個人這樣輕薄，被我連忙的擦去了。不是我小二誇口説，只一味真珠紅，便拿到松江城裏，也數一數二，雖不是酒牌金字館，真個是花醖玉缸香。呀，前面有隻船兒摇來，敢是來買酒吃，也未見得，且待我叫一聲。（生扮王生、浄扮船家，扮船同上）（生）

【一江風】泛餘皇，摇曳乘秋漲，客思西風壯。入溪灣，一笞人烟，槐柳蕭森望。（浄）前面是松江渭塘地方，好個大村落哩！（生）盤塘比渭塘，盤塘比渭塘，仙人各一方。那茅檐遥指青旗颺。

小生王仲麟，金陵人也。年方弱冠，未遂功名；家本高門，素饒風度。若論才情旖旎，果然華筆夢江淹；更兼性格游閒，祇許青山供謝朓。爲有田在松江，頻年過此收租，亦借此以紓遊興。看這渭塘人家，屋聯山崦，門繞溪流。幾株楊柳扶疏，一帶芙蓉掩映。好一片秋色也。（指問浄介）那一家户垂珠箔，檐掛青帘，可有好酒賣麽？

（净）這是賈家，聞名的，有好酒。（生）船家，你把船且泊在樹陰之下，待我登崖沽飲一回。（净應下）（生行介）正是：莫謾愁沽酒，囊中自有錢。（丑迎介）相公買酒麽？我家有好酒，請進裏面坐。（生坐介）好一個精雅酒肆。（丑笑介）不敢。（設酒介）（生）原來斫巨鳌之蟹，鱠細鱗之鱸，緑橘丹橙，黄柑碧藕，花磁小盞，真珠紅釀，你可也不比尋常賣酒家哩！（丑）好説。（生）我自慢慢吃幾杯。酒保，你自去店面支持，莫誤你事。（丑應下）（旦扮賈姝子上）

【前腔】織流黄，深護鮫人帳，倦把鴛機放。拂雲翹，杏子羅衫，六幅榴裙絳。（行介）偷閒出洞房，偷閒出洞房，看芙蓉吐艷芳。且住着，怕門前有客停蘭舫。

奴家賈氏，小字姝子，乃賈員外之女。偶因倦繡，欲到門前消遣則個，恐怕店裏有人飲酒，且待奴試覷來。（做見生介）呀，果有一個秀才在那裏飲酒。（做偷覷介）（生飲酒介）

【桂枝香】流連清賞，破除客況。憑君冷沁詩脾，愛爾香浮珠釀。自悠然舉觴，自悠然舉觴。（做見旦介）忽見繡簾微敞，朱顔乍幌。這蕭娘，我司馬堪消渴，你雲英可贈漿。

（旦）這秀才生得好一個人材也。

【前腔】倏風氣爽，寒潭神朗。試看弱冠風流，雅稱多才倜儻。似瓊瑶吐芒，似瓊瑶吐芒。此人呵，宜登蓬閬，若遊沆瀣。勝如張，面拭何郎粉，衣熏荀令香。

（生背介）看這簾内女子或出半面，或露全體，去而復來，再三凝睇，不由人不留意也。

【前腔】看他春腮紅瀼，明波緑漾。逗將一種閒情，醖做三生痴想。古人有言：麯蘗之味，不過醉面。小娘子此情，令人醉心矣。到深沉醉鄉，到深沉醉鄉。只愁秋星河廣，朝雲山障。轉徬徨，雖慚學士金貂貴，願醉佳人錦瑟傍。（旦）偶睹此郎，不覺情動。又不知他是何處人，曾娶妻否。做女子的好生難也。

【前腔】奴在深閨嬌養，似柔枝新長。從無浪蝶追尋，忽被游絲縈網。問誰家俊郎，問誰家俊郎。還怕雲山遼壙，情蹤虚謊。謾參詳，自知孤影憐烏鵲，何日雙飛舞鳳凰。

（丑上）相公，酒盡了麽？天色已晚，要收拾店面，相公請會鈔。（旦下）（生）曉得，酒錢在此，你自收去。（生背介）好個不□趣的酒保也。（丑）日暮江村君且去。（生）多情無奈酒闌時。（丑下）（生吊場）店内好個女子，教我怎生捨得下來！

【錦纏道】陡然間見嬌娃牽人錦腸，他青瑣闥中藏。須不比胡姬壓酒濃粧，兀自看不盡、記不真可憎俊龐。還自送秋波，幾度回翔，瞥眼好難忘。適纔船家説他家姓賈。可許我做偷香勾當，咳！回頭參與商。第一板相思簿上，只圖個夢中别有好思量。

（内叫）相公，天晚了，上船去罷。（生）我來也。

暫繫蓮舟汗漫行，偶因沽酒見娉婷。
東邊日出西邊雨，道是無情還有情。

第二折　夢聚

（末先扮夢遊神，雜扮二鬼同上）（末）在世千年都是夢，舉頭三尺即爲神。小聖氤氲帝主婚姻案下一個夢遊神是也。（指二鬼介）這兩個鬼使，一個叫做勾魂，一個叫做攝魄。小聖在陽間圓得好夢，因此上帝敕爲此神，單管男女婚配之事。做别樣夢的，各有所司，不在小聖話下。今日覷見金陵王仲麟與松江賈姝子一面情緣，百年姻契，不免先引他夢中相聚，以爲後會張本，且將曉夢迷蝴蝶，爲有春心托杜鵑。勾魂、攝魄，聽我説。（鬼應介）

【北水仙子】行雲臺下總堪疑，無定河邊却已非，便草橋驛畔都成戲。論黄粱和緑蟻，那幾樁別有神祇。俺法比豬仙勝，魂令倩女離。扭做個合眼夫妻。

（同下）（旦上）

【憶秦娥】梧桐隕，碧紗窗外秋成陣，秋成陣。無端情緒，攪人方寸。

［烏夜啼］無言獨上西樓，月如鉤。寂寞梧桐院鎖青秋。剪不斷，理還亂，是閒愁。别是一樁題目没來由。奴家賈氏，自從窺見那個郎君，至今撇他不下，況值秋夜蕭條，甚樣睡魔神到得我眼皮來也。

【集賢賓】聽寒蛩葉底聲乍緊，銀缸獨守黄昏。這段閒情誰逗引，看上了少年公瑾。温然玉潤，管領着許多風韻。我想天涯近，酒醒處一般納悶。

一時昏倦起來，不免强睡則個。（睡介）（生上）

【憶秦娥】天緣對面情兒襯，平生入眼心兒印。心兒印，不禁客路，頓添愁鬢。

［謁金門］空相憶，無計得傳消息。天上嫦娥人不識，寄書何處覓。新睡覺來無力，還去問他蹤跡。滿院落花人寂寂，斷腸芳草碧。小生見了店中女子，十分留意。趁此夜闌人静，悄地去探望一回。或者姻緣湊巧，也未見得。（行介）

【鶯啼序】河梁小飲酒一尊，驀然惹起愁損，趁良宵尋訪殷勤。却好門兒開在這裏，不免逕入。（做偷進介）覷無人，躲掩偷進。呀，屋後小軒好不濟楚！籠中鳥傳呼，客來檐外，鶴唳飛香燼。這是女子的房了。他嬌睡穩，把指節暗彈幽壺。

（敲門介）（旦醒介）敲門的是那個？

【前腔】瓊軒夜冷深掩門，有誰特地相訊。（開門見生介）呀，是仙郎重問河津。（生揖介）小娘子拜揖。（旦答拜，做羞介）使人靦腆羞認。（生）小娘子，我和你今宵偶會，都因宿世有緣，幸勿推阻。意相兜，跟前怎推口不言，心中先順還自忖。（生）小娘子，你忖甚麽來？（旦）怕薄倖負心偏狠。

（生）小娘子，小生若忘今夜之情，天地不相蓋載。

【啄木鸝】盟初訂誓併陳，（看旦介）初見龐兒嬌未儘。（戲旦介）動朱唇吹氣氤氳，柔肌比玉璘珣。似初含荳蔻花英嫩，更乍摇楊柳春風困。好相親錦衾春暖，燕爾此時新。

（旦）羞人答答的，不要絮我。

【前腔】嬌羞殢巧絮頻，一擲千金不愛身。也須知弱蔓柔條，未經漬雨粘雲。把酥胸軟襪輕輕褪，傍纖腰小帕微微揾。囑東君莫將佳會做，桃李片時春。

（生）小生感小娘子厚情，没世難泯。有水晶雙魚扇墜一枚，聊用表意，所願到老成雙，如魚比目。（贈墜介）

【琥珀貓兒墜】游魚比目，兩兩護冰紋。掌内奇擎自看人，班姬何用匣中羣。絲綸，肯别下金鉤，教你泣盡枯鱗。

（旦）妾有紫金碧甸指環一事，敬以答郎。所願同心斷金，如環不解。（贈環介）

【前腔】君情妾意，百鍊可同論。記得春纖乍脱痕，始終旋轉幾時分。逡巡，只怕你搥碎連環，金屋生塵。

（末急上）勾魂、攝魄，收了夢者。（二鬼一扮賈員外，一扮魏媪同急上）俺們聽了半晌，像似女兒房裏有漢子說話，不好了，快去拿住！（推門嚷介）（生驚下）（二鬼隨下）（旦復睡介）（内雞鳴介）（末）賈姝子甦醒。（下）（旦醒介）好怪，好怪！方纔與那郎君歡會多時，忽被爹媽趕散，不知却是一夢。奴家指上失了金環，掌中却有一個扇墜，又是大奇。想我二人情緣深重，致此異事，這相思病准准的要害了也。

【簇御林】燈前笑，帳底温。兩情交，一夜恩。楚雲忽被風吹盡，又霎時打退紅鸞運。你看一盞燈殘，半床被冷。自傷神，不曾真個休道不消魂。

鄰雞久唱，天色將明。左則睡不着，且自起去罷。

有緣得見有情人，輕合輕離喜復嗔。
却笑夢中還說夢，翻疑身外更生身。

第三折　病肌

（净扮魏媪上）

【梨花兒】兩鬢星星呼老媪，單生一女掌中珠。忽然染病没法處。嗏，終朝奔走脚不住。

老身姓魏，乃賈員外之妻，因我有幾歲年紀，人都叫我做魏媪。單生一女，名唤姝子，自從去年秋間染成一病，没情没緒，如醉如痴。這幾日語言顛倒，形容枯槁，越發沉重了。我記得少年時節，曾害過相思病，却好是這等。只是我那女兒終日在繡房裏，並没個兒郎打眼，此病自何而來，且待我叫他出來問他一個緣故。女兒，到這

裏來，娘和你坐坐。（旦病上）

【金瓏璁】年來冤業誤，病軀還倩人扶。（浄扶介）（旦）魂渺邈，鬼揶揄。

（浄扶旦坐介）兒，這幾日身子可好些麽？（旦）娘呵，孩兒這幾日來愈加沉重，怕不濟事。（浄）咳，我的兒，快不要這般説，且自寬解。兒，你的病好没些頭腦，我做娘的到也猜着些兒。（旦）娘，你猜是爲何。（浄）

【紅衲襖】莫不是繡鴛鴦失落了日盱餔。（旦）不是。（浄）莫不是愛蟾蜍沾受了秋夕露。（旦）不是。（浄）有時拋紅豆調鸚鵡，何用隔黄茅聽鷓鴣。你不去盼鄰家宋大夫，又没有睡甕邊畢吏部。自古道人家女大難留也，（旦歎介）（浄）無限臨風只歎吁。

我兒，你有甚麽心事，可對娘説，一一依你。（旦）娘，事到如今，顧不得羞，只得説了。

【前腔】有一個指銀瓶在坐隅。（浄）是有個買酒吃的。你那裏見來？（旦）偶然的揭珠簾相迴顧。（浄）他見你否？（旦）意孜孜覷定謝家莊的呆崔護。（浄）他果然生得何如？（旦）貌翩翩調笑酒家胡的俊子都。（浄）後來怎麽？（旦）但睡去會襄王十二巫。纔醒着送陽關千里路。當不過這些暗火煎熬也，飄泊芳魂向冥途。

（浄笑介）好個痴孩子，吃酒的來千去百，不知南北東西，那曉張王李趙，怎麽就想他起來？夢中之事，不要保他。

【解三酲〔一一〕】問蘭陵壚頭醉羽，過新豐陌上鳴騶。紛紛輕薄皆如許，更茫然姓氏鄉閭。便擎漿難

〔一一〕「酲」原作「醒」。

覓裴郎杵，縱擲果誰邀潘令車，無憑據。無憑據，把春風妖夢，總付空虛。

(旦)那人叫做王仲麟，是金陵人氏。(浄)這也是夢裏説與你的麼？(旦)正是！他夢中把水晶雙魚扇墜送兒，兒以紫金碧甸指環答之。醒來時失去指環，却有一扇墜，那扇墜上刻着一行細字，是「金陵王仲麟」。(浄)怪道你又不帶這個指環，怎麽世間有此等異事？

【前腔】(旦)記芳名蠅頭題柱，送幽情魚腹傳書。他那裏鳳凰臺下臨江渚，有堂前燕子歸歟。要還魂賈氏雲華女，仗坦腹王家逸少徒，須憐取。須憐取，把慈航起溺，甘露迴枯。

(浄)這個我還不信，你拿扇墜與我看。(旦)扇墜終日在兒手中，請娘試看。(出墜介)(浄)奇怪，奇怪！我做娘的不知和人做了多少夢，蝦兒蟹兒不曾見面，那得這般雙魚扇墜？又一件，便曉得他金陵姓王，也没處去尋訪。(旦)娘不消過慮，他明日准到我家來。(浄)又是夢中和你説的？(旦)正是。(浄)這等，我勸你父親便邀他進來，成就你的親事。(旦)如此多謝母親。(浄笑介)這樁事，若向痴兒説夢，須知弄假成真。難教官法饒人，當做先姦後娶。(旦笑介)娘又來取笑。(浄)我正要你笑一笑。兒，且進去睡一睡。

痛煞嬌兒骨似柴，誰知夢裏有安排。

百年夫婦明朝定，一段姻緣天上來。

第四折　姻聯

(外扮賈員外上)

【步步嬌】暮景蕭條桑榆剩，無子圖家慶。煢煢一女英，忽被閒愁，頓成嬌病。他夢語總難憑。(做行走盼望介）只得眼巴巴，立遍蒼苔徑。

老夫姓賈，人呼我做員外。雖有些小家貲，恨無子息，止生一女，近又染成疾病，甚是沉重。昨日老嫗對我説他夢中之事，直恁奇怪。又説道那王生今日到來，只得在此等候。如果來到，便邀進來，成此一段姻緣。不特了完兒女之願，兼可留與後人做個話本。呀，遠遠的望見一個後生來了。（生扮王仲麟上）

【前腔】問水尋山多遊興，又見芙蓉靚。堪憐此日情，人面桃花，可還相映。遥望酒旗青。只爲夢中人，再覓黄花徑。

（外）這來的或者就是那人，也未見得。且待我試問一聲，呀，先生拜揖了。（揖生介）（生答揖介）老丈拜揖。（外）先生何來？（生）小生從金陵到此。（外）老漢斗膽，請問高姓？（生）小生姓王。（外背介）果然是那人了！（轉介）請進舍下告茶。（生背介）莫非夢中事發了？（轉介）小生素未識荆，不敢輕造。（外）怎説此話？請進裏面坐下，自有話講。（生）這等遵命了。（進介）（生）緑樹兼鄰蓋。（外）黄蘆繞宅生。（生）攝衣瞻盛德。（外）入座動文星。（揖坐介）（外）先生，老漢請問，

【玉交枝】韶華冰瑩。是當年長沙後生。算傳□奕葉芝蘭競，問王郎洛下知名。金門射中何氏屏，瑶臺定下誰家鏡。（合）論高飛崎嶇玉京。爲甚鼓蘭橈，連年遠征。

（生）老丈聽稟，

【前腔】仲麟不佞。（外背介）這是了。（生）住長干是江南步兵。蹉跎足下紅絲另，（外背介）且喜未有親事。（生）更羞稱累世簪纓。（外）原來却是世家。（生）無舟載麥酬曼卿，有田種秫誇陶令。（外）原來宅上田，合在此來收租。（生）未高飛崎嶇玉京。且自鼓蘭橈，連年遠征。

（末扮張老兒上）無心當世用，袖手着人忙。隔籬呼老伴，且與話農桑。老漢張老兒者便是。好兩日不見賈員外，且去尋他閒講一回。（見介）（末）賈員外，好兩日不見了，令愛病體可覺好些麽？（外）張老官聽講。（指生介）這一位是金陵王先生，去年間在小二店中吃酒，小女偶然出來，覷望片時。後來與這先生常常夢中相會，因此害成一病。今日天假良緣，先生到此。我意思欲將小女配與這先生，即煩老官作伐。（末笑介）王先生果是風流佳婿，這段好事，老漢敢不奉命！（生）小生才慚賦樹，禮乏投桃。敢辱東床，有勞西第。（末）王先生，你也不必過謙。（外）王先生，你説禮乏投桃，那夢中所賜雙魚扇墜，却是瓊瑶難比。（生）惶愧，惶愧！（末）怎麽夢中送一個扇墜，醒來還有麽？（外）現在。（末）這也真是奇怪。王先生快過來拜了嶽丈。（生拜外介）〔減字木蘭花〕高山在望，兔絲敢附喬松傍。（外答介）蓬舍荊釵，喜得門楣屬大材。（生拜末介）待小生謝了媒，非媒不克，紅羅十丈難酧德。（末笑答介）喜事匆匆，吹火從來趁好風。賈員外，今日是個黄道大吉。便成了親罷？（外）小二，你到王相公船上取了禮服來。（内應介）梅香，看姐姐梳粧已畢，請老嫗人一同出來。（内應介）（浄、旦同上）（貼扮梅香隨上）

【花心動】（浄）春滿門闌，畫堂前瑞爐香靄。（旦接）點額安黄，斷臉銷紅，兀自對人無賴。（窺介）偷將彩扇生綃眼，須認取仙郎凝睞。（合）喜今朝得諧鳳卜，同飛鴛蓋。

（丑扮小二替生穿禮衣介）（各立定介）（外）一時忙促，不曾喚得賓相，却怎麽好？（丑）小二略曉一二，胡謅幾句唱禮罷？（外）如此甚好！（丑）吃酒之人有萬千，他人吃酒我還錢。今朝送出賠錢貨，省得情人眼望穿。（唱拜興介）從來做夢是虚花，偏你夢中騙得一渾家。若是夢兒堪着實，週年該産個小哇哇。（外）小二，不要胡説，斟酒過來。（各把酒介）（生飲）

【惜奴嬌】金屋平開，喜雙成招嫁，引入蓬萊。相逢後，愁重片航難載。陽臺夢見雖多，雨跡雲蹤，猶懸天外奇哉。誰知道，霎時間，打合百年恩愛。

【鬪黑麻】(旦)裙釵十五嬌孩，把春痕印破，一絲粘帶。便含顰瘦盡，好生禁害。記在吹簫臨碧落，剪燭污宮鞋。(生)這個一一皆真。(旦)至誠捱，等得鵲駕，臨河册抹，一年孽債。

(生)小娘子，紫金碧甸指環無恙。(旦)水晶雙魚扇墜在此。(同放桌上介)(衆)這個是宿世良姻，曠古奇事。我們大家吃一杯。(合唱)

【錦衣香】展壯懷，金尊隘；點玉腮，瓊漿灑。看十指同心，雙魚入海。兩般情事竟和諧，珠迴合浦，路入天台。是神仙世界，豈尋常朱陳看待。弄玉逢簫史，姻緣一派。還期相守，霜鬢雪黛。

(合唱)

【漿水令】窈窕娘，蘋蘩可采；風流婿，薜荔堪裁。翩翻女貌共郎才，鸞棲寶鏡，鳳舞毺毸。宮袍爛，霞珮彩，熊羆喜叶麟兒快。多奇異，多奇異，初回雞塞。都虛哄，都虛哄，一覺庭槐。

(外、浄)梅香，拿花燭送新人入洞房。(末)老漢先告辭了。(外)多勞，請了。(末先下)(合唱)

【尾聲】從今成就你前程大，雙送入洞房春色。把人世上夫妻做夢裏猜。

(外)絲幕誰牽一段紅，(浄)果然女婿近乘龍。

(旦)今宵剩把銀釭照，(生)猶恐相逢是夢中。

三義記

（末打鑼開場白）［西江月］畫燭燒來狼藉，金盃倒盡淋漓。衆賓還要醒詩脾，聽説劉方三義。（鑼介）大明天下宣德年，北京管下河西務。地方有個劉老兒，與他媽媽桑榆暮。膝前並没女和男，靠着官河開酒鋪。京衛老軍身姓方，帶着孩兒在途路。來在劉家宿一宵，方軍染病身亡故。老兒收養那孩兒，改唤劉方多看顧。後來有個山東人，名叫劉奇是儒素。不幸失水命將危，又得劉翁相救度。劉家添了弟和兄，雙雙奉事娘和父。誰道劉方是女身，後與劉奇做夫婦。［西江月］劉老慈悲可羡，奇方孝順堪題。後來雙燕配雄雌，賽過梁生祝氏。道猶未了，劉方早上。

第一折

（正旦男扮劉方唐巾便服上）

【步蟾宫】他鄉骨肉悲零落，回首處、雲山渺邈。且將襟帶鎖閒心，須未許、遊蜂知覺。

自家劉方是也，父親京衛老軍，方大不幸，至此身亡。多感劉長者十分看顧，留俺做個義子，因此上叫做劉方。捱着過些日子，只是俺改换衣妝，原非男子，抛離鄉土，真是孤兒。當時飄泊形骸，甘爲鬼笑；今日凄惶情緒，難與人言。只得滅跡潛蹤，一向隨波逐浪。俺義父道俺聰俊，收拾一間書房，教俺讀書。咳，俺要做木蘭女，替父從軍，却恨嚴親去世，便學得蘇蕙姬迴文織錦，難教夫婿封侯。夜闌人静，不免且挑起燈看幾行，且自消閒咱。（看書介）

【北對玉環】獨對寒檠，熒熒滿素屏；静掩疏檽，悠悠度玉笙。自恨誤三生，空勞教一經。（歎介）骨肉分張，漂流水上萍；心緒迷離，遮藏樹底鶯。

（貼扮梅香拿茶上）

【清江引】幾年來春事心中省，愛煞那兒郎倩。（行介）窗前聽讀書，月下堪乘興。（見介）二哥，送茶與你吃。（旦）生受你。（貼）這一杯茶，可解你消渴病。

（旦）俺可也不十分害渴。（貼）二哥，你讀得好書，我去年隨着媽媽到集上看戲，恰好唱一本《西廂》，二月十五日張君瑞和那紅娘鬧道場，勾上了手，後來到書房裏，張君瑞叫他做親娘，又跪着他，好不有趣！這個書上有麽？（旦）這等淫穢的事，怎的出在書上！（貼）又曾見唱戲的做個《金精戲寶儀》，那寶儀只是讀書，不保那金精，人都駡他是一個呆鳥。這個書上一定有麽？（旦）這個書上也不見有，却是寶儀做的是。（貼笑介）二哥不要賣了嘴，説這們瞞心話兒。如今深秋天氣，這一床夾被兒不害冷麽？倒得我來和你相陪纔好。（旦）梅香，你今晚怎的説這許多風話？却也不該。你聽我説來。

【對玉環】夜伴紗厨，沉烟裊瑞爐；你看那月射金鋪，俺冰心對玉壺。你白壁謾求沽，羅敷自有夫。

（貼）我的夫在那裏？若是俺家老子，和我没甚相干。（旦）碧落雙成，終諧仕女圖；錦幔良宵，留將衣帶珠。

（貼）二哥，你這般標致後生，那裏學得許多爛頭巾話兒？我老實對你講，這樣月白風清，夜闌人静，不要挫過了。

【清江引】俺妝成不怕嫦娥妬，（做俏步介）緩蹴凌波步。管取化爲雲，何用愁多露。問相如，肯把芳年誤？

（旦做怒介）這妮子只管胡纏，好生無禮。俺自去睡，明日對媽媽説。（持書逕下）（貼）你看有這樣不抽趣的人，好不掃興。便是閹割了的，也不該這等村。教我乘興而來，怎生收拾？罷，罷！恐怕媽媽醒來叫我，且自回去。（做轉身將下介）（丑扮小厮撞上）（攔介）梅香姐，夜静更深，打那裏來？（貼）打二哥書房裏回來。（丑）你有甚麽勾當？進去大一會，教我等得好不耐煩。（貼）誰教你等來！（丑跪介）梅香姐，三更時分，四顧無人，捨着一會，待我捉個頭兒。（貼）啐，好容易！你這看驢看馬的小厮，也説這樣話！不是癩蝦蟆想天鵝肉吃麽？（丑起介）梅香姐，不要小看了人。看驢看馬的不是人麽？俺外貌中平，内材中用。

【前腔】小梅香，半夜裏書房耍，定有蹺蹊話。到了這其間，捨着些兒罷。你道看驢的會騙馬。

（貼）這歪小厮，還不走開，我就叫唤！（丑）憑你叫唤，俺也自有話講。

【前腔】（貼）小奴才，記你一頓打，膽有天來大。一片皂缸皮，數莖金絲髮。可不道活鬼頭精羞殺。

（丑）羞殺，羞殺！定要與你勾搭。（貼欲下）（丑攔介）（外小帽白鬚便服拐杖潛上）莫信直中直，須防仁不仁。自家劉老兒，房中不見梅香，不知那裏去了。且去尋他。（做見介）（喝介）（打丑走下介）丫頭，這般時候，怎麽在這裏與這小厮頑？（貼）剛纔打二哥書房裏回來，這小厮在這裏胡厮纏。（外）便到二哥那裏去，也不該這等夜深。這都罷了，前日你隨媽媽去對門吃酒，俺分付你早些兒先回，怎麽只等齊了纔來。（貼）那日不得閒，先回來，也没甚麽勾當。（外）有句話兒一向要對你講，且喜夜深人静，你隨我到那空房裏去。（貼）有話明日講罷，更深夜深，恐怕媽媽醒了叫唤。（外笑介）媽媽睡了，不妨事。（做扯貼）（貼不從介）（净扮媽媽潛上）犁貓難唤鼠，黄雀緊隨螳。老子起去叫丫頭，怎還不回來？且待我去看一看。（做見介）（喝介）（貼走下）阿呀，好個老不長進的，在這裏幹這個勾當，進房來整治你！（揪外耳下）

第二折

（生扮劉奇唐巾便服上）

【生查子】堪憐故國殊，宿莽多丘壠。記得受恩深，又作他鄉夢。小生劉奇是也，山東張秋人氏，粗習詩書，薄遊京國。不幸舟中失水，賴得河西務劉長者救了性命，十分周旋。小生感恩無盡，拜他做了義父。後去故鄉探望一回，誰知却被大水漂没，四望蕭條。真個廬舍無存，半作魚龍之宅；山林僅在，難尋燕雀之巢。好生傷感！只得再轉河西務去，一則圖盡我奉侍之情，一則權寄我飄流之跡。多少是好。（行介）

【駐雲飛】阮籍途窮，蹤跡飄摇類轉蓬。四望風波湧，千里人烟空。嗏，中野集萑鴻，可勝悲痛。只得回首燕雲，肯恤程途迥。走了幾日，河西務看看近了。咫尺河西在望中。到此已是義父門首，不免逕入。爹爹，媽媽，劉奇回了！（外、淨同上）

【粉蝶兒】耳畔喁喁，敢是買漿喧哄。（見介）呀，原來大哥回了！（生揖介）是孩兒回了。（外、淨同唱）大哥，

【前腔】馬首纔東，我倚遍門閭盼望濃。怕你跋涉多勤動，鄉土相隨從。嗏，竟作馬牛風。（生）孩兒豈敢如此！（外、淨）再來情重，老景桑榆，賴爾相承奉。想你故苑樓臺在鏡中。（生）告禀爹媽，孩兒回去俺那張秋地方，都被大水漂没了。（外、淨）原來如此。你只在俺這裏將就度日也罷。（生）多感爹媽收留，孩兒敢不終身奉養？（旦上）

【駐馬聽】暫撤雕蟲，侍食堂前愛日融。(見生)(揖介)呀，大哥回了！ 且喜雙南比信，合浦迴珠，千里來朋，慈明自合號人龍。河東却媿題雙鳳。(合)與你手足和同，大家好把斑衣歡弄。

(生)賢弟聽我道，

【前腔】自歎萍蹤，菽水辛勤仗爾供。論你堪稱畏友，更屬韶年，深愧難兄，因緣喜值絳都翁。科名欲附雍丘宋。(合前)

(净)二哥陪大哥進書房吃飯去。(生、旦應介)(同下)(丑扮媒婆上)

【字字雙】盡道奴奴貌似花，堪畫。做媒終日走波查，没暇。巧語花言哄兩家，當耍。只圖羊酒與紅紗，做襪。

(内叫)紅紗不是好做襪的。(丑)你不見城隍廟符使的腿上，拴着好幾片紅紗哩！ 老身張媒婆便是，論我做媒行徑，兩片花唇，千條妙計，慣會扯長就短，偏能弄假成真。得了男家的財，村漢子説做白面郎君；吃了女家的酒，醜丫頭道是紅顏女子。若嫌新郎貧窶，便道白屋公卿；倘説新婦猥蕤，我應夫人醜陋。前日一家女駝男拐，叫做拐脚神仙騎駱駝，真個手中有秤；又有一家男村女俏，盡説枕熟羊羔喂細狗，何曾眼裏生珠。前年到張家灣替一個八十歲的老兒娶了十五歲的女子，教他白髮衰翁，日日攀花流淚；舊歲在良鄉縣將一個二十八歲的婦女，嫁了十一歲的丈夫，笑他青春少婦，夜夜引子登科。只不該偷了趙家聘禮，被他扯到街坊，動手撏光短鬢；又不合悔了錢家親事，被他告到官府，當堂拶出臊尿。這個都也罷了。還怕一樁。(内叫)怕甚麽子？(丑)只怕死後檢查口業，閻君發怒生嗔，將我下了地獄，只得謀做個馬面夫人。(内叫)那馬面有甚麽好，要嫁他？(丑笑介)老娘愛他那一條鞭兒。到此是劉老兒家裏，不免逕入。(見介)(外、净)張老老到此貴幹？(丑)老身輕造，並無别事。

大街上開印子鋪的張家，有一個十九歲的女兒，剛剛小似你家大哥一歲；東河頭販棗兒的李家，有一個十六歲的女兒，却好和你家二哥同庚。你們這幾分人家門當户對，老身特來作伐。（外）原來如此，俺兩口兒甚是喜歡，但我那兩個孩兒心下不知怎的，即煩老老到書房裏對他們説知。（丑）這個他也一定從命，老身便去。（外、净）正是，不用再三親囑付。（丑）想來都是會中人。（同下）

第三折

（生上）流水無情物，空教數落紅。人心却如面，豈得兩相同。昨日張媒婆來議姻親，這是好事，誰知道兄弟堅不肯從，使俺亦難獨允。不知兄弟主意畢竟爲何，不好苦苦問他。不免借那梁燕爲題，做成一首詞兒，題在壁上，探取其意，多少是好。（做寫詞介）

【北新水令】則見雙飛嬌燕繞雕樑，爲營巢啣泥來往。不愁簾下急，却愛水流香。軟語商量，待生雛把一春事纔勾帳。

遠遠望見兄弟來了，不免且躲過一邊，看他有何話説。（下）（旦上）

【南步步嬌】蝶使蜂媒空勞攘，錯把花枝傍。我含情待阮郎。（見詩念介）營巢燕，雙雙雄。不尋雌，巢竟空。大哥分明借這燕子探我意兒，誰知我却不是個雄。一段梅香，肯教輕放，羞自訴衷腸。只得把彩毫，自寫供身狀。

待我也題一首詞兒在他後面。（寫介）（下）（生上）兄弟自言自語了一會，俺聽得不真，他也題了一首詞兒，待俺試看者。（念介）營巢燕，雙雙飛。雌不語，雄不知。呀，這詞中之意，好奇怪也！

【北折桂令】試沉吟幾字琳琅。他詩中謎隱，袖裏鬮藏，分明是漏洩春光。只道他更名易姓，又誰知假扮喬粧。空着我多年倚傍，不禁他着意提防，不覺的展轉徬徨。若是挫過了夢中神女，可不鱉死了臺上襄王。

這事須對媽媽商議，媽媽有請。（淨上）

【南江兒水】午夢纔離枕，殘陽又過窗。聞聲轉步蕭齋望。（見介）大哥，沒事請老身出來，有何話說？（生）孩兒知道一樁奇怪的事，要對娘說。（淨）這安閒門户無喧嚷，清平世界無風浪。有甚奇形怪狀。（生）媽媽，二哥原來是一個女兒。（淨）那有此事！你一向真誠，怎説這瞞天大謊。

（生）孩兒豈敢說謊？

【北鴈兒落帶得勝令】俺只爲議姻親不順從，因此上題詩句相摩盪。我拋將啞謎兒，他畫個葫蘆樣。

（淨）你怎麼題詩？他怎麼回你？（生）把雙燕細評量，他說我不辨雌雄相。生扭做風流婿，却纔知窈窕娘。（淨）你平日與他相處，也見他些手脚麼？（生）他行藏脚步兒，何曾放炎陽。並不肯解青衫納晚涼，解青衫納晚涼。

（淨）原來恁的，你且迴避，待我叫他出來，問他端的。（生下）（淨）二哥那裏？（旦上）媽媽呼喚，不知何事，且去相見則個。（見介）（淨）二哥，方纔大哥說你是一個女兒，我也不信，你老實對我講。（旦做羞介）媽媽，事到如今，瞞不過了。孩兒同父還鄉，恐怕途中不便，假扮男兒。後因父歿，不敢改形。只此便是真情了。

【南僥僥令】當年還想像，款步學兒郎。不料中途遭磨障，因此久遮藏、不換妝。

（生撞上）（旦掩面走下）（生）【北收江南】呀，子爲你久遮藏，不换妝。認鸞儔，做雁行，藍橋幸喜引裴航，南陽莫遣嫁蘭香。（揖淨介）望萱親主張，望萱親主張。夫妻兒女，一樣奉高堂。

（淨）這個還用與你老子商議。快來，快來！（外上）媽媽，你甚麽事，這般叫得慌忙？（淨）老子二哥原來是個女兒，我已問知端的，特地説與你知。（外）怎麽有這等奇事？（淨）方纔與大哥商議，要把二哥配與他做了媳婦。老子意下如何？（外）這個更好！待俺告過親鄰，圓成這樁好事，有何不可！

【南園林好】這新聞人間幾樁，這良緣天生一雙。自古道人間天上，諏鳳曆啟麟祥，諏鳳曆啟麟祥。

（生）爹媽如此玉成，孩兒不勝感謝，明日到是個黄道吉日。（淨）我也知道你等不得了。

【北沽美酒帶太平令】（生）繫紅絲百尺强，繫紅絲百尺强，諧伉儷匹鸞凰。這牛女分居天一方，排兄弟不相當，改雌雄却成雙。圖一個婦隨夫唱，倒大來地久天長。赤緊的雙歸蓬閬，煞强似相逢濮上。俺呵，明日裏陰陽，不將蘭房華堂，准備着笙歌繚亮。（合唱）

【南尾】門闌喜事從天降，且向花前共舉觴。好送入詩人錦繡囊。（同下）

第四折

（貼持箒上）世事多顛倒，從前枉費心。亂飄風裏絮，難覓水中針。我梅香只道二哥是個漢子，有心去惹他，誰知却是一個女兒。今與大哥做了一對，教我又好惱又好笑。那晚做盡模樣，原來怪他不得。今日吉日良辰，媽媽分付我打掃廳堂，只得在此答應他兩個老人家。早則來也。（外、淨同上）今日吉日良辰，要與大哥完成好事，怎麽這般時候，不見賓相到來？（丑扮賓相上）慣掌三千禮，能諧五百年。自家賓相便是。劉家呼喚，不免去來。（見介）（外）賓相哥，時辰已到，快請新人。（丑）曉得。新郎休得太逡巡，快來堂上趕時辰。如今男女難分辨，莫把甜春當苦春。請，請新官人上堂！（生禮衣上立介）（丑）新人休得太蹉跎，舊時爹媽是公婆。今宵做到情濃處，該叫心肝我的哥。請，請新娘子出房！（旦女扮上立）（丑）姐在西來郎在東，高燒銀燭兩邊紅。從來人熟禮不熟，且聽我高聲唱鞠躬。鞠躬拜興！（生、旦拜介）（丑）交拜已畢，合該撒帳。你家事體希奇，不用往時舊套，待小子新謅幾句。（外）如此甚好。（丑撒生介）撒帳郎，你兄弟從來共一床，若使早知燈是火，怎留得春風在海棠。（衆和哩囉嗹介）（撒旦介）撒帳姐，從今休把情詞寫，新郎還是舊時人，莫待他醉把羅裙扯。（和介）（撒外介）撒帳公，你蕭蕭白髮是仙翁，今宵發了青春興，做一個臨老入花叢。（和介）（撒浄介）撒帳媽，生得風流又瀟灑。（浄）這也果然。（丑）今宵看了成親事，惹動春心不是要。（和介）（撒貼介）撒帳梅。（貼）甚麽梅？（丑）梅香。（貼笑介）怎的連我梅香也撒在裏面？（丑）撒在裏面到好了你。（貼啐介）（丑）爲愛風情吃盡虧，他們自有親瓜葛，你往驢房走一回。（和介）撒帳已畢，賓相請出，明朝奉謝紅羅一匹。（下）（生、旦送酒介）

【北耍孩兒】（生）你看寶爐結就香雲靄，華堂上春風似海。一天好事暢奇哉，算天公巧費安排。他久藏柳樹鸚哥緑，俺難辨霜天鷺羽白。怎劫木蘭寨。虧了雙飛燕語，得比目魚諧。

【四煞】（旦）梳雲掛寶釵，低頭換繡鞋，多□□慣描眉黛。幾年緊束芙蓉帶，此日初含荳蔻胎。羞無賴。不禁他燭花溜眼，紅暈盈腮。

【三煞】（外、浄）你兩個傅粉的郎，咏絮的才。完成了錦片前程大。投至得百年夫婦今宵合，真個是一段姻緣天上來。可也多奇怪。堪題彤管，莫羨英臺。（貼背介）

【二煞】他們年紀輕，梅香心性乖。誰知道不是乘鸞客，却原來雌雄難把烏鴉認，從此後鏈鯉休將濁水猜，空借下相思債。見了他綢繆恩義，又不覺惱亂情懷。

【尾聲】（合唱）夫妻永不離，爹娘長自在。還祝願金榜題名雙賽。這是三義劉方真出色。

劉長者仁者能仁，劉大哥親上做親。

小梅香錯中尋錯，方氏女身裏出身。

琴心雅調

卷上

正名　挑琴　奔鳳　滌器　題橋

第一折

（浄扮卓王孫上）臨邛多富家，有金山可鑄。僮奴累千百，被服紈與素。俯首事貴人，惟恐觸其怒。使我失光華，悔不理章句。小子卓王孫便是。若論我家資巨萬，這臨邛城裏，除了我纔説程鄭，只是不曾仕宦。近聞得成都司馬相如，他是當今才子，與我這裏縣宰王公平日相好，特來遊訪，在都亭作寓。王公十分恭敬，日日去拜他，他不把來放在心上，常自回話不見，不像如今打秋風的模樣。我昨日與程兄商議，置酒請他，併請王公。一者，因此交結縣宰，借些官勢，支撑門户；二者，也博得一個好賢禮士的名兒。却不一舉兩得？已曾送過請書，今日一定到來。小厮那裏？（丑扮院子上）堂上聞呼唤，階前聽使令。稟員外，有何分付？（浄）昨日分付你整治酒席，要十分齊整，可曾完備了麽？（丑）完備多時了。（浄）這等快去請程員外來做主人。（丑）方纔去請，就來了。（末扮程鄭上）賓馬挾妖童，聊爲富貴容。豪家召賓客，相過畫橋東。（見介）卓兄，多蒙寵召，何以克當？（浄）程兄有屈光陪，不勝欣藉。（小生扮院子上）稟員外，小人去請大爺，他自去請司馬爺相約同來。（浄、末）原來王公這般敬重他，小厮伺候湯飯。（丑、小生）曉得。（生扮司馬相如，外扮王吉冠帶引道同上）

【滿江紅】（生）宦海茫茫，歎蹤跡，浮沉未定。乍回首，梁園詞賦，又成畫餅。賴有良朋敦夙好，可堪傲骨愁多病。（外合）連鑣，共作酒人游，聊乘興。

（生）下官司馬相如是也。（外）下官臨邛令王吉是也。長卿，今日卓氏相迎，實慕足下才名，小弟奉陪同往。（生）好説。還賴足下相攜。（到介）（浄、末迎介）（見介）多蒙二位大人光降，頓使蓬蓽生輝。（生、外）重承雅意。（送酒介）（更衣坐介）

【梁州序】（生）流萍無蒂，飛蓬孤影，底事馮唐薄命。（向外介）故人知我，窮途不厭逢迎。（向浄介）羨你多財陶猗，愛客原嘗，座上衣冠盛。何期蒙寵召，愧浮名。感得殷勤地主情。（合）忻雅會，紓豪興，當筵莫放金尊剩。須盡醉，破愁城。

【前腔】（外）長卿，你風標獨擅，霜毫偏艷，未許鄒枚馳騁。暫時鎩羽，天風指日鵬程。愧我蒹葭自比，枳棘難棲，簡闊無恭敬。（向浄介）他豪家能好禮，重鄉評。景仰全非世俗情。（合前）

【前腔】（浄、末）念吾儕草野門庭，喜今朝軒車輝映。便喧傳井里，不勝榮幸。看取才高賈傅，政美吴

公，斗北誰堪並。屋樑凝紫氣，動文星。芹獻聊伸野父情。（合前）

（外）卓君壁間之琴，想是佳品，取送長卿之前。（淨）領命。（送琴介）（外向生介）竊聞長卿好之，願以自娱。

（生）北鄙之音，恐污清聽。（衆人）不敢。（生背介）聞得卓氏有女文君，美而好音，吾鼓一再行，變爲《鳳求凰》之曲，挑動文君，諸君料不能識也。（調琴介）（旦扮卓文君，貼旦扮侍者朱絃同上偷覷介）（貼）那上面坐的年少郎君，便是司馬相如。（旦）他風采出群，果然名不虚得。且聽他鼓甚麽琴。（生鼓琴介）

【前腔】拂冰絃玉珮琮琤，理宫商金徽齊整。試從容下指，泛音相應。除却《猗蘭》清韻，《別鵠》哀詞，謾作《思歸令》。曲終尋別調，譜新聲。流水高山自有情。（合前）

（旦）我聽他前鼓的是長短歌行，後來變做《鳳求凰》，咳，長卿長卿，我一片閒心，早被你引動了也。

【節節高】風神玉琢成，耀人明，儀容閒雅都厮稱。詞堪聽，調轉清，心還省。鸞凰比翼求歡慶，我芳心一寸渾無定。（合）試倒金尊莫辭頻，須知此夜風光勝。

（生起介）（旦下）（衆歡酒介）

【前腔】嘉賓一坐傾，快平生，追隨片晌真僥倖。人方静，漏未盈，星初暝。厭厭未可尋歸徑，勸君再把餘歡罄。（合前）

（生做醉介）（衆扶介）

【尾聲】玉山頽倒將人倩，好扶上寶鞍金鐙。（生）只怕夢破郵亭一盞燈。

（末）相對情無極。（淨）言歸夜未央。

（外）主人能醉客。（生）何處是他鄉。

第二折

（旦扮文君上）

【遶池遊】雙眉落翠，小院東風閉。月明時，杜鵑聲裏。幾幅幽衾，半襟清淚，却無端縈人夢思。

自傷薄命妾，早爲鴛鴦誤。桃李斷人腸，風光忽以暮。年少横相干，懷春不能怒。心神既飛越，豈得畏多露？奴家卓氏文君，昨見長卿風神秀爽，琴心挑引，不覺動情。他又央朱紘的母親，來説他未有妻室，十分契慕。奴家我想來，不如私奔長卿，頓償相愛之思，兼遂終身之托。夜深人静，私出閨房去也。（走介）

【黄鶯兒】掩袂出香閨，蹙凌波舉步遲，花枝故把湘裙曳。朦朧月低，徘徊路迷，宵行多露真堪畏。赴佳期，還愁初見，他雙眼覷人痴。（虚下）

（生上）昨日弄琴之後，又曾使人致意文君，聞他頗有相從之意。曾奈一時不得到來，教我好生盼望。真個愛而不見，搔首踟躕。

【前腔】悄地寄音徽，許鸞凰一處棲，令人歡喜渾忘寐。只是重門似圍，雙鬟不離，星河咫尺如千里。轉生疑，幾番窺户，猶恐弄虚脾。

（旦上）到此已是長卿行館，不免叩門一聲。（做叩門介）（生）深夜叩門，事有可疑，且待我開門試看。（開門見介）呀，原來是文君小姐！相如不知仙子下降，失於候門，快請進去！（掩門見禮介）相如不才，蒙卿錯愛，不覺喜愧交集。今夕何夕，豈其夢耶？（旦）鄙人實慕足下才情，忘其自獻之醜，遂爾私奔，幸勿相訝。

【啄木兒】（生）秦樓畔，越水湄，聞道佳人真絶世。弄朱絃暗地傳情，盼紅樓没影相思。又誰知好事從天墜，幸然彩鳳乘風至。我乍見歡情不自持。

【前腔】（旦）蓬茅性，蒲柳姿，自分韶光終委棄。久聞君白雪高名，更撩人緑綺新詞。我芳情飄泊渾難繫，鶉奔肯顧詩人刺。只無那嬌羞粉面迴。

【三段子】（生）秋波慢窺，爲多情招摇似迷；春纖乍攜，這芳魂翩躚欲飛。（旦）他乜斜着眼，情偏殢，逡巡人手驚難避。不覺的惱亂春懷，弱態怎支。

【歸朝歡】（生）多嬌的，多嬌的，胸前細偎，消受你脂香粉膩。相親的，相親的，床前莫推，赤緊處雲酣雨醉。（旦）只得殘粧重綰金蟬髻，含羞巧趁銀缸背，笑解明璫入翠帷。

（旦）良夜人間静。（生）玉人天上來。

（合）寄聲樓上鼓，無事苦相催。

第三折

（小生扮酒保上）善造金花酒，能延玉珮仙。小人酒保便是。前日一個官人，帶着一個娘子，打從成都到此，賃了一間店房，使我替他支持店面。我看那官人甚是斯文，娘子十分標致，不像個開酒鋪的，這也不要管他，他説今日開張鋪面，我且去打掃門前，等候他們出來則個。（虚下）（生便服）（旦淡粧同上）

【剔銀燈】（生）從那日鸞凰配上魚和水，儘教歡暢。只是家徒四壁空惆悵，賣車騎甘爲厮養。卑人買一酒舍，求卿爲我當壚賣酒，卑人自着犢鼻褌與庸保雜作，滌器市中。當壚休辭執掌，混風塵婆娑這場。

【前腔】（旦）事君子終身倚仗，操箕箒婦隨夫唱。才郎自合登卿相，暫貧窘何曾悒怏。君子所命，當無不從。只是當壚賣酒，出頭露面，恐辱君耳。當壚不辭鞅掌，怕傍人揶揄一場。

（生）本意同至臨邛，從卿昆弟假貸。一時間無因入門，有難開口，所以藉此名兒，激怒尊君，或者肯相收恤。當壚滌器，這也無妨。（旦）奴家從命了。（小生上）主人家店面俱已齊備了。（生）酒保，你自在此支持店面，我到市中走一遭來。（小生）曉得。（生下）（淨、丑扮惡少年同上）我們兩個乃是臨邛城裏有名的惡少年，一個喚做青皮，一個喚做油簍，被人起了兩個混名，一個喚做路傍犬，一個喚做糞裏蛆。我兩個真個是（以下每人一句接説）百様虛花，一生無賴。欠聰明懶讀詩書，没本錢難做買賣。巴這一張嘴，顧不得行止；閒着兩隻手，專放些憊癩。遇着王孫公子，慣能鑽懶幫閒；走過柳陌花街，好是偷營劫寨。賭博場讓我爲尊，誆騙行誰能打賽。穿着一領好衣裳，撞來撞去，誰知無計聊生；拚着這條窮性命，惹是惹非，倒也教人没奈。奸盜詐僞，替我簪花；笞杖徒流，猶如吃菜。真是没嘴臉的假斯文，有□□的真乞丐。聞臨邛市上，新開一片酒鋪，那當壚的婦人甚是美貌。我們吃酒爲名，落得飽看一回，却不是好。（走介）

【縷縷金】（合）忙整頓，猛趨蹌。喬做風流勢，過街坊。聞有當壚女，可憎模樣。大家共飲百壺漿，貪看那一晌。

（到介）酒保，我們二位財主相公來你店裏發利市，快打酒來吃。（小生）曉得。（設酒介）（淨、丑飲酒窺旦介）果然好一個婦人！（諢介）

【前腔】（合）偷看覷，細端相。吴姬來壓酒，勸人嘗。酒保，這酒不好，再換來。（小生）這是上好酒。（淨、丑）把那娘子身傍這一壇酒開來我們吃。（小生）左則是一樣酒。（淨、丑）你那裏曉得？快去開來！笑把銀瓶指，重斟佳釀。壚頭吹送鬱金香，教人好渴想。

（旦）那兩個人只管看我，羞人答答的，且自進去罷。（下）（浄、丑）正要飽看一回，怎麼便進去了？（做窺望介）（小生）你這兩位官人，好不知趣！人家內眷，只管張張望望，也不識些內外。（浄、丑）哇！你這個狗弟子，不識高低，人家婦人，不知看過千千萬萬，希罕這一個？你再多嘴，請你一頓拳頭。（醉嚷介）（末扮程鄭，外扮院子隨上）

【前腔】騎駿馬，走康莊。聽得人喧嚷，是何方。（外）是路傍犬、糞裏蛆兩個光棍在那酒鋪裏囉唣。（末）試問新豐市，是誰供帳。（外）這酒鋪聞知是司馬爺與卓家小姐開的，司馬爺滌器，卓家小姐當壚。（末）原來是大家子女露行藏，堪憐此劣相。我便對卓兄說知，他一男兩女不患無財，司馬長卿雖然貧窶，是當今一個才子，又是令公貴客。況他女兒既已失身於彼，如何這等辱他？小廝帶馬，到卓員外家裏去。（外）曉得。大家子女露行藏，堪憐此劣相。（末、外下）

（雜扮總甲上）自家臨邛市上一個總甲的便是。蒙大爺分付，但是市上鋪面有人喧嚷，都着拿去。

【前腔】能察訪，慣興張。新來充小甲，一身忙。四境須知安靜，休教爭嚷，無端惡少攬災殃，如何肯輕放。（見介）你這店裏爲甚麼這等喧嚷？（小生）總甲哥，這個人吃了我家酒，就在這裏撒酒瘋，要打我哩！（雜）你這兩個光棍，又在這裏囉唣，拿見大爺。（做吊浄、丑介）總甲哥，饒了我罷。（雜）你無端惡少攬災殃，如何肯輕放。（帶浄、丑同下）

（小生）今日新開鋪面，便惹這一場是非，我說不是個開酒鋪的。

只爲風流種，惹得是非生。

大家請收拾，各自奔前程。

第四折

（生旦同上）

【一剪梅】（生）次第春風景色饒，屈指花朝，近在明朝。（旦）鶯啼繡户日痕高，懶畫眉稍，倩畫眉稍。（生）娘子，自你家君分財之後，歸家聚首，將及一年，儘爲得所。聞得新天子甚好詞賦，卑人欲上長安獻賦求用，但不能捨卿耳。（旦）官人，夫婦私情，功名大事，知難以此易彼，眷戀之情，於君更甚。

【宜春令】（生）鴛鴦浦，翡翠巢，近新來琴和瑟調。太平天子，求賢好士多文藻。只待要上國觀光，生博取明廷視草。但新婚燕爾，好難撇却。

【前腔】（旦）青雲器，白雪標，肯終身棲遲故郊。室家恩愛，知難隔斷紅塵道。常言道杖策趨時，終不然迷邦懷寶。這雙鸞鏡裏，自今羞照。

（生）文童，收拾行李。（内應介）（旦）朱紘，看酒來，爲郎君祖道。（内應介）（丑上）官人，琴書在此。（占上）好子酒殺在此。（旦）官人，與你到昇仙橋上相别。（生）如此甚好，請便通行。（走介）徘徊瞻遠道。（生）出門天一涯。（占）昇仙橋畔柳。（丑）隱約可藏鴉。（生）到此已是昇仙橋了。娘子，卑人此去，必然衣錦榮歸。古人有言：貧不能富，賤不能貴。何貴男子？文童取筆來，待我題在橋柱上。（題介）司馬相如不乘駟馬高車，不過此橋。

【太師引】大丈夫志氣應非小，豈尋常區區斗筲。羨爲龍揚鬐沉滯，欲搏鵬奮翮扶摇。朱紘，將酒過來，待我瀝在橋上。（做瀝酒介）若不得高車駟馬身榮耀，那些個完璧歸趙。待回來宫雲繡袍，那時節方顯得錦字題橋。

【前腔】(旦)君才自是陽春調，看一擲黃金價高。只憑將文成繡虎，更何言敝盡玄貂。朱絃，將酒過來，待奴奉酒一杯，以壯行色，少叙離情。(奉酒介)殷勤杯酒情多少，怕薄倖心腸不好。(生)卑人非負心者，娘子請自放心。(旦)怕見這青青柳條，回頭處兀的不黯爾魂銷。

(生)娘子，天色將晚，只索與你别了。(各作哭介)

【三學士】(生)極目長安烟際渺，可堪遊子牢騷。我頻回馬首凝愁眼，你莫向閨中減細腰。(合)别後音書須寄早，知何日卜大刀。

【前腔】(旦)試挽征衫愁似擣，不禁淚濕鮫綃。郎遊上苑圖榮顯，妾入空房守寂寥。(合前)

(生)執手大路傍。(旦)凄其復凄其。

(生)驪歌何處發？(旦)雙淚落君衣。

卷下

正名　獻賦　還鄉　交歡　重聚

第一折

(雜四人扮内侍黄門持節同上)

【神仗兒】承明侍從，承明侍從，晨鐘初動，向彤墀簇擁。此日臨軒受貢。垂下問，策英雄。

俺們都是漢朝中扈駕官員，今當上朝時分，在此伺候。（生官帶上）

【點絳唇】五色雲中，九重天迥來趨奉。不勝惶悚，好把章書捧。

（拜伏介）（雜）階下俯伏者何官？（生）前武騎常侍臣司馬相如。（雜）皇帝清問，朕嘗讀《子虚賦》，恨不得與此人同時。狗監楊得意言是卿作，朕不勝驚異，特召卿問之。（生）臣啟陛下，《子虚賦》是臣所作，此乃諸侯之事，未足觀。臣請爲天子遊獵之賦，上塵御覽。（雜）可面陳之。

【降黄龍】（生）臣少愚蒙，擊劍讀書，兔園供奉。雕蟲小技，借虚言著賦，盛稱雲夢。非工，適逢烏有，却把齊都誇聳。算侯邦區區争辯，盡成虚哄。

【前腔】其中，一笑亡公。説二國俱非，聖明一統。上林射獵，看威儀都雅，士臣英勇。還宫，芻蕘共往，四海黎民歌咏。願天王躬行節儉，莫徒勞衆。

（雜）皇帝傳旨：覽卿之賦，可與宋玉齊驅，方之天漢，未得其比。朕甚嘉焉。兹者邛筰君長願附中國，比於南夷，特拜卿爲文園令兼中郎將，賜章服一襲，持節往賓之。以卿文學之士，必能宣諭德意，不辱君命。欽哉謝恩。

（生謝恩介）（占捧幞蟒持節上）（生冠服受節介）

【黄龍滚】龍章耀日榮，虎節承天寵。聖主賢臣，會合風雲共。（合）文章有用，昇平正永。重譯至，萬國朝，皇圖鞏。

【前腔】（生）欣瞻聖德隆，濫被君恩重。自愧微才，願上河清頌。（合前）

（生拜辭介）

【尾聲】欽承詔旨飛丹鳳，玉節遥遥出冉駹。肯愛微軀殫赤忠。

（雜）漢殿傳臚日。（生）殷邦籲俊同。
（雜）長安今得意。（生）驕馬躍春風。

第二折

（外扮王吉，衆引上）

【步步嬌】宦味侵尋年來倦，幾見青絲變。今來皂蓋懸。忽聽皇華，近臣乘傳，守土合周旋。只得驅車大道趨迎遠。

下官臨邛令王吉，累遷至蜀郡太守。聞得邛筰君長，欲附中國，朝廷遣近臣持節往賓之。這蜀郡正是他駐節之所，不免到昇仙橋迎候則個。（虚下）（生冠服衆引上）

【園林好】承王命纔離日邊，載馳驅還過故園。望斷層巒疊巘，臨孔道近平原，臨孔道近平原。

望見那一座大橋，不是昇仙橋麽？（衆）正是。（生）〔一〕遠遠望見一簇人馬，是甚麽人？（衆）是蜀郡官員來迎接的。（生）只請太守相見，餘下免參。（衆傳介）（末上見介）（生）原來就是王兄。（外）呀，不知就是長卿。（賀介）（生）下官昔至臨邛，多蒙青目。不知王兄幾時高遷？（外）下官新任在此郡。長卿致身青雲之上，故人與有光寵，喜之不勝。（生）下官初上長安，曾題此橋柱，云不乘駟馬高車，不過此橋。今幸不辱此言，試共觀之。（同外看介）（外）長卿，即此數字，可爲千古美談。

〔一〕「（生）」原闕。

【江兒水】錯落花猶燦，淋漓石未鐫，這一行錦字如操券。你文生彩筆霞標絢，手持絳節星軺轉，使我不勝歡忭。（合）壯志難磨，留與後人稱羨。

【五供養】（生）當時偃蹇，浪跡風塵，面目堪憐。難忘知己德，獨有使君賢。感天恩不淺，幸此日頓酬夙願。敢言魚縱壑深，愧鶴乘軒。（合）更喜今朝，故人相見。

（外）下官先告别了，到郡城伺候。（生）多勞。請了。（外别下）（衆）禀爺：各縣官俱在馬前引道。（生）太守郊迎縣令，負弓矢先驅，人生榮寵極矣。打道往郡城去。（走介）

【川撥棹】身榮顯，算人生遭遇鮮。看道傍迎候争先，看道傍迎候争先，屬橐鞬趨蹌馬前。（合）且徐行，慢着鞭，儘都人作話傳。

【尾聲】家庭咫尺梨花院，奈身在王程未便。只落得愁聽巴西一夜猿。

已到蜀都館驛了。

（衆）天上乘槎客。（生）人間題柱年。

（衆）試來橋上望。（生）此日勝登仙。

第三折

（浄扮卓王孫上）俗情皆慕勢，肉眼豈知人。卓王孫爲因女兒私奔長卿，當壚賣酒，甚是發惱。虧了程兄勸解，與他些小粧奩，不曾許他見面。不想長卿如今做了朝廷近臣，持節出使，郡縣官員都去趨承，哄動了臨邛縣裏，特約程兄拜賀。只爲當初失禮，他不介懷纔好。咳，早知長卿這般富貴，不如早早把女兒嫁了他，倒有些光彩。道猶未了，程兄早上。（末扮程鄭上）世情看冷暖，人面逐高低。卓兄相約到此拜賀相如，上前相見則個。（見介）（净）程兄，天色黎明，長卿將次開門。我們去館驛前伺候何如？（末）是如此。（同行介）（丑扮敕印官、雜扮皂隸引上）做官無大小，得勢便爲尊。自家司馬爺門下一個敕印官，一應官員人等要見我們老爺，先見過了我，方纔替他通報。嘚，你這兩個人大模大樣在這裏做甚意？（净、末揖介）在下臨邛縣卓王孫、程鄭，是你老爺親眷，特來拜賀。（丑）你這兩個人，好不知世事。我老爺有禁約在先，本官未遇之時，安貧寡交，並無親識。如有棍徒，假名混擾，着有司拿問。請了，請了，不要在此惹禍。（末）卓兄，常言道，非財不行，何不先送這門上一分禮兒？（净）説得是。（送禮介）微物表意，相煩通報。（丑）我在京中，聞得臨邛卓王孫是個富翁，這些物事，怎出得手？也罷，我替你通報，後日相補。（净）當得。（丑做跪稟介）敕印官稟事，門外有客拜訪。（生冠帶，衆引上）

【生查子】郵亭朝日春，案上琴書潤。叩户有何人，倒屣相迎問。

門外何人相訪？（丑）有臨邛縣卓王孫、程鄭二人拜賀爺。（生）卓王孫也有來見我的日子。請進來。（丑請介）（净、末進見介）聞知大人榮貴，某等不勝雀躍，敬來拜賀。（生）相如不才，見棄門下久矣。今日忽承光顧，何以得此？（末）大人，往事休提。

【鎖窗兒】（生）歎當年落魄寒門，並無人相過存。祇今人貌，還是蘇秦。何勞長者恁般恭謹。（合）今日裏欽承天寵，返鄉郡，齊拜賀，共親近。

【前腔】（净）念吾曹里巷愚民，幸天緣托契姻。向因俗冗，有失殷勤。今日敬獻山羊百羫，濁酒百石，以勞從者。些須薄禮，特伸微悃。（合前）

【前腔】（末）請貴人往事休論，是親人到底親。聞君榮顯，他多少歡欣。幸垂青盼，故人情分。

（合前）

（生）容相如拜了岳丈。（净）不勞。（生揖介）（併前揖末介）多勞遠顧。（末）好説。（生）勞岳丈先遣人報知細君，相如數日之内，王事已畢，便可歸晤。（净）領命。我們告辭了。（作別介）

（生）徘徊日雲暮。（净）握手道新故。

（末）須知讀書人。（合）自有朝天路。

第四折

（旦上）

【七娘子】當時訴別河橋柳，鎮教人望穿兩眸。孽債纏綿，音書迤逗。誰知變作遥山秀。

相去日以遠，衣帶日以緩。浮雲蔽白日，遊子不顧返。思君令人老，歲日忽已晚。棄捐勿復道，努力加餐飯。文君爲慕長卿才情，越禮相從，自謂佳偶，不意他一上長安，並無消耗。昨日聞他已爲天子近臣，持節使蜀，甚是榮顯。雖爲可喜，又聞他聘茂陵人女爲妾。長卿，長卿，何薄情至此！我今想他一回，又怨他一回，自怨一回，又自傷一回。真好難爲情也。

【白練序】初分手，記陌上春風控紫騮。雙淚墮，暗把袖痕湮透。凝眸，上翠樓，問何事蕭郎愛遠遊。還僝僽，怕長安未遇，客身安否。

【醉太平】回首，一朝得意，便前魚棄置，别下綸鉤。兒郎薄倖，當年且自綢繆。休休，偎寒送暖那温柔，都發付眼前消受。少原忘舊，使我妬盡秋娘，共抱衾裯。

【白練序】含羞，自怨尤，頽波怎收。不合是那夜便諧鸞儔。風流，没下頭，他暗裏猜人着處兜。遭機彀，是聰明誤我，一場虚謬。

【醉太平】擔愁，羸將近日，把相思害盡，鏡中消瘦。紅顏薄命，誰料妾身還又。悲秋，縱河津有日會牽牛，恐不比那時情厚。若得一心相守，何須夫婿去覓封侯。

【尾聲】譬如溝水東西走，苦樂從來不自由，把萬種憂愁一筆搜。

不免作《白頭吟》一首自絶。（做寫介）（占上）美人捲珠簾，深坐嚬蛾眉。但見淚痕濕，不知心恨誰。姐姐，你在此做甚麼？（旦）朱絃，你也不知我的心事。聞得相公聘茂陵人女爲妾，故作《白頭吟》以自絶耳。（占）這個甚好。待相公回來，把與他看，一定有個回心轉意的日子。（丑扮院子上）有事忙來報，無言莫浪傳。（見介）老員外差來報小姐知道，司馬爺就回來了。（旦）知道了，多勞你。（丑）不敢。（下）（生冠帶，衆引上）

【粉蝶兒】衣錦歸來，車馬門前馳驟。

相如作檄諭巴，爲文難蜀，西南諸夷，俱已臣附中國，王事既畢，方敢歸家。到此已是門首，左右退去。（衆下）（生進與旦見介）（生）夫人，卑人得官回來了。（旦不語介）（生）夫人不要提「得官」二字，但夫婦之間，久别初歸，亦人生樂事。夫人反有愁色，何也？（占）相公要知夫人心事，請看這個《白頭吟》。（生看讀介）皚如山上雪，皎如雲間月。聞君有兩意，故來相決絶。今日斗酒會，明旦溝水頭。躞蹀御溝上，溝水東西流。淒淒復淒淒，嫁娶不須啼。願得一心人，白頭不相離。夫人，這莫非爲下官茂陵之事乎？此亦下官漫興所至。今讀夫人之吟，惻然傷心，誓不更納此女，與夫人爲白頭之歡。（旦）相公所言不謬，賤妾感恩多矣。

【朝天子】(生)感爾能從措大游，縱有紅顔子，肯相丢。看行吟滿紙壓春愁，意兒勾。不令巢鵲藏鳩。共歡娱白頭，共歡娱白頭。

【前腔】(旦)一别夫君懶下樓，險化青山石，盼歸舟。肯分將恩愛緑衣流，意相投。王雎一對河洲。共歡娱白頭，共歡娱白頭。

(占上)洗塵酒席，擺下在後堂小閣子，請相公、夫人歡叙片時。

(合)司馬弄琴心，文君白首吟。

(詩)從今翻雅調，與爾發清音。

王應遴

王應遴，字堇父，號雲來，山陰人。官至禮部員外郎。明亡時卒於京師。萬曆四十六年（一六一八）以副榜恩貢，薦入中秘，修兩朝實録、玉牒。遷大理寺左評事。精通曆象、醫術。著有《王應遴雜集》《乾象圖説》《慈無量集》《備書》等。作有傳奇《清凉扇》《離魂記》，今佚。雜劇《衍莊新調》有明原刻本（署「古越雲來居士編」），《盛明雜劇》本（題爲《逍遥遊》，署「古越雲來王應遴編」）。原刻本卷首多出《衍莊新調引》《自題衍莊新調》《凡例八則》。今以日本國立公文書館藏《衍莊新調》原刻本爲底本，參考《盛明雜劇》本校録。

衍莊新調

衍莊新調引

天地，戲場也。嗜利徼名，貪生怖死，是戲場中可醜者耳。乃錮若鎖，酣若寐，摇摇若曳，粗法之難調，細諦之不入，非一種激論危詞，隱刺深詆，沉痼未易起。此雲來先生《衍莊新調》所由作也。南華寓言，大都爲此輩説法。先生羅一部旨，借骷髏爲小劇，真非真，幻非幻，所以警昏庸、振聾聵，悉出之明了解脱。試清夜味之，真暗室明燈，迷津寶筏也。嗟乎！處世至此時，笑啼俱不敢。先生以冷眼熱腸，醜世殆盡。劇中不乏駡意，必觸人怒。袁石公曰：駡得着時，惟恐其不狠駡，是真實語。此輩良心具在，及水涸木落後，穆然深思，怒者未必不轉而莞爾也。書此爲先生解嘲。

天啟丙寅菊月吉社末常新道人題

自題衍莊新調

人最易溷是名利關，人最難破是生死關。余不善治生，阿堵中物，恁其視我若仇，乃邇蒙浩蕩恩，又釋我名韁矣。惟是病魔纏，朝露怖，於生死事茫茫，言之神悚。丙寅秋，恭謁泗鳳兩陵，道出蒙，即莊生夢蝶處也。散步街衢，得舜逸山人《骷髏歎》，寓目焉。訝然曰：莊之爲莊，全在變化神奇，不可端倪，顧爲是銖銖之稱、寸寸之度耶？因就肩輿中腹稿，盡竄原文，獨摛新調。及抵宿，宿宿，而小劇成。余素不諳此道，大意爲酣名利者頂門針，爲迷生死者夜行燭，其工拙勿論也。或曰：「人言郭注莊，乃莊注郭。」今子衍莊乎，抑莊衍子乎？噫嘻，余老矣。過去爾爾，前路若何？《傳燈録》載襄陽龐居士將入定，于公頔問之。居士曰：「但願空諸所有，慎勿實諸所無。」是劇也，其空所有耶，抑實所無耶？起莊生而爲周郎之顧，諒當莞爾一笑曰：王生非遊戲筆也。

越人雲來居士題於宿州官署之水墨軒。

凡例八則

一是編意專化俗，不特於名利明規。而插科打諢處多所譏刺，真令人顙泚面赭，顧世不乏嫌醜惡鏡者，倘以此罪我，勿辭也。

一是編所用姓名、籍貫，並原載世所刊行本中，明知杜撰架空，乃倚壁靠牆，非此無以措手，不得不仍之耳。

一是編所用事跡，以其時考之，多在題目正名後，殊堪抵掌蹈摇船娶外婆之誚。然從來詞曲，不以此拘拘也。

一是編韻遵中州，單用東鐘一韻。自開場以至落場，即賓白詞調中仄韻，亦無一字失拈。

一是編填詞，多有襯貼字，特細書以別之，歌者須着意疊搶頓挫，勿令夯拍可也。

一是編並不用險〔一〕怪奇僻字句，其意義亦只取浮淺，專爲通俗，令婦豎亦易領略耳。

一是編全套只三四牌名，並不用過宫、入賺等。蓋不惟漁鼓、簡板，非此不便合拍，而亦令歌伶易於演習也。

〔一〕「險」原作「儉」。

——元人小劇，例分四折。是編題目正名，亦析四人。但詞意一串，難以分截，故不拘舊格，觀者諒之。至於據事原屬荒唐，摛詞亦盡遊戲，實實虛虛，爲周郎之顧者，付之一笑可也。

衍莊新調（用東鐘韻）

（末上開場）［西江月］何事無中生有，無端實裏談空。栩栩蝴蝶入花叢，攪醒邯鄲一夢。生死關頭逐逐，利名窠内憧憧。誰能片雪墮爐紅？試看當場撮弄。

題目正名

小道童挖含錢惹禍，刁骷髏奪包傘成空。
梁縣尹撥利名楔子，莊周子透生死關中。

（丑扮道童上）自家叫做道童，面花頭髮蓬鬆。人物雖然醜陋，肚子裏其實玲瓏。只恨爹娘貧窘，將我賣做人傭。這到也罷了。别人家爲人傭的，或是打頭站、收下程、假威使勢，或是討租債、管買辦、食足家豐。偏我造化低，做了莊周子的盛價。他既没有威權富貴，又不做士農商工。且無論光景寂寞，只是這家道實欠從容。吃的是黄虀淡飯，那曾見臘醉糟烘？穿的是破衣衲襖，那曾見段匹裁縫？這到也罷了。身子全無着落，口中一味撮空。口還是風，筆却是蹤。幾曾見五十隻牛做的釣餌？幾曾見三隻脚的雞公？幾曾見蔭芘千里的樹？幾曾見翼若泰山的鵬？幾曾見五十一歲不聞道的孔子？幾曾見五個月會說話的孩童？幾曾見長於蛇的烏龜，白於雪的黑狗？又幾曾見燒不熱的火，能與蛇兩個講話的風？那裏捱經傍注？真個有影無蹤。後來那這些文人才子、秀才相公，偷得他幾句殘言剩語，一篏篏在那文字之中。便道筆力遒勁，稱他是詞匠文宗。咳！不知教盡了世間多少人荒唐爲志，又不知變盡了普天下多少人狂憤成風！這到也罷了。從來説懶道人、要懶來做道人。我道童只曉得早眠晏起，那裏走渭北江東？昨日分付我收拾包裹雨傘，並這漁鼓簡板，不知要到那裏去？你聽楂楂楂、鼕鼕鼕，你看這場做出來的，不是將篙撈月、多是捉篾穿風。

（生扮莊子道裝上）威王幣聘枉臨門，蝶夢醒來自鼓盆。勘破利名如幻泡，《南華》著就百千言。自家姓莊名周，表字子休，道號南華真人，本貫睢陽蒙城人氏。裔出楚莊，以謚爲氏。身爲楚吏，職司漆園。因鼓盆而慨歎世情，遂棄職而逍遥世外。目今春秋之後，世道陵夷。七雄啟疆，功利自尚。因崇有而大盜，飾禮訓奸；緣主法以爲邪，任智速亂。哀哉純素不體，惜矣玄珠頓亡。遂致堯舜之德無所行，甚且孔孟之説無所用。貧道心懷憤嫉，勸化無由，因而著就《南華》，寓言有意。奈人皆以異端黜我，然我不以同流望人。不知我言雖反經，陰實衛正。惡流之濁，故澄其源。譬之入山適河，均之期於抵越；亦如鳥頭鐘乳，總之只要病痊。咳！世間人百病纏身，最難醫是「名利」兩字。貧道慈悲爲本，度世爲心。咳！世間那裏有度得了的人？試行一二，聊以爲榜樣耳。貧道慧眼，照見淮安府鹽城縣尹梁棟。他世網糾纏，名根最重。却品非凡俗，夙有仙緣。我意欲針其頂門，超他苦海，不知他機緣若何？我一片苦心，未免做個伎倆。道童，你可拿了包裹雨傘，隨我雲遊往終南山去。將漁鼓簡板並藥葫蘆來與我。（丑）師父，這漁鼓簡板，是何出跡？有何用處？（生）道童，你不曉得。這一副漁鼓簡板呵！是軒轅皇帝製成，廣成仙子習玩。能敲醒極愚痴的昏昧，能敲息極伶俐的無明，能敲動極得意的我見，能敲破極失意的窮愁！上而三十三天，下而十八重地獄，中而四大部洲，無數的衆生，但一聽此敲動，無不人人如燈明黑夜，個個似夢醒黄粱。（丑笑介）師父，難道這漁鼓簡板是這樣好的？你如今且試把道童來敲一敲何如？（生敲漁鼓、簡板介）

【浪淘沙】漁鼓響鼕鼕，這竹簡是枯笻。一聲敲破景陽鐘，只怕棒打破頭不覺痛，蕉鹿成空。

你看，斜月尚梳堤上柳，閒雲已掃嶺頭松。

【前腔】修道隱山中，恁世塵紅。白雲常把我門封，傀儡場中聊撮弄，不住行蹤。

道童，我如今路經淮安府鹽城縣，要見那梁棟縣尹。（尹）師父，想是你與梁縣尹是舊相知，要去打抽豐了！打抽豐是極啕氣的事。（生）我出家人要錢財何用？去打抽豐？我是要去度他！（丑）師父，今日是好日子，出行吉利，我不好打你個破頭屑。你若去訪名山、尋道友，儘得自在。若要去度那這些做官的呵！那做官的人，何曾說起這等樣事？但有人說，如何鑽刺？如何斡旋？如何可討薦催陞？如何可飽囊廣產？就不然，或是說張同鄉數長數短，或是說李同年講是講非。再不然，或是說烏鬚藥不須包裹，或是說揭被香採戰通宵。如此等話，他方喜聽。看來這幾件，都非師父所長。你說要去度他，恐怕啕他一肚子腌臢臭氣，倒是容易的。那時連我道童的體面，都不好看相了！（生行介）休得胡說！道童，你道那梁縣尹，是何等樣人？

【前腔】他夙世是仙宗，今被名利牢籠。我金針撥去中機鋒，喚醒他三更沉睡夢，不負良朋。

你看，滿目雲山皆實樂，百年勞碌總虛空。

【前腔】趁步到郊坰，閒撫孤松。幾回柳綠共花紅，但恐度世反遭人世鬨，且去打個冬烘。

迤邐行來，已到鹽城縣了。（丑背將衣袂裹骷髏介）（生回頭看見，奪，驚問介）這是什麼東西？（丑不與看介）（生）莫不是那園裏偷來的西瓜麼？（丑搖頭介）（生）你這小廝，決定是市店中偷來的豬頭了！（丑又搖頭介）（生奪取，看見骷髏驚介）呀！原來是個骷髏。你這小廝，髒髒的取他來何用？（丑扳骷髏口與看介）師父，你不看見他口中含着一個銅錢？我如今要挖他出來。（丑取石塊，欲打碎介）（生喝止介）小廝，你要這一文錢何用？（丑）師父，銅錢説要他何用，天地間那一件東西好得他過？古往今來，自天子以至於庶人，壹是皆以銅錢爲本。有本有利，那一個不要他？且無論活人，便是死去的鬼，便是做了神道，也是要他的。（生）那有這話？（丑）那有這話！依你説，滿杭州城裏許多阡張錫箔鋪都不消開了。

【前腔】（生）咳！世事甚朦朧，愛此頑銅。閭閻百姓至王公，無不巴巴要囊裏重，鬻殺英雄。這錢呵！四字不知誰鼓鑄，一生却被你磨礱。

【前腔】咳！靈應果神通，能使河竭山崩。又能扶持子孝與臣忠，那妻子與伊衾枕共，無了你便不情濃。

道童，你便饒了他罷！這個骷髏，也或有子孫。他知道了，豈不怪你？（丑）師父師父！你這説話，却像不識世務了。世間只有老惜小，那裏有小惜老？你説我打破了這骷髏，他祖父怪我，還有些繩墨。若説他子孫怪我，是萬萬没有的事！世間做子孫的，那一個不怨恨祖父遺他的銅錢欠多？便是這一文含錢，也該留與子孫買豆腐吃。我如今儻挖了這一文錢，送與他的子孫，豈不歡喜我！

【前腔】（生）咳！説起可搥胸，只爲這孔氏方兄。管甚麽爹爹媽媽與公公，挖這一文將去送，真個喜溢歡容。

一旦無常將不去，滿前兒女盡成空！我想人死的時節，

【前腔】只爲一線氣難通，那兒孫呵！哭聲兒是耳畔穿風。只嗟遺産欠加豐，但看水滴檐前不錯縫，他子孫呵！仍踏前蹤。

（丑做打骷髏介）（生）這小厮這等要錢，我就與你一文。你饒了這骷髏罷！（丑收錢，仍背地挖錢介）（生）

咳！骷髏骷髏！你畢竟吃這一文錢虧了。當初石崇的事，説知財爲累，何不早散之！看來無論多財，便是這一文，也是受累的。骷髏骷髏！你爲何緊緊的咬着不肯放他？我看這道童利心沉錮，如病入膏肓。不免做伎倆喚轉他。（面道童介）道童，你道這骷髏我活得來麽？（丑）師父又古怪了！真是買乾魚放生了。（背云）你看，我説我師父是慣會撮空的。（生）道童，你可將骷髏的骸骨，照生人排將起來。（丑怕介）（生）你適纔挖他那個銅錢，如何不怕？（丑）師父，從來説别人見了銀子是性命。我見了銀子，要甚麽性命！挖銅錢自然膽大包天的了。（丑排骨介）師父，少了肋骨三根。想是這骷髏當初晦氣，撞着那一個愛錢挖肋筋的，將他肋骨都挖去了三根。（生）這怎麽處？（仰看介）回我有處。將這枯楊折三枝湊成罷。（做折湊成介）道童，你可把道袍脱下，將這骷髏蓋了。（丑）師父，這却使不得。我日後做新郎，都要這領道袍哩！（生）這不難。我日後做新的與你。（丑）師父，還有一件，用説得過。這骷髏若活了，他定開口，開口則含錢自然跌落，這一文須還是我的。（生笑介）這小厮這等會算計！（丑）師父，世間錢財，豈是容易！都是這樣算計來的。（生）休得胡説！且待我將葫蘆中仙丹取一丸來，從他齒縫中扱將進去。（丑）師父，你這仙丹，莫非是萬病回春中的方三元丹麽？仙丹不是容易用的，恐日後要費唇舌。（生）不妨不妨！你且往溪中取一瓢水來與我。（丑取水介）（生持水盂介）

【前腔】設法故顯神通，爲化愚蒙。略施伎倆奪天功，頃刻還魂非是哄，試看他舊日形容。

誰言起死無三昧，須信還童有八公。

【前腔】這四大總成空，聚散似翻風。霎時觔斗轉撩蓬，道童，你捉鱉不須離這甕，你但去聽喉嚨。

（浄扮骷髏，潛伏地介）（生噴水介）（丑倒聽有氣，驚跳介）（骷髏起立開口，跌下含錢介）（丑拾錢介）（浄争奪喊叫「地方有賊」，將丑包裹雨傘奪去介）（丑揪髪混打介）（雜扮皂隸頭踏，小生扮梁縣尹撞遇介）（小生）叫左右！將這一夥争毆人犯，帶到縣裏來！（小生升堂介）淮水湯湯日夜流，崗巍鐵柱紫雲浮。三年尸素慚虚度，奏最無奇枉自愁。下官姓梁名棟，表字國禎，本貫四川成都華陽人氏。叨蒙聖恩，除授鹽城縣尹。到任雖經三載，運治實無一長。適纔參見巡方御史，説我例應考滿。但自三年以來，並無一奇政可紀。若有一二奇政，便可奏知官裏，陞我科道。我想做官的妙訣，只要獲上，何必治民。只要圖赫赫之名，何必爲悶悶之政。無奈本縣地方，滿坂都是蝗蟲，偏生禳他不出境；滿山都是老虎，多方趕他不渡河。民間又造謡言，説我於吃人的蝗蟲不禳，禳那吃稻子的蝗蟲。賓館裏的老虎不趕，趕那山中的老虎。咳！我爲浮名碌碌，怎禁奇政寥寥！正自懷悶歸來，不想途中遇着一干鬥毆的人犯。左右！可將這人犯帶進來審！（雜應。將三人帶進來介）（生立，丑、浄跪介）（小生）那漢子，怎麽樣説？（浄）小的姓武名貞，福建福州府福清縣人。因販金珠經此，遇着這兩個强人，把小的包裹雨傘打奪去了！這真贓見在！

【黄鶯兒】身係福州儂，販金珠在道路中，肩駝雨傘這包囊重。冤家偶逢，憑空逞兇。他把小的攔頭一棍，小的呵！雙膝跪下將金珠貢。幸遇明公。老爺，這實實是白晝强搶！斷還原物，免使我手頭空。

（小生）那小厮怎麽樣説？（丑）小的姓道名童，不知何方人氏。

【前腔】父母苦貧窮，將我賣山中做道童，主人出外應隨從。老爺，你道這包裹裏什麽東西？是布衣舊縫。這傘是破的了。權遮雨風。他無端奪去因興訟。老爺，這兩件東西，又不是小的的。（叩頭介）望明公，斷將原物，還我主人翁。

（小生）那道人怎麽不跪？（生）貧道無罪，故不跪！（小生）我姑容你。你怎麽樣説？（生）這個漢子原是一個骷髏。（小生驚起立介）那有這等怪事？分明一個人，怎麽是骷髏？你且説來。（生）大人，貧道雲遊，隨帶這小厮，路上將一個骷髏的含錢挖取。貧道與了他一文，他又不肯歇，因做此伎倆勸誨他。這骷髏的骸骨，是貧道叫這小厮排起來，脱下道袍蓋了，將仙丹投入他口中，他便活起來了。

【前腔】訪道出林叢，見骷髏在狐兔塋，爲度人不覺慈悲動。我丹投口中，他魂還氣充。他這含錢，原是貧道許這小厮的。只爲含錢墮地相争閧。誰想這骷髏失了含錢，便把這小厮的包裹雨傘奪了！訴明公，恩將冤報，天理實難容。

（浄）小的是個人，怎麽説是骷髏？分明是個妖道了！（生指丑）你還要如此嘴强！適纔是我與你藥吃了活起來的，怎麽轉眼便賴了？（浄）老爺，不要聽他。世間這些醫生的藥，只會死人，那裏會活得人來？（生）大人若不信，與貧道一口水，噀他一噀。他仍舊復還骷髏，便知明白了。（浄慌介）老爺，這個妖道想是曉得遁法的，切不可使他見水！（小生拍案驚起介）叫左右！這分明是個妖道了！將他綁起，拴在樹上。恐怕他遁去，叫書房快做文書，通詳八差都院，及合干上司。本縣這一宗案卷，莫説是三年未有的奇政，便是千古來普天下也是罕見罕聞的！快哉快哉！本縣考滿，得此一段，不怕科道不在我手中了！（雜將生綁拴樹上介）（將漁鼓、簡板放卓上介）（丑對生）當初我説你去見那些做官的要喝氣，如今却何如何如！

【前腔】（生）不必怒冲冲，這虚言果没蹤，（對骷髏介）你好忘恩負義！只怕你真形露出鑽没洞。大人，你若不信，還有一樁古怪的事。這小厮排他骸骨時，少了肋骨三根。是貧道折取枯楊三枝湊成。今容貧道噀水，復還他的真形。驗他肋骨楊枝，愈知明白了。（小生）切不可鬆了他的綁！但取水來與他試看。（生）綁須暫鬆，水含口中。這場異事真驚衆。請明公，但驗他零零白骨，有枯楊三段，緊緊按心胸。

（生噀水介）（衆預將道袍包骨置卓下）（浄被噀撲地入内介）（小生背介）怎麽有這等怪事？陡然見此，不覺毛骨悚然！我想人爲骷髏、骷髏爲人、人又復爲骷髏。生死輪迴，只在轉眄。《楞嚴經》人羊之説，信不我欺！

我想人生在世，何殊石火電光？碌碌浮名，真在蝸角！戀戀火宅，何異夢中？我一時滿腔熱腸，化爲冰冷。這關楔子，豈待他人撥動！此處不回頭，等待何時？且這道人，仙風道骨，不是凡流。若驗這骸骨果有枯楊三段，必定是個真仙。我不免隨他出家去便了。（轉）叫左右，試看這骸骨，果有枯楊三段麽？（雜報）果有枯楊三段！（小生頓足介）是了是了！我省得了。左右，把這骸骨搬在漏澤園去埋了。（小生手解生綁，推置上坐跪介）弟子凡夫肉眼，不認真人。適來萬千唐突，乞賜恕饒！從今情願棄官出家，一念皈依，稱爲弟子。仰祈大師俯納！（丑拽小生背介）我師父是慣會撮空的！你是個做官的人，須用斟酌。不可聽他哄，便容易造次拜他。（小生）咳！你若説起那做官的人麽？那一日不撮幾個空？那一事不撮幾個空？哄人是我做官的本行！我豈有被他哄的理？師父度人權巧，語言無不荒唐。他救世真心，主意實是誠確。你不可因此錯認了！（丑）你如今還該家裏去商量商量來。（小生）但有商量，便生沾滯。一刀斬斷，萬法俱空！（小生脱冠服，改道裝拜介）［西江月］十載青燈碌碌，三年墨綬傯傯。戴星出入總成空。官職恍如春夢。何幸仙師指點，撥開塵世牢籠。棄官修道等閒中，明月清風堪共。（轉身揖丑介）（丑）老爺，你適纔這等威風，如今與我爲同門友了。我還是你前輩哩！我如今叫你做梁道兄了。（小生）做官原是戲場。這也不消説了。（丑）你既知做官是戲場，適纔何用這等威風使勢？梁道兄，我師父出門的時節，原説你名根太重，要來度你。我當初其實不攛掇他，不想你如今當真被他度了。然雖如此，你要得知。不是師父度你的，還是那骷髏度你的！（小生背介）不意道童，有此見解。我不免將這關楔子，轉撥動他。（面道童介）道童，我且問你。我做官是極要趁錢的主意。如今一會兒，就丢開罷了。你適纔何故爲這一文錢，却與那骷髏争論？（丑頓足介）是了是了！我省得了。難道這骷髏度我不得的？我禀過師父。（面生介）師父，我如今拜梁道兄爲導師了。（生）你肯回頭，吾所甚喜。（丑）適纔梁道兄的［西江月］，做得甚好。我如今也和他一首。（做拜介）［西江月］半世奔波碌碌，一生算計傯傯。湯來雪去總成空，財主恍如春夢。

何幸仙師開導，牛皮不做燈籠。適纔我爲挖這一個含錢，弄出這般大口面來！如今將這一文抛向大江東，窮快活三人甘共。梁師父，我兩人雖都是這個骷髏度的，但骷髏何曾會説話。譬如紙糊火炮，縱有滿肚硝黄，不是那點放之人，與土坯石塊何異？那骷髏倘不是我師父，如何度得你我兩個？你爲名，我爲利，這都不消説了。師父原説要到終南山去，如今途中閒暇。我與你不免把「名利」兩字的意義，再求師父發揮一番如何？（小生）言之有理。（小生執漁鼓、簡板）（丑執包裹、雨傘）（請生行介）（小生）師父，我二人從名利窠臼中，蒙師父超拔出來，就如洪爐消雪、黑夜持燈了。但此兩字意義，還求師父發揮。（生行介）聽我道來！

【耍孩兒】世人幾個非虚哄，利名場飛絮飄蓬，巴巴急急成何用？草頭露比陶朱富，水面漚同湯武功，無常一到都成夢。那個肯急流勇退？誰人能勒馬追風？

（小生）依師父説，這名是虚的了。但師父《南華經》中也説必持其名，又説以收名聲。難道名盡是師父所不取的麼？（生）我所不取的名，乃是好名的、沽名的、釣名的、買名的、盗名的、要名的、假名的，你豈不曉得名是實之賓？若以實成名，名垂千古。豈可爲避虚名，便將實事都不做了！

【七煞】學問中，誰有功？功業中，誰獨雄？千秋芳躅人難踵。名能稱實名方享，實不孚名名是空。月旦口，誰承奉？莫道是虚名可襲，須知道公論難朦！

（丑）依師父説，利是虚的了。但師父是曉得孔子的，孔子當時於辭粟的，教他與鄰里鄉黨。當時在陳絶糧，恐怕他肚子裏鱉索，也有些不自在。難道利都是師父所不取的麽？（生）我所不取的利，乃是嗜利的、争利的、逐利的、放利的、釣利的、專利的、殉利的，若是應得之利，受之何妨？倘説利竟可無，難道人生日用衣食，都不消了？

【六煞】葛和裘，夏與冬；飲和食，儉與豐。聖人制與民間用。平心取利方爲吉，利不平心定是凶。阿睹物將人弄，閻羅殿那收錢鈔，華藏界不鄙貧窮。

（小生）當今的人，不爲名不肯做，不爲利不肯做，不陰收利名之實，陽避利名之名，又不肯做，是何緣故？（生）世間的人，何必以名利爲諱？但他所認的名，不是真名。他所認的利，不是真利。論真名，則逃名而名我隨，避名而名我追。論真利，則全不在得利爲利，全在失利爲利。

【五煞】利與名，誰不濃？真與假，辨不通。這秤錘兒幾個知輕重？名高九錫爐邊雪，利積千鐘江上風。枉鍊却鉛和汞。可惜了珠璣在口内，落得個冰炭在胸中。

（丑）師父，你《南華經》中說：伯夷死名於首陽之下，盜跖死利於東陵之下。我看起來，人到底是個死，與其饑餓而死，何如那做賊的做個飽肚鬼，到是便宜的。（生）咳！你不曉得流芳百世，遺臭萬年麽？所以說餓死事極小，失節事極大！世人無不以討便宜爲得利，死名死利。恐你還辨不出，誰是討便宜的哩！

【四煞】論死生，總是空；論便宜，迥不同。不生不滅金剛誦。散他魂魄尋常事，斬却邪魔是大將雄。好漢子怎被猢猻弄？幾個能倒番窠臼？誰人解跳出樊籠？

（小生）師父發揮「名利」二字之義，殆盡無餘。但這番議論，皆因這個骷髏起。不知這骷髏是男是女？作何生業？究竟如何？還望師父指教。（生）骷髏生業男女，世本歎骷髏的都已説盡了。若論他的究竟，適纔奪包裹雨傘的事，是我要點化你二人做出來的伎倆。若論這骷髏，生前是爲善的，此時定生天去了；是爲惡的，此時定在地獄中受苦。我那裏知道他！

【三煞】作善的，登梵宮；作惡的，入地獄中。自作自受扯不得他人共。說甚麽昔年少壯頭俱白，往日佳人臉不紅。這算盤打盡方知總。一靈兒各成證果，百節骨共棄荒坰。

（丑）師父，這爲善爲惡的，各有果報，如影附形，如水印月，是不消說的了。但此等輪迴，如轆轤循轉，無有窮盡。即如師父是道教真仙，亦有遇劫的時節。長生終有不生，豈能超脱輪迴。畢竟究竟何如？（生）咳！你這一問却像鐵身上蚊子，令他無着嘴處。古云教學相長，即此一問，我便當拜你爲師了！（作沉思頓足介）是了是了！我省得了。長生不若無生，此是佛教超於道教。欲免輪迴，須了生死。修持有法，解脱有門。若論捷徑，無如專持名號。一念皈依，求生淨土。是於生死海中，撈個津筏，並將名利分外抛却筌蹄矣！

【二煞】了生死，須誓願宏。免輪迴，仗度脱功。阿彌六字專持誦。一心不亂常提起，百妄都除莫放鬆。波羅蜜須討個誠心種。盼得到青蓮法界，怕甚麽黑浪狂風！

（丑背對小生）古怪古怪！師父是個道人，怎麽適纔的説話，又像似佛教中人了？（生）咳！我只爲勸化你們，所以做這個骷髏的伎倆。只爲究竟你們，所以指這個淨土的路頭。釋道雖分二途，與儒門總歸一理。但做心性工夫，三教豈分同異？

【一煞】莫疑心，教不同。要須知，三教通。你爛韁繩，但自牢把神駒鞚。若非靈藥難醫病，不是金鍼怎撥轉瞳？夕陽幾度將人送。須要識明師罕見，莫負了妙諦奇逢。

【尾煞】利名塵網輕，生死嚴關重。這漁鼓簡板呵！可敲得醒你這些糊塗夢麽？須解得謔浪逍遥，不是將世人哄。偶向蒙城勒去驄，夢回蝴蝶曉窗紅。

漫將舊譜翻新調，實理休嗤是撮空〔一〕。

禮部尚書兼翰林院學士臣孫如游謹題，爲修志草創，當因開館責成應議，乞賜舉行，以襄盛典事儀，制清吏司案呈本部，送禮科抄出。吏部聽選順天鄉試副榜貢生王應遴奏，爲欣逢一統極盛之世，宜修一統最急之書，懇乞聖明採芻蕘以新圖籍，以炳古今事云云。萬曆四十四年二月初七日奉神宗皇帝聖旨，禮部知道，欽此。該禮科抄出到部送司，又貢生王應遴奏爲奉。

〔一〕自【三煞】「不紅」至末尾，明原刊本原闕，今據《盛明雜劇》本補。

祁麟佳

祁麟佳，字元孺，别署太室山人。山陰人。祁彪佳（一六〇二—一六四五）兄。約明天啟、崇禎間在世。善詩文詞曲。著有詩集《問天遺草》，雜劇《太室山房四劇》（《救精忠》《紅粉禪》《慶長生》《錯轉輪》），今僅存《錯轉輪》一種，見諸《盛明雜劇》，署「古越太室山人編」。

錯轉輪

［畫堂春］浮雲解笑北邙堆，青山似有餘悲。須將幻泡破沉迷，造物兒嬉。試向吾身認主，認主人又爲誰？針關參透火薪微，說與因依。

撇得下棄身張子，趕的上爲友王生。
救錯輪勘明水判，再合櫳重會劉荆。

第一齣

（淨素袍扮判上）悟却石中火，已了夢時身。咱家姓水，雙名浣塵。轉輪殿下，見我姓得一廉如水，又把塵垢浣去，十分清潔。如今陰界不公不法，有犯天條。把咱填了第一部下掌案功曹。咱家走馬到任。但是該變異類的，一一擬定，宣奏我主。小可的，理繁治劇。天道、地道、人道、鬼道，挨不盡轉磨輪迴；胎生、卵生、濕生、化生，算不了滿盤堆子。眼見鯀爲黃熊，杜宇爲鶗鴂，褒君爲龍，牛哀爲獸，君子爲鵠，小人爲猿，彭生爲豕，如意爲犬，黄姆爲黿，宣武爲鼈，鄧艾爲牛，徐伯爲魚，鈴下爲鳥，書生爲蛇，都是咱家依律遣發的。正是：下界足官府，丰棱破鬼膽！這也不在話下。近來殿下各命山川社稷之神，遍訪陽世通曉律例的，壽數雖在人間，姓名先注地府。秀士王賢，正在其列。我主見他練達可用，時常宣召論律，因此與他交厚。向有疑獄數宗，久未定奪，請他相議。

想此時就到也。（生巾服扮王賢上）

【仙吕・點絳唇】（生）半榻清幽，幾年消受。刑名究，堪並蕭侯，飛步把閻浮剖。

自家王賢便是。生平好善，解律甚詳。不料地府因我善究刑名，注籍功曹，燮理陰界。只因陽壽未滿，有召方去。適纔殿下議事已完，又聞水判翁呼喚，只索走一遭也。（揖介）（生）判翁拜揖！（判）有勞光顧。請坐！

（坐介）先生，自古道：「讀書不讀律，致君堯舜終無術。」你把律法試説一番，咱家洗耳聽者。

【混江龍】（生）刑章參究，詳明三尺借前籌。猛可的論情來要透，比例處宜周，莫説陰司陽界遠，都將五判六花侔。真個是風行似吼，電鞫如流，霜飛何有，日蔀齊收。虎頭牌押出法曹鳩，魚尾册觸着虞廷獸。暫停分手，説與從頭。

（判）好洒落也！今日閒暇，且把千劫模糊的事情，與先生勘辨一番。那王導爲晉室大臣，晉帝以「大義滅親」褒之。俺想王敦之叛，已非一朝。導賊不能先啟元帝，潛爲之備。敦至石頭，不聞規以正言，反受司徒之擢。君臣大義，那裏討得？又見敦賊之叛，晉帝出於無奈，下詔「敢有捨敦姓名、稱大將軍者，軍法從事。」敦賊既死，導賊貽王含書猶云：「近承大將軍困篤綿綿，或云已有不諱。」故違明詔，特伸私情，此非敦反，皆導反也。及至敦賊問道「周顗、戴淵，該登三司」，又道「若不三司，便應令僕」，又道「若不爾，正應誅之」。導賊默無一言，致使周顗就戮，分明招出殺害忠良的罪狀了！（生）判翁言之有理。

【油葫蘆】（生）他篡逆機謀起掖肘，莽平章冒了公旦手。全不想懷光將反李璀憂，就是那弑君石厚春秋有。誅兒如碏應知否？若使敦謀幸成，見了朱全昱能不羞？遇着司馬孚恰是醜。判翁，還有一事，不曾數落他。峻兵來，抛着官家走，説恁麽廷尉的望山頭。

（判）快哉！那温嶠這厮，奉劉琨之檄，將命江左。其母崔氏固止之，絶裾而行。母隨以亡。俺想將命豈無他人？嶠若念母，獨不得辭。意不過爲江左將興，奉檄勸進，徼倖富貴，忍悖天倫，深爲可恨。（生）小生從來切齒此人！

【天下樂】（生）母老無依兀自愁，休休！忍不留，與王陵趙苞做一流。報劉時却未經，覷浮榮不肯休。却不是羞將那徐庶偶。

（判）又那張儉這厮，妄緣八及，虚冒名高。疾朱並之已甚，致候覽之怨深。亡命困逼，破家相容。因而重誅連引，宗親並皆殄滅，郡縣爲之殘破。及黨錮已解，揚揚故里，靦然就官，反使無辜被累。寧不愧死！（生）孽自己作，空污善良。一人逃死，禍及萬家。其罪不在王導、温嶠之下。

【那吒令】（生）浮名妄自收，枉做衣冠學楚囚。株連生禍久，弄得知交遍刃矛，貪生不肯休，恁的潛逃歷九州。全不顧壞邦家黨錮深，惹得那漢天子多窮究，只有那荀爽知幾，夏馥善隱，何顒巧救，幸得苟全。其餘不知害了多少人！真個是敗群羊業罪山丘。

（判）説得痛快！咱家憤恨，不覺頓釋了也。可奈張俊這奸賊，附着秦檜，害了岳王。此乃人旁之俊也。那水旁張浚，係廣漢人氏。嘗稱武穆忠孝無雙，武穆冤死，宋天子納了程宏之奏，昭雪其冤。浚與參贊陳俊卿，悲感歎服。後人反道是此君陷害，幾乎抹殺好人！可惡人旁張俊，受了樞密之職，諂附逆賊，殺害忠良。又將姓名混匿，好歹莫辨，咱家不勝悲憤。先生問他大大一個罪名，方快吾願。（生）犬豕不食其餘，正此人也！

【鵲踏枝】（生）俺幾回六橋秋，吊衰柳。可憐着忙召金牌，上將兵休。斷送了宋室的江山何處有。張俊的賊，你用了這般奸計，到如今淘不盡風雨大刀頭。

（判）還有一事可笑的。（生）願聞。（判）彭祖好知滋味，善烹雉羹以事帝堯，准准活了八百。忽起凡心，晚娶鄭氏，妖淫敗道而死。也要先生定個風流罪過。（生）小生也曾作詩嘲他過來：空餐雲母連山盡，不見蟠桃結子時。

【寄生草】（生）他元精盜，日月週。謂恁的枯藤纏着嬌花候，謂恁的芒鞋尋錯陵源藪，謂恁的鼎丹都被春光漏。你便是溪雲忽到楚王臺，全不管荒丘頓飽螻蟻口。

（判笑介）如此攝生，猶致損命，可爲好色之戒。還有一個婦人，甚是奇異。人都道秋胡之妻，係秋胡戲之而死，不知此婦了無才行。單爲其夫偶有外遇，不勝憤怨，投川而死，到與貞烈爲伍，也要先生判斷一番。（生）他輕生同於古冶，殉節異於曹娥。此乃凶險之頑人，强梁之悍婦也。

【么】（生）將夫恨，赴水流。一霎紅顔漫捲桃花溜，一霎香魂浪逐浮鷗偶，一霎怨懷叫冷啼鵑瘦。昔有劉伯玉之妻，聞夫誦《洛神賦》，遂投洛水而死。因名此水爲妒婦津。怎比得屈原千載汨羅江，正好配悍妻一賦波心覆。

（判）這幾宗案卷，就要裁奏輪迴，變作異類。有勞判發。（生）依小生見來，王導該變耕牛，因他忒不爲主。待他償了悖主之債，後來更受一刀；温嶠該變鴟鳥，全忘反哺，死即梟懸；張儉該變一個穿山甲，十重堅石，也能鑽身，遍體鱗甲，不知害了多少生命；張俊該變中山狼，貪殘悖義，狠惡性生；彭祖與鄭氏，該變一對雌雄野狐，妖能拜月，媚可借丹，還他有些仙氣。秋胡的悍妻，該變毒蛇，妒同射影，悍若含沙。愚見雖則如此，還求判翁裁定。（判）鐵案已成，更無異議。正是：與君一夕話，勝讀十年書。多謝先生者。（揖介）

【煞尾】（生）判翁，你一天的録事衙，十地裏功曹奏。凛三尺無私案覆，忔察察靈祇雷電吼。四大洲業報輪迴，八萬界獄情細剖。要從頭律例皆參透，再休將賄投。枉圖些機彀，我和你做蕭曹刀筆要興劉。

第二齣

（小生巾服扮張子才上）與世逐浮沉，無繇破天奥。欲窮世外想，殊以照窮照。則俺張子才是也。日事詩書，常厭塵囂之苦；心遊玄曠，惟耽奇異之觀。判妻劉氏，頗亦安貧；契友王兄，時來論道。近聞王兄常往地府，去若乘風，來如夢覺。俺未之全信。他説今日到此相訪，少待則個。

【雙調·新水令】（生巾服上）幾年夢裏歷邯鄲，熟黄粱利名休絆。笑觸蠻分兩國，悟芥子納丘山。醒眼横看，見塵世幾昏旦。

（小生）王兄來也，俺望眼穿哩！（揖介）（小生）請坐。（坐介）（小生）聞哥哥神遊冥府之異，一時未信。（生）兄弟，身遊地府，有召即去，往返甚多。（小生）果有此事？奇絶奇絶！不知哥哥職掌何事，故此相召不絶？

（生）轉輪殿下因我精曉律法，不時商議定奪。（小生）地獄之説，如風捲殘雲，月浮空水。一切幻象，俱屬烏有。兄何見之妄耶？（生）兄弟有所不知，聽俺道來，

【雁兒落】（生）俺則見天形一笠圜，俺則見地脈雙輪幻。祇爲那三章約法關，因此上十殿宣差慣。

（小生）哥哥去時，却怎麽樣？

【得勝令】（生）早知道生死本循還，須索要去任飄帆。那些個鼠穴乘車異，真個是蜂衙判牘繁。孤單帝座裏，臣如雁門關。刑書上，筆似山。

（小生）哥哥如此行蹤，兀的不勞神哩！

【沽美酒】（生）閃孤燈魂未安，更陰使叩雙鐶，乘灝氣高高下下間。陡仙槎入地趕，度風月冥途寒。

（小生）那地府風景若何？再細説一番者。

【川撥棹〔一〕】（生）列九棘是劍爲山，排堂食是鐵作餐。業重身殘，債償須還。果報多般，罪案難翻。受盡時輪千變萬，這都是一樁樁覷着眼。

（小生）但依哥哥所説，冥路非遥，何以使我同去一看？（生）兄弟差矣！地府非遊玩之所。況人生具此四大，非有幽召，怎能彀出無入冥？（小生）俺只索要去也！

【太平令】（生）相隔斷陰陽非誕，要追隨人鬼殊難。俺可也似冰蠶寒生時慣，同火鼠熱來無患。勸伊家隨安且安，再休想得閒處失閒。呀！牢守着睡眠饑飯。

〔一〕「棹」原「掉」。

（符使執牌飛上立）（生起拱手）（符下介）（小生）哥哥與那個拱手？（生）冥府相召兄弟，則便去也。（小生）兄弟一定要同哥哥一去！（生笑介）

【七兄弟】（生）兄弟，非關俺苦難，頃刻絶塵凡，這程途一去無人返。你神魂牢駐待蒼顔，則俺這差科難留盼。（急下介）

（小生）可不驚殺人也！（作趕介）哥哥，等着兄弟同去。一時間叫不轉來，却怎麽處？

【梅花酒】（小生）浮生一指彈，軀殼殢肉皮頑。歎人生世間，奇絶恁多般。願聳身跳入空中盼，洗眼偷將世外看。想追隨亦未晚，怎生得趁風旗暫往還，挽雲車略躋扳，乘電駕任飛翻？

（作痴想介）俺想人生幻殼所滯，不能往返空虚。我有一計：不免自縊，追趕着他。咫尺之間，必可同往。

【收江南】（小生）呀！則姹女嬰兒暗度關，做月下追韓有甚難？從教這九點歷烟殘。儘乾坤一霎間，豈榆枋飛翮寸餘難？

且將此事瞞了荆妻，放在案上。教他晝夜之間，悄悄待我還魂。豈不是一場奇事？（寫書介）

【收尾】（小生）樊籠鬱鬱休羈絆，准睁着奇觀俏眼。走不盡虚空隨步隔人寰，便向死裏營生也希罕。（急下介）

楔　子

【北清江引】（生同符使上走唱介）寒關暮靄荒烟蔽，多少愁魂逝。人間豺虎横，壘塚狐狸睡。到不如渾陰陽的香案吏。（下介）

(鬼破衣帽潛上探望)(小生趕上介)哥哥,快等着兄弟者。呀,爲何就不見了?(慌問鬼介)請了。曾見有一書生過去麽?(鬼)就在前面。(小生)哥哥那裏,哥哥那裏〔一〕?再叫不應,却怎麽好?(走介)

【么】(小生)論人生死途誰不畏,只爲貪神異。雙鴻且失群,一雁渾無計。悔當初拚身還自累。(急下)

(鬼笑介)生時帶來死時用,惟有欺人黑心孔。自家只因罪惡貫盈,大王罰我變作一豬。方纔看得這厮,慌慌張張,東走西撞,想是新入鬼門的?不免將計就計,賺得他替我輪迴。撒撇了這場禍事,也不枉天生我這刁惡心腸,就在陰司,也做一個有名的黠鬼!(解卒持棍上)(打介)咗!這鬼好生可惡,大王因你罪惡,遣發變豬,還要撇着禍事哩!(鬼跪介)鬼使哥,不要發惱。我有一樁好事,你可兩得便宜。小鬼自有孝順。(卒)你且説來!(鬼)此處有一新鬼,未經發落,在此胡撞。若騙得此鬼,替償業報,感恩非淺。(卒)須要重重使用,纔替你方便哩!(鬼)這裏有個親戚趙媽媽,就在陰司開着酒鋪,到他家裏借些錢鈔相謝何如?(卒)這也使得。就此同行。轉灣摸角,此間就是。(鬼)趙媽媽何在?(趙上)是那個?呀!錢侄兒久不到門,來此何幹?(鬼)實不相瞞,只因舊事未結,缺乏使用,特借幾貫錢鈔。(趙)家道蕭條,一些兒也没有。(鬼哭介)媽媽,待用甚急,快些救我一救。(趙)也罷!俺有個表親李二媽,寄庫一千貫,着俺看守,借與你罷。却要加利送還。(鬼)這個自然。(趙)待我取來。錢鈔在此!(鬼)多謝媽媽。(鬼收介)(趙)若還近市利三倍,暫借腰纏十萬錢。(下介)(鬼)鬼使哥,謝物送你拿去,望乞相救。(卒)只是别處還要使用,暫且收下。(鬼)你在柳陰之下,少待片時。待我賺他便了。(卒)依你就是。(下介)(鬼探望閃下)(小生急上介)哥哥,快轉來!怎麽再追趕不上了?

〔一〕「裏」原作「哩」。

【么】(小生)浮生泛逐滄茫地，望斷鄉關内。黄沙淚眼枯，黑地孤魂滯。見無蹤有誰來救濟？

(急走下)(鬼撞上，俱倒介)(鬼)那個絆這一跌？(作驚介)嗳喲！老兄爲何獨自在此行走？是你造化到了，遇着了我。(小生慌介)却怎麼？(鬼)還不知道這是什麼所在？這一條路專有奸騙鬼魂，解往變畜者，生捉行路鬼魂充數。我就是押解公差，在此等候。鬼犯齊到，即便解去哩！(小生哀求介)解哥救命！可憐可憐！(鬼)我就方便你罷。衆鬼皆認得我是解哥，況我與你面貌相似。你把我的衣帽換了，那時都道是我，不敢騙冒。只是忒便宜了你。(小生)多感厚意！就此相易。(换衣帽同走介)

【么】(鬼)捉生替死真伶俐，優孟也無此異。休追北海魂，且代遼東類。教你遇盧杞來仍做鬼。

(小生)説什麼盧杞？(鬼)那藍面鬼會殺官豬。(小生大哭介)呀，不好了！又説且代遼東類，是乃遼東豕也。把俺充騙變豬去了，兀的不嚇死人也！(鬼)差不多兒。那押解的來也！(鬼急下)(雜扮虎、牛、羊、犬、猴披身，雜、小生亂走)(解卒二持棍押走介)

【么】(二卒)鳥飛兔走紛紜隊，怎避今生世？償還屋水痕，遺沛風蟬蜕。勸人生好將身命惜。(俱押下介)

第三齣

(旦慌上介)飛雲思故岑，漲水返舊壑。合此幾州鐵，難鑄一大錯。丈夫與王生聚話，便欲往觀地獄，書齋縊死，追魂同去。寫書留下，着奴家看守還魂，過了兩日，未見醒動。這場變故，少不得在王生身上！不免去他家裏，討個端的。已到門首。王先生快來！(生上)是那個？呀！張大嫂因甚到此？(揖介)(旦)不好了！

月十五日午時，丈夫縊死，隨你同遊地府，還未返魂。（哭介）多則不濟事也！怎麼了得？（生慌介）却怎好也？但我在冥途，實未曾見。（旦）你既在家無恙，是你假言妖妄，謀害他們。少不得和你討個下落。（生）大嫂不須憂悶。俺與張大哥，情同骨肉，自然尋個端的。則是冥府無召，如何好去？（旦）這也管你不得！（生想介）事已到此，没奈何了。小生亦當縊死，追他魂魄回來。大嫂早家去也！（作閉門下介）（旦）看他急忙閉門進去，想即縊死追尋。奴家且歸家等待。若不還魂，告到官司，少不得問他人命的罪名！正是：欲訪浮生起滅因，誰知身在亦非身。驚魂待作居停主，幻殼還爲夢裏人。（下介）（生上）俺一路行來，再無影響，就似街市之際，摩肩擊轂，對面也不能相識。那冥途無異人世，怎能遍尋消息？俺把他自縊日期牢記着，九月十五日午時，轉托水判翁逐時挨訪，自有下落。咳！張兄，你自尋魄喪，累我魂忙。好悶人也呵！

【賞花時】（生）俺則見百尺岧嶢殿闕高，押鬼成群捲怒濤。忙走謁功曹，除煩去惱，撮合俺死生交。來到此間，判翁早坐衙也。俺無召而往，且在門首，看個動静。（坐介）（判隨鬼使二上介）

【集賢賓】（判）轉風輪度將天地老，幾翻倒舊窠巢，虚飄飄往來無數，鬧垓垓遣發難逃。只俺這文移兒好没骨敲，推規條兒又徹底清高。雖則是剡溪藤掃片雲千兔梢，只落的懼法終朝。兀的不照開秦帝鏡，儀肅漢官貂。

（坐介）鬼使放牌審事者！（生起叫介）判翁，小生在此。（判）是那個？（使）王先生到來。（判）好奇怪！非有幽召，怎得離魂到此？道有請。（生揖坐）（判）先生無召自來，不知何故？快説與咱家聽者。（生）陽世張子才，與俺交厚。一時説起地獄之事，苦要挈往一觀。俺説幽明路隔，不可前去。不料適值大王相召，那張生見俺既去，即時入室縊死，追俺同往。那時蹤跡紛紜，彼此散失。俺回家經宿，彼魂未返，小生又無宣召也，只得自

縊趕上。望乞判翁查究，救俺兄弟一命。（判）有這樣事來？先生，

【逍遥樂】（判）荒郊流落，爲着朋儔。離魂苦告，那痴呆漢一命輕拋，半刻飄蓬没下梢。虧殺你急追尋，似健翮風雕，也難救的離弦飛箭，絶岸孤帆，斷鎖潛蛟。

那張子才，好不苦也！

【上馬嬌】（判）怎禁得旅燈凄雨，淚滴寒宵。落葉悲風，恨惹砧敲。紅袖玉樓，腸斷夢繞。輕撇漾吊影迢遥。那些個玉門關生入的燕頷貌。

（生）則索早救他者！（判）他是幾時縊死的？（生）九月十五日午時縊死。（判）咱曉得了。

【掛金索】（判）記着時辰，好把個根苗討。執着因由，不怕那葫蘆搗。問着飄蓬，怎做得浮萍杳？俺與你料理黄泉，追轉王陽道。

叫鬼使，陽世有一秀士張子才。他陽壽未絶，偶要往觀地獄。九月十五日午時縊死，與王先生同來，半路迷失，不得返魂。你可記着日時，作速查報，追魂去者！（使）曉得。（下介）（判）先生，俺想此事，多則鬼犯作弊，把他陷害了也！

【金菊香】（判）多則是千頭萬臂，蔽日妖魈。弄的喬才，冷魄飄摇。做相思債，倩女兒離魂跑。誰承望金盌水中漂，不覺的孟門劍閣墮輕鑣。

（使押趙婆上跪介）（使）趙婆押到。（趙）判爺可憐！（判）呀！押這婆子何幹？（使）小鬼一路查去，但聞得那日一鬼，借着趙婆的錢鈔。其間必有情弊，帶着聽問。（判）這婆子從實説來！借錢鈔的是你何人？（趙）名叫錢魁，是婦人的親戚。他説待用甚急，苦苦哀求，只得把陽世李二媽的寄庫一千貫，借他前去。已後都不曉

得了。(判)好不奇異哩!

【梧葉兒】(判)他結黨狐狸隊,俺覆翻梟獍巢,那爰書明注見分毫。叫鬼使,那九月十五日解犯幾起?快查報者!(使下介)點神差,整法曹,待一樁樁霜清霧消。

(使上)稟判爺!那日只有一起解配豬犯事。(判)此鬼作弊,解卒必是同謀。快把解卒姓名查報!那婆子暫回原籍。勘出勾當,聽取問罪!(使同趙下介)(判)俺想這事,非小可也!

【醋葫蘆】(判)准備着銅牌勢劍威,用不彀笞杖徒流絞。俺把這事兒即便去,草宣東嶽五雲朝,待做個花判南衙包制老。(使押卒上)解卒劉旺押到!(判惱介)這厮賣法瞞天,與鬼犯錢魁,通同作弊。借趙婆的錢鈔,作何勾當?(卒)解卒不知道。(判)哇!少不得挈瓶償保,怎做得刻舟兒求劍水難撈!

鬼使們,把劉旺的腦兒箍起來。(箍腦介)(卒)判爺願招。(判)放着。(卒)鬼犯錢魁,罪該變豬。借錢使用,把那秀士鬼魂,代變去了。(判)有這樣沒天理的事!鬼使押着此犯,速拿錢魁便了。(鬼卒同下介)

【後庭花】(判)他劈手寄皮毛,奸心脱罪殼。全不管陽世身猶在,黄泉魄轉飄。便幻皮包,神魂來到。你幽途何處瞧?

(使押二鬼上)錢魁當面!(判惱介)這幽鬼好狠心也!你把張秀士那裏去了?(鬼)小鬼也瞞判爺不得。騙去李貴家裏,代變豬去了。(判)這奸鬼法應變畜,罪加騙害,重打一百鐵鞭,改變蟲蟻。解卒劉旺,同謀賣法。重打八十鐵鞭!押入地獄。(俱打介)(判)鬼使押此二犯,受罪去者。(押下介)(判)先生,那秀士代鬼變豬,難以還魂。可到李貴家,把新生豬兒都殺了!待彼返魂便是。只咱家爲着先生,好不費盡追求哩!

【青哥兒】(判)却不是撥轉來波槎,波槎一竅。盲眼龜撞伊,撞伊誰到?還虧你唤主歸家赤緊牢,似夢裏方朝，醉裏方覺，與好友同去話良宵，真堪笑！

（生起介）張秀士今得重生，皆判翁所賜。小生則索拜謝了也！（判）不勞如此。（生拜介）

【浪裏來煞】（判）今日價判得勞，追尋早。張生，張生！比着那蜣蜋牆内將身跳，鐵船撐弱水洋中棹，險些難料，到如今都付兒童笑。（俱下介）

第四齣

（旦哭上介）好苦呵！丈夫魂魄一去不返。那王生自縊追查，未得回信，却怎麽好？（生上）崔涵獲再生，鮑倩悟前世。嗟彼泉外人，羈魂反淹逝。大嫂拜揖。（揖介）（旦）丈夫信息若何？（生）不要説起。張兄追我而去，半路迷失。誰想遇着黠鬼，騙去李貴家裏，代變豬了。（旦）果有此事？痛殺我也！（倒介）（生）大嫂甦醒！賴俺坐索判翁，追攝遊魂，挨查訪出。把那騙鬼解卒，問罪發遣。早間俺到李貴家，盡殺新生豬兒。他魂即刻就回。大嫂可在房中看守，小生在此少待。（旦）如此多謝，就去看屍便了。（下介）（生坐介）咳！張兄，

【耍孩兒】（生）你形神一處分開兩，莽男兒轉多悲悵。回生度厄悔痴狂，又不是爛柯棋舊里都忘。俺想此時若不急急追尋，人將物化。不叫做張兄不得，又叫做張兄不得。似潛波天馬離群獸，排漢文鰩異族魴，對君家當面難相訪。辜負的柳桃星户，望斷了桑梓雲鄉。

（雜扮張魂，一樣巾服急走一轉入房内，旦叫介）好也！丈夫還魂了。（生喜介）張兄，這番纔有性命哩！

【三煞】（生）返魂香一氣聞，鎮心丸四大康，你驚殘直待陽神旺。天翻地覆人如夢，陰錯陽差鬼混場，到今日俱休悵。便做個兩生人世，也强似半死兒郎！

喜得俺兄弟來也。(小生、旦上介)

【二煞】(小生)勝鸞膠續的魂,似犀靈辟的殃,黑風濤把南車傍。(見生介)哥哥在此,小弟若無哥哥拚死相救,險些不能再世。今日個三生石上逢君笑,百丈灘頭仗你航,大恩人怎把銘銜放?兄弟只是叩拜哥哥不盡。(小生、旦拜生介)消受些三餐虀甕,准備着一炷名香。

(生)義當如此。幸得回生,可喜可喜!(小生)哥哥,小弟今番到醒得了也。

【一煞】(小生)了無生不住身,到彼岸離色相。早回頭自悟將吾喪,雖則是幾翻黑霧途還負,到做了一枕黄粱我自當。從此去,渾無恙。說甚麽歡來喜去,只落得苦後甘嘗。

【尾】(小生)俺若是有召去如前,願將舊路訪。不争的些兒肉軀幻罔,俺自有騙不去的真身可再往。

湛然禪師 祁彪佳

湛然禪師，會稽東關人。《大清一統志·紹興府三·仙釋》有載：「圓澄，字湛然，會稽人，俗姓夏。得戒於雲棲，蓮池以古佛期之，掩關六年。澄素不曉文字，一旦通豁，講經典，俱有妙理，開顯聖道場，宗風大暢。」雜劇有《地獄天生》，《魚兒佛》即爲此劇改編本。另有傳奇《妒婦記》，已佚。

祁彪佳（一六〇二——一六四五），字虎子，一字幼文、宏吉，號世培，别號遠山堂主人，寓山居士。紹興山陰梅墅村（今屬浙江紹興）人。天啟二年（一六二二）進士，授興化府推官，崇禎四年（一六三一）升任右僉都御史，後受權臣排斥，家居八年，崇禎末年復官。清兵入關，力主抗清，任蘇松總督。清兵攻占杭州後，自沉於寓山花園池中，以身殉國。卒謚忠敏。《明史》卷二百七十五有傳。著述有《祁忠敏公日記》《祁忠敏公遺書》，戲曲論著有《遠山堂曲品》《遠山堂劇品》。戲曲創作方面有傳奇《玉節記》（後更名《全節記》），已佚；雜劇有《紅粉禪》《救精忠》《慶長生》《魚兒佛》，前三種亡佚，《魚兒佛》僅存《盛明雜劇》本，署「古越湛然禪師原本，寓山居士重編」。

魚兒佛

正名

觀自在解脱獅子鈴，金漁翁證果魚兒佛。

第一齣

（生上）六月爐邊鐵匠，十二月江上漁翁。非是不知冷暖，只因業在其中。小子是這會稽人氏，姓金名嬰，娶了鍾氏爲妻。小子半世落魄，靠着打魚爲生。可笑我那妻子，偏愛念佛看經，常怪我殺生害命。這也管他不得！今日拿着釣竿兒到溪上去，倘然釣得幾尾鮮魚，且去换他一醉。白蘋紅蓼緑蓑衣，青海灘頭一釣磯。只恐夜静水寒魚不餌，滿船空載月明歸。（下）（外旦持念佛珠上）（拜天介）南無阿彌陀佛，南無救苦救難觀世音菩薩，六欲二禪水火難，三禪尚自有風災。假饒修到非非想，還比無生隔一階。奴家鍾氏，嫁與金嬰爲妻。自到金門，一心念佛，免不得是盲修瞎煉，却也悟得宿世因緣。争奈丈夫終日打魚，多害物命。也曾苦口勸他，終是不肯回心。今日又拿着釣竿出門去了，待他回來，還須要勸化一番。（生醉上）好醉也！來此是自家門首。娘子開門！（旦）官人那裏吃得這樣爛醉？（生）金嬰有天掉下來一個造化，不一時釣了幾個大大魚兒，以此换得一醉。（旦）官人醉了可快活？（生）十分快活！（旦）官人醉了回來可歡喜？（生）十分歡喜！（旦）咳！你不知你那换醉的物件，煞是愁也苦也！（生）又來笑話！一個魚兒，曉得甚麽愁苦？我又管他甚麽愁苦！（旦）我聞佛說：「六道中凡有九竅者，皆能成佛。」魚兒雖小，盡有輪迴。有輪迴，便有生死。有生死，便有苦樂。官人已後切不可害他！（生）娘子說得好迂闊！我吃的穿的靠着他，睡裏夢裏想着他，教我怎生丢了這個活計！

【中呂·粉蝶兒】（旦）我不是浪語閑聲，你一味裏嘴盧都亂猜胡應。這一個罪名兒誰去招承？便有那子和妻、娘和父，難替你心頭之病。（生）便好道：財是富之苗，錢是人之膽哩！（旦）兀只道膽是財生，止待要銅錢上立身安命。

（生）我想世上的人，用了百樣玲瓏、千條曲奥、萬般僥倖，只爲幾個錢兒。似我這樣打魚過日，還是本分内的營生哩！

【醉春風】（旦）你道是本分内營生，勝隨身田萬頃，爲甚把殺心兒换個肥輕？你可去省省。狠似那百樣玲瓏，千條曲奥，萬般僥倖。

（生）倘然我的造化忽然到來，釣着山大來一個魚！便好賺一主子大錢，穿一架子衣服，做一個財主兒。可不强似今日吃一没二的也！

【迎仙客】（旦）想着那窮瘸醋，恨不得立地把家成，比及你錢龍到家家道整。做一個看錢奴，把錢兒負着等，投至得福過災生，可叫得那錢兒應？

（生哭介）苦惱呵！原來富的不如貧的。（旦）可知是富的不如貧的。（生）又一件，到得那七老八倒、腰駝背曲時候，富的也死，貧的也死。富的到了陰司，也落得一陌燒紙兒、一碗凉漿兒，可知貧的又不如富的。

【上小樓】（旦）那裏是富家兒短命，貧家兒長命？都一般欠了須還，聚了須開，坐了須行。（生笑介）是了是了！那裏是貧的不如富的？富的不如貧的？只是死的不如生的！（旦）自有個甜處回頭，静裏藏身，閒中却病。（生）有甚麽樣妙法兒呢？（旦）只一句，念阿彌是伊明證。

（生）呸呸！這是甚麽難事？（連念佛介）南無阿彌陀佛。

【么篇】（旦）滿心兒是佛地，只怕你轉頭兒便世情。（生）哎喲！只管念佛，忘記釣竿兒在溪灘上了！（旦）這便是咬也還香，丢也還甘，餂也還腥。（生）呸呸！又忘記念佛了。（念介）南無阿彌陀佛。（旦）幾曾有一念天堂，一念塵埃，似這般騎墻功行？（生）這樣念佛，可得個身後正果麽？（旦）那裏想身後正果？還不夠眼前潔浄。

（生）便是阿！我這念頭時有斷續。可不道是魚頭大魚尾小麽？（旦指自心介）

【滿庭芳】雖只在區區印證，若是要瞳神撥轉，須倩個法藏圓明。（生）甚麽三藏四藏？我都不省得。（旦）我有個便法兒，把個銅鈴掛在門上。你時常出入，撞着銅鈴響一聲，便念一聲佛。這個可好？（生）這個甚好！娘子，且掛起來。（旦掛鈴介）這鈴與法天獅吼遥相應，抵多少夜半鐘聲。官人出去！（生走出撞鈴念佛介）南無阿彌陀佛。（旦）官人轉來。（生轉入撞鈴念佛介）南無阿彌陀佛。（旦笑介）好也，好也！磨兒樣盤旋不鄧，碗兒般跌屑支楞，去了你虚脾影，心窩裏掛個鈴，纔了悟話無生。

（生）你只教我持齋念佛，那持齋念佛的，有甚麽好處？（旦）我在經典上，也諳得一二。（生）是那幾個？（旦）南宋有個王玄謨。

【十二月】捧蓮華玄謨得命，（生）還有那個？（旦）北魏有個盧景裕。誦楞嚴景裕超生。（生）還有那個？

(旦)襄陽有個龐道玄。龐居士沉舟作福,(生)還有那個?(旦)汴梁有個劉均佐。劉員外記忍留名。(生)難道没有吃酒肉念佛的?(旦)有有有!你子待效沽酒遠村戒行,似燒豬佛印的這伽僧。

(生)念佛便要生天,那生天有甚麼受用處?(旦)有有有!

【堯民歌】蔭千行祇樹裏寶霞城,栽九品青蓮座紫雲屏。散花天女珞珠瓔,慈航龍象度金繩。珠欞,繡楹。罘罳帝網縈,七寶琉璃映。

(生)原來有這般受用!只是念佛要緊。娘子,你便把鈴兒摘下來摇着。你緊緊摇,我便緊緊念。

【煞尾】(旦)從今向利名場遞一紙脱離呈,佛王門奉一道檀施令。休呆着頭待漏盡鐘鳴境,打破了幻泡浮花若個影。

第二齣

(生持念珠,同外旦持鈴上)(生)南無阿彌陀佛。一切有爲法,如夢幻泡影,如露亦如電,應作如是觀。南無阿彌陀佛。娘子,是這等念來可好也?(外旦)好好!只要你一心常在,自然的萬法皆通。(生)娘子,今日無事,正該閉了門。你便摇着鈴,我便念佛。(外旦)是如此。(正旦村粧提魚籃上)寶座巍巍法力强,慈悲極樂住西方。慧眼纔開能救苦,眉間放出白毫光。吾乃南海洛伽山觀世音菩薩。奉我佛如來法旨:下方有個金嬰,雖在塵世,却有上根。他妻子鍾氏,原是靈山上一個比丘尼。每勸着丈夫,棄了打魚生涯,修行辦道。我如今就把這魚籃兒去點化他。免不得走一遭也呵!

【商調・集賢賓】悄一似孤秋片雲離曙海,龍華會討得個度人差。只爲慈悲心欠下了慈悲債,因此上急忙忙走下蓮臺。竹籃筐換了木槵軍持，寶旛幢變了荆布裙釵。我可爲大地間衆生們都從佛性來，那裏也有貪嗔帶去娘胎。便不覺低眉的悲六道，又何須努目的滅三災。（生）聽得叫個魚字，我陡的上心來。我開這門去看咱！（開門介）來到他門首也。叫一聲：好魚好魚！呀！原來是個小娘子！拿着一尾好魚。請問這魚是那裏來的？

【逍遥樂】（正旦）這魚呵！他在春濤秋瀨，魆地吞鈎，那裏去遨遊大海？湊着個騎鯨客醉得孩咍，把一座龍門險撞歪。結果是沼盆中濟漯江淮。魚兒也，可惜你凌波金鯉，鼓浪神鰲，倒做了貪餌凡材。（生）請問小娘子，這魚敢是要賣的？（正旦）不要賣！（生）既不賣，要他何用？

【金菊香】（正旦）曹溪半滴淚眼難開，這魚呵，在淺水蘆花雲淡月白。向金池擺摇摇歸去來！這便是淨土香臺。（正旦放魚介）放他也到大好悠哉！（生）哎喲！可惜一個魚兒放去了。便不把他換錢，剖將來鹽蒸醋煮，配酒也好。（外旦摇鈴介）官人記者！（生合掌介）南無阿彌陀佛。（正旦、外旦同合掌介）南無阿彌陀佛。（生）原來小娘子也會念佛。（正旦）官人念的是甚麽佛？（生指外旦介）是這娘子佛。小娘子念的是甚麽佛？（正旦）是魚兒佛。官人參的是甚麽禪？（生指外旦介）是這老婆禪。小娘子參的是甚麽禪？（正旦）是魚兒禪。（生）如何是魚兒佛？

【醋葫蘆】（正旦）濠上魚把是非人我抛，（生）如何是魚兒禪？（正旦）硯中魚似須彌芥子該。（外旦）看來小娘子倒是個善知識。請權了證明師父，問禪一番。（正旦）速道。（外旦）如何是打滅因果？（正旦）緣木魚筌蹄因果盡無猜，（外旦）如何是脱離生死？（正旦）釜中魚生死輪迴都判開，免得個泣枯魚業隨身敗。（生）依我説，只是魚水和諧的好！（外旦摇鈴介）官人記者。（生）南無阿彌陀佛。（正旦）哎！説甚麽比目魚魚水願和諧。

（外旦）如何是菩提樹？

【梧葉兒】（正旦）那裏有菩提樹？（外旦）如何是明鏡臺？（正旦）那裏有明鏡臺？穩隨了春潮一葉晚江來。（外旦）可吃了趙州茶？（正旦）那裏有趙州茶？（外旦）可照了臨濟燈？（正旦）那裏有臨濟燈？（外旦）可證了雲門派？（正旦）那裏有雲門派？呸！你自有快機鋒如何費解？

（外旦）弟子省了也！多謝我師。（正旦偈云）青蓮生長在埃塵，向烈火紅爐翻個身。（外旦拜介）到得爐銷火也滅，魔頭佛祖盡非真。（正旦）金婴，你妻子已是省悟了。你曉得無常迅速麼？

【後庭花】到頭來一着歪，對無常難用乖。（生）只在老婆被窩裏做個在家修行罷。（正旦）笑你個到老收心漢，抵多少初生引步孩。金婴，我替你愁着哩！（生）愁着甚麼？（正旦）天公有巧安排，一霎兒將人禁害，怎做得脱金鈎再不來？

這個人尚在昏迷，且待他吃些惡滋味者。鍾氏，你從那裏來？（外旦）我來處來。（正旦）如今從那裏去？（外旦）我去處去。（正旦）去去來來，有何盡境？

【柳葉兒】你去也白雲天外，解拈花一笑呆孩。疾！（外旦急下）（生）呀！我的媳婦那裏去了？（正旦）他自向無生無滅旃檀界。你兀自把愁布袋，不丢開，（生扯正旦介）還我媳婦兒來！（正旦將手推開，换觀音粧立高處，善才龍女侍立介）（正旦）來來來！且還伊個苦痛哀哉。

【尾聲】是原來寶相莊嚴觀自在，（生）原來是大士，弟子有眼不識。大士救度咱！（正旦）不是我慈心今日改，只因你孽障那年栽。（生）求大士與金婴一個住地。（正旦）要尋伊住地，到頭也費疑猜，放了些甜兒在苦時解。待你向閻羅消債，那時節合着掌到西方回話我如來。

（正旦同衆下）（生）哎喲哎喲！大士説得我通身冷汗，一連打了幾個噤。哎喲哎喲！多則不濟事也。（下）

第三齣

（副末扮功曹，雜扮鬼吏、鬼卒上）（副末）枉了那司馬生陰司一鬧，止有我這筐兒關節不到。非因世間人鑽刺欠靈，只是狠閻羅黄河比笑。小神是轉輪王殿下一位掌速報司的功曹。俺殿下將録過功罪文卷，每日着一輩兒功曹，送與地藏王菩薩覆勘。叫鬼吏：文卷簡點仔細着！（鬼吏應介）（副末）叫鬼卒：把應送的人犯帶上來點一點！（鬼卒應，帶浄、丑上）鬼犯當面！（副末點介）馬户册！（浄應介）戈十貝！（丑應介）（副末）阿耶！難道世間有你這兩個名字？（浄、丑）只因我兩人一生忠厚，所以留得這個名兒。（副末）這般的臭名，死了尚且不放，可笑可笑！且問你二人，有甚本事享這大名？（浄）小子叫做戈十貝，跳牆挖壁般般會。昨日經過水滸寨，只見時遷那厮在我面前雙膝跪。小子連忙問他爲何因，他説你的本事比我高十倍！（丑）小子叫做馬户册，使着精油滑裏的假老實。昨日去訪黄四娘，只見賈至誠諕得滿面如土色。小子連忙問他爲何因，他説有你在此，我那裏去討飯吃？（副末）口説無憑，做出便見。我要馬户册騙了鬼吏的筆，戈十貝偷了小鬼瓜錘，纔見你二人真本事。（浄）小人騙了鬼吏的筆，不足爲奇。待我略施一計，這枝筆要落在戈十貝手中。（副末）爲何呢？（浄）不用勞尊老馬。（丑）小人偷了鬼卒的瓜錘，也不見希罕。待我顯個小小手段，這瓜錘要落在馬户册手中。（副末）爲何呢？（丑）不消起動老戈。（副末）左右小心着！且看他如何騙得去、偷得去！（吏卒應介）（浄）外郎阿哥，你一枝筆高高擎在手中，我要騙你的何難？你便緊緊籠在袖裏，我也要騙你的出來。（吏）我便籠在袖裏，怕你怎的？（吏袖筆，浄跪稟介）稟功曹老爺，外郎哥手中筆没有了！（吏急呈筆介）筆在這裏！（丑從後抽筆介）（副末）拿上來！（吏空手作尋介）（丑）筆在小人手裏。（副末笑介）好一個賊計！（丑）小鬼老兄，這瓜錘雖在你手中，要偷你的却是容易。看我先偷了功曹老爺脚下皂靴，慢慢來偷你的瓜錘。（副末）哇！你怎麽就要偷我的靴？（丑直向前脱靴介）（副末）鬼卒快來拿下！（鬼卒放錘在地捉丑）（浄搶錘稟介）稟功曹老爺！瓜錘在小人手裏。（副末）又好一個賊計！（内作鐘聲三響）（副末）呀！菩薩放参了。人犯帶過一邊。（吏卒帶浄、丑下介）

（正末上）自家是地藏王尊者。爲因毗沙天王與維陀始王戰鬥，毗沙敗績，發願治於地獄，即今爲轉輪殿下。又恐維陀始王，復來治兵相争。在蓮花會上，請得貧僧法力，永鎮酆都。我慧眼一照，世人儘有宿根上器，只爲痴嗔滅没，遂失本來。我佛門以慈悲爲本，可惜他這一點靈光，都是成佛作祖的基址。以此陰司所定功罪，俱送來我這裏簡勘。大凡有片念靈通，就許他同歸佛會。

【仙吕·點絳唇】心印非遥，只在本來還照回頭早。認得胎胞，儘四大皆安好。

【混江龍】哀哉年少，只向北邙山下結窩巢。没昏朝頭直上亂慌慌烏飛兔走，無倒斷耳邊廂鬧嚷嚷子幼妻嬌。却把那腦背後荒墳累塚，博了個眼跟前紫綬緋袍。硬扯着戲棚中悲歡離合，空認了水痕般桂寢蘭膏。日費千金止换那三杯冷酒奠，腰纏萬貫可也單落得一撮紙錢燒。便是定霸圖王只剩了花草吴宫西子恨，就使掞天吐鳳總成個木蘭湘楚屈原騷。看不盡銅臺畔轉眼間沉沙折戟，喂不飽金谷裏到頭來陋巷簞瓢。爲甚麽麗春堂睡不穩黑甜鄉，也只因鬼門關納不准鴉青鈔。及至到臨崖勒馬，怎能做急水撑篙？

（副末見介）轉輪王殿下，速報司功曹謹參。（正末）功曹在酆都裏，見了輪千變萬。可曉得爲何有苦有樂？

有立地生天？有永世阿鼻？難道閻羅的打算，便没一些兒差錯了？（副末）世人重的是富貴，輕的是貧賤。昨日有一個禄享千鍾的，變做餓鬼；有一個衣不遮身、食不充口的，超升天界。小神説是殿下差錯哩。（正末）不差，不差！

【油葫蘆】墜絮飛花春去早，便有牡丹芽鬥不過芳杜草，況人生翻覆似波濤。可不是往還消息天之道，那裏有常歡常喜的猢猻套？試看那鄧通錢藏得多，又何如蘇武氈飧得飽！任人心自有苦樂因繇報，見幾個天網漏分毫。

（副末）菩薩，這般説來，受苦者定是爲非，享樂者必然作善。閻羅殿下只做個謄舊本的秀才、打死板的色長。顯見得陰司没了權柄也！

【天下樂】（正末）没權柄的閻王穩坐着謄也波抄！止不過常格套捏胎兒仍是舊皮毛。儘前身逞盡能，閟殺也那來生不做喬，方纔知善是寶。

（副末）若是富貴貧窮，準準的根着善惡，算盤子一個無差，可不是天地永不混沌，江山永不變更了？何故世上人有等慳吝者，偏教他財積如山；肯做好事的，偏教他手中空乏。有一等刻薄害人，偏居高位；那輩才智之士，儘着他欺淩。又有一等存心忠厚，肯扶持人的，偏教他擡頭不起，又被那受他扶持的反恩負義，甚至身家不保。既有了短命的顔回，怎麽又有那刀不斫、斧不鑿、到老善終的盜跖？這個緣故，小神不知。請菩薩開導！

【那吒令】（正末）衣冠作市交，便是衣冠隊沐猱；錢堆如眼腦，便是錢堆裏餓殍；筋骸去擾勞，便是筋骸的鼎鑊。得便宜便是失便宜，設圈套便是投圈套。只饒他十年運好。

（副末）是是是！慳吝的富亦如貧，刻薄的貴亦同賤。修上雖朝聞夕死，就是大年；僉壬即皓首蒼顔，也同夭絶。小神知道了也！但菩薩發願在先，説「世人度盡，方證菩提；地獄不空，誓不成佛！」如今一滴楊枝露，可灑不遍四大部洲哩！

【鵲踏枝】（正末）則他這笑藏刀，舌翻濤。一任教萬片金鎞，替不得一筆勾消。可待把楊枝盡拗，菩提露灌了蓬蒿。

（副末）小神奉殿下法旨，將這幾宗文卷，請菩薩詳奪者。

【寄生草】（正末）看了那功曹案，都是這罪孽招，（副末遞案卷介）這一宗是以冤報冤。（正末）莽龎涓參不破東齊竈。（副末）這一宗是以情挑情。（正末）蠢相如彈不徹臨邛調。（副末）這一宗是以魔纏魔。（正末）鈍盧生唤不透邯鄲覺。可憐那世人好愚也！兜心裏跳不出軟綿圈，盡頭時走不斷烏江道。

（副末）如今世上有一樣假山人，穿州撞府，把盧名博利的，怎麽處？

【么篇】（正末）本是個方兄輩，硬竊了許子瓢，假清清用着夷齊鈔。（副末）又有一樣，張着口説那没影兒大謊，搬是搬非的，怎麽處？（正末）眼巴巴便把曾參誚，（副末）又有一樣，把别人的文字，取了自己高名，那前輩受他生吞活剥的，怎麽處？（正末）打哄哄待與班揚較，雖不比謀財致命惡心腸，却怪他强文擻醋騃寒料。

（副末）還有一宗，是那金嬰，初以打魚爲生，後來改心信善。殿下説他道念已著，只是宿孽未消。不敢自專，請菩薩下判。（正末）待與他地獄呵！

【醉中天】他曾把婆心抱，待與他天堂呵！他尚待孽冤消，這地獄天堂止争一毫，當日觀音大士，已曾與他一個魔頭。如今再要他苦中見苦，方曉得樂是真樂。餂不着鼻尖上甜兒棗，纔肯從苦中去翻身打熬。功曹也論着他罪多功少，該與個業火風刀。

（副末）奉法旨！（向鬼門傳介）叫鬼卒，將金嬰押入地獄，業火燒身，風刀解體者！（內鳴鑼扮二鬼卒，執叉錘上，跳舞一週遭轉下）（內作鈴響，生在內高聲念佛）（雜、旦扮金童玉女引金嬰上，一週遭轉下介）（副末）稟菩薩：金嬰聽了鐵叉之聲，認作鈴響，高聲念佛，立地生天去也！（正末）呵呵呵！

【金盞兒】纔見得普門高，直渡過奈河橋。累基般一步步工夫到，方證得懸崖撒手大逍遥。百花釀成蜜後，一指到夜初交。立看那碧天雲透月，古渡裏晚生潮。

（副末）小神聽了菩薩所言，盡從實地上挨着蹭蹬，當頭棒喝，一毫也無用處。那裏顯得佛力普度，能使頑石點頭、天花墜雨？（正末）功曹，你曾見生公石點着痴人頭，龍女花落在啞和尚的座上麼？大凡功分頓漸，總在自了一心。既止十惡，還作十善。十善既作，方脱三塗。繇因證果，繇定生慧，繇止得觀，繇止觀而照定慧，繇定慧而徹因果。就是那聳着身在竿頭百尺，少不得落葉歸根。假饒他面着壁掃文字十年，也只是針尖磨杵。功曹，你道那金嬰聽一下鈴聲，便能念佛。持一句佛號，便能生天。你休看得他容易也！那一下鈴聲，根着他三生毫竅，便是白牛車上的一粒尼摩。那一句佛號，斷了他萬劫疑根，便是寶樹林中的六時貝葉。呀！貧僧倒也饒舌了！只把現前一個境界，與大衆們看者。功曹取鬼犯二名來！（副末）奉法旨，鬼卒帶鬼犯二人上來！（鬼卒二人帶浄、丑另扮上介）鬼犯到了。（正末）你在陽間做些甚麽？（丑）小人是賣耗鼠藥的。（正末）你曾念佛麽？（丑）小人手執銅鈴，沿街摇着。賣得一丸兩丸，藥死他三個五個，就過了一日。曉得甚麽念佛！（正末）你在陽間做些甚麽？（浄）小人是騎響馬的。（正末）你曾念佛麽？（浄）小人騎着一匹響馬，沿途打劫，那客商聽見鈴響，即便下馬獻寶。小人得了便歸。曉得甚麽念佛！（正末）鬼卒把銅鈴摇着！（鬼慢摇，丑走念介）肥瘡藥、癩頭瘡藥、一掃光、疥瘡藥、賽過狸貓老鼠藥！（鬼急摇，浄作走馬勢介）鑾子那裏去！好好送上寶來，饒你性命。（鬼拿介）咄！這是那裏？容汝粧這等模樣！（浄、丑）這是小人們生前宿障，不覺的見境舉發。（鬼卒帶浄、丑介）（正末）可知哩！（説偈云）斬斷三根吹作塵，殺人場上好安身。閒時辦得忙時用，莫待忙時忙煞人。（内齊念佛介）（副末）聽了菩薩偈語，人人念佛，地獄頓空了也！

【賺煞尾】（正末）打破鐵蒲團，蹬上金沙道，譬如那上路的有山遥水淼，大海裏撑舟有波浪擾。及至他回家到岸盡開交，静悄悄，問前途境地那裏見纖毫。這纔是葛藤中觔斗弄蹊蹺，正待要跛象車拽倒，猛獅鈴解落。咥！證真身，還是你釣竿裏那根苗。

第四齣

（小生扮韋馱尊者上）丈六金身奉法幢，靈山手挈不須扛。任他萬欲隨心起，盡是韋馱一杵降。小神是觀音護法韋馱尊者。俺大士已曾點化了金嬰夫婦，超生天界。又因金嬰殺命太多，恐他有隨身孽緣，一時間被邪魔壞了正道。以此命小神將着降魔杵，與他護法。只爲那塵世上一個金嬰，殺心重尚在疑城，費菩薩幾番濟度。待他功行滿，同證無生。（下）（外旦引生同金童玉女上）（外旦）妾身鍾氏，同着丈夫金嬰，一氣上念的幾年佛。妾身受大士指引，已超上乘。丈夫得了那念佛的根兒，沉溺他不去，因此得共登極樂。官人，我説的話，如今可准也！

（生）似我們這等雙修雙證，煞是難哩！

【雙調・新水令】（外旦）六塵飛不到劫灰前，則這想非天隔着根離一線。靈鷲峰繡成雙鳳帖，瓊花座長出並頭蓮。打透因緣，到的那寸絲净、萬緣剪。

（生）娘子，這是何處？有這般好景致！

【駐馬聽】（外旦）這是玉户珠軒，側近那龍鷲城中羅樹苑。碧書丹篆，上寫着獼猴江畔給孤園。（生）那樹林中一輩男女，有跏趺而坐，有散手徑行，有合掌説法，是好受用哩！（外旦）笑婆娑點綴大羅天。（生）殿門外列着兩行奇形怪狀的黄巾力士，要他何用？（外旦）狠搊搜環護靈虚殿。（生）那碧澄澄的一泓水，着實可愛。（外旦）這是德水池，池中有的是戲水魚兒，官人可釣得他？（生痴想長歎介）（外旦）呀！又早着了魔也。惡魔神兜地見，急回頭滄海桑田變。

（外旦同金童玉女急下）（生）呀！娘子那裏去了？金童玉女那裏去了？怎麽都是黑濛濛的境界？好怕人也！（外扮龍王引净、丑蝦兵鱉將上）（外）小聖東海龍王敖廣便是。族類繁衍，或居江湖，或遊溪沼，被金嬰朝夕釣取。我的子孫，慌得没一個躲處，多吃他害了性命。蝦兵鱉將，上前去索命者！（蝦鱉作威向生介）（外）金嬰，金嬰！還我衆子孫命來！（生合掌念佛介）南無阿彌陀佛。（韋馱上）咄！龍王不得無禮。吾神在此！（外驚下）（韋馱與蝦鱉戰介）（生跪向北介）大士救度咱！（韋馱將蝦鱉打下）（生）大士救度咱！（外旦引金童玉女立高處介）（外旦）官人可驚怕？（生）是果然驚怕。（外旦）可要脱離？（生）是要脱離。（外旦）官人早已脱離了也！（生起回頭看介）原是這般一個境界，何消驚怕得！

【殿前歡】（外旦）雲浄也，月依然，金飈初透冷秋蟬。再不看風狂雨驟桃花片，纔辨得一枕安眠。（生）喜煞了娘子也！（外旦）我不是我，是三車迦葉傳。（生）恨煞了敖廣也！（外旦）他也不是敖廣，是八部天龍現。（生）虧煞了韋馱也！（外旦）他也不是韋馱，是萬杵金剛戰。只爲你疑團不破，因此上孽境還懸。

（生）如今打魚的生涯，端的丢了也！（外旦）可也不消丢他。

【掛玉鈎】比似你柳畔青溪一釣船，有兩岸青山見。不脱簑衣帶月眠，曉露泠泠濺。長伴的鷺鷗群，時對着芙蓉面。這便是穩得住静中心，悟得透定中禪。

（内作樂介）（生）一派好樂聲也！

【雁兒落】（外旦）聽笙簫聒耳喧，（生）又有旛幢來哩！（外旦）看寶蓋當頭現。常則來碧海遊，再不向紅塵踐。

（韋馱上）開士菩薩有請。（引外旦同生行介）（外旦）聽得個請字呵！

【得[一]勝令】呀！好一似纔打下紫金鞭，齊載上鐵篙船。掃去機鋒障，參來没字禪。（生）大士魚籃點化的時候，若是一把扯住他，也省得後來許多翻倒。（外旦）洗不净塵詮，蹉過了西來面。到如今心堅，認西來原不遠。

（正旦觀音上）金嬰、鍾氏來也！聽如來法旨，爲爾等本性不滅，提出了今生宿孽。點得化雪仍是水，打得成針還是鐵。及到得了徹圓通，又何必叨叨費説。（生、外旦）拜謝了佛天者！（拜介）

【鴛鴦煞】從今把磨旋般生死都參遍，纔還了幾載修行願。仗猛力精心，斬斷牽纏。若不是粉碎虚空，終似那痴拳太軟。總火盡薪傳，也惟是心光現。今日個證果朝元，但願普世上都將三乘演。（同下）

[一]「得」原作「德」。

來集之

來集之（一六〇四—一六八二），初名偉才，又名鎔，字元成，號倘湖。蕭山人。自幼勤學，弱齡即博通五經，又擅詩詞古文。明崇禎八年（一六三五），禮部請特科舉天下，以各學科廩生列高等者選取，來集之舉第一。崇禎十三年（一六四〇）進士，授安慶府推官，累官太常寺少卿、兵科左給事中。生平事迹見《康熙安慶府志》卷一二、《康熙宿松縣志》卷二三、《乾隆蕭山縣志》卷二四、毛奇齡《故明太常寺少卿來君墓碑銘》。著有《讀易偶通》《易圖親見》《卦義一得》《春秋志在》《四傳權衡》《倘湖文案》《南行偶筆》《南行載筆》《倘湖近刻》《倘湖詩餘》《倘湖手稿》《樵書初編》《樵書二編》等。此外，來集之擅於戲曲，有《女紅紗》《碧紗籠》（合稱「兩紗」），末附《小青娘挑燈閒看牡丹亭》，署「胥江元成子填詞，兄式如子評」；《藍采和長安鬧劇》《阮步兵鄰廨啼紅》《鐵氏女花院全貞》（合稱「秋風三疊」），署「元成子填詞二刻」，共六種雜劇傳世。《兩紗》有明末燈語齋刻本，《秋風三疊》有清初來氏倘湖小築刻本。

兩紗例

【賞花時·么篇】即次【賞花時】韻

【賞花時】套下「淺也波深」，北曲之「波」，語助詞也。後白中「到如今寫不出沙」，「沙」字亦助語詞，皆與「呵」字一類。

【鵲踏枝】後【寄生草】第二套爲【么篇】，無三套者，文境、文情至此，不得不用其三耳。【清江引】亦無一二三四之説。既不可用南之【前腔】，復不能拘北之【么篇】，故云云耳。

【上馬嬌】「求新穀滿車篝」，「求」字作一句讀，下五字另作一句讀。

——以上《紅紗》

【醉春風】「陡詩腸軟軟」，此疊字乃譜中當然。

【一半兒】原屬仙吕宮中調，非正宮宮中引也。元人愛作【一半兒】小令，極其纖巧，兹蓋取而代引焉。

【麻郎兒·么篇】「一章句，兩行句，未逞句」，分作三句讀，不可混作一句，與《西廂》本宮始終不同等。

——以上《碧紗》

紅紗、碧紗題辭

「才」之一字，富貴福澤之所避忌，而不敢暱就焉者也。故唐李宋蘇，以謫仙奎宿，不免放謫流移，幾見平章樞密中有絶代才人否？ 即我本朝三百年來第一人，及第者八十餘人，乃廷對萬言，或能邀聖主一日之知，而求其真足膾炙千秋者，竟無有也。則富貴福澤，真第與庸庸者作緣哉。吾弟元成，稟兼萬夫，偶爾遊戲，亦如獅王搏兔，神力自全。故雙劇中，高情孤韵，真堪束取晦翁，置諸高閣，斥將若士，作我前驅。使青蓮、長公見之，亦當點頭微笑也。第詞傾妃子，燭徹金蓮，在兩人尚有一日之遇，而元成二十年來，腕舌之餘，更無長物，姓字之外，略無榮名，較之儋耳夜郎，窮且十倍，豈非才人愈當困阨，愈不冷淡寂寥？ 彼造物不厭徵奇，自顧不得元成許多消受耳。使其蚤年奮發，將貴人文章聲價矜重，止不過應制詩幾韻、詔誥幾通，及碑銘序誌數十章而已，亦安能風流跌蕩，撒漫使才如此哉？ 雖然，金榜無名，羅江東不爲人識，矧邇來面孔眼睛，若個不糊塗勢利，何須單榜却紗帽毗盧也。元成今日，亦何處覓一真知己，如賀老歐陽者乎！

降得自己下，方是大才。不受世人憐，方是真才。式如自記

打破「才命」兩字關頭，使羅江東一流人，不消得窮途痛哭。王中郎

具二十分才，更具二十分憐才。若使俗人操觚，韓夫子豈長貧賤的話頭，定要來煞。朱鞏之

掃盡達官貴人，全不顧紗帽一些體面，所以古來第一畏文士之筆端。侄賓日

兩紗總目

女紅紗一齣

塗抹試官

禿碧紗四齣

木蘭花發院新脩

慚愧闍黎飯後鐘

樹老無花僧白頭

而今方顯碧紗籠

附：小青挑燈劇

紅紗自序

生斯世也，語必棘喉，行則躓步，草草勞勞，恍惚疑夢，如予者，抑莫可控説矣。夫按圖索驥，眼迷五色之日，爲李廌之失於蘇學士可也；張網待鴻，手遮千里之雲，爲李賀之擠於元才子其可

哉。於時帷燈之火不紅，匣劍之聲欲吼，我髮上指，而我筆之毫何如，其安能恕千古貴人而不取快一時鋒穎乎？ 夫貴人業能是非黑白予，予又何敢是非黑白夫貴人？ 聊爲之解曰：其中有鬼焉。鬼也者，奉帝天命，以顛倒才人，才人莫可誰何者也。 如是，則有以代貴人分謗者不少，而亦足以差平吾輩恩重一飯、命輕睚眦之氣，則是釣鼇之客，短李不足餌，而窮羊之車，大阮無容慟也。 然而香案之吏，謫居猶得蓬萊；掌書之仙，濃香尚薰膩骨。 閬苑排空，頑仙不列，玉樓高架，才鬼見招，自古憐才，天帝爲甚，亦何得以謾語誣之。 若曰與其得罪貴人，毋寧得罪天帝，蓋以貴人多不憐才，而憐才惟天帝，或少原予云爾。

倘微之、長吉同位上清，還憶生前相對作如何面孔。 弟元敞

文章罵鬼罵仙，自李唐已來，浸淫成套，顧其語冷必尖，詞酸乃憾，古今才士，當窮愁落魄中，卒所不免。 紅紗之説，或亦宋時軋扎一流，不得乎主司而蜚語爲之耳。 夫百上不通，萬言無當，謂之有鬼。 雖則云然，第如此文章，縱載鬼一車，裂繒空軸，亦當以軟毫尖作長勝軍，固不必以不識古戰場爲恨也。 侄是生

女紅紗塗抹試官

喬試官紗籠眼俗，瘸秀才金多人録。

好主司不看文章，好文章不做題目。

（净扮試官上云）文章無價，究也憑不得主司；文章有價，究也憑不得秀士。若道文章無價，明明白白地，誰不分個箸直錢圓；若道文章有價，黑黑漆漆的，那個會得掂斤播兩？所以那窗下論文，場中言命。俺翰林學士是也，奉天差遣，採訪賢豪。俺想當初朝夕咿唔，以博一第；目今子女玉帛，以償其勞。真個的筆硯久荒，瞳神欲昧，怎當這賢士由之進階，聖主任以採訪？都道我當初有些盛名，窗下揣摩已熟，不想我今日詞章久別，於中磨耗已多，如今只得勉强看些文字，畢竟文字也不識的，只取些筆意罷了。錯中還錯，訛以傳訛。俺本姓胡，這些秀才就順口兒教我做個胡塗，俺原要就身描個小影，因此便隨衆起個諢名。只是一件：昔本以鑽刺得此進身，今又以賄賂謀來典試。（笑介）呵呵，以銀買試，何不以試賣銀；因勢起官，怎好有官忘勢？必須是公私兩盡，笑駡由人，皂白不分，重輕在我。如今又是試期，諸生畢集，你看他場列東西，文光射斗，一班班的冠者五六人、童子六七人，依希是老頭巾教不了的兒孫。我只是簾分内外，關節通風，一星星的七十鎰而受，五十鎰而受，着實是戴烏紗緊隨身的題目，俺就要從公閲文。隨從人退後。（衆應下）（生、小生、中净同上）（生云）心燈夜燦，意蕊晨開，俺天字號秀才者是。（中净云）祖居牧長，父列三台，俺地字號秀才者是。（小生云）五花無筆，萬貫有財，俺人字號秀才者是。列位掛榜之後，少不得要刻「同年序齒録」，如今且先通一個姓名如何？（生云）俺姓文，名運，字中盛，一字中衰。（小生云）俺姓臭，名銅，父親就是臭財主，開張一所典當鋪子。小弟從幼在當中撮得幾個銅錢，整日帶在身傍，丁當索落，有一班朋友們曉得的，遠遠聽見，便道是這銅錢聲定是那個臭財主的兒子的，因此這些朋友叫我做臭銅兒，别無他字。（中浄云）俺姓白，名丁，父親做個當道顯宦，人人叫我做白公子，也有叫我白丁秀才的，也没有别字。但不知文大哥何以字中盛，又字中衰？（生云）二兄在此，着實衝撞了，假饒銅臭兒聞者掩鼻，和那白公子見者攢眉，這時節我便取青紫如拾芥，奪官袍如探囊，這不是我文運中盛了？倘若撞着一個逐臭房考，名上列些臭氣銅兒，或者是個叟白座師，榜上奉着些白丁公子，這是二兄道長、小弟道衰了，不是我文運中衰麼？（中浄笑科云）這等説，文兄今科只怕要字中衰了。（生云）爲何？（中浄云）今年提場的是胡塗試官，不怕你文運不中衰哩！（生、小生同笑介云）休要取笑，大家進場聽題。你看這巍巍貢院，不知幾人由此涉歷青雲，不知幾人由此蹉跎白首。（唱）

【仙吕·賞花時】一樣桃花浪錦紅，淺也波深魚與龍，通塞任天工。文章無用，何處哭秋風。

（三秀才進參試官科）（試官云）諸生近前，俺今日題，都要若耶西子曉起梳頭，一律第二聯要叶一「鴉」字，第三聯要叶一「花」字，餘韻不拘。（生、小生、中浄出云）俺每各就號房作詩去來。（唱）

【幺篇】可是那去歲桃花今歲紅，機杼年年織衮龍，巧拙在人工。莫把金梭錯用，會看宫錦耀春風。

（下）

（旦、小旦扮二女仙上云）松根坐下小茅君，白鳳啼啼住彩雲。莫道神仙不管人間事，俺則待顛倒英雄排帝閽。俺二女仙親侍玉皇香案，職掌俊士升沉。在玄武之側，則爲龜爲蛇，露尾藏頭，文字行十分胡亂；列文昌之前，則爲聾爲啞，没口没耳，功名事一味糊塗。時爲滕王之風，只一陣便使程移萬里；時爲朱衣之首，不數點早已人在九天。目今歲當科舉，天帝賜俺每一匹紅紗，凡是下界秀才，有命該中文不該中、文該中命不該中的，恐怕試官眼光太重，教俺悉以紅紗遮之。這例不是今歲起的，自徵辟誼衰，孝廉道廢，天下奔於詞賦，其間資高的、資鈍的、埋頭讀書的、遊戲成文的，那一個不自視爲豪傑，於中豈無真豪傑？那一個不視人爲愚庸，於中豈無真愚庸？及至名定榜開，升沉兩判，那升的大半豪傑，却帶了一半愚庸；那沉的大半愚庸，却又殢了一半豪傑。這些試官又不都是場下矮人、街頭盲子，一個個的眼大如斗，瞳清似水。臨到文字對面，却就欲醒欲迷，播穀糠存，汰金沙雜。這原半是俺每的紅紗作主，全憑不得試官的。何以故？天帝道得好，但只論定後官，是非場的乾坤太窄；惟其得時則駕，妍媸鑑的混沌無窮。若論究竟豪傑，到底飛騰，止爭遲早。譬諸混豹於鹿，試其文彩，則殊久且，從而變化，輝我王家。那愚庸到底没用，何論升沉；譬諸相犬爲牛，試之耕田則拙，或且因而噬人，敗乃公事。又是一件，近日這些試官，作弊多端，天帝就與俺每加敕一道，教俺每因而打聽試官的明暗公私，轉天宫時，就把這紅紗寫作覆本，一一奏聞天帝。那明而且公的，記在一邊，教他超天界，受不了寶相千般，或輪迴轉在人間，也只是爲王爲宰；有那私而更暗的，記在一邊，教他墮泥犁，吞盡鐵丸萬斛，便子孫略有數輩，也只是爲歹爲非。這是確然因果，不是偶爾機緣。早間上青紫霞宫前，紫極真人寫敕與俺，中有一聯云：要使冲天的萬卷書，口吟舌弄，奪不得下地時八個字破害刑冲；更教暗地裏幾雙手，接賂收贓，遮不得神天處兩隻眼雷轟閃電。此乃要言不繁，直中情事。如今已到貢院，你看那秀才一個個神遊天外，趣在個中，千鍛百鍊，句敲字推，不知爲着何事來。

（唱）

【仙吕・點絳唇】墨戰方休，雌雄未剖。相廝守，款段驊騮，都望入英雄彀。

【混江龍】這差排誰就，却原來名繮利鎖顯榮囚。磨乾了幾池硯水，挑殘了幾夜缸油。他則念鵬飛天外雲千里。我則問他豹隱山中霧幾秋。則怕他識戰場還將雲日迷，則怕你序滕王未必天風湊。思窮六合，鬼在毫頭。

（云）俺想這雁塔題名、龍門振翮，也不就是大丈夫不朽事業？ 只是不得不由此進階。所以那筆禿硯穿，窗兒下丟丟的打造了個小乾坤；却又十死九生，場兒中猛猛地掀翻了個大觔斗。你望那堂上呵，（唱）

【油葫蘆】蠟燭風殘點點流，那瘦爐烟一縷抽，那一個不撚斷髭鬚仰着頭？ 眼非矇，看不出天横斗；耳非聾，聽不出蓮華漏。則恐想殺了顏子淵，禱不迭仲尼丘。心肝片刻重重嘔，兀的不是筆落鬼神愁。

（云）俺想做秀才的花前月下，淺唱低斟，也有留連妓女的，也有貪戀酒杯的，也有算計牙籌的。 甚且包公事、跪公廳，屈膝低頭；愛私情、赴私約，扒牆鑽隙。 如此日復一日，年又一年，漸覺的青巾零落，無能復理，藍袍破碎，殊爲可憐。 却又一謀謀做了蒙師，和那些小學生朝朝點卯；一升升做了學霸，和那些老齋頭官歲歲祭丁。 那裏肯安心穩坐在自己書案頭一日？ 便坐在在書案頭呵，少不得看的又是些虞初小乘、艷異稗官。 齊天聖與唐三藏西竺求經，牢奇籠怪；托塔王及宋呼保山東結義，拔地撑天。 是這一等書填塞了心胸呵，又誰是專攻詞賦的？ （唱）

【天下樂】當日個歡喜冤家無徹頭，淹留不自由，把寸金日月等閒丟。 傾壺觴口角涎，數銅錢手底熟，塵污了書窗卷軸羞。

（云）到今日寫不出沙，好苦也。（唱）

【那吒令】那心也如猴，亂荒荒的難收；那筆也如鶩，禿厮厮的難勾；那字也如螻，黑細細的難脩。似這般昨日肥，却怎生今日瘦，誰教你前日風流。

（三秀才同上納卷科）（生云）［集唐長吉］吴歈越吟未終曲，轆轤咿呀轉鳴玉。 空將箋上兩行書，二十男兒那刺促。（報介）天字號卷完。（納介）（净收介）（中净云）［集唐］利名繮鎖暫徘徊，珠箔銀屏迤邐開。 莫倚善調鸚鵡賦，懸知獨有子雲才。（報介）地字號卷完。（納介）（浄收介）（小生云）［集唐］落落漠漠路不分，獨攜大膽出秦門。一朝金多結豪貴，天下何人不識君。（報介）人字號卷完。（納介）（浄收介云）諸生暫退，候案就是。俺這裏極公極明，不比每常試官，諸生毋得過爲鑽刺，自取重禍。俺曾集得古人成句一絶，念與諸生聽着，好去安心聽案。（三秀才應介云）願聞。（浄念云）莫向東風怨未開，芙蓉池上有輕雷。不貪夜識金銀氣，春色緣何人得來。（中浄云）末句待生員略改一改，就道得老大人的心事出了。（浄云）怎麼説？（中浄云）也是成句，也是來字韻，改做「君若來時待夜來」何如？（浄云）這來的是恁麼人？却教他夜來。（中浄云）這來的是下書和送銀子的人，日裏恐怕人看見，故要他夜來。（浄喝云）哇，未曾出案，便道俺有私有弊了。（中浄云）終不然出過了案，方纔有私有弊麼？（浄云）你那裏有這樣心？諸生且退。（三秀才出外介）（小生云）今日坐位倒也十分湊巧。（生、中浄云）怎見湊巧？（小生云）文大哥是日試萬言，倚馬可待的，豈不是天才？你道該坐天字號麼？白兄乃是祖父世家，考試之時，别人都靠手力，白兄偏靠脚力，這又是脚踏實地，該坐地字號了。若小弟這臭銅兒單方一味，用着人爲，怎麼這樣湊巧？一坐又坐着人字號。（生云）怎見得老兄是一味人爲？（小生云）便是小弟用着這幾個銅錢，全在今朝出力，要他買號買籤，買關節買題目，還要直送到座師前面買他的中，這豈不都是人爲？（生云）這樣説，老兄正坐不得人字號哩！（小生云）怎麼？（生云）你道你這樣秀才，還有一毫人氣麼？（中浄云）休得閒扯，大家到下處睡去，不知是那一個該中哩。（三秀才同别下介）（仙云）你看這一班納卷的秀才，渾如滿團出定之僧，面如紙薄；又似錦帳孤眠之女，骨勝柴枯。比那吃橄欖的，求一個苦盡甘來；比那扒高山的，求一個一勞永逸。

（唱）

【鵲踏枝】耕着硯兒疇，仗着筆兒矛。這貢院也不是一個尋常所在，分明是六道輪迴，一霎的變出個馬卒公侯。那家家的妻兒抖擻，專聽那報馬傳郵。

（浄取卷看介云）「集唐倒句」舊支機懸河，取石負前心。肯將今日世上人白眼，看他買蛾眉黄金不惜。俺如今且看文字，這是天字號卷。（仙云）呀，這秀才字雖好，却是命裏不該是今科中的。且把紅紗罩了試官眼者。（罩介）（浄云）怎麽這燈兒下紅光一閃，我的眼就昏花起來，想是要睡了。（旦閃過浄面前介）（浄執燈起照介）（浄執燈，二旦執紅紗，或先或後、或上或下走介）（浄轉坐介云）好古怪，分明兩個人在我面前，花花緑緑的一閃就不見了，不知是恁麽緣故。也不知是秀才的文章好，魁星下降；也不知是俺試官的眼睛昏，睡魔來纏。如今都不要保他，只是一心一意看着文字。天字號的「若耶美人曉起梳頭歌」。（看介）（旦以紅紗罩眼介）（浄念介云）未向吴龍門越蛇，苧蘿山上月初斜。亭亭欲舞青金鳳，拍拍難飛翠玉鴉。高插半梳雲擁月，輕垂雙鈿水生花。只今留得香魂在，脂粉迷離點石涯。這詩是怎的説，我也看他不來。（仙云）好詩好詩，雖是他命不該中，我怎好把這樣詩章，教他沉抑稱冤？且去了紅紗，待試官清眼一看。（旦去紗介）（試官云）俺如今眼略清些，再覆一遍，以定去取。（又念前詩中四句介云）畢竟不知説了些甚麽，可惡可惡！（丢卷在地介）（仙云）呀，却原來這試官是有眼無珠的，也不消紅紗罩着。

【寄生草】這的是珍珠載，怎撞着盲買收？土埋千載干將鏽，泉沉萬軸鮫綃縐，塵封百寶瑚璉陋。秀才，你彩毫描出活西施，怎不去黄金買却生延壽？

（浄云）且看地字號卷子。（仙云）呀，這人命倒該中，文却甚是不堪。也用遮一遮試官眼睛。（罩紅紗介）（試官念云）是處紅顔解浣紗，何須買棹問施家。庭前乍舞雙雙蝶，門外閒飛點點鴉。再傳已非别樣粉，欲簪不是舊時花。誰知一朵烏雲髻，破盡姑蘇百萬車。這文字倒也新奇翻空，不做題目，甚合俺的意思。（仙云）試官試官，你還是被秀才誤的，還是被俺們的紅紗誤的？（唱）

【寄生草】這的是鶉百結，生扭做腋千裘。叫蝦蟆捧作神天咒，轉蜣螂相作麒麟騾，彩斯螽認作鴛鴦篋。便道明中多被暗中遮，還是低錢自有低行售。

（淨云）地字號卷已看完，且看人字號卷。（仙云）這秀才湊得幾句，倒是通的，命也是他該中。試官，這番不用着我的紅紗了，你清清看着。（試官念云）百華叢裏是儂家，玉鏡臺常傍若耶。香扇引來千翼鳳，髻成盤出一蹲鴉。坐當繡檻偏宜繡，行近花庭欲妒花。曾是粧亭梳掠後，五湖高士共烟霞。這詩却也難解，教人進退兩難。若是高人，又不該做些題目；若是低人，又不該會得題外摹神，却怎麼説？（仙云）試官，你是低的，怎麼望得見高的？你是淺的，怎麼量得着深的？你還要有一條弄奇的心腸，只怕明日放榜時一場大笑哩！（唱）

【寄生草】迷高下，混薰蕕。似你這樣眼睛看文章呵，便似那鼓矇師夜認蟲魚籀，老龍鐘還看蟭螟門，病昏花遥指華鬘茂。雖則掩紅紗，都是我鬼神每特地瞞，還問你選青錢，怎教那羅綱的彌天漏？

（淨云）這題雖是個美人梳頭，到不如丟了梳頭，別尋生意，漫天造奇，方爲高手。如今我且打個瞌睡，醒來再看文字。（睡介）（仙云）文奇固妙，却也脱不得種子。怎麼你出了題是「美人梳頭」，倒教人不要做了「美人梳頭」？如今漏斷人静，月華如洗，眼見得試官又瞌睡去了，俺們没有甚事，也静想一回，做一首詩兒，明日回轉天宫，好對列仙每一講。（想介云）想一個美人初起光景，好做首聯。（唱）

【村裏迓鼓】他初驚破陽臺清夢，遥擲了鸚哥紅豆。第二聯是要叶「鴉」字的，他分明影在青銅，却便似湘雲低把烏鴉覆。第三聯「花」字如何叶？他玉立芙蓉，顔啼芍藥，香飛荳蔻。結聯就把若耶美人的終身事實用了。他惝恍的是三江坵兵燹，摇落的是百花洲珠翠，安穩的是五湖裏扁舟。這叶韻詩，用字用句都要自然，放得恰好纔妙。這點靈丹，全在這三三九九。

（朗吟詩介云）粧臺傍處越兵譁，一笑中間放越蛇。今日東吴苑走鹿，當年西子髻堆鴉。捧心艷益芙蓉色，浣水香侵荳蔻花。共是忠魂應不泯，耶溪浙水兩無涯。（浄作醒介云）睡夢中間，恍惚的有人吟咏，不知是何物作怪。（雜上介云）莫倚朱顔好，姸媸無定形。莫惜黄金貴，能爲身重輕。俺臭家一個管家是也，性兒頗會使乖，身子略有膂力。凡是我主人偷買關節，奉承官府，都是俺替他佈擺。這些人恨得我家主，又恨得我替家主鑽刺，都駡我做慣鑽刺的臭奴才。俺想起來，俺家主也辭不得一個「臭銅兒」綽號，俺怎能便逃得這個「臭奴才」的大名？只是替家主一買買中了的時節，却就憑我使勢，便臭奴才也變做香奴才了。如今大場所在，不比尋常，俺進到這裏，也不知門上使用過多少紙包兒。且一直見試官去。咳，天知地知，你知我知，若論人的心腸呵，只是道暮夜無知。（進見浄介）（浄云）恁麽人這時候進來見我？（雜云）人字號生員曉得老爺看文辛苦，無可孝順，送得五百兩茶菓銀子在此，望老爺收下。（浄喝云）哇，好大膽，就該重打五十個大板。如今看銀子分上，權且饒你。我曾分付你們一個不許近前，怎麽又替人傳遞關節？況我老爺至公無私，一毫不染，怎麽好，怎麽好？如今還幸得没人得知，事已至此，權且收下，吾自有處出去。（雜應，出外介，云）夜已深了，街坊上行動不得，不如在這號房旁邊打個盹兒，聽打完了五鼓，然後扒牆出去。我看這試官駡中帶笑，俺家主的中，十分倒有十二分穩了。日後俺家主還要對人説，書用怎麽樣讀，文章怎麽樣做，我當初是怎麽樣中的。又誰知今日半夜三更，教我在這裏用心用力。却不是黑漆漆粧下了陷人坑，響當當直説出漫天謊。（做坐下打睡介）（浄笑云）這些銀子，吾那家邊近處，肥田有無數買哩，又不要費我的本錢，怎麽不中他？況且古言道得好：半夜兩人黑面孔，誰將盜蹠伯夷分？我便多接了些銀子，便有那個看見？只是明日對人説些清苦的話頭，這就是近日官行裏的通行了。如今且尋人字號的卷兒出來，瞞心昧己的加些圈點又處。（翻卷看介）（仙云）你看試官見了銀子，眼睛就清亮起來，不比得看文章的時節呵。（唱）

【元和令】驀忽地耀兩眸，不比的看詩時把眉兒皺。却畢竟眼是被他昏的，怎説得個清亮？這銀子到狠似我的紅紗。堆錢高壓至公樓，不怕朱衣不點頭。世上人怎好説，不須積聚錢財，金多詩句好遮羞，餌芳香送起釣鰲鉤。

（净看卷笑介）這卷子方纔看他不來，如今有這銀子開了我的心孔，好不明明白白的看得他的好處出來。（做圈點介）（仙云）這秀才也是一釐二毫，呼雞餵狗，不知費了多少精神，纔積得這五百兩銀兒，如今只買得一中哈！他又算得好明日帶了烏紗，又好接人賄賂，填還今日的債，也强似一釐二毫，呼雞餵狗哩！真是所操者狹，所望者奢。咦，只怕天地不容！（唱）

【上馬嬌】將黄榜名兒登，將錢穀簿兒勾，真個的騎鶴上揚州。似豚蹄一肘向田公咒。求，新穀滿車篝。

（丑扮下書人上云）［集四書］賤丈夫，居廣居。不考文，盡信書。俺白公子家管家就是。俺公子今年入場，却遇這新來的試官，是俺家老爺的門生。這是一封書去，不怕他不中的，故此教俺來這裏下書。正撞着試官坐在堂上看卷，倘或他要做個門面，變起臉來，就與我發作怎麽好？如今也定要撞將進去。常言道：官差吏差，來人不差。（跪介云）當朝丞相老爺，有書拜上老爺。（净云）這決定另有一件公事，斷不是説考試的，你且出去，把書拿上來，封在這裏。上覆你們老爺，考後自有回書。（丑應出介）（净接書拆書介）（丑出外踏着雜身介）（雜叫起介云）有賊有賊。（丑叫云）有鬼有鬼。（雜云）我不是鬼，我是送銀子進來老爺的，你却是恁麽賊？（丑云）這是沿塘塑土地，却是一路神道了。（雜云）怎麽？（丑云）我也不是賊，我是替公子來下書的。（雜云）這樣你一發是個賊了。你們公子有這等勢焰，却不去正正大大用心讀書，反要你賊手賊脚，過牆扒壁來這裏，送這一個學士封皮，你們公子就是個賊頭，你便是個小賊。（丑云）這樣説起，你也一定是個鬼了。你們家主有這等家資，却不去清清白白埋頭用功，反教你鬼頭鬼腦，半夜三更來這裏，送這幾個足色元寶，你們家主就是個鬼頭，你便是個小鬼。

（雜云）你方纔下書有些光景麽？（丑云）也没有恁麽光景，倒是你們送銀子有些識頭。（雜云）怎麽我倒有些識頭？（丑）你是拿銀子來的，我纔方説你是鬼，你看外面聚星閣上的魁星，却不是一個拿銀子的鬼麽？這考試裏邊要一句魁星的讖，極爲難得。如今閒話休題，我和你説一句話，方纔至公堂上，實實的有鬼。我下書的時節，望上去看見兩個婦人立在試官身傍，一閃就不見了，這却不是鬼？（雜云）方纔我也濛濛的看見，我則道是試官的丫頭。（丑云）幾曾有試官是帶家小的？（雜云）若是鬼，難道我做你看見了，那試官怎麽不看見，倒坐得牢？（丑云）你一發不曉得了，這胡塗試官有恁麽眼睛的？（雜、丑笑介下）（淨看書完介云）原來這地字號生員就是我座師的兒子，這也不由我不中他的。且翻這一號卷子來看。（看介云）呀，這卷子我也原要中他的，落得做了一個人情。（作圈點介）（仙云）咍！人生在世，聲靈氣焰，蓋可忽乎哉？（唱）

【勝葫蘆】看他一條封印壓山坵，似鞭策小驢牛。這翰林怎敢向他行輕咳嗽？看邪做直，將無作有，倒與那些好文字做冤仇。

（云）這樣世道，教孤寒的怎好讀得書？（唱）

【么篇】那志大門寒未易酧，空暗裏把珠投。倒不如蟠木先容，不論根株朽。靠自己的有七言詩句，靠祖父的有兩行頓首，難道是一様筆尖頭。

（淨云）卷已看完，名數也差不多好定了，明日放榜，今且睡去。（笑介云）外面人都道我在這裏看些文字，誰知我却檢些書札的高下，銀子的輕重，定了個文字的優劣。這纔教得黄金貴賤士，烏帽是非人。（下仙云）咍！凡人做秀才的時節，孤寒的只怕主司不公，有抱負的只怕主司不明，都説我做試官不至如此。及至做到試官，却又忘了。終不然這些做試官的是不曾做秀才過的？只是一個念頭要做了官，一個念頭要肥了家。公也公不來，

明也明不來了。他豈不曾五更半夜，月色雞聲，諳盡讀書的苦滋味來？（唱）

【後庭花】他冷甘甘虀和粥，似苦行僧耐着晨昏晝。受滿了冰雪三冬苦，投至得風濤萬里秋。他如今呵，愛財賕，蠅營狗苟，怎便忘了夜半燈窗讀燥喉？他也爲官計，爲家謀，金滿籯，書盈袖。又不比個酸秀才，要公明怎能彀？

（云）明日放榜的時節。（唱）

【柳葉兒】幾個得意的春風兩袖，幾個榜庭下淚雨雙流。准備着寒窗再守前年霤，慚耐着黑貂裘。這若是果然有志氣、有才學的，也不消怨天尤人，只仍舊埋頭讀書便了，少不得有一個知遇的日子在那裏。這正教做「有貨不愁貧」。幾曾見困新豐便屈折了馬周。

（云）俺想讀書人爲小小利名所絆，却反變做極低極苦的了。如今的書也難讀，那汗牛充棟，玉軸牙籤，讀不了的是書。便讀盡了書呵，又揣摹試官的心腸不着，只好憑他七顛八倒，那得容易有個出頭日子？是真正讀書的人，倒受了多少好苦。却是真正讀書的，決不以此自餒。（唱）

【青哥兒】讀破了五車，五車不彀。解過了三墳，三墳還又。直窮到那石鼓岐幽，禹字岣嶁，萬國齊州，三島十洲，獸韻呦呦，鳥語鵃鵃，麟鳳龍龜，蠓蠛蜉蝣。做的個破斧沉舟，千首詩輕萬户侯，文光透。

（云）那些落第裏邊，不知有多少錚錚自負的好漢子在，只替這些奄奄鼠輩、没志没氣、没姓没名的藉了口，遮了羞，這錚錚自負的好可憐也。（唱）

【寄生草】金馬門將身困，長安陌見花羞。怎教那蘇秦歸當得個妻僝僽？可憐的王章淚染得個牛衣透，幾曾見翟公門還有個相知友？也信道來時富貴陡非難，怎禁這眼前奚落難躭受。

（云）凡人一飲一啄，莫非前定。命運未來，犬貓作怪；功名到手，牆壁生輝。古人譬之落花，茵席廁溷，不能自主，人又何須煩惱得？（唱）

【么篇】只好花謝隨風落，做不得不祥金躍冶儔。便有巧淳于逞不得談天口。縱使怒共工撞不得崩天首，那見聖媧皇便展得個連天手？只是文章到底一般同，還問他年運勝當年否。

（云）俺如今就把紅紗寫了試官情節，如何受賄，如何聽人情，如何看文字，一一奏聞天帝。眼見這試官就永劫沉阿鼻了，本後還要帶一段，如今鑽刺盛行，錢神有靈，筆花無主，雖則試官肯收，還畢竟是秀才肯送，該罪坐首事之人，當爲另設一所地獄。這些不讀書，單靠鑽刺的，排列了千刀萬箭，要他鑽將進去，名曰「鑽刺之獄」，方纔飽快人心。又有一事，也要奏聞天帝。有那些絶好文章，爲命運所限，或是前生造福不厚，或是祖上積德不深，不得上進，莫道試官不會看，便會看呵，少不得出不得我的紅紗。所以命世文章，反有沉埋千古的，深爲可惜，還須天帝憐才。若果文字奇拔，不比尋常，每科定要中他，不論命中該不該。那該的不消説，那文字絶好，命決不該中的，這也不過數人，還須破格收他。就是下界考取遺才之意。這兩椿便是俺們的觀風公舉了，如今兔沉烏上，想塵凡也不是俺們久住的所在，不如駕雲軿回轉上清宫去。（唱）

【賺煞】雲晃錦綺霞，日淡珠璣宿。俺仙家也怎肯浪向人間奔走，把六銖衣染塵埃厚。也只是奉天差撮弄離婁，因此的暗藏闔把公私弊搜。誰道個不遇離婁遇瞽瞍，屈折了筆下蛟龍，埋没煞字中蝌蚪。俺這一匹兒薄紅紗，也遮不盡試官羞。

做官的愛私情活人鬼弄，

讀書的没勢分炎天筆凍。
朦瞳運偏撞着美女籠紗，
遊戲詞莫向那痴人説夢。

評云：幾池硯水，一樣筆尖，塗抹試官似鞭策小驢牛耳。真所謂筆落鬼神愁。

總評云：排調若雕龍繡虎，方駕士衡；敷詞如金谷桃源，連鑣實甫。豈徒米家之一巒，抑亦成都之三峽？

碧紗自序

人才如面，人面如冰，稍稍向之，輒使人冷眼欲裂，熱腸幾枯。嗟乎，亦安能以昂藏骯髒之骨，而諢販市倀之爲伍乎？角，吾知其爲牛；鬣，吾知其爲馬。不角不鬣，牴之嚙之，吾烏得而知哉？然且晨露未晞，小星欲落。金張之門，走者如鶩。一貴一賤，只今與昨耳。歲丙寅，予負笈古耶溪畔，月魄不歸，花魂無主，情魔既繞，才思亦抽，因取王明歇碧紗籠故事，稍爲譜之，以了前「紅紗」一案。蘸牛衣相對之淚，繪馬前匍匐之圖。至其拈花帶草，叩佛祈仙，予意固别有存焉。方搆思而雲蒸墨氣，甫脱稿而桂散天香，豈偶然哉？一齣如月鴻掠野，孤影自翛。二齣如霜鶴唳空，悽聲愈壯。此皆即境寫境，我苦我知。所爲歎即有氣，哭即有聲，淚即有痕者，理或然也。三齣如鸜鵒窺牖，欲去頻呼，殷殷戀戀者，爲多情去後之思。四齣如應龍乘雲，蟄蟲咸俯，閃閃轟轟者，爲位高金多之慕。此即予未來之所閲歷。而恣筆所之，不遺縷髮，旁見側出，如燈取影。亦曰，人情叵測，我想當然耳。又安知他日者，堤沙初軟，蓋皂方輕，感故人之非昔，夢想猶親者，伊爲何人？驚新官之遷次，笑啼不敢者，伊又爲何人？嘻！吾知其必某某也。

夫茗堂説夢，慣向痴人；青藤叫猿，不關嶺外。筆墨之暇，偶一爲之，安能盡追元人功令，字敲句勘？義仍先生曰：任性所至，不妨拗折天下人嗓子。吾鄉方諸生亦云：世自不乏操戈者，原不爲此輩設也。嗚呼！深於解矣。冶子鎔合記

是劇成，而彼髡無賴，遂不得同渭城老嫗同享一飯之價，此亦必至之情，而非情中景也。夫明皦落魄三十年，而黄金横帶，白髮蕭騷，回視叩木蘭院門借杯莫稿時，何啻少年塲一夢？則其間盛衰開落，伶仃斷滅者，又寧第一木蘭花也哉？富貴悞人，芳菲不再，將樹老無花之恨，又安知不與嶺南梅、章臺柳、玄都觀桃，共黯銷於去年人面。此或明皦意乎？亦或作者意乎？若以成敗論英雄，則後恭前倨者，抑即其至親如父母妻嫂者也，於彼髡何尤？人面如冰，行且人情若火矣。王中郎

秃碧紗炎凉秀士

木蘭花開落有緣，白頭僧炎凉何用。

碧紗籠罩定相公心，飯後鐘敲醒寒儒夢。

第一齣　木蘭花發院新修

（生扮王播上云）瘦骨支殘燈，哀吟續淒雨。棲遲山寺中，是我書生苦。長嘯起潛龍，狂歌下飛鶴。開口笑如來，是我書生樂。汲泉隨行者，焚香伴道童。無事便澆花，是我書生功。新詞泣幽鬼，艷夢尋殘睡。吃素不念佛，是我書生罪。俺王播半世孤貧，有才無命。獻賦江湄，當道嫌其切直；題名橋柱，時人笑其過愚。眼空天下，家寄揚州。揚州乃繁華之地，誰知二十四橋風月，不到措大齋頭；所以三百六十光陰，只擁得個離披窗下。窮極醜生，人多稱號，號我一個「十無先生」。那十無？是上無父母，下無妻子，無力，無命，無立錐之地，無進身之策，也無良時佳節，也無慶吊往來，還有兩件是無柴無米。這也道得有些意思。誰知我苦盡甘來，無而爲有，倒有一個「十有先生」，那十有？是有琴，有劍，有舌，有筆，有天幕，有地席，有隨地之江山供我吟咏，有彌天之鳥雀助我笙歌。還有兩件是有僧人可倚，有木蘭花可玩。目今□寄在惠照寺木蘭院中，聞鐘進步，隨衆投餐。自憐無遇的秀士，倒做了個有髮的僧人。□僧人僧字，叶韻爲生，不妨書生之托處；且秀才秀字，轉脚爲秃，何如秃子之同餐。只緣非我族類，其心必異，當初接待殷勤，近且久生厭慢。可憐我四海無家，五行未利，所喜木蘭花發，春事繁華，燕燕鶯鶯，不覺落漠。况吾年雖不滿三十，頗喜探花，便此花艷或不比桃源，聊同二士。朝摘花枝自插，珍若南金；暮抱花影欹眠，愛同兩子。所以失意之歎，少減於前。呀，却怎地子規一夜，蝶粉千層，春光半去，木蘭花瓣且半入污泥中矣？我失路之人，春情無奈，若更飄殘此花，真如奪却了我一個美人一般。百年離别在高樓，一旦紅顔爲君盡，未免有情，誰能堪此？明年又在何處，一别詎相見期。早間山下典却破衣一件，換得濁酒半壺，方謂「愁深

添酒債，誰知春盡減詩題」。且到花根澆奠數滴，也見我一春相與之意。我既多情，花應不恨。（唱）

【中吕·粉蝶兒】春意瓓珊，眼昏昏花間瞥燕，雨凄迷硯水新添。劍光寒，琴絃斷，怎年光如箭？倚雕欄，何事情牽？也則爲亂零星繞階飛瓣。

（云）似我瘵居此院，落魄一身，恨不得刻此樹爲木蘭舟，送窮魔而不返；恨不得化此花爲木蘭女，衝愁陣而出奇。豈知一夜無情風雨，斷送却滿地胭脂。（唱）

【醉春風】比你似木蘭舟，空教我望斷洞庭帆，比你似木蘭女，更教人迷却雌雄辨。今朝昨日我也怎周旋，陡詩腸軟軟。想殺你笑臉窺窗，香魂到枕，嬌情弄眼。

（云）自古書生愛花，也不止我一個。當初蝶滿花開，多少狂童遊女，此時緘恨題情；轉眼鳥啼花落，又多少達士慧人，此際夢回痴醒。（唱）

【迎仙客】東下何纂纂，蓮葉正田田。海棠未醒，則向沉香亭上酣。牽情絲桃葉詞，惹幽恨竹枝篇。聽見楊白花憐儂儂憐，那一枝玉蕊開，直感動了飛仙現。

（云）獨此木蘭沉埋在僧院中，未經高士品題，却與我王播有一日之緣。今日這等飄零，又與我墮落風塵，一般樣子。自古名花傾國，何代無之？玉碎花殘，千秋同感。（唱）

【紅繡鞋】掛長虹馬嵬匹練，灑清露金谷千年。奏凄風琵琶，塞上伴呼韓。雨淋浸霍小玉，雲慘淡步非烟。則問那洛浦章臺，幾曾見人月圓？

（云）呀，我既奠酒，也少不得用奠文一篇，只是少一個禮生在傍念念，也罷！我窮秀才只自己充做禮生罷了。（拜念云）翠袖寒生，金不鑄長生之蒂；紅衣落盡，淚空啼短命之春。月浸欄杆，不道花枝無主；風清繡户，徒云我見猶憐。棄我去者，昨日之日；驚我心者，似花非花。只疑我似木蘭，硯底筆頭還有開花之日；更愁木蘭似我，倚門傍户曾何結果之期。楊柳岸堤，歲云暮矣；桃花源洞，想見伊人。衛娘髮薄不勝梳，黛蛾釵鬌誰能好。踏天磨刀割紫雲，呼龍耕烟種瑶草。花呵，（唱）

【滿庭芳】你嫁東風，落盡香嫣。話憑飛燕，恨倩啼鵑。映書窗不是當時面，向人家繡户珠簾。不是我尋春較晚，則是你夢好無緣。再遷緣，延留戀。偏我故人眉上，恨壓了有情尖。

（内作邪許聲）（生云）是恁聲如此鬧極也。（扮扛木人唱邪許歌上）

邪許，邪許，木頭弟，木頭哥，一段木頭兩個馱。觀音菩薩住子石巖裏，悉怛太子頭上老鴉窠。那用起屋千千數，梆子木魚都敲破。南無佛，邪許，邪許。（下）

（扮扛石人唱邪許歌上）

邪許，邪許，石頭小，石頭大，一塊石頭壓倒子無數個。爛樹雕出來個紫金光，黄泥捏成子個蓮花座。那用鑿石深來千百丈。認真子介弄，認真子介做。南無佛，邪許，邪許。（下）

（生云）原來寺中修理院宇，一班木匠上工，在此喧鬧，正好招返香魂，攢簇詩料，又被無端俗子，弄得一些没趣。俺想世路艱難，就如吾輩讀書的，下及耕田買販的，都未得安居寧處，偏這些和尚們往來進食，却又坐的卧的，都是帝刹皇居。還有一等愚民，認了些酒肉和尚，就是個戒行菩提，傾家供奉，若恐不及。咳，那些和尚們，都道我讀書人是和尚的蠹，那却知你們和尚，倒真正是百姓的蠹。（唱）

【耍孩兒】禿光頭倒蓋着宸居殿，若書生頭無片椽。孔文宣挨不下如來面，怎明倫堂齊不得梵刹肩。木魚兒乘雲乞雨如龍變，鉢盂中聚米爲山在頃刻間。天下最不平事難公判，是和尚山頭吃飯，農夫山下耕田。

（内鐘響，生聽云）殿上鐘響，想是僧人齋候了。我也速速赴齋去。（唱）

【一煞】漢漂母，曾經飯。韓王孫，猶腼腆。況山僧不養的個書生慣。他辰鐘暮鼓，百八聲聞八百課，我鳥啼花落，三分春色一分憐。這投齋可是書生活計麼？恨夜漫漫何時旦。縱取盡三百廛，伐檀坎坎。終不如十畝間，桑者閒閒。

（云）如今且折一枝半殘不謝的花，持供佛去，也顯的我上殿吃飯，原非無事空行。（唱）

【煞尾】等不迭花開菩薩面，且結下個散花天女緣。少不得花魁還是我，有一日萬緑叢中紅一點。倘花魂還繞凈瓶邊，倩如來鸚哥喚轉。

昨日不知今日，去年人到今年。

一片花飛減却，寄言全盛紅顔。（下）

楔子

（扮僧上云）不畏三光，不怕五濁。泥拌千鍬，灰跋六秃。小僧惠照寺上座者是。人人聞得俺們「和尚」兩字，便道是異端名目，却爭知俺們也有一個緣起。當初牟尼請教仲尼，因而孔丘授我比丘，道是禮之用和，仁無以尚，合而言之，喚作「和尚」。所以掛回之瓢，調由之瑟，好比做風調雨順，四大天王。且《大學》傳之曾子，《中庸》授之子思，正就是奪鉢争衣，五祖血脈。一則曰如是我聞，一則曰學而時習，我聞所以時習。一則曰無有乎爾，一則曰信受奉行，無有何從奉行？這其間同不同，異不異，小儒交口相争。却原來同亦異，異亦同，大智當前立破。自我想來，這儒釋兩途，合也不好，分也不好。若是儒與釋分，怎好向高門大户，問他家乞化些須？若是釋與儒合，怎當那窮餓寒酸，來這裏吃着不盡？如今且不説别的，就如木蘭院中，存着一個千年餓不殺的秀才，叫做恁麽王播，一月不梳頭，觸污了滿天羅刹；三餐吃飽飯，嚇動了合寺伽藍。我道前生必定的餓鬼迴輪，還有半截叫化形兒未改；他道今生的必然狀元及第，便使一個翰林性子何妨。兼且一雙眼瞧定了個燒香的婦人，似海龍王奪不去的明珠，精光百倍；一張口駡着了個掃地的行者，似後園中叫不完的百舌，惡韻千般。我幾番見於辭色，他一味假用顛狂，如今有個道理，他每常自歌自笑，獨立獨行，只聽堂上鐘響，方來隨衆吃齋，不如先齋了衆僧，然後撞鐘，叫他聽見忙來。不是鍋竈皆空，杯盤狼藉，一場大笑麽？大衆，請住持僧、行脚僧、禪僧、應僧各上堂吃齋者。（扮四衆上唱）

【仙吕・一半兒】整頓了偏衫，束定了腰。把佛面兒懷揣，把經葉兒挑。暢道是出家人最安好。倘清官司，着地的敲將腿上也，怎供招？俺們呵，一半兒平民，一半兒盜。

（僧云）不要自家説出本色來，你還是那一邊的？（衆云）且供招起看，日裏多半是平民，夜裏多半是盜。（僧云）且住！我們寺中，常則是一班投齋的人在此打攪，眼見得修整臺殿，少的是錢糧，如何被那窮酸開口大嚼？我今番立一規則：要挨到午時，衆僧不約而齊，都吃畢了齋，却隨後打鐘。從今日爲始。（衆云）今日日影中心，可是午時了，俺們贊佛吃齋去來。（合掌念云）佛佛佛，卧便茶毗坐便活；僧僧僧，着了袈裟空未曾；鬼鬼鬼，火鑊湯池化作水；人人人，死死生生未了因。南無多寶如來，南無寶勝如來，南無妙色身如來，南無廣博身如來，南無離怖畏如來，南無甘露王如來，南無阿彌陀如來。（唱）

【一半兒】這稻子呵，他是二十四番風信的花外花，却有二百四十弓的錢糧加上加。甫能彀供得你三十六門牙齒來咀嚼。你高擎着木鉢兒滿口吞也，没滓苴。只恐怕一半兒輪迴，一半兒難消化。

（衆云）衆僧齋畢，請上座發放。（僧云）叫小行者東廊下與我撞起鐘來。（唱）

【一半兒】千尊羅漢共的一堂鐘，空裏傳聲聲裏空。生打破法門中囫圇統。少不得他口内生涎側耳聽也，且從容。一半兒輕，一半兒重。

（僧云）鐘響處，那酸丁一定來了，他見的盤碗皆空，決然在此鬧炒。你們一個扯東，一個扯西，一個冷言，一個熱語，引得他頭昏眼花，喉疼心痛起來，乘勢推他出去，省得在此尋鹽尋醋，也顯的我惠照寺和尚有幾分兒本事。（唱）

【一半兒】饒他個口似刀鋒舌似花，則俺們呵，頭似擂搥手似叉。與他個當場弄一耍。發脱得窮魔往三千里外也，省波查。一半兒認真，一半兒假。

（衆云）理會得。（下）

第二齣　慚愧闍黎飯後鐘

（生攜木蘭花上）唱）

【正宫·端正好】我捱得三分春已過，讀得萬卷書來破，忽聞得鐘初動，却緣何便午日西矬？書生供佛無些個，拈一枝半殘不謝香馥馥的嬌花朵。

（云）俺王播趁衆投齋，順便兒折花供佛。呀，却怎地今日鐘響時，日影移過半牆去也？呀，却晚了也。我且拜了佛，插了花，到齋堂中望來。（僧上云）飯鍋火冷鐘聲動，僧衆飽餐人正來。呀，還有王相公不曾吃齋，你們厨中可有吃不了的齋麽？（衆云）俺們還不勾吃哩，那裏有閒飯可專等那閒人吃？（僧云）王相公，今日如何來得這樣遲？這也是王相公自己的緣故，埋怨俺們不得。（生云）哦，我道今日鐘聲響得恁遲，却原來飯後敲鐘，一定多得我來投齋的意思了。罷罷，大丈夫何不能自立，至向群髡度日乎？不如辭了諸佛，收拾行李，作仰天之大笑而去。（唱）

【滚繡毬】我看他惡狠狠的手來摩，冷閃閃的眼來簸，明明聚集了强梁一夥，我倒做了個忍辱禪和。（僧云）到此地位，你便不是禪和，也不得不忍辱了，你來要我們的飯吃，我又不來要你飯吃，怎反駡我是强梁？（生云）你們騙人錢鈔，飲酒宿娼，背地狗豬魚鱉，無所不吃，只怕比强梁還狠些。（唱）你柳下蹠吃盡了人肉鑤鑤，容不得我清伯夷簞瓢半個。則是錦繡文章，倒中下了肝腸禍，教那五臟神無計消磨。（僧云）鐵好一樹木蘭，你朝也題詩，暮也題詩的，却怎麽拗截了半株來了？可見你們讀書人是没有終始的。（生云）哦，我便拗不得一枝木蘭花了。（唱）我待要口吟芳草招公子，手折丹花眺影娥。何妨長斧摩挲。（僧云）便我們的齋也不是容易的，一聲木魚，兩聲梆子，虧着十方施主，養活的俺們，却誰教你這樣安閒受用？量你也只是肚裏没貨。我看你也不是一年了，怎麽三不中、四不中，畢竟文字少些。你若果然會中，日後也看你不見，我也便不這樣小看了你，虧負辱没了你。（生笑云）你曉得那決中的人是怎樣的？（僧云）看你的相，也不像一個決中的。（生大笑云）看你的相，倒像一個決佛麽？（唱）

【倘秀才】你學不得祇園長者，施金布地頗，學不得鹿苑仙人，割肉餧鷹餓。祇不過臭皮囊水帶泥拖。（僧云）我們濁骨凡胎，比不得佛了。你便讀盡詩書，比得那個佛來？（生唱）我便學善才童子赤灑灑，也只落得布袋和尚笑呵呵，更有那餓煞佛，你我如何。

（生云）佛説過去、未來、現在，你們今日這等盡情，不圖一個日後相見。（僧云）偏你曉得佛來，這現在是佛，過去是佛，畢竟未來也是一尊佛了。倘若現在是叫化的，過去是叫化的，畢竟未來也是叫化的了。何勞日後再賜相見？（生云）如今儘着你説，後邊少不得也有撞着我的日子。（唱）

【滚繡毬】他去髪犯法也好波波，越禿越毒的嘗瑣瑣，不曉得我胸中蠻龍繡虎，争知我不過未登壇未遇蕭何，你們呵，霎時間口爛殘便烹煞了緑鸚哥。單曉得粉妖嬈是骨化的黄金鎖、金剛拳，則理會得向門中那大。那信道窮秀才，也會手掇高科。（僧云）你就會中高科了，終不然你個有頭髪的，做了個僧綱司，僧會司，管着我來。你又不是朱買臣、司馬相如，便楊州人怎奈何了我楊州和尚？（生云）目今兵興之際，憑着我胸中武庫，便坐鎮東南，也未可必。（僧云）佛也，若你果有此事，我到那時又會奉承了你，我只是打現鐘，不打鑄鐘的。（生云）恁麽見鐘鑄鐘，你只是打飯後鐘罷了。（唱）憑仗我文星焰燭三千丈，那怕你羅漢威降五百魔，我白眼看他。（僧云）你的罪過多着哩。你吟幾首歪詩，打一回呆坐，戀酒迷花，受人唾駡，反説我們罪過。你且回頭思量着。（生唱）

【笑和尚】道我呷呷呷七言詩，常向口内哦。道我呆呆呆雙踝膝，常向蒲團坐。道我冷冷冷面皮，只好受人問唾。道我軟軟軟軟心腸，跳不過愛水河。休休休，怎便的該折挫。是是是，是我不曾合掌念彌陀。（云）鐘兒，你也將人虧負，怎不幫襯我一幫襯？早些兒響起來，他日鐘鳴鼎食，也正有用着你的所在。（僧云）你的肚倒空似這口鐘兒，這鐘的呆却便呆過於你。憑你問他，他也只是不則聲，也只是笑得過你，决没有鐘鳴鼎食的日子。（生云）這鐘也當不起我王播作養。（唱）

【白鶴子】不比那未央鐘，整齊九五衣冠座。景陽鐘，催畫三千宫女蛾。夜半鐘，月落烏啼惱客眠。五更鐘，月斜樓上驚的個幽人卧。

（云）你們寺裏的鐘，儘有理會處，西方之道，由聲聞而入，你們却不曉得。（唱）

【四煞】怎麽喚做雷音寺？不過是大大鐘聲，震響長耳朵。怎麽喚做觀世音？不過是細細鐘聲，看來妙理多。你們前日鐘在飯前呵，虚孔竅鎖入冷心窩，如今鐘在飯後呵，實肚腸誰透徹那腌臢貨。

（僧云）我那裏曉得恁麽鐘不鐘？只是相公志氣昂昂，請尊步即便起身個。終不然又挨延我寺裏晚齋。（生云）哇，你這廝，你的齋是那裏來的？可曾鋤的雲，耨的雨，耕的水，種的火麽？（僧云）終難道是王相公佈施的？（生唱）

【三煞】你種得幾坵田，割得幾株禾？便一鍋中榾柮煨，也則是十方的柴和火。

（云）怎麽容不得一個秀才，你們做恁功果來？（唱）

【二煞】經咒兒誰念持，禿廝頑做一窠。騙動的粉油頭，單多了我書生個。

（云）你看，雖是將褪之花，倒也浄瓶中如笑如迎，倒着枝兒，一心則朝着我，不似你禿廝們這樣不識好人。（歎介）花呵，我去之後，少不得院中容留些惡俗之輩，定不似我如今這般愛惜。倘花神有知，亦當從浄瓶中翻身證果耳。（唱）

【一煞】你人呵草共木，不如草木兒情較多。便落葉解依枝，争一心心向着我。

【快活三】花呵，我窮途你打和，你寂寞怎喎唆？端詳評跋惜花心，交付與何人可。

（云）呀，案上有寫疏簿的筆兒在此，且題詩一首，以誌我今日窮途之苦。（提筆介）（僧云）這樣新修院宇，雪白的粉壁留在這裏，等個官長貴客，寫一首詩詞，也好光彩。要你恁麽塗蠅抹鴉，蟲書鳥跡？寫壞了一堵壁子，則怕後來燒香的人讀你的詩，看你的字，却不是壞了我寺中體面？終不然方纔修整的院宇，又要我修整。便修整過，也都是你王相公一般，那一個施捨的錢鈔？（生云）你那曉得？我這樣好詩好字，留在寺中，好做個傳代之寶。難道我數年後，還是這般一個王相公不成？則怕普天下官長貴客，那一個及得我來？（僧云）你只好哄嚇俺們出家人，怕道對了些讀書識字人，便詩不出這句口來。你便自道是一位相公，天下似你這樣相公，頗也不少。便試官害瞎了眼，也斷尋不出你這樣窮酸。則我寺裏齋該悔氣出脱的，難道朝廷俸禄也該悔氣出脱的麽？（生云）這秃厮，你那裏曉得！（唱）

【朝天子】我把中書君口内呵，我把郎墨候掌上磨，青燈下一字字推敲過。只怕本朝詩伯，還要推我一個，方數其餘。怕自開元大曆至元和，調高獨步無人和。我這字法兒呵，畫似鐵，鉤似銀，龍兼跳，虎兼卧。昔王右軍以《道德經》换山陰羽客之鵝，偏我這樣手書，博不得一餐晚齋兒吃。今以後呵，可將這和尚齋厨去换道士鵝，便高岸沉河石爛樵柯，千秋下還壓倒顔争座。

（寫讀介，云）上堂已了各西東，慚愧闍黎飯後鐘。（僧云）阿呀，却怎生就説着飯後鐘？下文畢竟是駡我們的話了。這一半白壁兒，便留他潔浄了也罷，不敢有勞尊筆。請出去，請出去。（做推出門，關門介，云）［集西廂］我們掩重關蕭寺中，你伯勞飛燕各西東。我斬釘截鐵嘗居一，你且受用辣辣林梢落葉風。（僧下）（生云）叵耐這一般削秃，便不與我吃齋罷了，争得我一首絶句還不了半截，却又送出來，直恁無禮。我他日若不做一個大大官兒，也怎好來續完這兩句未完公案？天呵，王播到這田地，煞是可憐也！（唱）

【耍孩兒】生生跳入了名韁鎖，眼巴巴丹池紫閣。却怎地筆筆神通字字魔，儘昏昏旦旦銷磨？遥遥叩不得文昌帝，親親叫不到孔方哥。擊碎了壺中唾，閒時抱膝，忙裹悲歌。

【五煞】恁親朋影與我，更一個「窮」字兒隨行坐，還有愁王逼勒的誰逃躲。不説個分來桂樹天邊種，便做道打落蓮花去後荷。也攢得過淮陰袴，都只曉舊時韓信，誰曾知異日元和。

【四煞】三千才俊徒，筆花兒没定奪。還怕主司呵，眼花花一閃的將人挫。我三冬十載把枯毫吮，他酒後花前將淡墨拖。問不得君平課，半愁落第，半望登科。

（云）我却倚着自家本事，那怕他不中？（唱）

【三煞】五彩落文河，蘸霜毫蚪與蝌。文光壓倒了長安大。也不愁公門白日把賢書薦，也不愁錢索黄昏把根線搓。用不着芒鞋破，無風不湧，有水能波。

【二煞】便身宫蝎磨，强半是蹉跎。更上南落北無停妥，又不曾槎通天漢支機女，倒像是湯吃了迷魂孟氏婆。似紙也人情薄，又何問今朝和尚，昨日頭陀。

【一煞】我叫天未必應，叩佛何曾活。則氣填胸，較耐得起甘甘餓。他時呵，借鹽梅滋味羹五鼎，來鎮壓他淡飯黄虀鐵一鍋。呀，却晚了也，又不覺烏西墜。不争今日呵，同魚失水，共鳥尋窠。

【尾聲】今夜個楊柳月高照渭橋坡，且和衣向零亂的花陰坐，略認英雄失路的愁坎坷。（内鐘響介）（生云）又早晚齋鐘起了。（唱）鐘兒，則虧你一聲聲唤醒了窮途的我。

耳裹如問飢凍，斗間誰與看冤？

今夜不知何處，姑蘇城外寒山。（下）

第三齣　樹老無花僧白頭

（旦扮花神上）桃花雨，梨花雪；柳花風，蘆花月。自家惠照寺木蘭院木蘭花神是也。［集唐］淡染胭脂一朵輕，閒花落地聽無聲。却憐滿世知多少，二十年前曉寺情。一向作伴書生，不免也因情作祟；却幸生居禪院，可知的出世有緣。自從王相公去後，紅顏雖好，命似風輕；舊事何如，淚隨露泫。回頭既數千里，轉眼又二十年。既已上林有樹，喜的是鴉影朝陽；所以故國雖春，一任個鶯啣暮雨。當初個一鐘撞他出去，今日却萬鐘於我何加。可憐他千般奚落之後，却贏得百折不磨；則笑他十度投齋之腸，怎受用萬方鼎食？昔也王生，今也王生，難道昔拙而今巧；都緣昔也是命，今也是命，可知昔尼而今逢。九方皋不遇千金之骨，俗子之眼都育。一飯報併及睚眦之仇，丈夫之手非毒。古往今來，朝賤暮貴，不只一個王生，不只一個和尚。虧他出門之時，折我木蘭一枝，插於大士淨瓶之內。我與他一個照面，他喚我幾度回頭。既菩薩爲之作證，便知骨性不凡；但王生如此留心，則恐情絲難割。《楞嚴》云：「我愛汝心，汝憐我色，以此因緣，經百千劫，常在纏縛。」在我既色相不除，早則怕罡風吹墮；在王生復綺思層結，又未知何日翻身。須曉得，但凡世間一切草花木石、鳥獸蟲魚，與人盤桓一番，定有一個前因後果在。不但長生私語，一世種世世之情根；姜氏青衣，來生酬今生之恩債也。且把此段緣由丢過。當初王生受了寺僧折辱，如今奉着聖旨，出鎮江淮，只怕於五慾中有半些嗔字不除，便於三寶中單與一個僧字作對。我如今正欲掃除艷根，同二三道友，前往蓬萊閬苑，只可憐寺中當年上座，今已年老灰頹。昔年勢利之熱腸，總屬無知；今日衰殘之暮景，尤爲堪愍。且與諸道友死參活證，令各俗人酒醒夢回。那貧而失路的未必可欺，那富而有勢的未必堪慕。樹無花，則有色者未必勝於無色；僧白頭，則有生者未必勝於無生。諸道友早來到也。（另旦扮菊花神上云）室盧鵾尾凝霜，籬落蟹螯對酒。衆草爲之不芳，一枝於焉獨秀。小仙乃三徑菊神是也。居陶徵士之東籬，當晋式微而晚翠。丹心對日,獨行聞天。風霜之受用已深,烟霞之性情恒在。目今惠照寺木蘭仙姊,已證上仙,適當冲舉,且與諸道伴同往恭賀者。(另旦扮桃花神上云)武陵渡中雞犬,天台溪上胡麻。一遇豈能再遇,似花還似非花。小仙乃玄都觀桃神是也。露稀天上,經道士之手栽;月漾方塘,動詩人之口角。不移情後來遊客,每留心前度劉郎。兔葵燕麥,豈曰吾儔;紫陌紅塵,自登彼岸。今日道友菊花仙姊相招,須索前去。(末扮松神上云)溪上挺成傲骨,山中種久成鱗。半夜風聲謖謖,一輪月影亭亭。小仙乃五大夫松神是也。雖經黄紙之封,雅有碧霞之伴。領秦時之風月,而睹漢威儀;慨晋代之衣冠,而咏唐音律。千百年來,受用已極;一二道侣,結契良深。今日道友菊花仙姊相招,須索前去。(松、桃作見菊介云)請了。今日惠照寺木蘭仙姊,脱離五慾塵中,上登八洞地界,一時道伴,宜往稱慶,須索同行則個。(作見旦,各稽首介,云)仙姊,你國色傾城,芳姿絶俗,墜露起愛於騷徑,蘭舟艷稱於詞客。豈無歌臺舞榭之緣,止有玉宇瓊樓之想?定係夙根,遂成正果。今日脱去艷根,回想當日繁華,另是一番光景矣。(旦唱)

【越調·鬥鵪鶉】我辦的是道服雲裝,再不用着了烟花伎倆。看破了世上機關,只圖個世外徜徉。也不愛三春前雲騰致雨,也不愁九秋後露結爲雙。削除了人我相,跳出了是非場。我早參定虎龍爐丹轉三三,誓不墮鴛鴦隊魂迷兩兩。

【紫花兒序】見多少梨花貌歌殘了梨花庭院,見多少楊柳腰舞倦了楊柳樓臺,見多少芳草夢題破了芳草池塘。那有掀天揭地的事業,那有鎔金鑄古的文章。則見争名的在朝堂,争利的在湖海,更有那争功的在戰場,都一般的烏飛兔忙。少不得有個落葉歸根,那能彀長久的日暖花香?

(扮上座作老僧上云)人道不戀色的好和尚没老婆偏會老,人道不醉酒的好和尚單吃素偏會老。人道事少計較少，偏是和尚越老越計較；人道髮少煩惱少，偏是和尚越老越煩惱。俺惠照寺上座和尚。爲何説越老越煩惱？只因後生時錯了個念頭。既已出家，却又波波汲汲，整日在銀錢上論量。眼中不識好人，把一個肯讀書的王相公，嫌他頻來吃齋，設一個飯後敲鍾的法兒，生生的趕他出去。如今他做了當朝宰相，不要説他的心腸怎樣，只是我們的面目何施？目下行立不穩，不如且到山門外散走一回。（作望見介，云）怎麼樹林之下，幾個道服的女娘，和一個道服的老者，在那邊講話？遠遠見他丰姿絶俗，骨相非凡。且挨近樹林左側，聽講些甚麼來。（旦云）遠遠見上座老和尚來了。他米鹽帳簿，半生之苦；炎凉情態，一念之錯。目下悔過之意，便是遷善之機。我且一面與諸道友對面談心，一面爲老和尚借端説法。（菊云）木蘭仙姊，你今證位上品，爲諸真領袖。俺小仙寂寞殘香，殷勤向道，歲月已多，超脱無日，怎不指點我一指點？（旦云）你的骨氣不同，尋的對兒又是高絶千古。三徑就荒，五柳自號。五斗米壓不折之腰，一千日醉不醒之酒。悠然南山，蕭然北窗。至今仰其高風，如在天上。（唱）

【小桃紅】看你亭亭玉立一枝黄，單與那賦歸來同草莽。再不羨碧桃紅杏天邊賞。儘蕭條三徑荒，無絃琴直夢想羲皇上。惱的是楊花態狂，滿眼的都隨風飄蕩，單留你一色殿風霜。

（桃云）小仙雖淡冶三春，不矜俗艷；無奈荒凉千古，未侍清班。願我木蘭仙姊，指示前修，以需後效。（旦云）你天天一枝，英英千瓣，不免脂粉逼人。乃十年前後，雖榮盛衰落之不同；而百畝庭中，覺舌弄口吟者如故。似此貞心，乃人道之端，何妨幻境有雲泥之判？

【么篇】你生生死死爲劉郎，正紅向枝頭放。則可憐一宵風雨把胭脂葬，也留得個百年芳，不比我低頭還向庭檐傍。你脱魂冷香，後來也詞人稱獎，又何必蕭蕭松柏哭貞娘？

（松云）小仙鐵幹凌雲，清標傲雪。況自榮褒之後，不與諸草爲伍。乃木工逃世，得不死之丹方；毛女歸山，悟長生之至訣。獨小仙尚滯半途,未列高等。此意云何,當以教我。(旦云)呀,你本干霄之質,歲寒可盟。榮禄雖曰偶然,遭逢實爲不幸。當日聖書焚而坑儒,長城鑄而兵銷,此大地何等之時,而公一身享此等之爵,爲累已甚,解脱斯難。(唱)

【鬼三台】呸,這的是百尺身領袖群葩長,那曉得你一朝風便滚向千層浪。哎,你個五大夫官高禄享,怎不學四老人味淡交長。你見他一時氣焰,便直受而不辭了,那曾見有鐵鑄的侯王將相?你可見他造阿房房外房,你可見他望蓬萊方外方。怎撇下自己行藏,只愛他的猛炎炎英豪氣象?

(松云)只恐棟樑之材,不爲世用,便與草木同腐。(旦唱)

【金蕉葉】你待學徂徠木爲人棟樑,不甘心牛山木供人薪餉。羞殺了朽木也,同於糞土之牆,又何知不材木,反逃脱了斧斤之匠。

(衆仙云)小仙們知道了。怎麽勢利場中,學道人一些拈惹不得?(旦云)小則吮癰舔痔,大則弑父與君,皆此輩所爲。争錐刀而審重輕,識纘銖而分向背,世情皆爾。大地且翻,又安能入道修真?切戒切戒!(唱)

【調笑令】那壁廂烏犀腰帶粟千箱,怎比他寂寥廖草玄書一床?曲躬躬脅肩諂笑相依傍,用不着恭儉温良。偏是他分高低錙銖計量,又誰知霎時間也改變桑滄?

(云)就如惠照寺中,當日有一個王生在此讀書。他原是一位仙官下謫,十分光明磊落。不想這寺中僧人惡俗,就狠狠的攛送他出去。如今現做當朝宰相,不是這一夥有眼無珠的,惹下天大的禍哩!(老僧背云)這番説着我身上來了。(旦歎介云)那得一兩個不勢利的人,留得些道氣,種得後來仙根?(唱)

【禿厮兒】我則道俗情人慣的掂斤播兩,又誰知出家兒倒較短論長。這的是遍天涯跳不出勢利的網,那一個是好心情，俠熱肝腸？

（衆仙云）只是仙姊在這寺中，看得破世情，足爲衆仙領袖。如今且作何功課度日？（旦云）着衣吃飯，有何功課可説？（唱）

【聖藥王】我如今淡淡的一盞湯，冷冷的一炷香，自在門風自在嘗。看鶯鶯的又忙，燕燕的又狂，我只消受紙帳梅花八尺床，憑他個紅日掛扶桑。

（衆仙云）當時王相公既是謫仙，不知有何制作可以相示？（旦云）兀那寺中到處留題，烟雲滿目，平日功夫，先天骨氣，畢竟與衆人不同。（唱）

【麻郎兒】他亂寫向牆東四五方，便寄寓着胸中豪氣有百千椿，知音的嚼出宫商，論筆勢也有十分骯髒。

（旦與衆仙行看介，云）你道王相公的詩與字兒可好不好？呀，却怎麽這方丈間只有兩句，不成一首？却也好怪。

【么篇】這一章，兩行，未遑，敢當年酒伴攔當。或者是文社催忙，却緣何空白了半邊方丈？

（云）是恁麽詩兒？（讀介，云）上堂已了各西東，慚愧闍黎飯後鐘。呀，這便是王相公極傷心的所在了。（唱）

【雪裏梅】他比梅花也要凍中香，怎禁他雪上一番霜。這和尚那曉得他是玉食萬方的人？道一口飯無從消帳，設個法把鐘兒晚撞，因此上失路倉皇。

（云）如今就是他隨手寫的詩賦，也是極留意的。怎麽到如今僧人還不料理照顧？（衆仙云）詩賦文章，有何佳處？文人自家愛惜，如山鳳凰之於尾，翡翠之於羽，麝之於香，保護萬般，死生不脱。此是何意？（旦云）天上無不識字的頑仙。神仙尚且愛惜自家文字，況於文人才子？凡有翰墨，或自寫其窮途坎壈之狀，或點染其花香鳥語之情，豈不倍加愛重？

【絡絲娘】他對着幾句歪詩兒便風流技癢。他認着他的舊蹟兒不覺的感懷俯仰。他便姓兒顯名兒揚在黄金虎榜。到底呵，只剩得一部好文集流光天壤。

（内鼓吹介）（旦云）仙期已近，衆真來迎，俺們各乘彩雲歸洞天去。（唱）

【收尾】甘菊花高士有遺囊，蟠桃花瑶池正無恙。單道着你赤松子有些魔瘴，只是我木蘭女無偏無黨。把枝葉兒芟盡，見天根向繁華外落落留真賞。

（云）身無彩鳳翼，化作彩雲飛。（衆仙同下）（老僧云）呀，怎麼諸人一時不見了？我道他決定不是凡人。（作回頭看介，云）怎麼木蘭花樹就立時焦枯起來？也是異事。方纔講的言語，一半是爲我惠照寺的事體。既然才人如此愛惜自家文章，我且慢慢想個法兒，答付王相公去。

芳菲美艷不禁，任是深山更深。

休戀嬌娥似玉，金鈿委地無人。（下）

第四齣　而今方顯碧紗籠

（扮老僧扶杖上云）彌勒笑，觀音悲。金剛努目，菩薩低眉。那悲的如何説？道我總是一個僧人，壯也只是這等拙，老也只是這等拙；那笑的如何説？道他總是一個書生，昔也是我趕不迭，今也是我接不迭。我惠照寺上座的老僧。當初一肚子不合時宜，趕將個秀才出去。誰知他十分有些緣法，拜得個宰相回來。他如今奉着聖人旨意，前來節制江淮。現見的俺惠照寺大小幾十顆驢頭，都是不穩的了，所以我佛門中，設平等一切之觀，怕螻蟻無知，來生受其仇冤報復，却爭知寒酸無賴，現世的有許多往復循環。我們肉眼也罷了，難道一個大唐宰相在此寺中，一個護法迦藍神，也不曉得托一夢兒到我？我若曉得他有今日呵，便百味珍饈，整日供養也是甘心的，怎設這沒緊要的飯後鐘一箇規矩？如今這老面皮，教我如何去相見得？只好粧個十分老病、半死半活的人去迎接他。阿彌陀佛。凴着佛力，動他一箇慈悲可憐的心罷了。小行者，把碧紗籠都仔細簡點，歪的可他扶正些。却扶我去數十里外迎接王老爺去。（下）（生上云）人生受虧些好，平生的怨報不了；人生放下些好，來生的債結不了。俺王播二十年前在惠照寺中，受盡了多般奚落。今日做了堂堂宰相，前來坐鎮江淮，可也不冷淡了這一宗飯後鐘的公案。我想這朝爲士而夕爲卿，我原非倖；貧則欺而富則諂，彼乃爲常。也斷不須計較與他。如今且看他辦恁樣一付面孔前來見我。且擺道前去者。（唱）

【雙調・新水令】控雕鞍花雨滿揚州，則我那瘦詩腸稜嶒依舊。似這般乘風生羽翼，得意聚驊騮。一覺回頭夢繁華，只爭箇十年前後。

（云）是江南好景色也。俺當初一窮措大，倒也鶯阡兔陌，自在夷猶；如今做了相公呵，却疑鳳閣龍池，殊無韻事。今日重來，爲之一快。對兹好景，如逢故人。（唱）

【駐馬聽】柳葉柔柔，青眼如窺，只覷着處子樓泥人還又。鞦韆旗下，單則把錦鐺鈎。花驄踏不破百花洲，金鶯囀不斷千金晝。報前驅莫驟，斷雲中剛一點峰尖秀。

（衆禀介）前面遠遠一簇和尚來也。（生云）若有閒雜僧人，大膽闖道，着前驅鎖帶，直到惠照寺中聽發落去。

（衆應介）（生云）但凡僧人都是可惱的，何必盡惠照寺者？且鎖幾箇與他看樣去。（唱）

【沉醉東風】不似我新樣法指荽蒻將驢比狗，也則是舊時心是緇衣見馬思牛。俺撲的是野藤香，聽不得胡雛臭。（衆禀介）比間已是揚州地面，去惠照寺止二十里之遥。（生云）緊行着。見珠簾鴛鴦瓦甃，敢有個不耐春的人兒在上頭，遮莫得和天也瘦。

（衆僧上介）敢是王丞相爺爺頭踏？（衆扭介）丞相尊重，何處野僧，如此亂闖？且綁鎖聽候。（僧云）怎麼這樣聲勢也？俺老僧可將就些兒。（衆云）我們老爺最怪的是你這樣老和尚。（僧云）是了，想是二十年前的心事了，但不知鎖了去，還是殺是打。打的時節呵，合着箇曲牌名，是兩頭忙；若是殺的時呵，合着一句俗語，是大頭落地。（衆笑介）若大頭落地，只怕小頭不濟。俺老爺要殺你何用，又不曾少了個擂醬的槌兒，只方纔分付要帶到惠照寺中發放去。（僧云）我倒不曾説得，我正是惠照寺老和尚，特來跪候丞相爺爺的。相煩禀一禀。（衆禀介）有一班僧人闖道，小的們都已鎖訖。内中一老僧，口稱惠照寺僧人，特來迎接老爺的。未敢擅便，請老爺鈞旨。（生云）且把老僧帶進。（僧進跪介，云）惠照寺該萬死的僧人叩頭。（生云）這樣一箇黄瘦老僧，面皮都依稀不認的了，你可就是二十年前惠照寺中那个上座僧人麼？（僧云）不敢。小僧是該萬死的。（生云）這樣，是我故人了。左右，爲我去了鎖，與他同行者。（揖介，云）故人情重，一飯恩深。十度投齋，三餐告飽。至今不敢有忘。（唱）

【雁兒落】我這裏少千金難奉酬，則你箇一飯恩心常逗。（僧云）只求老爺大恩，把舊話都丢過了罷。（生云）我聽這馬蕭蕭風弄鈴，還疑是響當當鐘初吼。

（云）還記得當初上座送我下山，那時上座十分氣岸，如今却恁的衰憊了。不但我窮鬼容易轉换了舊時顔色。

（僧云）老爺，如今顏色比前豐滿十倍，真正的福壽齊天。（生云）也略挨得一口茶飯兒安穩些，怎便如此豐滿？（唱）

【得勝令】相别也幾春秋，我衰顏你白頭。原來也有一個相逢的日子，你則道後會無期，到底相邂逅，人生放下休。今日晚齋又要擾了你，還則是二十年前討不了的債。還愁，寺兒中又累箇窮酸走。也愁，你晚齋時把我丢。

（衆禀介）禀老爺，已到寺前了。請老爺下馬。（生參佛介，云）呀，我佛如來威光如舊。當初我王生在此，醉或放歌，愁或怒罵，合寺的僧人便容不得，看來果是佛的眼睛大也。佛呵，（唱）

【喬牌兒】你遇失意人何曾僝僽，好法座上展雙眸。平等心便是西方鷲，則可憐平等塲中有幾比丘。

（内鳴鐘介）（生聽云）你們如今打的見鐘了麽？近時規矩，是飯後飯前？（僧云）老爺若提此話，便是小秃們該萬死。（生）我則道又擔誤了幾個投齋的人了也。（唱）

【甜水令】却正是燕子啣辰，鸜哥唤卯。又未曾西烏墮西，怎便鐘響來，可又是誤書生幾度投。俺這二十年來，一鼓休衙，三更草制，五更待漏。聽這鐘呵，猛可的魂繞皇州。

（云）且到我舊住的所在看一看來。（行介，看介，云）我當初在此，木蘭院方纔修起，十分齊整，如今這般頹敗了。呀，這木蘭怎地枯死了？畢竟是我去後無人護持了你也。（僧云）便就是數日前一陣風兒，把他花瓣一片片都吹到觀音大士殿前，這樹立時就焦枯了。小僧們道是老爺心愛的，朝夕在此迴繞作禮，豈有不護持的事？（生云）當初這樹是我王秀才所愛，你們便故意作賤他，也是不可知的；如今這樹是我王丞相所愛，你們便朝夕拜奉他，也是不可知的。但此花經我才人拜奉，便十分滋榮起來；經你俗子拜奉，便一時焦枯了去。花亦可謂知音者

矣，多情者矣。樹猶如此，人何以堪。花呵，你遂不能留一日之顔色，以待故人。（唱）

【折桂令】纔題舊事，又陡起新愁。比佳人命薄情多，比故人魂去香留。春情似酒，醉烟光捏不起還魂咒。任牽繫風前舞柳，更凄清窗外鳴鳩。你羞容自羞，我柔腸幾柔。一別何年，初盟未酬。

（云）呀，便傷情也是枉然，不如别院隨喜一回者。（行介，云）這碧紗籠着的爲恁來？（僧云）都就是老爺平日所題詩句，凡是燒香客人，無不贊歎歡喜。老僧恐一時被鬼神偷取了去，故此把紗籠遮護着。老僧便不曉得意義，就是字畫也是壓倒古今的。映着碧紗，就是珠子般光亮起來。（生看介，云）這是我的初春一絶，這是我的殘絲曲，這是我的無題詩。呀，這紗籠中怎只有兩句來？（讀介）上堂已了各西東，慚愧闍黎飯後鐘。呀，原來是這兩句兒。（淚介，云）天呵，窮途之人，受得這樣好苦。我王播有今日，還是夢裏醉裏也。（僧跪介，云）不想前時有眼無珠，觸犯了丞相爺爺，今日就老爺跟前請死。（生云）這附熱欺寒，世上人從來這等，我丈夫終不以此介懷。但只悲從來豪傑，都不免有此挫折耳。（僧云）既蒙老爺大量，求老爺續成一首兒，可留作傳代之寶。（生云）取筆過來。（寫介）（唱）

【碧玉簫】我堂餐未休，牙根兒剔出酸虀臭。你素餐可留，怎叢林中開不得書生口？笑你眼如粒荳，更菠蘿蜜的甜舌頭，是丞相字兒怎求，丞相詩兒香透。你前番呵，則道是醉書生常駡酒。

（念介云）上堂已了各西東，慚愧闍黎飯後鐘。二十年來塵撲面，而今方顯碧紗籠。（僧云）老爺真是調和鼎鼐的手段，你看筆法好不停勻，怎不教老僧愛重？（生云）你這樣愛重筆札，想是老而進德的了。我如今也要教你幾句佛法，是「肚中要大，眼中也要大；口兒要穩，膝兒也要穩。」若是肚中不大，便容不得好人，這要墮無間地獄，爲他本性逼窄；若是眼中不大，便看不出才人，這要墮黑暗地獄，爲他本欠光明；若是口兒不穩，欺駡了貧寒之人，這要墮拔舌地獄，爲他舌尖輕薄；若是膝兒不穩，趨承了勢陷之人，這要墮湯火地獄，爲他胸次大熱。只四句就是西方妙法，何須打坐參禪？（僧云）小僧日暮途窮，幸老爺授此法言，日後好奉做冥途一燈也。（生云）咳，今日此來，於院宇動人興廢之歎，於木蘭花增人今昔之悲，於和尚發人盛衰之感，可無詩以誌之？（題介，云）二十年前此院遊，木蘭花發院新修。如今再到經行過，樹老無花僧白頭。（唱）

【鴛鴦煞】論文章，只享得個千金箒。論勛名，只繫得個黄金斗。是英雄，難過難酬。便英雄，鑿不破天宫寶。眼珠兒水樣清，胸次兒海樣受。混塵埃笑浪優游。有甚敲不了的飯後鐘，將他窮究。

幾度木蘭船上，十年一覺揚州。
暮去朝來顔色，應憐半死白頭。（生下）

（僧云）好一個丞相爺度量。我道他怎地奈何我們，難得一些都不計較。如今且把他的四句偈言，仔細思量一番，去佛菩薩前懺悔些兒。真個肚中要大，眼中也要大，口兒要穩，膝兒也要穩哩！（唱）

【清江引】維摩室小纔如斗，容着八萬四千獅子吼。劈開芥子胸，掙箇須彌岫。南無無量壽佛，我便横來逆去般般受。

【三】英雄面上堆着三尺塵泥垢，骨法兒偏奇陋。横吹吴市簫，爛醉高陽酒。南無光明幢佛，我便瞳神兒細細的光明透。

【二】你再敢調侃兒輕薄他人否，賣弄鸚哥口。人間的筆舌與文章，地下呵，鎖枷及械杻。南無解冤釋結王菩薩，灑我些清涼甘露的枝頭柳。

【一】怎便波波地整日權門走，愛做箇功高狗。熱心兒背地挨，冷話兒人前搊。南無自在王菩薩，算來腰下黃金，我的膝兒上也有。

評云：却笑碧紅籠中，是丞相詩兒香透。

小青娘挑燈閒看牡丹亭

憐文彩世間幾個，女班頭盈盈金谷。
寫淚痕百結迴腸，風流債小青又續。

【意難忘】（旦唱）青兒嬌小，歎青衫誰伴，青影難消。貼青錢有葉空憐我，窺青眼無花意已飄。青音琴斷譜，青夢筆枯毫。青青百種嬌，青未了。青天一抹，青黛雙高。

（旦白云）團得合，未便是好因緣；丟不開，終不是真情種。識得破，味同嚼蠟；忍不過，業重吞丸。我想那蚩蚩世人，那曉「情業」二字？若說尾尻構門是情，那鷺目成、鶴影接，便早早凝脾抱胚，可道個水米無交；若說風波沉戀是業，總鵲變蛤、鷹化鳩，也幾幾奪舍投胎，未見有債錢相欠。幾個甘心了，一字非命則緣；幾個斷送了，千秋由今及古。有情郎怎就是無價寶？可知認影爲花，追歡地遮莫是寄愁天；豈僅逢場作戲，最賤的事改容換馬。若絆個負腹之子，也合算畜生道裏輪迴。最好的是祝髮爲尼，若没個回首之期，倒鉤惹優鉢花中棘刺。卓家的當壚貰酒，後來也果然味勝鬱金，想到那聽琴時縞素衣裳，這衣裳是誰的呵，虧他說一句鳳兮求偶。李家的考古翻茶，起初時真個香生洞岕，不覺的袖不乾桑榆晚景，那晚景曾幾時呵，憐他配一個狙獪下才。相思子種出連理樹，終舊根蔓相牽，不如借吴剛斧，一刀砍斷婆娑；無明火延燒愛慾河，自然浪波層沸，怎好倩大士瓶，半滴點開清冷。若果砍得斷呵，怎離恨天再上一層，還要相逢一笑。怕朵顔時，脚根不穩，滾跌下萬疊雲峰。倘然點得冷時，那摩登伽相逢再世，怎不對面無言。怕開口處，牙齶都粘。拜不迭百方水懺，便説他能造緣。那劉阮到再訪天台，認不出重來舊路。雖然佛爲情了，那迦葉便解空靈鷲，也則是微笑拈花。妾小青，廣陵人也。才藝色色無雙，情艷種種第一。絶代天生，難尋其偶。今年二八，誤適一人。他既不解得我風流，我也懶提他姓氏。抱鴛衾而遠嫁，雖空冀北馬群；望虎林而來歸，忽聽河東獅吼。妾本青青自好，楚楚誰憐？斷肉不茹，豈更肉緣難割？如花欲謝，有恁花性難降。蓮子有心，阿誰分苦？藕絲無力，若個牽長。縱狂且百樣温存，也則讓妒婦一生受用。目今還我在孤山别業，倒也蒲團六時，松濤十里，清幽的好。但只遊蹤如織，畫舫如雲，不是我留情之地，兼情腸似海，才膽如天，又未知發付之鄉。知音若在，死也不恨穹蒼；好事多魔，生却許多矇瞳。兀的不是魂迷浙水誰招得，夢落揚州怕醒來。好淒楚人也！（唱）

【高調·山坡羊】夢惺忪鏡臺春曉，眼迷奚燈檠夜悄。鏡臺前雲絲漸凋，燈檠下影兒越瘦削。問天高，芳名誰注銷。則咱命薄天難禱，把自古的紅顔來解嘲。蘭膏，向梅花樹下燒；香醪，向林逋墓上澆。

（云）你道西湖斷送了多少人來。（唱）

【前腔】我前日個腰半纏揚州鶴小，今日個門未開錢塘鴉叫。便廣陵潮不抵浙江潮，則兩峰兒誰似金陵好。鎖蘭橈，愁烟冷六橋。可知把南渡的金甌跌碎了，又閃得我南國佳人没下稍。笙簫，把芳魂西子招；虚飄，我小青魂何處招？

【解醒帶甘州】看不得痴兒砧藁，聽不得河東聲譟。則向清風明月孤山小，怎麽山也叫一個孤字兒，我孤眠山也無聊。做不得娘子軍隨岳少保，則待學孝娥女哭向子胥濤。愁多，怎捱過今宵這宵？

【前腔】猛回頭西湖琴操，結同心西陵蘇小。他艷情一似花開早，逐東風上下飄。則今朝何處逢坡老，怕油壁青驄路寂寥。無多，只姻緣簿上爭交。

（作翻書介，云）呀，案上有一部《杜麗娘還魂記》在此也，不免借他消遣一回兒。（看介）呀，你看死死生生，一靈不滅；花花草草，萬種關情。天下有情人，盡解相思死。我只道小青之後，再無小青，却爭知小青之前，又有麗娘。麗娘，我怎生及得你一些些兒？你則爲「柳」和「梅」兩字，便輕輕的斷送了花容。誰似我孤山梅枝數百，蘇堤烟柳千株也。（唱）

【十二紅】［山坡羊］他柳絲兒把寸腸孤吊，我滿長堤綠楊縈繞。他梅花下悄待知音，我盼梅花盼不個人年少。［五更轉］他牡丹亭三二月花枝照，我南樓元夜燈花爆。他圖個夢兒裏因緣，我圖個畫兒中歡笑。還是他相兒生得天然的好，怎便自己能描會脫？［園林好］他俊天生一筆勾描，我兩三番改換霜毫。他這一幅美人圖，好不便宜了他！［江兒水］他拾翠人端詳畫稿，我翰墨春容，有心情無人喚叫。［玉交枝］他好逑窈窕，爲詩云春心自挑。我新詞解賡關關鳥，誰和我月下推敲？［五供養］他做夢抵千金一覺，又做鬼風流夜闌人俏。我蓮香空有蒂，梅信若爲捎。怎比他當初湖山一靠？［好姐姐］他女教受腐儒煩惱，我伴個太學生憨跳嚎嘈。［玉山供］他淘生死裏，掙破天荒雲老。我未死人翻寂寞夜迢迢，想夜臺中滋味先打遨。［鮑老催］他有春香賊牢，伴深閨拈花弄騷。我清清獨自擁鮫綃。［川撥棹］他到底呵，受狀元妻封誥，我倚憨生博甚花翹。我似他情兒深，海闊波遥；他不似我命兒乖，石爛山焦。［前腔］他千方流戀，我一味拋。他戀的呵，死續鸞膠。我拋的呵，活鎖鴛牢。他杜陵花落了還開，我春波影流去只今朝。［僥僥令］他柳生向紙上叫，若士向筆下描。我小青又剪燭臨風凄不了，這的是各種情根共發苗。

（云）呀，却如此夜深了。甚蕭蕭索索不住的響，敢是芭蕉上打着雨點兒也？

【尾聲】淚珠兒險濕破了《還魂》新稿，有兩般的呱呱咽咽到曉，是那窗内人兒和着窗外蕉。

冷雨幽窗不可聽，挑燈閒看牡丹亭。
人間亦有痴與我，豈獨傷心是小青？

評云：道心佛骨，塵境俱空，小青可以死矣。山水空濛，呼之或出，小青殊未死也。死於情，生於文，文與情相與輪迴，而小青因之。弟元啟

秋風三疊

叙

邢子以《秋風三疊》擬楚大夫辭，其音漻然，中商聲之半。來子乃取金元樂章，譜古今人軼事，

托所懷來，播諸十七宫調，而清音嘹嘹，遂獨得商聲之全。蓋秋風善變，其間焚輪戟角、徼捷清聲，大抵得之威夷蜾蠅，朱滕管轂之間。故初而陶歎，再而蕭揚，又再而嘶虚薄寒，蓋不啻登山涉水，游人野子，唱陽關數終，此絶調也。間嘗較元人所著諸宫調譜，私歎古人聲律有未全者。即如按之人聲，而其所以應之，有協於某宫調者，而亦不可得而盡聞。彼大高平條拘，歇指急併，般涉坑塹，道宫清幽，夫亦孰得而辨之？來子以骯髒之懷，抉剔中駭，爾乃嬉笑怒駡，悲歌哭泣，取古人之或笑或駡，或歌或泣者，而笑之駡之，歌之泣之，而健捷，而激裊，而凄愴，而憤恨，謂有得於清商之遺，則其中之焚輪戟角，徼捷而變，誠有不得已於此焉。或曰：來子當斯世，踏歌東歸，日與潯陽商女青衫夜坐，雖復過黄公酒壚，悵念夙昔，亦當爲阿戎語，必不取幼時狂奴故情，而校之抒之。甚矣，非來子之志也。社弟毛萬齡題。

冷眼　藍采和長安鬧劇

（扮二社長上）〔集唐〕松間明月長如此，古往今來城下水。寒食東風御柳斜，城中日夕笙歌起。俺兩人乃長安市上兩個鄉社長是也。愁顔易老，笑口難開。三萬六千酒場，最妬的是憂愁風雨；二十四番花信，不齊的是離合悲歡。因此每年立下個鄉社，釀金貰酒，痛飲高歌，終歲之苦，一日之樂。今年輪該在下兩個，並没甚麽新奇的法兒侑觴，接得一班新到的傀儡在此，真個的弄假成真，定使人破涕爲笑。（朝内發付傀儡介）今日演的故事，須

要簇簇能新，般般弄巧。侏儒三尺，小人贏得小人；點掇千般，笑罵由他笑罵。自然重重地賞你。（内應介）

【勝葫蘆】（社長）人間到處把假場排，瞞不過眼睛乖，當場人看破了觀場矮。不堪莊語，只堪調笑，半餉裏學恢諧。

你看遠遠的一班看傀儡的來也。（扮四人看傀儡上）［集唐］樹頭樹底覓殘紅，刻木牽絲作老翁。回首可憐歌舞地，羅幃繡幕圍香風。長安街上，今日正演傀儡，我們大家看去。

【么】（社長）你看春風桑柘影兒歪，可喜的酒初醅，老村翁也杜着龍頭拐。冷捶邊鼓，鬧推腰板，笑口不停開。

（兩人扮社客上）［集唐］清歌妙舞落花前，風景依稀似去年。曲罷不知人換世，一村桑柘一村烟。今日是會期，每年有常例的，我們進去。（作進見坐次介）（社長）酒筵已齊，尊客既到，可便分付排場。（扮陳陶，唱踏歌，拖拍板，一脚着靴，一脚跣行，腰繫闊帶上）踏踏歌，藍采和，世界能幾何？紅顔一春樹，流年一擲梭。古人混混去不返，今人紛紛來更多。朝騎鸞鳳到碧落，暮見桑田生白波。長景明暉在空際，金銀宮闕高嵯峨。自家陳陶是也，生長南唐之地，築室西山之阿。年少氣豪，自道中原麟鳳；平生腸熱，也悲千古靈均。及至世網終疏，我情愈淡。採藥山中，撿一百二十之奇種；煉丹物外，討八十一遍之回還。真個是乾坤見了文章懶，龍虎成來印綬疏。如今快騎鸞鶴，倒也混俗龍蛇。整日在長安市上，拖一拍板，唱一踏歌，不揚姓字，混稱采和，直待要處處説法，人人接引。光明眼似秋水澄，鮮難道向痴説夢。老婆心似春雲布靄，不免也對牛彈琴。解人鮮矣，負我實多。

【點絳唇】（仙）我覷定這日月雙丸，乾坤一芥人無賴。數米量柴，跳不出茫茫海。

【混江龍】市朝云改，猛回頭記不起昔年來。依舊的名深利切，大都是蟻聚蜂排。却纔見劉家的三尺劍，三章約法定三秦，又早見李家的一局棋，贏了個一統山河第一采。幾時的死了彭祖，餓了鄧通，刎了霸羽，老了美施，想着這洛河川，只好做罵世唾，窮途淚，和那流不盡的英雄血。怎生教北邙山都堆了些將相骨、侯王屍，和那没緊要的庶民骸。凌烟閣是些冷烟也，銷磨了昔時貫日摩空字；銅雀臺有些野雀兒，脚不出當年碧鳳紫鸞釵。有幾家捨施第宅開僧梵，有幾家填平丘墓起樓臺。俺想世上人好痴也，曉星高，便紇綈紇榻，把襬襶兒戴；昏鐘動，尚兀自鶻歷鶻录，把轆轤兒挨。身後名，是花人眼睛的鏤空餅；衣食計，是催人奔走的虎頭牌。俺則見大椿樹劫歷了幾個八千秋，蟠桃花開經了無數三千載。俺則橫拖拍板，撞入長街。

呀，早按下一片雲頭，來到這十字路口，甚處的語笑生香，雅俗並奏？原來長安街上正在這裏演故事哩！正好向熱鬧場中，將冷眼看破，冷口説破，教這一班人猛醒回頭。且撞進去則個。（作進介）（内鑼鼓響介）（扮一人開場上）［集唐］華堂今日綺筵開，一杯一杯復一杯。緩歌漫舞凝絲竹，怕有幽人騎鳳來。（下）（扮一羊上走介，又將虎皮披上跳舞介，作低頭吃草介）（又扮一狼上撲介，羊倒在地介，狼下羊亦下介）（社）這是羊質虎皮，見草而悦，見狼而戰的故事。（客）他披上虎皮，倒也威風自在，只不要露出後邊手脚便好。（仙）幾曾見假的有不做破日子來？如今假風流、假道學、假文章，一片是假，到底是雪獅向火，金佛渡爐，經不得認真起來。

【寄生草】假鍍還移質，真金不蜕胎。紙將軍怎披上磨銅鎧，泥禪和怎唱出金剛唄，水嬌娃怎牽得紅絲綵？有多少白龍魚服被人欺，有多少虎皮羊質登時敗。

（内鼓響，扮一狼上，獵人箭射趕狼介）（扮東郭生上，狼向乞命，東郭生衣遮狼介）（獵人作尋不見下介）（東郭生放狼出，狼撲介，東郭生引狼向一老樹，復向一老牛介）（扮一老人上，與東郭生縛狼殺介，下）（社）這是中山狼恩將讐報的故事。（客）狼本害人之物，東郭生偏要保全，養虎貽患，種棘鈎衣，這樣人有眼無珠，便教山狼撲殺了也罷。（仙）大恩不酬，大德不復。雖則施之者無希望之心，難道受之者有反噬之毒？世情之險，一至於此。

【寄生草】你毛面孔翻將易，狠心腸毒得來。只道老樹枝摘了果又要連根賣，踉蹌牛得着力又要連皮賣，虧殺個黎丈人用機謀又會把神通賣。雖則恩非望報丈夫胸，怎容得恩將讐報山狼怪？

（扮一貴人提燈籠上，扮一舊衣人亦提燈籠上，向貴人拜求介，貴人與員領紗帽介，下）（舊衣人穿戴起，丢下燈籠搖擺介）（扮兩書生上，向前欲揖介，其人不採，竟搖擺一直下介）（社）這是昏夜乞哀，白日驕人的故事。（客）這人倒也有些本事。鐵好一個光棍，哭地挣起一頂紗帽，一領員領在身上，該得憑他施爲。（仙）難道你屈着一雙踝膝，受得些齷齪之胔，便好放出一副臉皮，虧負了貧寒之士？不怪你骨頭輕，求討得來，只怪你肚皮窄，容受不起。

【寄生草】你驕人處色偏重，你乞人處聲太哀。想昏夜是人生清復時候，你天然露出你個奴顏態，到白日呵，你奴顏去了奴心在，你奴心怎便把良心蓋？你終終始始一般奴，虧你黄昏白日雙頭派。

（扮一人破衣作遇雪介，扮一人提炭上送介，俱下）（又扮一人錦衣上介，扮一人替錦衣簪花介，俱下）（社）一回是雪裏送炭的故事，一回是錦上添花的故事。（客）別人身上寒冷，干你甚事？你勞勞的送暖偎寒，倒不如替那有勢分的幫襯幫襯，大家有些光采。（仙）自古道：飢則一口，飽則一斗。河是深的，偏要掘他；山是高的，偏要填他。白屋裏雨雪淋浸，紙窗櫺何人丢眼？黄榜上風雲赫奕，便鐵門限大家踏穿。争知他日際遇的人，原是今日未際遇的人。只因來早來遲，便分個情輕情重。

【寄生草】不能彀破窰中識狀元，則好向曲江頭認秀才。争知半綸竿漂絮河頭有個淮陰在，一條裩滌器罏邊有個相如在，三尺雪卑田院裏有個滎陽在。你日後呵，媚狐珠虚慌的假趨承，你從前呵，盲梟眼迷昧了真侯宰。

（扮一人將銅錢上數介，又屈指算介，包介，藏介，枕銅錢睡介，忽起四面望，復向銅錢枕介，下）（社）這是守錢虜的故事。（客）銅錢最是活物，愛惜他便有得使用，不愛惜他便没得使用。這様人，辛辛苦苦，算來算去，是鉅萬家貲伶俐的漢子。（仙笑介）可笑今人波波汲汲，爲這幾個腥臭銅錢，迷混了心竅，没了廉恥，没了禮義。及至大夢回頭，還不思量自己本等，只要分付兒孫牢牢看守，我且問他，帶得進棺材麽，拿得去陰司用麽？人道他命坐在財帛宫，我道他生前犯了勞碌債。百歲身便作千歲計，直至百歲還憂；一文本便想千文息，究竟一文不捨。若是宫室光襌呵，料他土堆中望不見榱題數尺；若是兒孫受用呵，料他清明後只博得麥飯一盂。再不將有餘之地，留還後人。只自造□窮之業，送了自己。

【寄生草】你尋思向白玉堂〔一〕中睡，黄金穴裏埋。做人身倒欠下了驢牛債，做〔二〕爺娘倒欠下兒孫債，做主翁倒欠下了奴僮債〔三〕。直弄到黑洞洞地不翻身，方信道紙銅錢收不入腰間袋。

（扮觀音提籃上，一人上前戲舞介）（扮金剛提鐵鞭上，其人上前跪介，下）（社）這是欺善怕惡的故事。（客）大

〔一〕「堂」原闕。
〔二〕「做」原闕。
〔三〕「債」原闕。

凡人肚裏也要有些高低，我若吞得他下的，也定要吞他下去。教做有勢不可不使，倘是那十分硬挣的撞着，須索讓他罷了，省得做破。（仙嘆介）是這一班人填塞了世界，地獄所以不空也。

【寄生草】你撞着東陵蹠頭低跪，首陽夷脚踢開。你怕雷公怎不怕青天怪，怕刀鋒怎不怕毫鋒快。怕豺狼怎不怕當庭豸？你平時不肯念阿彌，急來又只把凶神賽。

（扮一老人持鋤頭上，作鋤苗介，又丢鋤作手拔苗介，急下介）（扮一少年走看介，慌下介）（社）這是痴父子宋人揠苗的故事。（客）我在家中聽見兒子讀《孟子》，真有這個故事來。我們每年種田，到那五六月間，飯米又空了，看看這田苗半青半黄，不死不活，真是十分焦悶，巴不得一時就長起數尺來，怪他不得。（仙）古人道破世情，只「溺愛不明，貪得無厭」八個字，每過人家庭父子之間，財利交接之地，想着這八個字，使人冷然欲笑。

【寄生草】剗地裏貪無厭，潑天兒弄個乖。些些土便要壓倒衡恒岱，點點波便要比量江淮海，看這青青苗等不得篝車載。你痴爺生下小痴兒，因此上痴兒被你痴爺害。

（扮一年長、一年幼同行上，扮四人强盜趕上反縛二人介，盜將刀試年長頭上介，年幼人伸頭，頸承刀介）（盜將兩人解縛，與財帛介，下）（社）這是烈兄弟趙禮讓肥的故事。（客）那强盜殺了一個，定饒一個。怎麼這個也將頸上去接刀，不知刀兒有甚滋味？僥倖這强盜是好説話的，不然多折了一個性命。（仙）生死之際，是一個大大關頭。到此放由至性，纔是有學問的人。多少屈膝低頭、改顔易面，只是拚不得一死。似這樣只曉弟兄，不曉刀鋸。真難得也！

【寄生草】今人呵，假朋友膠如漆，真弟兄棄似灰。同塍田還要争個腴和萊，同廛屋還要争個堅和憊，同鍋飯還要争個羹和菜。誰似他笑看刀鋸只尋常，犯霜鋒只要全倫愛。

（扮一人着羊裘持釣竿上）（扮一蟒衣人請羊裘人揖介，兩人同卧介，羊裘人先下，蟒衣人後下介）（社）這是契君臣羊裘釣澤，足加帝腹的故事。（客）遇合是難得的，一搓就搓過了，一個萬乘天子，下氣求他，怎這等放肆？這樣假清高，我最不喜他。（仙）貪夫殉財，烈士殉名。如今殉名的，倒勝似殉財的，博個姓字兒動人齒牙。似餓貓臨鼠穴，塗些文字兒，慌人耳目；似饞犬餂魚砧，金馬門之避世，自解自嘲。終南山之捷徑，愈趨愈熟。纁帛衡門，朝家不是無三聘；麻衣草坐，林下何曾見一人？直弄到《名臣録》是一班軟腰的漢子，《高士傳》没一個鐵骨的男兒。似這般一領敝裘，半竿烟水。夷萬乘於貧賤之交，歷千秋無富貴之相。豈易得哉？

【寄生草】覷天子如兒戲，論功名纖小哉。若是今人呵，塗脂抹粉把文章載，尋根覓線去把門生拜，低聲下氣去把恩師丐。便是驚動客星，名滿天下，還不是高人所願，只的是萬般祥瑞不如無，倒不如山頭枕石去聽松籟。

（扮一丈夫持鋤上，作鋤田介）（扮一婦人提筐上，向丈夫送飯作禮介）（丈夫接飯回禮介，丈夫作吃飯畢，送碗還作禮介）（婦人回禮介，下）（社）這是美夫妻饁至如賓的故事。（客）好夫好妻，却不會風風流流，少年調弄，似這樣道學面孔，做將起來一些趣味也没了。（仙）夫婦之間，這是尋常吃飯穿衣，相對依然便有妙處。若只顛倒鸞鳳，翻覆雲雨，倒有個興盡情闌，不堪回首。況且一身上自有姹女嬰兒，百脈中無非陰搆陽合。龍虎磐蹲，永鉛環列。直弄到紫河車點滴難留，自然的黄牝馬騎跨不穩。好可憐也！

【寄生草】今人呵，不曉得敬畏中饒滋味，都只辦香幃中暢美懷。柳三眠兀自道春無賴，日三竿晝未了螺青黛，鼓三咚解不迭鴛鴦帶。争知情多兒女戀痴迷，便使英雄氣短吞酸餲。

（扮一少年同一老母上，殺雞買酒介，扮一人乘馬疾走到門介，少年歡喜迎接介，兩人升堂拜母介，相對酌酒介，握手送别介，下）（社）這是好朋友范張雞黍的故事。（客）這一隻雞，一杯酒，便千里路來吃他的。怎見是好朋友？你道及得我們今日東道來麼？（仙）朋友一途，如今越險了。杯盤刎頸，酒乾便噬如餓虎；孔方知契，財盡則散似颶鷹。三年訂盟，千里命駕。此道棄如土矣！

【寄生草】論友態似登場劇，談交情似聚耍孩。雲翻雨覆心難解，金寒石冷盟難再，天荒地老期難待。還怕他口蜜喉冰腹似虺，須防他始甜中冷終如蠆。

（内作鑼鼓響，客起告散介）（社）我看下面這個道人，不住的喃喃説話，想是尋思酒肉的。（唤介）道人你上來，你可要酒吃麼？（仙）我吃的是玉液金波，你那村醪怎入得口？（社）你可要肉吃麼？（仙）我吃的是瓊芝玉草，你那肥腥怎入得口？（社）好大話，這樣我們在這裏演傀儡，你可省得麼？（仙）我在這裏看傀儡，你可省得麼？（社）原來是個痴道人。（仙）還是你痴我痴？

【青歌兒】（仙）漫提起英雄英雄成敗，漫提起古今古今興壞。咱看了這昏濁濁塵埃，愚夢夢凡胚。汨没了明晃晃靈臺，赤灑灑根荄。因此的跨了鶴離却蓬萊，採了藥飛上天台。見個舊桑田波響如雷，古咸陽王氣成灰。拖綽板，須不是我乞食招牌；唱踏歌，須不是我信口胡柴。莫説那假皮羊呵，便是司馬遷東填西掇，也則借來的筆底生涯；莫説那中山狼呵，便是漢高祖烹韓醢越，有恁麼平時的恩怨明白。但聽他烏紗帽馬前喝道，不聽見他黑角帶門下祈哀；但見他華堂前雷邊助鼓，不看見他白屋裏冷處吹灰。現今競功名似赴火蛾，再休提堆金積玉的蠢劣奸乖；避權焰似抱秋蟬，再休提怕惡欺善的伶俐痴呆。父子呵，但保着你一念嬰孩，兄弟呵，但守着你念念胞胎，君臣呵，也則學得個南柯大槐。那業緣的美夫妻，説甚麼血肉情懷，那萍蹤的好朋友，説甚麼性命形骸。大家向傀儡場中坐一回，把黑漆漆的邯鄲唤醒來，無拘礙。

曲中人不見，江上數峰青。我去也。（下）（客）怎的一閃就化道金光而去，莫非是個神仙，道我們傀儡搬演得好，也來這裏看看？（社）果然是一位神仙。我方纔倒有一句話兒要問他。（客）問他甚的？（社）我問他，

做的逢場作戲，看的回嗔作喜。

還是傀儡牽人？還是人牽傀儡？

總評：雒陽三月花迷，杜宇一聲春曉。

英雄淚　阮步兵鄰廨啼紅

（扮阮籍醉上）客愁不盡本如水，草色含情更無已。又覺春愁似草生，何人種在情田裏？自家阮籍，字嗣宗，陳留尉氏人也。才高傲世，性率輕人。目揣襟懷，真可上陪玉帝，下陪乞兒，笑衆人只不上不下的褌虱；若論氣概，直欲死作閻王，生爲柱國，嘆衆人似倏生倏死的蜉蝣。目今當金刀既折，禾鬼又催，司馬氏虎踞中原，鷹颺萬里。可奈慘殺名士，流毒英賢，豈是吾輩進取時節？只得行已在清濁間，待人作青白眼。長嘯天外，慟哭途窮。便顛詩俠酒，聊以攄放一片熱心；想戀緑迷紅，不過寄寓半生浪骨。早已看破，何曾認真？時無英雄，豎子偶爾成名。世有大人先生，本以自況。也曾大醉六十餘日，辭免典午姻聯。近聞美醖五千斛餘，充作步兵校尉。目下做校尉呵，倒好遨遊紫陌，放曠紅樓。今日却又大醉，行步不上。奚童那裏！（扮奚童上）閒看兒童，又看狡童。

狂童之童，稱曰小童。相公吃得這樣醉，成恁麽模樣！

【正宫·端正好】（生）我恨不醉翻織女機，眠穩在姮娥殿，長伸脚踏破青天。爲恁的酒中仙暫謫離蓬苑，也則爲一縷情難剪。

（童）相公，今日那裏來？

【滾繡毬】（生）我穿紅過杏花園，映緑向垂楊院。則只歸歸聲怨，早星星叫向人前。才源呵滾滾泉，命厄呵重重塹。因此落魄蕭騷，盼不上鵬程萬，藕絲腸惹百牽千。若是秦宫花底容人活，倒有伽女經中放我參，花裏安禪。

我前日在前村酒肆中，見一個年少婦人，生得俊俏天生。我纔睃了他幾眼，他便回了我幾眼。一時的三杯兩盞，酒上心來，便倒在他身畔。不覺直睡到晚，醒來時還道是日色天光。却原來是他的紅裙閃鑠。

【倘秀才】（生）我杯停琥珀眼斜穿，他簾□□□眸回盼，做大槐宫一餉安眠。粉花兒吹得魂香，剪刀兒送得春酣，不覺的明月棲簾。

（童）那酒肆中的女子，有甚好處？我們近鄰兵家的女兒，真是鮮花嫩蕊，天仙一般。相公若是看一看，定要魂死！（生）有這樣女子，我就該去拜他。（童）遲了，他昨日身死，今日親戚都去作吊了。（生驚介）他爲甚身死？（童）他一時聞道春歸陌上，花老枝頭，不覺得凄咽而化。（生）可道是傷春而死，我就去吊他。香魂不遠，撫棺一慟，或者聽見也未可知。（作急行介，童作趕上扯介）相公，他的父兄，又不曾與相公相識，又不是甚麽親眷，他又是十五六歲不出門的處女，又不曾與相公有甚麽往來。青天白日，怎好去吊他？（生）古人道：凡民有喪，匍匐救之。况殘紅翠碎，人人所痛，怎教我大阮反割捨了他？如今已到門首，你進去通報者。（扮老公婆上)[集唐]孤燈挑盡不成眠,魚在深淵鶴在天。淚滴白蘋君不見,此身長寄禮香烟。(作哭介)我的女兒呀!(童進報介)阮相公進吊。(老)可是步兵校尉的阮相公麽?(童)正是他。(老)這阮相公與我家並没甚麽相處,我想這人原是個顛狂漢子,不如且迴避了他,看他如何行禮。(下)(童)相公,主人都不在家,請相公裁處。(生)看竹何曾問主人?況是看花,不免逕入。呀,你看香銷南國,怨入芳年,好可憐煞人也。(作拜介,哭介)(童作哭介)(生)奚童,你哭他甚的來?(童)我見相公哭得哀切,故此奚童也淚下的。不知相公原是哭他甚的來?

【滚繡毬】(生)想着他句好也題箋,香殘也添串。可喜的聰明温軟,那更意美情甜。(童)相公,你道這人死後還有恁麽留意兒麽?(生)雖則鸚鵡解人言,桃花似人面。紙上真真狠狠的叫來千百遍,又何曾笑破微顔?我子怕山頭魄化,還成石紫玉魂歸,只似烟望斷重泉。奚童,這美人是天特生的,你道他怎的又要死?(童)自古及今,西施也死了,王昭君也死了。争得這一個美人,這是不曾蒙得相公這樣一場大哭。(生)你還不曉得他死的緣故。(童)我曉得他是命斷禄絶。

【倘秀才】(生)他清浄身别無留戀,火宅中怎容得神仙?把我大阮呵,也撇向紅塵那一邊。似化的委羽,似脱的靈蟬,屍解也歸天。

(童)相公,他死也死了,你哭他何用?(生)你不曉得至寶奇珍,世間罕有。飄然一去,寧有後期?生既不沐其光,死也聊分其痛。我情耿耿,更覺昭君遠嫁,漢宫爲之不春耳。

【滚繡毬】(生)琴兒上難續絃,波兒中難覓劍。金鼇玉燕,偶的一降人間,一靈兒杳然。肯女身兒再現,則恐除却巫山,天下雲都賤。彩雲飛琉璃不全,畫圖損削了王嬙面。便金鑄的西施不值錢,淚落闌干。（童）方纔他的父母親戚在此，也不曾似相公這樣哀切。（生）他們都不是深情的人，教他怎生會哭？

【倘秀才】（生）他爺娘呵，只哭得一句前生業眷，便親戚呵，只哭得一句短命紅顏。争似我寸斷柔腸峽上猿？

情偏切，意獨懸，因此的絮絮纏纏。

（童）相公與此女並不曾納得紅，牽得彩，又和他前無約，後無期。有何契緣，如此悲慟？（生）定要那納彩牽紅，前約後期，方成契緣，這定是俗子所爲。况且才子眼中，常掛着一味佳人，佳人眼中，常掛着一味才子。我既才子，他又佳人，緣之一也；我爲一個「酒」字，罰做步兵校尉，他爲一個「色」字，罰做兵家女兒。同工異曲，同病相憐，緣之二也；從來才子佳人，也有隔着千秋，徒深憑弔。也有阻絶萬里，空勞夢魂，我與他生既同時，居又同里，緣之三也。（童）這段姻緣，想是烏有先生作伐的。

【滚繡毬】（生）是多情便可憐，是多才合做才人眷。况同廛比屋，定不是相逢偶然。我悲秋，他也挨不得夜如年，他傷春，我也逗不得愁如線。又何須冰樣絞綃，漏出猩猩茜？寸心田便是藍田。我只種三生石上同根玉，萬劫輪中並蒂蓮，到底相牽。

（生作悲淚介）（童）相公怎麽哭得越有興了？（生）我想着千古美人，多半不得其死，不特這兵家女年少夭亡。（童）相公這一番哭，一發哭得遠，那得這一副長淚？

【倘秀才】（生）少甚的翠妝因艷，花折因鮮，無情有恨奈何天。黄河在地下流，銀河在天上懸，中横着一股哭美人的情淚幾時乾？

【滚繡毬】（生）泣竹的紅淚青斑，投江的緑碑黄絹。那胡沙塞雁，堪悲的塚草芊芊。垓下歌夜帳空纏，金谷水曉樓浸寒。怎生採桑見郎，翻作沉江怨，華山畿飲恨黃泉？我子見吏人樓頭飛孔雀，韓憑墓上宿文鴛，有許多楚楚酸酸。

（童）相公今日也定是酒醉了，難道別人好色是好活的，相公好色偏好死的？

【朝天子】（生）也非是酒酣，也非因色戀，恨無端吹落桃花片。春色迷天暗，怎教人莫向東風怨？（童）你莫非圖一個後世的風流話把麽？（生）也不爲宋玉新詞，相如舊傳，只要王堆中牢記狂生阮。（童）別人作吊也帶些紙燭，相公只是一味寡哭，這教做「窮孝順」。（生）要甚紙黃錢超贈生天，單寄上啼紅點。

（童）相公，我們回去罷！只管牽纏，外邊人都道相公痴了。（生）我何曾痴？（童）相公還道不痴，這纔是相公的真痴處！

【么】（生）也痴顛也靦腆，萬□中揀出瓊枝艷，方不負英雄鑑。恨挃相知，又是初相見。他已後呵，山花冷妍，青蠅弔唁，八尺碑容易生苔蘚。（指燭介）銀燭前怎容食言？還許下世世生生願。

（拜介）我如今哭興將闌，從此拜別了也。

【一煞】（生）你空把蜻蜓繡枕單，翡翠描衣衍。到如今只好同山頭蝴蝶做飛花片，春風環佩聲餘媚，夜月珠衫影罷妍，猶恨前緣欠。（童）方纔哭興濃時，説得如此契緣，如今哭興闌時，便説前緣欠哩！（生）欠了些牆頭粉面，馬上絲鞭。

（童）我聞得《禮》上説，「凡吊者，主人哭，客乃回哭。」今主人不在，相公一場大慟，成何禮體？（生）「禮」之一字，豈是爲我相公設的？如今也要請主人翁出來，我有一件心事發付他。（童）恁事兒發付他？（生）已後葬此女子呵，

【黄鐘尾】可向那若耶溪的左側，桃葉渡的右邊。靠着臙脂山作主峰，鏡臺山爲對案。休近了望夫石，把他幽意牽。休犯了妬婦津，把他情絲絆。死不作巫陽雲雨仙，生只登離恨逍遥殿。我若他年死葬陶家之側呵，必是個時挽芳裾，到酒甕前。

（童）相公，你何不作幾首挽詞吊他？也見你平時作念，不然哭過就丢了，也不見得多情。（生）我如今，

正要滌浄艷思，一意掃除綺語。

寄謝多情落花，不作春風恨譜。

總評：以彼驚才，寫此狂態，竹樹横斜，烟雲萬里。

俠女新聲　鐵氏女花院全貞

【一枝花】（旦上）瘦影自憐裙釵，悲聲遠雜胡笳。一任水流花謝，休將鐵面照菱花，丹心不綫差。［添字昭君怨］燕子暫來何處，銜到落花飛絮。故園回首路茫茫，斷柔腸。挨過無情春色，漫道迷魂招得。風吹金鎖夜凉多，欲如何？自家鐵氏長女是也。只因我父親死守東昌，觸忤當今聖駕，身既萬死，罪及一家，將俺姊妹二人，編籍教坊。在聖恩浩大，宥全兩命，不忍併付鯨鯢；在我姊妹思量，辱没一生，不如死憑螻蟻。況且忠臣後裔，敢不學孝女清規？如今在教坊中，故家破碎，歸夢無憑；新院繁華，丹心有主。笑庭前繫馬，一任的年少粗豪。我只心下拴猿，不似他飛花輕薄。且喜我妹子一德一心，同餐同宿。今日與桑鳩爲儕，冰清玉潔，似一雙

鳳對立鷄群；倘後日呵，青蠅報赦，劍合珠圓，似兩隻鴻分隨鸞隊。只是一件，現今隸籍的鴇姥，他本油粉出身，怎容我冰霜矢志？朝夕在此打逼，要甚花粉錢、柴米錢、房屋錢，這却怎處？他不過要我們風嘲月弄，博來幾貫青蚨；争知我便骨化形銷，尚存一腔碧血。且叫妹子商議者。

【前腔】（小旦上）不管春風梳掠，猶憐小小嬌娃。目斷長安日下，驚人的是鴇姥欲排衙，伶仃寄俠邪。

［添字眼兒媚］閒花寂寞鎖庭幽，零落棲遲又幾秋。不捲珠簾，怕添香篆，一任春休。花約露珠添我淚，柳遮月色替人羞。父是丈夫，姊爲奇女，妾豈奴流？自家鐵氏少女是也。年方一十有餘，家在三千里外。最苦的是父因忠死，風前腸斷聲三；猶喜的是姊尚貞全，月下回看影兩。（相見介）姊姊，我們姊妹二人，絮已泥沾，蓬原蒂斷，正好向烈火裏長就青蓮一枝，層冰中映出碧桃兩瓣。心堅在我，骨碎由天。姊姊今日又何須煩惱？（旦）你不知鴇姥又來逼打，却待如何發付他？（小旦）姊姊，這三尺青鋒，一條白練，乃是我姊妹内寢所在。只要清貞一味，憑他逼勒千般。（扮鴇姥上）［集唐］黄金不惜買蛾眉，昨日紅顔今日非。夜深忽夢少年事，准擬人看是舊時。自家生墮教坊，長成門户，紅顔既謝，白髮又催，遂充作一箇教坊頭目。如今駕上發下一班新籍，却大抵是千金小姐，雖則生長深閨，倒也頗嫻歌舞。個個的迎新送舊，不約而齊，蜂蜜知甜，鮑魚亡臭。只有鐵布政兩個女兒，一個的不肯接客，收拾管絃，打疊粧束。動稱忠良之後，自誇清白之身。不要説我的飯錢、屋錢，這花粉税那個替他納來也？曾幾番逼打，他却覓活尋死，又是聖上發下來的人，倘或當真做出一着，却又不好。如今只得緩緩兒勸他回心轉意。（進見介）大姐、二姐，可曾用飯過不曾？（旦、小旦）也曾用過半盞。（姥）怎麽不多用些飯？也好陪幾位客官。（旦、小旦）又來説甚客官？（姥）呀，你們還不知道，今日有一位本部爺的公子，聞知二位大名，要來相會一相會。

【紅衲襖】（旦）我須是鐵根苗長出的牡丹芽，原不是嫩藤枝虚搭起葡萄架。你待要替東風牽線把花枝嫁，怎不爲密雨斜侵把緑葉遮？你差認了新雛鸞鷟做帶星鴉，我便羞對了舊巢燕子嘶風馬。只一腔熱血的無從灑也，好向三尺青鋒劍上搽。

（姥）你不知道，這一位公子既是豪貴之家，又且天生俊俏。拆白道字，打馬抛毬，無所不能。揮金如土，惜花如珍。老身接了一世客官，不曾接得這樣一位。若錯過了，便再難得。

【前腔】（小旦）饒他滿面春生似一朵花，饒他纏頭買笑有千金價。饒他毫揮五色才倚馬，饒他氣壓三山劍袖蛇。饒他風流倜儻出自五侯家，饒他温柔軟欵解説三分話。你口津津道得個棗兒甜也，我正待萬苦叢中鍊齒牙。

（姥）自古道，易求無價寶，難得有情郎。他既有情於你，你怎便丟放了他？

【前腔】（旦）我須是泊潯陽紅淚琵琶，他不是謫江州青衫司馬。我不是怯紅裙偷全瓦，他怎做莽青蠅玷玉瑕？我待惺惺牢護守宫砂，他怎勞勞覷定了金鶯打？我若隨行逐隊娼流也，却不辱没了東昌鐵氏爺。

（姥）這樣你們住的屋是那裏來的？吃的飯是那裏來的？你口口鐵布政，鐵布政怎不留下些與你？終不然老身替你接了客，你倒享用些罷？

【前腔】（小旦）我則繡新絲賣一幅斷腸花，我待寫新詞售幾句忠肝話。決不臨風舞學弓腰窄，決不向月歌翻出塞笳。未審爺娘骨抛殘何處蒺藜沙，難道我姊妹身斷送在此地楊花下？（姥）這使用，你便賣些花與字也罷了，難道花粉錢也替你賠？如今定有一個官來查點，看你如何對他。（小旦）若得個太陽剛照盆幽也，單有昨夜啼痕濕絳紗。（扮隨從併官上）兒童不慣錦衣榮，見我歸來夾道迎。不免隔溪高士笑，天機喪盡得虚名。自家在禮部部下一個查盤點勘的官兒，只因當今聖駕，將一班靖難諸臣的妻女，發下教坊司去，須要曉得聖上的意思，原不是要辱及他的妻孥。自古道：刑於寡妻，至於兄弟。靖難諸臣，起釁宗室，既勸人主忘兄弟之親，必在家庭無刑於之化。故以此試他，若果一家清白，他的犯刀鋒是出於性天，倘其全室躭淫，他的逆顔行是圖個僥倖。只是一件，耐痛易，耐癢難。在諸臣，膠因勁折，拚得個白鐵一刀；在妻女，硃近墨邊，挨不過黄昏幾度。如今且到院子裏點勘一番。（鴇姥作迎接叩頭介）（官）怎麽不點幾名新籍的後生來迎接我呢？（姥）今日輪該鐵布政兩個女兒值日，他却並不肯迎接官府的。（官）他怎不肯？（姥）自從發下教坊，他兩個便亂挽烏雲，搊傷玉臉，提一個「客官」兩字，他便仰天大慟。（官）果有此事？請他相見。（姥叫介，旦、小旦背立介）（官）你看亭亭玉立，冉冉雲妍，黯淡愁慘中，露出天姿本相，是好二位小姐也。（隨從喝介）怎不下跪！（旦、小旦）豈不曉得吾乃鐵布政之女？父親不作降將軍，我姊妹豈作〔一〕屈膝女子耶！（官）看他相出天然，語根至性，可敬可敬。請上見禮。（見禮介）（旦、小旦分立兩邊介）（官）你姊妹且把心事細説一番。

【北新水令】（旦）逼寒鏟霜氣曉凄凄，直冲天滿腔冤氣。歎舊墻桃簌簌，傷故國黍離離，不語移時。爲甚的不語移時？怕咽斷了東風細。（旦作哽咽不語介）（官）大小姐既哽咽難言，就是第二位小姐訴其衷曲，待下官詳察，好奏聞聖上。

〔一〕「作」原作「竹」。

【南步步嬌】(小旦)我是個百戰東昌忠良裔，謫向繁華隊，瓊林玉一枝。攙墮塗泥，骨性非凡類。膽血暈胭脂，柔腸時帶猙獰氣。

(官)你二人既在教坊，自然要學些弄月嘲風，撩雲撥雨，隨緣過活纔是。

【北折桂令】(旦)羞殺人螓首蛾眉，半握盤龍，一點靈犀。向日葵啼殘暮鵑，傲霜菊影寒孤雁，誓不與泛波萍嫁逐群鷄。(官)雖則二位是布政的小姐，却是如今教坊中故家之子，也不止二位。他也個個買笑追歡，你二人怎麼這樣堅執？(旦)一班的崔鶯鶯偷窺月姊，獨我兩人呵，做石措措狠罵風姨。(官)你們不肯接客，他鴇姥自然要來逼打，你們本是從幼爺娘跟前長的，怎吃得苦？只怕一發顛沛失所了。(旦)道甚流離，怕甚鞭笞？我覷那熱炎炎湯鑊如冰，冷颼颼刀劍如飴。

(官)大的小姐既如此説，小的小姐年甚嬌小，或者挨不過清冷，倒好學些風流。

【南江兒水】(小旦)疊起霓裳袖，抛殘折柳詞。拚得個春風門掩梨花翠，秋雲被擁蓮花塊，冬霜帳冷梅花紙。(官)如今包羞忍辱，男子漢比比皆然，何况女兒？(小旦)大丈夫當如此，我是巾幗男兒，笑滿世的鬚眉女子。

(官)當初東昌厮殺時節，你們可記得麽？(旦)當時方黄之輩，以七國餘謀，獻事建文舊主，如今駕上以叔父之尊，來清君側之難，極是名正言順。我父親執定了忠不事二言，百戰不回，孤城自奮。争如金陵氣黯，鐵鎖江沉，龍飛在宇，蟻命何逃。想起這一段光景，好可憐也。

【北雁兒落帶過得勝令】（旦）比不得曹孝娥沉流抱父屍，比不得緹縈〔一〕女書奏當今帝，比不得睢陽妾同雀鼠飽三軍，比不得漢宫妃掃豺狼行萬里。當日個浣流水學新粧，今日個别家山憶舊溪。一番寒徹生香骨，幾度臨風墻外枝。傷也麽悲，掛青燈空照單衾睡；痴也麽迷，夢沙場猶聽鐵馬嘶，夢沙場猶聽鐵馬嘶。

（官）我非爲别的，只爲你兩個青春可惜。終日哭哭啼啼，茶不成茶，飯不成飯，不如習些歌舞風流，倒也忘懷度日。

【南僥僥令】（小旦）你道是無情春色日遲遲，似黄鳥惜春歸。可也唤不起幽花睡，一任他風動筤簹月向低。

（官）你兩個也要尋思一個結果，難道終身是個室女罷了？

【北望江南】（旦）呀，早難道蓮不成胎藕不絲，弱草也尚依依。只願嫁隨田舍一鞍騎，蘆花和老燕和飛，江山誰是誰非。纔整着裳衣，纔與他齊眉，决不將羅裙血色污金巵。

（官）我如今奏過聖上，你們要嫁也是容易的。只怕荆布裙釵，那時節反想這繁華去處。

【南園林好】（小旦）我見些臂纏紗是葬人的縷絲，腕釧金是迷心的毒虺。夢不到平康巷裏，甚的是張妹妹李姨姨。

〔一〕「縈」原作「榮」。

（官）我看你兩人是真心了。可將紙筆寫一訴詞，我替你去見駕。（旦寫詩介）教坊脂粉洗鉛華，一片寒心對落花。舊曲聽來猶有恨，故園歸去已無家。雲鬟半挽臨粧鏡，兩淚空流濕絳紗。今日相逢白司馬，樽前重與訴琵琶。（小旦寫詩介）骨肉拋殘産業荒，一身何忍去歸娼。淚垂玉筯辭官舍，步蹴金蓮入教坊。覽鏡自憐傾國色，向人羞學倚門粧。春來雨露寬如海，嫁得劉郎勝阮郎。（呈上官，讀介）好詩詞也。鐵布政，你有這等女兒，真個是死忠死孝，兩難出于一門矣。下官定當力保聖恩，放歸田里，尋兩位讀書官人配小姐也。（旦、小旦拜謝介）如此，不惟妾身兩人有托，先布政亦不死于九〔一〕泉矣。粉骨碎身，無以爲報。

【北沽美酒帶過太平令】（旦、小旦）我兩人如今呵，便做了姊妹花，還帶思鄉淚，便做了山頭石，應鐫孝女碑。英魂夜逐劍光飛，笑天地無知，任陵谷崩移。波摇摇瓊枝連理，泥滑滑越雉同棲。氣兒吞虹霓映水，命兒拚琉璃踹碎。我呵，打熬〔二〕過風欺雨迷，躭受得形離影凄。呀，纔不負鐵東昌的名香青史。

（官）可教鴇姥過來，我分付他。（隨從叫介）（姥進見介）（官）你如今再不可驚動他兩位小姐，我不日奏過聖上，教他落籍歸良。（姥應介）（官）兩位小姐請安心幾日，專聽捷音下來，下官來賀佳期也。（旦、小旦）恩如山重，他時只有焚香戴禮而已。

【清江引】（官）看他凌雲貫日冰霜誓，怎好鎖銅雀雙雙翅？頓開鸚鵡籠，扭上鴛鴦配，定教那鐵樹開

〔一〕「九」原作「允」。
〔二〕「熬」原作「遨」。

花還結子。

種得三生辨才，莫怪幾番饒舌。

廣平雖賦梅花，不害□腸似鐵〔一〕。

總評：鐵馬金戈、烈肝壯膽，描之以翡翠之管、珊瑚之硯，故應千秋生氣，英英紙上。

〔一〕傅惜華藏本闕此行，國圖藏本此頁存，但字跡模糊。

孟稱舜

孟稱舜（一五九四—一六八四），明末清初戲曲作家。字子若，又作子適，亦作子塞，號卧雲子、花嶼仙史。山陰人。明崇禎二年（一六二九），與其兄稱堯加入復社，反對宦官專制。科場不利，屢試不第，以貢生入仕，任松陽訓導。擅於戲曲，今傳世者有傳奇《嬌紅記》《二胥記》《貞文記》；雜劇《桃源三訪》（初名《桃花人面》）、《花前一笑》《殘唐再創》（又名《英雄成敗》）、《死裏逃生》《泣賦眼兒媚》。另有《風雲會》《繡被記》《紅顏年少》《桃花記》《二喬記》《赤伏符記》諸劇目被有關文獻著録於孟稱舜名下，不見傳本。此外，孟稱舜還編輯過《古今名劇合選》（《柳枝集》與《酹江集》）。

《盛明雜劇》收録其《桃花人面》《死裏逃生》《英雄成敗》三劇，《柳枝集》收録其《眼兒媚》《桃源三訪》《花前一笑》，《酹江集》收録其《殘唐再創》。本書《死裏逃生》（署「山陰子若孟稱舜編」）以《盛明雜劇》本爲底本，《泣賦眼兒媚》《桃源三訪》《花前一笑》以《柳枝集》爲底本（均署「明孟稱舜著」），《殘唐再創》以《酹江集》（署「明孟稱舜著」）爲底本校録。

死裏逃生

第一齣

【滿庭芳】(生冠帶上)世紹簪纓，身憑恩寵，一生富貴天成。烏紗緑綬，無忝舊家聲。自笑青雲路阻，掙不上九萬鵬程，則勝似寒儒薄命，白髮老窮經。

場屋聲名二十年，幾番鏖戰總徒然。蚤知貴賤從天定，何事磨將鐵硯穿。下官祖貫東浙人也，姓楊，名宗玄，字子虛。父居台鼎，母列誥封。則我幼播文名，屢科不第，因此發憤，襲了父親恩蔭，見居刑部郎中之職。半世雄心，一朝灰冷，與西山寺僧了緣，結爲方外之交。目下案牘煩冗，眼疾頓發。昨已乞假，到西山静養月餘，再作道理。(換衣介)正是：且攀方丈高僧話，消却浮生半日閒。(下)

(浄扮僧上)某乃西山寺中住持了緣的便是，一向在京走騙，後因事發，逃在這裏，改名落髮，如今做和尚倒好快活呵。休説吃的十方，穿的十方，用的十方，則這些婦人家，見了别樣人慌忙藏躲不迭，見俺出家人，把眼兒瞧他，他也不避。話兒調他，他也不怪。還有一等知趣婦人專一好打和尚。你道他爲怎麽，他道和尚口穩，一也。以懺經布施爲名，容易上門，二也。少壯出家，精力有餘，見了個婦人如饑鷹得兔，竭力奉承，三也。以此俺做和尚，倒偷了多少婆娘哩！只一件暗地私偷，終欠像意。如今寺後造了幾間曲室，有甚孤行婦人到此燒香，先着個小和尚哄他，他若相從罷了。若不呵，搶在曲室之内，用計凌逼，也不怕他不依我。這正是佛菩薩顯不出的神通，野狐精參不透的機變。更兼俺素性奸猾，學了幾句口頭禪話，在人前說的天花亂墜，鬧動了京城官宦。有等官宦，假意修行賣弄虛名，有等官宦與那婦人一般見識，都替俺做了護法沙門。現有刑部的老楊，與我倍常交好，以此一發興哩！閒話休題。今日天色晴明，怕有燒香婦人到此，不免叫徒弟來商議。徒弟那裏？（丑扮僧上）小僧法名繼緣便是。你道怎麼叫做繼緣？俺師父是了緣，了者，完也。師父偷了婆娘，說是前世有緣，今生了帳。故此取名了緣？師父偷了，纔輪到小僧，故此取名繼緣。今日師父喚我，想爲那話了。不免相見。（作見諢介）（净）今日天氣晴明，敢有婦人到來，你我可如此如此。（丑諾同下）

【番十算】（旦上）春去猛嗟呀，日冷鞦韆架。猩紅淚灑杜鵑花，舊夢渾如昨。

［南柯子］懶拂鴛鴦枕，休縫翡翠裙，羅帳罷爐薰，近來心更切，爲思君。奴家姓李，排行六娘，年方二十歲，兒夫蚤亡，青春虛過，意欲另覓個良緣，奈眼前無可意之人，一向遲疑未嫁。奴與西鄰張大姐結爲姊妹，他年一十九歲，未曾嫁人。昨相約到西山寺裏問卦，這回敢來也！

【前腔】（貼上）獨坐小窗紗，晝靜湘簾掛。粧成無語對菱花，腸斷春無價。

［南柯子］鬟墮低梳髻，連娟細掃眉。終日苦相思，爲誰憔悴盡百花時。奴家姓張，排行大姐，與東家李六娘結爲姐妹。自恨姻緣遲暮，與他相約到西山禮佛，索去走一遭也呵！（見介）姐姐，我和你西山去來。（旦）請行。（貼）姐姐，你覷村花點點惱人腸。（旦）一陣薰風透體香。（貼）深淺蛾眉描不就。（旦）羞看飛燕語雙雙。（貼）姐姐，春光如許，奴與你孤幃獨守，好苦人呵！（旦歎介）大姐，我和你真個虛度芳春也！

【新水令】（旦）空則在綠窗前，斷送了好年華，怨春光黛眉空畫。（貼）似這樣妖嬈花有種。（旦）說甚麼香潤玉無瑕。（合）魂繞天涯，魂繞天涯，幾番兒暗逐東風嫁。

來此是了，我們一齊禱告者。（旦）奴家李氏，稽首佛王座下，奴家早喪丈夫，倘今生還有姻緣之分，求一聖筊。（貼）奴家張氏，稽首佛王座下，奴家年長未嫁，倘今生果有姻緣之分，也求賜一聖筊。（同拜介）（丑潛上介）（旦、貼）

【步步嬌】禱告神靈，問一對龜兒卦，幾時守盡燈前寡。姻緣事，怎麽寶鼎香燒，繡幡雙掛，望如來保祐咱，把孤辰宿障都勾罷。

（旦、貼跌筊介）呀，原來都是聖筊！且拜謝了菩薩，到回廊下閒看一回，回去。（拜介）（丑覷介）

【折桂令】（丑）驀然間佛殿上撞着嬌娃，遍體生香雙鬟塗鴉。拜禱神前，微露銀牙，似這樣扭纖腰百般做作，咦，不由人蕩春心一弄胡麻。（旦、貼轉身見丑介）（丑）俺這裏潛身兒聽他，他那裏回頭覷咱。這段相思，等時害殺。

（作笑稽首介）女菩薩，小僧稽首。（旦、貼回介）長老萬福。

【江兒水】見一個風和尚，堆將滿面花，潛潛躲躲，轉出回廊下。素珠一串胸前掛，青眸兩點人前抹。（背介）賣弄着風流調法，是誰家年少兒郎，也向空門落髮。

（丑）女菩薩，到此貴幹？（旦、貼）特來問卦。

【雁兒落】（丑）我則道玉天仙來散花，俺則道巫娥女閒停駕，把一座誦經臺，權改做行雲榻。既來問卦呵，請問爲甚事？待貧僧代詳。（旦、貼笑介）不勞長老。（丑）女菩薩不説，貧僧猜着了。（旦、貼）長老猜着甚事？（丑）您那裏笑臉兒半生霞，俺這裏密意兒都參罷。干則爲今生緣分佳，問一對鴛鴦卦。（旦、貼笑介）長老猜着就罷。（丑）這等請到方丈吃茶。（旦、貼）怎好擾茶？（丑）只是休怪哩！走過法堂前，轉入回廊下。（丑持茶送旦、貼）（旦、貼）謝長老茶。（丑）不敢。則貧僧有句話，容否？（旦、貼）請説。（丑）吃了盞定婚茶，説幾句知心話。（旦、貼）你出家人，説甚知心話兒？（丑）人雖出家，心則一般。女菩薩纔方説那姻緣之事呵，念貧僧雖不能勾做夫妻那一答也，則待效鸞鳳這半霎。若得與女菩薩，偎香肩摟抱咱。小僧呵，便死也甘心罷。

（旦、貼）呀，你做長老的，怎麼説這落地獄的話兒？

【忒忒令】你可也守清規，戴着僧伽，説佛法，全然不怕。（丑）没奈何，求一遭兒。（旦、貼）出家人色膽到有天來大。似這般歪厮纏，調弄着良家，歪厮纏，調弄着良家，怕你個破西瓜，怎當的一頓打。

（丑）便打也隨了，只願慈悲爲本，方便小僧罷！

【得勝令】都是柳精妖，將人來調弄殺，便老阿難也索把情絲掛。休道出家人一生兒緣分寡，那些的空果結空花，焰騰騰無明舍，欲火增加。饞臉兒顧不得娘行罵，惡膽兒避不得天曹罰。（跪介）歡喜的冤家，願你蚤哀憐，訂石上三生話。救命的菩薩，願你發慈悲，種風前一度花。

【五供養】（旦、貼怒介）禪房游耍，没來由撞着個潑闍黎，亂語胡喳。直恁將人賤，都猜做露柳出牆花。心中暗察荳蔻梢，怎掛搭在葫蘆架。勸你牢守僧禪戒，勸你牢守僧禪戒，謾波踏，干將風月擔兒拿。

（丑）佛囉，如今也没奈何了。

【沽美酒】是這下場頭有些鈎搭，勸娘行不須怒發。則如今普天下女娘家，都要尋和尚，差也麼差。一不合你天生的俏臉兒多俊雅，再不合向禪房來戲耍，三不合留方丈吃了咱茶。也是咱今生的緣法。干是前生兒種下。你那裏悔殺恨殺，我這裏喜殺愛殺。呀，你索做人情，把錦圍城餓鬼頭，蚤些兒放下假。

【園林好】(旦、貼)你犯天條，竊玉偷花。不想落地獄，帶鎖披枷。(背介)我待揚聲，怕惹的傍人笑話。你閃開放我去。(丑)不放怎麽?(旦、貼)不放呵，俺便叫地方，送你到官衙做强奸當賊拿。(丑)不瞞你説，你來得去不得了。師父們一齊來也!(浄衆上攔介)

【收江南】(衆)則幾個狠金剛把住了鬼門杈，便六臂三頭待怎麽。料應飛不出這天羅罫。(旦、貼)俺如今怎生挣扎。(衆)你如今不須挣扎，住僧房也一樣的當做渾家。(旦、貼)地方救人!　恁聲揚，没人知察。(衆)你枉聲揚，有誰知察。俺怕甚麽落地獄，變驢做馬。吃官司帶鎖披枷。(趕介)(旦、貼)俺羞答答掩過裙紗。(衆)俺急嚷嚷彪了僧伽。(旦、貼)俺不是參戲禪個中説法。(衆)俺則是度仙胎空裏拈花。(旦、貼)俺不是許飛瓊私下凡家。(衆)俺則是張博望醉犯星槎。(旦、貼)俺不是翠柳青夙世冤家。(衆)俺則是老玉通眼底根芽。您若是大慈悲救度了咱，俺則是辦香花供奉了他。(衆搶背旦、貼介)呀，似這等天吊下姻緣，可怎生不快活殺咱。(下)

第二齣

【一江風】(生上)甚情懷，睡起思無賴，日轉紗窗外。俺到西山半月，目病漸可，塵心頓淡。自徘徊宦海深沉，酒病詩魔，轉眼時光邁。今日心緒無聊，衆和尚都做功果去了。不免獨步散悶一回。花香隔院來，花香隔院來。鶯聲報午牌。鎮消一餉浮生債。(下)

（旦上）凄風一夜枕邊吹。（貼上）搖落花枝在污泥。（旦）明曉東君不是伴。（貼）可憐事急且相隨。（旦）我姊妹到寺燒香，被這夥和尚搶禁在此。欲不相從，奈此身已陷他牢籠。欲相從在此，此間終非結果之場。大姐呵，家鄉在眼，只不能插翅而歸。怎生是好？

【大聖樂】（旦）盼家鄉咫尺天涯，惡姻緣愁怎捱。燕飛不出重簾外，心似割，淚盈腮。奴自丈夫亡後，只爲差了那點念頭，到此問卦。今日呵，做了個牽情柳絮隨風擺，薄命桃花到處開。心中自揣，不如把紅顔斷送，同向泉台。

（貼）姐姐呵，這是生前孽障，待怨誰來？

【前腔】（貼）恁紅顔惹禍招災，也都是俺姊妹們命運乖。重門鎮鎖深如海，將艷質苦沉埋。好花却被狂風敗，嬌鳥嫌籠叫不開。今生孽債，可正是青青楊柳，流落章臺。

【前腔】（旦）强風情無意和諧，暫吞聲，難忍耐。我想家裏不知陷在此間，誰來尋覓。黄衫義士今何在，心兒裏怎安排。上林雁字憑誰帶，眼底鴛儔待怎捱。（合）這般尷尬，則幾回自想如笑如呆。

【前腔】（貼）倚欄干晝損金釵，悔當初此處來。則咱女娘家不合的私出閨門外，空惹下這場災。如今只索拜懇神明，保祐早脱此災。（旦、貼同拜）（合）向神前設下千千拜，願化行雲，出楚臺。擔愁擔害，則這番淚落血印蒼臺。（同下）

【懶畫眉】（生上）斜穿深徑入幽階，一片桃花滿院栽。（看介）這條小路，幾時新開，俺自來從不曾到。看這徑迴九曲，花開萬點，正是曲徑通幽處，禪房花木深。恍疑此路是天台，緣何没人兒在。那門兒半開哩！則見迎風户半開。

（小丑扮小僧上）師父們不在，留我在此看門。那則聲的是誰？（開門見生急掩介）呀，楊爺則闖到這裏。（生）小和尚你見我，怎倒掩了門兒。（小）師師父，叫外人不要放進來，以此掩了。（生）俺進來何妨。

【前腔】（生）行行徐步入空齋，爲看桃花特地來。（小）師父不在，楊爺明日來罷！（生）你放我一看不妨。俺又不是劉郎誤入小蓬萊，霎時隨喜應可礙。休得硬把門兒抵不開。

（推入介）（小）楊爺進來了，略看一會就去。怕師父回來打我。（生）曉得。（行介）好清幽小院也！

【不是路】（生）轉過蓮臺，喜的是數朵飛花點緑苔。空亭籟，日長晝影絶塵埃。（内旦、貼語）（生聽介）好奇哉！俺不是秦樓夜訪金釵客，爲甚的風送嬌音别院來。（小咳嗽介）（旦、貼上云）外面是誰？（見生驚立介）（生）堪驚怪，僧房怎放佳人在，疾忙參拜。（生揖）（旦、貼回介）疾忙回拜。

（小跌足介）怎好？怎好？做出來了！楊爺，趁師父未回，去罷，休帶累我。（生）不妨，我就去。（小）既如此，我們外望一望，怕師父回來。（生）這使得。（小背云）師父知楊爺到此，定然怪我。不如先去報知，再作區處。（下）

【前腔】（生）何處裙釵，獨在禪房扃不開。（旦、貼）奴家是鄰近婦人，到此問卦。休驚怪，爲求寶卦叩蓮臺。（生笑介）謊也！暗疑猜，您個人，怎没個人陪待，敢是巫山行雨來。（旦、貼左右低覷介）往常見那些和尚，説有位楊爺，在此養病，可就是麽？（生）是也。（旦、貼）楊爺不知，奴家姊妹，到此問卦，被這夥和尚搶禁在此。遭無賴，他强迸勢迫渾無奈。（生）原來如此！你如今可要回去麽？（旦、貼）怎生不要。只苦不能脱身。今遇着楊爺呵，敢求救解，敢求救解。

（生）怪道這些禿厮，再不引我到此。

【前腔】（生）佛殿僧齋，倒做了悶鎖春風銅雀臺。菩薩呵，你威光大，怎生不救出了女裙釵。這些禿厮，背地做這勾當！潑喬才，奸婬不守康禪戒，枉掛慈悲金字牌。（旦、貼）楊爺呵，求拖帶，今朝得出牢籠外。（拜介）敢忘頂戴，敢忘頂戴。

（生）俺如今一人，怎帶你出去？

【前腔】（生）聽説情懷，這段憂愁天降來。心中揣，隻身無計怎安排？（旦、貼）這等楊爺，可早去謾徘徊，您魆時撞入這烟花寨，則怕他行去便來。（生）是如此，俺今就回去，明日差人取你。須寧耐，你來朝盼着門兒待，別求擺劃。（旦、貼拜介）蚤求擺劃。（下）

（生出介）這小和尚一定去報與那禿厮知道，回來恐遭暗算，不免疾忙去罷。咳，我想這些禿子，在人前直恁説法作乖，背地作此勾當，真個可惱也！

道學先生今已没，禪家戒行有誰傳。
祖宗多少真衣鉢，付與兒孫作本錢。

第三齣

（浄衆慌上）怎了，怎了？尋思没有計策，趕回去結果了他罷！（生上）呀！前面望着他一夥來了，我若説回去，他一發驚怪。這空山之内，並無躲閃處，則索相機而動，看他如何？（浄衆）楊爺，那裏去？（生）我在此閒步。（浄）楊爺休謊，小僧的勾當已露了，不消瞞着。一向要請楊爺，同要片刻，尊目未愈，不好相邀。今日楊爺，就同小僧去要一要何妨。（生）你有這好處怎不早説？如今就同去。（轉行介）（浄）徒弟們，快拿酒來，叫那娘子們都來陪楊爺坐。（丑下持酒同旦、貼上見生驚介）楊爺，今日休也！（浄）徒弟們，把門掩了，天晚點燭來，奉楊爺酒。

【皂羅袍】（衆）把曲户重門掩上，則知心三五痛飲何妨。高燒銀燭照紅粧，呑花卧酒多情況。風移月影，看看過牆。主人情重，狂歌未央，且通宵共醉渾無恙。

（浄）娘子們奉酒。（旦、貼）楊爺飲酒。

【前腔】（旦、貼）見他沉吟半晌，算今宵可似夜會河梁。（低介）俺是鴛鴦誤入錦圍場，楊爺呵，你做了蜻蜓自落蛛絲網。瓊漿低勸，歌喉正長。銀杯懶舉，中心暗傷。（内鐘鳴介）聽催人幾度鐘聲響。（生起介）

【前腔】（生）驀地心懷悒怏，覷他行暗裏心緒徬徨。俺這裏夢中無意學襄王，他把眉尖密恨傳張敞。錦營花陣，旗鎗怎當。酒蛇腹劍，機關怎防。今宵凶喜應難量。

俺目病未愈，不能多飲，明日再飲罷！（浄）楊爺休辭。放開大量，吃個爛醉，小僧有話禀。（生）酒罷了，有話就講。（浄）楊爺，再飲了這酒呵，小僧們還要求楊爺一條生路。（生背云）呀！這話蹊蹺也！了緣，我與你十年之交，怎比別個？你今日容留這兩個婦人在此，正好與你同歡同耍，何用猜疑着我來？（浄冷笑云）楊爺，做官人專會調謊。小僧們做此勾當，料得決無生理，況兼楊爺一向信奉佛法，意欲脱離生死，如今這杯酒呵，專要求楊爺疾上西方，救度了小僧們罷！（生）怎怎怎説這話？我楊宗玄今日休也！（坐倒介）（浄）楊爺休怪！這也是數該如此！娘子們，再奉酒，請楊爺便好升天。（旦、貼送酒介）

【憶多嬌】（旦、貼）冷風颼，肌骨涼。（背掩淚介）血淚淋侵千萬行，便鐵樹花開愁怎忘。勸你滿飲瓊觴，滿飲瓊觴，出落得魂歸醉鄉。

（浄）楊爺，寬懷再飲一杯。（生低問旦、貼介）你好救我麽？（旦、貼）不能彀了。且再飲這酒罷！

【前腔】（旦、貼）燈影涼，更漏長，古佛堂前冷月光，楚楚淒淒情慘傷。勸你快飲霞漿，快飲霞漿，蚤收拾魂歸故鄉。

（浄）楊爺既不飲了，就請升天。（生泣介）俺家有老母弱妻幼子，放俺性命呵，休道漏洩半句，此生當啣環以報。（跪）（浄跪扶介）楊爺恁般聰明，怎還不懂？小僧們正是騎虎之勢，不能中下。如今不敢唐突，早備下浄室，内有羅帕一條，小刀一把，隨楊爺自便。娘子們扶了楊爺，待我衆做功果超送。這是小僧們十年之情了。（旦、貼扶生浄衆持法器送生）（生歎介）罷罷罷！俺楊宗玄一死何難，乃向鼠輩求生？只可惜俺的娘，再不能相見呵！

【駐雲飛】（生）滿眼恓惶，愁霧昏迷月倒廊。禍事從天降，難躲鯨鯢網。嗏，無計見高堂，魂在何方，日薄西山，倚閭空相望。一度思量痛斷腸。（浄衆向東念介）

【浪淘沙】（浄、衆）思量痛斷腸，魂在東方，春花落盡燕飛忙。萬紫千紅都是幻，難免無常。不必恁悲傷。想念高堂，願君早去上仙鄉。今世冤魂都散盡，重轉爺孃。

（生）我那妻呵，我指望與你白頭廝守，誰知半路相抛。

【駐雲飛】（生）鬼火熒煌，幡引飄摇魂魄揚。楚廟雲遮障，銀浦生烟浪。嗏，無計見妻房，魂在何方。血染啼鵑，叫絶梅花帳。一度思量愁慘傷。（浄衆向南念介）

【浪淘沙】（浄、衆）思量愁慘傷，魂在南方，夏蟲赴火自奔忙。惹禍燒身都是你，難免無常。不必恁悲傷。想念妻房，願君早去赴天堂。今世冤魂都散盡，重結鴛鴦。

（生）憶昔孩兒，牽衣相別，今後再難相見呵！

【駐雲飛】（生）命坐孤亡，風雪途中逢虎狼。冷骨抛泉壤，茶酒誰澆禳。嗏，無計見兒郎，魂在何方。憶别牽衣，笑語重難傍。一度思量血淚汪。（浄衆向西念介）

【浪淘沙】（浄、衆）思量血淚汪，魂在西方，秋英零落雁歸忙。一夜風霜人盡老，難免無常。不必恁悲傷。想念兒郎，願君早去度慈航。今世冤魂都散盡，花謝重芳。

（生）咳，俺一家都罷了！俺世受國恩，再不能將身報效。

【駐雲飛】（生）風馬丁當，暮雨蕭蕭怨白楊。悽慘陰風壯，恨氣填霄壤。嗏，無計見君王，魂在何方。屍飽饑鴉，夢斷金階上。一度思量心渺茫。（浄、衆向北念介）

【浪淘沙】（浄、衆）思量心渺茫，魂在北方，冬宵日短去奔忙。青草高岡何處覓，難免無常。不必恁悲傷。想念君王，願君早去夢黄粱。今世冤魂都散盡，日落重光。

（生）俺楊宗玄生於東浙，死在此間，可憐做了異鄉之鬼！

【駐雲飛】（生）月色昏黄，陰火燐燐古廟傍。血淺如春釀，淚湧層波漲。嗏，無計見家鄉，魂在何方。甚日重生，牽犬東門上。幾度思量恨轉長。（浄衆向中念介）

【浪淘沙】（浄、衆）思量恨轉長，魂在中央，烏飛兔走恁奔忙。壽夭彭殤俱是夢，難免無常。不必恁悲傷。想念家鄉，願君早去見閻王，今世冤魂都散盡，再轉滄桑。

請楊爺進浄室，我們候送升天。（生）我命少不得在這刻，你們不消伺候，准備來早，收拾屍首罷了。（浄）是！聽楊爺分付！（推生入鎖門介）楊爺鎖在此，料他有翅不能飛了。只留一個守門，催趲楊爺。我們去睡一回來看。（對生介）楊爺不消哭了。自古道：「閻王注定三更死，定不留人到五更。」你生時替俺沙門護法，如今死也替廟中做護法靈官罷了。（摟旦、貼先下）（小丑）師父們都快活去了，待我瞧着楊爺。（生哭介）

【山坡羊】（生）償不盡黑漫漫彌天的孽障，跳不出惡洶洶潑天的黑浪。我想世人都有一死，我今日呵，似這般不分明死向黄沙，到不如雲陽梟首在高竿上，臭名揚，也落得陰靈兒返故鄉。争似咱千年恨骨填蒿壤，旅櫬孤魂隨風飄蕩。凄凉，可正是未開花葉半黄。悲傷，千則是做人生夢一場。

（小）雞將鳴了，請楊爺趕早。（生）不消忙。我坐定死了，待我痛哭一場。天呵，我楊宗玄死於此輩之手，所爲何來？

【前腔】（生）又不是恨漂流杜陵詩葬，又不是任疎狂江心身喪。知今生命犯何星，似白魚誤陷在余且網。猛恓惶，聽聲聲索命的銅壺漏滴忙，和追魂鐵馬丁冬響。今夜今時，殘生怎償。難當，命逡巡雪裏湯。堪傷，淚抛零六月霜。

（内扮伽藍上）誰道幽中無鬼神，昭昭暗室朗如星。大眼看他人世上，到頭報應總分明。吾乃寺中伽藍是也。惡僧罪貫已滿，楊生難運已過，不免叫睡魔纏定了這些和尚，指與楊生一條生路者。（指小作睡聲）（生聽介）那惡僧睡熟了。（摸介）這四壁重牆，那討出路呵？

【前腔】（生）俺可似没頭蟲誰行來撞，折脚蟹何方去闖。辜負我半世英雄，白茫茫，怨氣有三千丈。這寺内的神明呵，念楊宗玄也是朝廷一員命官，平日不曾做甚歹事，怎生縱這些惡僧害我？恨穹蒼，全然没主張，除邪剪惡都成謊。水月堂前，容留這孽黨。荒唐，空則向神靈爇炷香。慌忙，早則是送無常來褙裝。

（內作鼠打介）（伽藍向上指云）楊生不須埋怨，可望此逃生去者。（下）（生仰看介）呀，忽然一陣鼠，打屋上透下亮來。不免扶着聖像，扒上去，倘得出路，也未可知。（作扒上介）且喜這條椽子朽斷，待我頂上去。（頂上望介）（內作驢聲介）呀，原來牆外就是路，那牆邊有株小樹，不免拚死跳過牆去。（跳下閃介）哎喲，脚兒閃折也！没奈何，只得拼命，再跳過去。

【尾聲】（生）牆高百尺飛難上，望神明暗裏相將。（跳下介）好也，已跳出牆外，須抵死挣上路去。俺則是死裏逃生，恨不得插了翅兒蹌。（下）

（小醒介）打了一會兒盹，不見楊爺響動，想是死了。且叫師父們同來看他。（叫介）（淨衆上）楊爺死未？（小）這會悄然，想是死了。（淨）如此，謝菩薩，斷了禍根。（開看驚喊介）楊爺那裏？有屋上一個大窟洞，扒出去了。怎了？怎了？（打小介）你怎不管？（小）你們抱了個婦人去睡，怎生打我？（淨）打他没用了，想他走還未遠，快趕去，撞着一刀搠死了。（衆下）

（外中淨扮煤子上歌）行不得哥哥，朝朝夜夜苦奔波。一年三百六十個夜，並無一夜在家中卧。呵呀！天呀！叫一聲行不得哥哥，兀的掇賺煞了我。（生上撞跌介）救人，救人。（外）呀，我們説不得帶着五更騙煤，你甚麼人？黑暗裏撞了一跌。（扶生起介）原來是位相公，爲甚着忙？（生）我不是相公，乃刑部郎中姓楊。（中淨）却是醫人。（外）不是。郎中是官名，乃刑部楊爺。請問楊爺，怎這般模樣？（生）我在西山養病，小厮們都差上京去了。那夥和尚搶了婦人，被我撞破，他要害我，幸得越牆到此。你們救我回去，重重相謝。（外）原來如此！

楊爺不消忙，可除了衣巾，混在隊裏同去。（換衣帽同走介）

【下山虎】（生）奔離鬼窟，道路迴遮，掙不出羊腸路。幾番害怯，戰兢兢的步兒難趄，喘吁吁的氣兒怎接。猛聽得黑松林疎喇喇冷風吹敗葉，怕他行追截，怕他行追截，没揣的閃人來一跌，將脚心踏破者。可正是焰騰騰火走金蛇飛不迭。

（生衆下）（浄衆上）

【水底魚】（浄）直恁蹊蹺，籠中走禍苗。一路趕來，並無蹤跡。佛囉，望你靈威保祐，截斷古河橋。（下）（生衆上）

【下山虎】（生）則趁着這曉風殘月，脚跟輕躞。呀，猛回頭，那答樹影雲遮，一弄裏打草驚蛇，驀地的魂收不迭。可便是夜渡秦關，四壁荒雞聲斷絶。看追來近也，看追來近也，望中途燈火摇摇如電掣。賊眼腦，天生劣。怕俺潑殘生，捱不過今宵刀下劫。

（外）後面一簇燈火，漸漸近了。楊爺，不要則聲，我們自有計較。（浄衆上）

【水底魚】（浄）山野迴遭，么魔何處逃。草鞋踏破，不見影分毫。

前面趕驢的在此，不免問他。趕驢的，曾見人跑過去麽？（中浄）怎樣一個人？（浄）是一個中短身材，頭戴晋巾，身穿藍襖，你們若見，説我知道。重重相謝。（中浄）你們尋他怎的？（浄）他是寺裏歇的，夜間偷了銀兩逃來，爲此追他。（中浄）纔方黑窣裏，見個人慌忙從那邊跑去，像是穿藍的。其餘並不曾見一個。（浄）不要謊我。（外）我們怎謊你？追着了，只要謝我。（浄）是了，他道我們定從大路追他，緣此倒向那邊去了。快些追轉去。（急下）（中浄）這夥賊禿，被我一哄，飛也似跑了。楊爺，你快騎了驢兒，一直走過山坡，就是京城大路了。把衣巾留在此，明日小的們拿來討賞。（生）苦了一夜，腿兒疼痛，怎生挨得去呵？

【香柳娘】（生）這山岡陡絶，這山岡陡絶，悄魂飛越，便費長房，也縮不得程途捷。（外中浄）楊爺呵，你不須畏怯，你不須畏怯，捱過這山脅，前途少周折。（生）没奈何挨去，只是累你們呵！　謝伊行救徹，謝伊行救徹，可正是枯木重生，斷紅再接。

（外）自古青天祐吉人，（生）與君相見喜相親。

（中浄）前途此去應無恙，（生）狼虎叢中蚤脱身。

第四齣

【鵲橋仙】（生冠帶引衆上）打破牢籠，高飛彩鳳。驀地驚心猶痛，霎時健翮展秋風，做輪回一場春夢。

死裏重生似夢間，人生禍福總由天。回頭漫憶三生事，須信輪迴只眼前。俺昨日從血泊中，脱了那場大難，真所謂一死一生，俱出意外。蚤差人和地方去拿那夥和尚，已走漏了一半，幸得了緣繼緣兩名正犯，在中途捉獲。今日取來，痛決一番。左右，帶那斡人犯過來。（皂隸排衙帶浄丑旦、貼同上）（生拍案介）

【風入松】（生）見了這潑闍黎，不由人怒氣的猛填胸，血噴噴兩眼生紅。覷着你一身中罪案如山重，便碎骨法難輕縱。左右呵，你與俺儘氣力百般拷弄，猛可也洩不盡俺氣冲冲。

（打浄丑叫苦介）（生）且住，你前日道是騎虎之勢，不能中下，今日這機謀安在？（浄、丑）如今再有甚説。

【前腔】（浄）歎前宵巧計總成空，這冤家狹路相逢。如今悔也渾無用，打得俺血淋漓四梢難動。爺呵，雖是俺犯天條，法難輕縱，則望你看佛面略寬容。

（生）咄，你不説佛面猶可，若説佛面呵，如火添油。

【前腔】（生）憑着你瞞天的惡膽逞奸凶，罄東海流罪無窮。想起那日呵，雖是俺無端撞入花胡洞，也不曾打散你陽臺佳夢。爲甚麽輕輕的把俺殘生斷送。你可也全不想墮阿鼻地獄中。

（净）望爺看十年之情，略恕一二。（生）胡説，掌嘴。（掌介）（生）你這秃廝呵，你死當然，我死何辜？俺那日呵，

【前腔】（生）可正似子規叫徹五更鐘，血淋浸淚灑西風。那時節你狠心腸，怎不念故人情重。若不是神明呵擁，則俺冷骨頭倩誰來葬送。（歎介）猛提起淚縱橫。

這也罷了，想我脱身之時，

【前腔】（生）你那裏騁着莽威風，恁聲息如虎如熊。若追着俺呵，少不得千斬萬剁在刀頭用。今日呵，尚兀做鸚哥的巧語在花前調弄，越惹得咱肝腸悲痛。咱與你十年之情，如今也無物相贈，則與你無情劍，三尺的冷青鋒。

（净）罷了，罷了！俺今日呵，

【前腔】（净）恰便是孤雛投入土牢中，總滿身插翅難通。干將一命無常送，枉用盡機謀萬種。如今不怨别的呵，只怨這兩個粉油頭將人逗弄，恁悲嚎也是空。

（旦、貼）你怎生倒怨着我來？

【前腔】雖是咱婦人家不合的私入梵王宫，怎隄防陷在牢籠。自古道婦人家楊花力弱横無用，禁不得

你百般攔縱，熬不過你千場淩迸。你今日呵，倒則是剗口兒恨東風。（生）他來燒香，却誰教你搶他？他既入你圈套，休説兩個婦人，便俺男子漢呵，怎奈你何？

【前腔】（生）則俺霎時間投入犬羊叢，猛教咱叫天天地窟難容，這殘生險做了游仙夢。他是婦人呵，怎禁的你百般攔縱，熬得你千場淩迸，你今日呵，兀則是剗口兒怨誰儂。

（生定招科）惡僧二名，强搶人家婦女，謀害朝廷命官，謹按大明律，不分首從，皆斬。婦人二名，一時搶逼，實非得已，釋遣歸家，聽其自便。（旦、貼謝科）多謝楊爺超豁，小婦人無恩可報。正是生作斷蓬乘雨露，死爲黄雀報恩環。（下）（生）叫承行吏，一面與我寫下本章，奏聞聖上；一面分付劊子手，綁押市曹，候旨處決。你這秃厮呵，當初多感你做功果超送我，如今一步一棒打送法場，也顯我十年之情罷了。（浄）老爺，可憐見救人一命，勝造九級浮屠。休道我佛如來，殺身喂虎，便是儒門孔夫子，也説以直報怨。望爺饒恕了貧僧兩條草命。（生）這秃厮胡説！

【江頭金桂】（生）尚兀自虚頭調弄，假慈悲無影蹤。把蓮花貝葉律法宗風，倒做了殺人刀暗裏鋒，寶殿珠宫，也都做了迷魂坑洞。平生造下惡貫千重，合墮在刀山第幾峰。你心中自懂，你心中自懂。笑從前錯用恁奸凶。你出家人不畏佛法，也須畏官法。您道輪迴六道俱成謊，敢這法綱千條也是空？

（浄）爺呵，如今悔也遲了，只望老爺可憐。

【江頭金桂】（生）想那日恁般洶湧，潑心機使的凶，前生孽障，驀地遭逢，你道咱似飛蛾投火中。看你今日呵，魅迹狐蹤，何方播弄。這正是自身自做怨着誰儂。把往日的機謀掃地空，勸你不須悲痛，不須悲痛。殘生斷送，則俺這破題兒與君同。管教地獄今宵到，靈山無路通。

（劊子禀介）是法場了。（内傳云）聖旨到來，了緣、繼緣，情真罪當，決不待時，即着楊宗玄監斬，仍梟首示衆。（生）謹奉旨。（劊子）禀爺開刀。（生）了緣，俺也送你蚤蚤超生。（净丑哭劊子砍頭下）（生）將頭傳示各寺院，與那些奸淫和尚做樣子。（外、中净上）天上定盤渾不錯，人間漏滴果無差。楊爺把兩個和尚已殺了。我們拿了衣巾去討賞。煤子們叩頭。（生回揖介）請起。前日活命之恩，今日每人謝銀百兩。（取銀賞外中净謝介）

【滴溜子】（外、净）作惡的作惡的，千般没用。有福的有福的，百靈呵擁。想老爺那日，也都是神明護送，這福量與天同。量小的們呵，有甚微功，濫叨厚寵。（下）

（生歎介）俺那日自想再無生理，誰知今日如此！正是：

【尾聲】（生）風波萬狀燈前夢，死生一霎樹頭紅。則這恩仇兩字呵，少不得緑水清山到處逢。

人前説法有千端，佛口虺心總一般。

多少愚人渾不悟，當場演出請君看。

泣賦眼兒媚

正　目

陸制幹巧合錦花鈿，陳教授泣賦眼兒媚

第一折

（鴇兒上云）曾將脂粉畫蛾眉，可憐老大幾堪悲。白頭忽憶少年事，猶有巫雲夢未歸。老身姓江，幼時曾做上廳行首，親生一個女兒，十分大有顔色，更兼吹彈歌舞，翰墨詩詞，件件精通。但是郎君見他，無有不愛的。如今與學中陳教授，彼此眷戀，纏得有些火熱，只是太守老爹拑束甚緊。老身生恐太守知道，拖累不便，幾次要拒絕了，奈女兒纏住不放，只得依他。今夜月色正明，那陳教授敢又來也，只得分付下的等候咱。（下）（生扮陳詵上云）黄卷青燈一蠹魚，十年讀遍五車書。如今權學看花客，不作黌門老腐儒。小官姓陳，名詵，本貫巴陵人也。幼年與陸雲西同窗，結爲兄弟，他如今現做荆湖制司幹官。小官叨登甲榜，僉除岳陽府學教授。此間有歌妓江柳，生得風流旖旎，巧慧聰明，小官有意娶他，奈於官箴有礙，未敢擅便。只得夤夜踰牆，與他往來。如此已經二載，今晚乘着月色去走一遭者。（下）（旦扮江柳上云）妾身姓江名柳，在此間做一上廳行首，與學中教授陳詵，往來已經二載。他人才聰俊，性格温存，深愜吾願，約定今夜早來會我。這些時敢就到也。暗想我做妓女的，整日迎新送舊，幾時得個了休！日常當官歌舞，夜半方回，暢好不得自在也呵！

【雙調・新水令】子規聲叫徹夜三更，則這玉樓人，酒闌香賸。尚兀自燈前歌宛轉，月下舞娉婷。似這般薄福殘生，捱不出潑賤前程。雖則是内性聰明，所事多能，干向花柳内顯名姓。

【沉醉東風】做子弟的多則是青樓薄倖，做猱兒的多則是紅粉無情。咱可也收不迭買風流烟月牌，填不滿葬年少胭脂阱。更説甚磣磕磕海誓山盟，妙舞清歌絶世能。（歎科）到頭來都化做殘英斷梗。

（内打更鼓科）更漏已沉，他怎生還未到也？

【喬牌兒】天街月正明，漏斷聲初靜。一簾水浸玻璃映，盼不見玉人花下影。

（生上云）自家乘着月色，背地到此。他門兒半掩，只索徑自進去。（見科）大姐，我來也。

【甜水令】（旦）見了這繡幕輕摇，人來月下，風移花影，忙教我含笑起相迎。咱兩個魚水相同，你把咱廝親廝愛，咱把你廝欽廝敬，好一似鵲橋邊，偷會雙星。

（生）我今日巴不得到晚也！（旦）咱可也盼得你久了。

【水仙子】一天露白晚風清，十二樓頭淡月明。愛你個學士官人，没半點兒俗塵性，入門闌春自生。咱和你細語叮嚀，比及那楚宋玉多情興，漢相如添志誠。俺兩人呵，説不盡今夜恩情。

（生）夜深好睡也！

【殿前歡】（旦）蚤則是夜深沉，滅殘燈，映紗窗嫌殺月兒明，掛垂檐驀見參兒正。（生）何處簫聲吹的慘人也？（旦）悄悄冥冥，聽何處的吹簫別院聲，翻入陽關令，惹起離愁興。咱和你枕邊軟語，一晌消停。

（生）大姐呵，我若另得升除，娶你回去，便是夫人縣君也！（旦）妾風塵賤妓，怎敢望此？只願相公休負心者！

【山石榴】雖則良家許咱娼家做，只怕咱娼人没那夫人命。今日俏蘇卿乾受了雙生定，准備着金花誥頭上頂，玉鏡臺手内擎，結果了這夜夜的短恩情，向緑窗前竝宿鴛鴦頸。可不道大翻身跳出迷魂境。

（生）月輪西墜，晚鐘初動。俺兩人又索相別也！

【得勝令】（旦）猛聽得花外曉鐘鳴，又則見樹上野烟横。俺這翠袖無心舉，您那離絃不耐聽。明夜是必蚤些再來者！再四的叮嚀，願夜夜人休另。打辦着志誠，則朝朝向簾下等。

（生）我得便就來相會，只怕你別有得意人兒也！（旦）噤聲！

【鴛鴦煞】你道女娘家慣使的楊花性，只怕你官人們多犯着桃花命。（生）我怎敢別處行踏？只怕太守知道，阻隔我佳期也！（旦）怕甚麼太守臺前，不狥人情。趁着這淡月疎星，銀河耿耿，蚤些兒離却書齋，依翠柳，將身映，獨自微行，把今夜的恩情來再整。（同下）

第二折

（孟之經上云）三年出守岳陽城，一片冰心徹底清。到處春風隨五馬，留將德澤播蒼生。某姓孟，名之經，自昔年叨中甲第以來，累蒙聖恩，擢至岳陽知府。此間有教授陳詵，少年登第，頗有才名，只是賦性輕狂，酷愛花酒。聞的他每夜私離學宮，與歌妓江柳爲伴。某微言諷諭，他全然不采。前日公讌喚江柳不到，某今待拿他來杖責了押隸遠州，以絶其後。張千拿將江柳來，晚堂回話。（張千）理會的。（同下）（旦上云）我自與陳教授爲伴，閉門謝客，早晚被母親聒噪的不耐煩。想咱這們依飯，怎生得了休也呵！

【仙吕·點絳唇】妓女家規，終身之計，無他事，單則是獻笑追陪，賣俏將門倚。

【混江龍】大古來婚姻匹配，老天公注定强難移。空結了些姻花姊妹，露水夫妻。當日的蝶粉乍銷成對蚤，有時呵，蜂黄退盡悔時遲。眼前人遂不得咱從良意。誰當可喜，若個相知。

每日價有一班子弟，到咱家行踏。他道咱呵，

【油葫蘆】爲甚麼冷落秋風掩畫幃，衷腸只自知。想着星移斗轉夜深時，他呵爲貪花擔受着風流

罪。這幾時被母親扳障的苦也。咱呵爲憐香難避這腌臢氣。心似痴，情似迷，把麗春園權當做藍田驛，則待夜夜暗偷期。

（張千上云）奉太爺命，到此勾拿江柳。江柳在家麼？府堂勾喚哩！（柳見科）哥哥，府堂爲甚勾我？

【天下樂】落葉似官身晝夜催，今日因甚的叫喳喳把江柳名兒不住的提，莫不是曲江池宴甚客？（張）不是。（旦）莫不是翫江樓排甚席？（張）不是。（旦）若不呵，你奉着那件官差來到此？

（張）太爺惱你哩！（旦）太爺爲甚麼惱我？（張）我不知道。你自去回話咱！（旦）這事怎生是了也？我和母親説了去來。（同下）（孟之經上云）鼕鼕衙鼓響，公吏兩邊排，閻王生死殿，東嶽嚇魂臺。某今日晚衙視事，着張千去拿江柳，想就來也。（張千同江柳上見科）稟爺，江柳拿到。（孟怒云）江柳，你知罪麼？（旦）小的不知甚麼罪？（孟）你兀自口强，我且拷廳責你三十，慢慢問你罪名兒。（旦）這却怎生是了也？

【醉扶歸】見了他惡哏哏仗着凶權勢，使不的咱撒殢殢賣弄着潑嬌痴。似這般凜凜秋霜鐵面威，老龍圖慣斷甚閒公事。料着咱妓女們，止不過盡世裏求錢乞食，是不曾犯下了那一件違條例。

（孟）你説不曾犯罪，你前日和誰飲酒，誤了官身，却怎麼説？（旦）小的不曾和誰飲酒來！

【游四門】昨日個露下天高更漏催，明月照窗西，秦樓夜作金釵會。門掩翠屏低迷，這風月事蚤收拾。

（孟）你兀自抵賴！且問你，那陳教授可到你家麼？（旦）並不曾到家來。（孟）這賤人頑皮賴骨，不打不招。左右着實打者。（張千打科）（旦）大人息怒。容小的慢慢説來。咱和陳教授兩個呵，

【勝葫蘆】咱不合玳瑁筵前捧玉杯，索賦了首斷腸辭，他也不合走向章臺折柳枝。做官的不識罪

責，做妓女的不知迴避，兩下裏供狀總難推。

【么】（旦）也不過閒向香街覓舞衣，飲的個月照海棠低，須不曾卧柳眠花中酒迷。告大人詳察，審知就裏，這往事再休題。（孟）那陳教授到你家來，有甚勾當？

【金錢兒】（旦）直恁葫蘆題，將咱罪名指。（孟）都是你賤人引誘他來。（孟）不是你是誰？（旦）咱則不合呵生來落籍在風塵内，再不合呵，清歌妙舞錦雲圍。（孟）你門户中陷了許多子弟也。（旦）你道咱逗引得晃郎君生忿逆，村子弟不誠實，量咱呵，雖是個浪包婁求食妓，怎當做鬼魔媚賺人賊。

（孟）别的猶可，那陳教授是做官的，你污他清名，壞他官箴，其罪非輕。（旦）古來做官的，多有流連花酒，不止他一個。（孟）你説有那個？

【寄生草】（旦）秀才們長向花前醉，文苑客多從月下迷。有一個李謫仙題詩走馬華陰市，有一個杜子美游春醉倒黄花地，有一個白樂天狂歌淚濕青衫袂。那幾個呵，雖是朝來金鎖點朝班，也則暮回柳巷尋歌妓。

（孟怒云）這賤人不思己過，顛倒在我跟前攀今弔古，指東扯西。左右將他鬢邊刺了「陳詵」二字，押隸到辰州居住，不許在此遲留半刻。（刺科）

【么】（旦）則恨咱身微賤，直恁的命運低。好苦也！那陳詵呵，咱雖是心兒長把他人兒記，怎教這髩兒倒把他名兒刺，從今後夢兒空把他情兒繫。想當初幽囚風月二十年，到今日遞流花草三千里。

（孟）快押他出了岳陽城者！

【後庭花】（旦）從今後再不索向花前列舞衣，再不索侍華筵奉酒杯。再不索對月下閒歌咏，再不索傍妝臺學畫眉。哭啼啼，直趕到湘江那壁，則這一片俏魂兒，化作曉雲何處飛。

（張押旦下）（孟）張千押江柳去了，今後絶了陳詵的念頭，却不好也？（下）

第三折

（鴇兒上云）這一場禍事，怎了怎了？我女兒被太守痛責，立時趕發辰州居住。辰州隔此八百里，道路又遠，資糧又少，怎生去得？我想此事，都是陳教授拖累的，只得到學裏埋怨他，要他齎發前去者。（下）（生上云）俺陳詵不合與江柳往來，被孟之經那廝，將江柳拿去杖責，髩邊刺我名字，立時押隸辰州，兀的不惱殺我也。如今鴇兒來埋怨我，要我齎發盤費。這事原是我拖累他的，我則索罄囊中所有，到郊外餞送他去也。（下）（張千押江柳上云）自家張千，奉太爺命，押江柳到辰州。江柳，你是快行動些兒！（柳）誰想有這一場禍事也呵！

【越調・鬥鵪鶉】淚滿湘江，愁連楚峽，都則爲奉酒陪茶，生做了這違條犯法。（張）太爺言語，不許久停久住，今天色將晚，快走動者。（旦）古道人稀，疎林日下，監押的哥哥忙迸殺。當日美恩情，兩載三年，今日泣別離，片時半霎。

（張）你怎怨我來？（旦）我怎怨哥哥也！

【紫花兒序】咱則恨嬌滴滴桃花命薄，颺悠悠柳葉身輕，虚飄飄蝶夢人遐。（張）此去辰州八百里，不是容易到得，你是必闌闥咱。（旦）我怎受的這跋涉也！咱雖是風塵潑賤，也受用足内苑驕華。今日遠走天涯，夜宿烟村第幾家？ 樸簌簌悽惶淚下。怎禁那落日長亭，千里平沙。

（生上見科）大姐怎狼狽至此？都是我拖累了也！（旦）妾身遭痛責，妾之命也，與君何干？ 但自此去後，相見無期，好苦人也！（打悲科）（生）我今悔恨無及，薄具資糧來送你。（出砌末科）這錢六百緡，送大姐盤費。這錢四百緡，付公差留下，路上好生看覷大姐者。（張）相公不消罣念，一路看覷，都是小人。

【三臺印】（旦）提起來痛酸煞，則教我淚做千行下。生做了這一場風流話靶。自昨日個鬧哈哈嚷了官衙，干惹得那旁人笑話。（生）這都是我斷送了你也！（旦）他道我身遭折罰，都是他送了咱。那太守道壞你官箴，累你清名，皆小賤人之罪。則這名兒點污，還是咱誤了他。我和你兩地遭磨，只落得一般牽罣。

（生）天色兒又將晚也。眼前別去，你前途隻影，好自傷心哩！

【小桃紅】（旦）覷着那滿堤荒草接天涯，黯淡斜陽下。暮柳離亭自瀟灑，猛嗟呀，凄凉燕子，訴不出當年話。（生）大姐此去，還罣念我否？（旦）俺向潯陽水汊菰蒲葉下，和淚撥琵琶。

（生）我有詞一首，名曰《眼兒媚》，贈大姐爲别。待我表白一遍咱：「髩邊一點似飛鴉，休把翠鈿遮。三年兩載，千擱百就，今日天涯。楊花又逐東風去，隨分入人家。要不思量，除非酒醒，休對菱花。」（旦）好傷心之詞！（收科）妾當置之懷袖，見詞如見君也。

【含笑花】覷咱這一點似飛鴉，須不是額角香鈿掩翠瑕，則把你名兒牢刺在咱眉尖下，越教人寸腸牽罣。淅零零的杜鵑紅淚灑，猛教我有何顔再對菱花。

（生）俺與大姐二年之交，豈料斷絶只在今日也！

【禿厮兒】（旦）没計兒將咱救拔，則待化啼鵑飛出三巴，將别限俄延只半霎，今日裏向天涯誰家。

（生）大姐此去自有佳配也！

【聖藥王】（旦）呀呀呀！你道是烟樹峽，雲水涯，趁東風無地不楊花。則俺這心似擣，淚似麻，向湘川寂寞度年華。怎肯隨分入人家？

【麻郎兒】再休題香浮翠斝，再休題板撒紅牙，是那日風流罪發，我甘葬送牡丹花下。

（生）太守好狠也！

【幺】（旦）他把咱家責罰，則待折花枝，斷絶根芽。不爭你做官人怕犯着周公禮法，干教我妓女們受了恁般兜搭。

（生）此去千里，後會難期。大姐休念前言，悮了你終身也。（旦）妾身怎敢他想，只怕相公心變也！

【小桃紅】我待向春風長唱杜陵花，比着那蘇小卿，竝没半些兒高下。則怕伊呵，錦帳銀屏正歌罷，貪戀着那奢華，忘却這臨岐執手叮嚀話。奴年三八，重回改嫁，爭些兒明月落誰家。

（生）大姐若肯守志，我怎肯負却前盟也！（旦）妾風塵之身，今又遭斷決，遠配千里之外，欲君復守前盟，恐終是痴想也！

【東原樂】你色膽如天大，咱離情似海遐。你怕不別折垂條章台下，空教我夢隔巫山漢水涯。（歎科）我則索低照着菱花罷，指定你名兒空駡。

（生）大姐怎出此言？陳詵若負前盟，天必殛之！願大姐暫時忍耐，我異日定雪此恨也！（張）諒相公不是負心的，天色已晚，只索辭別了罷！（生）我還有一言，大姐身甚狼狽，怎禁道路上辛苦。望公差方便，停留幾日，遲行未晚也。(張)相公分付,只得從命。我回太爺話去,説大姐有病,暫假數日者。(生)如此多感。只今日與大姐告别也!(旦悲科)千里之别,只在目下,好苦也呵!

【絡絲娘】愁殺人也,孤雲落霞。苦殺人也,山高水凹。似這漢明妃遠把胡兒嫁,青冢畔怨魂立化。

【尾聲】淚珠兒直流向瀟湘下,一天愁怎生按納。不争我惱春風一曲杜韋娘,可不哭殺了你聽琵琶江州白司馬。(同下)

第四折

(陸雲西上云)使命承宣下九重,歷遍巴山漢水中。皇家鐵網開三面,不遺南陽有卧龍。某陸雲西是也。今係大宋朝開慶元年,元兵侵犯湖湘,賈平章親自出鎮,以某爲制司幹官,遍走楚蜀,尋覓賢士,入充幕僚。某有兄弟陳詵,在岳陽爲教授,某欲薦他入幕。今巡到岳陽地面,他知某到此,定來見我。左右覷者,有陳教授來,報復我知道。(左右)理會的。(生上云)我送了大姐回來,聽得兄弟陸雲西馳驛到此,采訪賢士。他在賈平章門下,權勢赫奕,我不免去見他,訴以前情,求他代雪此恨。這裏是公館了。祇候報復去,道有教授陳詵求見。(報科)(陸)道有請。(左右出傳入見科)(陸)兄弟間别久矣,請坐。(生)哥哥大人在上,小弟怎敢?(陸)兄弟休謙,請坐了者。(坐科)(陸)兄弟在此做教官,本府待得好麽?(生)小弟正被人欺侮,特求哥哥做主。(陸)你説來我聽,我替你做主。(生)此間有歌妓江柳,小弟與他往來有日,昨被太守孟之經拿去杖責了,髩邊刺您兄弟名字,押隸辰州。哥哥怎生替小弟做主咱!(陸)你做官的與妓女往來,可也不該麽?(生)事已至此,只求哥哥做主。(陸)我奉平章大人之命,采訪賢士,現有制劄在此,我將你填入劄内,待太守來見,我别有主意。(生)多謝哥哥。

兄弟先告别也。（下）

（孟之經同生衆上云）我們係岳陽府合屬官員，來接制幹大人。左右報復去，道岳陽府合屬官員見。（左右報復）（衆入參科）（陸）我奉命到此，你衆官迎接怎恁來遲？（孟）馬報來遲，小官等多有得罪了。（送飯科）大人下馬，小官等具小飯伺候。（陸）如今權且免罪。各官暫退，只留太守在此同坐。（孟喚張千云）制幹大人，不比往常上司，你等可小心伏侍，一面喚教坊司祇候者。（張）理會的。（呼教坊上）（叩頭科）（陸）我聞岳陽樂籍中有江柳者善謳，誰是也？（衆）江柳不到。（陸怒云）怎麽不到？快去叫來。（孟背問張千科）你前説江柳在城外，可疾忙去唤來。（張）理會的。（下）（同旦上云）妾身江柳，前被押出城外，今又差人來呼唤，知是怎生也呵！

【中吕·粉蝶兒】恰離了柳市花街，蚤來到愁慘慘斷魂橋外。忽聽的一聲兒台命宣差，莫不是我身邊别犯下甚麽風流譴責。猛教我退後趨前，告哥哥休怪。

【醉春風】當日楚館中，拆散了玉樓人。今日秦樓上，又謊甚金釵客。我待要拍開檀板碎琵琶，還則怕官人行責也那責。（張）上司席上等你，不得少遲。（旦）我只得急急追隨，這都是官官相畏，更説甚賢賢易色。

（張）你鬢邊花文怎麽處？（旦）我把翠鈿掩了者。

【醉高歌】重匀杏臉桃腮，再整花裙繡帶，推粘鈿影遮粧額，賣弄花枝稔色。

（張）來到了。你做意過去者。（見科）（陸）是好一個風流角妓也！你在籍幾年了？

【普天樂】（旦）則咱潑烟花還不徹風塵債，自小兒朝游柳陌暮宿花街。（陸）我聞你歌遏行雲，却又秀色如許，真可愛也！（旦）説甚麽歌聲繞畫梁，秀色侵眉黛。咱則是燕燕鶯鶯逐朝賽，怎敖煎這一般潑賤生涯。一日的門迎惡客，一日的身親俗子，一日的户接喬才。（陸）江柳，你肯跟我麽？（孟）大人台命，怎敢不從！（陸）他既不願爲娼，太守肯將他與我麽？（孟）大人台命，怎敢不從！

【迎仙客】（旦）咱則是濁凡胎，怎親傍你個斗牛星畔客。這玳筵前成眷愛，不争你悮入天台。俺則怕鬧嚷嚷又惹起尊官怪。

（陸笑云）太守已與我，你倒不肯，這也隨你。我問你，前日有人傳説太守爲陳教授之事將你責罰一番，果否？（旦）此皆妾身之罪。（陸笑對孟云）君尚不能容陳教授，豈肯與我。（孟）大人不問不知，待小官訴説咱。那陳詵呵，本是個黌官教授，則待要表帥那儒門俊秀，不隄他衒一味貪花殢酒，長則夤夜裏去胡行亂走，與妓女每日價停眠整宿，全不管惹動了旁人笑口。因此上加杖責遞流江柳，也則爲植官常做成機彀。（陸）如此太守決斷的也不差。江柳，我問你與陳教授初時怎生相會，如今幾時也？

【紅繡鞋】（旦）我家住在花溪左側，他門對着柳陌前街。陳學士呵，醉醺醺夜深閒步月明來，咱低將雲髻整，他悄把玉肩挨。兩個美甘甘剛二載。

（陸）後來怎麽？

【喜春來】（旦）昨日個一春花事西風解，把竝蒂金蓮生拆開。那畫眉郎呵，他月明無路赴章臺，愁怎奈。謂城邊朝雨浥輕埃。

（陸）你兩人分别，有甚麽話來？

【快活三】（旦）他道是再不索待梨花月上來，把繡帳夜筵排。新詞一闋訴愁懷，顛倒有天來大。

（陸）詞在何處？（旦出詞科）詞在此。（陸讀詞科）好詞！好詞！太守你覷波，似此才子，不在司馬相如之下，便狎一妓女，却也何妨？君以常人目之，可爲不知人矣！今平章大人檄他人幕，現有劄子在此，此事將奈何？（出劄看科）（孟）望大人做主。（陸耳暗科）只可如此如此。（孟）隨大人主見。（陸）快請陳教授來。（張千）理會的。（下）（同生上參拜科）（陸）教授不消行禮，平章大人請你入幕，我和你是同官也。（孟）大人高除貴職，小官只合參拜。（生）小官在此二載，罪愆如山，望大人台宥。（孟）只是小官多有得罪，望勿介懷。左右再整酒奉二位大人。（坐科）（陸）江柳，你認得他麼？

【石榴花】（旦）則見月明千里故人來，教人暗地自疑猜，莫不是風吹春夢入陽臺，一個輕狂的秀才，一個潑賤的裙釵，咱兩個呵，尊前相見情無奈。（生）我須不曾拖累你，你把前事細説一遍，與陸大人聽者。（旦）把前事兒訴説明白，大都來風流却被風流害，不禁的兩淚自盈腮。

（孟）前事休題。今日就是我和陸大人爲媒，替你除去樂籍，與陳大人做了夫人，可好麼？（旦）慚愧也！怎想有今日呵！

【剔銀燈】他憐我朱顔粉腮，我憐他黄虀酸菜，惹的個一場禍事如天大，誰承望再世和諧。這成合，那拆開，都是您漢蕭何，暗裏裁劃。（换衣拜科）

【蔓青菜】他腰稱烏犀帶，我頭插紫鸞釵，纔顯得風流的氣概。一對芙蓉錦堂開，償盡了無邊的黑海相思債。

【鮑老兒】自當日分開玉鏡臺，我則道終身兒流落在荒郊外。喜今日除名烟月牌，掙出風塵界。兩載三年，千攔百就，驀地重諧。將鸞簫象管，鳳笙錦瑟，蚤换了玉誥金釵。

（鴇兒上云）聽的陳教授高陞，與我女兒成其姻眷，我去看女兒來。（旦見科）母親，蚤則喜也！（孟）今日江大人夫人有重完之慶，陳大人有榮授之喜，小官當殺羊造酒，再作慶賀的筵席。

【尾聲】（旦）一個穩稱了巫山雲雨情，一個證果了玉殿賦詩才，兩般兒才貌今無賽。似這等粉頭措大，可不道美名兒播滿楚章臺。

花酒場中失脚多，當年休笑鄭元和。

請歌一曲眼兒媚，不是聰明不着魔。

桃源三訪

正目

笑春風兩度桃花，題紅怨傷心崔氏。

喜成親再世姻緣，死相思痴情女子。

楔子

（外扮老父上云）小隱村莊處士家，春風寂寂度年華。可憐百歲人過半，愁看庭前樹幾花。老夫姓葉，世住秦川。於城南築小莊一座，多栽花木，爲娛老之計。年過五旬，單生一女，生時正值桃花開後，取名喚做蓁兒。幼工針指，長頗知書。我意欲擇一個佳婿，托吾終身。至今未得許聘，好生掛懷。目下正是清明節令，鄰家請飲社酒，索和女孩兒説了去來。孩兒那裏？（旦上云）妾身姓葉，小字蓁兒，年長一十七歲，不幸母親蚤年亡過，單留下妾身一人。今日在繡房中打點做些女工，聽的父親呼唤，索去見來。（見科）（外）孩兒，今日鄰家請我飲社酒，你可閉着門兒等我回來。（旦）理會的。（外下）（旦關門科）父親去了，我且在堂前閒看片時。呀！牆下桃花都開遍也。妾今年逾二八，虚度芳辰。正是：花開寂寞無人見，長對東風空自憐。

【仙吕・賞花時】寒食晴烟散緑條，好鳥酣春囀翠梢。深晝静，篆烟銷。韶光易老，花色爲誰嬌。

【幺】幾點殘英落絳桃，花落花開暮又朝。看舊燕壘新巢，空庭悄悄。惹春愁懶把繡雲描。（下）

第一折

（生扮崔護上云）小生姓崔名護，本貫博陵人也。年方弱冠，未曾娶妻，喜得一舉進士。眼下在長安候選，對此春光如醉，不勝伊人一方之想。蚤來飲酒數杯，且到郊外踏青散悶去來。（行科）似此不煖不寒天氣，半村半郭人家，暢好風景也呵！

【仙吕・點絳唇】芳草天涯，水雲烟際，香光細，踏遍春堤，總是傷心地。

【混江龍】斷山凝翠，小橋流水自東西。霞光片片，烟景霏霏。嫁東風樹樹緑楊垂地捲。帶行雲群群紫燕傍人飛。滿旗亭嫣紅列錦，遍郊坰嫩緑成帷。花一攢低遮草屋，葉一簇遠障柴扉。俺則是停回寶蓋，解下金羈，信脚兒穿林抹澗，任意的轉徑回溪。看處處茅店上，村姑唤酒，聽聲聲林樹杪，野鳥催詩。冷香幽薰透，綺衣輕煖風遒，烘得花心醉。真個是觀之遍梨園杏圃，踏不盡柳塢桃堤。

緩步南來，離城數里之遥。這是誰家莊院？花木更加叢萃也！

【油葫蘆】行過了數里紅香錦翠圍，又則見花攢繡短籬，緑楊影裏畫簾垂。階兒上軟茸茸草展莎茵細，砌兒邊錦菲菲花點香鈿碎。野亭幽，清夢長，亂雲深，望眼迷。這一所小村莊隔斷了紅塵世，俺待做避秦人，與他同住武陵溪。

看那莊門深掩，牆内桃花數枝，如笑如迎，倍覺可憐人也。

【天下樂】牆内桃花牆外枝，臉兒笑向誰。好一似悵當年王孫去不歸。列晴嵐愁錦屏，繞寒烟冷繡幃。這其中敢則那惜花人睡未起。

小生徘徊了片時，那莊内不見有人來哩！

【那吒令】茅檐畔亂垂，見迎風柳吹。空梁上語低，看成雙燕栖。花棚下慘悽，聽傷春鳥啼。山静野雲堆，晝永柴門閉。則教我冷清清對影的徘徊。

小生一弄裏煩燥，不免扣開這門，討他一碗水兒消渴，可不是好！（扣科）（旦上云）兒家門户重重閉，春色緣何得入來。外面是誰扣沓門也？（開門科）呀！一個好書生也！（生）呀！一個好女子也！（揖科）（旦）與君素昧平生，何緣到此？（生）小生姓崔名護，本貫博陵人氏，偶爾游春到此。

【鵲踏枝】俺不是待月畫樓西，俺不是訪客五雲溪，俺也不是莽張騫夜犯星槎，俺也不是小韓翃系馬楊堤，俺則是渴相如尋春這壁，因此上斗膽的輕扣朱扉。

（女）既如此，君請中堂坐下，待妾取水與君消渴者。（下）（生）這女子妖姿媚態絶世無雙。不意村莊之内有此美人。

【寄生草】傾城艶，絶世奇，俏腰肢輕舞東風媚。俏眉梢淡寫春山字，俏聲音低送行雲細。休道是生成艶質可人憎，還則見粧來淺處羞花麗。

【幺】真稔色，多芳韻，似巫山行雨歸。剪湘波俏眼兒閣住的盈盈淚，步香塵小脚兒傳出的臻臻致，裊花枝俊龎兒打盼的嬌嬌媚。俺見他幾回不語看春暉，料應是一般對景傷人意。

（旦取水置欄上科）涼漿在此。（生取水科）是好涼漿也！

【六麽令】少甚麽金波玉液排筵席，則不如佳人手上親付與，這碗兒漿兒涼生素體，香生玉肌，絶勝瓊瑶滋味美。這漿好比那件呵，甘醴好一似潤東風清露灑荼蘼。

（生背云）看那姐姐兩目相視，好生顧盼。小生不免將句話兒調他。（揖科）小生承姐姐見愛，渴已去九分，只有一分不去哩！

【醉扶歸】是這腮斗邊列焰兒還堪治，則那心坎上無明火最難醫。小生呵，不要那紫架薔薇露一杯。（低科）則除是涼滲滲、美甘甘、香噴噴一點唾津兒，直咽下三焦内，猛醫可了瘦潘安、愁沈約一樣傷春的病體，和賦孤凰渴司馬都迴避。

（旦做羞低頭科）

【上馬嬌】則見他猛改了玉顔，圪皺了黛眉，獨自把頭低，盡着咱胡言治語相調戲。咦！怎生不應俺一聲的。

（旦整衣科）

【元和令】他那里整羅衣，不語時，半含羞半偷視。桃花人面畫欄西，笑春風兩下裏。翠鬟嬌靨兢芳姿，教人越看他越着迷。

（生揖科）小生在此半日，未曾請問姐姐上姓尊名。（旦）妾身姓葉，小字蓁兒。（生）家有何人，爲甚院内只有姐姐在此？（旦）妾母親蚤亡，父親到鄰家飲酒去了。（生）還有句緊要的話兒，敢問姐姐芳年多少，可曾許人不曾？（旦）妾年長一十七歲，尚未許聘。（生笑云）恰好小生也未娶妻，與姐姐倒是一對兒。姐姐你月貌星眸，真乃玉天仙子。小生雖非裴航、阮肇，却也不比陸地的凡夫。姐姐，許配了小生何如？

【翠裙腰】自古道玉天仙怎許的凡夫配，俺與你年少做夫妻，恰便是鸞鳳搭上鸞鳳對，好同棲。碧桃花下正芳菲。

（旦）家有父親，這事怎容得妾身做主。（生笑云）小生與姐姐實是一對兒，如今趁父親未回，先權做了夫妻好麽？（摟科）（内叫請了科）（旦）休要輕狂，咱父親回了也。（生放科）這等小生只得暫别，另日再來看姐姐。（旦送生掩門科云）崔君好生去者！（下）（生）呀！崔護不知醒哩夢哩，却纔與姐姐纏了一會，正待摟住他，却被他父親冲散，好生不做美也。

【勝葫蘆】不做美東君却怎的，拆散了好姻兒，片晌驚魂未可持。徘徊顧影，欲行還立。俺兩人呵，敢則是一樣兩心疑。

那姐姐臨别之時，道是好生回去呵！

【幺】則見他低嚲猩裙步又遲，挪着那瘦淩波欵欵的下階墀。行向花前笑語微，眉尖眼角，偷傳密意，道是一聲去也思依依。

【後庭花】乍相看似有期，則待再相逢在幾時。來時呵，隔林啼鳥呼人至。去時呵，水面紅塵咫尺迷。撇的我冷凄凄。隻身獨自這段相思訴與誰，訴春知春也迷，訴花知花也醉。姐姐呵，俺把這衷腸訴你知，怕你害愁煩也似此。

小生今日怎生打疊起這相思也，舊路依然，增了新愁一片。

【賺尾】禁城上暝烟生，野田畔香風細。貪春色留連了半日，冷冥濛雨點花兒臉上吹。見了那荒冢狐狸，和怨春歸，空林子規，回時路比着來時更慘悽。帶着情痴，添了些魔媚。今後呵，怎捱得照紗厨夜冷月沉西。

第二折

（旦上云）妾自遇崔生，兩下留情，别後思之，常忽忽若有所失。村居少伴，情緒無聊，訴我愁者，惟聞啼鳥，對我影者，衹有花枝。目下又值秋時天道，好傷心也呵！

【正宫·端正好】昏慘慘曙光寒，愁黯黯微雲抹，春粧卸秋景迴和，雁行聲斷疎林末，把好夢都驚破。

【滚繡毬】芳晨來易過，新愁去轉多。遍郊亭，水眠雲卧。則教我掩空閨，被冷湘波。心自思，情怎那。不争爲惜花起蚤，可則是對景愁多。桃能紅，李能白，秋來無意粧嬌面。燕兒歸，鶯兒懈，春去無心唱好歌。此恨如何。

那生相見之時，好不多情。怎生一去直恁杳然也。

【倘秀才】盼佳期似望梅止渴，則索恨無憀薰香獨坐，坐到空庭日影矬。葉紅和淚染，蟲語怨情多。好一悽惶的我。

【小梁州】纔遇清明夏又過，好景無多。四時花月總消磨，人來麽，空目斷楚天阿。

【幺】錦針繡帖都停閣，暮和朝，無奈愁何。萬思量，千折挫，怕人的瞧破，强貼翠鈿窩。

到如今，便要塗抹些兒，有甚心情也呵！

【塞鴻秋】看疎楊幾樹寒烟鎖，數飛紅萬點胭脂抹。不争那悶懨懨彈指春風過。又蚤是冷清清轉眼秋光錯。蕭條晝掩門，獨自慵裝裹。（歎科）便裝成對鏡誰憐我。

（内馬嘶科）呀，門外有游人過了，咱且登樓去望來。（上樓科）（衆扮王孫騎馬挾妓上云）好一派秋景也呵！俺們同到東莊上飲酒去也。正是：人世幾逢開口笑，得高歌處且高歌。（下）（衆扮書生上云）前日這帶村莊桃花開遍，如今只剩得幾株枯柳，葉兒都黄落也。俺們對此秋光，就將楊柳爲題聯他一首。（唱云）楊柳青青楊柳黄。（和云）青黄幾度送秋光。（唱云）愁人切莫登樓望。（和云）望見衰楊盡斷腸。（笑科）好詩！好詩！（望見旦科）呀！一個好女子也！（旦避科）（衆）（又望科）他見我們，躲過了。看這女子眉尖上還帶着一腔幽恨哩！俺們也聯他一首。（唱云）肌如冰雪貌欺花。（和云）獨倚秦樓看暮霞。（唱云）爲甚眉頭鎮長皺，（和云）滿懷秋恨繞天涯。（笑諢科）俺們再往那答游耍片時去也。（下）（旦歎科）却纔許多游人來往，只不見那人也呵！

【叨叨令】見幾個醉王孫颭珠鞭攜翠袖，笑向花間卧。見幾個小書生，喜吟花愁折柳，閒向堤邊和。

則不見有情人，扣朱扉闖繡榻，重向風前過。空教咱痴心女，掩羞眉凝淚眼，悶倚在樓頭坐。兀的不盼殺人也麽哥，兀的不想殺人也麽哥。可正把没打限的好年光惡景物，驀地裏都折挫。

【普天樂】有意遣愁歸，無計將愁破。斷腸荒草，處處成窩。憶來時，花未開，如今花落也，眉還鎖。兜攬着黑海無邊風流禍。盼不見影兒般，畫裏情哥。要撮合怎生撮合，待撇下甚時撇下，只落得病染沉疴。

他來時寒食，今又到了重九。

【倘秀才】我可是記時日刻滿了琅玕百個，今日的慘心情枉對着寒花數朵。説甚麽人到秋來病轉多，痴情誰似我。憔悴總因他，你直下的將人奚落。

崔生那日道是他還未娶，我還未嫁，兩下姻緣天生湊巧。他如今一去不來，一定没個心兒對我，我只管痴痴想他怎的。（歎科）

【雙鴛鴦】恰遣的下了眉梢，又陡的上我心窩。把這段風流忒認過。他敢則在柳巷花街閒游嗑，算相如原是薄情多。

【朝天子】思他，念他，把乾相思，害得如天闊。知他心裏事如何，未必的心如我。淚點層羅，空閨寂寞，人和影兩個。情魔病魔，要訴這情兒誰可。

一會家身子困倦，待昝少睡片時。（做睡科）（小旦扮鄰女上云）年少盈盈試錦裳，風流學得内家妝。笑將女伴攜雙手，同向中庭數海棠。俺與葉家姐姐同住村中，却似親生的姊妹，這幾時不見他，索尋他耍子去哩！（扣門科）（女驚

醒科）

【耍孩兒】篆烟冷落閒庭鎖，響門鐶幾聲敲破。（聽科）又不是綠窗曉起喚鸚哥，有誰來驚覺人呵！幾回的無語心還猜，干則那前度看花人又過。門兒外知誰個。（開門科）猛教我忙勻淚眼，佯展修蛾。

（小旦）這幾時不見姐姐，你龐兒恁減也。我和你耍子去來。

【三煞】（旦）幾日來會面稀，惹愁思病怎活。剛則是新霜被冷餘香卧。無端花月成淹滯，有限韶光自折磨。俺衷腸，你知麽？怕待去尋紅別浦，問綠晴坡。

（小旦）姐姐，我猜着你只想着個姐夫哩！似你青春美貌，怕没個好姐夫配你？愁他怎的！如今且自消遣些兒。

【二煞】（旦）閒行兒休則題，綉朶兒懶去摸。玉柔花醉，只索憑欄坐。蚤已是惹將來幽恨無重數，又則被子妹們絮的個心兒没奈何。春前病，何時可，空教我低頭無語，夢想南柯。

（小旦）姐姐，你則睡些兒可好麽？我看你眉蹙春山，眼横秋水，真乃似天邊織女思度銀河也。（旦）咱怎比得織女呵！

【一煞】眉邊皺熨不開，眼中淚長則落。盈盈織女愁空鎖。他雖是七月七日，纔相會，也自有一度一年相見呵。恁凄凉誰如我，好一似孤眠夜夜月殿嫦娥。

【尾聲】四山紅樹中，白云荒逕鎖。歎家居寂寞，在章台左。怕再没個探春的人兒，向花前來見我。

（下）

第三折

（外上云）青春年已换，白髮暗中催。俺女孩兒自去年來不知爲着甚事，没情没緒，常忽忽若有所失。今又值清明節道，辦下紙錢，同女兒到西岡上去，一者拜掃他母親，一者同他消遣一回。孩兒那里？（旦上云）父親，唤孩兒怎的？（外）今日正是清明，我同你到母親墳上拜掃去來。（旦）理會的。父親備下紙錢，孩兒收拾了同父親去來。（外下）（旦歎科）想起去年此日遇着崔生，今經一載，盼他不見，我有甚心情拜掃去也。（掩淚科）回思舊事渾如夢，恰對新花又一春。（下）（生引小童上云）滿陂芳草自離離，花落江南燕子飛。年年春至花如舊，秖有春歸人不歸。小生去年踏青城南，遇着個姐姐，兩下留情，十分軟綿。爲因家中有事，回到博陵。一年光景，無日無夜魂靈兒不在他身上。適纔到長安下馬，恰好又遇清明節界，想起去年此日，越覺傷心也呵！

【新水令】長則在碧桃花下憶嬋娟，殢人腸舊情重見，題愁餘錦字，寫恨破長箋。春水無邊，生間隔得夢兒遠。

【駐馬聽】落日晴川，數點青山螺黛淺。亂雲飛壖，半溪烟雨帶痕牽。緇車不到杜陵邊，霎時春老桃花怨。心自迷，步更遠。行來何處，是他家院。

【落梅風】細雨輕寒灑，正東風寒食天。傍人飛紫燕兒都是舊時相見。前村外冶花開又徧，則盼不見緑窗前那時人面。

一徑行來，那答兒花本叢萃，可是他家了。

【喬牌兒】花遮屋角偏，徑逐白雲轉。轉旗亭緑綉芳茸淺，則那傍疎籬門不遠。

此間已是了。他門兒又關着，待俺扣開門來。（做欲扣科）

【甜水令】呀！爲甚呵冷落村莊，朱扉鎮鎖，春風静掩，桃李笑無言。可正是霧散秦樓，雲離楚岫，香銷寶篆。則教我對花枝空憶當年。

【掛玉鈎】您可是趁了三月三，哭向東風拜墓田。敢則探親去了。您可是做了金釵客，别去尋姻眷。又不呵，敢則嫁了人也。蚤已是抱却琵琶上客船。他去年尚未許聘，難道如年就嫁了。您可則是爲尋芳，和子妹們呵鬬草他庭院。（歎科）想他相見之時，十分顧盼小生。敢則是一靈兒會楚王，飛向巫山殿。俺如今回頭想，想前事已荒凉，揾不住新淚滴花前。

【對玉環】淚滴花前，花前恨怎言。待要再結姻緣，姻緣事怎全。記得他映夭桃笑靨圓，印蒼苔蓮步淺，斜倚庭柯，風流恰儼然。今日的鎮掩柴扉，風光非去年。

【得勝令】轉過了翠雲軒，踏破了錦花鈿。怎生偌久不見個人來？您果是化朝雲楚館陽台下，俺怎能結同心西陵松柏邊。盤旋，看水上雙飛燕。遷延，聽枝頭泣杜鵑。他去若不遠，一定也就回來。不免少坐片時候他。（坐又起科）

【折桂令】望芳郊，一抹晴烟。看幾個笑典春衣醉籍花眠，誰似俺春恨綿綿。良辰無那，淚灑風前。哭如痴，吟如醉，海棠邊，重添了舊症。住不可，行不能，桃花下，怎續前緣。慢自留連。（揖科）拜問蒼天，要續前緣，甚日何年。

（童云）等了偌半日，則索回去了，明日再來罷。（生做行又住科）我若遥去了呵，倘姐姐來時，怎生知道俺在

此。不免題詩在於左扉之上。（取筆題科）

【七弟兄】似這禁烟，暮天，繞花邊，幾回兒盼不見那如花面。單則見桃花不改舊時妍，笑春風，開向空庭院。

（讀科）去年此日此門中，人面桃花相映紅。人面秖今何處在，桃花依舊笑春風。博陵崔護題。詩已題罷，則索回去也。（行科）

【梅花酒】俺如今問東風無一言，踏遍林間，轉過亭前，望斷雲邊。崔護也，你待再要謁涼漿何處有，兀的渴殺也病文園。寫新詩心事傳，傳心事鷓鴣天。鷓鴣天海棠眠，海棠眠向風前。向風前冷鞦韆，冷鞦韆憶當年。憶當年玉嬋娟，玉嬋娟在誰邊，在誰邊兩無緣。

【收江南】無緣花底遇神仙，可正是漁郎重訊武陵源。把紅塵覓遍總茫然。到不如去年，博得個風前一笑兩流連。

小生乘興而來，没興而返，是好凄凉也。

【鴛鴦煞】園亭黯淡花容腆，疎林散漫烟光晌。暢好是燕懶鶯慵，柳瞑花眠。俺把舊怨空題，新愁再展。這相思動歲經年，端的是難消遣。夢魂兒不離了月下風前。去也呵，怎禁的這冷落村莊歸路兒遠。（下）

第四折

（旦上云）今日同父親拜掃回來，村途寂静，緩步先行。悽然隻影，不覺淚下。

【商調·集賢賓】俺可也捱不過恁凄凉一年春夢境，又怎禁虚值了兩度冷清明。照花枝一般孤另，轉花溪萬種幽情。幾番家目斷天涯，盼不見薄倖劉生，重向溪頭來問津。這些時夢擾魂驚，枉則是燈前流粉淚，水上覓殘英。

【逍遥樂】懨懨愁恨，似醉如痴，無形有影。不醒忪，好夢難成。兀記他去年此日花前笑語明，今都做充饑畫餅。赤緊的飄零歲月，流水飛花兩下無情。

古來多少佳人才子兩下傳情，似咱與崔生呵，

【金菊香】是不曾同攜素手看花行，又不曾低偎着雙鬟對月盟，依稀記得他俊龐兒别樣整。一餉留情，真和假不分明。

已到門首了，你看點點桃花依然可憐也。

【醋葫蘆】面青山冷畫屏，繞柴門渌水汀。惱殺人隔牆兒幾樹野花縈。都則是助人愁蕭條身後影。不疼不痛，害的是何般春病。冷凄凄魂斷也舊清明。

呀！門上有幾行字在此。（讀科）呀！崔生你來也！（轉身欲趕又止科）崔生，你又去了哎！（坐地科）

（外同人挑盒上云）孩兒先回，想已到家了。呀，爲何坐在這里？（旦驚起科）崔生你來了。（見外急轉科）父親，你回來了。（外）怪哩！孩兒你這般模樣却是怎的？（旦背掩淚科）（外）罷罷！孩兒一路回來，身子困倦，且待他將息片時，又來問他。暮歸誰向燈前笑，秖餘寡女嫦人嬌。（下）（旦）今日幾乎決撒了也。哎！崔生！崔生！我自去年别後，朝朝凝望，刻刻掛懷，自謂永無再見之期，誰料相盼經年，一時相失。天！天！俺葉蓁兒直恁般命薄也呵！

【後庭花】俺這里蕭條掩畫屏，您把往事來再省。似這般潑淋漓葉上題紅怨，還則見冷冥迷花間清淚熒。人去暗飄零。你可也徘徊立遍了蒼苔蒼苔荒徑，不做美東君却怎生。這都是紅顔兒多薄命。

【梧葉兒】想當初驀地裏來相問，似無情又有情。今日這詩兒把兩相思證得恁分明。打迸香魂淨，安排望眼青。投至得花下覓前盟，把一段姻緣蚤訂。

天色兒又蚤晚也。

【金菊香】鴛鴦冢上柳梢青，燕子樓頭淡月明。最傷心是今時今夜景。獨步閒庭，誰和咱攜手的訴平生。

【青歌兒】佇幽閨幽閨寂靜，看殘紅殘紅飄零。幾回不語，閒倚着湘雲十二屏。無夜無明，隻影伶仃，一天風露下中庭。鎮痴迷重向花前等。

（内叫云）天色晚了，孩兒蚤些睡了罷。（旦應云）我就睡也。（歎科）爹呵，你教我怎睡的着也。

【望遠行】半枕淒清長則爲春醒，今日咏愁詩將新病增。無情緒，無了休，却怎生捱到天明。聽頻頻的宿鳥催人静催人静，禁不住悶騰騰長吁短歎聲。殘燈閃瘦影，怕紗窗畔有個人聽，爹行每露出實情。則索掩秋波，將悶弓兒硬揣做心頭病。

崔生呵，你道人面桃花相映紅，這桃花真似俺葉蓁兒也。

【醋葫蘆】繡幃中寒悄生，則待對閒階哭向明。似這樣可憐宵，辜負了可憐人。你道咱人面桃花相斷映，可知我一般兒都是這凄凉命。夜來雨曉來風，滿庭花落也則有誰疼。

【浪裏來】悶打孩將欄倦倚，眼睋睽見了簾外影。（生上云）小生崔護是也。日裏尋姐姐不見，如今再來訪他。呀，姐姐，你却在這里。（旦起見科）忙陪着笑臉兒起相迎。俊衣冠打扮的直恁撑。近前來低聲兒厮應，恰正是去年花下小書生。

（生）姐姐，我日裏尋你不見，好生的恨哩！（旦）崔生，你一向在那里？兀的不想殺我也！

【幺】魂摇摇無定准，似風飄一葉輕。風飄一葉天南地北兩飄零。今日的把一句句相思訴與你聽。

你可也不是無情薄倖。念着這首詩兒，分明兩下裏惜惺惺。

（生摟科）姐姐，和你亭子上去來。（推旦坐科）你休推睡裏夢裏。（生下）（旦驚醒科）呀！合眼去明明與那崔生説了許多情話，原來却是南柯一夢。

【高平煞】明見那蚤來人輕輕的轉過小紅亭，驚跳起却是顫摇摇風來花弄影。濕露浸蒼苔，銀漢悄無聲。花陰下，月三更，病殘人再没個看花興。愁懷腸轉轉，青眼淚熒熒，竇爐香臢，斗帳凉生。

（子規啼科）則被助人愁杜鵑聲，叫破春眠夢兒醒。

【浪裏來煞】散空庭香霧冷，殢愁腸更漏永。坐時呵，羅衣不耐晚風清。卧時呵，想像高唐睡不成。驀地驚魂未定。（歎科）則索打辦着俏魂兒，趁東風飛向楚瑶亭。（下）

第五折

（旦病上云）自與崔生不遇，數日來如醉如痴，不茶不飯，這病越害的沉重也。葉落幾禁風雨夜，拼將殘命幾時休。

【中吕·粉蝶兒】春病愁餘，似風吹畫簾殘燭，滿眼裏惱人腸。也都是霧捲雲舒，惡相思傷景物，倍增悽楚。病懨懨瘦減身軀。淚零零眼波頻注。

【醉春風】翠帳裏曉雲空，緑窗前芳景暮。聽聲聲杜宇叫春歸，我心裏自苦苦。把那時的一種春情，化做七分愁緒，三分冷語。

【滿庭芳】愁則愁彩雲不駐，愁則愁好花易落，愁則愁淑景將徂。您道是桃花人面兩相妬，怕如今大都也不似當初。我笑花飛隨柳絮，花笑我瘦損眉膴。有情人，無情物，兩般兒比數，一樣的影兒孤。

【迎仙客】人瘦影伴着花瘦影，我憐花花也憐奴。花呵，怕你這好花枝單則照奴墳上土。燕啣香流年度。當日個惜花人去倩東風留不得花容住。

（外上云）女孩兒卧病數日，不曾吃飯，索去看來。兒，你病怎樣了？（旦）父親，你女兒病越沉重也。（外）你這病爲何而起？可説與我知道咱。（旦長歎不應科）（外）你自西岡上回來，一病到此。莫不路上着了魅麼？俺去替你問個卦來。（下）（旦歎科）爹，俺這病怎生和你説呵。

【石榴花】羞提起碧桃花下風鸞孤，對人前無語强支吾。想多情何處博陵居，便做道魂如燕舞，飛不到海角天隅。趁扶摇一場好夢隨人去，死和生睡境模糊。半竿殘日紗窗暮，萬千愁都化做一口氣兒吁。

崔生，你前日不來，後日不來，偏是那日裏來呵。

【紅繡鞋】我去路，是伊來路，我來途，是你歸途。去也波來做了盈盈河水隔黄姑。去則是飛花無覓處，來則似春夢怎相續。鎮日個望不來來又去。

我想你詩中之意，好不心酸也！

【普天樂】看幾句斷腸詞，一字字將衷情訴。枉向那花前寫恨，柳下傳書。歎前生没分緣，拚今世把青春誤。月老天公鴛鴦簿，生注定宿寡辰孤。想則麼魂飛楚峽，醒則麼神游洛浦，睡則麼夢繞蒼梧。

（旦昏科）（小旦扮鄰女上云）葉家姐姐卧病未起，咱去看他來。呀！他正睡裏痴痴的叫甚麼？（旦叫崔生科）（小旦）呀！這是怎生？姐姐快醒。（女驚醒科）你來幾時了？（小旦）纔到哩！姐姐，你一病纏綿，却是爲何？（旦歎云）咱可知是怎生哩！（外上云）替孩兒問了卦來，道是今日午時喜星正照，災星合退。且去對孩兒説來。呀，孩兒在内和誰説話，我且聽咱。（聽科）（小旦）姐姐，你方纔夢中叫甚麼？敢心上有個人兒，何不説與咱知道。（旦）妹子呵，我病已到此，料應難好。咱如今不索瞞你。我去年清明，是曾遇着個人哩！（小旦）那人姓甚名誰，怎生到此？（旦）那人姓崔名護，游春到此，酒渴求飲。我與他杯水而去。前日清明又來到此，值我不在，題詩左扉之上。我回來讀之頓生一病。（小旦）元來如此。可還别有勾當哩。怎不蚤和咱每説來。（旦）蚤時父親問我，我又不好和他講來。我今抱病而死，你倘然見到他再到此間，則説咱葉蓁兒爲他而死了呵！（泣科）

（小旦）姐姐休如此！待我告你父親知道，尋那人來可好麼？（旦）這也不能彀了。

【朝天子】當罏，寡女，獨向臨邛住。可正是花星未照彩鸞孤，倩誰把求凰賦，空斷送年少身軀。捱不過淒涼朝暮，再休題夢巫雲何處雨。則我死也波形枯影孤，冷清清的青塚誰爲主。

（小旦）姐姐，你兀自將息，休爲那人空空送了性命。我去對你父親説知，好生醫治你。正是：藥醫不可相思病，莫爲多情誤此生。（下）（外見科）兒，你病我都曉得了。你索自將息，待病好，又作區處。（旦掩面泣科）爹，你孩兒病是休了，不能起來拜謝你呵！

【上小樓】軟兀剌氣絲兒半聯不續，瘦稜生病骨兒千椎萬楚。（低科）俺可也不能彀貪他一聲疼惜，一時夫婦，一餉歡娛。到博得個風剪芙蓉，雨打梨花，烟銷寶炷。一霎時虛飄飄，恨悠悠，魂飛何處。

（昏科）（外叫云）兒快醒快醒！（旦醒科）崔生，崔（咽科）我今爲你而死，不願别的呵。

【幺】想當初只爲贈涼漿半點情，送得個病膏肓一命殂。咱如今也不願做一個並冢鴛鴦、連理樹枝、比目游魚。崔生呵，果若是我有緣，你有情，後期來處。也願把一碗漿兒澆奴墳墓。

（殞絶科）（外叫云）兒兒呀，兀的不痛殺我也！（哭科）（生上云）前日訪那姐姐不見，如今再來訪他。此間已是了。裹面有哭聲何故？待俺直進去看來。（外見云）你可是崔護麽？（生）正是。（外持生衣哭云）汝殺吾女。（生驚云）怎麽説？（外）吾女笄年，知書未適人。自去年來，常忽忽若有所失。比日與之出，及歸見左扉有字，讀之，入門而病，遂絶食數日而死。吾老矣！單此一女，所以不嫁者將求君子以托吾身，今不幸而殞，得非君之殺耶？（又持生哭）（生亦哭科）這的果是小生害了姐姐也！

【十二月】聽聲聲言辭痛楚，則教我撲簌簌流淚如珠，淅零零血飄翠竹，玷玎玎鐵碎冰壺。是俺不合痛酸酸題了那首傷心詩句，到做了赤律律一紙促命陰符。

（掩淚科）小生與姐姐，雖無六禮之期，實有三生之約。待我到屍前，哭他一聲，便死而無怨。（外）罷罷罷！

我女既爲君而死，你便哭他一聲也波！（引生入持女頭枕生股哭科）

【堯民歌】呀！我待要探花期重到武陵都，誰知你蚤做了淚班班帝女下蒼梧。你便死也波，這蛾眉兒還則爲誰蹙，這蟬鬢兒還則爲誰枯。欹也麼歔，您俏魂兒兀自知。俺呵！做不得死韓重，同伊一處殂。則這扶睡臉偎香腮，哭哀哀送終的也還是桃花下乞水的呆崔護。

（帶叫云）姐姐，崔護在斯！哎，可怎生不應也。姐姐，崔護在斯！（女微開目叫科）崔生呵！（外）好也，兒快醒快醒！（生又叫科）（旦醒低科）崔生，你來也！

【耍孩兒】一弄裏魂靈兒飛向誰行去。可正是逐王郎離魂倩女。（生扶云）姐姐快醒！（旦）是誰呵酸切切向俺耳邊呼？（生）是那日題詩的崔護。（旦）停睡眼猶是糊塗。您道是那題詩崔護重來至，則問你病渴的相如一向在何處居。（持生手科）好教我魂夢裏無尋處，今日呵，怕還是花前影現枕内華胥。

（生）是真也。姐姐醒來蚤則喜哩！

【三煞】（旦）魂飄似水上萍，命閃似風前燭，一些些説向傷情處。俺呵愁魂空繞烟郊樹，您呵金盒難傳尺素書。今日個叫天天討得回生路，舊情不斷，新緣再續。

（外）吾女爲君而死，今君至而生。吾女再生之日，皆君之餘年也。女雖不才，願奉君箕箒如何？（生）謹當從命。（外）既如此，今日吉日，就拜了花燭者。（生旦同拜科）

【二煞】（旦）生還死情未滅，死還生恨早枯。看花開花謝皆塵土。桃花不似看花日，人面還如識面初。相思願，今番足。人間天上，此樂何如。

【一煞】死和生暮復朝，生和死朝復暮。三生夢裏人如故。花花草草風前恨，死死生生月下書，一般兒總是無常數。再休題天荒地老，鳳隻鸞孤。

【尾聲】春風惹恨來，不爲吹愁去。千年冷落了桃源渡。則索閒向西風，把這段傷心事兒數。

滿樹桃花花正肥，萬般幽恨在今時。
年年灑向花前淚，爲問花開知不知。

花前一笑

正　目

俏女郎一笑千金重，唐解元醉鬧百花叢
兩公子鐵鎖鴛鴦計，文内翰打破錦牢籠。

第一折

（主人上云）翛然杖屨出塵棼，半世生涯酒一樽。遊衍水邊隨野馬，嘯歌林下應山君。老夫姓沈，名公佐，本貫吴興人氏，官居八座之職，目下告病在家，專以課子爲事。另有養女名唤素香，乃我故人之女也，年長一十八歲。他父臨没時囑付要覓一快壻以托終身，奈眼前未得其偶，爲此至今尚未許聘。今日女兒要到金閶探問母家，須多叫當值的隨他去者。（下）（文祝上云）自家姓文，名徵明，字徵仲，别號衡山，官授翰林待詔；則這兄弟姓祝，名允明，字希哲，别號枝山，官授京兆府判，與吴趨唐子畏結爲兄弟。我三人素負才名，詩文翰墨不在古人之下。今值花朝佳節，遣人約唐子畏到金閶遊玩。枝山，我和你艤舟往那廂祇候者。（祝諾同下）（生上云）小生姓唐，名寅，字子畏，别號伯虎，本貫吴縣吴趨里人也。年甫弱冠，曾中應天解元，不幸才高被謗，禁錮在家。與文徵仲、祝希哲兩人結爲異姓兄弟。日前有柬約小生到金閶游玩，須索走一遭去者。暗想小生才高班馬，倒剩得一身零落。正是：滿腹有文難罵鬼，措身無地反憂天。

【雙調·新水令】十年湖海浪縱横，枉自有才高名重。詩文花作骨，俠氣酒成虹。若個飄蓬，打破了酸虀瓮。

【駐馬聽】梗跡萍蹤，魂化了三生石上夢。塵勞喧閧，恰花開一霎樹頭紅。文章何處哭秋風，時乖貧鬼相嘲弄。惡風波，千萬種，猛可裏空把韶光送。

（文祝引舟上云）恰好唐子畏來也，快請下船來。（見科）（文）我們開船去者！子畏你看，金閶門外溶溶春水，淡淡春雲，是好光景也呵！（生）是好一派光景也呵！

【喬牌兒】天光雲影中，遠浦亂山擁，漁歌一片花前咏。暢閒游，春晝永。

（祝）子畏，似你這曠世逸才，雖則數載飄零，却也出没的三春花鳥，嘲笑的五湖風月，這受用亦不減也！

【得勝令】（生）灑不盡三月淚花紅，叫不醒五夜漏聲鐘。説甚麽雲暝秋江上，且受用足花香草店中。樽空，把詩句閒調弄。途窮，趁風波無定蹤。

(文)今日對此好景,正好開懷大醉哩!

【攬箏琶】(生)俺則是任啼鳥相嘲諷,拚今生不放的這酒杯空。閒擁着翠舫花船,片帆兒香花暗送。停醉眼,弔西風,似這般冷落吴宫。紅白花開烟雨中,禁不住愁恨重重。

今日之游有客有酒,只少了一件。(文)少了那一件?

【沉醉東風】(生)蚤已是飲樽前歌狂笑冗,只少那撚花枝倚翠偎紅。俗殺了風流的唐解元,干將眼底韶華送,更幾番春燕秋鴻。萬斛閒愁落照中,空目斷吴門舊冢。

(文笑云)子畏則飲酒罷!(生)小弟醉也!

【殿前歡】(生)醉眼兒自矇矓,覷着那滿堤上花柳帶愁容。(祝)好一派香也!(生)和這筵前一派幽香送。(文)我們吃個爛醉者!(生)滿飲瑶觥,縱狂歌酒氣濃,博不得玉堂上錦繡君恩重。且領取五湖邊風月閒人共,説甚麽江州司馬,淚灑秋風。

(文)子畏對此勝景可畫成一幅,題詩記之,使後人知赤壁之游五百年後尚有吾三人能繼之者。(祝)這却好。

【折桂令】(生)到春來,翠色丰茸,閒望荒郊,繡陌薰風,香靄偏濃。見了些無情畫舫,意懶心慵。最堪憐葬西施五更風雨,换前朝六代遺宫。草樹叢叢,淑景朧朧,把這些萬恨千愁,都收拾在濁酒杯中。

(做畫題科)(旦引梅香同舟上云)妾身姓沈,小字素香,今到金閶探視母家。一路行來,是好風景也呵!(梅)那船上許多人簇着個少年做甚麽?(生做題畫畢科)(文祝看云)好畫也!(念詩科)高臺築近姑蘇城,千年不改姑蘇名。畫棟雕楹結羅綺,面面青山如翠屏。吴姬窈窕稱絶色,誰知一笑傾人國。可憐遺址俱荒凉,空林落日寒烟織。（云）好詩也！子畏可飲一大白者。（勸生酒科）（生覷旦科）（旦）船動湖光艷艷秋，貪看年少信船流。

【滴滴金】則見他年少姿容，三三兩兩，花前閒咏，調笑倚春風。暢好個才子風流，儀容雅俊，賦情千種。不覺的隔芳洲，密意兜攏。

（做笑顧生下）（生）是好女子也！

【折桂令】猛見了打團兒，笑語融融，誰似他花想衣裳月想儀容。倚袂迎風，秋波暗轉，兩下情通。他那裏怨隨流水，我這裏恨泣殘紅。恰便似洛浦仙蹤，一笑相逢。則被他引人魂，蚤飛向萬里巫峰。

（旦舟又上云）那船兒趁着水與咱們同行，緩緩的又到百花洲也。東皇有主花非舊，片片殘紅逐水流。

【滴滴金】隨着咱拾翠尋紅，風前一笑，芳心暗送，脉脉兩情濃。恨隔藍橋，紅塵夾岸，香光低擁，兩下裏咫尺難通。

（又做顧生下）（生）那女子好生顧盼小生也！

【春閨怨】則見他笑靨生圓，眼波偷送，却便是瑶臺月下許飛瓊。回頭一笑千金重。心暗通，楊柳橋東，咫尺楚雲峰。

這女子已去了，則索趕將去者！（做辭科）小弟醉也，告退。（文）子畏，你今日怎恁掃興？你往常痛飲狂歌，幾曾肯道個退字？（生）小弟委不勝酒力了。（祝）你幾曾醉哩！我和你滿滿的且再飲幾杯。（做灌生科）（生推飲科）小弟實醉了，二兄相愛，倒先放我去罷！（文）這樣，便先叫小船送你去者。（叫小船上科）（生跳下船別科）（祝）子畏今日怪哩！一徑上了小船，慌張張怎的？待我要他轉來。（叫云）子畏快轉來，還有一句要緊的說話未曾和你講的。(生轉科云)有甚話說?(祝)昨日姑蘇台上被人拆去一根椽,姑蘇城内一個小斷不見了一條䙓。(生笑云)枝山休要人哩。(别科)(祝又扯科)還有一件,適纔不曾請教。我趁口做的一調,念與你聽。「當筵撒假,酒珠兒幾個沾牙。好共歹,不住的箸如雨下。隨着衆賓們弄月嘲花,他則獨自個粧聾作啞。待歸家,無計可留他。便做道餓鬼吞針,饞神放假,有恁争差。」(生笑云)你則放我去罷!(文)枝山也絮的勾了,放他去罷!我們自向桃花塢飲酒去也!(下)(生望科)那女郎去遠哩!我須是急忙的趕將上去。

【鴛鴦煞】俺不待飲瓊杯游御苑醉把青絲鞚,只待入羅幃諧鴛侣笑把笙歌擁。使着些烟月機關,博得個魚水和同。便做似薄倖相如,奏一曲求凰翠鳳。暗逗琴心,玉人兒相陪從,隨着咱夜走臨邛,也不枉了一笑風前心自董。(下)

楔子

(扮兩公子上云)胸中無一物,家餘萬斛珠。自能買身貴,何用半行書。俺父親官居八座之職,生下我兩個,百伶百俐,只有讀書作文一事略略欠了些兒,被我父親日夜拘促的不奈煩。如今書房内要個寫字的,已曾分付管家的去尋覓,不知有也没有,且在此等他回話。(生易服上云)小生跟訪這女子到此,乃是吴興地方,這女子便是宦家養女。適纔打聽他家要覓個寫字的,我且改换了衣服投入宅内,相機而動。這裏已是了,不免徑走進去。(見科)(公子)你是何人?擅闖入我府内來。(生)聞公子要覓寫字的,小子家貧無賴,待來相投。(公子)我是要個寫字的,只怕你不中哩!(生)不是小子誇口,小子自幼讀書,詩文翰墨件件都通,只爲時運不凑,覓食到此。(公子不信呵,便請試一二何如?(公子)你既曉翰墨,又會詩文,我就試你一試。這壁上掛的《春閨》《冬閨》二幅,你可各作一調寫來我看。(生做題寫科畢)(公子念云)可怪春光,今年偏蚤,閨中冷落如何好。因他一去不回來,愁時只是吟芳草。奈爾雙姑隨行隨到,其間況味余知道。尋花趁蝶好光陰,何須步步回頭笑。右《春閨》一調。寒氣蕭條,剛風凛冽,薄情何事輕離别。經時不去看梅花,窗前一樹都開徹。急唤雙鬟,爲儂攀折。南枝欲寄憑誰達,對花無語不勝情,天邊雁叫添愁絶。右《冬閨》一調。寫倒也寫的好,怕還做的欠哩。也罷,我便留你在此,且問你何處人氏,姓甚名誰。(生)小子姓唐名畏,本貫姑蘇人氏。

【賞花時】俺生長在吴山碧水涯。(公子)一向在那裏?(生)長則是乞食侯門富貴家。(公子)今日留你在此傭書,我須是另眼的看覷你。(生)傭筆硯到高衙。今日呵,蒙恩納下。我可是甘心的爲你長護紙窗紗。(同下)

第二折

(旦引梅香上云)妾自金閶遇了那生,回來心下十分縈繫。值此暮春天道,好傷感也呵!風前柳絮隨風舞,月下梨花對月愁。

【中吕·粉蝶兒】意惹情牽,想風流畫橋人面。恰纔和子妹們笑語喧闐。比至得閉湘閨掩繡閣,那生不見害相思,蹙損花鈿,没多時瘦鬆金釧。

【醉春風】春謝景難留,花飛愁亂剪。緑鬢烏髩懶粧梳,我心裏自轉轉。夢魂兒不離了金水橋西,桃花溪畔,緑楊庭院。(梅)姐姐,這暮春天氣好悶人哩!

【四邊静】(旦)倚欄人倦，聽落日空林叫杜鵑。數聲哀怨，幾番流戀。今年去年，怎當他驀地留光變。

【脱布衫】縮愁眉雨絆晴牽，鎖愁腸柳醉花眠。將繡被餘香自捲，空冷落夜長深院。

【小梁州】數朶花枝照獨眠，遠水遥天，魂和幽夢到誰邊。難消遣，目斷楚江烟。

(梅)那人真個可喜哩！

【么】(旦)半簾風冷花塵剪，俺則是向銀塘照影堪憐，淚花兒飛如霰。想着那時人面，做不得個影兒圓。

【石榴花】緑窗春倦杏花天，則俺斷腸人和淚寫冰絃。想着那錦江清，露水雲邊。風流的浪子，俊色兒堪憐。他如今呵，敢則向瓊樓夜月追歡讌，笑吟吟剪句題編。和那紅裙翠袖調鶯燕，怎知道有人兒腸斷枕屏前。

(梅)那生見了姐姐，也十分買弄哩！

【賣花聲】(旦)他向那風亭月館誇文彦，酒社詞壇賣少年。將紫毫題破錦雲箋。低敲金扇，高擎玉腕，俏多才風流堪羡。

(梅)那人已遠，想他也枉然了。(旦歎云)你教我怎的不想也。

【朝天子】驀然，會面，恰兩下湘波轉。想他個春江烟水載花船，占斷風流選。影裏情牽，夢中留戀，怕今生姻分淺。無緣，有緣，則這飛花呵，血灑空成怨。

(梅)姐姐，休恁煩惱，我和你向花園消遣些兒罷！(旦)我便同你消遣去來。

【普天樂】閒步小庭前，淥逕芳塵淺。可憎語燕，催送華年。飛花點素苔，萬點愁人怨。冷冷清清空庭院，杠擔閣光景無邊。只落得雕欄倦倚，只落得翠翹懶整，只落得繡線慵穿。

到此園中，却怎生消遣也？

【耍孩兒】半晴半雨宜春院，停繡帖，淩波試展，芳菲欲謝可人憐。笑東風，相見何年。柳飄弱縷垂烟帶，花落殘紅碎錦鈿，忍淚佯低面。暢好是惱人天氣，花月難眠。

(生上云)小生在此半月，無事未敢入中堂，不得和那姐姐相見，思量好悶人呵！今日且到後花園候他，他或到此也未可知。呀，那花下有兩個女郎哩！(梅)那廂有人，咱看來。(問科)你是誰到此？(生)小生是昝公子傭書的，不知小娘子到此，有失回避。動問小娘子，那位是誰？(梅)這是素香姐姐，你問怎的？(生)既是姐姐，禮合參拜。(揖科)(旦斜覷低科)這生恰似曾相遇來。

【四煞】繞香階獨自行，對花枝無一言，等閒遇着相如面。則見他潛身花底偷睛覷，好教我半臉紅生翠靨圓。是那日，曾相見，兀的波風姿俊雅，媚色堪憐。

(梅)果然像那金閶相見的，他却怎生到得這裏？

【三煞】(旦)是當初年少人，恰相逢在畫船，今日個武陵溪畔重相見。他是金閨獻賦長沙客，玉殿題詩李謫仙，怎做了風月所窮原憲。敢則是夢中影現，想內情緣。

(梅)姐姐，待我問來。兀那傭書的，何處人氏，到此幾時了？(生背云)我待説與姐姐知道呵，不争梅香在此。且慢慢的和他講來。(回云)小生姓唐名畏，家住姑蘇，到此已經半月。(旦低云)這生可正是那生也！

【二煞】口兒裏怎言，心兒裏暗轉，輕將粉袖遮粧面。我這裏人前難把衷腸問，他那裏花下低將姓字傳。（梅）這蚤晚怕有人來，我們去罷！（旦）欲去也回頭轉，似這般龐兒相肖，怕錯認年少風前。

（生）姐姐便再住一會也不妨。（旦）我們轉過芙蓉亭，慢慢去吧！（生覷云）小生花下遇神仙也！（梅）這人好没規矩，你隨着姐姐説甚的？（生揖科）小生今後再不敢。（梅笑云）好一個肥喏。（内叫云）唐先生那裏？（生應科）來也！（辭科）姐姐，小生去也！（下）（旦）這生雖居貧賤，看他情況定非凡品。

【一煞】啟朱唇笑語低，步香階顧影憐，行光一片堪人羨。他道是意中神女逢花下，我道是影裏情郎來夢邊。心兒轉，把没頭没腦鬼病空纏。

（梅）這生既然在此，少不得再和他相見，我替你慢慢的問個詳細咱。

【尾聲】（旦）相思愁萬縷，相逢無一言，怕色眼眯眵錯認了東君面。俺則向月冷紗幃獨自個的遣。

（下）

第三折

（生上云）小生到此數月，兩個公子文字都是小生代做，主人見他才學頓進，疑是倩人做的。自家監坐了面試，却再不猜疑着我來，依舊是我替了呈上主人，主人十分歡喜。如今公子一刻少我不得，眼見的此計已中了也。只是小生自與姐姐花園相遇，彼此顧盼，情熱如火，只不能勾傍着身兒細訴衷情。恰好春去秋來，這相思干害殺人也呵！

【越調·鬥鵪鶉】殘照當樓，長堤敗柳。破壁蛩吟，土階堆綉。投至得淚眼看花，空教我血霑翠袖。

大都來一種情，百事休，不爲悲秋，非關病酒。

【紫花兒序】悽悽慼慼，冷冷清清，悶悶憂憂。獨自個把紗窗倦倚，看看的月上簾鈎。閒愁，夜夜朝朝没盡頭。則問俺嬌滴滴那人兒知否，也應的瘦損腰枝，粉淚低流。

小生自來尋芳載酒，幾曾慣這病來。

【小桃紅】長則把紫毫題破彩雲秋，恣意眠花柳。狹巷平康騁歌酒，甚愁煩得上我心頭。這回病也，病也難消受，輕展着偷香的妙手，用盡了探花的機彀，如今都枉然呵，干則耐心兒貼上半年週。

暗想小生鎮日裏在此懷愁擔悶，可幾時得個了休。如今就中生下計來，看他怎麼？呀，却好公子來哩！（公子上云）呀，唐先生，你爲甚麼面上帶着這般唧噥。（生云）不瞞公子説，小生一身零落，尚未娶妻。古云：「不孝有三，無後爲大。」如今意欲告過公子，歸家去尋偶。爲此沉吟不止。（公子云）這却怎麼使得？你若去了，我們兩個怎生動手？（生云）小生受公子厚恩，委是不敢就去，只是計出無奈。（公子云）你要娶妻，却也何難？俺家中有許多使數丫鬟，隨着你揀了一個就是。（生背云）公子知其一，未知其二，如今權且依順他。到就裏再作計較。（回云）謹依尊命。（公子朝内云）分付家中丫鬟，一個個打扮整齊，到後花園來者。（内應科）（公子云）唐先生你定睛看波，好一對妮子來也！（兩女笑上云）東君昨夜報花知，能白能紅最可宜。相看笑語如撩客，惱亂春情不自持。咱們見了公子者。（公子云）這妮子可好麼？

【秃厮兒】（生）一個舞荷衣，褭褭似風前翠柳。一個步羅襪，輕輕似水上雙鷗。腰枝扭捏向花下走，一個個賣風流，堪羞！

（公子云）不中且罷，又兩個來也！（二女下）（另二女上云）遲遲日影映東牆，歷落花開滿院香。自是閒情收不住，花間羞對兩鴛鴦。咱們見了公子者。（公子云）這妮子可好麽？

【聖藥王】（生）一個熨不展眉上憂，一個撥不開心上愁，烏雲半嚲倩誰收。鶯兒喚偶，蝶兒喚儔，盈盈眼底翠波流。這的是引人魂，賣俏女班頭。

（公子云）又不中意？且罷！看那兩個妮子來也！（二女下）（另撚花枝上云）燕燕雙飛近畫簾，花枝裊裊笑中撚，筵前舞罷粒猶怯，體格輕盈花底仙。咱們見了公子者。（公子云）這可中了麽？

【麻郎兒】（生）一個似艷李迎風挑鬥，一個似夭桃帶雨含羞。紅的呵，怎比得錦芙蓉胭脂濕透。白的呵，怎比的玉梅花夜月香悠。

（公子云）還不中哩！看那兩個妮子可好麽？（二女下）（另上云）六幅湘裙水漫秋，輕嚬淺笑不勝愁。閒去中庭數花朵，逢人佯整玉搔頭。咱們見了公子者。（公子云）這妮子可不比等閒也！

【么】（生）他瘦，比柳，更柔。他嬌比花枝，別樣風流。這兩個一樣的丰神競秀，也怎禁對東皇幾番僝僽。

（公子云）這兩個妮子你還不中意哩。教家裏的都出來，隨你揀着那個罷。（呼衆女上擺花陣隨意唱）（科）

（公子云）你看點點瓊花飛滿砌，紛紛仙女下瑶池。是好一隊女子也呵！

【絡絲娘】（生）亂紛紛花枝笑酬，嬌恰恰鶯聲囀溜，一個個翠纈紅粧競挑逗，我則把雙眉頻皺。

（公子揮衆女下）（云）這隊女子呵，雖無落雁之姿，儘有傾人之貌，難道再没有中你意的？（生不應背科）

【小桃紅】我待向鶯花隊裏探頭籌，暗地通機轂。經過了風雨黄花晚秋後，謾夷猶，生前的業怨何時就。他那詩謎兒怎酬，我這琴心兒挑鬥。只落得淚掩青衫，無語對花愁。

（公子云）這等你要甚麼樣人纔好？（生云）不瞞公子説，小生雖則一時落魄，實乃家世清白，娶着個侍女爲妻，可不辱没了先人。爲此，只索告辭回去，别選罷。（公子云）你却也爲的刁蹬人哩！你要回去這個斷然不可，待我們再作商量。（大云）如今怎麼樣好？（次云）我有一計，叫做周郎困劉備鐵鎖鴛鴦之法。我那素香原不是自家的妹子，俺老爺没來由將他做嫡親看待，不如將來嫁了他。一則後來省了些賠嫁，一則和他合家兒過活，他斷然不要回去。豈不是一得兩便？此計何如？（大云）此計雖好，只怕老爺不肯。（次云）目下趁老爺不在，正好行事。（大云）只怕周郎妙計高天下，賠了夫人又折兵。没奈何，便依你罷。（對生云）是有個妙人兒在此，只怕你消受不起。俺老爺有個義女，名唤素香，將來嫁你如何？（生）呀，這却怎生使得？况且老爺在上，斷然不肯。（公子）今老爺不在，我兩個便替你做主，那素香人物儘通，我先引你去偷看來。（同行科）

【綿搭絮】（生）園林深窅，香徑通幽。寒花繞砌，翠色空流。百尺蝦鬚在玉鈎，日煖紗窗篆影浮。（公子指云）那倚樓的正是也。（生）則見他半晌凝眸，閒倚着西風燕子樓。是好女子呵。等閒不見東君面，金屋深深貯阿嬌。

【鄆州春】揀盡花枝折盡柳，人在緑窗深處有。果若是這姻緣兒相厮輳，我可也甘心的衹候。公子，你若肯替我做主呵，當啣環結草以報。念我唐畏呵，

【慶元真】無家四海一空裘，烟波萬里任遨游。今日個成就了吹簫樓上鳳凰儔，花開恰並頭，做鬼也風流。小生遥望妝樓，今夜怎生便飛去也。

【南鄉子】極目晚粧樓，似阻隔在五雲天際頭。魂夢欲隨花月影，悠悠，夜半穿窗入翠篝。

（公子）你不消性急，明日便好成就。只要你重重謝媒人哩！

【尾聲】（生）一天好事在明宵就，這相思等時罷手。則你個會做美的兩媒人，生受我那謝親的一杯酒。（同下）

第四折

（旦上云）自花園中見那生進前聲喏，與金閶所見一般無二。又聽的公子文字俱是他代筆，想此生就是那金閶人也。只不知何緣到此傭書，使我心下好生猜疑。如今季秋天氣，黄葉紛飛，雁行零亂，不由不傷感人呵！寶帳玉罏殘麝冷，羅衣金縷暗塵生。

【仙吕·八聲甘州】西風静峭，翠帳凉生，春去多時，冷清清地。瞑子裏牽起餘悲。淚眼横波初睡起，亂挽雲鬟釵半攲。悄爲伊相思，折損腰肢。

【混江龍】愁懷無似，停針不語數花枝。花枝瘦損，人比花枝。經過了暮雨梨花寒食夜，又蚤是西風楊柳晚秋時。倦時呵，懶捱玉枕和衣眠。起時呵，輕匀粉靨啼紅漬。無明無夜，幽恨難支。

【油葫蘆】畫裏花開鏡裏枝，不相見，有情人皆似此。我和他一般兒想像費神思。他意兒中賦求凰，空走入琴川市。我夢兒裏赴行雲，乾飛向巫山寺。他寫幽懷寫不盡秋鴻足下書，我吐愁腸吐不盡春蠶口内絲。悶懨煎受了些小梅香幾遍閒譏刺。甚日得趁心時。

【天下樂】睡損芭蕉減玉姿，没打限的相思信有之。冷清清門掩秋光十二時。也不待撥瑶箏遣悶懷，也不待製香囊修怨詞，空則是對菱花憔悴死。

(梅上云)奉着公子話對姐姐説去。公子瞞了老爺，要將姐姐嫁與唐先生，誰想姐姐也看上他。今日成合這親事，可不蚤則喜也！(覷科)我看姐姐蓮臉含嚬，柳眉低蹙，敢又想着那生哩。待我先去問他。(見科)姐姐，你悶坐在此，敢又想那？(旦)甚麽那？(梅)那生。(旦)小妮子，你又來痴講哩！(梅)我倒不痴哩！姐姐，我問你，那生是個傭書，一世不能發跡的，有甚好處呵？(旦)若説那生呵，

【寄生草】他是個英雄輩，受困時賦無魚彈鋏的齊馮氏，刈荒園避難的田王氏，覓封侯投筆的窮班氏。今日個雖則是隨聲奔走畫堂前，有日個看花踏遍章臺市。

(梅)據姐姐這樣説，便嫁了那窮生何如？(旦)知我怎生的能彀也。

【緑窗怨】若論婚姻事，誰待問家私。則他那清潤腰圍玉一枝，銜落魄烟花肆，越顯得風流浪子。憑相貌，據才思，只怕俺薄福佳人乾折的個死。

(梅)既如此，姐姐可拜我幾拜。我替你做媒罷！(旦)啐，你又來扯風話。(梅)倒不是扯風話，公子已將姐姐許他，特地着我來説，只今日便要拜花燭哩！(旦)那有此話？便公子許了，老爺可也斷然不肯。(梅)如今趁着老爺不在，公子便要替你成親。你則休推調者，我回公子話去。(公子同生上云)這事怎麽了？(梅)事已八九，只要唐先生重重的謝我。(生笑云)小生客邊無以相酬，告過公子將你做了賠嫁罷。(梅)啐，扯淡！(公子)也罷。叫他拜你幾拜就是。今日正是吉日，就請姐姐來拜花燭者。(旦避科)(公子)梅香，你扶了姐姐，我兩個做了賓相。(贊拜科)請請新人出畫堂，兩人齊配錦鴛鴦。朝朝暮暮花間宿，顛倒春風上下狂。(生旦拜天地科)(公子又贊拜科)一對姻緣天作成，佳人才子兩情真。今日筵前成配偶，同作看花會上人。(生旦對拜科)

【村裏迓鼓】（旦）霎時間，捻沙般的，團成姻契。俺兩人一樣，都除却了，相思滋味。也不用一盞的閒茶，一杯的浪酒，一人的媒使，都則是天爲婚主，花爲盟證，蝶做紅絲，蚤遂了這新婚也那燕爾。

（公子）你兩個拜了花燭，我們准備酒筵賀喜，你索慢慢的謝我媒人哩！（下）（生）小生自見姐姐，夢想爲勞，誰料得有今日。（旦）妾之配君，屬有天緣，君非金閶所見者乎？（生）是也。（旦）君士人也，何自賤至此？

【元和令】又不是走長安輕薄兒，爲何緣來到此。顛來倒去没尋思是耶非。喬様子，十分情參不透九分詞，索與我細細的傳示。

（生）子昔顧我，不能忘情，故來此耳。（旦）妾昔見諸少年擁君出素扇求書畫，君揮翰如流，且歡呼浮白，旁若無人，睨視吾舟。妾知君非凡士也。乃一笑耳。

【上馬嬌】則見您蘸彩毫，擁玉卮，信手的寫新詞，花箋一掃蛇龍字。這才思，壓倒衆人兒。

（生）這正是一笑爲媒也！

【勝葫蘆】（旦）這笑呵，倒做了一紙回文錦字詩，訴與您害相思。兩下調情眼語時，隴頭驛使，偷傳心事，做就好姻兒。

（生）小生半載相思是好苦也！（旦）休道你，

【幺】想着夜雨秋風落葉時，幾番家會嗟咨。薄衾香寒懶待支。這般瘦損，那般憔悴，都則爲相思。

且問足下既非傭書者，未知委係何人？（生笑云）小生姓唐，名寅，昔年曾中應天解元。（旦驚云）元來是唐解元，妾自幼讀君詩詞，便知是江南第一才子。何幸今日得諧婚配。（再拜科）

【後庭花】休道是恁風流俏臉兒，則天下種情人誰似爾。你那東皇有意催花發，俺可怎惜春風這一枝。你名兒，如雷在耳，絕勝當年杜牧之。長則是念了你詩，讀了你詞，不枉了風流唐内史。想着這姻緣非偶而，不是俺一雙俊眼兒，相逢怎見此。

（生）此事只可你與我兩人自知，休待説與公子每知道。（旦）妾自舟中一見，怎想有今日也！

【柳葉兒】乍相遇，水雲烟汜。今日結同心，錦帳羅罳。就中憐取，則俺人無二百種傷情事，萬縷斷腸絲。到如今，都則是一筆勾之。

（生）小生潦倒風塵，久無知己。何物女子能於塵埃中識名士！

【寄生草】（旦）俺雖是女兒每，塵埃中識破爾。燕雀群分別鴻鵠翅，魚蝦伴認出了真龍子，石鼓文辨明了蒼頡字。雖不是卓家寡女奔長卿，却便是秦樓弄玉窺簫史。

（主人冲上云）咄！你們瞞我做得好事！道不的男無媒而不婚，女無主而不嫁。你兩個不稟我命，公然在此胡爲亂做，真乃廉恥掃地，大膽包天。送到官司，不道不打殺你兩個賤才。（生香跪云）老爺息怒。我兩人呵，名雖陰配，實異私奔。况是公子主盟，送到官司，在公子有專命之罪，我兩人無離異之條。古云：「婚姻之事，不論高低。」望大人裁之。（主人）咄！唐畏這廝！你是一個傭書下賤，剗地便敢如此放肆！素香小賤人！你既爲我養女，不學那好人家風範，却做下這般勾當。還在我跟前花唇調嘴，説甚麽三貞九烈、賢良女真，乃是辱門敗户小丫頭。我不道輕輕的饒過你兩個哩！（打科）（旦）老爺，休錯見了。諒這唐畏不是落後的，我女兒嫁他也不枉呵！

【賺煞】他才貌古無雙，俺俊眼今無二。好姻緣非關偶爾，一笑風前權當媒。投至得倚鸞鏡，笑綰雙絲，這啞謎兒枉費言辭。直待霧浄雲開花見時，纔顯得不識人的似斯，識英雄的如此。不枉了

今宵乾受你這遭兒。（下）

（主人）這小賤人既甘心配這廝，我也當不得是女兒。唐畏，你這狗才，我打一頓逐出去，不争也便宜了你。如今且除了衣巾，着你在此，我慢慢的處置你。（喝生同下）

第五折

（文祝官帶上）（文）草變黄山曲。（祝）花飛清渭流。（文）途遥日向夕。（祝）時晚髩先秋。（文）則我文徵明是也。（祝）則我祝允明是也。（文）我兩人自與唐子畏金閶别後，累次去家下問他，説他到吴興訪客未曾回來。如今吴興沈老先生遣人請我兩個，不免去走一遭。就尋唐子畏一同回來，可不好也！（同下）（生易服上云）雪隱鷺鷥飛始見，柳藏鸚鵡語方知。前日花燭之夜，恰被主人回來拆散，去了衣巾，着我在此典客，意欲羞没着我。我如今只得暫且忍耐。回想前事，好是一場笑話也呵！

【雙調·夜行船】一枕莊周春夢蝶，做的來如醉如呆。昨日今朝，好時良夜，都則是不明白一場游治。

小生暗想從前都則爲花酒二字，消受了許多魔障也。

【風入松】生平空與利名涉，痛飲得酒杯竭。蘇門草樹開還謝，回頭往事堪嗟。縱輕狂詩魔酒病，逞風流柳羈花紲。

【步步嬌】則這浪跡身輕如一葉，做就風流孽。昨日個嶮待送官司遭痛決。説甚麼漢司馬會香車，訂就描鸞帖。哎，今日呵，又則是悶懨煎，獨對着深夜梨花榭。

（主人上云）今日設酒請文内翰、祝京兆二位老爺，你們當值的須小心伏侍者。（生諾科）（背云）呀，今日正請着我兩位兄長，少頃酒席間看待怎麽？（内傳帖上科）禀老爺，文爺、祝爺到。（文祝上拜見）（叙寒温坐科）（生）今日筵席恁整齊哩！

【喬牌兒】銀筝兒都打疊，鳳管兒又吹徹。香風滿座飄蘭麝，可正是主人情分别。

（主人）二位先生乃一代人豪，光顧草廬，老夫好僥倖也！（文祝）不敢。

【得勝令】（生）四座裏賓友盡奇絶，看風生談笑逞英傑。揮玉尾望比東山重，傲金樽情同緑野賒。群姬兒並列，笑將翠袖筵前拽。繡幃兒重遮，坐聽歌聲雲外咽。

（主人）老夫更衣咱。唐畏好生伏侍。（下）（文看生科）這伏侍的是唐子畏，他怎生在此粧這模樣？唐子畏，你爲甚在此勾當？（生笑云）我不是甚麽唐子畏。（祝）你休得抵賴，你爲甚事在此？快快説來。（生笑云）不瞞兄長説，

【沉醉東風】當日個泛畫舫，珠圍翠咽。見了個俏嬋娟，綉擁紅遮。他眉尖兒將密意傳，俺驀地裏把柔腸結。向春風搆做媒帖，一笑花前兩意浹，因此上改做個傭書賤業。

（文）是了。那日委有許多女人哩！怪你謊張張的跟了要走。且問你到此，那女子還認的你麽？（生）他倒認得我呵。

【甜水令】休道他艷玉生香，只那含情笑臉，秋波雙借。蚤是辨龍蛇，比着那不論高低，不知黑白，不分愚哲俊眼兒，兀的不分外奇絶。

（祝）這樣可曾成就了麽？（生）一言難盡。小弟用了許多心術，幸得公子撮合。前日花燭之夕，却被主人回

來冲散了。

【折桂令】爲風流，造下寃業，兩下相思，一樣愁絶。甫得個陽臺上夢繞巫雲，又蚤則錦屏前裙分了繡結。漢苑風斜，秦樓月缺，楚岫烟遮，都則爲有情人受盡磨滅。這段情懷，甚日寧貼。

（主人上云）二位先生在此説些甚麽？（文）請問老先生，此人是誰？（主人）這是唐畏。（祝）怕不是唐畏，中間還有個字兒。（主人）他在此半年，怎的不是？請問老先生，他姓字中間還有個甚字？（文）他中間還有個「子」字。老先生也曾道來一向慕他才名，要見他一面而不可得。則他便是此人。（主人）他姓字中間有個「子」字，難道他便是唐子畏？（祝）也差不多。（主人）他果是唐子畏呵，怎地到此傭書？（文）這個須問他自家。（主人）你果是唐子畏先生，爲何到此？（生）小生説來，則怕嗔怪哩！

【山石榴】俺可是司香吏，生受了天曹罰，俺可是蕊珠仙，誤入這桃花舍。爲貪花撞破撞破了烟樓月。謫塵世，遭磨劫，心中愁萬疊，捱不盡這周折。正好個吴宫花草初開夜，又則恨無端的風雨將春絶。

（主人）呀，原來如此！則被你瞞煞老夫也！唐先生你翰墨遠傳夷貊，文章妙絶古今。年少高才，世所罕有。老夫久慕芳名，恨不一面。不料如今倒相隨了半年。一來是老夫僥倖，二來是小女的緣法。老夫一向見你形貌與你字蹟，心下也好生猜疑。昨日一時忿發，不及細詰根由，多致冒犯。適聞先生之言，使我如醉而醒，如夢而覺。區區得罪，幸勿介懷。（生）惶恐。不敢。（文祝）既如此，老先生就將令愛許配了他何如？（主人）老夫已道過在前。小女醜陋，得奉箕箒，實乃三生大幸。分付丫鬟，快請小姐來與解元成親者。（女上）（生易服拜介）

【野絡索】定婚帖，鴛錦牒，重向花前設。也不索拖紅擔酒將媒人謝，恰成就了歡娱夜。

（主人）分付管家的打辦粧奩，明日送解元小姐吴中去也。

【清江引】（生）歎功名去來雲影瞥，把塵事都拋謝。醒裏咏詩詞，醉後眠花月，今日這風流誰似也。

【收尾】笑看後世鴛鴦帖，又添上了一段情節。佳人才子相諧了姻屬，可正是女媧氏補就了相思半天缺。

多情常自爲情痴，我亦多情不自持。
却憐無個知人眼，總是多情説與誰。

鄭節度殘唐再創

正目

氣黄巢稱兵造反，衆節度應詔勤王。
仗忠肝重興帝室，憑義膽再創殘唐。

楔子

（黄巢上云）浩蕩胸中羅萬象，縱横筆陣掃千軍。蜚聲夙擅文壇霸，子恨得百戰雌雄尚未分。自家姓黄名巢，本貫曹州冤句縣人也。先世以販鹽爲業，自家生來博涉書傳，兼通騎射，更加氣概軒昂。軀長十尺，腰闊三停，眉攢八字，牙排二齒，鼻有三竅。左臂上生肉藤蛇一條，右臂上生肉隋毬一個。胸有七星黶，背有八卦文，豈非天命貴相？只今朝廷宦官擅政，賢才被阨，累次應舉，俱遭駁落而歸。目下祥符元年，新天子即位，開科取士，索向長安再走一遭去來。正是：三寸舌爲安國劍，七言詩作上天梯。青雲有路終須到，再若個金榜無名誓不歸。（下）

（生扮鄭畋上云）年逾三十不成名，獨擁吳鈎恨未平。非是壯年悲老大，謝安欲起爲蒼生。小生姓鄭名畋，字休文，本貫滎陽人也。幼習儒業，兼看兵書，有志爲國家建立功勳，做一個頂天立地男兒。爭奈朝廷宦官擅政，賄賂公行，以致賢才擯棄，盜賊蜂起，小生雖是累科應舉不能上達。目今祥符元年，新天子即位，首賜開科取士，只索往長安再走一遭。却未知這番的時運如何也。

【仙呂・賞花時】落日長亭萬里途，瘦馬秋風一劍孤。倒不如不識字老農夫，安居故土，鎮醉倒步兵厨。

【么】愁的是四海紛紛白骨枯，憂的是兩鬢蕭蕭黑髮疎。空滿腹載詩書，幾番價長安應舉，猛可也攧不破悶葫蘆。（下）

第一折

（劉允章引祗從上云）我做主司性格乖，只愛金銀不愛才。見了文章眼出血，見了金銀喜滿懷。自家劉允章是也，原任陝州刺史，因中尉田令孜擅政，南牙北司，相爲矛楯，俺却覓個線路，拜他做了乾爺，不次召入，陞做禮部侍郎、平章政事。今係祥符元年，聖人臨軒策士，命俺做個總裁。昨蒙田老爹分付，受了前相令狐綯之子令狐滈黄金千兩,坐定他中個頭名狀元。以下進士,自家暗地召賣,名次先後,隨價而定。場期已到,左右張號開門,放舉子進來。(左右張號開門,鄭畋、黄巢、令狐滈上見科)(劉云)今科是龍飛首榜,就以頌聖爲題,諸生用心做着。我老劉定不虧負你們。(衆做卷納科)(下)(劉閲卷云)這卷是令狐滈的。(讀科)皇帝坐龍床,舉子赴選場。只爲騙饅頭,懶待做文章。吃了大饅頭,肚裏脹膨脝。御酒呷三鍾,稽首謝吾皇。詩却不好,没奈何中了他。況且文章也没正經,加上批詞,用上圈點,弄的没顛没倒,定有勢利眼睛稱贊着哩!左右傳報,令狐滈中狀元,准備游街飲宴去。(黄巢怒上云)氣死我也!氣死我也!那劉允章老賊,把令狐滈中了狀元,俺們還做秀才怎麽。不免闖進去,駡他一頓,泄這一肚皮臭氣。(衆攔黄打入科)(劉云)你是誰?闖到我跟前怎的?(黄云)則我黄巢便是,被你奚落了,特來和你講話。(劉怒云)咄!我不中你,這也從公發落。古人云:「只患文字之不精,不患主司之不明。只患經書之不通,不患主司之不公。你和我講甚話來?(黄云)劉允章,你賣中了令狐滈,虧你放這臭屁哩!想着咱黄巢呵,

【仙吕・點絳唇】燈盡油乾,斷書殘簡,將人賺。廿載孤寒,空折煞英雄漢。

【混江龍】憑着咱氣衝霄漢,枉則在棘圍中,血戰兩三番。覷幾個孩童們,僥倖快着先鞭。他那裏喜孜孜鬧嚷嚷,賞遍了春日瓊林花錦地,俺這裏愁默默、悶懨懨,經過些秋風驛路冷征鞍。不得個朱衣暗點,一任教白眼相看。燕都擊筑,兩淚偷彈,秦庭射策,幾度空還。今日也有何顔,再把歸程趲。只索的焚燒了筆硯,裂碎了衣冠。

(劉云)這是你才學不濟,干我屁事?(黄云)你道我才學不濟麽?

【油葫蘆】又不是五色雲迷白晝閒,似你個瞎試官,眼光光覷不見太華山。説甚麽珍珠咳唾冰花

濺，鋒鋩劍戟霜毫燦。則不如把孔方兄熱臉湯，管教你官人行笑眼看。詩云子曰都是喬公案，這至公堂也變做了鬼門關。

（劉云）噤！你這狂生，出言無狀。俺便屈了你，怕你這夥秀才做甚事來！

【天下樂】（黄）你道大古來書生膽氣寒，摧殘，直等閒。俺如今説幾個古人與你聽者。有一個凍蘇秦，把片紙斜封函谷關。有一個小終軍，棄羅繻换紫襴。有一個瘦韓王，釣淮陰登將壇。這幾個英雄人見罕。

（劉云）這都是些古人，題他怎的？且問你，當今有那個來？（黄云）不是咱黄巢誇口，

【醉扶歸】論咱的文呵，筆尖頭忒楞楞敢戳破層雲棧。論咱的武呵，劍光兒刮喇喇，敢衝倒九天關。這的是滅楚亡秦不姓韓，天生下第一個英雄漢。俺若重登了將壇，猛可也賽雄卒幾百萬。

（劉云）這也憑不得你講，只是做出的便見。你果若有本事，怎麽不早中了去？（黄云）你道咱早些不中麽？都像你這夥人呵！

【金錢兒】恣意的自胡訕，信口的亂褒彈，一個個是貪錢睇目糊心漢，全不念秀才們，螢窗雪案五更殘，大都來五行難迭辦，八字犯孤寒，辜負了胸中排劍戟，筆下走波瀾。

（劉云）這厮直恁胡説！你文字果好，難道没人曉得？（黄云）文章雖好，少不得憑你嘴囉哆的講哩！

【醉中天】你若説他好波，便癩蝦蟆也生了文翰。你若説他歹波，便好皮肉也挖個瘡瘢。似這等數黑論黄筆硯間，則這文章有口也難分辯。一任你口瀾舌翻，轆轆的似風車樣轉，道不的鐵案如山。

（劉云）你道文章自古無憑據，您覷如今中的進士，那個不是天生豪傑，你怎比的他？（黄云）你道咱比不的他麽？

【金錢兒】我則道占鼇頭難也波難，却都是些不識字銅臭的蠢郎官。黑漫漫妖氛晝把文星掩，激的俺怒轟轟虹光直透斗牛寒。射酸風把藍衫吹破了，則待點霜花换着鐵衣單。自古道：「此處不留人，自有留人處。」俺與你睹下誓來，俺若不能乘駟馬，誓不渡秦關。

（劉云）大唐朝芝蔴多官，料輪不着你這厮！這且休題。且問你：俺做試官不據文章，據那件？

【游四門】（黄）道不的啞文章隨柁倒船灣，則不如把八行書，幾貫錢，打透了巧機關。一首歪詩現放着你真贓犯，兀自胡顔。在人前賣弄些甚麽？難難道頭直上不怕鬼神看。

（劉云）你説我不公道，是那個對你講來？（黄云）未放榜前人都説令狐滈囑托田令孜買中狀元。

【醉扶歸】你倚着田中尉，做了天山巘。不提防轉眼兒化做冰山。奉着他半個字呵，恰便是紫詔朱書出王關，諕得你慌篤速，並没個半些來違慢。俺則怕你弄壞了李官家金池也那鐵山，那時節做了個樹倒猢猻散。

（劉云）你這厮指下田老爺，不怕拿去砍頭哩！左右拿下去，打他一頓趕出去。（衆拿打散科）（黄云）誰敢！誰敢！劉允章老賊，

【後庭花】你待假狐威喝的黑浪翻，咱可也不要把砍驢頭那寶劍彈，則這骨碌碌鐵石樣拳無眼，敢打打得你一條條草心般骨也彎。（揪科）扯扯扯破你精皮袋臭羅襴，踢踢得一夥狗狐群，雨零星散。一個個戰抖擻，心膽寒，一個個乜臨侵，手脚殘。管教認得俺殺人不眨眼的魔君這一番。俺要遲則

遲，要早則早。打殺你這無徒直恁難。休道你這老賊呵，俺便白占了這扇面大江山也不當罕。

（劉云）三十六計，走爲上計。走走走。（下）（黃云）俺把這廝打了一頓，干待罷了？如今奸臣擅政，英雄競起，浙東反了裘甫，淮南反了龐勛，曹州反了尚君長，濮州反了王仙芝。謠言云：金色蝦蟆爭努眼，跳動黃河天上反。這句話敢應在咱黃巢身上。不如回到山東起兵殺入咸陽，拿住這夥奸賊，碎屍萬段，方稱吾願。大丈夫不做暗事，俺便題詩朝門之上，怕他怎的？（題科）藍衫穿體布裹頭，班超無用倒封侯。馬前若得三千卒，敢搶唐朝四百州。

【賺煞】三都賦再休題，萬言策無心獻，非是咱落第的黃巢命蹇，有分教十八葉唐朝反掌間。海覆天翻，鬼孤壇流血成瀾。因此上屈折咱黃巢這幾番。俺把脚尖兒趯倒函關，指頭兒擘開天塹。只怕滿朝中臣宰，做了聖手没遮攔。（下）

第二折

（生鄭畋上云）飛花不上仲宣樓，落葉蕭蕭滿院愁。回首故鄉家萬里，高眠客帳夢封侯。小生鄭畋，自來應舉已經數次，奈今科主司不論文章，專任賄賂，比往日主司更甚。小生復遭駁落，寄寓長安客店之中。資糧空乏，欲歸未得。正是：一身流落天涯客，半世昏沉夢裏人，題起好傷感也呵！

【黃鍾・醉花陰】半生落魄風塵遍，愧妻孥，羞顔再見。對滿目舊山川，冷落吟鞭。則破帽將頭戀，猛搔首，問蒼天，千丈虹霓何日展。

俺想世間秀才，幾個有才無命的，幾個有命無才的。

【喜遷鶯】可正是驊騮偃蹇，亂紛紛，駑馬争先。堪憐。有的是潑天機變，則憑着細麻繩將鼻子牽。鬼椰榆，人笑腆。高叉起經綸大手，抵按着錦繡韋編。

想鄭畋讀過多少書，應過幾次舉，只剩得這一條窮漢呵！

【出隊子】口耕舌佃，手摩挲鐵也穿，困龍渴守硯池間，秃兔孤眠野塚邊。一任那小管城中蝸角戰。

（店小二上云）自家店小二便是。如今有個鄭秀才，到我家歇下，考試不中，流落在此。窮的一貧如洗，好苦哩！今日没了早膳米，只得對他説去。秀才，今早没米了，怎處？（鄭云）店小二，這却怎生是處？

【刮地風】則我這領着破鷊裘，何處典。却便是困禰衡鸚鵡洲邊，餓王孫哭釣斜陽岸。蚤知道富貴由天，誰待學賈長沙上書金殿，馬相如獻賦甘泉；李太白杜少陵，翰林應選；凍騎驢孟浩然，走長安吟盡詩篇，到頭來博不得天顔眷。不如趁早賦歸與耕墓田。

（小二云）今年新皇帝開科，像你秀才這等文才，剗地不中，却是怎麽？

【四門子】（生）是這珊瑚鐵網開三面，走麒麟荒草原。對着這霜月天，雪案前，把司馬青衫淚滴穿。冷店兒眠，夾被兒單，驀地裏回腸九轉。

（小二云）如今主試的不公道，你也尋些線路兒纔好。（生云）這怎生使得？

【古仙子】我我我潑前程，除問天。天天天，怎空長咱英雄數十年。是是是成爲虎，敗爲鼠，虎鼠何常。伸爲龍，屈爲蛇，龍蛇代變。怕怕怕不道心堅石也穿。這這這硬脊肋怎待去黑夜求憐。敢敢敢認了些怪戚喬親將姓字宣。向向向昭文館暗裏通鍼線，做做做的來不值半文錢。

【尾聲】俺待向龍虎榜中將名姓顯，這崢嶸甚日何年？（歎科）天既生我呵，少不得有時節風送帆輕船去的遠。

（小二云）是是。今科不中，少不得還有來科。秀才，你如今不如收拾歸去，等待下科再來可不好也。正是：秀才秀才，時運未到，運若來時，龍門一跳。（同下）

第三折

（劉允章戎服引衆上云）老夫今年七十九，大碗燒酒一氣吼。假饒報道賊兵來，我也關上城門只吃酒。自家劉允章是也。去年典試，賣中了令狐滈，逼反了黃巢。如今奉聖旨着我留守東都，令狐滈參謀軍事，領兵十萬，與黃巢厮殺。叵耐賊兵勢大，抵當不過，且等令狐滈來，與他商量個計較咱。（令狐滈戎服上云）小子令狐滈，一字全未曉。買個狀元做，禍事來到了。人人都做官，偏我運不好。賊兵如火急，思量無計跑。（見科）（劉云）如今黃巢圍逼東都，怎生是好？（令云）小子一生不怕那件。賭賽場中堪爲領袖，花柳陣上慣做先鋒。若吃酒呵，不弱似關大王河梁宴連飲數斗，若吃肉呵，煞强過樊元帥鴻門宴生吞一肩。如今這厮殺，却也不怕。（内作擂鼓衆作急掩耳慌科云）不好了，賊兵圍城了。（劉云）你不怕怎的？（令云）只是開門，請那厮進來。難道白送了東都，到不大大與我們個官做哩！（劉云）好算好算，我也顧不得當初嘴臉，大家開門迎他去。（俱下）（黃巢引卒子上云）連天殺氣影蕭條，白骨如山野火燒。倒捲黃河連宿海，軍聲不讓霍驃姚。自家黃巢，回到曹州起兵，攻下山東，一直徑到東都，無人抵當。如今劉允章、令狐滈領兵在此對敵，俺正待擒住這厮碎屍萬段，是吾平生願足。大小三軍，一齊攻入東都去。（衆喊攻城科）（劉令自綁上跪科）東都留守劉允章、參軍令狐滈獻城投降，望乞笑納。（黃云)劉允章這老賊,你也有今日麼? 自古道:「仇人相見,分外眼掙。」你記得試場中説過許多説話,如今有何面目見我。不道的獻了東都,便饒過你性命哩! 待我親自下手,殺這老匹夫。(劉哀求科)大王爺是真命天子,豈凡夫肉眼所識。昔日漢高皇封雍齒爲侯。自古道大人不記細怨,伏望大王爺饒我這條狗命。(黄云)偏是你這夥奸臣慣會調嘴,今且權寄頭在頸,待俺進長安即了帝位,殺你未遲。(下)(生戎服引卒上云)身經列戰錦袍紅,萬里烟塵一望中。荆棘銅駞悲夜雨,教人千載恨奸雄。小官鄭畋是也,累次應舉不第,今科僥倖中選,出守鳳州。正值黄巢那厮造反,占了長安,改元天統,僭號大齊皇帝。田令孜奉駕走入興元,自家刺血寫書,應詔勤王,移檄一十八鎮諸侯,合兵剿賊。左右看有各鎮諸侯來到,報復我知道。(李克用上云)世守沙陀膽略雄,單刀出入萬人中。三軍若欲知名姓,碧眼鵰兒獨眼龍。某李克用是也,引軍來會剿黄巢。左右報復去,道沙陀節度使來了也。(卒報科)(生見科云)一壁廂請坐者。(劉守光上云)長鎗戳倒杏黄旛,虜騎聞名心膽寒。世上英雄誰似我,身騎匹馬定燕山。某劉守光是也,引軍來會剿黄巢。左右報復去,道燕山節度使來了也。(如前科)(王行瑜上云)千重鐵甲似雲屯,河中獨霸久稱尊。赤膽要扶唐日月,忠肝欲竪漢乾坤。某王行瑜是也,領軍會剿黄巢。左右報復去,道河中節度使來了也。(如前科)(宋順上云)僻守龜蒙泰嶽東,長驅鐵馬向秦中。直到烏江擒項羽,形畫麒麟第一功。某宋順是也,領軍會剿黄巢。左右報復去,道濟南節度使來了也。(卒報衆相見科)(衆云)各鎮諸侯合兵到此,正是兵無將而不動,蛇無頭而不行。鄭公既移檄剿賊,就請做個盟主。(生云)小官才薄望淺,怎做的盟主。但義切同舟,不敢辭難,就此歃血進兵罷了。(同拜科云)勤王將士五方來,九里山前大會垓。行看賊星半夜落,殘唐再創屬吾儕。(生登壇衆左右立科)

【商調·夜行船】(生)則這一封書賢如十萬敵,果然是咫尺天威。秦晋燕齊,勤王車騎,一霎時望風而會。

【喬牌兒】諸將士憑勇力，衆節度仗忠義。十八路雄兵齊會潼關驛，遮莫掃烟塵談笑裏。

（報子上云）黃巢知咱家會兵剿他，打過戰書來了也。（生云）兵法云：先人有奪人之氣。今趁賊兵未到，先往攻之。計之上也。各鎮可俱拔營去者。（衆擺陣行科）

【風入松】（生）蒺藜沙上野花稀，落日大荒西。陳倉暗度軍聲疾，托賴着社稷神祇。一對對飛鳶前指，一群群怒馬奔馳。

（卒云）到鳳凰坡了。

【慶東原】（生）諸軍快行動，趁黃昏月黑時，荒烟野樹相遮蔽，馬銜了雙枚，兵藏了劍戟，將捲了旌旗，静巉巉趄過了鳳凰坡，直搗那咸陽内。（下）

（黃巢引卒上云）咱黃巢初登龍位，叵耐鄭畋約會各鎮兵將，前來攻伐，只得御駕親征去也。（生衆上云）前面有賊兵了，將士按住陣勢，好生迎敵者。（賊衆戰科）

【新水令】（生）半天上招颭着五方旗，則見亂紛紛，賊軍如蟻。兵交塵影暗，戰苦陣雲迷。四下追逼，休教他跳出這鎖子連環内。

是好一場厮殺也！

【沉醉東風】惡騰騰漫天殺氣，慘昏昏不辨東西。喜的衆諸侯，齊擔社稷憂，怎教那賊人行，亂踹江山碎。擺列着九天形勢，四下裏兵圍如鐵壁。你那黃巢呵，何處也潛蹤遁跡。

（黃云）你十八鎮將官都來也不見手段，俺和你一對對厮殺。（衆將對戰科）

【折桂令】（生）忽喇喇鼓砲齊飛，兩陣分開，抵死相持，賭勢争威。一個圓睜着怪眼，一個倒竪起雙眉，一個似天蓬下世，一個似惡煞臨時。將士傳下令去，則不許走了黄巢者。覷着咱鞭稍兒，東指東圍，西指西圍，便有百萬魔兵，怎當這數隊雄貔。

（將傳科）不許走了黄巢者。（衆齊喊科）（黄云）來來來，咱和你賭個你生我死哩！（各將圍住再戰科）

【殿前歡】（生）聲喊處，似半天上響轟雷。刀閃處，似五雲端一道紫虹霓。鬧嚷嚷倒海翻江勢，密匝匝戰器齊施。這一陣狠厮持，生扭定垓心裏。恰便是棋逢敵手難迴避。一般兒人不解甲，馬不停蹄。

（黄云）住住住，戰乏了，喘氣少定，再戰罷！（生）衆將士不趁此勢，擒捉黄巢，更待何時？（衆齊圍又戰科）

【折桂令】（生）俺則見濟南兵雄過熊羆，沙陀將矯似飛龍，河中騎勇賽奔犀，幽燕軍猛勝驚猊。鎗來刀去，刀去鎗隨，殺的血淋侵染遍了黄沙片地。便是惡那吒，撞不出百道重圍。真個是天昏地慘，鬼哭神啼。不由他不抛戈棄甲，魄散魂離。

（黄巢倒科）（衆云）稟盟主，殺了黄巢也。這都是社稷威靈和盟主妙算。咱們直入長安，遣官迎駕罷了。

【掛玉鈎】（生）這的是將軍八面威，和着戰士千鈞力。咱則是助軍聲響鼕鼕，把着三通畫鼓催。趕得狠魔頭，通天穴地逃無計。聽齊聲唱凱歌，不枉了勤王志。説甚麽異績與奇勛，妙略與兵機。

我想黄巢這厮呵，

【離亭宴帶歇煞】他待學漢高皇，創迹秦川内，倒做了楚重瞳，身陷陰陵地。轉盼的興亡似此。屍積渭城邊，燕巢林木上，血滿長安市，黄沙穿戰甲，慘慘斜陽裏。痛煞煞陣亡兵騎，冷月照孤魂，淒風埋白骨，投至得青史題名諱。今日個重興舊社稷，再創新王室，這都是唐天子齊天福力。笑殺

那賊黃巢。傳首向都亭，也是他莽痴心爲圖王落得的。（下）

第四折

（駕上云）幼處深宮不識愁，一朝失勢走荒丘。扶危賴得賢臣力，重掌山河四百州。寡人唐天子是也。自從即位以來，被田令孜竊擅朝政，致令盜賊蜂起，鑾輿播遷。喜的鄭畋應詔勤王，統帥十八鎮兵馬，擒斬黃巢，迎請寡人回來，改號光啟元年。今日御朝，陞賞有功之人，及將降賊亂臣發下勘問咱。（生上俯伏云）臣鄭畋見駕，鑾輿播遷，望恕臣等不能匡救之罪。（駕云）卿以新進儒生，再造唐室，厥功偉矣。寡人自當不次陞擢。其一十八鎮軍將，另行班賞。那夥朝臣降賊者，便可勘問回話。（生起謝云）感謝聖恩。（駕云）朝事已畢，寡人回宮去也。（下）（左右上）（生云）適蒙聖旨，着我勘問降賊之人，左右可取將過來。（取衆上點科）首名劉允章，次名令狐滈，共計八十七名。（生歎科）都是你這夥人，弄壞了朝廷，賊兵來時却又一個個抱頭鼠竄，獻城納欵。真個可惱殺人也呵！

【正宮·端正好】你那裏擅朝綱，施奸詐，播弄得破國亡家。題起這眼前無限傷心話，猛教人流淚渾如把。

【滚繡毬】太平時喬坐衙，騁多般胡亂煞。靠着田令孜那一個李家奴，勢如天大，狠施爲毒蟒張牙，把一位唐天子撇那廂，恰當做小哇哇調弄着他。到如今是處裏稱王道寡，都是你幾頂歪紗帽，樹起的槎枒。覷着那屍横夜雨麒麟冢，血洒秋風燕子家。痛恨難加。

【倘秀才】枉受了宫袍絳紗，枉駕着軒車駟馬。俺看滿朝中文和武，到不如陸家的黃犬猶知戀主家。都則是望風抛繡甲，有誰來拚命委黃沙，把這小朝廷笑殺。

别的也罷了。劉允章、令狐滈，一個是狀元，一個是宰相，受朝廷這樣大恩，都則獻城納欵呵！

【滚繡毬】你道是保殘生爲着自家。那唐天子呵，死和存不顧他。却怎知輕輕的斷送了一朝天下，你可也剛受的片晌榮華。臭功名似臉上的風，潑富貴似眼底的花。到如今，下場頭單剩得惡名兒，人人唾罵，和太史公監本上世世評跋。空教咱恨流禾黍千年淚，你蚤則是屍飽城南一樹鴉。半星星報應無差。

都説邊方將官是些債帥，不知這夥文官還甚。劉允章賣狀元，令狐滈買狀元，還則是人前調嘴，所以激反了黄巢那厮。

【倘秀才】饞眼腦蓋着千層鐵甲，喬做作却便似一場戲耍。則問你積玉堆金爲甚麽？積攢起銅斗様家緣與活計，到做了些惹禍業根芽。待撇也撇他不下。

（衆云）如今也没得説了，只求大人做主超豁咱們狗命哩！（生笑科）你還想性命哩。

【塞鴻秋】你們做秀才呵，讀詩書也學着孔宣王口喳喳幾句頭巾話，做官呵，講法律也曾把蕭相國嘴巴巴依様葫蘆畫。説别人呵，將那盧杞、李林甫一個個恣吹彈指定名兒罵。到輪着自家身上呵，却把他幾個劣様兒一樁樁做了印本花兒榻。那些經着你辣手呵，謫的謫，殺的殺。幾位忠良社稷臣，一旦都休罷。你們如今也有死的日子呵，則問你甚臉兒與他們與他們相見黄泉下。

你們死是當然。題起那黄巢造亂之時，弄的朝廷好苦也！

【叨叨令】只幾個販鹽徒亂嚷嚷撞入在咸陽壩，霎時間哭哀哀，逼走了君王駕。把一座擊毬場，血淋淋改做刀鎗架。只那風流宰相呵，尚則是催花鼓鬧哈哈，歡宴瓊樓罷。兀的不惱殺人也麼哥！兀的不恨殺人也麼哥！左右呵，你與我把這夥欺君賊，都拿去一個個斷首在轅門下。

（左右殺科）（生云）這夥賊臣已殺壞了。則索去回覆了天子者。（行科）俺看舊日長安，何等繁華，今被賊兵焚掠至此。

【脱布衫帶過小梁州】昭陽殿羯鼓新花，做了斜陽岸疎柳殘鴉。抵多少秦宫漢闕，不多時都改做了斷垣飄瓦。一曲霓裳舞翠莎，剛剩得故老嗟呀。禁城中百萬舊人家，何處也傷心話。淅零零流血滿章華，六宫人幾個隨鑾駕。舊公卿，盡化了鬼面撩牙，替胡兒罵漢家，棄故主將新嫁。傷嗟痛煞，則咱數點孤臣淚灑向杜鵑花。

（内臣持旨上）（生跪聽科）詔曰：鄭畋仗義勤王，再創唐室，有旋乾轉坤之力，補天浴日之功。功懋懋賞，可加爲平章政事，兼鳳翔節度使。降賊諸人，既經勘明斬訖，可傳布天下，示戒將來。謝恩。（内臣下）（生云）咱想鄭畋，流落長安，一介寒儒，今日怎受此大恩也！

【尾聲】俺不待登麟閣、上雲臺自把形容畫，則待拾殘山、收剩水重安百姓家。把射南山猛虎箭穿扎，將屠北海蛟龍刀出匣。辦靈威星退三台舍，倒金戈日轉扶桑峽。一朝整頓乾坤罷，歸卧嵩丘掃落花。纔顯得草堂上没出豁秀才呵，實實的會展經綸非是假。

幾遍江山换姓名，舊時宫闕已成塵。
可憐今日捐軀者，誰是當年受福人。

魏方炳

魏方炳，字大方，號直庵，山陰人。嘉慶《山陰縣志》卷十四載：「魏方炳字大方。父陳邸，由歲貢倅江右，多善政。方炳八歲能屬文，十三爲諸生。甲申闖變，遂奉親入山，侍養之暇，惟著書自娱，兼諳醫理。著有《任懷》《問霞》二集。」阮元《兩浙輶軒録》卷二載：「魏方炳，字大方，號直庵，山陰人。著《任懷》《問霞》二集。《山陰縣志》：『方炳八歲能文，十三補弟子員。』與王正義、劉北生友善。甲申以後，奉親入山，閉户著書，旁及岐黄、青烏諸術，皆得其奥。」可知魏方炳活動於明末清初，經歷明清易代之變，閉門不出，入清未仕。前人對其戲曲創作均未提及，近年，鄭志良先生發現其詩文集《問霞閣集》收有魏方炳所作雜劇三種（署「古越魏方炳大方甫著」），并做了考證（見《明末清初紹興曲家魏方炳所作雜劇考》，《戲曲與俗文學研究》第一輯）。這三種雜劇分别題爲《問霞閣山水情詞》《問霞閣天涯知己詞》《問霞閣花約小詞》。其中，《問霞閣山水情詞》可以確定是明崇禎七年（一六三四）所作，其餘兩種難以判定。

問霞閣山水情詞

晉詞史序

人莫不言情，而情之至者，不可以情言也。情有淺有深，有濃有澹，而深於情者，未有不極於澹者也。清遠道人之言情也，謂不待薦枕而成歡，掛冠而爲密，可謂深於言情矣。然曰生者必死，而死者必生，猶未免乎形骸之論也。吾友魏大方，所傳王清君、朱韻子，清則真清，韻則真韻，意不在兒女子事，而在鍾情山水之間。至其合也，以性而通也，以魂較清遠所云愈淡而愈深矣。吾聞忉利天之上，其爲夫婦不異人間，然情至則相視而笑而已。大方所言情者類之，是真天也，而非人也。古有一女子，性嗜山水，每日靚粧，倚閣而望，後女子死，胸結一物如鏡，山林川澤之形畢具，韻子豈即其人耶？清君不思婚宦，放意山水，殆有類向平五嶽之志，大方蓋以自況也。兩人相視目成，脱形骸，超生死，而往來蒼山碧水、疏林淡月之下，情淡而深，今古莫能踰焉。其詞刊落習套，不有臨川，何況諸子。予愛其事詞，爲點次之傳於世。讀此詞者，請以純灰三滌其魄焉，可乎？會稽友弟孟稱舜書。

魂清史

晋曠士王俊流者，字清君，善詩賦。其先本江左都人，父言，任山陰令。時清君方十歲餘，見山川浄秀，人物娟雅，輒歎曰：「明月山陰道，豈易得行耶？右軍輩是我家何物，獨擅勝名。」畢任，乃止父家焉，父亦奇而許之。讀書分夜，忽發長笑，或掩卷素泣，友人怪問之，曰：「我懷古人。」友曰：「子有至性，他日當爲情死。」年二十，應舉不第，笑曰：「余出余性中得，安在供人怒喜。」遂決志不應舉。一日閒齋凄寂，秋意澹冶，曠懷欲狂，將有所寄。起行百步許，出東門數里，語鳥若呼，立松若待，引人忘倦。徐步過耶溪橋，野平烟鎖，翠靄撲人。似出於山，似出於天，似出於竹間形影，自洽不知魂之何似也，慨然曰：「秋清如此，奈何斗室？」自負琴書，弱冠既除，餘年有幾。」因復前至一所，排峰參錯，近者爲蓮花，爲劍戟，遠者爲蒼龍偃，爲碧雲孤飛。修林相映，水沁淥顔，樓閣半出，仿佛香來中似有藴。清君行色漸靡，坐對流聲，起而嘯，溪山争應之。仰而問天，天垂垂欲聽，清君曰：快哉，余復安得去此。」坐久之，吟聲出林内，飄揚入耳。吟曰：「昨日倚西樓，明日倚西樓。青山不可盡，慘冶五雲秋。」清君方大賞其俊逸，回顧乃一女郎，年可十五六，新倩温文，既不驚逝，亦不修容，漫視清君，清君異之。吟曰：「樓際看山好，山頭亦望樓。閨人清澈氣，化作此鄉秋。」女郎曰：「遊客亦竟能詩，即舉目山水間，似了不屬。」清君曰：「卿山水性成，余得狎山水如狎卿，亦弗更顧。」偶坐日且暮，女郎歎息掩窗曰：「奈何遊客而竟與妾同性乎？」時蒼山茹色，水作絃哀，疏林人斷，月未舒眉。清君曰：「余將死於是鄉耶？」投其友人止焉，夜獨秉燭，凝思欲絕。有女子從几前行，新韻映月，舉纖指圖畫山水。清君起就之，亡所得，返而席躍如也。清君曰：「卿何來？」女郎曰：「妾朱家韻子也，從山水間來。」因問曰：「君何來？」清君曰：「僕王清君，從愛山水間來。」女郎曰：「妾旬紀之餘，四年於兹，朝烟夕月，未敢負春秋以貽恨佳山水也。君有至性，五雲之得，豈妾可私。月溪甚清，偕子談性，可乎？」清君曰：「諾。」女郎前引清君至溪畔，畔際更幽，向天然石列坐，殊無所言。清君乃長歌曰：「暮雲静兮，我同倦歸；溪夜寒兮，魂多慘悲。落容媚波不返兮，皓魄隨流兮尚能來。夾岸爲桐兮水爲絲，累石爲軫兮星爲徽。松潮拍空鳥影稀，朗然彈之而哀徹兮，濕曠士之衣。」韻子亦歌曰：「道古山長兮爲誰蒼，遊烟野合兮林色荒。鉤月睨人零清霜，高樓斜出兮魂莊。既至性之不隔兮，鬼見何妨？感燕鴻之相避，看青青兮萎黄。歸去來兮頑魄藏，安須及朝華兮争嬌芳。寄大恨於人間兮，嗟與水長。」歌竟，俱淒淒掩袂。亡何，曉風高厲，星月無光。韻子撫手曰：「願君冥氣静索，妾魂從此依矣。」言訖不見。於是清君必選幽兀坐，以神求之，若傴處喧嘩，或參他想，遂不復得焉。如是者兩年許，而韻子死。清君追魂弗果，情思狂痛，聞空中云：「君毋遽也，相隔一朞，會決永好。」清君未敢安之，日夜炊茗燃香，扃户就枕，終無所見。及朞之秋月，偶於溪畔夜行，見韻子翩然來且笑曰：「妾魂幾不自主矣，將生於某地，湖山亦自好。恐兩魂穉壯，弗能相及，已訴之山川神，得賜魂清閒。君可放跡，以不負依君之意。」清君從之，自是蒼山碧泉，疏烟淡月之下，有見兩人行歌坐咏者。他日以問清君，清君笑不對也。

余讀《牡丹亭》，覺阿麗魂多一生爾，夫生則魂還，將不復生則魂滅歟？且必待生而爲密，安在非形骸之論耶？而觸緒花鳥與痼情山水抑異？五雲爲會稽佳山水，而晋人鬼見事亦奇，余合而新之。使天下子女，共知山水之樂；使天下子女之情，不在形交；使天下慕會稽山水，未得身至者，如履五雲而商其勝概，不止傳二人已也。雖然，如二人者，尚可以不傳乎哉？

題辭

大方子曰：魂非夢也。夢之所成，昨日如此，今日不如此，是知魂非夢也。夫魂者，醒而更清，天下必無醒而夢者矣；死而更英，天下必無死而夢者矣。抑以知魂非夢也。清君，曠魂也；韻子，幽魂也。兩人之魂，不依於形，而依於山水烟月。蕭疏慘冶之中，魂從魂也，又何異乎水歸水，月照月也。故澹澹而遇，遇而仍澹也；相對無言而歌，歌竟而逝。不知秋山之爲兩魂，與兩魂之爲秋山水也。故夫語鳥若呼也，立松若待也，鈎月若睨人也，起嘯而溪山争應也，仰問而天垂垂欲聽也。清之至也，至性之不隔也。乃若祝君之仙遊也，一琴一鶴以自隨也，則余想之偶結，以明清魂之必千古也。魂之千古也，爲夏雲，爲秋山，以出没余問霞之前。舉是物也，而不清且韻者，未嘗見也。嗟夫，形之不若魂者，有跡無跡之分也；夢之不若魂者，無常有常之辨也。我故曰：魂非夢也。甲戌秋月題於問霞閣中。

凡例

去平上入，悉遵九宫原譜，不敢輕假，每折中不過數字。

是曲用韻甚嚴，即詩譜所收，尚費去取，如用「十二文」韻，寧擇「元」中數韻輔之，必不以「真」混「文」。其本韻不穩者，亦去。

時曲中詩句多用古人，兼雜俚語，是悉係新作。

作者每於曲中用白，一時便作，殊零碎可厭。今一白一曲，或二曲，庶令白曲分明。

調中襯字太多，最失真面，且云南辭類北爲佳，總屬附會元人之過。是曲盡行鉤畫，示不敢濫用，以便謳者。

是曲已有全本，自惜秀冶類湯若士，遂屏棄不用。秋深之暇，又復爲此，似別開孤清一路也。

首折中【夜行船序】第二套、【黑蠊序】第一、第二套，二折中【傾杯序】第二套、再【雁過聲】、【刷子序】、【醉太平】本套，三折中【甘州歌】第二至第六套，四折中【二郎神】第二、第四套，悉係換頭。

古歌行

慷慨王郎唾壺缺，多少不平難盡説。

衹有相思空歲年，春來蝶粉子規血。

烟朝松暮魂清咽，千縷驚秋期一决。
我欲乘雲歸去也，清流謳落孤征月。

提　案

王清君孤踏五雲丘，
朱韻子清死一溪樓。
祝情仙泠響三生石，
晉思魂高唱半卷秋。

第一折　尋秋

【風入松慢】（生上）長天大地任清狂，山水行藏。竹林數子吾安尚，當今獨醒何妨。懶事三春艷冶，蕭疏最惜秋光。

湖山一大事，日與空明之。自負感秋氣，放言成楚辭。素心多不可，吾道誰相知。灑灑送清景，古人遥與期。

小生姓王，名俊流，字清君，江左山陰人也。性只宜幽，病惟一懶，漫托風流之代，長辭徵辟之書，遊戲詩文者十年，沉酣丘壑以半世。不知枕石漱石，總是清流；曾欲逃名避名，何須標榜。前不見古人，後不見來者，獨念爾天地悠悠，世自用世法，我自用我情。誰對此形神穆穆，若競秀，若争流，茫茫古道山陰，應接不暇。自五雲，自小隱，咄咄工郎，前輩棲托好佳，況乃砧起孤秋，更值烟籠翠曉，啼霜嘯月，已驚鶻避鴻，新棄柳尋楓，最愛葉兼花媚。

正是：秋情一幅虛無寫，山態三分離合看。今日齋中好生凄寂，待向城東，散行幾步者。（行介）

【夜行船序】（生）烟染蒼茫，正霜蛩風葉，亂吟齊唱。朝來爽，寒擲疏櫨薄裳。誰將，一種清愁，無故送與，逍遥心上。幽享，那皓水曲橋前，知樹幾重屏障。

行纔百武，蚤是東城，不審郭外風光，又何似也。（作出郭望介）呀，你看曉氣雖鬆，斷山尚續，半村自僻，野樹還扶，望的來可愛也。

【夜行船序】（生）孤賞，麓倩新粧，擁寒村茅舍，起春花想。怎晴郊，睍還裏凄目昏黃。烟霜，莫肯臣降，輕抹淡牽，故把秋容摩蕩。芒芒，未免有情痴，誰禁楚囚相向。

前路流鳥送聲，分明呼我，長松閒竚，每似待人，真個引將着勝地也。且喜峰頭漸楚，石帆一帶，却自峭險骨立，視禹穴森秀，又不同了。

【黑蠊序】（生）天放石效雲翔，看稜稜怒起，令予神壯。赤鯨撐禹穴，不教獅子西向。漁梁，酒情山外長，仙風望處凉。（聽介）泠宮商，逗得禪林修磬，兢響橫塘。

此間已是鑄浦道上，那前面一山横列，若去咫尺，不免再前進者。呀，緣何野徑倍紆曲也？却翠色更自淋漓也。

【黑蠊序】（生）別樣，逸致相將，謝山芒竹靄，静與摇漾。四垂青古色，撲人的空翠無狀。蒼凉，如聞清裏香，獨從冥際商。立川光，忽見樵舟飛渡，在水中央。

過了溪橋，一逕行來，怎生道旁古塚，殘松五六，兼有碑題？（讀介）古情魂梁公祝君之墓。（笑揖介）原來兩個情種葬此。唉，梁君梁君，你的呆障，我也會造下來。最慕你兩人，抱情一往，徵痛九泉，畢竟雙雙得情以死。

今幾易世矣，感懷憑弔，尚有清君。未知清君他日爲情而死之爲誰也，又未知百年下憑弔清君之爲誰也，今日不可以不拜。（拜唱介）

【月上海棠】（生）大道旁，分明列着情魂樣。拜斜松殘墓，則是斯情的後死王郎。你魂依依易世還生，我情落落九泉須諒。高山仰，何物酬君，單則有逝水千觴。

待題詩弔他，一時的没有筆硯怎好？（想介）有了。墓旁修竹數枝，就此鐫字其上。（拾礫鐫介）（讀介）年年蝶粉迷古柏，每看情多送頭白。今夜山聲號未休，荒荒月色愁南陌。誰人不識此間墳，千載猶傷行路客。傳語生前忒遠嫌，西風回首冤殘魄。過客王清君題。

【月上海棠】（生）仙鬼場，風風月月都閒暢。厭空山梟怨，愁對着野外烟荒。合塚中生死交情，連枝裏弟兄真相。成孤往，幾度春秋，甫見弔古詩章。

當此秋容滅没，你兩魂可受用不盡也。

【金娥神】（生）想魂氣，别來没恙，蕭蕭也徹領秋光。有這些孤霞伴鶩水，和天色蒼。不知翠袖薄倚，竹聲清朗。

似這般青山面面對出，溪水活活飛來，今日還生得一種情麼？

【金娥神】（生）此際山靈實旺，百年矣絶泠雲莊。誰道君家故里，不再出倩娘。似這明滅碧影也，悄與誰收掌。

（揖介）我清君去了也。（行介）此間村落甚佳，未識何名，且向田父問來。（問内）（答介）先生，這是有名的村落。你看峰如群鹿走，鳥共落霞飛。那右壁最高似蓮花直上，始皇於此望秦；這左邊交聳像樓閣雙崔，有虞於此耕稼。行過處若耶溪橋，烟樹村村鎖曠野；再前時五雲臺殿，鼓鐘振振徹霜聲。不道竹林無犬吠，試聽槐影有鴉啼。（生）謝田父了。（倦行介）原來就是槐花里，真個名下無虛。怎生草草的前進，午色頗倦也，且投村店則個。

【尾聲】（生）秋尋半日寒清網，墓松與槐枝相望，怕慘人魂際欲斜陽。

第二折　漫視

【七娘子】（旦上）凉魂正逐梅花影，念窗前曉山欲明。算十里秋容，四圍烟靚，此間無予誰堪贈？

素寒生竹閣沉沉，樓羽高飛寂衆音。簾外碧霞無日卷，四山一榻麗傷心。妾姓朱，小字韻子，會稽一溪人也，生長五雲，十六載矣。不幸身爲女子，自憐性似文人，句就誰驚，粧成只素，整日拈針弄指，姊妹家好生不近人情。有時覽史披書，心目裏惟取略知大意。拜月爲母，倩山作鄰，思得溪梅日日開，願教野月更更白。只此兩種念想，不道終是枉然。（歎介）此際好烟朝也，且捲簾清望則個。紅葉那裏？（小旦應上）東君愛凄節，我亦傲霜開。秋意何曾老，花容入葉來。妾侍者紅葉的便是。（向旦介）姐姐，有何分付？（旦）你可開了四窗，捲起簾兒，莫聽山光埋滅了。（小旦開卷）（向旦介）請問姐姐，這帶帶山兒的形相，可也不同麽？（旦笑介）你待問他，

【傾杯序】（旦）說與山山面面形，人物都厮稱。有的將士驅馳，野客逍遥，大乘莊嚴，深閣輕盈。更有那禽搏獸觸，鬼蹲妖舞，旆張帆映。也還如，怪松蒼柏榦縱横。

（小旦）姐姐，既辨諸般色相，敢死魄中有甚的魂氣否？（旦）誰道是死魄來？

【傾杯序】（旦）光生，魄有英，就裏思形相還無定。大都是天作晴帷，雪展寒衾，月描眉秀，日點瞳明。雲看氣吐，雨教色潤，烟爲魂迸。可曾聞，夜來人悄放空聲。

（小旦）元來山魂恁般生動，他的靈氣散在人間多少？（旦）是有幾種兒。

【玉芙蓉】（旦）誰分半體英，或現全秋影。那三春杜宇，得他氣慘哀鳴。寒梅絜韻同伊清，秋水論神相對澄。琅玕并并，珊珊骨清。再誰來，得他幽性和高情。

（小旦）若說起高情幽性，端則少第二人了。姐姐，這窗東一帶，比他山生色如何？（旦起望介）

【雁過聲】（旦）雲平，欲差又整，朝夕裏峰頭薦明。檐前翠起含秋迥，任千年不改舊時名，道有虞於此躬耕。丹青，霞在嶺，霞中忽有人來徑。這的是歷歷吐奇東出景。

紅葉，這日影射人，隨我窗北去望者。（小旦應）（同移步北望介）（旦）似此道與溪長，山隨望遠，好一派寥廓也呵。

【普天樂】（旦）遠山輕，長流勁，望不盡，高天浄。空郊外徐隱鴻征，疏林内半逗樵行。清光數層，甚窗前至今蕭索無名。

紅葉，取筆硯來，待把日前的匾兒題了。（小旦）曉得。（作横匾挨墨介）（旦題竟擲筆讀介）清死閣。（小旦）姐姐，果稱筆墨精良，只是因何叫做「清死」？（旦）你覷，遥山層合，曠野修林十里，兀的不清死人也？這窗外舊有匾跡，你就此懸掛者。（小旦懸介）（旦凭窗介）

【刷子序】（旦）還凭，見梧桐瘁葉，無風自落，一片秋聲。那些蕩漾明光，都緣你個裏牽縈。明明衹爲三秋側消磨幽思，因此千山底埋没多情。暗自驚胥隱誰偕，竟日寂望孤清。

（内）紅葉，請姐姐南窗下看菊，我們一齊去者。（小旦傳語介）（旦）看山正好，姊妹們又來攪斷，只得下閣走一遭也。一縷四郊迢遞意，爲誰顛倒菊花叢。（同下）（生緩步上）村酒數杯我自醉，秋山兩眼向來青。日色已向西也，前面高閣之内，可容四望，使清君得此，以了三秋足矣。（看驚介）呀，清死閣。我清君敢死於是鄉耶？這些墨氣未乾，筆端頗俊，此中定有佳士。況乃古青貢閣，寒翠交檐，相這地形，斷是異人所止。就此臨流弄水，慢慢的待他。（作臨溪静坐介）（旦引小旦上）（旦）半日來好不耐煩呵，喜的窗西尚未落日，且去看來。（看介）紅葉，窗虚修竹如簾，溪外長林似戟，這山色却在有無之間。（小旦）正是。

【白練序】（旦）簾輕不礙影，依舊排闥送青。看風過，長林雜花成徑。梅村，忒瘦横，何事幽棲不再醒。翔丹鳳，有秦山剪日，落暉來映。

（生高聲介）奇哉！古人云：山中對日落，邈出城與郭。今在望秦，與他山更不同矣。不至五雲，幾負此日也。（旦見生漫視）（復看山朗吟介）昨日倚西樓，明日倚西樓。青山不可盡，慘冶五雲秋。（生）誰得此絶塵之句，泠泠入耳。（回顧驚介）呀，我道此中定棲名士，元來却是女子。（和介）樓際看山好，山頭亦望樓。閨人清澈氣，化作此鄉秋。（旦漫視介）遊客亦竟能詩？（復看山介）（生）秀倩既越女所難，落穆在清君不易。（回問山介）溪山，溪山，縱爾非常艷冶，何得鍾靈便爾至此？（旦）暮烟四集，又是一番慘致了。

【醉太平】（旦）昏烱，荒烟四騁，浸凉生肅肅，林壑泠泠。樵舟立汀，衰堤柳帶烏聲。還應，水中山色和天争，暮雲在九泉堆頂。謾道結廬人境，待看雲測變，依水窮清。

（生長嘯復仰天介）你聽嘯一聲，山川畢應，搔首問天，天即垂垂聽我。清君，汝不當死於是鄉耶！（旦漫視介）（生）山已夕矣，此去百武，有故人在梅花源中，且投宿則個。正是：知君即山水，莫用再辭君。（下）（旦歎息掩窗介）奈何遊客而竟與妾同性乎！紅葉塵污世界，頗見如此人否？（小旦）此郎委實清狂也。

【山桃犯】（旦）他穆穆的狂中静，徹徹的寒中映，遊人視妾還同性。他道扶頭一問天垂省，放聲長嘯溪山應。果神冷非是膚清。（小旦）姐姐，今日秋山所得，孰與昔多？（旦）十六秋來，何如此日！

【尾聲】（旦）昏明徹外都收净，不禁爲心自杳冥，神在孤窗何處永？

第三折　琴鶴

【醉落魄】（貼上）清溪不絕情絲綰，夜聞長歎。四郊寥落窺星漢，鬼也驚秋，獨泣敲鬼關。

十日空山九日霧，妾家長在烟邊住。當年殘缺幾春秋，死後春秋夢了寤。彩雲同盡草同腐，世人誰證鬼仙路。臨風側眼歎茫茫，若個魂清堪與渡。小仙祝九娘者是也。憶與梁君憑九情死，證三生果，脱離鬼乘，那隨化骨俱銷，遊戲人間，惟有曠魂不老，誰想長松下，兄於斯，弟於斯，夫婦於斯。只念五雲中，生可樂，死可樂，遊仙可樂。慚愧斯文更起，前得英臺，後得韻子，共簡點吾鄉幽事，莫云永夜難堪。旁有小鶴，膝有横琴，盡消磨一段清愁。梁君天台去後，不覺秋深了，日來遊客清君，題詩墓竹，千春之下，可稱知己。倘未能影響相酬，應笑我情魂湮滅。你看滿目荒烟，爲他題破，果覺凄切十分也呵，（起行介）

【甘州歌】（貼）閒愁暗滿，奈暮烟侵我，凄煞漫漫。追念長林依首，人物幾番更換。於今九原隨意作，不羨三峰飛鶴還。垂荷髻，簇羽襴，青松白水向人間〔一〕。寒濤曲，香霧灣，陰風荒野怯衣單。（雁介）似此寂寂夜凉，砧聲雜雁，不識旅情閨怨何以爲懷耳？

〔一〕「間」原作「閒」。

【甘州歌】(貼)悲凉似此間，遠數聲砧急，雜將初雁。那禁空閨燈語，羈思到枕相關。蒼新在眼君自傷，慘淡驚心誰不歎。情多客，頭幾斑，三秋花蝶弔荒壇。輝浮處，雲故懶，二更明月吐高山。

看來鐘千古情者，誰如明月？既爾景物加清，兼使神魂倍冷，真個享之不盡也。

【甘州歌】(貼)丰神共月寒，喜一時清發，千郊如霰。孤明何意，曲折破予林巒。甫是斜陽照返開暮容，又看減月光肥分夾岸。行雲燼，何處還？夕央星族動寒山。因風倒，隨又圓，露生芳草惹垂環。

不道這清凉的生韻，只那曲鉤新眼、破鏡浮環，怎的許多變態呵，

【甘州歌】(貼)君無去日顏，敢缺圓圓缺，多端相幻。離情深見，新人望眼摧肝。遊仙逝矣胡不歸，此夜相思空復盼。(作舞勢，欲高舉介)乘風上，如可攀。怕玉樓高際怨天寒。呼琴至，聊自歡，省霓裳終曲想人間。

這清溪之側，好一座石也。(坐介)(呼介)小鶴，小鶴，可抱琴來。(小旦應上)石樑山畔響淙淙，泉入枯桐風入松。莫道寒雲已有雁，妾還嘯斷五更鐘。咱情仙幕下，掌琴妾小鶴的是也。情君呼召，不免向前。(進琴介)(貼置膝理琴科)(小旦)鶴聞醉翁亭上有流泉曲，今世念仙翁，不念醉翁，何也？(貼)嗟乎！醉翁去後，誰解山水音者？是曲不傳久矣，今爲汝譜而彈之。(彈介)

【甘州歌】(貼)空山静裏言，矧清商司律，傳松驅澗。昔賢曾嘯，年來負了流泉。當時醉響和天聲，此後朝吟偕夜怨。山童首，水去淵，思翁一别作飛仙。星波澹，風露娟，知君千載有心賢。

(止介)(起臨流介)(小旦)這琴聲斷，泉聲續，泠泠朗朗，也當得一番絃指。(貼)此莊周所謂天籟、地籟也，琴瑟之祖也。你聽疾徐高下，那一不與幽絃相配呵。

【甘州歌】(貼)非絃和指端，是急流扶潑，平流入慢。昏昭秋暮，高奏玉宇澄閒。真聲在耳人莫聞，寫向枯桐音未散。淒清致，聽欲殘，遏雲停月爲誰彈？ 寬和調，絃不繁，引商刻羽幾曾見？

皓娥西逝，就此歸院去者。(小旦)曉得。(作抱琴石響介)(小旦)啟情君，怎生石上，竟有餘琴？(貼)你他日自知影響。(小旦)這敢是三生石也。

【餘文】(貼)月思家，雲將爛，抱琴歸讓白鷗頑，我響石酬詩情未寒。

第四折 抱魂

【逍遥樂】(旦上，作開窗西望介)又與黄昏近，青眼高歌還西問，鴉如塵去水如雲。千山爽爽，曲月娟娟，盡學夫子清文。

妾朱韻子，領略五雲佳氣，業有春秋。自分冷落溪山，生無可語，不意日來西望，得見此君。休説丰神蔭映，這山水中竟有此一種解人，真吾師也。

【二郎神】(旦)來何晚，暫相看，勝十年指訓。那碌碌山行都一混，天明地静，襟遥誰個如君？ 當日題清幾悴損，爭逼人幽情狠狠。憶冰魂，直比作，秋光映徹無分。

這幾日山光黯淡，多應爲此君曠懷收盡了。

【二郎神】(旦)晴氛，無端斂盡，我驚懷自忖。多則你吐氣横秋秋轉褪，清朝淡黯，誰憐銷鑠黄昏？ 待的月步高凉來叩門，席捲了一天靄暈。悄離魂，逐素影，清華到處隨君。

且消停片時，待疏林斷跡，月色加明，不免向溪邊一玩也。正是：留却殘形伴寒枕，麾將靈氣拾霞還。（下）

（生上）小生王清君，遠訪秋山而返，不覺蚤暮也。看來這十里之内，山川盡有異姿，豈非女郎玉映乎？（緩行介）

【二郎神】（生）閒雲，返伴雲歸，正夕凉甫嫩。拾得幽新私借問，怎青圍翠映，丰姿還和人勻。想高閣才人吟未穩，生托着山光見隱。莫籠門，索主張，前山暮色清渾。

不道他止如山，動如水，元是本氣而生，未識五雲大意，遜與幽閒多少。

【二郎神】（生）紛紜，東南道上，風流久殞。是帶溪山多少恨，清真得子，知天未喪斯文。你那錯繡烟光獨自吞，領略盡橫秋一寸。敢相聞，願弔古，征懷課得平分。

喜的月甫燦眉，却自朗徹。聞他對月，不惜永夜，今夜試循溪訪之。（四顧歎介）蚤千門寂静也呵。（石作琴響）（生驚聽介）呀，泠泠琴聲，出於天然石上，是必有異。（再聽，笑介）有月有琴，直是一韻子矣。一唱三歎，呼之或出。（坐石看月介）（旦魂上）影自蕭蕭露自凉，新花未發石痕香。雲行滿徑皆紅葉，會使寒魂採作裳。我韻子一逕適溪而來，那流不盡的水月更楚楚憐人呵。（見生作小却介）呀，這些時尚有人沉吟石畔，此必長嘯君也。（復向〔一〕前）（作舉指畫山水介）（生見驚疑介）這女郎不凡丰骨，深夜獨行，恒覺空舉，斷不是人間蹤跡。且向前抱住了他。（作抱旦）（旦遠介）（生）望之如月，抱之如烟，是好詑異也。（作整襟揖介）卿何來？（旦）妾朱家韻子也，從山水間來。君何來？（生）僕王清君，從愛山水間來。（旦）妾知君有至性者，五雲之得，非妾可私。請君列坐，談性可乎？（生）竊慕子之高清素矣，適慰所懷，僕何敢辭？（列坐）（生長歌介）暮雲静兮，我同倦歸；溪夜寒

〔一〕「向」原作「小」。

兮，魂多慘悲。落容媚波不返兮，皓魄隨流兮尚能來。夾岸爲桐兮水爲絲，累石爲軫兮星爲徽。松湖拍空鳥影稀，朗然彈之而哀徽兮，濕曠士之衣。（旦亦歌介）道古山長兮爲誰蒼，遊烟野合兮林色荒。鉤月睨人零清霜，高樓斜出兮魂莊。既至性之不隔兮，鬼見何妨？感燕鴻之相避，看青青兮萎黄。歸去來兮頑魄藏，安須及朝華兮争嬌芳。寄大恨於人間兮，嗟與水長。（生、旦各掩袂介）

【集賢賓】（旦）烟蒼道古何處村，弔千樹棲昏。嬌燕哀鴻相避緊，對韶音佐影王孫。霜清自殞，不鬼見朝華一頓。情性允，鉤月睨人方寸。

【集賢賓】（生）寒峰淡掃天外痕，倩幽客爲群。新玉横波西渡緊，願明朝無死來奔。空潮夜憤，帶一曲明徽琴韻。神暗損，歸去暮雲遮問。

（旦起介）妾不可一世，請得君而師之。（生）僕雖有曠致，正復漢文見賈生時耳。友且不可，況乃師乎？（交拜介）

【黄鶯兒】（旦）塵世久難論，暗山川，使月昏。一身清采成枯窘，你踽踽自扙。嘐嘐古群，肆應不墮賢豪聞。小雲門天生我托，何事重來君。

【黄鶯兒】（生）偕子抱幽雲，渡遥原，一馨聞。我心凉與霜暉近，你驚秋未損。臨風自文，至如烟集歸如奔。莫愁村江天兩月，雙影及形論。

（旦）妾今訴之山川神，得賜魂清閒。君可放跡，以不負依君之意。（生）僕會稽之遊且盡，固將薄游楚蜀。雖然，但使相看不厭，何必棄五雲道上乎？（旦）君能遊意者也，妾敢不敬從。

【琥珀貓兒墜】（旦）素懷嘉遁，秋色正飛奔。會有尋秋人遠近，相隨蛩渚聽寒温。輕紋，墜月摇波，怯雲棲穩。

【琥珀貓兒墜】（生）慕伊生韻，春落怨梅淪。道是放跡須從天外問，只恐相看莫厭敬亭雲。如屯，磊落烟鄉，不堪忘本。

【尾聲】（旦）君能如是偕秋隱，（生）大水名山兩曠魂，（合）爲説與子女高清在五雲。

道是夢，那夢神掌不的案；
道是鬼，這鬼司登不的辨；
道是情，存形跡破不的關；
道是魂，舍清韻唤不的現。

問霞閣天涯知己詞

梁謫塵單慕少游詞　秦學士痛飲長沙道

第一折　慕才

【越調·養花天】（旦素粧上）有神交，是不困長沙洛陽年少，與誰知道。愁渺更愁渺，可憐人面天涯，查泥望雲霄。自難曉，半壁相思悴倒。

地僻才高抱遠情，當今誰可冠群英？中朝多少填詞客，賤妾心中只有卿。妾姓梁，字謫塵，乃長沙一個妓女。幼頗聰慧，長更精勤，自管絃歌舞、書畫詩詞，無所不習，無所不通，因此名擅長沙。看來當今詞客，如大蘇、小范諸公，非不標新露爽，至若悠揚宛轉，筆有餘妍，無過秦學士少游者。妾朝夕諷咏，盡是此君之詞，但生來地僻，一見無由。（歎介）妾不幸墮落烟花，爲恨猶淺，若此生不遇秦學士，真所謂終天之恨也。

【小桃紅】（旦）幾年逸思，楚雲飄飄，不着梁州道也。便做了浪逐浮萍，可也曾水上相遭，千里漫神勞。不因他位兒高，禄兒饒，譽兒遥，容兒俏也。真個跨柳騰蘇，柳和蘇門丰標。

想他在都下呵。

【繡停針】（旦）大逞狂騷，不是詩豪便酒豪。玉堂金馬承明詔，時又對客揮毫。敢則是焚香酌茗，閒庭内，儘日逍遥。偶然乘興風光好，呼朋三五踏晴郊，郊外馬嘶芳草。

且住，我這裏多端想他，他那知窮陬僻壤有個梁謫塵，也能作賦填詞。且道他是當今第一才子，

【蠻牌令】（旦）你詞振碧雲高，思湧百川濤。我總是藩籬斥鷃，也愛鵷鶵。情不隔三千路遥，非關那目眺心招。不能勾衾裯共，箕箒操，博得個杜鵑啼血，蝴蝶魂飄。

嗳，我好痴也，那汴梁何等去處，怕没有謫塵百輩願托交於秦君。況他夫人，乃蘇家小妹，又是女中英傑也。

【羅帳裏坐】（旦）千家粉黛，誰無俊嬌？皇都景物，才華非少。只怕天涯依傍，未便繫得心苗。那閉門推出月兒高，煞妒眉山妹小。

【尾聲】（旦）思量種種都無着，況值這更漸永涼秋天道，少不的極昊徵泉做一個生死交。

世人誰不愛名高，我向名中有汰淘。
一曲陽春人不見，知音千載自寥寥。

第二折　遷客

【商調・秋夜雨】（生常服，蒼頭隨上）陰氣當盛滿，使不着剛方直侃。一賊乘墉，群奸擦掌，貶謫教星散。行李半肩的，蚤晚路途索盼。

目斷宜州天一隅，從今難得故人書。自慚遷客長亭馬，不及皇華載道車。下官姓秦，名觀，字少遊，官拜翰林之職，才華自負，倜儻不羈。夫人蘇氏，頗號賢能。向來入朝之暇，和那子瞻兄弟、黄魯直輩，飲酒賦詩，賞玩景物，好不風流自在。當今紹聖四年，章惇作相，天下呼爲「惇賊」，引用的，無過些奸回小人。把執政司馬君實、學士蘇子瞻一流，目爲朋黨，盡行黜竄。因此，下官得了宜州，也是烟瘴地方。離都下月餘，才自吳入了楚界。如今暮秋天氣，霜行露宿，直恁凄凉。休道夫人遠别，和平日那群兒好友，各各天南地北。咳，惇賊，你好狠也。（蒼）相公，一者是朝廷大數，二則關自家命蹇，休苦苦埋怨此賊了。王命在身，只索前去。

【漁父第一】（生）譬則是旅鴻賓雁，向征途曉霜漸懶，獨自江蘆畔。又似那失群鳴，悲風氣短。南遷湘水曾無岸，北望梁城，只有山間關戀，闕情何限。酸苦西風驟馬鞍，驟馬鞍。須不是載酒尋老楓色燦，也不是呼朋賞清秋景殘。又不是走名山，閱大川，氣凌霄漢，端只爲劣潮陽八千謫遠。他那裹羅鉗吉網工稽鍛，閃的我憔悴江濱屈子冤。對了些撲面蕭蕭景物亂，使遷客心寒。

呀，一霎時刮地狂風，漫天驟雨，便茅舍郵亭，一些兒没有，怎生是好？（執蓋立介）（蒼）相公，這才是禍不單行。一路上怨罵着章惇，難道一天風雨也是章惇唤來的不成？（生）蒼頭，你還説不干此賊麽？我秦少游倘在京師，處高堂别館之中，遇着這般風雨，若非掩關讀史，無過飲數升佳酒，填幾曲新詞，豈知風雨二物能窘人至此乎？（蒼笑介）相公亦是一見。如今風又不止，雨又不停，討不出投宿去處。前去一程，就是長沙地面了。（生）既如此，只索破風冒雨而行。

【黃鐘・刮地風】（生）涉歷方知行路難，没村舍，少驛館。望中禽鳥都驚竄，淋漓頓覺客衣單。（慷慨介）我京邸三朝若不汗，難道也移恨權奸？便天南，便海南，且莫愁歎。弔甚麽長沙困賈何日還，看此日秦觀。

才到郵亭風雨闌，一番行役老關山。
朝廷可謂無人矣，聖主行年肯賜環。

第三折　痛飲

【南吕・一江風】（老鴇母上）恁痴迷，惹出閒愁思，懸想人千里。最無端，會面何曾，腸斷肌消，只爲新詞祟。伊人總不知，多情忒樣奇。好教我半嗔恨，還疼惜。

老身許氏，夫主姓梁，世系長沙妓籍。親生一女，唤做謫塵，年方一十八歲，才貌無雙。只有一種痴迷性子，任你多方勸解，可也不轉。説道京師有個秦觀學士，偏他做就詩詞，清新出衆，因此不惜重資，購他片紙只句，録成一帙，曉夜謳吟，一概貴客豪家，懶於應接了。幾番欲待鬧炒，却又未免憐他。正是：從來絶色應痴絶，豈有才人不愛才？（下）

【一江風】（生、僕隨上）不禁持，忽忽心如醉，旅館難成寐。散閒情，别樣風光，覓柳尋花，怕不可人兒意。商舟漫寫悲，遷臣特賦詩。争似我没灑處，江州淚。

下官到了長沙，訪問潭士風物，差可與語者。道有個梁謫塵，是樂籍的班頭，我想此間〔一〕獠蠻界近，怎比都下風華，諒他也不在話下。但旅情難遣，只得訪他一遭。蒼頭，少刻相見，休道我的來歷便了。（蒼）曉得。來此已是，敲門則個。（敲介）（内應介）

【紅衲襖】（老）我女兒呵，恰纔的對粧臺淡掃眉，不覺又理薰籠，長歎息。思悠悠東籬下看的花正美，叩聲聲小門前到的客是誰？（開介）相公請。（生進揖介）（老背唱）覷了你恁風流，玉作姿，猜着他那規模衣掛紫。相公上姓，仙鄉何處？（生）小生姓秦，從京師至此。（老）莫不夢想眠思那個秦君也，管取破愁顔，討的佳信兒。

相公請裏面坐下，待喚小女出來。（下）（生讀介）「來秦別館」。呀，這館名好怪也，且看這案上是甚麽書。（讀介）《秦學士新詞》。呀，都是我平日做的詞章，録成一卷，並没有他人半枝兒，一發詫異了。（旦暗上窺生）（老私語旦云）這官人大驚小怪，敢就是他。（旦）薄命女兒，何敢望此。（見介）（生背云）不意潭土，乃有此人，便京師可也不多得哩。（回問云）動問謫卿，館以「來秦」名，何也？（旦笑介）相公，試猜一猜。

【紅衲襖】（生）莫不學吹簫貯着弄玉姿？（旦）不是。（生）莫不世聯姻取了諧晉字？（旦）不是。（生沉吟問介）這案上只有秦詞一卷，何也？（旦）相公莫問，也只猜着。（生）莫不衆詞家卷上分標記？（旦搖頭介）只有他一家。（生）莫不好奇人邸下偶相攜？（旦）是重價購來的。（生）怪事也。爲甚麽但聞名蒙見思，解不出小詞章多珍秘？（旦）相公定是詞客，怎説這話？（生）自分漂泊天南此日的秦郎也，你話的不分明，教人越着疑。

〔一〕「間」原作「閒」。

謫卿明説了罷。（旦）秦相公既從京邸來，可識少游學士否？（生）小生頗與之相狎，卿豈愛其詞乎？（旦）據妾鄙人之見，海内詞家，當以秦君爲第一。（生）卿此論敢不中麽？今日詞客，永叔倡江南之逸響，希文振塞上之淒聲，耆卿吐二八女郎之艷辭，子瞻翻丈二將軍之爽調，秦少遊那得第一？（旦作色介）相公有所不知，大凡温柔自喜，未必英新；嬌爽過人，恐無藴藉。惟其當家，所以獨步。（生）卿徒愛其詞耳，倘邂逅風塵，豈能傾心事之耶？（旦）妾朝夕念想，兩年於兹。果得見他，願爲妾御，死所不辭。（生笑介）卿欲識秦學士乎？則我便是。（旦）相公莫不戲言麽？學士朝中貴人，怎得至此？（生）朝廷相章惇矣，把正人坐以朋黨，盡行貶斥。司馬君實、歐陽永叔、蘇子瞻兄弟，俱已外謫。下官得了宜州，因此便道過訪。（旦變色起立云）學士請坐。（下）（菭）那履歷却是相公親説的。（生笑介）士爲知己者死，何況一履歷乎？（老出設坐）（旦盛粧拜庭下）（强生坐受介）（旦）學士偶遭譴黜，實天以學士賜賤妾也。將酒來，爲學士壽。（吹彈進酒）（生獨南面介）（旦）今日無以侑酒，請歌學士四時之章。（生）生受了。

【梁州序】（旦）啄花鶯嘴，淩波鳦尾，淡楊碧草風吹。一簾幽夢，酣適柔情十里。樓開新翠，陌送輕寒，逗出相思淚。疏烟小雨撩人際，枝上殘紅不忍飛。春不住，挽無計。

（生）不獨歌聲圓脆，鄙詞爲之一新矣。（進酒）（飲介）

【梁州序】（旦）園榴噴火，池荷標幟，緑陰濃處新鸝。沉吟殘局，消遣困人天氣。奇峰千變，一縷晴絲，愁見飄輕絮。遊蜂漸懶爲花醉，吹徹南熏力不支。長日静，渾閒事。

（進酒）（生飲介）

【梁州序】（旦）厭庭下，蛩語何悲，苦窗外砧聲又起。峭寒生，且將繡幕來垂。空閨月至，子夜霜零，淚濕鴛鴦被。碧雲唳雁使魂凄，金井啼鴉把夢欺。多少恨，九秋時。

（進酒）（飲介）

【梁州序】（旦）清霜重，殘葉離枝，寒更永孤眠惡味。動嚴城，一聲畫角驕吹。床間蟀沸，燈畔鼷窺，倦則和衣睡。梅花有約訴花知，雪月偏明咏月誰？歸未得，損冰肌。

（進酒）（生豪飲介）

【節節高】（生）粗粗幾闋詞，忒相推，篇篇購得深深記。容真美，情更希，聲還脆。汴梁勝地人無二，湘潭風物誰堪比。何事中朝妒殺人，天荒地僻瓊瑶佩。

（進酒）（飲介）

【節節高】（老、旦合）懷君數載痴，隔雲泥，一身恨不生雙翅。情原摯，緣自奇，才拔萃。風流學士真天賜，天涯知己休輕棄。争道奸臣誤國多，誰知解作氤氲使。

（進酒）（生痛飲介）

【尾聲】（旦）君詞唱罷君還醉，（生笑介）還臣似此欲忘歸。（合）若没有今日呵，這一段幽情只自知。

（生）何用憂讒並畏譏，身名不顧答君知。

（合）從來慧眼相憐惜，偏在英雄落寞〔一〕時。

〔一〕「寞」原作「莫」。

（北曲峥嶸豪邁，真可供銅將軍鐵板綽之用，而楊柳外曉風殘月，又别見於此。兼蘇柳之長而擅一時之勝，是稱作手。陳賡卿先生。）

問霞閣花約小詞

第一折　春閨

【瑞鶴仙】（旦上）室邇人偏遠，奈天南地北，積思成蹇。中宵夢魂越，正喁喁密語，幽情相見。聲香不斷，又被東風吹轉。苦嬌鸞無翼，孤凰獨操，訴將飛燕。

何事年年怨别離，傷心最是草萋萋。不知更有傷心處，杜宇一聲窗外啼。妾姓莊，字子琳。幼曾博覽群書，長而移情翰墨；不敢道目空一世，嘗則是夢友千秋。與雲間才子方人禾，雅有詩文之慕，去秋江畔，始得談心，豈料風波陡起，離别經時。正值暮春天氣，好傷感人呵，不免扶病登樓，遥望雲天則個。（登樓介）

【錦纏道】（旦）强登樓，歎春光十分可憐，愁病兩相煎。又何曾新粧笑語花前，原不是乍驚心陌上柳妍，也不是漫縈思夢裏梅鮮。的的在遥天，奈只有蒼雲一片。難將素恨宣，單付與淚痕如線，怎三春歲歲别離邊。

回想去年此日呵。

【普天樂】（旦）半晴天，風月院，薄命妾，長門殿。吹簫處望眼曾穿，折梅候遠信誰傳？心傷去年，又那禁近來尤覺凄然。
你道那時爲甚輕輕言别也？
【古輪臺】（旦）棹離舩，梅情豈耐雪風顛。打起呼春囀，聽不的多端舌變。獨影堂前，羞對南來雙燕。依舊桃花，可不人面，辜負了溶溶天氣月娟娟。緑茵似展，看取愁芳草芊芊。清明寒食，王孫何處，柳條青眼，寂寞[一]數聲鵑。都成怨，妾心非席怎生卷？
【餘文】（旦）書空字，擲卜錢，莫道參商不見。權且的想像風流抱月眠。
寂寂春光燕足疏，思魂傍月到庭除。
還愁烟瘴重湖上，阻我南飛夢亦孤。

第二折　憶緘

【青玉案】（生上）情痴種下千秋恨，待一擔都挑盡。竟夕高談曾得近，去蹤難挽，故緘堪認，生死將他儘。
所恨月如君，可望不可即。君今不及月，無從望顔色。小生姓方，名稷，字人禾，雲間人也。思念子琳，無由得見，是好煩悶也呵。
【泣顔回】（生）愁至不知春，日日心如秋，盡風花雪月，把離情攬得偏緊。多方自遣，奈迢迢一縷長

[一]「寞」原作「莫」。

空引。已明知莫可誰何，教片刻放懷何忍？

【換頭】(生)真真，女子勝文人，博古通今明敏。詼諧經史，居然大家才俊。更高情逸興，笑風流杜女崔娘蠢。憶年時寄我緘書，有千般萬樣勤懇。

且把平日書詞，展來細玩，就如見他一般哩。(展介)

【石榴花】(生)他道是聞君佳影，慕君頻因君，羈旅念君殷。誦君詩句，佩君新通君，語笑感君真。生平一朝果宿因，水中魚兩情和順。誰知道一南轅一北轍，杳如仙路隔紅塵。

【榴花泣】(生)雖則是思魂欲渡苦無津，總時乖怎做負心人。只今重把誓盟申，欺天墮劫永沉淪。月缺又新，況山情海義誰能擯？願君家一筆書紳，便異地兩心厮印。

看到這終篇，倍令人銷魂死也。

【駐馬聽】(生)妾好似囚縛羈臣，反教我親者如同陌路人。我和你友朋相正，兄弟無尤，夫婦如賓，祇爲五倫之内有三倫。可道北鴻掙個南歸信，又怕相看未得親，遮遮掩掩剛做的寄書人。

【駐馬泣】(生)因此上書向君陳，灑淚和烟墨氣新。但願你休生疑忌，不負初誠，千乞留神。暫時寧耐運方屯，莫因感念霜侵鬢。藉蒼天鑒我無他，須有日枯木逢春。(掩卷入袖介)

【餘文】書三復，情愈真，我這裏耑心作準，莫令襄王獨損神。

一緘書是一緘愁，開際修時總淚流。
只有君書長在手，自然僕淚日凝眸。

第三折　花約

【祝英臺近】（旦上）小庭幽，長日静，深夏已無幾。階下沉吟，無緒可人意。若非游冶楊堤，殢人桃渡，恁時候，萍蹤千里。

【换頭】（生急上）問何事，旦晚疾進兼程。芙蓉隔遥水，魂夢長驚。慚愧遠來意，是他親自叮嚀。催人登道，敢輕可等閒相親。（見介）

【望湘人】（旦）正榴枝火爍，蘭幹玉舒，小池花信如織。（生）燕舞新雛，鶯歌深緑，厭殺風華南國。（旦）漫執吴紈，乍眠湘竹，多愁多憶。（生）記去年人在濤川，此際封書遼隔。（旦）道是思歸未得，苦天長道遠，怯魂無力。（生）奈别緒離悰，偏遇困人天色。（旦）明約荷開，恐教零謝，望眼離離將碧。（生）豈容我重誤花期，整頓歸來雙翼。

（旦）人禾，三月之别，好不盼殺人也。

【祝英臺序】（旦）感多情，尋宿好端，不失前期。你那遼絶雁鴻，修阻關山，何處告説相思。蓮枝，自君初别青錢，盼的盈盈出水。也看做，待月臨風佳士。

【第二换頭】（生）還記往年時，秋漸老，花事逐流水。况有可據誓盟，難解連環，今日尚容需遲。遷徙，怕君朝夕闌干，無言愁倚。喜的妒花人，未曾消瘦香肌。

【第三换頭】（旦）私喜自能飛，夢相尋，不苦到天涯。生有俠腸，一往情深，誰肯展却愁眉。新詩，幾篇因妾標題，不忘荆鄙。再問你在長途，可也還顧離人彈淚？

【第四換頭〔一〕】（生）憂杞，數陵風雨凄其，兼和月明時，如醉似痴。中熱千般，不減九十炎威。長噫，任他弱柳夭桃，也只是尋常風味。好覷我這容顏，畢竟因何憔悴。

【尾聲】（旦）吴山越水情牽繫，聽絮絮真誠入耳。（生）可愛的人，映荷花，護在斯。

（生）知君日日下閒階，暗惜池荷次第開。

（旦）雖及花期應有恨，花前思發雁同來。

〔一〕「换頭」原闕。

後記

本書的整理工作始於二〇一三年春，終於二〇一六年冬。在整理過程中，得到上海戲劇學院劉水雲教授、福建師範大學王漢民教授、中國人民大學鄭志良教授、中山大學黄仕忠教授的大力襄助，他們或惠贈資料，或幫助辨認劇本中的漫漶字、異體字，其情可感。此外，還得到了安徽省社會科學院黄勝江、中山大學潘培忠、北京大學王宣標、中華書局李碧玉等同仁的真誠幫助。本項目還獲得了紹興文理學院越文化研究中心的支持，被立爲浙江省哲學社會科學重點研究基地課題。在此，對所有曾經給予幫助的師友，表示由衷的謝意。

黄義樞

丙申初冬於杭州